Repartis pour un tour

KRISTAN HIGGINS

Repartis pour un tour

Traduit de l'anglais (États-Unis) par
SANDRINE JEHANNO

Titre original :
WAITING ON YOU

© 2014, Kristan Higgins.
© 2017, HarperCollins France pour la traduction française.
© 2018, HarperCollins France pour la présente édition.

autorisation de Maria Carvainis Agency, Inc.

Tous droits réservés, y compris le droit de reproduction de tout ou partie de l'ouvrage, sous quelque forme que ce soit.

Toute représentation ou reproduction, par quelque procédé que ce soit, constituerait une contrefaçon sanctionnée par les articles 425 et suivants du Code pénal.

Cette œuvre est une œuvre de fiction. Les noms propres, les personnages, les lieux, les intrigues, sont soit le fruit de l'imagination de l'auteur, soit utilisés dans le cadre d'une œuvre de fiction. Toute ressemblance avec des personnes réelles, vivantes ou décédées, des entreprises, des événements ou des lieux, serait une pure coïncidence.

Le visuel de couverture est reproduit avec l'autorisation de :

Objet : © SHUTTERSTOCK/GCAFOTOGRAFIA/ROYALTY FREE
Réalisation graphique couverture : A. DANGUY DES DESERTS
Tous droits réservés.

HARPERCOLLINS FRANCE
83-85, boulevard Vincent-Auriol, 75646 PARIS CEDEX 13
Tél. : 01 42 16 63 63
www.harpercollins.fr
ISBN 979-1-0339-0149-5

A Declan, mon rayonnant petit garçon, qui ne passe pas une journée sans me faire rire. C'est le moment où je suis tentée de devenir sentimentale et d'abuser de tout un tas de petits mots tendres... Disons juste pour rester sobre que je ne pouvais rêver meilleur fils que toi et que je t'aime. A la folie.

1

— C'est ma tournée !

Des acclamations fusèrent à travers le pub. Pas seulement pour saluer la générosité de Colleen O'Rourke — barmaid et propriétaire pour moitié du meilleur (et de l'unique) bar de la ville —, mais aussi parce que Brandy Morrison et Ted Standish venaient d'annoncer leurs fiançailles.

Colleen donna une nouvelle accolade à l'heureux couple et reprit sa place derrière le comptoir, tapant au passage dans la main de cinq habitués accoudés au bar, puis se mit à tirer des bières pression, préparer des martinis, servir du vin, faisant glisser les verres au fur et à mesure sur le comptoir. Après tout, si Brandy et Ted étaient ensemble, c'était un peu grâce à elle. Cela faisait… Hmmm… Combien de couples qu'elle avait réunis et mis sur la voie du mariage ? Quatorze ? Non, quinze ! Pas mal. Pas mal du tout.

— Beau travail, Colleen, lui lança Gerard Chartier, acceptant l'India Pale Ale de la brasserie Cooper qu'elle lui offrait. Il était assis au bout du bar, où la brigade des pompiers tenait sa « réunion » — avec probablement à l'ordre du jour les microbrasseries à la carte du pub. Ce n'était pas Colleen qui s'en plaindrait… C'était bon pour les affaires.

— Je ne t'oublie pas, dit-elle en tapotant son crâne rasé de près. Ne t'inquiète pas, tu es sur ma liste.

— Je préfère rester célibataire.

— Bien sûr que non. Fais confiance à tatie Colleen. Je suis une experte en la matière.

— Colleen ! Arrête de harceler les clients ! cria son frère, Connor, depuis la cuisine.

— Je suis l'atout charme de cet établissement ! cria-t-elle en retour. Est-ce que quelqu'un ici se sent harcelé ?

Colleen se délecta quelques secondes de la salve de « non ! » qui suivit et entra d'un air désinvolte dans la cuisine.

— Salut, Rafe, lança-t-elle au second, en pleine préparation d'un de ses délicieux cheesecakes. Tu m'en mets une part de côté ?

— Bien sûr, mon cœur, répondit-il sans lever les yeux.

Il était gay, évidemment. Les meilleurs étaient gays.

Elle se tourna vers Connor, son jumeau.

— On peut savoir quelle mouche t'a encore piqué, frangin ?

— Tu viens d'offrir pour trois cents dollars d'alcool, voilà ce qu'il y a !

— Brandy et Ted se sont fiancés. Et la bague… Elle est splendide.

— C'est ton œuvre ? demanda Rafe.

— Eh bien, en toute modestie, je crois qu'on peut le dire. Ils se faisaient les yeux doux depuis des semaines. Je leur ai juste donné un petit coup de pouce, et hop ! J'espère bien que je serai demoiselle d'honneur. Encore une fois.

— Et quand vas-tu utiliser ces super pouvoirs pour toi, ma beauté ? la taquina Rafe.

— Oh ! jamais. Je suis trop futée pour tout ça. J'aime les hommes sur un plan purement physique…

— Stop ! Personne n'a envie d'entendre les détails de ta vie sexuelle, grommela Connor.

— Moi, ça m'intéresse, reprit Rafe.

Elle sourit. Même s'ils avaient trente et un ans tous les deux, provoquer son frère restait l'un des grands plaisirs de sa vie.

— Quel gâchis de mener une vie de nonne avec un corps de rêve pareil ! dit Rafe en englobant d'un geste sa poitrine et son visage.

— Elle s'est brûlé les ailes quand elle était jeune, intervint Connor.

— Oh! pitié. Ça n'a strictement rien à voir. Et puis c'est l'hôpital qui se fout de la charité… Aux dernières nouvelles, toi aussi, tu es célibataire. Qu'est-ce que tu veux, Rafe, c'est à cause de notre enfance à problèmes.

— Alors là, je t'arrête tout de suite, répliqua ce dernier, concentré sur le glaçage qu'il appliquait en couche épaisse. Je suis un garçon gay né dans une famille de témoins de Jéhovah et j'ai grandi dans l'est du Texas avec cinq grands frères qui jouaient tous au football. C'était *Friday Night Lights* qui rencontrerait *La Cage aux folles* qui rencontrerait *Swamp People : Chasseurs de croco*. Vous ne m'arrivez pas à la cheville.

— OK, je jette l'éponge. Nous, on n'avait qu'un père coureur et…

— Ce n'est pas ta soirée de repos? la coupa Connor.

— Si. Mais j'ai senti que je te manquais… Notre fameux lien télépathique.

— Eh bien, tu t'es trompée, marmonna-t-il. Sors de ma cuisine. Ce n'est pas ta bande de copines que j'entends?

— Il a l'ouïe d'une chauve-souris, dit Rafe.

— Je sais, ça fait froid dans le dos, hein? Salut, les mecs! N'oublie pas de me garder une part de cette petite douceur, Rafe. Connor, viens dire bonjour! Curieusement, elles t'adorent.

Elle retourna en salle, repéra les sœurs Holland : il y avait Faith, sa plus ancienne amie (et toute jeune mariée, et, même si Colleen ne pouvait pas dire qu'elle était à l'origine de ce couple, elle les avait quand même aidés à rester ensemble); Honor, la cadette (martini sec, trois olives), qui allait épouser le doux Tom Barlow au début du mois de juillet (là, en revanche, elle y était pour quelque chose); et Prudence, l'aînée (qui prendrait un gin tonic, maintenant que le printemps était là), mariée depuis des lustres.

— Ça boume, les amies? Honor, comme d'habitude? Prudence, un gin tonic? Et toi, Faith? J'ai des fraises que j'ai mises de côté en pensant à toi… Avec de la vodka, un peu de menthe, un zeste de citron, ça te tente?

— Juste un verre d'eau, s'il te plaît.
— Oh! Seigneur! Tu es enceinte?

Faith et Levi Cooper s'étaient mariés en janvier, et les regards que se lançaient ces deux-là, sans parler de l'air qui grésillait soudain de tension sexuelle quand ils se retrouvaient dans un même endroit, ne trompaient pas. Ils devaient bien s'amuser.

— Je n'ai pas dit ça.

Une rougeur envahit le visage de la jeune femme, et sa sœur Honor eut un petit sourire en coin.

— Je te le souhaite, dit Prudence. Les enfants sont une telle bénédiction… Même si j'ai cru que j'allais tuer Abby l'autre jour. Elle m'a demandé si elle pouvait se faire faire un piercing à la langue. Je lui ai dit : « Bien sûr, je vais chercher un marteau et un clou, et on peut le faire tout de suite, si tu es bête à ce point ! » Et puis la conversation a dérapé.

— Salut, les filles, dit Connor en émergeant de la cuisine.
— Connor, apporte à Prudence et Honor ce qu'elles prennent d'habitude, et un grand verre d'eau fraîche pour Faith.
— Parce que c'est à moi de faire le service ? Je venais juste leur dire bonjour. Faith, est-ce que tu es enceinte ?
— Non ! Peut-être. Arrêtez avec ça. J'ai soif, c'est tout.
— Connor Cooper… ce serait un nom génial.
— Je trouve que ça fait prétentieux, répondit sa sœur. Par contre, Colleen Cooper, ou Colin, si c'est un garçon… Et alors, ces verres, Connor ? Et puis quelques *nachos* ?

Son frère lui jeta un regard noir, mais il tourna les talons et se dirigea vers le bar pendant qu'elle s'asseyait.

— Vous savez ce que vous avez raté ? Brandy Morrison et Ted Standish se sont fiancés ! Il a mis un genou à terre, et elle a pleuré, et c'était magnifique, les filles ! Magnifique !

Hannah, la cousine de Colleen, leur apporta les boissons et les *nachos*, et Prudence se lança dans le récit du dernier jeu de rôle inventé avec son mari pour pimenter leur vie sexuelle. Jubilatoire. Tout en écoutant, Colleen promena son regard autour d'elle, s'assurant que tout se passait bien.

Il lui vint à l'esprit que passer sa soirée libre sur son lieu de travail n'était pas ce qu'il y avait de plus sain. A sa décharge, les options étaient limitées à Manningsport, petite ville de l'Etat de New York qui comptait sept cents âmes. Elle aurait pu rester chez elle, lire et faire des câlins à Rufus, son lévrier irlandais, qui ne demandait pas mieux que de la regarder amoureusement dans les yeux pendant des heures. Il n'y avait pas de meilleur baume pour l'ego.

Ou elle aurait pu sortir avec un homme. Rafe avait raison.

Mais c'était comme s'il manquait quelque chose à chaque homme qu'elle rencontrait. Elle n'avait pas ressenti d'étincelle depuis très très longtemps.

En tant que propriétaire du seul établissement de la ville qui servait de l'alcool toute l'année, Colleen voyait beaucoup de relations amoureuses s'épanouir ou se rompre brutalement. Quand tout se passait bien, c'était souvent parce que la femme avait subtilement manipulé l'homme pour qu'il se comporte correctement. Il appelait quand il fallait. Il était force de proposition pour leurs rendez-vous. Il s'intéressait à elle et lui posait des questions — car elle n'avait pas raconté toute sa vie dans les dix premières minutes.

Mais, le plus souvent, Colleen assistait à des rendez-vous catastrophiques. Elle servait alors un cosmopolitan réconfortant ou un autre verre de pinot gris à la femme qui se demandait ce qui avait cloché. Colleen le savait parfaitement, bien sûr, et parfois elle disait : « Ce n'était peut-être pas très judicieux de lui parler de votre ex pendant près de deux heures » ou « Etes-vous sûre que c'était une bonne idée de lui dire au premier rendez-vous que vous aviez commencé un traitement pour la fertilité ? »

Des écueils que Brandy, la toute fraîche fiancée, avait évités, parce qu'elle avait su lui demander des conseils dès le début. « Est-ce que je ressors avec lui demain ? » « Est-ce que je peux coucher avec lui ? » « Et si je lui envoyais un SMS maintenant ? »

Les réponses : non, non et non.

— Colleen, l'interpella la future mariée, je voulais encore te remercier pour tout, avant de partir.

Elle se pencha vers elle et la prit dans ses bras.

— Tu veux bien être ma demoiselle d'honneur ?

— Evidemment ! Vous deux... *Mazel tov !* Je suis si heureuse pour vous !

— Merci, Colleen. Tu es la meilleure, renchérit Ted.

— Mon quinzième couple..., dit-elle aux sœurs Holland, alors que les heureux fiancés se pressaient vers la sortie et sans doute une nuit de sexe débridé.

— Tu as un don, fit Faith en se servant une grosse part de *nachos*.

— Et pourtant, pas plus tard qu'hier soir, une jeune femme suppliait le type avec lequel elle était de ne pas la quitter. Je l'ai prise à part et je lui ai dit : « Chérie, si tu dois supplier, c'est que ce loser ne te mérite pas. » Eh bien, elle a continué à pleurer et à supplier, c'était une torture, je vous jure.

Elle avala le fond de cocktail à la fraise qui avait fini par lui échoir.

— Peut-être que je devrais donner des cours. Prudence, quand Abby commence à s'intéresser aux garçons, tu me l'envoies, hein ?

— Bien sûr. Et merci d'avance, parce que Dieu sait que, moi, elle ne m'écoute pas, ces derniers temps.

— Pardon de vous interrompre.

Elles levèrent toutes les quatre les yeux vers celle qui s'était approchée de leur table.

— Salut, Paulina, dit Colleen. Comment ça va ? Assieds-toi avec nous !

Elle tira une chaise qu'elle retourna pour s'asseoir à califourchon.

Paulina Petrosinsky était une camarade de classe de Faith et Colleen — pas vraiment une amie, à l'époque, mais une fille adorable. Elle passait au bar de temps en temps, souvent en sortant de la salle de sport après une séance de musculation, où ses talents d'haltérophile étaient légendaires.

— Euh... Je vous ai entendues parler de donner des conseils ? Aux femmes ? s'enquit-elle.

— Bienvenue à l'université de la Fille facile ! s'exclama Prudence.

Ses sœurs pouffèrent.

— Très drôle, dit Colleen. Ma réputation est grandement exagérée.

— Et à qui la faute ? Tu devrais arrêter de répandre des rumeurs sur ton propre compte, lui fit remarquer Faith.

Colleen esquissa un sourire. A peine une semaine plus tôt, elle avait laissé sur un mur des toilettes pour hommes quelques graffitis flatteurs sur elle-même.

— Paulina, ne fais pas attention à elles. Que veux-tu savoir ?

— Euh... Est-ce que tu peux vraiment aider une... euh... personne ? Pour... Euh... L'amour... Les hommes et tout ça ?

Elle se mit à rougir, puis son visage devint carrément violet.

— Est-ce que ça va ? s'inquiéta Honor.

— Oh... mon visage ? C'est de l'érythème crânio-facial idiopathique. Je... je rougis. Enormément.

— J'aimerais beaucoup rester, mais il commence à se faire tard, s'excusa Prudence. Nous autres, les gens de la terre, devons nous lever de bonne heure. Bonne chance avec cet homme, Paulina ! A plus, les filles !

— Tu es intéressée par quelqu'un en particulier ? demanda Colleen en prenant la chaise laissée libre par Prudence pour faire de la place.

Paulina s'éclaircit la gorge.

— Oui, chuchota-t-elle en jetant des regards autour d'elle.

— Qui est-ce ? lança Faith.

— Euh... Je préfère ne pas le dire.

Colleen hocha la tête.

— Qu'est-ce que tu aimes chez lui ?

— Il est... Il est gentil. Vraiment très gentil, tu vois ? Il est généreux, toujours de bonne humeur et intelligent, aussi, enfin... je pense. Je veux dire, il est... Il est super.

— Et est-ce que tu as la tête qui tourne quand tu le vois ? Est-ce que tu as chaud et envie de vomir ?

— Exactement, lâcha Paulina, son visage virant de nouveau au rouge écrevisse.

— Est-ce que tu imagines de longues conversations avec lui, des balades main dans la main, au clair de lune, et toutes ces choses que l'on fait à deux quand on est amoureux ?

— Je… Oui, fit Paulina, le souffle court.

— Est-ce qu'il te fait frissonner de désir ? Est-ce que ta peau s'embrase ? Est-ce que tes genoux tremblent ? Est-ce que ta langue…

Faith se leva brusquement.

— Levi me manque…

Elle embrassa Colleen sur la joue et pressa l'épaule de sa sœur.

— Bonne chance, Paulina ! Ne prends quand même pas tout ce que dit Colleen au pied de la lettre.

— J'y vais, moi aussi, dit Honor. Salut, l'entremetteuse. Ne fais pas de bêtises. A bientôt, Paulina.

Colleen les suivit du regard, puis se tourna vers Paulina.

— Alors, qui est-ce ?

Elle la vit jeter un coup d'œil vers le fond du bar. Ah ah ! Un indice, peut-être…

— Tu sais quoi ? Laisse tomber. Il est… Il est trop bien pour moi…, finit-elle par dire. On ne joue pas dans la même catégorie.

— Qu'est-ce que tu racontes ? Bien sûr que non ! Paulina, tu es super ! Je t'assure ! Quel garçon ne serait pas heureux de t'avoir dans sa vie ?

Colleen se sentait toujours un peu coupable quand il était question de Paulina.

— Merci, murmura-t-elle.

— C'est vrai ! renchérit Colleen.

Bon, la jeune femme n'était pas dotée d'une beauté qui faisait tourner les têtes… Et elle avait un père un peu encombrant. Ronnie Petrosinsky, propriétaire des Chicken King, quatre restaurants où l'on servait du poulet frit cuisiné de trente-huit façons différentes — toutes extrêmement mauvaises pour la santé —, était célèbre à Manningsport pour ses publicités dans lesquelles il apparaissait en poulet avec une couronne sur la crête. La pauvre Paulina avait dû, elle aussi, revêtir la combinaison duveteuse jaune et porter la couronne de Princesse Poulet. Un titre qui l'avait suivie jusqu'au lycée.

— Ecoute, Paulina. Il n'y a pas de catégorie qui tienne. Allez, dis-moi son nom.

Celle-ci poussa un soupir et vida sa Genesee (priorité des priorités : lui trouver une boisson plus féminine).

— C'est Bryce Campbell.

Oh… OK, ça n'allait pas être du gâteau.

Bryce était très séduisant. Niveau Jake Gyllenhaal. Il était très sollicité par la gent féminine, ce que Colleen savait pertinemment car c'était un habitué du O'Rourke. Il n'avait pas inventé la poudre, mais il était adorable et il avait du charme. Les femmes lui tombaient dans les bras.

Beaucoup de femmes.

— OK, dit-elle, réalisant que son absence de réaction devenait embarrassante. Pas de problème.

Elle croisa le regard désespéré de Paulina.

— Je suis sérieuse. On peut y travailler. Donc dis-m'en plus sur toi et Bryce.

Les plaques rouges qui marbraient le visage de Paulina s'estompèrent, et elle prit une expression rêveuse.

— Tu sais qu'il est volontaire au refuge pour animaux ?

Colleen hocha la tête. Bryce l'avait même aidée à choisir Rufus, son amour de toutou.

— Et tous les animaux l'aiment. J'y vais très souvent. Je… Euh… J'ai adopté deux chiens et quatre chats, l'année dernière.

Colleen sourit.

— Ça fait beaucoup d'animaux. Mais, je t'en prie, continue.

— Et l'autre jour on s'est retrouvés à la station-service en même temps, et je ne l'avais même pas fait exprès ! Il m'a souri et a dit : « Salut, Paulina, comment tu vas ? »

Son regard se fit vague. Elle soupira.

— C'était merveilleux. Ce sourire…

Effectivement, Bryce avait un magnifique sourire.

— Il n'est jamais de mauvaise humeur, poursuivit Paulina. Jamais un mot méchant sur personne. Non que je lui parle beaucoup... Quelquefois, on se retrouve à soulever des poids en salle et... j'essaie d'engager la conversation, mais c'est comme si mon esprit était vide, et je ne trouve jamais rien d'intéressant à lui dire. Mais, la semaine dernière, je l'ai croisé et j'ai dit : « Excuse-moi », en me décalant pour passer, et il m'a répondu, je cite : « Pas de problème. » Oh, Colleen, il sentait *si* bon.

La fille était méchamment accrochée.

— Et au lycée il ne se moquait jamais de moi.

Colleen sentit son cœur se serrer. Paulina avait une constitution charpentée et athlétique — elle détenait le record du nombre de pompes au lycée, battant même Jeremy Lyon, la star de l'équipe de football, et son record n'était toujours pas battu à ce jour. Les affaires de son père n'arrangeaient pas son statut social. Il avait commencé comme simple éleveur de poulets, et Paulina, sans faire partie des plus pauvres, n'avait pas eu une enfance dorée. Plus tard, le succès des Chicken King avait fait la différence, mais à un âge où il n'était pas facile d'être différent.

Même si Paulina était aujourd'hui directrice générale de la franchise des Chicken King, Colleen ne l'avait jamais vue vêtue autrement qu'en tenue de sport. Et elle avait toujours l'air décalée, malgré sa gentillesse et son intelligence.

Soudain, Colleen réalisa qu'elle lui faisait penser à Savannah, sa demi-sœur de neuf ans.

— Ecoute, oublie ce que je viens de te dire, d'accord ? dit Paulina. Je ne sais pas ce qui m'a pris de t'en parler, désolée.

— Sûrement pas. C'est lui qui aurait de la chance, crois-moi. Je suis sérieuse. Tu es géniale, tu as de si nombreuses et belles qualités... ça ne va pas être si difficile, Paulina. Comment se sont passées tes autres relations ?

— Euh... Je... Je n'en ai jamais eu.

— Donc aucune expérience avec les hommes ?

— Je suis vierge.

— Ne t'en fais pas. Il n'y a rien de mal à se réserver pour le grand amour.

Elle-même l'avait fait, après tout, même si son histoire n'était pas exemplaire.

— C'est plus par manque de propositions que par véritable choix.

La pauvre chérie !

— Ce n'est pas un problème.

— Il préférerait sûrement sortir avec toi, lâcha Paulina.

— Quoi ? Bryce et moi ? se récria-t-elle. Non. Nous ne sommes pas… C'est un amour, mais certainement pas mon type d'homme. En revanche, vous deux, vous iriez très bien ensemble.

Le visage de Paulina s'éclaira.

— Tu le penses vraiment ? Tu es sincère ? Je suis prête à faire tout ce que tu me diras de faire. Tu crois que j'ai une chance ?

— Absolument.

Elle se tourna vers Connor, qui s'était approché d'elle.

— Papa vient d'appeler… pour du baby-sitting. Apparemment, Gail a besoin de faire un break.

Ah. Gail Chianese O'Rourke, leur belle-mère de quatre ans seulement leur aînée. Alias Gail-la-Grue-Chianese-O'Rourke, comme ils avaient pris l'habitude de l'appeler entre eux.

— Un break ? Un break pour se remettre de quoi ? De sa séance de SPA ? D'un après-midi de shopping ? D'un précédent break ?

— Qu'est-ce que j'en sais ? Et puis demande-lui de t'appeler directement sur ton portable, la prochaine fois. Salut, Paulina, est-ce que tu veux quelque chose d'autre ?

— Euh, non, je vais y aller, dit-elle.

— C'est pour la maison, répondirent-ils en même temps en la voyant se tortiller, une main dans sa poche pour sortir un billet.

— Merci.

Elle perdit l'équilibre en se levant, et Connor la rattrapa

par le bras, ce qui eut pour effet de déclencher un nouvel embrasement facial.

— Merci, Colleen. Tu es géniale.

Elle franchit la porte et sortit dans la magnifique nuit de printemps.

— Je vais lui arranger le coup, murmura-t-elle.

— Oh ! bon sang, marmonna Connor.

— Quoi ? Tu as quelque chose contre l'amour, le vrai, le grand, peut-être ?

— C'est quoi, cette question ?

Le bar s'était peu à peu vidé. Son frère s'assit près d'elle. Il ne restait que les pompiers, pour lesquels O'Rourke était une seconde maison.

— Tu penses que c'est à cause de maman et papa qu'on est comme ça ? C'est vrai, quoi... Aucun de nous n'est engagé dans une vraie relation.

Il haussa les épaules. Il détestait parler de leurs parents.

— Tu devrais sortir avec quelqu'un. Jessica Dunn, par exemple. Ou Julianne, de la bibliothèque. Je pourrais t'arranger ça, tu sais.

— Je préfère me pendre, mais merci.

— Si tu passes à l'acte, je peux avoir ta voiture ?

Elle lui décocha un regard.

— Allez, lâche le morceau. Qu'est-ce que tu me caches ?

Il grimaça, mais c'était comme ça, leur lien télépathique fonctionnait toujours.

— Ne t'emballe pas, OK ? Je vois quelqu'un.

— Quoi ? Depuis quand ? Qui ?

— Colleen ! Qu'est-ce que je viens de dire ?

— Tu es mon jumeau, ma famille, mon collègue. On vit dans la même maison !

— Une grossière erreur.

— Connor, reprit-elle plus calmement, comment se fait-il que tu fréquentes quelqu'un sans que je sois au courant ? C'est qui ? Et ça dure depuis quand ? Pourquoi ne m'as-tu rien dit ?

— A cause de cette réaction, justement. Je ne voulais pas

que tu deviennes folle, que tu te répandes en conseils et que tu commences à suggérer des prénoms de bébés.

— Quand est-ce que j'ai fait ça ?

— Il y a moins de deux heures. Tu as suggéré ton prénom à Faith.

— C'est toi qui avais commencé.

Son frère croisa les bras sur son torse.

— Il n'y a rien de sérieux. En tout cas, pas encore.

— Je n'arrive pas à croire que tu me l'aies caché. Seigneur, ces trois minutes d'avance sur moi te sont montées à la tête. C'est moi qui aurais dû sortir la première si tu ne m'avais pas poussée au dernier moment.

— Bon, cette conversation est terminée. Tu vires la brigade du feu ou je m'en charge ?

— Dehors, tout le monde ! hurla-t-elle aussi sec.

Dans la seconde, les éléments les plus braves de Manningsport se mirent à fouiller leurs poches.

Tiens, tiens… Bryce Campbell était là. Il avait dû entrer quand elle parlait avec les filles. Il regardait les pompiers avec une expression presque mélancolique sur le visage. Ah, les garçons ! Ils ne se remettaient jamais de leur frisson devant leur premier camion rouge.

Eh bien, pourquoi reporter au lendemain ce que l'on peut faire le jour même…

— Salut, Bryce, dit-elle en s'avançant d'un pas tranquille vers lui.

— Salut, Colleen.

Il souriait en la regardant. Oui, Paulina avait raison. Bryce était plein de charme. Ce n'était pas nouveau, mais quand même.

— Comment va ton père ?

L'avenant Joe Campbell était l'un de ses clients préférés. Il s'était pourtant fait rare, au cours de l'année qui venait de s'écouler.

— Il va bien !

Il suivit à nouveau des yeux les pompiers qui passaient la porte dans un joyeux brouhaha.

— Pourquoi est-ce que tu ne te présentes pas à la caserne ?
— Je doute que ma mère approuve. Je pourrais me blesser.
— Je ne crois pas. C'est une sacrée bande de zozos, mais question sécurité ils sont au top.

Elle débarrassa son verre vide et essuya le comptoir devant lui.

— Tu vois quelqu'un, ces derniers temps, Bryce ?

Il haussa un sourcil.

— C'est une proposition ?
— Non.
— Bon… Tant pis, fit-il en prenant un air contrit. Non, personne en particulier. Mais ça me dirait bien d'avoir une petite amie.

Bien. Ça ne se présentait pas si mal.

— Vraiment ? C'est quoi, ton type de femme ?

Il lui fit un clin d'œil.

— A part toi ?
— Ne noie pas le poisson, réponds à la question.
— Je ne sais pas. Jolie. Genre… Jolie, gentille et sexy, tu vois ? Un peu comme Faith Holland, mais peut-être plus grande et plus fine. Ne dis pas à Levi que j'ai dit ça, hein ?
— Bryce Campbell, dois-je te rappeler que le physique ne fait pas tout ?

Etant donné que Faith avait le physique d'une pin-up des années 1940, elle allait devoir la jouer fine avec Paulina.

— Et niveau personnalité ?
— Très extravertie. Comme moi, en quelque sorte. Tu penses à quelqu'un ?
— Hmmm. Pas là, tout de suite.

En fait, elle voyait déjà quatre femmes correspondant à ce profil, mais Bryce était comme ses congénères… Il savait ce qu'il aimait, mais il n'avait aucune idée de ce dont il avait besoin…

— Mais je vais y réfléchir, d'accord ?
— Colleen ! Tu es la meilleure !
— Je sais. Maintenant, dehors, on ferme.

Une demi-heure plus tard, elle marchait d'un pas vif

jusqu'à la maison de style victorien ocre et rouge qu'elle partageait avec son frère. C'était un duplex, aussi ce n'était pas une cohabitation aussi bizarre qu'elle en avait l'air. Connor était parti un peu plus tôt, et les lumières du premier étage étaient éteintes. L'appartement de Colleen était au second étage — un escalier à l'arrière menait à une petite terrasse et à sa porte.

Elle se demanda si la mystérieuse jeune femme était déjà venue chez eux.

— Tout va bien, murmura-t-elle en ouvrant sa porte. Après tout, nous aussi, nous avons quelqu'un dans notre vie. N'est-ce pas, Rufus ?

Soixante-dix kilos de poils rêches et gris, de muscles et d'énergie brute lui foncèrent dessus en guise de réponse. Elle ne se déroba pas devant les assauts d'amour de son chien, lui flattant la tête, le caressant d'une main énergique et plongeant son regard dans le sien.

— Qui veut un biscuit ? s'exclama-t-elle enfin, tout en se dégageant. Est-ce que c'est nous ? Je prendrais bien un Oreo… Et toi, mon compatriote, que dirais-tu d'un délicieux Milk-Bone ?

Un abruti fini avait acheté Rufus quand il était bébé, sans s'inquiéter de la taille qu'il ferait adulte, et s'en était séparé sans vergogne quand le chiot était devenu trop encombrant. Il ne savait pas ce qu'il avait perdu… Mais elle, elle avait tout gagné car, comme l'avait pressenti Bryce Campbell, Rufus et elle étaient des âmes sœurs.

Elle appela Rushing Creek et parla avec Joanie, l'infirmière d'astreinte, pour s'assurer que Gramp passait une nuit calme et que tout allait bien. Elle raccrocha avec un soupir et alla chercher les biscuits. Elle obligea Rufus à faire tenir le sien sur son museau avant de l'avaler, puis se laissa tomber sur le canapé avec le paquet d'Oreo. Parce que, soyons honnêtes, personne ne mange qu'un seul Oreo.

Il y avait de l'amour dans l'air. Elle le sentait vibrer tout autour d'elle — Faith et Levi attendaient un bébé ; Honor et Tom étaient sur le point de se marier ; Brandy et Ted étaient fiancés. Paulina et Bryce, bon, ce n'était pas encore fait, loin de là, mais elle avait l'opportunité de réussir quelque chose de bien.

Et Connor voyait quelqu'un…

Cette dernière pensée lui mit un coup. Elle aurait pourtant dû se réjouir. Combien de fois par le passé l'aurait-elle volontiers vendu aux gitans pour en être débarrassée (elle l'avait même proposé à l'adoption quand ils avaient douze ans et qu'il avait annoncé à tout le réfectoire qu'elle avait ses règles)? Pendant l'horrible et affligeant divorce de leurs parents, ils étaient devenus plus proches que jamais. Ils se voyaient tous les jours, mais cela ne les empêchait pas de s'appeler ou de s'écrire des textos, souvent dans une synchronicité parfaite.

Etrange, d'imaginer son frère jumeau avec une femme et des enfants. Bien entendu, elle voulait son bonheur. C'était juste qu'elle s'était figuré que cela arriverait dans un avenir baigné de soleil, où elle aurait déjà autour d'elle un magnifique époux et d'adorables bambins.

Mais cette image avait toujours un aspect ouaté, légèrement surexposé comme si le soleil brillait trop fort, et le visage de son mari était flou.

Il y avait pourtant eu une époque où elle avait su exactement à qui appartenait ce visage, et il était parfaitement reconnaissable.

2

— Maman dit que tu es un handicapé des sentiments.

Lucas Campbell leva les yeux vers l'enfant qui se tenait sur le pas de la porte de son bureau chez Forbes Properties. De type rase-mottes, genre féminin, catégorie nièce.

— Merci, ça me va droit au cœur. Je croyais t'avoir bannie de ce bureau, répondit-il.

Il pressa le bouton de l'interphone pour appeler son assistante.

— Susan, s'il vous plaît, appelez la sécurité, faites reconduire ma nièce jusqu'à la sortie du bâtiment.

— Elle a cinq ans, fit remarquer la voix féminine au bout de la ligne.

— Alors dites-leur d'envoyer une équipe, si nécessaire.

Chloe se fendit d'un large sourire, dévoilant l'espace vide entre ses dents de devant.

— Maman dit aussi que tu es constipaté.

— La petite m'enlève le mot de la bouche ! lança Susan, avant de raccrocher.

Il jeta un regard à sa nièce.

— On dit *constipé*. Tu vas devoir faire beaucoup mieux, si tu veux continuer à me critiquer. Qu'est-ce que tu fais ici ? Est-ce que je ne t'avais pas payée pour que tu ne viennes plus m'embêter ?

— J'ai tout dépensé.

— Et alors ?

— Alors tu dois me donner plus d'argent.

Une mentalité de vraie petite femme entretenue !

25

Elle sautilla jusqu'à lui et grimpa sur ses genoux.

— Ne crois pas que cet élan d'affection te fera gagner des points, marmonna-t-il.

— Qu'est-ce que tu regardes ? demanda-t-elle en s'appuyant contre lui.

— Le nouveau gratte-ciel que M. Forbes construit.

— Moi, je veux vivre dans le penthouse.

— Tu es fauchée comme les blés. Et tu ne gagnes pas ta vie, je te ferais remarquer. Tu ne sais même pas conduire. Pas très bien, en tout cas.

Le visage enfoui dans les cheveux de sa nièce, Lucas ne put s'empêcher de sourire en l'entendant pouffer.

— Est-ce que ce n'est pas une princesse que je vois là ?

— Bonjour, Frank !

Chloe se laissa glisser des genoux de son oncle pour se précipiter vers Frank Forbes.

— J'ai vu ton nouveau gratte-ciel et je veux vivre dans le penthouse !

Frank Forbes éclata de rire et se baissa pour la prendre dans ses bras.

— Eh bien, tu peux y rester une nuit avant que nous le vendions, qu'est-ce que tu en dis ? Toi et tes sœurs ?

— Youpi !

— Qui que tu sois, petite fille, va voir Susan et dis-lui de te laisser répondre au téléphone, dit Lucas. Tu peux même être sa chef jusqu'à ce que ta mère vienne te chercher.

Stephanie, sa sœur aînée, travaillait à la comptabilité sept étages en dessous et lui envoyait quelquefois sa petite dernière pour le taquiner. Chloe était d'ordinaire à la garderie de l'entreprise. Ses sœurs, Mercedes, qui avait seize ans à présent, ainsi que Cara et Tiffany, les jumelles de quatorze ans, y étaient toutes allées.

Chloe marcha jusqu'à la réception d'un pas martial. Rien de tel que la promesse d'exercer le pouvoir pour la motiver.

— Prête à rejoindre l'entreprise ! plaisanta Frank en s'asseyant sur la chaise en cuir devant le bureau.

Lucas esquissa un sourire et attendit. Quand Frank passait

par son bureau, ces derniers temps, c'était pour tenter de le convaincre de rester chez Forbes Properties. Mais, malgré toute la reconnaissance qu'il éprouvait pour l'homme, qui était son patron et ex-beau-père (oui, il avait été un membre de la famille Forbes), il avait décidé que le gratte-ciel Cambria serait son dernier projet au sein de l'entreprise.

— J'aimerais que tu restes, fiston. Rien ne t'oblige à quitter ce poste.

— Je vous remercie, mais je pense que le moment est venu pour moi… Vraiment.

Frank soupira.

— Peut-être. Mais ce ne sera pas la même chose ici sans toi.

En fait, Lucas avait toujours du mal à réaliser qu'il travaillait ici, qu'il prenait chaque jour l'ascenseur pour rejoindre le cinquante-troisième étage, lui, le gosse des quartiers sud de Chicago. Une ascension fulgurante depuis son job d'été après sa première année d'université, où il avait été engagé par Forbes Properties comme simple aide-manœuvre — pour trimballer les outils et les matériaux, nettoyer les chantiers de construction après le passage des menuisiers et des électriciens —, avant de monter en grade et d'avoir le droit d'enfoncer des clous et de scier des planches.

Quatre ans plus tard, il obtenait une promotion, avec tous les avantages qui allaient avec, le titre, le salaire, l'assurance maladie.

C'est ce qui arrivait quand vous mettiez enceinte la fille du grand patron.

Frank ne lui avait pas tenu rigueur de cette transgression et l'avait traité bien mieux qu'il ne le méritait. Il l'avait accueilli dans sa famille comme un membre à part entière — lui, mais aussi Stephanie et ses filles. Mais malgré tout il ne pouvait plus rester au sein de l'entreprise. Il serait de toute façon toujours redevable aux Forbes.

— Est-ce que tu as vu ma fille, ces derniers temps? demanda Frank.

— On a dîné ensemble, il n'y a pas longtemps.
Il y eut un silence.
— Elle a bonne mine, tu ne trouves pas ?
— C'est vrai.
L'interphone bourdonna. La voix de Chloe jaillit.
— Il y a quelqu'un qui veut te parler. Ligne trois.
— Tu as demandé qui c'était ?
— Non. T'as qu'à lui demander toi-même.
Frank sourit et se leva.
— On se voit plus tard, fiston.
— Merci, Frank.
Il suivit des yeux l'homme qui se dirigeait vers la porte.
Il allait forcément s'arrêter pour parler à Chloe, elle collectait les âmes comme un petit diable.
— Lucas Campbell, dit-il en décrochant.
— Lucas ? C'est Joe.
— Salut, oncle Joe. Comment ça va ?
Il y eut un silence sur la ligne.
— Pas si bien que ça, mon garçon.
Une angoisse sourde enfla dans la poitrine de Lucas.
— Qu'est-ce qu'il y a ?
— Eh bien… La tumeur grossit, et je pense que j'aimerais… Tu sais… tirer ma révérence.
Les mots parurent résonner comme un écho lointain. Lucas tourna la tête vers la baie vitrée, balayant distraitement du regard la Willis Tower, l'Aon Center. Il déglutit avec difficulté.
— Qu'est-ce que je peux faire, Joe ?
— Est-ce que tu pourrais venir passer quelque temps ici ? Je m'inquiète pour Bryce… Il aura besoin d'être entouré. Et puis je voudrais que tu m'aides à régler certaines choses.
— Bien sûr.
Joe souffrait d'une insuffisance rénale et était dialysé depuis dix-huit mois ; il avait commencé par une séance par semaine, puis deux, puis la fréquence était devenue quotidienne. Le traitement le fatiguait beaucoup, mais la dialyse pouvait le maintenir en vie presque indéfiniment.

Malheureusement, lors d'un scanner de routine, on lui avait détecté un cancer du poumon de grade quatre, qui réduisait considérablement son espérance de vie. Or Joe voulait maîtriser ses derniers jours, du moins autant qu'il le pouvait.

Joe était le frère aîné du père de Lucas, qui était décédé, et son seul oncle. Sa femme Didi n'avait pas la fibre maternelle, et leur fils unique, Bryce, était un adolescent attardé, qui manquait cruellement de bon sens et de maturité. Même s'ils avaient presque le même âge, Lucas et lui ne pouvaient être plus différents.

— Est-ce que Bryce travaille toujours dans la vigne ?

Son cousin avait été engagé dans l'un des nombreux petits vignobles des Finger Lakes.

— Non, il a arrêté. Ça ne lui plaisait pas.

Ah ! Lucas essaya de se souvenir si Bryce avait déjà gardé le même travail plus de trois mois d'affilée, mais rien ne lui revint en mémoire.

— J'aimerais le voir installé avant que... Le plus rapidement possible, ajouta Joe. Tu comprends... Savoir qu'il a un emploi. Qu'il est heureux. Stable.

Adulte ? pensa Lucas. Il y a quelques semaines, il avait parlé à Bryce, et la conversation avait principalement tourné autour du sport et des White Sox.

Cela faisait des années qu'il n'était pas retourné à Manningsport. Non qu'il s'y sente chez lui — il y avait seulement vécu pendant quatre mois.

— Je vais m'arranger. Je te rappelle ce soir, Joe.

Il reposa d'un geste lent le téléphone sur sa base.

Il irait donc à Manningsport. Une fois de plus, il ferait de son mieux pour aider Bryce. Une fois de plus, il devrait supporter sa tante Didi, qui ne lui avait trouvé d'intérêt que lorsqu'il était marié à Ellen Forbes et ne lui avait toujours pas pardonné son divorce.

Et il reverrait Colleen O'Rourke.

3

— Salut, mon sucre d'orge ! Les *nachos* arrivent ! lança Colleen à sa petite sœur, qui s'agitait sur la première banquette du pub.

Le visage de Savannah s'éclaira, puis se rembrunit presque aussitôt.

— Oh ! non, merci, répondit-elle en tirant sur son T-shirt violet qui la boudinait. Plutôt de l'eau avec une salade ? Avec la sauce à part ?

Colleen s'immobilisa.

— Tu n'aimes plus les *nachos* de Connor, tout à coup ?

C'était une tradition : le vendredi, Savannah les rejoignait au pub pendant que leur père et Gail sortaient. Et ils dînaient tous les trois ensemble, parce que, même si Connor ne pouvait plus voir leur paternel en peinture et n'adressait pas la parole à Gail, ce n'était pas un salaud. En fait, les jumeaux aimaient tous les deux beaucoup Savannah. Ils l'aimaient même énormément.

Les forces supérieures de l'univers avaient fait preuve de mansuétude à l'égard de Gail-la-Grue-Chianese-O'Rourke lorsque celle-ci attendait Savannah.

Il y a neuf ans, malgré l'infidélité de son père et la grossesse de la Grue, Colleen avait accepté d'aller dîner chez eux. Elle se trouvait dans le cellier où elle était descendue pour prendre une bouteille de vin quand elle avait entendu Gail dire : « Si Colleen est jolie, imagine à quoi ressemblera notre fille. Tu crois qu'il est trop tôt pour appeler une agence de mannequins ? » Pendant que le rire des futurs parents résonnait, elle était restée figée là, assaillie par une vague de nausées.

Le bébé ne pouvait être que magnifique. Forcément… Quel bébé ne l'était pas ? Mais elle savait exactement ce que Gail avait voulu dire. Si Colleen était jolie, comme son père aimait à le faire remarquer, la deuxième bouture le serait encore plus.

Cependant, le karma voulait que les parents prient pour que leur enfant naisse en bonne santé, pas pour qu'il ait les traits fins.

Savannah n'était pas jolie.

Ce qui n'avait pas empêché Colleen d'en tomber amoureuse à la seconde où elle l'avait vue à l'hôpital, avec sa petite tête en pain de sucre et son petit nez retroussé. Elle s'était tout de suite investie : elle lui changeait ses couches, la promenait, la berçait, la couvrait de baisers. Cela avait été pareil pour Connor, même s'il y mettait légèrement moins de ferveur — c'était quand même un garçon. Mais Colleen était conquise.

Elle n'aurait su dire si Gail l'était… Elle ne laissait rien paraître, en tout cas.

Savannah était une enfant pleine de vie, intéressante et tellement drôle, mais elle n'était pas belle comme sa mère, qui n'avait que quatre ans de plus que Colleen, ou sa demi-sœur. Savannah était trapue et diaphane, plus blanche que beaucoup d'Irlandais, ce qui n'est pas peu dire, alors que Colleen avait le teint crème et les joues roses. Son visage était parsemé de grosses taches de rousseur qui dépassaient le simple saupoudrage cannelle, et ses yeux clairs étaient rapprochés l'un de l'autre. Là où Gail avait les cheveux du même auburn qu'un setter irlandais, ceux de Savannah étaient d'un blond vénitien tirant vers le rose.

Elle marchait d'un pas lourd, malgré les leçons de Gail, qui essayait de lui apprendre à se déplacer sur la pointe des pieds. Savannah était une fille charpentée, avec un centre de gravité bas qui en faisait une bonne receveuse dans l'équipe de softball des O'Rourke, managée par Colleen. Mais elle ne correspondait en rien à la fille que Gail avait imaginée.

Gail n'était pas une mauvaise mère. Elle veillait à ce que Savannah mange des légumes, dorme assez et se rende à ses activités extra-scolaires. Elle la conduisait elle-même à son cours de trompette, même si elle aurait préféré la flûte ou le violon ou tout autre instrument plus « féminin » pour sa fille. Savannah était clairement une énigme pour Gail. Si différente d'elle, qui faisait une taille 36, qui avait de longs cheveux brillants et raides, des yeux vert émeraude (bien entendu), des seins qui pointaient fièrement vers le haut (Savannah n'avait pas été allaitée) et des fesses superbes.

Elle s'entêtait à acheter des microshorts et des tops courts pour Savannah, qui ne se sentait à l'aise qu'en T-shirt et sweat large des Yankees.

— De la salade ? dit Colleen.

— Maman dit que je dois perdre un peu de poids.

Colleen cligna des yeux. Sa sœur n'avait que neuf ans… Neuf ans. D'accord, elle était en léger surpoids. Mais c'était surtout une constitution… Et puis, d'une seconde à l'autre, elle prendrait douze centimètres, et les choses s'équilibreraient d'elles-mêmes.

— Ecoute, mon cœur, c'est sûr que c'est important de manger sainement. Ta mère n'a pas tort à ce sujet…

— J'ai mangé une côtelette de porc grillée à midi. Et des brocolis. Avec de l'eau. Pas de glucides.

Bon sang.

— Hmm… Très équilibré et diététique. Mais tout est dans la modération, tu ne crois pas ? Et puis il n'y a pas de mal à manger des *nachos* une fois par semaine. Une vie sans *nachos*, ce n'est pas une vie, hein ?

Un large sourire s'épanouit sur le visage de sa sœur.

Dix minutes plus tard, lorsque Connor posa les *nachos* sur la table et se glissa à côté de Savannah, tout était rentré dans l'ordre. Ils l'écoutèrent raconter joyeusement sa semaine, puis la discussion dériva logiquement sur le sport, et sur le base-ball et leur équipe (tous des supporters des Yankees, évidemment). Après le repas, Connor l'emmena en cuisine et lui confia la responsabilité de napper de sauce les parts de cheese-cake, et Colleen la laissa prendre quelques commandes. Les habitués adoraient Savannah.

A son arrivée dans le bar, Gail serra sa fille dans ses bras, non sans remarquer la tache qui ornait le devant de son T-shirt. Colleen enregistra distraitement la petite grimace désapprobatrice.

— Sauce salsa, se crut-elle obligée de dire. C'est notre soirée *nachos* ! La tradition, c'est la tradition.

— Hmmm… OK. Bonne nuit, Colleen.

Elle pivota et se dirigea vers la sortie en entraînant Savannah. Celle-ci se retourna pour lui sourire, avant de disparaître sur un dernier signe de la main.

Donc oui. Il y avait bien une similitude entre sa sœur et Paulina Petrosinsky. Elle était même criante.

Savannah, comme Paulina, manquait de certains atouts féminins que d'aucuns trouvaient importants. Pour autant, cela ne voulait pas dire qu'elles méritaient moins que les autres de trouver l'amour avec l'homme de leurs rêves (même si, bien sûr, Savannah avait encore le temps, et c'était tant mieux). La mission de ce soir était simple : faire en sorte que Bryce « voie » Paulina. Première étape.

En parlant de l'intéressée, celle-ci passait à l'instant même la porte et s'avançait vers Colleen, enveloppée dans ce qui ressemblait à une toge grisâtre qui lui descendait bien au-dessous du genou. Elle lui avait dit « doux », « féminin » et « lumineux » quand Paulina avait demandé ce qu'elle devait mettre. Pas « gris ». Elle n'avait pas prononcé une seule fois le mot *gris*. *Toge* non plus, d'ailleurs.

— Alors, comment je suis ? demanda Paulina. Le vendeur m'a affirmé que ça convenait à toutes les silhouettes, du coup, j'en ai acheté six.

Colleen l'attrapa par le bras et la poussa dans le bureau. Elle glissa un œil sur son frère, assis devant son ordinateur, en train de faire Dieu sait quoi.

— Dehors, Connor. Une urgence vestimentaire.

— Je devrais peut-être rester, alors, non ? lâcha-t-il sans même lever les yeux de son écran.

— Il y a un problème ? s'inquiéta Paulina. Merde. Tu sais quoi ? Cela ne marchera jamais. Il vaut mieux que je rentre.

— Oh que non ! Tu restes là, dit Colleen. Haut les cœurs, ma chère ! Laisse-moi juste arranger tes cheveux un petit peu, d'accord ? On recherche un look à la garçonne, mais tu as eu la main un peu lourde sur le gel.

Et c'était un doux euphémisme ! Comment avait-elle fait son compte ? Pas une seule mèche de cheveux ne semblait avoir été épargnée. Elles pointaient raidies de gel vers le ciel. Colleen passa une main dessus pour les ébouriffer un peu et redonner du mouvement.

— Voyons voir pour ce euh… Ce pull… Cette tunique ? C'est un pull-tunique ! s'exclama-t-elle en tirant dessus. C'est ça ?

— C'est un sweat transformable, répondit Paulina en le plaquant contre elle. J'en ai cinq autres comme ça.

— Oui, tu viens de le dire.

Le visage de Paulina vira au rouge pivoine. Colleen tendit le bras au-dessus de Connor pour se saisir d'un dossier et se mit à l'éventer, sans se départir de son sourire. Elle devait l'encourager. La confiance en soi était l'essence même de la vraie beauté.

— Très bien. Garde le sweat. C'est une pièce pour le moins… originale.

— On peut le porter de dix-sept façons différentes, reprit Paulina. Comme ça, fluide, c'est ma façon préférée…

Ça… pour être fluide, c'était fluide… de surcroît clairement trop long pour elle, qui n'était pas grande… elle avoisinait peut-être les un mètre cinquante-cinq, et le tissu pendouillait, balayant presque le sol.

— Et puis si tu prends les bords et que tu les enroules autour du cou, comme ça…

— Et pourquoi tu voudrais faire ça ? Pour te pendre ?

— Et regarde… Comme ça, tu peux même en faire une robe, ou une écharpe. Ou même une jupe.

— « C'est une chaussette, c'est un drap, c'est une selle », entonna Connor. Colleen, ça ne te fait pas penser au *Lorax* ? Comment il s'appelait, déjà, ce morceau de tissu très polyvalent fabriqué à partir des feuilles des arbres Truffula ?

— Du Thneed, répondit-elle distraitement, concentrée sur Paulina. Voyons… Laisse-moi le draper… hmm… Comme ça, super. Voilà !

C'était vraiment un drôle de sweat, mais si Paulina pensait que c'était seyant…

— Il camoufle bien mes défauts, insista Paulina.

— Tu n'as pas de défauts. Tu es une fille sportive, équilibrée, tu mènes une vie saine.

— Dis, Paulina, c'est vrai que tu peux faire vingt-cinq développés couché d'affilée ? lança Connor, gagnant aussitôt un coup de pied dans le tibia.

— Tout à fait, répondit-elle fièrement sans remarquer l'échange non verbal entre les jumeaux.

— Et c'est super, mais ce soir nous cherchons juste à irradier la féminité. Non, ne panique pas. Vois ça comme un échauffement… Dis-toi que nous plantons les graines, c'est tout.

— Des graines de Truffula qui nous feront tout plein de petits Thneeds, ironisa son frère.

— La ferme, Connor. Tu n'as pas quelque chose qui rôtit au four… un truc urgent à faire en cuisine ?

Il finit par sortir du bureau (quand même !).

— Tu n'as aucune raison d'être nerveuse, Paulina, reprit-elle plus doucement. Tu connais Bryce depuis des lustres…

— Justement, marmonna-t-elle, le visage marbré de taches rouges.

— … et il t'apprécie déjà beaucoup.

— Il apprécie tout le monde.

Elle n'avait pas tort. Bryce n'avait pas mauvais fond, pas une once de méchanceté. Une pâte… Aussi bon dedans qu'il était beau à l'extérieur. D'ailleurs, les femmes se comportaient avec lui comme des missiles à tête chercheuse.

— Ce soir, tu veux seulement attirer son attention et lui

donner à voir une facette de toi autre que celle du bon pote, expliqua Colleen. D'accord ? Ne parle pas sport, ne fais pas mention des poids que tu es capable de soulever. Dis-lui simplement quelque chose du genre : « Oh ! salut, Bryce ! Je te trouve très séduisant, ce soir. »

Paulina eut un haut-le-cœur.

— Du calme. Ça va aller. Bryce *est* séduisant. C'est un fait. Alors rappelle-toi juste que tu es là, disponible et féminine jusqu'au bout des ongles. Je veux que tu lui effleures le bras, comme ça, juste un petit effleurement des seins.

Elle fit une démonstration, pressant légèrement ses seins contre l'épaule de Paulina.

— Tu sens bon, murmura cette dernière.

— Voilà exactement le genre de choses que tu peux lui dire !

— Non, je voulais dire que tu sens très bon.

Colleen s'arrêta un instant, décontenancée.

— Merci. Prends une grande inspiration.

Colleen jeta un regard au visage sympathique et écarlate de Paulina.

— Tu sais comment font les requins ? Un simple contact physique leur suffit pour savoir si le menu est à leur goût. Pense au requin... Assure-toi d'apparaître sur son radar, de piquer sa curiosité.

— Compris : Piquer. Requin. Radar.

Elle était carrément en train d'hyperventiler.

— Inspire, compte jusqu'à quatre, bloque ton souffle, compte jusqu'à quatre, expire, compte jusqu'à quatre, voilà c'est bien, tout rentre dans l'ordre. Je connais le genre de filles qui attire Bryce, et tu sais quoi ? Elles ne sont pas faites pour lui... Sinon il serait déjà marié à l'une d'elles. Dis-toi que tu es celle qu'il attend depuis toujours.

— Tu n'exagères pas un tout petit peu, Colleen ?

— Ça s'appelle la confiance en soi.

Elle posa les mains sur les épaules musculeuses de Paulina et plongea dans son regard.

— Je serai derrière le comptoir.

— Et si je dis ce qu'il ne faut pas ? S'il se moque de moi ? Je pourrais vomir et…

— Calme-toi. Souviens-toi : tu es une jeune femme indépendante, intelligente, à la tête d'une entreprise florissante, quand même… Tu as quoi, un master en administration des affaires, c'est ça ? Tu es très appréciée, Paulina. Bryce a uniquement besoin qu'on lui ouvre les yeux… Qu'on l'aide à voir la personne magnifique qu'il a devant lui. Et, si tu l'aimes vraiment, il vaut bien qu'on se batte un peu, non ?

Paulina se redressa.

— Oui. Il le vaut bien.

— Alors c'est parti. Oh, et dernière chose… Je sais que c'est cliché, mais ce soir pas de bière. Je veux que tu prennes un martini ou un mojito. Terminé la Genesee.

— Féminine, fabuleuse, martini, mojito.

— Parfait. Et la prochaine fois ose une couleur plus *girly*. Oublie le gris.

— C'est nuance brume.

— C'est gris. Fais-moi confiance. Je te rappelle que c'est toi qui as fait appel à moi pour avoir des conseils d'experte. Donc plus de Thneed.

Paulina fit rouler sa tête de gauche à droite, faisant craquer sa nuque.

— Et si — c'est juste pour envisager tous les aspects de la situation —, et si je perds mes moyens ?

— Euh… Je te ferai signe.

— C'est vrai ? Oh ! Colleen, ce serait génial !

— Pas de problème. Il faut toutefois se mettre d'accord sur la façon de communiquer entre nous… Tu vois ce geste ?

Elle rejeta ses cheveux en arrière d'un mouvement ample. Un geste universellement reconnu et compris des hommes, celui qui disait : « Je suis jeune, disponible, sûre de moi, de surcroît féconde. »

— Quand je ferai ça avec mes cheveux, ça voudra dire « repli ». Tu n'auras qu'à faire quelques pas en arrière en prétextant que tu dois répondre à ton portable. D'accord ?

— Bien reçu.

Colleen prit la jeune femme par les épaules.

— Tu es quelqu'un d'unique, et Bryce ne connaît pas sa chance.

Malgré sa respiration difficile, Paulina esquissa un sourire très doux.

— D'accord. Merci, Colleen. Si tu le dis.

— Je le pense. Maintenant, sors d'ici et montre-moi de quoi tu es capable. Tu as bien en tête tes phrases d'accroche ?

— « Salut, Bryce, tu sens trop bon. »

— Non non, on ne veut surtout pas qu'il pense qu'il est appétissant comme un tournedos sur le gril. Tu t'en tiens à la phrase : « Salut, Bryce ! Je te trouve très séduisant, ce soir. »

— Salut, Bryce, tu es si beau, ce soir.

Colleen accrocha son regard et ne lâcha pas.

— Séduisant !

— … Et séduisant, aussi.

— Je te trouve très séduisant ce soir, Bryce, répéta-t-elle.

— Tout comme toi.

— Pas mal. Alors en piste, annonça Colleen. J'aurai une oreille qui traîne.

Elle tint la porte ouverte à Paulina, puis se glissa derrière le bar. Elle tira une Guinness pour Gerard et sourit machinalement à son compliment, guettant du coin de l'œil sa protégée.

Il n'y avait pas encore beaucoup de clients ; on était fin mai, un mardi, et l'agitation estivale était encore loin. Elle pourrait suivre leurs échanges sans rien perdre de la scène. Il fallait que cela se passe bien. Paulina méritait un peu de bonheur. Colleen avait l'impression de le lui devoir…

Quand elles étaient en sixième, il était arrivé quelque chose à Paulina. Ses cheveux étaient devenus gras, son visage, bourgeonnant, et elle s'était épaissie sans grandir. Pas un drame en soi. Après tout, Faith souffrait d'épilepsie, Jessica Dunn portait des vêtements de seconde main, et les pellicules d'Asswipe Jones auraient pu faire l'objet d'un flash météo.

Mais il y avait eu l'Odeur. Paulina exhalait une odeur « pas-très-agréable ». Au début, les élèves avaient fait comme si de rien n'était. Puis les chuchotements et les regards en coin avaient commencé dans le dos de cette bonne vieille Paulina, qui continuait à sourire et rougir, inconsciente de ce qui se tramait.

Un jour, plusieurs de ses camarades décidèrent de s'en ouvrir à leur professeur d'anglais. Mme Hess était jeune, jolie et sympa, avec un accent du Sud, délicieusement exotique. Elle les avait écoutés jusqu'au bout avec beaucoup de sollicitude.

— Je comprends votre position. Et je crois qu'il faut que vous lui en parliez de vive voix. Ne voudriez-vous pas qu'on vous le signale si cela vous arrivait ? L'un d'entre vous doit prendre votre camarade à part et lui dire simplement la vérité. C'est un service que vous lui rendez. Sinon, comment peut-elle y remédier si elle ne le sait même pas, la pauvre ?

Colleen avait été immédiatement choisie pour s'en charger. C'était une évidence pour l'ensemble du groupe : s'il y avait quelqu'un qui pouvait s'en tirer au mieux, c'était Colleen. Personnellement, elle pensait que Faith aurait été un meilleur choix, mais les autres filles étaient persuadées qu'il valait mieux que ce soit elle. Et donc, le lendemain, alors que la sonnerie de l'interclasse résonnait, Mme Hess avait demandé à Paulina de rester.

— Colleen voudrait te parler, avait-elle dit avant de quitter la salle.

— Qu'est-ce qu'il y a ?

Paulina avait l'air ravie, et Colleen avait senti son cœur se serrer. Elle avait été nerveuse toute la journée, et la pizza trop grasse qu'elle avait mangée à la cafétéria au déjeuner ajoutait à son malaise.

Colleen était populaire sans être une peste, et unanimement appréciée. Elle avait tout pour elle — un physique avantageux, le contact facile, sans parler du glamour ultime : un frère jumeau. Autant d'atouts que n'avait pas Paulina, même si tout le monde la trouvait gentille.

Colleen n'avait pas encore dit un seul mot, mais elle avait un mauvais pressentiment.

— Bon…, avait-elle lancé en s'asseyant près de Paulina, qui était vêtue d'un pantalon velours de couleur rouille et d'un sweat-shirt incrusté de strass.

Son estomac jouait au yo-yo. Bon sang, Faith aurait vraiment fait ça tellement mieux qu'elle. C'était même la personne idéale. Douce, gentille, un peu mélo sur les bords, elle aurait trouvé la manière de le dire, avec le ton juste.

— OK, eh bien, voilà, Paulina.

— Oui ?

— On se disait… Enfin, certains d'entre nous…

Elle s'était éclairci la gorge. Elle pouvait presque sentir l'odeur aigre sur sa langue. La mère de Paulina n'abordait donc pas ce genre de sujets avec sa fille ? Elle s'était mordillé l'ongle du pouce, cherchant ses mots.

— Et… Euh, c'était au sujet de choses qui, euh… Les hormones et les changements chez certaines personnes à l'adolescence, ce genre de trucs.

Paulina avait froncé les sourcils.

— Oh !

Son estomac s'était soulevé brutalement, mais elle avait continué, se faisant violence :

— Il n'y a rien de grave, Paulina. Tu es quelqu'un d'adorable, de vraiment gentil et d'intelligent et tout ça. Mais, euh… Eh bien… C'est juste cette… Odeur… Il y a autour de toi une mauvaise odeur.

Elle s'était interrompue, avait grimacé pour masquer sa gêne.

— Je suis désolée…

Paulina l'avait dévisagée pendant ce qui lui avait paru une minute horriblement interminable, avant de baisser la tête.

— Je ne sens pas mauvais, avait-elle murmuré.

Colleen avait dégluti, essayant désespérément de faire passer ce goût désagréable qu'elle avait dans la bouche. Pourquoi avait-elle dû faire ça ? C'était le rôle de Mme Hess, ou celui de l'infirmière, qui aurait pu parler hormones avec Paulina.

— Je suis désolée, mais si. Parfois, c'est difficile de rester assis à côté de toi.

— Qui dit ça ? avait-elle chuchoté.

Une grosse larme avait roulé sur sa joue, s'était écrasée sur le plastique moulé du bureau.

— Juste… Quelques-uns d'entre nous. Je… On pensait qu'il fallait que tu sois au courant.

— Non, je ne sens pas mauvais !

Le cri de Paulina s'était répercuté à travers la pièce. Comme le crissement de la chaise reculant sur le sol quand elle s'était levée d'un bond avant de s'élancer vers la porte.

Et Colleen avait vomi de honte. La mauvaise conscience et la pizza trop grasse qui lui restait sur l'estomac l'avaient achevée. Rien à voir avec l'odeur de Paulina. Mais il n'en avait pas fallu plus pour que la rumeur enfle et se répande comme une traînée de poudre : « Paulina sent si mauvais qu'elle a fait vomir Colleen. »

Paulina n'était pas revenue à l'école de la semaine. Et Colleen ne s'était jamais sentie aussi nulle. Elle n'avait parlé à personne de ce qui s'était passé, sauf à Connor. Elle n'oublierait jamais l'expression navrée qui s'était peinte sur le visage de son frère. Il avait dit dans un souffle « Oh ! Colleen… », et elle avait su avec certitude qu'elle avait fait quelque chose d'horrible.

Le même mois, ils apprenaient que Paulina vivait des moments difficiles chez elle. Sa mère avait quitté le domicile conjugal pour suivre son amant et avait laissé sa fille avec son père. Quand cette dernière était revenue en cours, elle arborait une nouvelle coupe de cheveux et de nouveaux vêtements. L'odeur était à peine perceptible. Elle finit même par disparaître.

Un millier de fois, Colleen avait voulu s'excuser ; un millier de fois, elle s'était convaincue qu'elle ne ferait que rouvrir la plaie en ramenant ce sujet blessant sur la table. En seconde, elles s'étaient retrouvées à travailler ensemble sur un projet en sciences sociales, et Paulina avait été adorable. Comme si de rien n'était.

Alors, si elle voulait aujourd'hui aider Paulina à conquérir l'amour de sa vie, qui pouvait lui jeter la pierre ?

Paulina contourna le comptoir pour se rapprocher de l'endroit où Bryce avait pour habitude de s'asseoir. Elle n'entendit même pas Gerard qui la saluait. Elle regarda Colleen comme si elle se préparait à affronter toute une caserne de pompiers.

— Un mojito, Paulina ? lui lança celle-ci joyeusement en écrasant la menthe dans un verre.

— Oui, merci, Colleen, répondit Paulina tout en passant ses mains moites sur son sweat.

Bryce Campbell apparut au même instant, avec cette aisance toute masculine, grand et dégingandé, en jean et polo blanc. Il salua d'un geste de la main et s'installa à sa place habituelle, à l'extrémité du comptoir. Paulina émit un petit bruit étranglé.

Colleen lui tendit son mojito.

— « Salut, Bryce, tu es très séduisant ce soir », lui chuchota-t-elle.

— Colleen, tu ne voudrais pas me dire aussi des trucs à l'oreille ? lâcha Gerard. Je pense à tout un tas de choses que j'aimerais que tu me dises…

— Eh bien, pas maintenant… et tu es en train d'interrompre une discussion entre filles.

Elle sourit à Paulina.

— C'est le moment idéal.

— Je ne suis pas prête.

— Si, tu l'es.

— Non. Je n'y arriverai pas. Tu ne peux pas le faire pour moi ?

— Tu ne veux quand même pas que j'aille le voir pour lui dire que ma copine est amoureuse de lui et qu'elle voudrait bien sortir avec lui ?

— S'il te plaît…

— Non, bien sûr que non. On n'est plus à l'école primaire ! Allez… N'oublie pas : séduisant, requin, seins, sourire. Dès que tu te seras lancée, ça va aller comme sur des roulettes.

Etouffant un gémissement, Paulina s'avança à pas lents

vers l'extrémité du comptoir en forme de fer à cheval où Bryce était en train de discuter avec Jessica Dunn.

Hmmm. Jessica était bien trop jolie, une silhouette de top-modèle, blonde... tout ce qu'il aimait.

Paulina s'arrêta juste derrière lui et regarda Colleen. Pétrifiée, les yeux écarquillés, elle ressemblait à un lapin pris dans les phares d'une voiture. Profitant de la présence de Hannah avec elle derrière le comptoir, Colleen l'effleura de la poitrine pour rappeler à Paulina ce qu'elle avait à faire.

— Eloigne tes airbags de moi... ou je crie au harcèlement sexuel, ironisa sa cousine.

— Chut, lui souffla Colleen entre ses dents, un sourire plaqué sur le visage à l'attention de Paulina.

Cette dernière inspira pour se donner du courage et se lança. Elle plongea littéralement sur Bryce, qui, surpris, vacilla sur son tabouret, ses bras battant l'air. Jessica Dunn s'écarta juste avant qu'il ne s'étale par terre. Colleen voulut fermer les yeux, mais elle était comme hypnotisée.

— Oh, merde ! s'exclama Paulina.

Elle se pencha vivement vers Bryce pour l'aider à se relever, se prit le pied dans un pan de son Thneed, lui écrasa la main et lui renversa son mojito sur la tête.

— Merde ! Merde !

On était très loin de la douceur et de la féminité. Colleen rejeta ses cheveux en arrière, le signe du repli. Mais Paulina ne remarqua rien. Un petit bruit étouffé lui parvint du côté de Gerard. Elle lui coula un regard. Une rougeur colorait son visage, et il avait une main sur sa bouche. Le traître, il riait. Elle ne l'aurait pas cru du genre sadique (déformation professionnelle d'ambulancier, sans doute... à force de voir les autres souffrir). Paulina tirait maintenant Bryce par le bras, voulant à tout prix et un peu trop vigoureusement l'aider à se remettre debout. Il se cogna la tête contre le comptoir. Le choc se répercuta jusqu'aux verres à pied suspendus, qui se mirent à se balancer dans un cliquetis.

Colleen rejeta une nouvelle fois ses cheveux en arrière. Elle se mit à toussoter pour attirer l'attention de Paulina, qui ne la regardait toujours pas. Toussota encore, plus fort. Rejeta ses cheveux en arrière. Toussota. Rejeta ses cheveux en arrière. Toussota et rejeta ses cheveux en arrière.

— Waouh, Paulina, tout doux, d'accord ? lâcha Bryce en se frottant le bras et l'épaule.

Cette dernière, le visage cramoisi, triturait nerveusement les bords de son Thneed en le fixant.

Colleen rejeta encore ses cheveux en arrière. Si vivement qu'une douleur fusa dans sa nuque. Elle était bonne pour un torticolis. Mais Paulina ne daignait pas lui jeter un seul regard. En désespoir de cause, elle leva les bras.

— Qu'est-ce que tu fais ? demanda une voix grave derrière elle.

Elle eut soudain l'impression d'avoir avalé un bloc de glace qui se serait coincé en travers de sa poitrine.

Elle se retourna.

Oui, c'était bien Lucas Campbell.

Qui d'autre ? Il était à moins de un mètre d'elle, ses yeux sombres et pénétrants dardés sur elle.

Sa peau tiraillait, comme si elle s'était soudain rétractée sur ses os. Bouche : sèche. Cerveau : vide.

— Qu'est-ce que tu es en train de faire, Colleen ? répéta-t-il.

— Rien. Et je te retourne la question : qu'est-ce que tu fais là ?

— Je suis venu voir mon cousin.

— Alors, va voir ton cousin.

— Qu'es-tu en train de manigancer avec lui ?

— Je ne manigance absolument rien avec Bryce.

Quelle maturité dans l'échange ! N'avaient-ils donc rien d'autre à se dire ? Après dix années passées loin l'un de l'autre ? Après une rivière de larmes (les siennes) et de sang (le sien… enfin, elle se plaisait à penser qu'il avait souffert autant qu'elle).

Et ce regard de corsaire qui ne laissait rien trahir de ses pensées.

Merde.

Avec tous les pubs qui existent dans le monde, il fallait

qu'il…, ne put-elle s'empêcher de penser. Un rire nerveux enflait dangereusement dans son ventre.

Lucas Damien Campbell était *ici*. Ici, dans son bar. Il aurait au moins pu l'appeler. Est-ce que c'était vraiment trop demander ? « *Salut, Colleen, je viens rendre visite à mon cousin, alors il se pourrait que je passe par ton pub… Tiens-toi prête, d'accord ?* »

Colleen inspira avec difficulté et toussota pour se donner une contenance. Bien mal lui en prit, elle s'étouffa à moitié, secouée par une quinte de toux aussi réelle qu'irrépressible. Les larmes lui montèrent aux yeux tandis qu'elle cherchait à reprendre son souffle.

— Ça va ?

Et cette satanée voix sexy, chaude, enveloppante qui vous donnait l'impression de flotter dans une rivière de chocolat noir intense.

— Oui, super…, dit-elle, la respiration sifflante, en s'essuyant les yeux.

— Bien.

Il considéra le groupe de personnes à l'extrémité du comptoir. Elle suivit son regard. Jessica riait sans pouvoir s'arrêter, Bryce souriait, et Paulina… Paulina avait la tête de quelqu'un qui prie pour que le sol s'ouvre sous ses pieds et l'engloutisse tout entière.

— Est-ce que tu essaies de caser Bryce avec Paulina Petrosinsky ? demanda-t-il.

Bon sang. Toujours aussi perspicace et fin observateur, à ce que je vois.

— Non, dit-elle, surprise d'avoir pu émettre un son.

— Quelque chose me dit que c'est exactement ce que tu es en train de faire.

— Non, absolument pas.

— Si. C'est ce que tu fais.

Il haussa un sourcil, et elle sentit ses genoux flageoler. Elle n'en revenait pas. Il était *ici*. Ici avec dix ans de plus et magnifique. Elle avait pourtant l'impression que c'était hier qu'il l'avait emmenée au lac pour lui briser le cœur irrémédiablement. Le sale con.

Ses poumons étaient en feu alors qu'elle tentait de retenir sa respiration pour ne pas déclencher une nouvelle, et ô combien sexy, quinte de toux.

Il ressemblait plus que jamais à un corsaire… A un Heathcliff des landes, ténébreux et inquiétant… A l'exception de ses yeux, qui pouvaient refléter tant de tristesse. Et de joie, aussi parfois.

Ses cheveux noirs et souples étaient plus courts, mais toujours magnifiques. Il avait perdu sa minceur de jeune garçon, ses épaules s'étaient élargies. Il ne s'était pas rasé, et il lui parut plus grand qu'avant.

Quand il l'aimait.

Une lueur passa dans son regard comme s'il avait vu le fil de ses pensées.

L'année qui avait suivi le départ de Lucas, elle avait eu de ses nouvelles par Bryce, qui le mentionnait occasionnellement quand il venait au bar. « Je suis allé voir mon cousin le week-end dernier », ou « Lucas nous a emmenés, papa et moi, voir un match des White Sox ! » Jusqu'à ce qu'elle finisse dans un rare moment de fragilité par lui demander de ne plus évoquer Lucas devant elle. Et, dans un tout aussi rare moment d'empathie, Bryce avait eu l'air de comprendre.

Elle savait qu'il était marié, qu'il n'avait pas d'enfants — l'avenant Joe Campbell n'aurait pas manqué de le mentionner — et qu'il travaillait pour son beau-père. Voilà.

Elle lui avait dit de ne jamais la rappeler, de ne jamais écrire, et il s'y était tenu.

Et maintenant son cœur faisait le marteau-piqueur dans sa poitrine, et elle priait pour que le tumulte qui l'agitait ne se lise pas sur son visage.

Lucas prit une profonde inspiration.

— Colleen, je suis là parce que Joe m'a demandé de venir. Tu dois savoir qu'il est très malade.

Son cœur se serra involontairement.

— Oui, dit-elle.

Puis, craignant que ça sonne un peu trop comme un « oui, je le veux », elle crut plus sûr d'ajouter :

— Je veux dire, oui, je sais. Qu'il est malade... Je sais qu'il est malade. Et puis la dialyse le fatigue beaucoup, enfin, je suppose, et je suis désolée.

Elle cédait encore à son incontinence verbale, incapable d'endiguer son débit de paroles, « la Tourette de la terreur », comme l'appelait Connor quand elle se mettait à parler sous le coup d'une forte émotion... un peu comme à cet instant.

— Merci.

Il regarda à nouveau son cousin. OK, il se tramait bien quelque chose avec Bryce ce soir.

— C'est bon de te voir, reprit-il en reportant son attention sur elle.

— J'aimerais pouvoir dire la même chose.

Un coin de ses lèvres se releva furtivement. A peine perceptible, mais il déclencha une tempête en elle. Encore cinq minutes et elle serait de nouveau amoureuse.

— Bryce n'est pas en mesure de gérer ce genre de complications pour l'instant.

— Et, par complications, tu entends quoi, exactement ?

— L'oie blanche de Chicken King.

— Oh ! cool ! On dirait le début d'une romance Harlequin. J'ai hâte de la lire.

Elle coula un regard autour d'elle. L'héritière des Chicken King n'était nulle part en vue.

— Et qu'est-ce qui te fait penser que Paulina est vierge ? Qu'en sais-tu ? Peut-être que toute la ville lui est passée dessus.

Zéro crédibilité.

— J'en doute.

Une bouffée d'irritation l'envahit. Et c'était quoi, cette lueur dans son regard ?

— Qu'est-ce que tu es en train d'insinuer, Lucas ?

— Rien. Juste que ce n'est pas le genre de Paulina.

— Et si c'était une traînée, hein ? Peut-être que Bryce aime bien les traînées.

Là, il faut vraiment que tu la boucles, lui conseillait la voix de Connor — sa conscience — avec sagesse.

— Je suis sûr qu'il les aime.

— Alors quel est le problème ?

— J'essaie d'avoir une discussion rationnelle.

— Ah oui ? On ne s'est pas vus depuis dix ans, et toi, tu entres l'air de rien dans mon bar et tu donnes ton avis alors qu'on ne t'a rien demandé. Je sais que ton oncle est très malade, et devine quoi ? Je passe le voir quand il est en dialyse. On s'est toujours bien entendus. Je lui apporte des magazines, des biscuits, et il aime beaucoup mon chien.

— Tu as un chien ?

— Oui, j'en ai un... Ça t'en bouche un coin, hein ?

Tout doux, O'Rourke. Ne t'emballe pas.

Elle inspira, cherchant à se ressaisir. Elle devait paraître détachée, inaccessible.

— Est-ce que ça ne t'est pas venu à l'idée que peut-être Bryce avait besoin de quelqu'un pour passer ce moment difficile ?

— Ou peut-être qu'il n'a justement pas la tête à ça...

— Et peut-être que j'ai raison et que tu as tort.

Il inclina la tête sur le côté.

— Je comprends surtout que tu es encore en colère.

— Absolument pas.

— Laisse Bryce tranquille, d'accord ?

— Il faudra que tu m'y forces.

Il leva les yeux (magnifiques, bon sang !) au ciel et s'avança vers Bryce. Les deux hommes se donnèrent l'accolade.

Oh. Elle n'avait pas eu droit aux effusions, elle.

Maintenant, arrête de te comporter comme une gamine ! se morigéna-t-elle.

Lucas dit quelque chose, puis esquissa soudain un sourire. Et *quel* sourire. Fugace, à peine perceptible, c'était ça, son truc. A côté, elle se faisait l'effet d'un singe pubère ou d'un chacal ou d'une hyène ou de n'importe quel autre animal qui souriait beaucoup. Elle se tourna vers Victor Iskin, un habitué, qui était une encyclopédie animalière vivante.

— Dites-moi, Victor, les hyènes sourient plus que les singes, n'est-ce pas ?

— C'est tout à fait exact, répondit-il.

— Est-ce que j'ai l'air d'une hyène, là, tout de suite ?

— Comme vous y allez, ma chère. Je ne saurais dire !

— Colleen ! Laisse les clients tranquilles ! cria Connor de la cuisine.

Lucas et Bryce se dirigeaient vers la sortie, Dieu merci.

Les mains de Colleen tremblaient. Elle entendait un son étrange : c'était le petit sifflement qui s'échappait de sa trachée comprimée.

— C'était qui ?

Colleen s'arracha à son introspection et regarda Paulina.

— Alors… Comment ça s'est passé ?

— Je l'ai fait tomber, je lui ai écrasé la main, j'ai renversé mon mojito sur sa tête… Puis je lui ai déboîté le bras, l'ai fait se cogner contre le comptoir et je suis partie me planquer.

— C'est bien…

Paulina fronça les sourcils, puis regarda Colleen de plus près.

— C'était qui, le type avec qui tu parlais ? Il me dit quelque chose.

— C'est… c'est le cousin de Bryce.

— Oh oui, bien sûr ! Lucas, c'est ça ?

Elle passa une main dans ses cheveux.

— Vous êtes sortis ensemble, tous les deux, non ?

— Oui, souffla Colleen, en fermant les yeux.

— Eh ben, merde. Tu es toujours amoureuse de lui ?

— Non !

— Pas de fourmillements, de vagues de chaleur dans certaines parties de ton anatomie ?

— Quoi ? Non. Non, c'est… Bien sûr que non. Je veux dire… Il m'a brisé le cœur. Ça a été mon premier amour avec tout ce qui va avec, mais c'était il y a longtemps.

— Je donnerais cher pour que Bryce me regarde comme Lucas t'a regardée.

— On se prenait le bec.

Paulina haussa les sourcils.

— Alors, je donnerais tout pour qu'on se prenne le bec de cette façon avec Bryce.

Changeons de sujet.

— Bon… Le scénario de ce soir a un peu échappé à notre contrôle. Mais le bon côté de tout ça, c'est que tu as retenu son attention ! C'est une première étape.

— S'il ne demande pas une ordonnance de restriction à mon encontre.

— Oh ! allez. Faudrait encore qu'il sache ce que c'est.

— Il n'est pas idiot, Colleen.

Elle grimaça.

— Non, tu as raison. Excuse-moi. En tout cas, il n'est pas près d'oublier ce moment, ça ne va pas si mal.

Et toujours la voix de la raison, enfin, celle de Connor, qui continuait de résonner dans sa tête, s'entremêlant à celle de Paulina. *Ne te laisse pas avoir une deuxième fois par ses yeux… Oublie ses mains, sa bouche. Ce ne sont que des trucs qu'il utilise. Tu ne peux quand même pas refaire cette erreur.*

Alors pourquoi avait-elle cette sensation d'être déjà dans les ennuis jusqu'au cou ?

4

Colleen tomba amoureuse de Lucas Damien Campbell à la seconde où elle posa les yeux sur lui.

Elle en fut la première surprise parce qu'elle n'avait jamais cru au coup de foudre.

Déjà, à onze ans, quand sa mère pleurait devant une comédie romantique, Colleen, elle, ne voyait que les incohérences. Comment pouvait-on avaler que deux héros qui ne se connaissaient que depuis six jours soient des âmes sœurs destinées l'une à l'autre ? En cinquième, quand Tim Jansen lui avait déclaré sa flamme dans une lettre redondante et truffée de compliments hyperboliques (« Tes yeux sont plus brillants que des miroirs », ce qui lui avait foutu les jetons parce que quand on y pensait bien…) et de déclarations torturées (« C'est comme si mon cœur allait exploser quand tu me souris »), elle lui avait tapoté la main en lui conseillant de se mettre au sport pour canaliser ce trop-plein d'énergie.

Ça n'avait pas été différent au lycée, même si les silhouettes des garçons s'étaient subitement allongées. Malgré l'abondance d'hormones, malgré son amour inconditionnel pour Robert Downey Jr., Colleen restait au-dessus de la mêlée, indifférente. Elle préférait largement traîner avec son frère, rire avec ses amies, avec Faith et Jeremy, le couple parfait, qu'elle regardait avec tendresse et une pointe de mélancolie douce-amère. Quand elle aborda l'année de terminale, plus ou moins tous les garçons de Manningsport avaient tenté leur chance avec elle et s'étaient vu opposer le même « non », aimable, mais ferme. L'amour — surtout le « galochage » vite fait dans les couloirs —, ce n'était pas pour Colleen Margaret Mary O'Rourke.

— Comment ça, tu ne vas pas au bal de promo ? s'étonna sa mère, un soir, au cours du dîner. Aucun garçon ne te l'a demandé ?

— Neuf garçons l'ont invitée, mam', intervint Connor en se resservant de la purée.

Son frère y allait avec Sherry Wong, une tête en maths, comme lui.

— Le mélodrame, les robes de soirée, le papier crépon, les inévitables larmes... Non, merci.

— C'est ma fille, plastronna son père avec un petit hochement de tête entendu et un sourire satisfait.

Connor soupira, ses yeux bleus se voilèrent fugacement. Ce n'était un secret pour personne qu'elle était la préférée de leur père.

Les gens comme eux, disait son père de temps en temps, étaient trop futés pour ça. Elle n'aurait su dire avec précision ce qu'il entendait par *ça*, mais elle était heureuse et flattée qu'il la compte dans son groupe. L'approbation de son père n'avait pas de prix. Connor était intelligent, lui aussi — plus intelligent, d'ailleurs, si l'on se basait sur ses notes —, mais elle, elle pensait pareil que son père.

Pete O'Rourke, Irlandais brun aux yeux gris comme ceux de sa fille, plaisait encore beaucoup aux femmes de tous âges. Il était le petit dernier, et ses sœurs aînées le considéraient comme la star de la famille, elles continuaient à le couver lors des réunions familiales, le servant comme s'il était invalide, s'extasiant sur sa bosse des affaires et son dernier coup immobilier — il possédait six des quinze bâtiments commerciaux de la ville. Les hommes lui serraient la main, riaient ostensiblement à ses blagues et venaient chercher ses conseils.

La mère de Colleen en était toujours follement amoureuse, ce que Colleen trouvait à la fois mignon et agaçant. Dès qu'elle entendait la voiture de Pete dans l'allée, elle se débarrassait à toute allure de ses chaussons pour enfiler des chaussures à talons et se mettre du rouge à lèvres. Elle rougissait de plaisir quand il lui lançait un « Jeanette, est-ce que tu as une nouvelle coiffure ? » Balbutiait un « merci », sans réaliser que ce n'était pas vraiment un compliment. Alors son père faisait un clin d'œil complice à Colleen, qui se sentait à la fois coupable vis-à-vis de sa mère et flattée.

Dans la grande tradition familiale des O'Rourke, la mère de Colleen était tombée enceinte avant de finir la fac. Elle travaillait à temps partiel pour un décorateur d'intérieur et aurait pu faire carrière tant son patron appréciait son travail, mais elle avait refusé toute promotion. « Ton père est là pour subvenir aux besoins de sa famille », disait-elle.

Deux fois par an, à l'approche des vacances et pour le bal Black & White de Manningsport, elle commençait un régime (le dernier à la mode), pour perdre les quelques kilos dont elle se plaignait le reste du temps. Elle allait chez le coiffeur, s'achetait une nouvelle robe... Pourtant, malgré ses efforts, sa mère semblait toujours plus vieillotte, un petit peu plus mal fagotée, un petit peu moins assurée que son mari. A l'inverse, Pete O'Rourke était de ces gens qui semblaient se bonifier avec l'âge. Avec ses cheveux poivre et sel, ses traits extrêmement séduisants, c'était le Pierce Brosnan local.

On ne pouvait faire plus beau compliment à Colleen que de lui dire qu'elle était bien la fille de son père. Sauf peut-être quand ces mots sortaient de la bouche de sa mère ; elle y décelait une pointe d'amertume, comme un reproche à peine voilé. De toute façon, sa mère préférait Connor. Et c'était de bonne guerre.

Alors, les amours de lycée, le bal de promo et tous ces trucs... Très peu pour elle. Elle laissait ça à Theresa et Faith, par exemple, qui finiraient sans aucun doute par épouser leur petit ami de lycée. Que les autres filles se prennent la tête au sujet des garçons (ou des filles, dans le cas de Deirdre et Tiffy) ! Elle préférait dispenser ses conseils et repousser les avances. Elle était toujours joyeuse, avait en permanence une longueur d'avance sur tout le monde et ne se sentait jamais seule… Elle avait un frère jumeau, un père qui l'adorait et une meilleure amie. Elle aimait sa vie telle qu'elle était.

Et puis Lucas Campbell apparut.

Dans une petite ville comme Manningsport, l'arrivée de deux nouveaux élèves était un événement.

— S'il vous plaît… Un peu de silence, tout le monde, lâcha Mme Wheaton, leur professeur d'anglais.

Elle marqua une pause, tout en ajustant son affreuse robe chasuble en velours côtelé. Puis pencha la tête vers ses papiers.

— Nous attendons deux nouveaux. Bryce et Lucas Campbell. Euh… apparemment, ils sont cousins. Je compte sur vous pour bien les accueillir.

— Est-ce que Bryce est un prénom de garçon ? demanda Tanya Cross, qui n'était pas un cerveau.

— Oui, répondit Mme Wheaton. Maintenant, revenons à *Hamlet*. Qui peut me parler d'Ophélie ?

Mais l'ensemble de la classe avait décroché. La salle bruissait de gloussements étouffés. *Deux* nouveaux élèves de terminale ? Jeremy Lyon était arrivé l'été dernier et il était si beau ! Un miracle pouvait-il se produire deux fois au même endroit ? Les filles se mirent à chuchoter ou à s'ignorer royalement. Posture : étudiée. Cheveux : négligemment relevés, rejetés en arrière d'un mouvement de tête. Jambes : croisées. Lèvres : humectées.

Les garçons s'interrogeaient du regard, conscients que l'arrivée de deux nouveaux coqs dans le poulailler allait peut-être changer l'équilibre des forces. Enfin, pas tous. Asswipe Jones était assoupi sur son bureau (suite probable d'une gueule de bois), et Levi Cooper couvait Jessica d'un regard de braise. Quant à Jeremy, il semblait plus intéressé à cet instant par sa coupe de cheveux.

Colleen, elle, ne changea rien. Elle était déjà au top (et ne pratiquait absolument pas la fausse modestie). Mais elle aussi guettait la porte du coin de l'œil. Elle ne se cherchait pas de petit ami, mais elle tenait tout de même à son titre de fille la plus jolie, drôle et populaire du lycée et elle voulait le conserver.

La porte s'ouvrit soudain, et les deux nouveaux entrèrent dans la salle.

Il y eut un silence total, puis les murmures reprirent de plus belle.

— Waouh ! lâcha Tanya dans un souffle.

Pas de doute, le premier était vraiment canon. Yeux très bleus, cheveux châtain foncé et une coupe stylée mais pas trop. Une fossette dans la joue gauche. Si Colleen avait voulu sortir avec un garçon, elle se serait mise sur les rangs. Il croisa son regard et lui sourit. Flattée, elle esquissa à son tour un petit sourire, désormais sûre qu'elle pouvait « l'avoir » si elle voulait — ce qui n'était pas le cas, mais l'idée était plaisante.

Puis son regard glissa vers l'autre garçon et son sourire se figea.

Oh, Mon Dieu ! Si elle parvint à garder un visage impassible (du moins elle l'espérait), à l'intérieur, elle était en proie à un tsunami émotionnel… et physique. La bouche sèche, des milliers de papillons dans le ventre, des picotements dans les genoux (et dans d'autres parties de son corps)… Des sensations qu'elle perçut vaguement car son cerveau s'était arrêté de fonctionner.

Il avait un air de famille avec l'autre garçon, mais dans une version plus ténébreuse. Pas aussi beau, non. Ni aussi parfait, mais *tellement* plus fascinant.

Avec ses cheveux noirs, sa peau mate et ses yeux sombres et pénétrants, il ressemblait à un corsaire espagnol. A un bohémien. A Heathcliff dans *Les Hauts de Hurlevent,* et, comme lui, il avait cette expression qui laissait penser qu'il savait et voyait des choses qui échappaient au plus grand nombre, qu'il n'était pas aussi doux, aussi lisse ou aussi simple que le garçon qui se tenait à ses côtés.

— Lequel de vous deux est Bryce ? demanda Mme Wheaton.

— C'est moi, répondit celui aux yeux bleus. Et lui, c'est mon cousin, Lucas. Il vit avec nous.

Bryce fit les présentations, mais ce fut le cousin qui « vit avec nous » qui serra en premier la main de Mme Wheaton

Colleen sentit tout de suite la dynamique : Lucas menait, Bryce était dans son sillage.

— Ravi de vous rencontrer, dit Lucas.

Cette voix… Elle faillit en tomber de sa chaise, en totale pâmoison. Un garçon de dix-huit ans pouvait vraiment avoir une voix pareille ? Grave et profonde, elle se répercutait comme un écho délicieux à travers tout son corps. Et, s'il se mettait à lui parler, à elle, il se passerait quoi ?

— Bienvenue, les garçons, lança Mme Wheaton. Essayez de vous trouver une place.

Il y eut des raclements de pieds de chaise alors que la moitié des filles se poussaient pour faire de la place aux deux nouveaux.

Le garçon aux airs de corsaire espagnol s'avançait dans la rangée de Colleen pour rejoindre le fond de la classe. Il se rapprochait d'elle… Elle n'osait pas le regarder et ne voyait que son jean usé et ses Converse noires. C'était tout à la fois terrifiant, embarrassant, *excitant* d'entendre son cœur battre si fort. *Ne me parle pas, ne me parle pas*, se répétait-elle mentalement. L'instant où il passa à côté d'elle, silencieux, ne dura pas plus de quatre secondes, mais elles lui parurent les plus longues de sa vie. Il sentait le savon et le soleil. Elle gardait les yeux fixés sur les pages de son livre, les joues en feu — un *garçon* qui la faisait rougir ? Cela n'était jamais arrivé ! — et elle lut : « Ophélie : Que dois-je penser, Seigneur ? »

La regardait-il ? Où s'était-il assis ? A côté de qui ? Une fille ? Probablement. Jessica ? Elle s'asseyait toujours au fond. Elle lui avait sans doute déjà donné son numéro. Tout le monde savait qu'elle et Levi, c'était juste pour le sexe. Est-ce que Jessica était son type de fille ? Ils prévoyaient peut-être même déjà une sortie. Elle ne le connaissait pas, mais à cette idée un mélange de déception et de colère l'envahit. Les garçons étaient si stupides et…

— Comment ça va ? Moi, c'est Bryce.

Elle tressaillit et se tourna. Il s'était assis à côté d'elle sans qu'elle s'en aperçoive.

— Super. Moi, c'est Colleen, dit-elle. Bienvenue à Manningsport.

— Content de faire ta connaissance, répondit-il en lui souriant.

Où était Lucas ? A quoi pensait-il ? L'avait-il remarquée ? Parce qu'il était évident qu'elle ne laissait pas indifférent Bryce Machin-Chose — même s'il parlait maintenant à Tanya, qui prenait très à cœur son rôle et qui, sous couvert de partager avec lui ses notes sur *Hamlet*, lui mettait son décolleté pigeonnant sous le nez. Colleen souhaitait à ce Bryce d'apprécier le parfum Eternity, parce qu'il allait être servi ! Tanya avait la main lourde.

Elle mourait d'envie de se retourner pour jeter un regard au corsaire. Il fallait qu'elle arrête de l'appeler corsaire, Heathcliff ou bohémien. Même dans sa tête.

Elle ne se retourna pas. Elle était trop futée pour ça, comme son père se plaisait à le répéter.

Mais elle ne se sentait plus très futée, tout à coup.

Pendant les trente minutes qui suivirent, elle se concentra sur *Hamlet*. Jamais auparavant elle n'avait été aussi concentrée sur les mots qui sortaient de la bouche de Mme Wheaton. « Obsession morbide », « thème de la décomposition »... Non qu'elle soit en mesure de les comprendre réellement, cela dit, mais elle prit assidûment des notes, se répétant mentalement les phrases et s'appliquant sur son écriture. Son corps n'était plus qu'une immense vibration chaude, presque douloureuse, et elle ne parvenait pas à chasser cette sensation diffuse de danger, comme quand ils étaient allés nager à Cape Cod, l'été dernier, le lendemain de l'attaque d'un requin. Ce n'est pas parce qu'on ne pouvait pas le voir qu'il n'était pas là, tapi en embuscade.

— Allez, idiote, lui lança son frère, en lui donnant un petit coup sur la tête avec son sac à dos. On a TP de physique. Secoue-toi !

Elle ne s'était même pas rendu compte que le cours était fini. Lucas et Bryce parlaient à Mme Wheaton. Elle se leva et jeta un regard à son frère.

— Je prenais des notes… Tu me remercieras plus tard, quand je serai assez bonne pour te les filer.

— Pas besoin, répliqua Connor en se dirigeant vers la porte.

Elle lui emboîta le pas et s'appliqua à ne pas regarder Lucas. Enfin, pas directement. Elle ne voulait pas non plus lui battre froid ni donner l'impression qu'elle ne *pouvait* pas le regarder, alors elle opta pour une solution hybride, le regard « en passant », celui qui effleure sans toucher.

— Au revoir, madame Wheaton, lança-t-elle, un petit sourire détaché sur les lèvres. Salut, les garçons.

Parce que Colleen O'Rourke n'était jamais troublée par l'espèce mâle. Elle était trop futée pour ça.

Elle réussit à éviter Lucas Campbell, et toutes les situations où elle aurait eu à lui parler, pendant trois semaines. Elle s'appliquait néanmoins à ne pas l'ignorer ostensiblement (cela aurait eu l'effet inverse de celui recherché). Bryce, lui, était amical et jovial. Il la faisait penser à Smiley, le golden retriever de la famille Holland. Elle l'intégra rapidement dans son cercle, se comportant avec lui comme avec les autres garçons, plaisantant et flirtant pour rire, toujours sociable. Il avait de la repartie, même si elle le soupçonnait de ne pas saisir la plupart de ses plaisanteries. N'empêche, il était beau avec ses longs cils et ses magnifiques yeux bleus, drôle et toujours de bonne humeur.

Tanya Cross, qui était aussi déterminée qu'irritante, sollicita Bryce pour qu'il l'accompagne au bal de promo. Bryce demanda à Colleen si elle voulait être sa cavalière, et surtout si elle pouvait lui donner une réponse rapide parce qu'il y avait « cette meuf, Tanya, qui veut y aller avec moi ».

— Désolée, lui répondit-elle en lui tapotant le bras comme une vieille tante affectueuse. Ce n'est pas trop mon truc. Vas-y avec Tanya. Elle est adorable.

Ce que Tanya n'était pas du tout, mais Colleen ne voulait pas faire la peste, et puis Tanya allait être verte quand elle saurait que c'était elle qui lui avait arrangé le coup avec Bryce.

Lucas aurait sans doute obtenu une tout autre réponse s'il lui avait demandé.

Mais il ne le fit pas.

En fait, il ne demanda à aucune fille et il déclina même quatre demandes. C'est le nombre de refus qu'il lui fallut pour faire comprendre que, non, il n'avait pas l'intention d'y aller. Tout simplement. Ce fut bien sûr largement et avidement analysé et commenté chaque fois que deux filles, ou plus, se retrouvaient en classe, dans la cour, à la cafétéria, en salle de gym, à la boulangerie, dans le bus scolaire, au centre commercial, ou communiquaient par téléphone, texto, mail, langue des signes ou signaux de fumée.

Contrairement à son cousin, il était insaisissable. Et le mystère qui l'entourait était épais… et délicieusement frustrant ! A commencer par les raisons pour lesquelles il vivait avec son oncle et sa tante. Bryce disait seulement que « ça se goupillait bien ». La mère de Bryce travaillait pour une compagnie d'assurances qui avait une succursale à Corning, à une demi-heure de Manningsport ; ce qui expliquait leur emménagement.

Lucas semblait proche de son oncle, qui était le frère de son père. C'était l'impression qu'elle ressentait quand elle les apercevait tous les deux dans les tribunes, supportant Bryce lors de ses matchs de soccer.

Dieu merci, Lucas Campbell n'était pas Heathcliff, ce genre-là est bien trop irrésistible. Mais il avait sa part de tragique et de poignant : sa mère était morte quand il était enfant, et il planait le plus grand mystère sur son père, ce qui alimentait à ce sujet toutes les spéculations jusqu'aux plus capillotractées — mafioso, star de cinéma, millionnaire excentrique, prisonnier, gay, prêtre défroqué. Colleen faisait celle qui n'y prêtait pas attention, mais en réalité rien de ce qui se disait ne lui échappait.

La semaine précédant le bal de promo, toutes les discussions tournèrent autour des tenues, des chaussures et des coiffures, ainsi que des différentes techniques éprouvées pour calmer les ardeurs des garçons. Malgré son manque total d'expérience, elle distribuait ses conseils et répondait aux interrogations, avec une assurance et une force de conviction qui la troublaient parfois elle-même — « Préviens-le. Dis-lui avant jusqu'où tu es prête à aller, ou tu dis juste "stop" ou "non", pas de patin sur la piste de danse, c'est trop mauvais genre. Et surtout pas de sexe non protégé. »

Le soir du bal, elle prit Connor en photo, aida Sherry, dont les mains tremblaient, à épingler le petit bouquet sur le revers de la veste de son frère. Elle leur souhaita une belle soirée et regarda avec ses parents partir la limousine, avec quatre autres couples à l'intérieur, en faisant de grands signes de la main.

— Ah, les enfants d'aujourd'hui ! Ça grandit si vite, soupira-t-elle avec emphase. Alors, qu'est-ce qu'on fait, ce soir, les parents ?

— Je pensais à une soirée films, lança sa mère. J'ai préparé des carrés aux Rice Krispies. Assez pour tenir un siège.

— Oh ! chouette. Papa ? Tu es partant ?

— J'ai quelques affaires à régler, répondit-il d'un ton laconique.

— Dommage. Et si je venais avec toi ? Je pourrais t'aider, s'exclama-t-elle sans réfléchir.

Elle regarda sa mère, rattrapée par la culpabilité.

— Ça ne te gêne pas, maman, si on remet ça à un peu plus tard dans la soirée ?

— Non, bien sûr que non ! répliqua cette dernière, forçant sur l'enthousiasme. Oh ! j'ai une idée, on n'a qu'à y aller tous les trois !

Elle fronçait les sourcils, les traits de son visage semblant s'affaisser.

— Non, j'y vais seul. Restez ici, toutes les deux, les filles. J'ai du travail.

— OK, dit Colleen d'une manière qui se voulait légère.

A l'irritation dans sa voix et par expérience, elle savait qu'il était inutile de discuter.

— Ne sois pas bête, Pete. On vient avec toi et puis après

on pourrait aller dîner tous les trois au restaurant, ce sera vraiment amusant, non ?

Pourquoi insistait-elle ? se demanda Colleen.

— J'ai dit que j'y allais seul, d'accord ?

— OK, Pete, c'est comme tu veux ! rétropédala Jeanette. On va t'attendre sagement ici et on te gardera des gâteaux.

Son père esquissa un sourire un peu contraint aux entournures, puis il embrassa Colleen sur la joue.

— Tu enlèves aux autres filles une sacrée épine du pied en n'y allant pas, ce soir, ma chérie. Leurs cavaliers n'auraient eu d'yeux que pour toi.

Elle lui répondit par un bruit de gorge. Son père avait sans aucun doute voulu lui faire un compliment, mais l'insinuation qui affleurait sous les mots était légèrement blessante — elle n'avait jamais volé le petit ami de personne et elle aimait penser que la plupart des filles l'appréciaient.

Elle s'installa sur le canapé et s'empiffra de gâteaux tout en admirant à l'écran les abdos de Matthew McConaughey, sa mère assise à côté d'elle, avec le téléphone fixe et son téléphone portable posés sur l'accoudoir de son fauteuil, juste au cas où Pete changerait d'avis.

Il n'appela pas, mais à 23 heures le téléphone sonna. C'était Faith, qui voulait que Colleen la rejoigne dans la magnifique maison de son petit ami, où tout le monde se retrouvait pour terminer la soirée.

— Ça ne t'ennuie pas si je vais chez les Lyon, m'man ?

— Oh ! non, bien sûr, répondit Jeanette, à demi assoupie. Est-ce que ton père a appelé ?

— Non. Pourquoi est-ce que tu ne vas pas te coucher ? Connor et moi allons rentrer plus tard. Ne nous attends pas.

— Tu veux prendre la voiture ?

— Non, pas la peine. J'aurai aussi vite fait à pied.

Jeremy vivait à huit cents mètres de chez eux, et elle trouverait bien une âme charitable pour la ramener en voiture.

— D'accord. Sois sage, mon cœur.

Son code pour dire « Ne bois pas, ne prends pas de drogue, ne fais pas l'amour sans protection, ne te fais pas kidnapper, et ne mange pas de thon » (allez savoir pourquoi, sa mère avait une peur irrationnelle et irraisonnée du thon).

— Tu me connais.

Elle plaqua une bise sur la joue de sa mère.

— On se voit demain matin.

A son arrivée chez Jeremy, elle découvrit la maison fourmillant de terminales, ils étaient tous là, semblait-il. Et les munitions avaient été prévues en conséquence, comme pour tenir un siège : il y avait des pizzas cuites au feu de bois, servies avec trois variétés de salade verte, des sandwichs *ciabatta* et des quantités d'encas bio et de desserts.

Jeremy organisait toujours les meilleures fêtes. Ses parents étaient des hôtes merveilleux, accueillants, drôles, et ils savaient s'éclipser quand il fallait.

— Bonsoir, madame Lyon. Merci de nous recevoir chez vous !

— Colleen, pourquoi diable n'es-tu pas allée à ton bal de promo ?

— Je suis une vieille âme, répondit-elle, tirant de son interlocutrice un éclat de rire attendri.

La plupart de ses camarades de classe avaient investi l'immense sous-sol aménagé. Le dernier tube des 'N Sync s'échappait des haut-parleurs invisibles, et une flambée brûlait dans la cheminée en pierre. Elle repéra Connor, qui hochait la tête en écoutant Sherry. Il lui lança un regard qu'elle lut parfaitement, lien psychique entre jumeaux oblige : *Je suis en train de mourir, c'est la malédiction du mec bien, tire-moi de là, par pitié !* Elle battit des paupières sans rompre le contact visuel. *Tu aurais dû m'écouter, gros naze. Tant pis pour toi !* Il lui répondit par un discret doigt d'honneur. Hé ! Elle ne le prenait pas en traître, elle l'avait prévenu. Sherry craquait pour Connor depuis l'école maternelle, et il n'avait jamais été intéressé par elle jusqu'à ces dernières semaines. A se demander quelle mouche l'avait piqué !

Des garçons étaient massés autour du billard où se jouait une partie. Leurs cavalières délaissées tentaient de faire bonne figure et discutaient entre elles, quand d'autres tiraient franchement la gueule. C'était toute l'ironie de la situation. C'était toute l'ironie du bal de promo : personne ne s'amusait jamais tant que ça. En revanche, tout semblait rouler pour Faith et Jeremy, sacrés roi et reine du bal, évidemment — comme si d'autres avaient eu une quelconque chance —, qui se blottissaient l'un contre l'autre sur le canapé.

Elle promena son regard autour d'elle, repéra Bryce Campbell, très beau dans son smoking, et ayant de toute évidence un coup dans le nez, vu la façon dont il venait de lui faire un signe vraiment nouille. Il avait dû boire en douce, car les parents de Jeremy auraient appelé M. et Mme Campbell s'ils s'en étaient aperçus. Tanya lui décocha un regard acéré et passa un bras possessif autour de la taille de Bryce. *Pitié*. Comme si c'était son genre de marcher sur les plates-bandes des autres. Elle s'avança vers eux.

— Tu es splendide, Tanya ! s'exclama-t-elle, parvenant à lui soutirer un sourire crispé. Et toi, Bryce, tu es très séduisant dans ce costume.

Elle se pencha vers lui et lui chuchota :

— On arrête de boire, d'accord ? Et on ne prend pas le volant, non plus.

Il lui sourit niaisement.

— Reçu cinq sur cinq, Colleen.

Elle prit une bouteille de bière sans alcool, puis papillonna de groupe en groupe, soignant son relationnel. Un compliment par-ci, un clin d'œil par-là, parfaitement à l'aise dans son rôle de « conseillère ». Une Emma des temps modernes, en quelque sorte, l'héroïne de son roman préféré de Jane Austen. Elle reporta son attention vers son frère, toujours prisonnier de Sherry, qui s'était rapprochée de lui et semblait vouloir tenter sa chance. Une fois encore, elle rejeta avec un sourire son appel à l'aide silencieux. Ça, c'était pour la fois où il l'avait enfermée dans le placard en bois de cèdre et oubliée six heures. D'accord, ils avaient dix ans, mais la vengeance était un plat qui se mangeait froid, non ?

A minuit, l'idée de terminer la nuit par un bain dans le lac circula dans les groupes ; après tout, on était en mai, le ciel était étoilé, l'air, doux... Ça, c'était pour les raisons avouables. Plus officieusement, c'était l'occasion rêvée d'échapper à la surveillance des Lyon. Elle n'avait néanmoins aucune intention de suivre le mouvement.

Jusqu'à ce qu'elle aperçoive Bryce Campbell qui cherchait ses clés.

— Hé, mon vieux, dit-elle, ignorant le regard noir que lui jetait Tanya. Tu n'as quand même pas l'intention de prendre le volant ?

— Oh ! ça va très... très bien, Colleen. T'inquiète, bafouilla-t-il.

Autant parler à un mur ! Y avait-il une créature sur terre plus stupide qu'un garçon de dix-huit ans ?

— Chuis super bien, Colleen. Oh ! lalala ! Qu'est-ce que t'es belle, tellement belle.

— Tu ne peux pas prendre le volant dans cet état. Laisse Tanya...

Elle s'interrompit, réalisant que cette dernière n'avait pas son permis. Elle venait de le rater pour la troisième fois de suite.

Elle pouvait toujours prévenir les parents de Jeremy, mais alors ils appelleraient les parents de Bryce, et elle passerait pour une balance. Hors de question.

— Et si je conduisais ?

— Non, *merci bien,* Colleen, lâcha sèchement Tanya.

Elle n'était vraiment pas fute-fute.

— Ton cavalier est soûl, ma chérie. Réfléchis... ça va être amusant, vous deux blottis l'un contre l'autre, à l'arrière, et moi qui fais le chauffeur.

— OK, approuva Bryce, opinant vigoureusement du chef. Ça me dit bien.

Il sourit béatement. L'idiot.

Jeremy et Faith raccompagnèrent tout le monde à la porte, comme un vrai petit couple marié. M. et Mme Lyon souhaitèrent une bonne nuit à chacun, répétant les mises en garde d'usage, et regardèrent les voitures s'éloigner en agitant la main.

Colleen s'assit au volant de la Mustang rouge décapotable de Bryce (non mais, vraiment, est-ce que ses parents tenaient à perdre leur fils dans un accident de la route ?), et ce dernier et Tanya s'installèrent sur la banquette arrière. Il sortit aussitôt un sac en papier marron qui était dissimulé sous le siège, dévissa le bouchon de la bouteille d'alcool qu'il contenait et prit une large rasade, puis il la tendit à Tanya, qui s'en saisit sans se faire prier.

— La consommation d'alcool est interdite aux mineurs, les enfants, lâcha Colleen avec légèreté.

— Détends-toi ! maugréa Tanya.

Ah, les enfants, de nos jours ! Heureusement qu'elle était là pour veiller sur eux et les ramener sains et saufs. Et puis c'était quand même marrant de conduire la Mustang.

Ils se retrouvèrent au bord du lac, sur une bande de plage. Elle était privée, mais la propriétaire n'était là que l'été et ne verrait certainement pas de mal à ce que la jeunesse de Manningsport s'y réunisse. Colleen gara la voiture dans la rue et suivit le chemin qui menait jusqu'au lac, écoutant le concert nocturne de coassements.

La fête avait déjà commencé ; Asswipe Jones avait allumé un feu sur la petite plage, et une radio jouait. Deux ou trois couples étaient déjà en train de se galocher sur le ponton. Un rire, puis des cris stridents déchirèrent l'air. Le cavalier d'Angela Mitchum, un garçon de Cornil, venait de la soulever dans ses bras et la menaçait maintenant de la jeter dans l'eau.

Bryce et Tanya n'étaient manifestement pas les seuls à avoir un peu trop bu. Colleen passa de groupe en groupe, s'assurant qu'il y avait assez de personnes sobres pour ramener tout le monde. La plupart étaient venus en limousine ; elle en avait d'ailleurs vu une garée dans la rue. Le chauffeur fumait une cigarette, le téléphone vissé à l'oreille.

Elle avait perdu la notion du temps quand elle réalisa que beaucoup de couples étaient partis. Il faisait plus frais. Ceux qui restaient semblaient passablement éméchés.

Soupir. Celui du chauffeur désigné. En même temps, personne ne lui avait mis le revolver sur la tempe. Elle s'était portée volontaire, toute seule comme une grande. Elle attrapa son téléphone, dans l'idée d'appeler Connor pour tuer le temps. Pas de réseau.

Elle étouffa un bâillement et s'assit sur le sable. La fraîcheur du sable transperça ses vêtements et la fit frissonner. Les étoiles semblaient plus nombreuses, et une comète traversa le ciel scintillant. Elle ferma les yeux.

Des éclats de voix la réveillèrent.

« Va te faire foutre ! »

Il ne manquait plus que ça. C'était la voix de Jake Green, le joueur vedette de lacrosse. Il avait été le premier à lui demander de l'accompagner au bal. Colleen plissa les yeux. Que faisait-il avec Bryce sur le quai ?

Elle se leva. Tanya était assise, la tête dans ses mains, en train de pleurer.

— Qu'est-ce qu'il y a ? Tanya ? Ça va ? lui demanda-t-elle, en passant un bras autour d'elle.

— J'ai cassé mon talon.

Elle lui brandit la chaussure sous le nez, la prenant à témoin.

— Regarde ! Le talon est pété. Foutu. Elles étaient tellement belles !

Colleen soupira. Pourquoi étaient-ce ceux qui tenaient le moins l'alcool qui buvaient le plus ?

— Qu'est-ce qui se passe là-bas ? demanda-t-elle en pointant le doigt vers le quai.

— Chais po, marmonna Tanya. J'ai tellement sommeil.

— Je vais chercher Bryce, et on rentre.

— D'accord.

Et elle se laissa aller à la renverse sur le sable, sa chaussure cassée plaquée contre la poitrine, et ferma les yeux.

Les voix se faisaient plus fortes, maintenant. La lune était haute et pleine dans le ciel, et projetait une lueur spectrale à la surface du lac et sur le paysage. Jake n'était pas seul, il avait sa cour... comme tout garçon riche et insupportable qui se respecte : Jase Ross et Chris Eckbert, les Crabbe et Goyle de Drago Malefoy. Aucune trace nulle part de leur cavalière.

— Je ne comprends pas pourquoi tu le prends mal, disait Bryce d'une voix pâteuse. C'était un compliment.

— Hé, les garçons, les interpella-t-elle. Qu'est-ce qui se passe ?

— Oh ! mais qui vois-je ? Colleen O'Rourke qui nous fait l'honneur de sa présence ? ricana Jake. Je croyais que tu étais trop bien pour nous tous…

— Non, non, non, pas trop bien, Jake. Je suis seulement ici en tant que chauffeur désigné. Et justement je viens chercher Bryce… Bryce ? On va rentrer. Je suis fatiguée, et Tanya aussi.

— Est-ce qu'on t'a sonnée, O'Rourke ? rétorqua Jake. Occupe-toi de tes affaires.

— Il est en colère contre moi, chuchota Bryce (très fort). Je lui ai juste dit que je trouvais qu'il avait un air de Cameron Diaz.

Colleen se mordit la lèvre pour se retenir de sourire. Sans doute la blondeur et les yeux bleus de Jake.

— Je vais te faire ravaler ces paroles, espèce d'abruti, cria ce dernier.

— Oh ! allez, Jake… Tu vois bien qu'il a trop bu. Et c'est vrai, que tu ressembles à Cameron Diaz…

Elle sourit à Jase et Chris.

— Tu ne trouves pas, Crabbe ? Pas vrai, Goyle ?

Ils la dévisagèrent, décontenancés. Pas très sûrs de savoir comment réagir, ils interrogèrent Jake du regard.

— Allez, Bryce, on s'en va, dit-elle, en s'approchant de lui.

Celui-ci esquissa un sourire de guingois.

— Vous n'allez nulle part, déclara Jake en plaquant sa main contre le torse de Bryce pour le repousser en arrière.

— Mec, fais gaffe, bredouilla Bryce.

Il chancela, peinant à garder son équilibre, et Colleen prit conscience qu'il n'était pas juste ivre… Il était cuit. Elle en eut la confirmation en le voyant basculer en arrière sur le ponton.

— J'me sens pas bien, pas bien du tout, marmonna-t-il, étendu sur le dos.

— *J'me sens pas bien*, le singea Jake d'une voix haut perchée. Tu m'étonnes, bouffon.

Prenant les ricanements de ses acolytes pour un encouragement, Jake tenta un coup de pied dans les côtes de Bryce.

— Hé ! se plaignit faiblement Bryce.

— Arrête ! lui lança Colleen d'un ton ferme en s'avançant vers lui. Ne le touche pas.

Jake pivota vers elle, et elle se figea net en croisant son regard. Son visage avait pris une drôle d'expression.

Une vague de peur lui glaça la nuque.

Jake était devant elle. Jase et Chris dans son dos.

Oh ! merde.

C'était ça, la vie dans une petite ville. Ils se connaissaient tous depuis la maternelle, et ils avaient tous été amis à un moment ou à un autre, plus ou moins — les quarante-neuf élèves de terminale avaient partagé les mêmes fêtes de Halloween et les mêmes sorties scolaires au cimetière local. Et puis les choses avaient changé avec le lycée. Des groupes se défaisaient, de nouveaux se formaient, et sans même s'en rendre compte on se perdait de vue.

Elle avait définitivement perdu Jake de vue et elle n'aurait su dire quelle personne il était devenu ni ce qu'il avait dans la tête. Elle l'avait repoussé quelques fois, quand ils étaient en cinquième. Elle n'aimait déjà pas beaucoup ses petits airs supérieurs de garçon riche, ni sa façon désinvolte de « jeter » les filles qui avaient un faible pour lui. Elle n'avait jamais été très proche des deux autres non plus. Chris n'était qu'un idiot, mais pas forcément méchant. Elle ne pouvait pas en dire autant de Jase.

Et là, soudain, ils lui apparurent… menaçants. Dangereux.

Sans la quitter des yeux, Jake poussa une nouvelle fois Bryce de la pointe du pied, comme s'il voulait vérifier son état. Ce dernier, dans les choux, ne réagissait plus.

— Et si on le poussait dans le lac, tu crois qu'il coulerait ?

Les deux autres ricanèrent bêtement.

Un mauvais pressentiment l'envahit. C'était en train de dégénérer. Et à vitesse grand V.

— D'accord, ça suffit, dit-elle vivement. Aidez-moi à le porter jusqu'à la voiture.

C'est ça… Fais appel à leur sens des responsabilités. Donne-leur l'occasion de changer de rôle.

Chris et Jase n'esquissèrent aucun mouvement. Ils attendaient clairement les instructions de leur chef.

— Toi et tes grands airs… Tu te crois tellement mieux que tout le monde, hein, Colleen ? dit Jake à voix basse en la détaillant de bas en haut avec une lenteur calculée.

Et, tout à coup, la panique et la peur déferlèrent sur elle — incontrôlables. Ses genoux tremblaient, son cœur se contracta douloureusement, et son souffle se coinça dans sa gorge.

— Allez, Jake, le raisonna-t-elle, détestant entendre sa voix trembler. Ça suffit pour aujourd'hui, je rentre chez moi.

— Trop facile. Ce bal, ça craignait, et moi, j'ai envie de m'amuser.

Il bourra les fesses de Bryce de la pointe du pied, lui tirant un faible grognement.

— Ne lui fais pas mal.

— Et qu'est-ce que tu nous donnes en échange ?

Son souffle se coinça dans sa gorge serrée.

Pas de réseau.

Pas âme qui vive à la ronde.

A part Tanya… à moitié inconsciente au bord du lac.

Si seulement Connor était venu. Quand il était avec elle, elle se sentait invulnérable, plus forte et plus intelligente, et il serait mort avant de laisser quiconque la blesser. Si Jeremy était là, ça ne se passerait pas comme ça. Il était grand, fort. Elle pouvait dire la même chose de Levi Cooper. C'était un dur à cuire, et il l'aurait protégée. Comme Big Frankie, ou n'importe quel autre garçon, fiable et respectueux. Honnête. Et ils étaient nombreux.

Mais l'endroit était désert, et elle ne pouvait compter que sur elle-même.

— Je suis content que tu sois là, O'Rourke, poursuivit Jake. Les gars, vous n'êtes pas contents ? Colleen, c'est si *gentil* à toi d'être venue ! C'est vrai, quoi ! On va pouvoir poursuivre la petite fête. Et tout le monde sait combien tu es amusante.

Son regard glissa lentement sur elle, de bas en haut, s'attardant sur sa poitrine.

Bon sang.

Les journaux étaient pleins de ce genre de faits divers horribles. On voyait ces reportages détestables sur CNN. Ça arrivait bien plus souvent qu'on ne le pensait. Mais Jake était incapable de... Non, il ne ferait pas un truc comme ça — ni Jase et Chris.

Elle pouvait tenter de fuir... Sauf que Jase et Chris lui bloquaient le passage. Et même si elle parvenait à se faufiler entre eux et à leur échapper, ce qui n'était pas gagné, elle laissait Bryce dans leurs pattes. Elle pouvait sauter dans le lac et nager, mais l'eau était froide... Combien de temps tiendrait-elle, avant de se noyer ? Et pour aller où ? Où serait-elle à l'abri ? Il leur suffisait d'attendre qu'elle s'épuise et revienne toute seule jusqu'au bord...

Elle était en train de se faire des idées. D'imaginer le pire... Elle connaissait bien ces garçons. Elle avait été en *maternelle* avec eux. Ils ne feraient...

Jake retira sa veste de smoking avec une lenteur calculée. *Non... Non !*

Le mot auquel elle refusait de penser forçait sa conscience et s'imposait en lettres flamboyantes.

Violée. Elle pouvait se faire violer... Les images pulsaient dans son cerveau comme des excroissances malignes qui occultaient tout le reste. Ils étaient trois contre une.

Elle se tourna pour regarder Jase et Chris. Le premier pesait plus de cent kilos ; c'était le plaqueur de l'équipe de foot du bahut. Chris était plus petit, mais il devait bien faire vingt kilos de plus qu'elle.

— Chris, tu te souviens de cette sortie scolaire au palais des glaces ? On était assis côte à côte...

Pendant une seconde, il marqua une hésitation.

Oh! pitié, pitié, aide-moi. Chris, tu n'es pas un méchant garçon…

— Allez, Colleen, détends-toi… On veut juste s'amuser un peu, lança Jake dans son dos. Et tu connais l'adage, plus on est de fous, plus on rit…

Il l'attrapa par les bras, qu'il maintint fermement derrière elle. Un reflux de bile aigre lui brûla la gorge, envahit sa bouche.

Oui, que je vomisse, cela les dégoûtera peut-être assez pour les arrêter.

— Je parie que tu es en train de regretter de ne pas avoir été plus gentille avec moi toutes ces années, lui dit-il à l'oreille.

Elle sentit son haleine épaisse sur sa nuque, puis sa langue baveuse sur sa joue. La terreur explosa dans sa poitrine, et son cœur se mit à battre à tout rompre.

— Alors, les gars, on la commence, cette petite fête ?

Mais soudain Chris était à genoux, l'air hébété. *Oh, merci, merci !* Quelqu'un était venu à son secours. Connor avait dû sentir que…

Elle stabilisa sa vision. Non, pas Connor.

Lucas Campbell. Qui au même instant appuyait son pied sur l'épaule de Chris pour l'empêcher de se relever et lui plonger la tête dans le lac. Il y eut des bruits d'eau, des éclaboussures, des cris étouffés.

— Ce ne sont pas tes affaires, mec, cria Jake, énervé.

— Lâche-la, dit simplement Lucas.

Sa voix était presque amicale.

Jase se jeta au même instant sur lui, mais il l'esquiva et en deux coups de poing, un sur le menton et l'autre dans sa face joufflue, il le mit à genoux, le nez en sang.

— Merde ! lâcha Jase, la voix chevrotante.

Il se releva et se mit à courir lourdement sur le ponton en direction de la rive.

Elle sentit la poigne de Jake se desserrer et, sans réfléchir, elle lui donna un coup de coude aussi fort qu'elle put dans le torse. Il la rattrapa par les cheveux et tira si violemment qu'elle vit double une fraction de seconde. L'instant d'après, elle était libre.

Lucas tenait Jake par la gorge. Les yeux exorbités, celui-ci se cramponnait à son bras et tentait de se dégager, peinant à garder ses pieds au sol. Lucas, lui, semblait aussi calme et tranquille qu'une journée de juin.

— Ça va, Colleen ? demanda-t-il sans la regarder.

C'était la première fois qu'elle entendait son prénom dans sa bouche, et, s'il restait le moindre doute sur ses sentiments pour lui, il s'évanouit comme par magie.

— Oui, oui, ça va, répondit-elle, d'une voix qui lui sembla étrangère.

Elle enregistra distraitement la silhouette de Chris qui remontait en courant le rivage, trébuchant par instants.

— Est-ce que Bryce est blessé ? demanda encore Lucas d'une voix sourde alors même que Jake continuait à se débattre.

— Il est dans les vapes. Il a trop bu.

Elle reporta son attention sur Jake. Un étrange gargouillis s'échappait de sa gorge, et il lui semblait se débattre plus mollement.

— Tu devrais peut-être le lâcher. Tu ne veux pas le tuer...

Il la regarda.

— Ça se discute...

Jake tomba brutalement sur les fesses, la respiration haletante.

— Mes parents vont te traîner en justice, parvint-il à prononcer.

— Qu'ils essaient.

— Tu veux le traîner, lui, en justice ? s'exclama Colleen, s'étranglant presque de rage. Qu'est-ce que tu crois que vont faire mes parents quand ils sauront ce qui vient de se passer, espèce de minus ?

— Pourquoi ? Pour avoir pris un peu de bon temps ?

— Tu voulais me violer !

— Tu rigoles ? C'est toi qui nous as allumés. Tu étais *consentante*, Colleen.

Il était à genoux et il trouvait encore le moyen d'arborer ce petit air suffisant, comme s'il était sûr de son fait.

— C'est vrai... Qu'est-ce que tu fais là toute seule à cette heure de la nuit ? On peut se poser la question... Qu'est-ce que tu voulais en venant vers moi ? Vers nous trois ? On n'est pas allés te chercher.

Elle serra les poings et s'avança vers lui, furieuse, prête à le frapper au visage. Elle allait lui fermer son caquet à la Cameron Diaz, lui faire ravaler de sa superbe. Lucas s'interposa entre eux.

— Est-ce que tes vêtements sont déchirés ? insista Jake, le sourire mauvais. Je ne t'ai même pas embrassée !

Il se releva.

— Et ce trouduc... C'est un danger public.

— Exactement, lâcha Lucas. Je viens du sud de Chicago, n'oublie pas.

Il s'avança vers Jake, qui recula instinctivement.

— Et, si je te vois encore rôder à moins de quinze mètres d'elle, tu verras vraiment de quoi je suis capable. Moi et un marteau. Toi avec un nouvel orifice. Pigé ?

Elle n'avait jamais eu l'impression d'avoir besoin de protection, mais *waouh*. Les yeux de Jake s'élargirent sous le coup de la panique. C'en était presque comique.

— Tu as bien compris, débile ?

— Ça va, j'ai entendu, lâcha Jake d'une voix blanche.

— Est-ce qu'il y a un problème ? lança le chauffeur de la limousine.

— Ouais ! Ce fou furieux a voulu m'étrangler !

— Tu l'as bien cherché, non, si j'en crois celui-là ? répliqua l'homme en faisant un geste vers Chris, qui se tenait quelques pas derrière lui.

Colleen croisa son regard, et il baissa piteusement la tête.

— Dans la limousine, petits cons. La fête est terminée.

Le chauffeur la regarda.

— Est-ce que ça va, jeune fille ?

Elle marqua une hésitation, puis hocha la tête.

73

— Si tu t'approches d'elle, Jake, répéta Lucas d'une voix égale, tu devras t'habituer à manger avec une paille.

— Ah ouais ? Tu m'as pris par surprise, sinon…

Lucas fit un pas vers lui, et Jake recula en grognant.

— Allez, on se dépêche, redit le chauffeur.

— Hé, Jack ? l'interpella doucement Colleen. Regarde ton pantalon, il est mouillé… On dirait que tu t'es pissé dessus.

Il baissa les yeux vers son entrejambe, accusa le coup et puis retraversa le ponton, le pas lourd. Il poussa sans ménagement Jase, qui se trouvait sur son chemin.

— Sale petit con prétentieux, grommela le chauffeur à son passage.

Il se tourna vers eux.

— Ça va aller, les jeunes ?

— Oui, merci, répondit Lucas.

— Désolé, Colleen, marmonna Chris, avant de tourner les talons.

Elle les suivit un instant des yeux jusqu'à ce qu'ils sortent de son champ de vision, puis reporta son attention sur Lucas.

— Merci, chuchota-t-elle.

— Pas de quoi.

Il s'avança vers la silhouette étendue sur le ponton.

— Bryce, tu m'entends ? Est-ce que ça va ?

— Salut, mec, fit ce dernier, le regard vague. C'était quoi, tous ces cris ?

— Qu'est-ce que je t'avais dit sur ta consommation d'alcool, ce soir, hein ? Quelqu'un a failli être blessé, et toi, tu as une sale gueule.

— J'ai un peu trop bu, je crois.

— Lève-toi, mon vieux.

Il l'aida à se redresser.

— Tu te souviens de la fois où je t'ai sauvé la vie ? demanda Bryce.

— Ouais.

Bryce aperçut Colleen et s'avança en titubant vers elle.

— Oh ! Colleen, tu es là. Comment ça va ?

— Salut, espèce d'idiot, lâcha-t-elle d'une voix lasse.

Elle passa un bras autour de lui pour le soutenir et le guida sur le ponton.

La peur que son cerveau avait momentanément bloquée l'envahissait par vagues successives, et elle se mit à trembler, assaillie par un flot d'images terrifiantes.

— Tu as froid ? demanda Bryce.

— Un petit peu, prétendit-elle.

Lucas se dirigea vers Tanya, toujours allongée sur le sable, dans un état semi-comateux. Il la souleva et la porta sans essayer de la réveiller.

— Chuis crevée, gémit-elle.

Personne ne se donna la peine de répondre.

Lucas installa Tanya sur la banquette arrière, puis ouvrit le coffre et chargea le VTT qui était à côté de la Mustang.

— Tu es venu jusqu'ici à vélo ?

Comme si elle avait besoin de poser la question.

— Ouais.

Il jeta un regard alentour.

— Où est ta voiture ?

— Je faisais le chauffeur. Tanya n'a pas son permis, et Bryce n'était pas en état de conduire.

Il enregistra sa réponse d'un hochement de tête, puis lui ouvrit la portière.

Aucun garçon ne lui avait jamais fait ça avant.

Ils roulèrent sans dire un mot, un silence qu'elle interrompait par instants pour lui indiquer le chemin jusqu'à la maison de Tanya. Quand ils furent devant, elle la raccompagna jusqu'à sa porte. Mme Cross n'était pas couchée et elle se mit à incendier sa fille, lui reprochant son inconscience. Colleen l'entendait encore de l'allée, alors qu'elle se hâtait de rejoindre la voiture.

Bryce dormait sur la banquette arrière, son torse se soulevait et s'abaissait régulièrement, laissant par intermittence échapper un bruit de gorge.

— Est-ce qu'il boit toujours autant ? demanda-t-elle.

— Ça lui arrive.

Peut-être n'aurait-elle pas dû demander. Lucas semblait

75

tendu. En même temps, il y avait de quoi après ce qui venait de se passer. Cela n'en resterait pas là, il y aurait forcément des répercussions — Jake était du genre revanchard. Elle allait devoir s'assurer que tout le monde entende parler de son pantalon mouillé pour l'empêcher de nuire encore. Cela dit, cela pouvait aussi avoir l'effet inverse et faire empirer les choses. On ne titillait pas un serpent blessé…

— Il va falloir que tu surveilles tes arrières, dit-elle, lui coulant un regard à la dérobée.

— Ouais…

Elle s'éclaircit la gorge, les nerfs encore secoués par l'afflux d'adrénaline.

— Tu as été très courageux. A trois contre un…

Il tourna la tête vers elle.

— Trois contre deux, plutôt.

— Oui, enfin… On ne peut pas dire que Bryce ait été d'une grande aide.

— Je parlais de toi.

A ces mots, elle sentit le sang affluer à ses joues.

— Oui, je sais me défendre, déclara-t-elle en essayant de paraître sûre d'elle.

Mais ce n'était absolument pas le cas. Elle n'avait jamais eu à se battre. Elle aurait perdu sans Lucas et, à cette pensée, elle sentit ses genoux flancher à nouveau.

— Prends à gauche, c'est la troisième maison sur la droite.

Il s'engagea dans l'allée, puis coupa le moteur et descendit de la voiture. Elle sortit à son tour, bien trop consciente de sa présence derrière elle.

La maison était silencieuse, mais sa mère avait laissé la lumière au-dessus de l'évier, le code pour « tout le monde est au lit ». Colleen se tourna vers Lucas. Ses yeux noirs fixés sur elle prenaient des reflets argentés dans le clair de lune.

— Merci, dit-elle vivement.

— Tu es sûre que tu vas bien ?

— Absolument, oui, affirma-t-elle, forçant sur le sourire.

Il plissa les yeux.

— Ne fais pas ça. Ne mens pas.

Zut. D'habitude, les hommes — enfin, les garçons — ne la perçaient pas à jour.

— Bon, d'accord. J'ai eu la peur de ma vie et je ne dormirai probablement pas cette nuit. Je l'ai échappé belle, j'ai vraiment eu beaucoup de chance que tu sois venu chercher Bryce.

Sa vue se brouilla, et elle prit conscience qu'elle pleurait. Elle s'essuya les yeux.

— Je pourrais prétendre que je n'ai aucune idée de ce qui se serait passé si tu n'étais pas arrivé, mais je le sais très bien. Alors merci, Lucas Campbell, de m'avoir sauvée.

Elle sourit et reprit sur un ton normal :

— Et d'avoir été aussi violent et flippant quand il le fallait. C'était très sexy.

A sa grande surprise, il éclata de rire.

C'était un son sourd et grave, comme un souffle qui lui éraflait les poumons, et qui la remplit, elle, de légèreté. En même temps, elle se sentit fébrile. Lucas Campbell n'était pas comme les autres, elle le pressentait au plus profond d'elle. Lui aussi pouvait être dangereux pour elle, mais d'une tout autre manière.

— Bonne nuit, dit-il.

Mais il ne bougea pas.

— Bonne nuit, chuchota-t-elle.

Et il l'embrassa. Ce fut juste un effleurement au début, comme s'il hésitait, comme s'il n'avait jamais embrassé de fille avant. Mais voyons ! Il ressemblait à Heathcliff… A un corsaire, à un bohémien, à un membre des Sharks ou des Jets… Des filles, il avait dû en embrasser des tas.

Son baiser était doux et plein d'assurance à la fois. Son corps, chaud, contre le sien, glacé. Elle sentit sa main sur sa nuque, ses doigts qui s'enfonçaient dans ses cheveux. Sa bouche glissait sur la sienne, testant et attendant de voir si elle lui répondait, ce qu'elle fit. Elle espérait qu'elle s'y prenait bien — elle se laissait guider par son instinct. Tous ces conseils qu'elle avait donnés à ses camarades de classe pendant toutes ces années, et elle n'avait aucune idée de ce qu'elle devait faire. Tout ce qu'elle savait, c'était que Lucas Campbell l'embrassait, et que c'était bon, si bon.

Elle ne réalisa pas tout de suite qu'il avait arrêté. Il appuyait son front contre le sien, et elle s'accrochait à ses poignets, comme s'il était devenu son seul point d'ancrage.

— Tu es avec moi, maintenant, dit-il doucement.

Il s'écarta pour la regarder.

— D'accord ?

Elle était une vieille âme, trop futée pour tout ça... Et puis elle ne parvenait pas à se représenter avec un petit ami.

Mais il la fixait d'une telle manière qu'elle voulait se noyer dans ses yeux sombres.

— D'accord, balbutia-t-elle.

Où était passé son légendaire sens de la repartie ?

Il marqua un silence avant de reprendre :

— Je n'étais pas sûr que je te plaisais.

— Ça doit être l'effet « chevalier blanc ».

Il rit à nouveau, et ce seul son lui déclencha une vague de chaleur dans le ventre.

— Salut, tête brûlée, dit-il en tournant les talons.

Elle resta immobile, incapable d'esquisser le moindre geste, saisie par une soudaine sensation de froid et de vide.

Et, subitement, il fut à nouveau devant elle, comme s'il avait senti son désarroi, et cette fois il s'empara de sa bouche et la plaqua contre lui. Elle empoigna ses cheveux, ses lèvres s'entrouvrirent sous les siennes, et c'était meilleur que tout ce qu'elle avait pu connaître, meilleur que la nourriture, meilleur qu'une bouffée d'air et plus important que tout. Il n'existait plus que son corps pressé contre elle, que la douceur de ses cheveux, le goût de sa peau...

— Rentre, maintenant, coupa-t-il d'un ton ferme.

— Tu n'es pas mon père, riposta-t-elle tout en espérant que ses jambes ne se dérobent pas sous elle.

Il sourit. Et, bon sang, c'était orgasmique.

Ils coucheraient ensemble. Bientôt.

C'était aussi inévitable que le lever du jour, songea-t-elle, plus tard, en effleurant ses lèvres de l'index, allongée dans son lit, les yeux grands ouverts sur l'obscurité.

Elle avait échappé au pire. Cette nuit avait failli virer au cauchemar.

Au lieu de ça, elle était amoureuse.

5

Lucas arrêta la voiture de location devant la maison de Joe et Didi, et coupa le moteur. Il resta assis là, un long moment, sans bouger.

Il n'était revenu à Manningsport que très peu de fois, au cours des quatorze années qui avaient suivi le lycée, et seulement une fois après son mariage.

Et la raison principale s'appelait Didi Nesbith Campbell, sa tante par alliance. Du genre tyrannique. Quand la vie n'allait pas dans le sens qu'elle voulait, elle devenait enragée. En fait, elle l'était toujours. C'était une seconde nature.

Joe avait vingt-quatre ans quand il l'avait épousée. Il venait de vendre à Nintendo pour un million de dollars les droits d'un jeu vidéo, *Rat-Whacker*, rejoignant ainsi le club des petits génies de l'ère du digital et des nouvelles technologies qui faisaient leur premier million avant leurs vingt-cinq ans.

Il ne réussit cependant pas à renouveler son exploit, comme beaucoup de cette génération.

Ce premier million fut le dernier, et Didi dut se résoudre à travailler pour entretenir leur grande maison et maintenir leur train de vie avec leur petit garçon. Elle grimpa très vite les échelons dans une compagnie d'assurances, excellant à classer sans suite les demandes de remboursement des grands blessés. Mais elle ne surmonta jamais l'amertume d'avoir épousé le type qui avait échoué à devenir le nouveau Bill Gates.

Lucas n'était pas loin de penser que lui-même était le second motif de déception de Didi. Elle avait déjà un fils biologique et n'avait aucune envie d'avoir sur les bras l'ado mutique du frère criminel de son dilettante de mari.

Bon. Il était temps d'aller voir Joe. Lucas retira ses lunettes de soleil et se dirigea vers la maison.

C'était très beau, par ici, on ne pouvait pas dire le contraire. La végétation était luxuriante, gorgée de sève. C'était tellement différent de Chicago, actuellement écrasé par une vague de chaleur. Des dizaines de lacs et de cascades ; des terres agricoles s'étalaient sur les collines, et les forêts étaient épaisses et denses. L'air y était plus frais que le plat Midwest et ses étés punitifs. L'air embaumait le lilas, qui ornait harmonieusement la plate-bande du jardin parfaitement taillé (et d'une certaine façon sans âme) de Didi.

Il était là pour au moins un mois, peut-être deux, mais il était hors de question pour lui de s'installer chez Didi, ça, c'était une certitude, qu'importe si la maison avait cinq chambres et un appartement dans le sous-sol. Il préférerait encore se couper lui-même le pied et le manger. Pour le moment, il était très bien au Black Swan, un bed & breakfast.

Il frappa à la porte, se préparant mentalement à l'accueil qui allait lui être réservé. Neveu ou pas, elle n'allait pas l'accueillir à bras ouverts.

Elle ouvrit la porte et se rembrunit instantanément.

— Oh. C'est toi.

Egale à elle-même.

— Bonjour, Didi. Comment ça va ?
— Plutôt bien, répondit-elle du bout des lèvres.
— Bryce est là ?
— Non, il est à la salle de sport.

Quand Bryce avait abandonné la fac, il avait essayé de vivre à Chicago — c'est même Lucas qui lui avait trouvé un boulot chez Forbes Properties où il n'avait tenu que cinq jours. Il était ensuite parti pour Manhattan, puis San Francisco, avant de prendre la direction d'Atlanta. Toutes les routes semblaient le ramener à Manningsport, et dans les jupes de sa mère — en fait, dans l'appartement qu'elle lui avait aménagé au sous-sol, lui donnant l'illusion d'être autonome.

— Et Ellen, comment va-t-elle ? demanda-t-elle.
— Bien.

Elle marqua un silence appuyé, attendant qu'il développe. Elle pouvait toujours attendre…

Il se souvenait encore de la lueur d'intérêt qui avait éclairé le regard de Didi quand il leur avait annoncé son mariage avec Ellen Forbes. « Un lien de famille avec Malcolm Forbes ? » s'était-elle aussitôt informée. Elle n'avait, en revanche, manifesté aucune curiosité pour la raison pour laquelle ils n'avaient jamais entendu parler d'elle avant, ou ce qui était arrivé à sa petite amie, ni demandé pourquoi il avait décidé de ne plus faire de droit.

La réponse, bien sûr, était oui.

Il avait alors soudain, comme par magie, trouvé grâce aux yeux de Didi. Elle s'était empressée de proposer son aide pour l'organisation du mariage. Elle avait *adoré* Ellen à la seconde où elle avait fait sa connaissance, de façon inconditionnelle, ne tarissant pas d'éloges, et s'était mise à parler de lui, le neveu pestiféré, comme d'un fils, insistant pour qu'ils passent les vacances tous ensemble, comme une belle et grande famille… Les Forbes et les Campbell unis, n'était-ce pas « merveilleux » ?

Ellen et ses parents n'avaient pas été dupes de son jeu et l'avaient très rapidement cernée. Didi s'en serait aperçu si elle n'avait pas été totalement occupée à jouer à la grande dame et à prendre ses aises dans leur univers de luxe, le penthouse avec vue sur le lac Michigan, le personnel de maison, le voilier, les berlines et le vin.

Mais chassez le naturel, il revient au galop. Il se souvenait avec précision de la fois où il l'avait prise sur le fait dans le bureau de Frank, en train de glisser une statuette de verre dans son sac.

— Si tu pouvais éviter de faire ton marché chez mes beaux-parents, lui avait-il glissé, mi-figue mi-raisin.

Elle lui avait jeté un regard noir de haine qui ne trompait pas. Elle avait peut-être réussi à museler ses véritables sentiments pour montrer le visage de la famille aimante et unie et entrer dans les bonnes grâces des Forbes, mais elle ne pouvait toujours pas le supporter, même en peinture. Et c'était finalement plutôt rassurant...

« Et les vacances ? » avait été sa première réaction en apprenant qu'il divorçait d'Ellen. Elle n'avait pas tort de s'en inquiéter, il y avait peu de chances en tant que tante et oncle d'un ex-gendre qu'ils soient conviés au fameux réveillon du jour de l'an des Forbes, ou à l'incroyable dîner de Thanksgiving qu'ils organisaient pour trente de leurs plus proches amis.

C'était différent avec Stephanie et les filles. Des liens forts s'étaient noués toutes ces années entre eux. Frank et Grace Forbes étaient des gens vraiment formidables qui n'allaient pas se couper de cinq personnes qu'ils aimaient — six personnes, en comptant Lucas. Ellen et lui avaient divorcé en bonne intelligence, et c'était elle qui l'avait proposé.

— Comment va Joe ? demanda Lucas.
— Va voir par toi-même !

Il obtempéra sans rien dire, se dirigeant vers l'escalier.

— Il est dans ton anc... dans la pièce à côté de la cuisine. C'était plus commode comme ça. Tu connais le chemin.

Elle tourna les talons, lançant par-dessus son épaule :
— Et enlève tes chaussures.

Joe était faible, sans doute était-il plus pratique de l'installer en bas. Mais Didi était aussi une vraie peau de vache, et cela avait certainement joué un rôle dans ce choix.

Lucas traversa la vaste cuisine ultramoderne équipée d'appareils dernier cri et longea le petit couloir qui menait à la buanderie et à son ancienne chambre. Il tapa doucement contre la porte entrouverte et la poussa.

Il balaya la pièce d'un coup d'œil, notant le bureau, avec un ordinateur grand écran, coincé contre un mur, le lit d'hôpital, la table de chevet encombrée de tubes et de flacons, de mouchoirs en papier usagés et froissés en boule, d'un magazine, de la montre gousset en argent qui se transmettait de père en fils chez les Campbell depuis la guerre civile, posée à côté d'un verre d'eau presque vide. Encombrée, étouffante… Une impression sans doute renforcée par l'absence de fenêtre. Il se souvenait combien il pouvait faire sombre dans cet espace. Comme dans une tombe, avait-il souvent pensé, et maintenant plus que jamais.

Son oncle dormait. Il ne l'avait pas vu depuis quelques mois et il retint son souffle, accusant le coup devant les stigmates de la maladie. Sa peau avait pris une teinte brunâtre, sans doute un symptôme de l'insuffisance rénale. Des œdèmes recouvraient son corps, très amaigri.

Il semblait si vulnérable dans son sommeil. Si vieux. Usé. La ressemblance avec la dernière image qu'il avait de son père était frappante.

Joe était en train de mourir. Cette réalité le percuta de plein fouet, sa gorge se noua, et ses yeux le brûlèrent soudain. Malgré le ressentiment continu de Didi à son égard, Joe avait été un bon oncle pour Lucas.

Joe bougea, puis ouvrit les yeux comme s'il avait senti sa présence.

— Comment ça va, mon grand ? balbutia-t-il en essayant de se redresser.

Lucas passa ses bras autour de lui pour lui faire une accolade tout en l'aidant à se redresser. Il s'éclaircit la gorge.

— C'est bon de te voir, Joe.

— Moi aussi, je suis ravi de te voir ! Tu as l'air d'aller bien. Quand es-tu arrivé ?

— La nuit dernière.

— Tu as déjà vu Bryce ?

— Oui, bien sûr. Je l'ai trouvé au pub des O'Rourke.

Et pas que lui, d'ailleurs, pensa-t-il.

— Rien d'étonnant, il y est toujours fourré.

Joe sourit.

Didi apparut soudain dans l'encadrement de la porte, les poings sur ses hanches étroites.

— Ne le fatigue pas, Lucas.

— Il ne va pas me fatiguer.

— Au fait, Joe, Bryce t'a dit quand il rentrait ? reprit-elle.

Je sais qu'il avait prévu de faire quelque chose avec toi, cet après-midi.

Il sentit sur lui la brûlure de son regard furibond. C'était plus fort qu'elle, chaque fois qu'il partageait un moment de complicité avec son oncle, il fallait qu'elle l'interrompe et rappelle à Joe qu'il avait déjà un fils… Un fils merveilleux, bien à lui, son fils biologique. Comme si ces instants privilégiés avec son oncle la menaçaient, elle.

Cela marchait à tous les coups, il devait le reconnaître. Didi obtenait toujours gain de cause. Ils étaient si différents, elle et Joe, si mal assortis. Qu'avait-il bien pu lui trouver ? C'était un type bien, trop sympa… Il ne s'opposait jamais à elle et se rangeait toujours à ses volontés. Pour le dire gentiment…

— Laisse-moi juste cinq minutes avec mon oncle, lâcha-t-il.

Il se leva et, sans attendre de réponse, lui ferma la porte au nez.

Elle se rouvrit aussitôt en grand.

— Tu crois qu'il te suffit de te pointer comme une fleur et la bouche en cœur ? Tu joues à quoi ? Au neveu prodige ? Seulement, quand tu repartiras, c'est moi qui m'occuperai de lui. Toutes mes journées tournent autour de ses rendez-vous chez les médecins et des visites à l'hôpital. Je n'ai pas une minute à moi pour respirer…

— Justement, profites-en pour aller respirer.

Et il lui referma à nouveau la porte au nez.

Il lui avait manifestement coupé le sifflet car il finit par entendre le cliquetis de ses talons décroître dans le couloir. Ça ne l'aurait néanmoins pas étonné qu'elle revienne sur la pointe des pieds pour écouter derrière la porte. Bien son genre…

— Qu'est-ce que je peux faire pour toi, oncle Joe ? demanda-t-il en se rasseyant à son côté.

Joe soupira.

— Voilà, Lucas. C'est au sujet de Bryce… Je me fais du souci pour lui. Il joue toujours à l'adolescent, tu vois ce que je veux dire ?

Il hocha la tête, la main posée sur celle de son oncle,

s'efforçant d'oublier la fistule artérioveineuse posée sous la peau de son avant-bras pour la dialyse.

— J'aimerais quitter ce monde l'esprit en paix, en sachant qu'il a au moins un projet, un but dans la vie. Je ne veux pas qu'il…

Joe jeta un regard à la porte fermée et baissa la voix, chuchotant :

— Je ne veux pas le laisser entre ses griffes. Tu comprends ce que je veux dire ?

— Oui.

Les yeux de Joe s'embuèrent.

— Alors, je me disais que ce serait bien que tu restes dans le coin… Pour l'aider. Je sais qu'il va mal le vivre.

Il se remémora ce que lui avait dit Bryce, la nuit dernière. Ce dernier avait bien voulu admettre que son père était malade, mais il avait aussi laissé entendre qu'il allait beaucoup mieux grâce à la dialyse. Il avait même parlé de greffe.

Se mentait-il à lui-même pour se protéger ou n'avait-il vraiment pas pris conscience que son père avait un cancer du poumon en phase terminale et qu'il avait été enlevé de la liste des receveurs ? Il n'y aurait pas de transplantation.

— Je vais rester ici pendant le temps où tu auras besoin de moi.

Il avait le sentiment de le devoir à Joe.

— Et ton boulot ? Comment vas-tu faire ?

— Tu te rappelles que je suis en train de quitter la société ?

— Oui. Oui, bien sûr.

Joe marqua une pause.

— Où vas-tu t'installer ?

— Pour le moment, je suis au Black Swan. Mais, si je dois rester plus longtemps, il faut envisager un mode d'hébergement plus approprié. Un meublé serait sans doute plus pratique.

— Tu peux rester ici, tu es le bienvenu dans cette maison.

Il ne doutait pas de la sincérité de l'invitation. Mais ils savaient tous les deux qu'il en allait tout autrement pour

Didi... elle détesterait l'avoir dans sa maison et, quand celle-ci était mécontente, elle pouvait vous pourrir la vie.

— Je vais me débrouiller.

— Alors, tu penses pouvoir aider Bryce à trouver un travail qui lui convienne ? Je ne l'ai jamais vu manifester de l'intérêt pour quoi que ce soit ou s'impliquer dans quelque chose qui dure... à part peut-être pour ce refuge animal.

— Je vais voir ce que je peux faire.

— Rien que le fait de t'avoir ici, c'est déjà fabuleux. Il t'adore et il t'a toujours pris pour modèle. Il t'admire beaucoup.

Lucas hocha la tête. Ce n'était pas faux ; ce que Lucas avait, Bryce le voulait aussitôt, qu'il s'agisse de cartes de base-ball ou de petits jobs. Et Didi s'assurait qu'il l'obtienne.

— Il y a encore autre chose...

Il chuchotait toujours, la voix presque inaudible. Une flambée de colère transperça Lucas de part en part. Un comble que Joe soit contraint de chuchoter dans sa propre maison, relégué dans cette pièce où on se pelait. La chambre était glaciale. Et il ne s'en souvenait que trop bien.

— Qu'est-ce que c'est ? demanda-t-il, ajustant la couverture sur son oncle.

Après un autre coup d'œil vers la porte, Joe ramassa un bloc-notes et un stylo. Ecrivit quelque chose, puis le lui tendit.

Je veux divorcer avant de mourir.

Son regard glissa du visage de son oncle au mot puis revint se poser sur son oncle.

— Nom d'un chien, Joe...

Il ébaucha un sourire.

— Sois tranquille, je vais m'en occuper.

— Merci, Lucas.

La tension sur son visage disparut, et il battit des paupières comme si elles étaient soudain devenues trop lourdes.

— Je suis content que tu sois là, murmura-t-il, la voix pâteuse, les yeux fermés.

Il les rouvrit brusquement.

— Et puis tu vas revoir de vieux amis. C'est l'occasion.

Il lui fit un clin d'œil, et pendant une fraction de seconde Lucas eut l'impression de retrouver le Joe d'avant la maladie. L'instant suivant, il avait sombré à nouveau dans le sommeil, comme ça.

6

— Oh. C'est toi, Colleen…

Carol Robinson, agent immobilier de son état (vieux jeu, *piña colada*), lui lança un regard suspicieux.

— Très bien, d'accord… Vous pouvez entrer, mais je ne te fais pas visiter. Puisque de toute façon on sait à l'avance que tu n'achèteras pas.

— Un plaisir aussi de te voir, Carol. Ta bursite te fait souffrir ?

— Non. Mais mon temps est précieux, et je ne veux pas qu'on me le fasse perdre. Bonjour, Jeanette, comment vas-tu ?

La mère de Colleen tira sur son chemisier, l'écartant de sa poitrine.

— Qu'est-ce qu'il fait chaud, ici, Carol ! On se croirait dans une étuve. Comment fais-tu pour le supporter ?

— Tu as une bouffée de chaleur. J'en ai, moi aussi, lâcha Carol. C'est énervant.

— J'ai l'impression de rôtir sur le barbecue de Satan. Ne prends pas cet air offusqué, Colleen. J'aimerais t'y voir, toi.

— Je me languis ! Carol, est-ce que tu as une brochure descriptive pour cette maison ?

Cette dernière soupira et lui en tendit une.

— Dis, Carol, pourquoi marches-tu au milieu de la route, le matin ? J'ai bien failli te renverser, l'autre jour.

— Oh ! c'était bien toi, alors… je m'en doutais. Jeanette, ta fille et cette voiture rouge…

Très bien, d'accord, elle n'avait pas très bonne presse auprès des agents immobiliers. A se demander pourquoi !

Ce n'était quand même pas sa faute si aucune des maisons qu'elle avait visitées jusque-là ne lui avait assez plu pour qu'elle fasse une offre. Cela ne remettait pas en cause sa décision. Elle n'avait nullement l'intention de vivre toute sa vie à l'étage au-dessus de chez son frère. Elle adorait leur maison ; là n'était pas la question… Mais elle avait trente et un ans, nom d'un chien ! Et tout était dans l'adjectif possessif *leur* : *leur* maison. Elle voulait un endroit rien qu'à elle. Un endroit où, oui, elle élèverait ses adorables bambins, où Rufus pourrait s'ébattre, et où elle pourrait s'envoyer en l'air avec son mari à son aise.

Et, depuis que Lucas Damien Campbell était entré dans son bar l'autre nuit, cette idée qu'elle se plaisait à caresser devenait une urgence. Elle était plus que jamais décidée à trouver celui qui deviendrait son mari, le père de ses futurs enfants.

Elle avait proposé à sa mère de l'accompagner, parce que (a) elle était une sainte, et (b) cela tombait le jour d'une des nombreuses dates anniversaires pour Jeanette — elle en avait beaucoup, et quatre-vingt-dix-neuf pour-cent d'entre elles marquaient un événement triste associé à son ex-mari.

La maison était un corps de ferme aux murs clairs avec une terrasse, une allée en fer à cheval et un grand et magnifique jardin. Ni trop grande ni trop petite, pas trop récente ni trop ancienne. Une cuisine refaite avec des éléments blancs avec vitrine, des plans de travail, parfaite si elle devait se mettre à la cuisine (ce n'était pas prévu dans l'immédiat, mais cela pouvait arriver… le jour où les poules auraient des dents). Le salon était vaste et lumineux, pourvu de nombreuses fenêtres, et la cheminée apportait vraiment un plus.

Elles montèrent à l'étage, laissant Carol reprendre la lecture de son roman d'espionnage — un pavé.

Colleen ressentit un frisson d'excitation. C'était peut-être celle-là ? Si elle était occupée à déménager dans un nouvel endroit, à peindre et à courir les magasins de meubles et de décoration pour trouver un nouveau canapé et de la vaisselle,

elle aurait moins le temps de se prendre la tête sur un certain non-inconnu, grand et ténébreux.

« Les cheveux noirs sont la marque du diable », disait sa grand-mère en parlant de la gent masculine. Comme elle avait raison ! Lucas Campbell avait les cheveux noir de jais et lui avait brisé le cœur. Jeremy Lyon avait lui aussi les cheveux noirs et avait choisi de faire son *coming out* le jour même de son mariage avec Faith. Son père avait les cheveux noirs et avait brisé le cœur de sa mère.

Connor, qui tenait ses cheveux châtains du côté maternel, n'avait à déplorer aucun cœur brisé dans son sillage. Levi Cooper, chef de la police et vétéran décoré, était blond foncé, et il rendait Faith très heureuse, ces derniers temps. Gerard Chartier, chauve et dragueur, était très apprécié. Oui, grand-mère savait de quoi elle parlait.

La suite parentale, située au fond du couloir, était particulièrement agréable avec son plafond rampant, le banc-banquette sous la fenêtre arquée et les étagères encastrées. Il y avait de l'espace sur le mur pour y installer une télé, si elle en voulait une. Elle n'était pas une franche adepte de la télé au lit — c'était même inutile alors que Tom Hardy l'attendait, nu et impatient, elle, sa femme adorée. Néanmoins, quand le principe de réalité la rattrapait, elle regardait — bien trop —, avec Rufus, la chaîne HGTV et *Game of Thrones* (Jon Snow était irrésistible... Etait-il trop jeune ? Probablement et... oups ! Un autre garçon aux cheveux noirs).

— C'est joli. Qu'est-ce qui ne te plaît pas ? demanda Jeanette en circulant à travers la pièce.

— Rien.

— Je suis sûre que tu finiras par trouver l'endroit de tes rêves. Tu trouves toujours.

— Merci pour ce vote de confiance, franc et massif, maman.

Sa mère disparut dans la salle de bains attenante.

— Oh ! Colleen, viens voir, mon cœur.

Elle se rapprocha et balaya du regard la vaste pièce d'eau — carreaux au sol, douche avec des parois pleines et baignoire triangulaire immense, assez grande en tout cas pour les accueillir, elle, Tom Hardy *et* ses muscles.

— Ooooh…

Sa mère vocalisait. Son visage s'était à nouveau empourpré, et elle tirait sur son chemisier comme si elle se consumait littéralement de l'intérieur.

— Oh! bon sang! Encore une bouffée de chaleur!

— Vraiment? On ne s'en serait absolument pas douté.

Sa mère avait toujours été du genre à entrer dans le détail de choses intimes. Elle pouvait même être très drôle.

Le « saigner comme un cochon qu'on égorge » avait longtemps tenu le haut du panier, avant que sa ménopause ne la rende obsolète. Il y avait eu aussi : « J'ai des ovaires de la taille de pamplemousses. »

Pour l'instant, Jeanette se dandinait d'un pied sur l'autre, comme si elle était sur des charbons ardents. Elle laissa sa main courir sur le rebord de la baignoire.

— Oh! C'est de la porcelaine!

Elle l'enjamba aussitôt et s'allongea dedans.

— La porcelaine. Une valeur sûre pour se rafraîchir. Encore mieux que de la glace. Merci, mon Dieu! s'exclama-t-elle.

Elle resta là, le corps moite et le visage échauffé, respirant visiblement mal. Colleen leva les yeux au ciel. Dans ces moments-là, il n'y avait rien d'autre à faire que d'attendre que ce qui ressemblait à un exercice de survie dans Koh-Lanta se termine… Après une minute, Jeanette releva la tête, des mèches de cheveux tire-bouchonnées sur son front moite, et inspecta les parois de la baignoire.

— Alors combien y a-t-il de jets?

Sa question n'appelait pas de réponse.

— Je me demande s'ils sont orientables, poursuivit-elle, les yeux plissés.

— Beurk! Maman! Ne va pas me fourrer des images salaces dans la tête.

En même temps, quelques jets, ça ne pouvait pas faire de mal. Cela pourrait même se révéler utile si le mariage avec Tom Hardy avait du plomb dans l'aile!

— Quoi ? Est-ce que c'est ma faute si j'ai l'impression d'avoir des virevoltants qui traversent mon…

— Je vous salue, Marie, pleine de grâce, le Seigneur est avec vous, récita Colleen, fermant ses écoutilles. Vous êtes bénie, vous qui pouvez faire taire ma mère, et Jésus…

Jeanette lui décocha un regard de chien battu.

— Tu sais, Colleen, ce n'est pas parce que je traverse cette saleté de ménopause et que ton père m'a quittée pour l'Autre Greluche que je ne suis plus une femme.

— Maman ! Allez…

— Quoi encore ? Je suis un être humain, une femme de chair et de sang, avec des besoins, des désirs ! Je suis seule, et il faudrait en plus que j'en aie honte ? Oh, et tu sais quoi ? John Holland s'est marié, il y a quelques semaines.

Une autre habitude maternelle : faire passer des faits connus de tous pour des scoops. Comment aurait-elle pu l'ignorer, elle qui était la meilleure amie de la cadette de John ? Elle ne connaissait pas d'homme plus aimé que lui. Elle-même se serait bien vue en seconde Mme Holland — enfin, pas vraiment, mais c'était ce qu'elle lui disait pour le faire sourire. C'était toujours très amusant de badiner avec lui.

— Après vingt ans de veuvage, lâcha sa mère.

— Maman, je sais. J'ai grandi avec Faith, tu te souviens ?

— Evidemment ! Vous étiez toutes les deux fourrées à la maison la moitié du temps. Le fait est qu'ils sont plus âgés que moi.

— Exact. Tu veux voir les autres chambres ?

Jusqu'ici, elle ne trouvait rien à redire à cette maison. Mais le frisson d'excitation qu'elle avait ressenti en montant l'escalier s'estompait. La salle de bains était peut-être trop grande… Il lui avait toujours semblé que quand elle trouverait la bonne maison elle le saurait. Instantanément.

Juste comme elle l'avait su avec Lucas, le jour où il était apparu dans la classe.

Bon, c'était plutôt le contre-exemple.

Son téléphone bourdonna. Un SMS. De Bryce… Hmmm…

Jessica Dunn et moi ? T'en penses quoi ?

Oh ! il avait de la suite dans les idées. D'abord, il n'avait aucune chance avec elle... Jessica, avec sa vivacité et son esprit indépendant qui faisaient tout son charme, avait besoin de répondant, et Bryce était aussi complexe qu'un biscuit aux pépites de chocolat. Et puis il fallait maintenant compter avec Paulina !

Elle pianota rapidement une réponse.

Bof. Pas d'impatience. J'ai quelqu'un en tête. Quelqu'un de spécial.

Il enchaîna presque immédiatement.

Jolie ?

Soupir. Elle n'aurait pas dit ça... Frappante, singulière, plutôt.
Elle répondit :

Epatante. A plus !

— Je vais rester allongée ici encore une minute, lâcha Jeanette. Tu vois, Colleen, je réfléchissais à ton père... qui sait combien de temps encore cela va lui prendre pour revenir à la raison ? J'étais tellement sûre que ça ne durerait pas avec l'Autre Greluche, que c'était juste le démon de midi et que ça finirait par lui passer...
— Cela fait dix ans qu'ils sont ensemble, maman...
— Même après cette enfant, je me disais encore qu'il allait me revenir.
— Savannah. Cette enfant a un prénom ! Dis tout ce que tu veux sur Gail-la-Grue, mais sois gentille quand tu parles de ma sœur.
— Ta demi-sœur.

Sa mère se redressa, attrapa une des serviettes posées sur le rebord de la baignoire et l'humidifia.

— C'est vrai, quand on y pense..., poursuivit-elle en se

tamponnant machinalement le décolleté. John Holland a soixante ans, des petits-enfants presque adultes, mais lui, il a réussi à se trouver quelqu'un. Je n'ai que cinquante-quatre ans, et qu'est-ce que j'ai ? Rien. Pas un seul petit-enfant, pas de belle-fille ni de gendre... et rien qui se profile à l'horizon. Qu'est-ce qui cloche chez Connor et toi ?

Le refrain familier.

— Je te renvoie la question, maman, qu'est-ce qui cloche avec *toi* ? Je ne demandais pas mieux que d'avoir un gentil beau-père toutes ces années. Je n'aurais pas dit non à Mariano Rivera, par exemple. Ou à George Clooney.

Elle marqua une pause.

— Non, en fait, pas eux. Enlève-les de ta liste. Je me les réserve. Mais Sean Connery, il serait parfait, lui. Ou Ed Harris. Pourquoi est-ce que tu n'as pas épousé un de ces deux-là, maman ?

— Ton père a épousé l'Autre Greluche. John Holland a épousé Mme Johnson. Cathy Moore a viré sa cuti et épousé Louise. Et moi, je suis là, dans une baignoire, attaquée par une bouffée de chaleur. Pile le dixième anniversaire du départ de ton père, en plus.

— Et si tu commençais déjà par sortir de cette baignoire ?

— J'aimerais bien t'y voir quand la ménopause t'aura rattrapée. Je n'aurai aucune compassion.

Sa mère soupira.

— Je suis fatiguée que rien ne bouge. Je veux que ça change. Je veux vivre et m'envoyer en l'air, moi aussi.

Je vous salue, Marie, pleine de grâce...

— Barb McIntosh m'a dit que tu lui avais dit que tu te faisais fort de caser n'importe qui. Je sais que ce sont les cordonniers les plus mal chaussés, mais pourquoi est-ce que tu ne t'occupes pas de moi ?

Colleen tressaillit imperceptiblement et tourna la tête vers sa mère, oubliant la pomme de douche qu'elle était en train d'examiner. Jeanette n'avait pas accepté un seul rendez-vous galant, depuis son divorce, n'en avait même pas exprimé l'envie au cours de ces dernières années. Pas une seule fois.

— Vraiment ? Tu veux vraiment sortir, rencontrer quelqu'un ?

— Tout à fait. Pourquoi pas ? Je suis encore à agréable à regarder, non ?

Sa mère sortit de la baignoire et releva ses cheveux d'un mouvement de main pour dégager sa nuque, un geste majestueux qui la captivait quand elle était enfant et qu'elle s'amusait à refaire.

Danger, lui cria son Connor intérieur. *Fais gaffe où tu mets les pieds…* Son frère était vraiment l'élément pragmatique de leur duo. C'était certain, se mêler de la vie sentimentale de leur mère pouvait tourner à la torture.

Cela faisait des *années* qu'elle attendait le retour du mari volage. Trouver un compagnon et refaire sa vie était peut-être ce dont elle avait besoin. Colleen en était persuadée.

— Et, si je rencontre quelqu'un, peut-être que ton père sera jaloux et que cela lui fera un électrochoc.

Mince. Chercher à rendre son ex-mari jaloux… C'était un stratagème éculé et qui en plus ne fonctionnait jamais.

— Maman, si tu veux sortir et rencontrer du monde, peut-être trouver quelqu'un, je pense que c'est très bien, mais ne le fais pas par rapport à papa. Il ne reviendra pas.

— Qui sait… Alors ? Est-ce que tu vas m'aider ? J'ai besoin de me créer un profil en ligne.

C'est ce que Faith avait fait avec son père, l'automne dernier. Cela n'avait pas été une expérience particulièrement fructueuse… Même si tout s'était bien terminé. Et puis Faith était une idéaliste, une douce rêveuse.

Contrairement à Colleen.

S'il y avait une chose qu'elle connaissait sur le bout des doigts, c'étaient les hommes et leur mode de pensée.

— Oh ! s'exclama sa mère, en attrapant le bras de Colleen. Et devine ce que j'ai entendu d'autre ? Devine ! Devine !

— Le battement d'ailes du papillon, lança-t-elle.

— Non. Cherche encore !

— Quoi, maman ?

Sa mère la lâcha et lui ébouriffa les cheveux, une lueur triomphale dans le regard.

— J'ai entendu que Lucas Campbell était de retour en ville.
— Je sais.
— Surprise! Ce n'est pas super?
— Il est là parce que Joe Campbell est en fin de vie — il n'en a plus pour longtemps —, donc non, ce n'est pas exactement le mot qui me vient à l'esprit.
— C'est super, parce que…
— Non, ne dis rien de plus, maman.
— Parce que tu ne l'as jamais oublié.
— Ça, ça se discute.

D'accord, un débat qu'elle perdrait probablement, mais n'empêche.

— Et je te rappelle qu'il est marié.
— Justement! Il a divorcé.

Colleen cilla légèrement.

— Aha! Je t'en apprends une, hein? J'en étais sûre! fanfaronna sa mère.
— Vous êtes visibles, là-haut, toutes les deux? appela Carol du rez-de-chaussée. J'ai deux acheteurs potentiels qui sont très intéressés par cet endroit… Eux!
— On descend. Elle ne l'aime pas, cria Jeanette.

La voix de sa mère lui parvenait, lointaine.

Lucas était divorcé?

Il n'avait rien laissé entendre de tel, l'autre nuit. Les questions se bousculaient dans sa tête. Pourquoi? Depuis combien de temps? Etait-il malheureux? Ou amer? Etait-ce lui qui était parti? L'avait-il trompée? Ou bien l'avait-elle trompé? Voyait-il quelqu'un d'autre?

Ressaisis-toi, se sermonna-t-elle. *Il est tombé amoureux de quelqu'un d'autre et il t'a quittée, te brisant le cœur au passage. Exactement. Comme. Papa.*

— Colleen? Elle ne t'intéresse pas vraiment, cette maison, si?

Elle s'éclaircit la voix.

— Elle serait parfaite, si c'était un peu plus ombragé devant.

7

Lucas poussa la porte du refuge animalier et pénétra dans le bâtiment. Il n'était de retour à Manningsport que depuis une semaine, mais il n'avait pas perdu son temps. Il avait consulté un avocat, qui ne lui avait pas laissé beaucoup d'espoir sur la possibilité pour Joe d'obtenir un divorce en si peu de temps. Il n'était néanmoins pas encore prêt à renoncer. Le divorce dans l'Etat de New York était une vraie toile d'araignée de lois plus puritaines les unes que les autres. Mais il devait bien exister une faille quelque part. Il fallait juste la trouver. Par ailleurs, Joe voulait que toutes ses actions reviennent à Bryce, à sa mort. Il devait maintenant déterminer à combien elles se montaient, ce qui n'allait pas être sans mal parce que Didi tenait d'une main de fer les comptes de la famille.

Il avait également trouvé un meublé dans un joli bâtiment qui donnait sur la place, à une soixantaine de mètres de l'O'Rourke. Qu'il s'appliquait à éviter, dans l'espoir que Colleen se détende du string (même si l'image n'était pas désagréable).

En passant en voiture devant le refuge animal, un bâtiment gris en périphérie de la ville, il avait aperçu le Dodge Ram de Bryce. Le pick-up était garé devant, ainsi qu'une petite Porsche sympa et un VTT avec un panier en osier attaché au guidon. C'était l'occasion de sonder son cousin sur ses projets d'avenir (autres que jouer aux jeux vidéo dans le sous-sol de sa mère). Bryce aimait les animaux. C'était peut-être une piste à creuser.

Lucas balaya du regard l'accueil du refuge, la salle d'attente.

Personne. Des voix étouffées lui parvenaient de derrière une porte fermée. Celle d'une femme qui parlait à voix basse, et il reconnut celle de Bryce.

— Avec du lubrifiant, ce sera mieux, hein, bébé ? N'aie pas peur. Je vais introduire mon doigt comme ça et presser tout doucement.

Lucas se figea, doutant soudain d'avoir bien entendu.

— Ça ne fait pas du bien, mon cœur ? poursuivait maintenant Bryce.

Un petit bruit se fit entendre. On aurait dit un gémissement.

Bon sang, mais qu'est-ce qu'il fichait là-dedans ? Il ne faisait quand même pas l'amour dans un refuge animal ?

— Bryce ? appela-t-il. C'est moi, c'est Lucas.

Il se rapprocha et tendit l'oreille. Un bruit de chaise que l'on bouge, du mouvement. La porte s'ouvrit enfin, et Colleen apparut, les cheveux décoiffés, les joues roses. Ses yeux s'élargirent un peu en le voyant.

Il eut l'impression qu'une lame chauffée à blanc glissait entre ses côtes et, pendant une fraction de seconde, il chercha son souffle, tout en réprimant le pincement inattendu de jalousie.

— Hé, salut, dit-elle d'un ton léger.
— Colleen.

Son ton lui fit hausser un sourcil. Elle regarda par-dessus son épaule.

— Bryce ! Ton cousin est là.
— Salut, Lucas ! J'arrive dans une seconde. Je suis couvert de bave.

Colleen entra dans la salle d'attente, referma la porte derrière elle.

— On n'arrête pas de se croiser ! Comment ça va, l'Espagnol ?

L'Espagnol… C'était le petit nom tendre qu'elle lui avait donné autrefois.

— Je vais bien, répondit-il, d'une voix blanche. Vous faisiez quoi, au juste, là-dedans ?

Elle écarquilla les yeux, puis sourit.

— Qu'est-ce que tu t'es imaginé ? Bryce était en train d'aider une adorable petite chienne à libérer ses glandes anales.
— Je... euh...
— Ça laisse sans voix, hein ? Surtout quand on a l'esprit mal tourné !
— C'est donc comme ça que vous passez le temps dans les petites villes.
— Tu ne crois pas si bien dire. Tu veux jeter un coup d'œil ? C'est un vrai pro... très doué.

Elle sourit, et il se sentit fondre.

— Donc ton chien a besoin d'un... euh... traitement spécial ?
— Oh ! non. Il faudrait un vétérinaire très, très courageux épaulé de toute l'équipe des Giants de New York. C'est Mme Tuggles, le chien que Paulina vient d'adopter. Le mien, c'est celui-là, là-bas...

Il suivit le mouvement de son bras et découvrit un chien gris de la taille d'un ruminant, allongé sur le côté. Il ne bougeait pas. Il respirait, au moins ?

— Qui c'est, le bon garçon ? Qui c'est ? C'est Rufus ? lança-t-elle.

La queue du chien battit l'air deux fois pour confirmer.

— Donc toutes les occasions sont bonnes pour tenter de rapprocher Paulina et Bryce. Même les glandes anales d'un chien...
— Hmm.
— Comme c'est romantique !
— Hé ! Du moment que ça marche ! Tu vois, Lucas, beaucoup d'hommes ne savent pas apprécier ce qu'ils ont devant les yeux, alors un petit coup de pouce est parfois utile. Ou un très gros coup de pouce, en lettres de néon de six mètres avec des flèches clignotantes pointées tout autour !

Elle marqua une pause pour laisser ses mots infuser, au cas où il louperait l'allusion (à quoi ? elle ne savait pas trop).

— Mme Tuggles était bloquée. Elle n'arrêtait pas de traîner son arrière-train sur le tapis de Paulina. Enfin, bref... je ne vais pas te faire un dessin.

La porte de la pièce d'examen s'ouvrit, et Paulina apparut, un petit carlin grassouillet dans les bras, qui semblait à cet instant extrêmement satisfait, sa petite gueule entrouverte, langue pendante. La jeune femelle bâilla et ferma les yeux.

— Il ne lui manque plus que la cigarette, s'exclama Colleen avec humour. Bryce, qu'est-ce que tu lui as fait, à cette pauvre chienne ?

— On a des doigts de fée ou pas, qu'est-ce que tu veux que je te dise, plaisanta ce dernier en se séchant les mains avec une serviette en papier. Hé, Lucas ! Tu te souviens de Paulina ? On était au lycée ensemble, en terminale.

— Heureuse de te revoir, lança cette dernière.

— Moi aussi, Paulina, répondit-il avec un sourire.

Son visage vira au rose... puis au rouge... avant de se marbrer de plaques. Ça, c'était du rougissement !

— Mme Tuggles, dites bonjour à Lucas, reprit Bryce, en se penchant pour faire claquer une bise sur le sommet du crâne de la chienne, approchant du même coup sa propre tête de la poitrine de Paulina, dont le visage entra aussitôt dans une zone critique d'embrasement. Indifférente à la vie intérieure de sa maîtresse, Mme Tuggles léchait le visage de son bienfaiteur dans un débordement de gratitude frénétique et bien baveuse.

Lucas patienta un instant.

— Tu as une minute, Bryce ? demanda-t-il, mettant un terme à cette séance de débarbouillage en règle.

— Libre comme l'air. Les filles, c'était sympa de vous voir toutes les deux. Toutes les trois, en fait.

Il gratta le sommet de la tête du carlin.

— Oh ! oui... Euh, je veux dire, ouais. Toi aussi, dit Paulina.

Elle s'éclaircit la gorge, inspira profondément et reprit :

— Et merci à toi, Colleen, de m'avoir accompagnée.

Elle parlait fort, d'une voix sans modulation, comme si elle récitait une leçon.

— Je me faisais tellement de souci pour cette pauvre Mme Tuggles.

Elle reprit son souffle.

— Bryce, tu as été incroyable. Je serais ravie de t'offrir une bière, un de ces soirs. Je te dois bien ça !

Son visage était sur le point d'entrer en fusion.

Lucas aurait parié vingt dollars que Colleen lui avait soufflé ces lignes, soigneusement préparées et répétées.

— Super, répondit Bryce, à mille lieues de ce qui se tramait sous son nez.

Paulina battit des paupières, puis fit un pas mal assuré à reculons, comme si elle était sur le point de s'évanouir.

Colleen lui donna un petit coup de coude pour la pousser vers l'avant et attrapa le casque de vélo posé sur l'une des chaises.

— A la prochaine, les garçons. Paulina, je pars avec toi.

Elle se tourna vers son chien, sonnant le signal du départ.

— Allez, Rufus, on y va !

Les filles et leur toutou partis, Bryce leva les bras au-dessus de sa tête et s'étira.

— Je crois que Colleen a un petit faible pour moi.

Lucas ressentit à nouveau cette pointe de jalousie.

— Dans tes rêves, murmura-t-il.

— Qu'est-ce que t'en sais ? Elle et moi…

Bryce s'interrompit, le regarda comme s'il voulait dire quelque chose, parut se raviser.

— Euh… rien. On s'entend bien, c'est tout. Comme des copains, tu vois ? Au bar, on taille la bavette… Amis, quoi. Tu as raison, il n'y a rien d'autre.

Il fit craquer ses doigts.

— Je peux faire quelque chose pour toi, mon frère ? Qu'est-ce que tu dirais d'un animal de compagnie ? T'es plutôt chiens ? Chats ? Ma mère a tranché la question : pas d'animaux chez nous. C'est pour ça que je travaille ici. C'est un bon compromis.

— Je ne suis que de passage en ville. Je ne peux pas prendre un animal.

— OK, OK ! Mais tu pourrais vouloir t'installer ici.

— Ça n'arrivera pas.

— Oui, je sais, Chicago et les quartiers sud, à la vie à la mort.

Lucas sourit.

— Comme c'est un peu ta seconde maison, tu pourrais me faire faire le tour du propriétaire.

— Bien sûr. On commence par le chenil.

Il l'entraîna vers une porte à l'arrière du bâtiment. Les cages s'alignaient avec les suspects habituels — un pit-bull ici, un rottweiler là, et deux autres chiens efflanqués, sans doute âgés. Bryce avait un mot gentil pour chacun d'eux, même pour le petit roquet noir qui grognait dans la dernière cage. Ils passèrent ensuite dans la chatterie, indéniablement surpeuplée. Il n'avait jamais vu autant de félins réunis dans un même endroit, de toutes tailles et de toutes couleurs de pelage.

Bryce attrapa un chaton.

— Que tu es beau, toi ! Tu sais que tu es trop mignon ?

Le chaton miaula, feula et lança sa patte griffue, effleurant le nez de Bryce.

Lucas n'avait jamais pensé à prendre un animal. Ce n'est pas qu'il n'en voulait pas, mais il était toujours au bureau. A présent qu'il quittait Forbes, la situation était différente. Il serait davantage à l'extérieur. Il s'imagina un instant avec un chien, qui l'accompagnerait dans son pick-up pour aller de chantier en chantier ou qui dormirait au pied du lit, la nuit. L'idée lui plaisait bien. Ce pourrait être sympa d'avoir un animal de compagnie.

Bon. Il attendrait d'être de retour à Chicago. Ce n'étaient pas les animaux à adopter qui devaient manquer, là-bas non plus.

— Tu n'as jamais pensé à travailler au contact des animaux, Bryce. A devenir soigneur... ou assistant vétérinaire ? Tu aimes ça et sais y faire avec eux.

— Merci du compliment ! Mais non, vraiment pas. Il faut des diplômes, et je ne me vois pas retourner sur les bancs de l'école.

— Et alors ? Il existe sûrement des formations courtes. Avec de l'alternance, par exemple.

— Peut-être, mais de toute façon le refuge n'a pas les moyens de prendre du personnel. On est tous bénévoles ici. Et le vétérinaire, le Dr Metcalf, vient quand on lui demande.

— Tu pourrais travailler pour lui ?

Bryce haussa les épaules.

— Il y a déjà cette fille très sexy qui travaille pour lui. Elle est bénévole ici, aussi. On est sortis ensemble une ou deux fois.

Il se gratta la tête.

— Je devrais peut-être l'appeler. Plus j'y pense et plus je me dis que j'aimerais avoir des enfants.

Waouh.

— Ouais, tu ferais un super papa, dit-il (en l'espérant sincèrement). Mais tu dois trouver du travail d'abord. Et aussi un endroit à toi. Tu ne veux quand même pas élever un enfant dans le sous-sol de ta mère ?

— T'as pas tort. Bon, on va se la prendre, cette bière ? l'O'Rourke doit être ouvert.

— Il est 11 h 30, Bryce.

— Ah, ben alors oui, il est ouvert.

Bryce marqua une pause, l'interrogea du regard.

— Oh ! je comprends. Tu n'as pas envie de voir Colleen, c'est ça ?

— Ça ne me pose aucun problème de la voir, répliqua-t-il en soutenant son regard.

— C'est ça, ouais !

— Vraiment pas. Ça n'a rien à voir.

— Ça doit quand même faire remonter des souvenirs, non ? Parce que c'était passionné, vous deux !

— C'était il y a longtemps. Pour ce qui est du boulot, Bryce…

— Merde ! J'ai complètement oublié que je devais déjeuner avec ma mère, aujourd'hui. Il faut que je file.

Au même instant, la porte d'entrée s'ouvrit, et une *très* jolie fille apparut à l'accueil.

— Salut, Angie ! Tu es pile à l'heure.
— Salut, Bryce, minauda-t-elle.
Elle jeta à peine un coup d'œil à Lucas (avant de revenir aussitôt sur lui).
— C'est ton frère ?
— Mon cousin. Lucas, c'est Angie... Angie, euh...
— Beekman.
— C'est ça ! Angie, il faut que j'y aille, mais on prend un verre un de ces jours ?
Lucas ne put s'empêcher de se sentir navré pour la fille.
— Bien sûr, répondit-elle avec un sourire faussement réservé. A bientôt !
Quelques instants plus tard, Bryce démarrait sa voiture et s'arrachait du parking dans un crissement de pneus. Il roulait trop vite, comme d'habitude, se dit Lucas en le suivant des yeux.

Lucas avait quinze ans quand son cousin lui sauva la vie.
« Tu te souviens de la fois où je t'ai sauvé la vie ? » lui demandait Bryce de temps en temps. Et Lucas d'acquiescer de bonne grâce et de dérouler le fil de la séquence : oui, il se souvenait, et oui, il avait eu beaucoup de chance que Bryce se soit trouvé là, et, absolument, ils étaient maintenant des frères à la vie à la mort, et d'ailleurs ils se ressemblaient déjà beaucoup physiquement — puisqu'ils ressemblaient eux-mêmes à leurs propres pères, qui auraient pu passer pour des jumeaux.

Ce n'était pas qu'il rechignait à reconnaître ce que Bryce avait fait ou qu'il sous-estimait le courage dont il avait fait preuve. Fils unique, adoré par ses parents, Bryce était de bonne composition, toujours partant pour tout, la joie de vivre personnifiée.

Il aimait beaucoup son cousin. C'était juste qu'il était fatigant, à la longue, parce qu'il ne s'arrêtait jamais, à l'image du chiot qui vous rapporte sans cesse un bâton. Au début, c'est vraiment mignon. « Oh ! Il est à qui, le bâton, il est à qui ? Allez, va chercher ! » C'est après, après le dixième lancer, que ça se corse, quand il rapporte le bâton, avec la même régularité. A la vingtième fois, vous souhaitez juste qu'il aille se coucher. A la cinquantième, vous vous demandez quelle mouche a bien pu vous piquer pour que vous preniez un chien.

Trois fois par an, généralement, Joe, Didi et Bryce leur rendaient visite (toujours dans ce sens-là. Eux n'étaient jamais invités dans la banlieue huppée du nord de Chicago). Bryce restait à une distance respectueuse et impressionnée de Stephanie, de six ans leur aînée, qui l'appelait gamin, mais il ne lâchait pas Lucas d'une semelle, s'émerveillant, les yeux littéralement écarquillés, de tout ce qu'il avait ou faisait — sa minuscule chambre au troisième étage d'une maison divisée en deux appartements, son VTT d'occasion et les figures qu'il était capable d'exécuter dessus. Les petites sculptures qu'il faisait avec son canif — le canif qu'il avait le droit d'avoir et d'utiliser ! Il avait même échangé son T-shirt des Cubs, le club du nord, contre celui des White Sox, l'équipe des quartiers sud dont Lucas était un fervent supporter. Pour lui, débarrasser la table après le dîner et faire la vaisselle à la main était super — amusant et exotique. Le pire, c'est qu'il le pensait vraiment.

Il ne pouvait pas non plus s'empêcher de bombarder Lucas de questions sur sa mère, qui était morte de la maladie de Charcot quand il avait six ans. Est-ce qu'elle lui manquait ? Qu'est-ce que cela faisait d'avoir une mère portoricaine ? Avaient-ils déjà vu son fantôme ? Il ne lui était jamais venu à l'idée que le sujet pouvait être sensible. A dix-neuf ans, Stephanie devint maman d'une petite fille et emménagea avec son petit ami. Que Lucas soit un oncle ! Comme il aurait voulu avoir une sœur, lui aussi, pour devenir un oncle ! « Bryce, mon ange, un bébé, ce n'est pas toujours une *bonne* chose », lui disait sa mère, d'un ton sibyllin.

— Ce bébé, si ! se rebellait Lucas, fusillant Didi du regard.

Mercedes était un bébé adorable et elle sentait bon, la plupart du temps. Quant à Stephanie, c'était une super maman.

— L'avenir nous le dira, répondit un jour Didi sans ciller. Nous ne sommes pas tous emballés à l'idée que nos impôts servent à financer le choix de vie de Stephanie.

Et, même si Lucas n'était pas sûr d'avoir saisi à cent pour-cent ce qu'elle avait voulu dire, il savait que c'était une vacherie.

Il ressentait toujours une forme de soulagement quand arrivait la fin de la journée et que Didi poussait son fils dans la voiture.

— Seigneur, cette femme est une vraie peau de vache, disait son père en regardant le véhicule s'éloigner.

Il était clair que Didi tolérait tout juste la famille de son mari, mais elle ne laissait jamais Bryce et Joe venir sans elle, même si cela lui coûtait — il fallait la voir épousseter sa chaise avant de s'asseoir.

— Ton cousin est vraiment un chouette gamin, tu ne trouves pas, Lucas ?

Alors qu'il acquiesçait, son père lui ébouriffait les cheveux dans un élan de tendresse. C'était vrai. Bryce était vraiment gentil. On ne pouvait pas dire le contraire.

Joe posait un œil nostalgique sur leur enfance, à Dan et lui. C'était pour lui une parenthèse enchantée — sans doute parce que lui avait réussi à s'extraire de sa condition sociale et qu'il était allé à la fac. Dan était mécanicien automobile, s'était marié très jeune avec la petite voisine et avait emménagé au coin de la rue où ils étaient nés. Tout petit, déjà, Lucas percevait le malaise de son père quand l'oncle Joe se faisait lyrique en se remémorant « le bon vieux temps », enchaînant les anecdotes sur les courses de bicyclettes sur le parking vide ou les pièces de monnaie posées sur les rails avant le passage du train.

Leurs visites étaient heureusement courtes et limitées, et il n'y pensait pas entre-temps. Est-ce qu'il aurait aimé partir en vacances aux îles Turques-et-Caïques ? Probablement. Est-ce qu'il aurait aimé avoir un écran plat dans sa chambre ? Sans aucun doute. Il n'aurait néanmoins échangé sa place pour rien au monde. Sa vie et sa maison lui semblaient toujours un peu plus belles après leur départ. L'argent manquait, mais son père et lui étaient ensemble et vivaient l'un pour l'autre.

Jusqu'à son arrestation.

Ce Que Lucas Ne Savait Pas Sur Son Père :
1. Il s'était fait arrêter à l'âge de dix-huit ans pour vol qualifié de voiture (mais pouvait-on vraiment parler de vol quand les clés étaient sur le contact de la Camaro ? Qui pouvait résister ? Certainement pas un Américain de dix-huit ans né du mauvais côté de la barrière).
2. Il s'était fait arrêter à l'âge de vingt et un ans pour effraction et vandalisme (chez Mme Ortega. Son copain et lui s'étaient introduits dans son salon pour regarder Cinemax en buvant son schnaps).
3. Il avait accumulé quatre-vingt-quinze mille sept cents dollars de dettes pour payer les soins médicaux de sa femme, atteinte de la maladie de Charcot.
4. Il dealait.

Lucas avait quinze ans quand les flics firent irruption chez eux, exhibant leur mandat d'arrêt. Impuissant, le téléphone à la main, tentant désespérément de joindre son père au garage, il les regarda fouiller de fond en comble la maison et trouver plusieurs petits sachets de *crystal meth*, planqués dans une boîte à chaussures, au fond du placard de Dan.

On avait parlé d'un coup de filet. De petits poissons… Son père dealait occasionnellement pour un de ses vieux copains de lycée à la tête d'un gros réseau. C'était la seule façon qu'il avait trouvée d'empêcher les créanciers de saisir la maison — pas sa plus grande idée, mais il se tuait déjà au travail avec des semaines de quatre-vingts heures au garage.

Son « casier judiciaire et ses erreurs de jeunesse » ne jouèrent hélas pas en sa faveur, et le juge le condamna à seize ans d'emprisonnement.

— Je suis désolé, fils, lâcha Dan alors qu'on le menottait.

Avec le verdict, il semblait soudain avoir vieilli de dix ans. Lucas serra son père dans ses bras, essaya de ne pas pleurer.

Il devait se montrer fort pour son père. Et puis ils allaient faire appel, c'était l'avocat commis d'office qui l'avait dit. Ce n'était pas comme si c'était pour toujours.

Il avait voulu rester avec sa sœur, mais Stephanie, en larmes, lui avait dit que ce n'était pas possible. Rich et elle vivaient dans un minuscule appartement, et elle était à nouveau enceinte, de jumelles. Lucas avait eu beau jurer qu'il se ferait tout petit, qu'il dormirait sur le canapé et qu'il l'aiderait à s'occuper de la maison et de la petite Mercedes, Stephanie n'avait pas fléchi.

Il était en train de rassembler ses affaires quand son oncle et Bryce étaient venus le chercher.

— C'est trop cool ! s'était exclamé son cousin. Tu vas vivre avec nous ! On va être comme de vrais frères !

Lucas avait serré le poing, réprimant à grand-peine l'envie de le boxer. *Cool* ? Son père était en *prison* ! Alors c'était tout sauf cool.

Il quitta donc contraint et forcé le quartier populaire (où pauvreté rimait avec solidarité) qui l'avait vu grandir, pour les quartiers huppés du nord de Chicago, où chaque rue avait un nom de saccharine : Shadow Creek Lane, West Wing Way, Shane's Glen Circle.

Didi lui avait montré sa chambre, qui n'avait de chambre que le nom et tenait plus du débarras où s'entassaient tout un tas d'objets inutilisés ou cassés. Un ordinateur qui devait dater du début des années 1990. Un lit superposé coincé sous la mansarde. Un tapis de course (qu'elle n'avait pas voulu descendre au sous-sol). Elle avait refusé qu'il dorme dans la chambre de Bryce, malgré l'insistance de ce dernier, ou même dans la chambre d'amis, pourtant inoccupée.

Tout était horriblement différent. La piscine à l'arrière de la maison, entretenue par Juan, avec qui il parlait en espagnol — ce qui irritait Didi au plus haut point et remplissait Bryce d'une admiration encore plus grande —, la pelouse, tondue par une société paysagiste, la femme de ménage. Didi conduisait une Mercedes, faisait du shopping dans des boutiques de luxe et dépensait cent cinquante dollars chez le coiffeur toutes les cinq semaines.

Il le savait parce qu'un jour il avait trouvé une facturette. Son cœur s'était serré alors que lui revenaient en mémoire les bribes d'une conversation qui avait eu lieu cinq ou six ans plus tôt entre son père et Joe. Alors qu'il s'était enfermé dans la salle de bains pour échapper à Bryce et surtout à ses questions, il avait entendu son père demander de l'argent à son frère.

— Ça me coûte, de te demander ça, disait Dan. Je te jure que, si je pouvais faire autrement, mais c'est l'hôpital... ils ont engagé un agent de recouvrement. Je travaille autant que je peux, mais...

— Non, non, je comprends. Euh... Ecoute, je vais voir avec Didi combien je peux te prêter.

Le téléphone avait sonné à la maison, quelques jours plus tard, très tard le soir. C'était l'oncle Joe. Les réponses de son père au bout du fil étaient devenues de plus en plus courtes, entrecoupées de silences de plus en plus pesants.

« Je comprends. Bien sûr que non. Ne t'inquiète pas. Merci quand même. Bien sûr. Non. Mmm... »

Il avait raccroché, lâché un soupir qui portait toute la lassitude et le désespoir du monde, se reprenant à l'instant où il avait croisé son regard inquiet. Il lui avait souri, avant de lui demander :

— Tu veux une glace pour le dessert ?

Ils avaient tous les deux fait comme si tout allait bien, chacun protégeant l'autre.

Quelques mois après ce coup de fil, Didi et Joe avaient offert à Bryce une croisière Disney sur la Méditerranée.

Il ne défit pas ses affaires, les premières semaines, convaincu que cet arrangement ne durerait pas. Son père avait été condamné à seize ans, mais ce n'était pas sérieux. C'étaient les violeurs et les assassins qui écopaient de peines si lourdes. L'avocat allait régler ce malentendu, expliquer que Dan Campbell n'était qu'un petit garagiste qui élevait son fils seul depuis la mort de sa femme, et que le manque d'argent l'avait poussé à mal agir. Il avait fait un mauvais choix, mais c'était quelqu'un de bien. C'était son père.

Les jours devinrent des semaines, et un mois passa. Joe vint lui parler, tentant de le convaincre avec douceur qu'il devrait accepter la situation et commencer à s'installer, prendre ses marques.

Faire comme chez lui... Plus facile à dire qu'à faire surtout quand Didi s'évertuait à lui faire comprendre par mille détails blessants qu'il n'était pour elle qu'un encombrement dont elle se serait bien passée — elle achetait des vêtements de la marque Hollister pour Bryce et du Kmart discount pour lui. Pour son anniversaire, Joe lui acheta un gant de base-ball, son tout premier gant neuf, même s'il jouait déjà depuis deux ans. Cinq minutes après l'ouverture du cadeau, Didi, lèvres serrées et chuchotements sifflants, parvint à convaincre Joe que Lucas n'en avait pas *besoin*. Contrairement à Bryce. Il récupéra donc le vieux gant de son cousin.

C'était elle, grâce à son travail (Didi était vice-présidente de quelque chose), comme elle aimait à le répéter, qui leur permettait à tous de vivre dans cette grande maison et d'avoir dans le garage une voiture équipée de toutes les options possibles (« C'est cool que ta nièce et notre voiture aient le même nom ! » lui avait un jour sorti Bryce), reprochant en creux à son mari, qui travaillait de chez lui, ses revenus irréguliers.

La gentillesse de Joe et l'admiration de Bryce (même pour le fil dentaire qu'il utilisait) ne suffisaient pas à atténuer son sentiment de solitude. Stephanie lui manquait terriblement. Elle pouvait être une emmerdeuse de première, mais elle était aussi drôle et cool — elle l'avait laissé manger de la glace tous les soirs de l'année qui avait suivi la mort de leur mère, quand leur père travaillait de nuit. Mercedes aussi, avec ses gazouillis et ses sourires mouillés, lui manquait.

Etre à moitié portoricain passait inaperçu dans son ancien quartier mais, dans cette banlieue cossue, il semblait être le seul non-Blanc. Il se sentait comme en exil, loin de chez lui et des gens qu'il aimait, et qui savaient qui il était — le fils de Dan, le frère de Stephanie, un bon gamin. Même sa chambre lui manquait, avec les posters de Yoda et de Michael Jordan sur les murs.

Ici, les murs étaient nus, à l'exception d'une tête de lit bleue, les draps étaient repassés et raides, le lit, toujours fait au cordeau. Tout l'inverse de son ancien lit en cuvette avec ses couvertures élimées toutes douces. Didi lui avait même demandé de se débarrasser de son vieil oreiller en plume, qui selon elle devait grouiller de microbes.

S'il n'y avait eu que Joe et Bryce, cela aurait été plus facile, mais il y avait Didi et sa façon de pincer les lèvres avec cet air de souverain dégoût quand elle apprenait qu'il avait besoin d'une coupe de cheveux ou d'une nouvelle paire de chaussures, comme si l'odeur nauséabonde d'un corps en décomposition venait de s'infiltrer dans ses narines. Elle le présentait toujours, quand elle ne pouvait faire autrement, comme « le neveu de Joe » — et ne disait jamais « notre » neveu. Ni le « cousin de Bryce ». Il était le fils de ces « clochards des quartiers sud », comme il l'avait une fois entendue traiter ses parents. Ce soir-là, il avait couru longtemps pour évacuer sa haine.

Bryce aussi était épuisant, dans un tout autre genre. Tout ce que Lucas faisait — qu'il s'agisse de se passer du fil dentaire tous les jours (ce que Dan l'avait encouragé à faire car ils n'avaient pas les moyens de payer le dentiste) ou de savoir cuisiner — le fascinait toujours.

Lucas avait essayé de faire profil bas, de ne pas se faire remarquer : se doucher tard le soir, quand tout le reste de la maison était allé se coucher, juste pour éviter les commentaires de Didi sur la consommation d'eau chaude. Il ne demandait jamais rien et s'assurait que sa chambre était toujours rangée. Il restait concentré sur ses résultats scolaires. Faute de téléphone portable, il envoyait des mails à son père et à Stephanie tous les jours quand il était à la bibliothèque, toujours du même ordinateur, le troisième de la seconde rangée. Et il envoyait des lettres manuscrites à son père car celui-ci lui avait dit lors de leur coup de fil hebdomadaire (que Didi désapprouvait) que recevoir du courrier lui faisait du bien. Et aussi qu'il aimerait beaucoup que Lucas lui rende visite.

Lucas avait attendu le moment d'être seul avec son oncle pour le lui demander.

— Bien sûr, Lucas, je vais organiser ça, lui avait répondu son oncle, sans être plus précis.

Il le lui avait redemandé. Et redemandé. Il vivait depuis deux mois avec eux quand tard, une nuit, il avait surpris une conversation entre Joe et Didi par la bouche d'aération de sa chambre.

— Je pense que je vais emmener Lucas voir mon frère demain, disait son oncle.

Il avait bondi, le cœur en liesse.

Il y avait eu un long silence. Puis la voix de Didi montant dans les aigus avait fini par jaillir.

— Pardon ?

— Il en a besoin. C'est un moment vraiment difficile pour lui.

— Tu es idiot ou quoi, Joe ? Tu veux emmener un *enfant* dans une *prison* ? Tu réalises les effets sur ton *fils* ? Lucas a une influence suffisamment mauvaise comme ça pour ne pas en rajouter. Et je pense que j'ai déjà fait un assez grand compromis en le prenant chez nous. Ce n'est pas *du tout* comme ça que j'imaginais notre vie. Et maintenant tu veux l'emmener voir ton dealer de frère ?

Didi obtint gain de cause. Sans grande surprise.

Et Lucas dut se contenter des lettres et des e-mails.

Sept mois plus tard, il apprit que Dan allait être transféré en Arizona dès la semaine suivante. Prétendument pour des raisons de surpopulation carcérale dans les prisons de l'Illinois. C'est Joe qui le lui annonça un soir, pendant le dîner.

— Tu crois que tu pourrais m'emmener le voir, ce weekend ? demanda-t-il, les doigts crispés sur sa fourchette.

— Oui, on va y aller, mon garçon, répondit son oncle.

— On verra ça plus tard. Ce n'est vraiment pas le moment de parler de ça, intervint Didi, le visage fermé.

Elle fit un discret signe de tête vers Bryce, signifiant que la conversation était close. Ce dernier pourtant était à mille lieues, concentré sur son clavier de téléphone portable, en train de pianoter un texto.

— S'il te plaît, tante Didi…

Tante… ce mot lui écorchait les lèvres, mais il avait naïvement espéré l'attendrir.

— J'ai *dit* que nous en reparlerions, Lucas.

Ce qui voulait dire non.

Le transfert de son père devait avoir lieu le lundi. On était déjà mercredi.

Cette nuit-là, il jeta quelques affaires dans son sac à dos et attendit de ne plus entendre aucun bruit dans la maison, aucune voix par la bouche d'aération. Il se prépara deux sandwichs au beurre de cacahuète et, après avoir pris soin d'essuyer le plan de travail et de mettre le couteau dans le lave-vaisselle, il sortit de la maison, refermant le plus silencieusement possible la porte derrière lui.

Son plan était simple. Il allait d'abord chez sa sœur. La prison était à trois heures de Chicago, et il lui suffisait de la convaincre d'emprunter la voiture d'une amie à elle. Si elle ne pouvait pas ou refusait de l'y conduire, il irait demander aux parents de Tommy O'Shea. Ils l'avaient toujours bien aimé. L'œil au beurre noir qu'il avait récolté lors d'une bagarre où il avait défendu Tommy devait bien valoir un trajet en voiture. Au pire, il ferait de l'auto-stop.

Il s'était éloigné de leur quartier résidentiel et marchait depuis deux kilomètres quand il atteignit les voies de chemin de fer. Si seulement il pouvait sauter dans un wagon comme les vagabonds d'antan, mais les trains sur ce tronçon étaient des trains de banlieue et filaient à vive allure à cette heure de la nuit. Cependant, les rails menaient vraiment à Chicago, alors il se mit à les longer, le cœur à la fois lourd et léger.

Ce serait bon de revoir son père. Mais ce serait aussi terrible, parce que ce serait la dernière fois avant longtemps. Très longtemps.

L'Arizona… C'était à deux jours de route, autrement dit au bout du monde quand on n'avait même pas le permis.

Il avait déjà parcouru plus de un kilomètre quand il jeta un regard par-dessus son épaule.

Il étouffa un juron.

Bryce le suivait à bonne distance. Son cousin lui fit un signe de la main et se mit à accélérer pour le rattraper.

— Qu'est-ce que tu fais là ? demanda Lucas.

— Hé ! C'est moi qui devrais te poser la question. Où est-ce que tu vas ? Tu fugues ?

Lucas inspira.

— Je vais dire au revoir à mon père avant son transfert. Reste là, d'accord ? Je serai de retour dans un jour ou deux.

— Non, c'est cool. Je viens avec toi.

— Bryce, si tu viens avec moi, ta mère va appeler la police et lancer un avis de recherche à travers tout le pays. Rentre, s'il te plaît.

— Pourquoi ? Ce sera amusant, nous deux, ensemble !

— Non. Je ne veux pas que tu viennes.

— Hors de question que je rentre.

Bryce sourit, mais il y avait dans son œil cette lueur d'entêtement du gamin qui avait l'habitude d'obtenir ce qu'il voulait.

— C'est mon oncle. Moi aussi, je veux lui dire au revoir.

— Alors rentre chez toi et demande à ta mère de t'y emmener.

— Ben voyons… On sait tous les deux qu'elle ne me laissera jamais aller dans une prison.

— C'est bien ce que je dis. Qu'est-ce que tu crois qu'elle va faire quand elle ne va pas te voir descendre pour le petit déjeuner ?

Bryce haussa les épaules. Le sifflement étouffé d'un train retentit au loin, pareil à une plainte solitaire et triste.

Lucas pivota sur lui-même et se remit à marcher. Bryce le suivit, accordant son pas au sien

— Ça va être super. On va voir oncle Dan, et au retour

on pourra faire de l'auto-stop... Peut-être qu'on pourrait même s'arrêter à ton ancien appartement et y traîner un peu.

S'il pouvait se taire, pour changer... ça le démangeait de lui décocher une bonne droite... histoire de l'assommer pour avoir la paix. S'il pouvait pour une fois, juste une fois, être moins nombriliste, se mettre à sa place, comprendre que c'était difficile d'avoir perdu sa mère et d'être séparé de son père. Ce n'était pas un jeu, une aventure entre cousins partant découvrir le monde ! Ne voyait-il pas qu'il était en train de lui gâcher son unique chance de voir son père avant un bon bout de temps ? Il fallait qu'il ramène tout à lui et qu'il lui vole aussi ce moment !

— C'est amusant, reprit Bryce en souriant. Je veux dire, d'être dehors, en pleine nuit. C'est la première fois.

— Ouais, lâcha Lucas, laconique.

Le sifflement d'un train résonna à nouveau, et Lucas posa son pied sur le rail. Il perçut la légère vibration sous ses semelles.

Il devait semer Bryce, et c'était maintenant ou jamais. Il avait peut-être une occasion qui ne se représenterait pas. La fenêtre de tir serait juste, et il ne devait pas se louper, mais, s'il s'élançait sur les rails pour passer de l'autre côté à la dernière minute, Bryce ne le suivrait pas. Il ne se mettrait pas en danger. Les émotions fortes et les prises de risques, ce n'était pas trop son truc. Bryce n'avait jamais voulu s'essayer aux figures que Lucas exécutait sur son vélo, *wheeling*, *bunny-up*, ou *rollback*... Il avait pourtant voulu et obtenu un VTT flambant neuf. Le mois dernier, Joe les avait emmenés au lac, et il n'avait même pas voulu plonger du ponton.

De l'autre côté, Lucas courrait aussi vite et loin que possible, le temps du passage du train — et il était long, à en juger par le bruit ; il avait grandi près d'une voie de chemin de fer et il s'y connaissait —, puis il plongerait sur le bas-côté pour se cacher. Bryce finirait par abandonner s'il ne le voyait plus et rebrousserait chemin. Il trouverait une façon de se faire pardonner à son retour.

Ça allait marcher.

Le train approchait… Il n'y avait plus qu'une poignée de secondes avant son passage, estima-t-il. Il fonça sur les rails, le regard fixé sur l'autre bord, et s'immobilisa brutalement au beau milieu. *Bouge ! Magne-toi ! Tu devrais déjà être de l'autre côté,* l'informa froidement son cerveau, qui entamait le décompte.

Un crocodile.

Impossible de soulever son pied, de le bouger d'un pouce. Il baissa les yeux, prit conscience qu'il était coincé entre deux traverses. Sa Converse montante, qu'il avait lacée avec un double nœud par habitude — Didi piquait une crise si l'un des garçons se baladait les lacets défaits —, lui emprisonnait la cheville. Il n'aurait jamais le temps de la délacer.

Deux crocodiles.

Il tenta de dégager son pied en le tordant dans tous les sens, tirant dessus de toutes ses forces. Par un étrange phénomène de distorsion, le temps semblait suspendu, et les pensées qui glissaient dans son esprit étaient aussi claires et froides qu'une nuit de janvier dans les plaines.

Au moins, ce sera rapide.

Pauvre Bryce… Il va flipper, forcément.

Pauvre Stephanie aussi… Elle va devoir se débrouiller toute seule avec les filles.

Il continuait à se tortiller comme un beau diable, essayant frénétiquement de se libérer.

Trois crocodiles.

La lumière des phares balayait l'obscurité. Le conducteur l'avait-il repéré, avait-il actionné les freins ? Il y eut un crissement suraigu et infernal, le son terrifiant des roues glissant sur les rails dans une gerbe d'étincelles, la plainte déchirante du klaxon. *Désolé, monsieur le conducteur… Ce n'est pas votre faute…* Les phares l'aveuglaient, maintenant. Cela allait bien se passer, il allait entrer dans cette belle blancheur, et sa mère serait de l'autre côté…

Et puis quelque chose le percuta. Ses poumons expulsèrent tout l'air qu'ils contenaient sous la violence du choc, et il se sentit projeté en arrière. Il tapa durement contre le sol, roulant sur le gravier. Un appel d'air lui cingla le visage, et il n'y eut plus qu'un rugissement assourdissant saturant l'air, faisant trembler la terre.

Quatre crocodiles.

Il était en vie. Le silence revint peu à peu, rythmé seulement par le bruit de sa respiration saccadée et celle de Bryce à côté de lui.

— Waouh, murmura Bryce dans un souffle.

Un sourire apparut sur le visage de son cousin.

— On est vivants... Bon sang, on l'a échappé belle ! T'as vu ça !

Oui. Bryce l'avait sauvé. Il avait foncé sur les rails au mépris de sa propre vie et l'avait plaqué avec suffisamment de force pour les envoyer valdinguer tous les deux sur le bas-côté.

Bryce avait réussi. C'était à peine croyable.

Il n'aurait dû être à cet instant qu'une tache sur les rails — et sur la conscience du conducteur. Un étrange vague à l'âme le pénétra alors qu'il regardait la chaussure intacte sur la traverse.

— Merci.

— Tu plaisantes ? Comme si j'allais te laisser mourir ! Nom d'un chien, c'était chaud !

Sa cheville était enflée. Il voulut se redresser, mais une douleur fulgurante dans le mollet le cloua sur place. Elle irradia très vite dans toute la jambe.

— Attends, je vais t'aider, dit Bryce.

Et c'est ce qu'il fit. Il prit le sac à dos et soutint son cousin sur les cinq kilomètres du retour, sans se plaindre. Il lui trouva une poche de glace, une bande et un antidouleur et lui promit qu'il ne parlerait à personne de ce qui venait de se passer. Lucas lui en sut gré. Ils racontèrent à Didi et Joe qu'il était tombé. Une semaine plus tard, son oncle dut l'emmener aux urgences parce qu'il souffrait toujours. Le médecin lui diagnostiqua un ligament déchiré et lui prescrivit des béquilles et de la rééducation pendant deux mois.

Lucas ne revit pas son père.

Dan Campbell mourut dix-neuf mois plus tard, poignardé dans la buanderie de la prison, qui, avait-il écrit dans ses lettres, était beaucoup mieux que celle qu'il avait quittée.

8

— Il me faut une couverture, un truc béton, lâcha Colleen.

Elle frottait le plan de travail avec du Clorox Clean-Up depuis qu'elle était arrivée chez Faith. La petite maison dans laquelle son amie venait d'emménager avec Levi était de style Craftsman, très confortable et bien située, à un jet de pierre de la place.

— Un filet de protection, en quelque sorte. J'ai besoin d'un homme, Faith.

— Tu peux compter sur moi.

— Encore heureux. Je suis ta meilleure amie et j'ai été ton témoin. Deux fois.

— Et j'apprécie, crois-moi. Fais-moi plaisir et laisse ce plan de travail tranquille, Colleen. Seigneur, il t'a vraiment retournée comme une crêpe, hein ?

— Je ne vois pas de quoi tu parles.

Faith leva les yeux au ciel sans rien dire.

Ouais, bon, d'accord, ce n'était pas l'impression qu'elle donnait. Elle ne connaissait rien de plus efficace que le ménage pour se libérer du stress. Colleen posa l'éponge, retira ses gants en caoutchouc et reporta son attention sur un carton de cadres photos que Faith n'avait pas encore eu le temps de déballer. Elle se saisit du premier sur le dessus. Faith à dix ans, au mariage de sa sœur. Sublimes, ces filles Holland, y avait pas à dire. La famille idéale, à ses yeux... Elle ne pouvait pas en dire autant de la sienne.

— A propos de mon nouvel homme... Il faut qu'il soit

sexy, romantique et intelligent, qu'il ait une grande dose d'humour, et il doit savoir cuisiner. Un cow-boy ou un pompier.

Faith laissa échapper un petit bruit de gorge.

— Je vois… Bon, pour le cow-boy, ça va être un peu difficile, c'est une espèce en voie d'extinction. Quant au combattant du feu sexy, je ne vois que Gerard, pour l'instant.

— Tu sais ce qui serait formidable ? Le type « veuf inconsolable ». Jude Law dans *The Holiday*. Ça, c'est complètement mon genre. Ou alors Hugh Jackman dans *Les Misérables*. Irrésistible !

— Ouais, ouais. Le bagnard pauvre qui se met à pousser la chansonnette, ça ne court pas les rues, ma vieille.

Colleen se laissa tomber sur le canapé.

— C'est le problème de vivre dans une toute petite ville. Bon. Allons droit au but ! Tu crois que ton frère sortirait avec moi ? Est-ce que tu peux m'arranger le coup avec lui ?

— Ça doit être faisable.

Faith lui prit la photo des mains et la posa sur le manteau de la cheminée.

— J'aimerais bien connaître tes intentions. Je veux dire, tu cherches quelque chose de sérieux ? Je ne veux pas que tu lui brises le cœur.

— Evidemment, que je veux m'engager ! Toute cette félicité conjugale que Levi et toi vivez… ça donne envie… Je suis verte de jalousie — mais très heureuse pour vous.

Ce qui était vrai. Levi était sexy, viril et merveilleux, avec ce petit côté mâle dominant et protecteur quand il regardait Faith, comme s'il prenait le monde à témoin : « C'est ma femme, ma famille et, oui, je la fais grimper aux rideaux… » Bien sûr, qu'elle voulait aussi un homme qui la regarde comme ça. Et puis on ne l'avait pas fait grimper aux rideaux depuis des siècles.

— Faith, c'est quoi, le problème, avec moi ? Comment ça se fait que je n'ai encore rencontré personne ? Quelqu'un de sérieux, bien sûr ?

— Laisse-moi y réfléchir. Mais si on mangeait, d'abord ? Je suis incapable de penser quand j'ai faim.

— Tu manges pour deux, c'est ça ?

— Ce n'est pas encore officiel, alors garde ça pour toi, et, avant que tu poses la question, oui, tu seras la marraine, naturellement… même si Prudence et Honor vont me tuer.

— J'espère qu'elles le feront. Comme ça, je pourrai récupérer ton bébé.

Faith posa une main sur son ventre, le geste de ralliement des femmes enceintes. Simple, magnifique.

— Je pense que Levi aura son mot à dire à ce sujet.

— Oui, eh bien, le Levi, j'en fais mon affaire, lâcha-t-elle. Allez, à table ! Connor nous a préparé une salade avec des pousses d'épinards et il a mis du bacon pour toi. Riche en fer, c'est bon pour la maman et pour mon filleul ou ma filleule.

En venant, elle était aussi passée à la boulangerie Sunrise Bakery de Lorelei, pour prendre du pain complet au levain, de l'eau gazeuse et ses fameux cupcakes à la carotte pour le dessert. Elles s'installèrent de chaque côté de la table de la cuisine.

Un léger souffle d'air entra par la fenêtre qui donnait sur un petit jardin coquet. Il y aurait donc bientôt un petit enfant pour y trottiner, voilà une image qui faisait plaisir.

— Tu vois… Je pense que tu fais peur aux hommes, dit Faith avec précaution. Ils te désirent, bien sûr, parce que… Enfin, c'est évident, regarde-toi. Il faudrait être aveugle.

Elle marqua une légère pause et la dévisagea.

— Tu es magnifique. Mais c'est aussi intimidant. Et puis tu ne peux pas t'empêcher de dire ce que tu penses ! Tu es brillante et en plus tu connais quantité de secrets sur tout le monde ! Ça fait beaucoup… et je n'oublie pas Connor !

— Je sais. Je pense à le faire euthanasier.

Faith avala une nouvelle bouchée d'épinards.

— Est-ce que Jack te plaît vraiment ?

— Naturellement ! Je l'aime beaucoup, et il est sexy.

— Epargne-moi les détails, tu veux.

— Je sais, je sais, c'est ton frère. Mais il a cet œil qui frise. Comme ton père.

Colleen prit une bouchée de pain.

— Si seulement ton père m'avait choisie, moi, au lieu de Mme Johnson. J'aurais fait une parfaite jeune épouse entretenue.

— Je vais faire comme si je n'avais pas entendu ! Et je m'occupe de Jack. Et puis, comme ça, tes bébés seront mes nièces et neveux. Sans te mettre la pression, bien sûr.

— Désolé, mais je ne le sens pas trop.
— Oh ! tais-toi, Jack. Tu n'y comprends rien, murmura Colleen.

Elle chercha des yeux Jessica, qui faisait le service ici deux soirs par semaine, en plus de son travail au Blue Heron, le domaine viticole des Holland. Elle leva la main pour attirer son attention.

Pour être efficace, Faith l'avait été. Il ne s'était écoulé que deux jours depuis leur déjeuner, et elle était avec Jack au restaurant Chez Hugo pour leur premier rencard officiel.

— Tu ne trouves pas que Jack et moi, on fait un super couple ? demanda-t-elle à Jessica, qui s'approchait.

Jessica inclina la tête sur le côté.

— Pas vraiment, non.
— Bon sang ! lâcha Colleen.

Avec un soupir, elle attrapa son verre et but d'un trait le fond de son martini.

— Vous voulez un dessert ?
— Bien sûr. Apporte-nous un mi-cuit au chocolat. Avec deux cuillères, c'est tellement plus romantique.

Elle essaya de ne pas se formaliser en voyant Jack reluquer les fesses de Jessica, qui s'éloignait d'une démarche chaloupée et assurée. D'abord, cela aurait été de très mauvaise foi de ne pas reconnaître qu'elle les avait très jolies. Et puis il fallait bien admettre que la dernière heure et demie lui en avait paru six. C'était plat, comme dans platonique.

Sur le papier, pourtant, tous les ingrédients étaient là pour que ça fonctionne. Jack l'avait appelée comme il avait dit qu'il le ferait pour lui proposer cette sortie. Bon, il n'était pas venu la chercher chez elle, comme elle habitait à côté, mais il l'avait embrassée sur la joue quand ils s'étaient retrouvés devant le restaurant. Il sentait bon. Elle flirtait avec lui depuis toujours et, à chaque fois, il rougissait et restait sans voix. C'était sûr, il était très attiré par elle.

Alors pourquoi ça ne s'enclenchait pas ?

Elle le dévisagea. Il n'y avait aucune alchimie entre eux, et un trou noir béant à la place. A cet instant, elle avait l'impression d'être avec un frère. L'imaginer nu, c'était… inconvenant ! *Beurk*.

— Jack, je ne comprends pas. Je flirte avec toi depuis cinq ans, maintenant. Je suis là, en face de toi, disponible — elle engloba d'un geste sa poitrine, son visage —, et toi, tu restes assis là, aussi expressif qu'un champignon.

— Peut-être que tu n'es pas aussi… Non, ce n'est pas ça, je suis en train de noyer le poisson.

Il esquissa un sourire. Elle ne put s'empêcher de sourire à son tour.

— C'est juste que tu es pour moi comme une quatrième sœur.

— Pourtant, tu rougis quand je te drague.

— Oui, mais d'horreur.

— Vraiment ?

— Désolé, dit-il en grimaçant. Je ne pouvais quand même pas te dire : « S'il te plaît arrête, tu me files les jetons ! »

— Oh ! misère !

Elle posa la tête sur la table.

— Mais qu'est-ce que je suis censée faire ? Celui qui a été mon grand amour et qui m'a jetée pour une autre est de retour en ville, et je suis célibataire. Je n'ai même pas de petit ami. Tu pourrais m'épouser, quoi ! Histoire de me sauver la mise. Ou vois juste ça comme de la politesse. Combien de bières t'ai-je offertes ces dernières années ?

— Quatre.

— Eh bien, ce sera *open bar* pour toi si tu acceptes de te marier avec moi. Des bières contre ta main !

— N'y vois rien de personnel, Colleen. Tu sais, il y a eu

le divorce de tes parents, et puis tes problèmes de confiance et euh… Mes sœurs m'ont dit d'autres choses, mais j'écoutais d'une oreille distraite. Enfin, bon… Désolé.

— Eh bien, ça craint.

Elle fit une pause. Il mettait des gants, mais il se défilait !

— Tu peux quand même être mon cavalier pour le mariage de Honor et Tom ? Ça ne t'engage pas trop, au moins ? Je ne peux pas y aller avec Connor. Il y a une petite amie dans l'air.

Elle n'aurait peut-être pas dû prendre un troisième martini. En même temps, la discussion piétinait tellement.

— Je me vois contraint de décliner ta proposition. Je prévois d'être simplement le séduisant et célibataire frère de la mariée.

— Eh bien, merci pour rien ! bougonna-t-elle.

La porte d'entrée du restaurant s'ouvrit, et c'était lui. Lucas Damien Campbell, Prince des Ténèbres. Seul. Jean noir. T-shirt noir. Cheveux noirs et yeux noirs (pas noir à la hockeyeur, mais noir à la Heathcliff). Il était simplement magnifique, un ange du genre déchu. Magnifique et inquiétant à la fois.

Arrête un peu avec l'hyperbole, l'implora son Connor intérieur.

Colleen déglutit avec difficulté, la gorge sèche comme… comme… quelque chose de vraiment sec.

Les pensées s'entrechoquant dans sa tête, elle s'efforça de river son regard à Jack, ses yeux bleus, sa blondeur.

— Ecoute-moi bien, Jack Holland, je me fiche de ce que tu penses, à cet instant, tu es de fait mon petit ami, et ne t'avise pas de nier ou je t'arrache tes bijoux de famille.

— Et on se demande pourquoi tu es encore célibataire…

— Pardon ?

— Je suis sous ton charme, Colleen, ensorcelé par ta beauté, incapable de détacher mes yeux de toi, déclama-t-il tout en regardant l'écran de son téléphone.

Elle guettait Lucas du coin de l'œil, le vit se figer presque imperceptiblement en les apercevant, puis venir dans leur direction, la démarche masculine et prédatrice (c'était une chose de le dire, une autre d'y être confrontée en chair et en os).

— Salut, dit-il.

— Lucas, quelle agréable surprise ! Je te présente Jack. Jack Holland, mon petit ami…

Elle plissa les yeux et, en constatant que ledit petit ami coulait un regard à la dérobée vers son écran de portable, elle balança son pied sous la table, heurta quelque chose de dur. Un tibia ?

— Aïe ! Si c'est pour me frapper, je te signale que j'ai déjà trois sœurs.

Il tendit la main vers Lucas, qui s'amusait visiblement. Comme elle aurait voulu être à la place de Jack, à cet instant, sentir sa main dans celle de Lucas ! Grande, bronzée, magnifique…

— Et un mi-cuit au chocolat, lança Jessica, en posant l'assiette sur la table.

Son regard se porta sur Lucas.

— Hé. On n'était pas au lycée ensemble ?

— Non, rétorqua Colleen. Enfin, je veux dire, si, mais ça n'a été que quelques mois.

— Oh ! ça y est ! Vous étiez ensemble tous les deux, non ? Luke, c'est ça ? Ravie de te revoir.

— Lucas, corrigea-t-il.

— Comme George Lucas, lâcha Colleen. Pas comme Luke Skywalker. Personnellement, je trouve que Luke sonne mieux, tu vois, dans « Utilise la Force, Luke, la Force est en toi », mais Lucas, ce n'est pas mal non plus. Enfin, pour ce que j'en dis.

— Je crois qu'on a assez bu, à cette table, plaisanta Jessica.

— Jack ? fit Colleen. Notre gâteau est servi, mon lapin.

Elle plongea sa cuillère dans le gâteau et prit une bouchée, oubliant que sa principale qualité était son cœur coulant et chaud… très chaud.

Sa langue se rétracta brutalement sous la brûlure, et elle recracha aussi sec le morceau.

— Charmant, murmura Jack en la regardant alors qu'elle se frottait la langue pour tenter d'éteindre le feu.

— La cherme !

Elle attrapa son verre d'eau fraîche et but à grands traits, une bonne partie s'échappant sur les côtés, coulant sur son menton. De mieux en mieux. Pas de serviette, où diable était sa serviette ? Elle devait avoir l'air d'une folle... Non, d'une possédée en plein exorcisme. Tant pis pour les bonnes manières et son image... Elle se saisit d'un pan de la nappe et tamponna son menton. Son cou. Puis son décolleté.

Lucas observait la scène avec amusement.

— Très bien. Lucas, est-ce que je peux faire quelque chose pour toi ? s'exclama-t-elle.

— Non, je venais juste dîner.

— Alors, nous ne te retenons pas... Jack et moi aimerions reprendre notre dîner en amoureux, n'est-ce pas, mon nounours ?

Jack parut surpris.

— C'est à moi que tu parles ?

— Tu es le frère de Faith ? s'enquit Lucas.

— J'en ai bien peur. Et celui de Prudence et de Honor. Est-ce qu'on se connaît ?

— Nous sommes sortis ensemble, répondit Colleen à sa place.

Elle prit un autre morceau de gâteau, souffla précautionneusement dessus avant de le porter à sa bouche.

— Ah, c'est de lui que tu parlais, au bar, l'autre...

— Non, je ne parlais pas de lui. Ne dis pas n'importe quoi, Jack, grogna-t-elle entre ses dents.

Il poussa un soupir.

— Bébé ? Ma choupinette ? Mon petit pain de mie ? Est-ce que je peux m'en aller, maintenant ?

Il fallait regarder la vérité en face. Cela ne fonctionnerait pas entre eux, et il était temps de déclarer forfait.

— Tu peux, Jack, et merci « pour rien », surtout.

Il sourit et serra à nouveau la main de Lucas — bien trop

joyeusement à son goût (il aurait quand même pu feindre un minimum l'embarras) —, puis se dirigea vers Jessica.

— Tu t'occupes de l'addition ! lui lança-t-elle.

Il ne voulait peut-être pas l'épouser et être le père de ses trois magnifiques enfants (peut-être quatre si une grossesse menait à des jumeaux, son rêve), mais il pouvait quand même l'inviter à dîner.

— Je peux ? demanda Lucas en faisant un geste vers la chaise de Jack.

— Je t'en prie, marmonna-t-elle.

Il s'installa à la place laissée libre, et l'air parut frissonner de leurs deux énergies.

— Il faut qu'on parle, toi et moi.

— Dis-moi, Lucas, est-ce que tu me suivrais, par hasard ?

Il lui décocha un léger sourire.

— Est-ce que tu aimerais que je le fasse ?

Oui, s'il te plaît.

— Quel ego. C'est bon de savoir qu'il y a des choses qui ne changent pas.

— Il y a seulement deux restaurants dans cette ville, Colleen. Et l'un d'eux est à toi. Je suis venu ici par délicatesse, pour ne pas t'imposer ma présence. Pas pour te filer.

— Tu es le bienvenu à l'O'Rourke. Je n'ai pas de problème avec ça. De l'eau a coulé sous les ponts.

Un autre de ces sourires dont il avait le secret. A peine esquissé. S'il continuait, elle allait se mettre à ronronner.

Jessica se rapprocha et débarrassa la table, le geste précis et efficace. Lucas commanda un verre de cabernet sauvignon Fisher 2010, un millésime noté 96/100 par Robert Parker. Cela allait bien avec son côté ange déchu. Il aurait pu tout aussi bien étancher sa soif avec une âme.

Colleen balaya la salle de restaurant du regard, s'attardant sur les visages familiers noyés au milieu des touristes. Chez Hugo était le restaurant gastronomique de Manningsport. Nappes blanches, bouquets de fleurs et vue splendide sur le lac. Dans la lumière crépusculaire, la surface de l'eau était lisse, comme glacée. Quelques bateaux rentraient à la marina, leurs voiles blanches se détachant sur le ciel ardoise marbré de violet. Il y avait du monde ce soir chez Hugo, ce qui signifiait que c'était aussi le cas à l'O'Rourke. C'était sa soirée off, mais elle devrait sans doute se lever pour aller donner un coup de main.

Elle ne bougea pas, comme si sa peau s'était rétractée sur son squelette, risquant à tout moment ou au moindre geste de se déchirer.

— Donc tu es ici, et je suis ici, et manifestement nous allons être amenés à nous rencontrer.

Il hocha la tête.

— Tu sembles en forme, l'Espagnol. Le temps a été clément avec toi.

Son visage ne laissait rien transparaître, mais ses yeux souriaient. C'était la magie de Lucas. Il ne parlait jamais beaucoup, mais ses yeux noirs de Latin, si. Cela avait toujours été comme ça.

Il ne lui avait jamais dit qu'il l'aimait. Pas une seule fois. Elle n'avait pourtant jamais douté de ses sentiments pour elle. Oh oui, elle aurait juré qu'il le lui avait dit un millier de fois avec les yeux.

Elle se demanda si sa femme avait pensé la même chose.

A cette pensée, aussi gênante qu'un cheveu dans la soupe, elle sentit sa gorge se serrer brutalement. Qu'il aille au diable ! Et puis non, tiens, qu'il s'étouffe avec son repas !

— Il faut que je sorte mon chien.
— Est-ce que je peux t'accompagner ?
— Et ton dîner ?
— Il attendra.

Zut ! Elle n'escomptait pas ça.

— Si tu veux.

Il posa quelques billets sur la table, et ils sortirent. La caresse de l'air sur son visage échauffé était agréable. Elle se sentit tout de suite mieux.

Ils longèrent la place. Elle coula un regard vers l'O'Rourke. Elle entrevoyait à travers les vitres les silhouettes sombres des clients qui se massaient à l'intérieur, auréolées par la lumière d'ambiance dorée. Les voix et la musique leur parvenaient en un joyeux et rassurant brouhaha. Elle avait trouvé le slogan du pub à l'instant où Connor et elle étaient devenus propriétaires du lieu, simple comme ils avaient voulu le pub : *L'O'Rourke se fait une joie de vous accueillir.*

Ce soir, Lucas était un pas derrière elle, et elle ne s'était jamais sentie aussi vulnérable. Elle aurait voulu entrer dans le bar, où elle se sentait protégée. Apercevoir son frère, badiner avec Tom Barlow et Gerard Chartier, discuter avec Cathy et Louise, faire une accolade à Mel Stoakes, qui venait de perdre sa femme. Elle voulait être derrière le comptoir, parce qu'il n'y avait pas d'autre endroit sur terre où elle se sentait plus à sa place.

Ils descendirent la rue, s'éloignant du centre, et marchèrent jusqu'à sa maison.

— Je vais chercher mon chien, j'en ai pour une minute, dit-elle en montant les marches au pas de course.

Elle passa le palier, qu'elle avait agrémenté de plantes, jusqu'à sa porte bleue.

Rufus, son fidèle compagnon à quatre pattes, l'attendait.

— Allez, mon grand garçon.

Le chien sortit en trombe et descendit les marches en quelques bonds.

Elle ravala un sourire en voyant Lucas faire un pas en arrière tandis que Rufus se jetait sur lui pour une inspection en règle et pour faire ce que font tous les chiens — lui bourrer l'entrejambe de coups de museau.

— Tout doux, mon beau, dit-il, cherchant à échapper à ses assauts.

— Il t'aime bien. Il a fait pareil avec un arbre, l'autre jour, alors ne le prends pas personnellement.

Elle crut entrevoir les dents de Lucas dans le noir.

— Tu ne prends pas de laisse ?

— Non, pas besoin.

Rufus marchait à ses côtés comme un ange gardien alors qu'ils traversaient le parc, en direction du lac.

— Va te dérouiller les pattes, mon beau ! Allez, va !

Son chien s'éloigna en trottinant, sans se faire prier, reniflant le sol, et levant la patte sur les arbres.

Une très légère odeur de cuivre venant du lac se mêlait au parfum du lilas. Les rires et la musique étouffés de l'O'Rourke leur parvenaient par intermittence, couvrant le clapotis des vaguelettes contre le rivage et le ponton. Ils croisaient de moins en moins de monde à mesure que l'obscurité imprégnait le paysage.

Un picotement se propagea à nouveau en elle, et tout son corps se mit à vibrer de cette connexion invisible qui la reliait à Lucas, comme si l'air chargé d'électricité grésillait tout autour d'eux.

Elle lui glissa un regard à la dérobée, se demandant s'il le sentait aussi.

Pathétique, songea-t-elle. *Il a été ton premier amour. Et alors ? La belle affaire. Oublie-le. Il repartira bientôt, de toute façon.*

Elle s'assit sur l'un des bancs et contempla Crooked Lake. Lucas prit place à côté d'elle, si près que leurs bras se frôlaient.

Elle respira le mélange de savon et de musc qu'elle connaissait bien et qui lui renvoyait des images de nature, de montagnes et de grands espaces. A l'époque, elle trouvait ça ironique, que son garçon des villes…

Bon. Ce n'était plus un garçon. Et il n'était plus à elle.

Drôle, qu'elle ait eu la tête qui lui tournait un peu plus tôt. Elle était à présent parfaitement sobre et avait l'esprit clair d'un président de la ligue antialcoolique.

— Alors ? Tu voulais me parler de quelque chose ? lança-t-elle d'une voix qui lui parut sèche.

— Oui.

Le silence s'étira entre eux, percé par le bruit du vent qui soufflait par bouffées. Le fond de l'air s'était rafraîchi, et elle regretta de ne pas avoir pris un pull. Ou il pouvait mettre son bras autour d'elle, et tout serait parfait.

Arrête tes divagations.

Rufus surgit soudain à ses côtés, et elle gratta sa tête hirsute, tira sur ses oreilles. Il ouvrit sa gueule, dévoilant ses dents comme s'il lui souriait, et se laissa tomber devant elle. Elle glissa son pied sur son ventre pour un petit massage.

— Comment vas-tu ? demanda Lucas.
— Bien. Parfaitement bien. Super, en fait.

Elle s'éclaircit la gorge. *Pense à lui comme à un vieil ami.*

— Connor et moi avons acheté ce pub, il en est le chef cuisinier, et je m'occupe des relations publiques... On y a mis beaucoup de nous, et ça marche bien.
— Et ta famille ?
— Ils vont bien. Je pense qu'on peut dire ça. Mon père et Gail se sont mariés et ils ont eu une fille. Savannah. Elle a neuf ans.

C'était étrange, de se retrouver assise à côté de lui, après toutes ces années, de lui parler de sa famille. Peut-être était-il déjà au courant. S'il avait questionné Joe, ou s'il l'avait « googlisée », comme cela lui était arrivé de le faire quelquefois.

— Et ton grand-père ? Il est toujours là ? s'enquit-il.
— Oui.
— Comment va-t-il ?
— C'est terrible à dire, mais il tient le coup.

Elle visualisa son grand-père, dont l'esprit avait déserté le corps, qui était devenu sa prison. Gramp ne parlait plus depuis des années. Il lui arrivait de crier, certains après-midi. C'était un de ces mauvais tours que vous jouait la vie.

— Ça lui fait quel âge ?
— Quatre-vingt-sept ans.

Lucas hocha la tête. Le silence s'imposa à nouveau, et elle ne chercha pas à le rompre. C'était lui qui avait voulu venir... qui avait sans doute quelque chose à lui dire.

— Colleen...

Et sa *voix*, bon sang, si profonde et rauque, qui lui faisait toujours indéniablement de l'effet. Comment pouvait-il encore éveiller toutes ces sensations en elle ?

Et ce silence la rendait nerveuse. Mieux valait encore parler.

— Ecoute, Lucas... Si tu dois rester un moment à

Manningsport, ce qui semble être le cas, on ne va pas passer notre temps à jouer au chat et à la souris…

Il se tourna pour la regarder, et elle sentit tout son être frissonner sous l'intensité de son regard.

— Aucune rancœur entre nous, d'accord ? reprit-elle, s'efforçant d'afficher un détachement et une légèreté qu'elle était loin de ressentir. Ce que je veux dire, c'est que nous étions jeunes et insouciants. Je suis heureuse de savoir que tu vas bien et je trouve ça bien que tu sois là pour Joe.

— Autre chose ?

Oui ! Pourquoi ? Pourquoi elle et pas moi ?

— Non. Et toi ? se contenta-t-elle de dire.

— Non. Sauf une chose par rapport à Bryce. J'aimerais réellement que tu le laisses tranquille. Ce n'est vraiment pas le moment de l'entraîner dans une histoire sentimentale.

— A vos ordres, Votre Seigneurie.

Il leva un sourcil ironique.

— Je prends ça pour un « passe ton chemin, y a rien à voir ».

— Quelle perspicacité !

Il soupira.

— D'accord, Colleen. Fais ce que tu veux. Comme tu l'as d'ailleurs toujours fait.

— Ça veut dire quoi ? Tu es parti il y a dix ans, soit approximativement un tiers de ma vie. Silence radio. Pas une lettre, pas un mail, pas un coup de fil. Alors qu'est-ce qui te fait penser que tu me connais ?

— Parce que tu aurais voulu que je t'appelle ?

— Ce n'est pas ça. Je dis juste que tu ne sais peut-être pas tout, Lucas.

— Je pense savoir ce qu'il faut à Bryce. Il a besoin de mûrir, de se tenir debout, sur ses deux jambes, sans béquilles. Bref, d'être un homme.

— Oh ! j'aime quand tu fais ton macho latin.

Il se pencha en avant et plongea dans son regard.

— Son père est en train de mourir, Colleen. Il n'a pas coupé le cordon avec sa mère et n'a pas gardé un travail plus de deux mois consécutifs. Joe m'a demandé d'aider son fils à passer différents caps, et je compte tenir la promesse que je lui ai faite. La dernière chose dont il a besoin, c'est une autre femme qui gère sa vie.

— Tu parles de moi ou de Paulina ?
— De toi. Clairement.
— Comme c'est aimable. Je vois très souvent Bryce, ce qui n'est pas trop ton cas, et je le connais peut-être mieux que tu ne le penses. Paulina est quelqu'un de vraiment bien. Elle serait parfaite pour lui.
— Je ne dis pas le contraire. Je suis sûre qu'elle est gentille. Mais détourner Bryce de l'essentiel et essayer de lui forcer la main sentimentalement…
— D'accord, Lucas. Je t'ai entendu. Il se trouve juste que je ne partage pas ton avis.

Elle tritura distraitement l'anneau en argent à son annulaire droit.

— C'est de ça que tu voulais me parler ? De Bryce ?
— Oui. Pourquoi ? Tu voulais parler d'autre chose ?

Misère ! Les hommes.

— Non.
— Alors pourquoi j'ai l'impression du contraire… Vas-y, dis ce que tu as sur le cœur.
— Non, non, tout va bien.

Rufus s'était rapprochée d'elle et lui léchait la cheville.

— Colleen…
— Tout va très bien. Mais, si toi tu as quelque chose à dire, je t'écoute.
— C'est ce que je viens de faire. Si tu pouvais arrêter de faire la fille et dire ce que tu as en tête…
— Je suis une fille, alors difficile de faire autrement, Lucas. A moins de passer par la grande opération, ce qui ne me tente pas spécialement, et encore faudrait-il que j'en aie les moyens.

Il leva les mains au ciel.

— J'hésite entre t'étrangler et t'embrasser.
— Ne t'avise pas de m'embr…

Il l'embrassa.

Oh, mon Dieu.

Tout son corps s'embrasa comme un feu d'artifice, comme une pluie d'étincelles incandescentes. Elle sentait la chaleur de Lucas, sa force, et elle noua instinctivement ses bras autour de son cou, se pressant contre lui. Ses lèvres s'entrouvrirent, et elle s'abandonna à ce baiser brut, passionné.

Comment osait-il ?

Elle se recula vivement, s'arrachant à son étreinte.

— Arrête, Lucas, siffla-t-elle entre ses dents. Tu n'es pas ici pour moi. Tu es venu pour aider ton oncle et l'accompagner jusqu'à son dernier jour et puis tu retourneras à Chicago sans un regard en arrière pour reprendre le cours de ta confortable vie. Alors je t'interdis de m'embrasser à nouveau. Tu n'as pas intérêt. Je refuse d'être un interlude entre les chapitres importants de ta vie. J'ai déjà donné.

— Tu as raison, dit-il en passant une main dans ses cheveux.

Bon sang.

Non, non. Rectification. Bien. C'était une mise au point nécessaire, songea-t-elle.

— Parfait. Maintenant, les choses sont claires pour tout le monde…

Elle se leva.

— Allez, viens, Rufus, on rentre.

Affalé dans l'herbe dans une pose étrangement lascive, son gros chien bondit sur ses pattes et trottina vers la rue.

Colleen le suivit, furieuse contre elle-même, furieuse contre Lucas.

Ne t'engage pas à nouveau sur ce chemin, l'avertit son Connor intérieur. *Tu sais où il mène et tu connais déjà la fin. Et pour cause, tu es déjà passée par là.*

Tu n'es qu'une idiote si tu replonges.

9

En abordant sa dernière année de lycée, Lucas Campbell avait bien conscience qu'il plaisait aux filles. Mais il s'en fichait royalement et ne cherchait pas à en tirer avantage. Ça ne l'intéressait pas de sortir avec une fille, jamais la même, de rouler des pelles dans une voiture ou dans un escalier du bahut, ni de recevoir une quinzaine de textos par jour d'une élève de seconde amoureuse. Il appréciait d'être noyé dans la masse des deux mille élèves que comptait son établissement, libéré pour de bon de l'étiquette du pauvre cousin orphelin de Bryce, depuis que celui-ci allait dans une école préparatoire privée (comme externe, évidemment. Didi voulait le garder près d'elle).

Quand Bryce reçut une réponse positive de l'université de Hobart et William Smith à New York pour la rentrée suivante (un peu grâce à lui, qui le faisait travailler pour augmenter sa moyenne générale), Didi demanda aussitôt sa mutation à Corning dans la filiale de la compagnie pour anticiper et être par la suite plus proche de son fils. Sa mutation avait été acceptée, avec effet immédiat.

Quand, avant la fin de l'année de terminale, elle annonça qu'ils quittaient Chicago pour emménager à Manningsport, avec ses paysages de cartes postales, ses domaines viticoles et son lac qui était sans commune mesure avec l'imposant Michigan, Lucas, qui avait obtenu une bourse pour l'université de Chicago, crut qu'il ne ferait pas partie du voyage. Pour deux mois, le temps de passer ses examens, Stephanie le laisserait bien squatter son canapé. Mais Bryce, déjà perturbé qu'ils n'aillent pas dans la même université, ne l'entendit pas de cette oreille et insista pour qu'il suive la famille. Et ce que Bryce voulait, Bryce l'obtenait... Didi y veillait.

Il s'était fait une raison pour son cousin. Il lui fallait juste être patient... Dès août, leurs chemins se sépareraient, et cette triple buse de Bryce lui manquerait même sûrement... Quelques mois supplémentaires, ce n'était pas la mort.

Colleen O'Rourke fut le grain de sable dans sa mécanique. Lorsqu'il croisa son regard, il eut la sensation d'être percuté à soixante-quinze kilomètres-heure. En plein dans le plexus solaire.

D'habitude, il l'aurait cataloguée d'un rapide coup d'œil (et écartée) comme une jolie fille, trop populaire, de surcroît.

Mais il se produisit un étrange phénomène.

Elle n'eut même pas un glissement de regard de haut en bas sur son torse. Non, elle le regarda, ou plutôt elle le vit...

... au-delà du physique et de ses airs de mauvais garçon, dont il n'avait rien à faire mais qui avaient un effet indéniable sur les filles.

Le détachement mâtiné de prétention dans ses grands et magnifiques yeux disparut, et il eut l'impression qu'elle avait soudain accès à toute sa vie en un regard, comme s'il était mis à nu.

Une sensation qu'il détesta.

A la fin de cette première journée, il reconnaissait le timbre de sa voix, devinait sa présence avant même de l'apercevoir. C'était comme sentir venir les tempêtes qui secouaient l'imposant Midwest à quelques signes annonciateurs. La chute brutale des températures, les nuages chargés d'électricité, qui s'accumulent dans le ciel. Ou les vibrations des rails à l'approche du train...

Elle l'avait senti, aussi, il l'aurait juré, parce qu'elle l'évita pendant des semaines.

La fille qui semblait avoir un sourire et un bon mot pour tout le monde, qui inspirait les autres filles et faisait fantasmer les garçons, le fuyait même du regard.

Si elle l'apercevait dans le couloir, elle changeait de direction ou s'arrêtait pour parler à quelqu'un — le concierge, un professeur, une copine. Quand il était assis dans les tribunes pour assister à un match de foot dans lequel jouait Bryce, elle s'installait systématiquement à l'opposé. Elle ne venait jamais à la quincaillerie de Raxton, où il travaillait après les cours. Les rares fois où elle le gratifiait d'un sourire — poli et bref —, c'était qu'elle n'avait pas pu l'éviter.

Depuis l'arrestation et la condamnation de son père, il avait cette étrange impression d'être à la fois invisible et le centre de tous les regards. Il jouissait de l'aura du nouveau auprès de ses camarades de Manningsport, plutôt impressionnés par ses origines portoricaines et par le fait qu'ils arrivaient de Chicago. Bryce continuait à le regarder comme un super héros — un super héros qui faisait néanmoins sa lessive ! Pour Joe, il était un rappel de son enfance et de ses responsabilités envers son défunt frère.

Quelquefois, quand il apercevait Bryce et Joe chahuter dans le jardin, ou jouer au foot, une brûlure d'envie le fauchait littéralement debout — il aurait tout donné pour remonter le temps et s'asseoir encore une fois sur cette vieille caisse en plastique bleu, comme quand il regardait son père réparer une voiture et qu'il lui tendait les outils dont il avait besoin.

Le sentiment d'inachevé ne le quittait pas, ni les regrets, d'ailleurs. Il avait été si près de le revoir une dernière fois. De pouvoir lui dire qu'il avait été un bon père, et que la mauvaise décision qui avait fait basculer leur vie avait été prise pour une bonne raison. De voir ces yeux fatigués s'éclairer quand il l'apercevrait, lui, son fils. Cela s'était joué à si peu…

Joe faisait de son mieux. Mais il n'était que l'oncle, et puis il devait composer avec sa propre femme.

Lucas avait très vite appris à rester à l'écart. Sa présence indisposait tellement Didi, qui ne manquait jamais de l'exprimer par des grimaces (les lèvres serrées, le nez pincé, les yeux fixés sur lui bien trop longtemps, dans l'espoir qu'il disparaisse). Aussi il ne les rejoignait pas pour la Nuit familiale du film (le vendredi), ni pour celle du jeu (le lundi) ni pour la Randonnée familiale (le dimanche après-midi), affirmant qu'il préférait rester lire dans sa chambre, ce qui n'était pas tout à fait faux. Parfois, leurs rires lui parvenaient — ou juste la voix détendue et légère de Didi en son absence… Il montait alors le son du vieil iPod de Bryce et essayait de se souvenir du visage de sa mère.

Sa sœur l'appelait de temps à autre, principalement pour se plaindre de Rich. Les choses ne se passaient pas bien avec lui, et Stephanie était débordée avec les filles : Mercedes était une enfant difficile qui avait appris à répondre avant même de marcher, et les jumelles, Tiffany et Cara, commençaient à marcher et attrapaient tout ce qui était à leur portée.

Son plan restait plus que jamais d'actualité. Avoir le meilleur dossier scolaire possible pour obtenir une bourse et aller à l'université à Chicago, choisir un métier lucratif, prendre soin de Stephanie et des filles.

Même si le fait que Lucas soit plus doué que son fils l'enrage, Didi veillait à ce qu'il aide Bryce en maths et lui fasse réviser ses leçons d'histoire. Entre ça et sa propre charge de travail scolaire, couvrir Bryce quand celui-ci traînait avec les mauvaises personnes et buvait trop, son job à la quincaillerie et ses boulots de jardinage qu'il cumulait pour mettre de l'argent de côté, Lucas n'avait vraiment pas le temps d'avoir une petite amie.

Tomber amoureux ne faisait pas partie du plan. Il ne lui restait que trois mois de lycée à tirer, trois mois à passer avec des lycéens qui se connaissaient depuis la naissance, semblait-il. Lucas serait bientôt reparti à Chicago. Il ne faisait que passer à Manningsport.

Et puis ce fut la soirée du bal de promo, et pour une fois il s'était trouvé au bon endroit, au bon moment. Quand il avait vu Colleen O'Rourke en mauvaise posture sur le ponton, son sang n'avait fait qu'un tour. Il n'avait rien ressenti d'aussi fort ni d'aussi violent depuis que son père, menottes aux poignets, avait été conduit directement de la salle du tribunal à la prison. Il aurait pu mourir pour elle, le cœur léger, sans question ni hésitation.

A partir de cette nuit-là, Colleen et lui ne se quittèrent

plus. Ils ne se voyaient pas, ils ne sortaient pas ensemble, ils ne se fréquentaient pas... Non, ils étaient ensemble. À l'instant où il l'avait vue, la première fois, il avait su qu'il devait garder ses distances, qu'un seul baiser le lierait à elle, inévitablement.

Il ne s'était pas trompé. Au moment où leurs lèvres s'effleurèrent, un mot venu de son enfance, du temps où sa mère était encore en vie et où l'on parlait espagnol à la maison, avait resurgi :

Mía.

Sa Colleen.

Ils attendirent la remise des diplômes pour faire l'amour. Leur première fois à tous les deux, avec deux moyens de contraception parce qu'il était terrifié à l'idée de la mettre enceinte, comme son père avec sa mère. Il y avait mis autant de douceur qu'il pouvait, le cœur battant si fort qu'il en tremblait. C'était maladroit, ils étaient nerveux et inexpérimentés, mais c'était formidable. Quand enfin il fut sur elle et en elle, et qu'il se tint juste immobile, craignant de lui faire mal, elle ouvrit les yeux, ses magnifiques yeux clairs, et elle le regarda. Colleen, qui souriait toujours, était sérieuse, et, pendant un battement de cœur, il crut qu'elle allait le repousser, le rejeter sans lui donner de seconde chance.

— Je t'aime, murmura-t-elle.

Ses mots inattendus, aussi légers et caressants que des volutes de vapeur, s'enroulèrent autour de son torse.

Personne ne lui avait dit cela depuis très, très longtemps.

— Dis-le encore, chuchota-t-il.

Elle se mit à rire. Il n'avait jamais rien entendu d'aussi beau, et c'était encore meilleur que les mots.

C'était tout Colleen... Elle pouvait passer du rire aux larmes, de la légèreté au sérieux et à l'intensité, en un claquement de doigts. Elle mangeait une glace et riait avec ses amies sur la place, et, si elle l'apercevait alors qu'il allait jusqu'à la quincaillerie, l'habituelle lueur légèrement supérieure quittait son regard, qui se faisait si doux, si vulnérable qu'il aurait pu s'y noyer. Une nuit de juillet, alors qu'ils étaient dans le jardin, allongés sur une couverture, en se tenant la main, il réfléchissait à la façon de lui dire qu'il l'aimait, parce que bien sûr qu'il l'aimait, et bien sûr qu'elle le savait, mais les mots restaient bloqués.

Dis-le-lui simplement, lui intimait son cerveau. *Arrête de faire l'idiot. Elle te le dit plusieurs fois par jour, elle. Tu vas finir par tout gâcher.*

Colleen roula soudain sur lui, l'arrachant à ses pensées, et plongea son regard dans le sien. Ce regard doux le transperçait et le sondait jusqu'au plus profond de son âme. Elle semblait lire en lui, connaître chaque événement qui lui avait déchiré le cœur — sa mère qui avait perdu sa voix à cause de la maladie, l'arrestation de son père et l'appel téléphonique du directeur de la prison en pleine nuit pour lui annoncer la mort de Daniel Wakeman Campbell. L'amour de Colleen effaçait tout ça, ainsi que chaque pensée envieuse qu'il avait éprouvée envers Bryce, chaque minute solitaire passée à essayer d'être invisible… Il le consolait de tout.

Il lui effleura le visage, dessina le contour de sa pommette, suivit du bout des doigts la ligne de son nez, de ses lèvres comme pour graver son visage dans sa mémoire. Cela n'avait pas d'importance parce qu'elle le savait, évidemment.

Elle esquissa un sourire, indulgent et magnanime.

— Je suis affamée, lâcha-t-elle en éclatant de rire.

Son rire communicatif le pénétra. Il avait le sentiment de n'avoir jamais souri avant elle.

Sa famille semblait l'apprécier — avec un bémol peut-être pour son père, ce qui était compréhensible. Disons que Pete O'Rourke l'acceptait, et il lui en était reconnaissant. Sa mère lui disait qu'elle appréciait son comportement et elle faisait toujours du bruit quand elle approchait pour ne pas les surprendre. Connor l'avait un temps guetté du coin de l'œil au lycée puis avait semblé s'adoucir, réalisant que Lucas ne jouait pas avec le cœur de sa sœur.

Fin août, ce fut Colleen qui l'emmena à Chicago, à dix heures de route, dans un silence lourd. Elle resta avec lui un temps infini pour défaire ses maigres affaires puis se balada avec lui sur le campus, retardant le moment de la séparation.

Qui finit par arriver.

— Je t'appelle dans une heure, dit-il en l'embrassant pour la centième fois.

— Non, pas la peine. Tu as été un virus, un virus très agréable qui m'a passé…

Il attendit pendant qu'elle s'essuyait les yeux.

— OK, céda-t-elle. Je t'aime.

— Dis-le encore.

— Dis-le encore, dis-le encore…, marmonna-t-elle. Est-ce que tu me l'as dit une seule fois, toi ?

Il l'embrassa, avec le sentiment qu'il disait au revoir à la plus belle chose que la vie lui ait jamais accordée. Colleen noua ses bras autour de sa nuque et enfouit son visage dans son cou.

— Je t'aime, murmura-t-elle, le corps secoué par un sanglot.

— *Adiós, Mía.*

— Bon sang, j'aime quand tu me parles en espagnol. C'est si sexy.

Elle était montée dans sa voiture et avait démarré, souriant et pleurant à la fois.

Il regarda la voiture disparaître au coin de la rue et resta planté là, jusqu'à ce qu'elle réapparaisse, parce qu'il savait qu'elle allait faire le tour du pâté de bâtiments pour voir s'il était rentré. Elle sortit de la voiture dans un éclat de rire et se jeta dans ses bras.

— Allez, rentre, espèce d'idiot. Et appelle-moi dans une heure.

Son plan d'avenir s'était quelque peu compliqué. Rester à l'université, avoir un bon dossier, obtenir un travail qui lui permettrait de gagner beaucoup d'argent, prendre soin de Stephanie et des filles… et se marier avec Colleen.

Pendant trois années et demie, ils réussirent à préserver leur relation, et à se voir malgré la distance et leur emploi du temps chargé. Quand il avait deux jours, il fonçait à

Manningsport, parfois même en faisant de l'auto-stop, dès qu'il pouvait dégager du temps entre son travail comme agent de sécurité dans un gratte-ciel du centre-ville (l'été, il travaillait pour une entreprise de construction) et les appels de Stephanie pour ses dépannages de voiture, de chaudière ou de plomberie, sans oublier le baby-sitting occasionnel, ses cours et ses révisions. Quand c'était Colleen qui venait à Chicago, il virait son camarade de chambrée pour le week-end. Le reste du temps, ils se téléphonaient, s'envoyaient des mails, communiquaient par messagerie instantanée.

Elle était toujours à lui, et lui, à elle, mais il n'était pas sûr de bien comprendre pourquoi elle le gardait.

Et puis il y eut ce week-end où les planètes furent miraculeusement dans le bon alignement. Il avait réussi à trouver un billet d'avion Buffalo-Niagara pour soixante-dix-neuf dollars. Il savait que Colleen serait chez elle.

Il avait voulu lui faire la surprise — et lui éviter une déception en cas d'imprévus de dernière minute. Elle avait choisi d'aller à l'université d'Ithaca pour ne pas trop s'éloigner de chez elle et de son grand-père, mais il savait que, même si elle faisait bonne figure, elle se sentait souvent seule — Connor était à l'institut culinaire, à quelques heures de route, et Faith était en Virginie.

Il prenait un café à un kiosque de l'aéroport quand il leva distraitement les yeux en déchirant le papier d'une dosette de sucre. Son regard accrocha une silhouette familière.

Le père de Colleen. Il embrassait une femme (dire qu'il lui faisait un examen approfondi des amygdales aurait été plus proche de la réalité) — qui n'était pas la sienne. Longs cheveux auburn, formes généreuses moulées dans une robe blanche qui ne cachait pas grand-chose (des fesses superbes, il fallait bien l'admettre) et talons aiguilles.

Ils avaient chacun une valise.

Pete O'Rourke s'écarta légèrement d'elle, leva les yeux, ressemblant plus que jamais à cet instant à un homme d'âge mûr avec sa maîtresse, très jeune et très sexy. Et il le vit. Il se figea une fraction de seconde et — comble de l'horreur — esquissa un sourire.

— Lucas. Comment ça va, fiston ?

Le sachet de sucre dans la main, il resta immobile. C'était bien la première fois qu'il l'appelait ainsi !

Pete prit la main de la jeune femme et l'attira contre lui.

— Je te présente Gail.

— Bonjour, vous, ronronna cette dernière.

Une bombe, songea Lucas, il fallait bien le reconnaître, et la lueur dans ses yeux verts lui laissait penser qu'elle était consciente de son pouvoir sur la gent masculine.

Il ne répondit rien.

— Gail, bébé, tu veux bien nous laisser quelques secondes ? Je dois parler à Lucas.

Celle-ci gratifia les deux hommes d'un regard sensuel et s'éloigna d'une démarche chaloupée.

Pete croisa les bras et le dévisagea.

— C'est embarrassant, dit-il.

Tout chez lui indiquait le contraire, son attitude, son sourire faux, et surtout son regard froid qui lui donna la sensation d'être un souriceau devant un serpent.

— Plutôt, oui.

— Je vais nous épargner les phrases du style « ce n'est pas ce que tu crois » ou « ne vas rien t'imaginer » et nous faire gagner du temps, à toi comme à moi. C'est exactement ce à quoi cela ressemble, mais je pense qu'on peut éviter de blesser inutilement ma famille — surtout Colleen. Ils n'ont pas besoin de savoir.

Pete O'Rourke continuait à parler, pour dire la même chose, mais il ne l'écoutait plus. « Je n'en suis pas forcément fier… La mère de Colleen… n'allait pas pendant un moment… C'est arrivé… Qu'est-ce qu'on y peut… Ne comprendrait pas. »

Lucas sentait les poils de ses bras se hérisser. C'était le genre d'homme qui se croyait plus malin que tout le monde et qui faisait avaler des couleuvres à sa femme. *Habile*, c'était le mot.

Colleen adorait son père. C'était la fille à son papa, mais

pas dans le sens péjoratif. Elle l'aimait et pensait qu'il était le meilleur du monde. Plutôt normal. Stephanie avait eu ce lien spécial avec leur père. Eh oui, il l'admettait, Pete était un bon père pour sa fille.

— Je peux compter sur ta discrétion, fiston ? On peut faire en sorte que personne ne souffre.

Lucas le dévisagea de longues secondes.

— Je ne suis pas votre « fiston ».

Les yeux de M. O'Rourke n'étaient plus que deux fentes.

— Ce n'est pas faux. Je suppose que tu vas retrouver ma fille, alors je ne vais pas te retenir davantage.

Lucas ne prit pas la peine de répondre. Il glissa un œil vers Gail, qui se remettait du rouge à lèvres sous le regard captivé d'un agent de sécurité, puis après un dernier coup d'œil à Pete il souleva son sac à dos et, sans un mot, tourna les talons.

Il arriva à Manningsport quelques heures plus tard et fonça directement au Black Cat, le petit bar miteux où travaillait occasionnellement Colleen. Son visage s'éclaira quand elle le vit, et il sourit alors qu'elle se jetait dans ses bras.

— J'étais *justement* en train de penser à toi ! s'exclama-t-elle. Tu es un bonheur pour des yeux fatigués, l'Espagnol. Embrasse-moi ! C'est un ordre !

Il obéit sans se faire prier, et le sentiment de malaise qui ne l'avait pas quitté depuis l'aéroport s'évanouit comme par magie.

Colleen le fit venir chez elle pour un dîner tardif, et ils s'assirent à la table de la cuisine. Jeanette lui coupa une tranche de gâteau avant de s'en servir une part, expliqua que Pete était au Mexique... pour le travail... une conférence.

— Vous ne l'avez pas accompagné ? demanda-t-il avec réticence.

— Oh ! Pete a dit que ce ne serait pas très amusant. Pas le temps de faire du tourisme. Juste un hôtel avec beaucoup de personnes qui boivent trop, répondit Jeanette O'Rourke, écartant cette idée d'un mouvement de la main.

— Papa déteste ces déplacements. Alors il ne va pas l'imposer à maman, ajouta Colleen.

Ouais. Un champion du mensonge. Un maître dans son domaine.

Ça resta dans un coin de sa tête, tout le week-end, comme une légère fièvre qui ne vous lâche pas, une douleur lancinante dans une dent. Comment le lui dire ? *Au fait, Mía, j'ai croisé ton père et sa maîtresse à l'aéroport...* Ouais, bof. *Hé, Colleen, je me demandais... ça va comment entre tes parents, ces derniers temps ?* Ou direct, *cette prétendue conférence, Colleen — en fait, ce serait plutôt un genre de séminaire à deux.*

Il voulut le lui dire une centaine de fois au cours du week-end, et, chaque fois qu'il s'y apprêtait, quelque chose le retenait. Ce n'était pas à lui de le faire. Qui sait si cela ne provoquerait pas plus de dégâts ? Peut-être que cette aventure était terminée ou ne comptait pas. Ou peut-être que Pete et Jeanette O'Rourke vivaient un genre de mariage libre...

Colleen le ramena en voiture jusqu'à l'aéroport, le dimanche soir, attendant avec lui le début de l'embarquement, comme elle le faisait toujours pour profiter de sa présence jusqu'à la dernière minute. Elle était allongée, la tête posée sur ses genoux, un sourire sur le visage, les yeux fermés. Les lumières des néons créaient des reflets bleutés dans ses longs cheveux noirs.

Elle semblait si heureuse.

— Tout va bien avec ta famille ? demanda-t-il finalement.

— Oh ! oui, dit-elle sans ouvrir les yeux. La routine. Connor est parfait, maman a découvert le *scrapbooking*, et papa... papa travaille beaucoup.

Maintenant... c'était le moment de lui dire ce qu'il avait vu.

Elle souriait... Il n'en eut pas le cœur. Il glissa ses doigts dans ses cheveux.

— Au fait, j'ai trouvé un travail pour cet été, dit-elle, ronronnant presque sous la caresse. A Rushing Creek. J'assisterai les infirmières. Ça paraît bien, tu ne trouves pas ?

— Ça semble parfait.

— C'est ce que je me suis dit. Je garde un œil sur Gramp tout en mettant de l'argent de côté pour mes études, et puis nous pourrons nous marier et faire de magnifiques enfants.

Son sourire s'élargit, et elle ouvrit les yeux.

— En parlant de ça...

Il s'arrêta de respirer.

— En parlant de quoi ? dit-il, sa voix s'enrouant.

— Les enfants. Le mariage. L'amour jusqu'à ce que la mort nous sépare. Tu veux te marier cet été ?

— Tu es enceinte ? finit-il par demander.

Elle se redressa et reprit sa place à côté de lui.

— Quoi ? Non ! Oh ! je comprends. Désolée. Waouh, si tu voyais ta tête. Rassure-moi, tu n'es pas en train de faire une crise cardiaque ?

— Si.

Elle leva les yeux au ciel.

— Non, bébé. Je ne suis pas enceinte. Je ne vois pas comment ça serait possible... vu qu'on cumule les moyens de contraception.

Elle marqua une pause.

— Mais tu veux te marier, n'est-ce pas ?

— Euh, bien sûr, *Mía*. Un jour, bien sûr, lâcha-t-il encore sous le coup de la montée d'adrénaline.

Il inspira profondément et la regarda. Merde. Mauvaise réaction et mauvaise réponse.

— Quoi ?

Elle haussa les épaules sans rien dire.

— Quoi, Colleen ? insista-t-il.

Son langage du corps ne lui disait rien de bon.

— Je pensais que tu voulais te marier. Avec moi, en particulier.

Pour elle, il n'y avait rien du tout d'effrayant ni d'étrange à se marier jeune. Pourquoi reculer, tergiverser puisqu'ils s'aimaient (et c'était le cas, vraiment) ? Elle voulait vivre à Manningsport, de préférence dans la même rue que son frère Connor, et avoir une ribambelle d'enfants.

Il le voulait aussi. Il la voulait, elle... C'est juste que leur vision de l'avenir divergeait sur quelques points. Des détails...

Comme Manningsport. Il était de Chicago et ne se voyait pas vivre ailleurs. Sa vraie famille, sa sœur et ses nièces, vivaient là-bas, et Stephanie avait toujours besoin de lui, pour qu'il vienne faire du baby-sitting, lui donne un peu d'argent, lui change un pneu crevé.

Le mariage, bien sûr. Mais plus tard, quand il serait installé dans sa vie, qu'il gagnerait de l'argent.

Avant, il devait finir son droit. Colleen n'était pas matérialiste, mais plutôt mourir que de la faire vivre dans un petit appartement miteux comme celui de Stephanie, ou la voir servir dans des bars pendant qu'il terminerait ses études de droit. Elle méritait mieux que ça.

Il voulait tout, la couverture maladie, la maison baignée de soleil, le jardin et un chien. Il voulait qu'elle ne manque de rien. Il s'était fait la promesse de ne jamais se retrouver dans la même mauvaise passe que Dan. Jamais.

— Eh bien, quel silence ! Très révélateur, lâcha Colleen, en remontant ses jambes devant elle sur son siège.

Elle noua ses bras autour de ses genoux et appuya son menton dessus.

— Tu sais ce que je veux.
— Oui, je sais, dit-elle dans un soupir.
— C'est toi.

Sa réponse lui arracha un petit sourire.

— C'est juste que ce n'est pas le moment, *Mía*, poursuivit-il.
— Je ne sais pas où tu es allé chercher que j'avais besoin d'une belle voiture, d'une propriété de un hectare et d'une adhésion au *country club*. Tout ce que je veux, c'est qu'on soit ensemble.

Une voix noyée dans des grésillements parasites s'éleva par les haut-parleurs, annonçant le début de l'embarquement pour le vol 227 en partance pour Chicago.

— Merde, chuchota-t-elle. On n'attendra pas la fin du week-end pour avoir ce genre de discussion, la prochaine fois.

Il l'embrassa, sentit le goût de ses larmes sur ses lèvres.

— Tu vas me manquer, dit-il. Je t'appelle dès que j'ai atterri.
— Je t'aime, murmura-t-elle.

Les mots étaient sur ses lèvres, mais il ne les prononça pas. Ça n'était pas grave, se rassura-t-il. Elle le savait bien.

— Dis-le-moi encore.

Elle lui sourit, au bord des larmes.

— Je t'aime... Même si tu ne me mérites pas.
— C'est vrai, dit-il.
— Enfin, un peu quand même.

Elle se leva et le serra dans ses bras, l'embrassa à nouveau. Elle le poussa vers les portes d'embarquement, l'éloignant avec un sourire et une tape sur les fesses.

La prochaine fois... La prochaine fois, il le lui dirait. Il se le promit. Il lui dirait aussi qu'il avait vu son père avec une autre femme.

Lucas ne le fit pourtant pas, malgré ses bonnes intentions.

Comment se résoudre à lui briser le cœur? A abîmer l'image qu'elle avait de son père? Il ne pouvait et ne voulait pas lui faire ça.

Alors il se persuada que cela ne le regardait pas. Que cette histoire se réglerait d'elle-même sans qu'il ait besoin de s'en mêler. C'était ce qu'il avait de mieux à faire. Ce n'était pas à lui de le dire. Ses arguments lui semblaient tenir la route, même si, en se taisant, il avait la désagréable impression de couvrir Pete O'Rourke et de se faire son complice.

Pendant deux mois, il essaya de ne plus y penser. Jusqu'à une nuit d'avril.

Assis à l'accueil de la société de trading où il était agent de sécurité, il essayait de lire un manuel sur les litiges commerciaux, tout en écoutant d'une oreille distraite son collègue Bernard parler de sa conquête du week-end précédent.

— Elle fait comme si de rien n'était... Mais je n'arrête pas de la regarder, elle est trop sexy, et un corps, mon vieux... un corps à faire se damner tous les saints du paradis, tu vois un peu! Et tous ces types qui lui tournaient autour comme des abeilles autour d'un pot de miel, pour obtenir son numéro ou danser avec elle. Moi, je la mate, et tu sais ce qu'elle me sort ? « Hé, tu veux ma photo, trouduc ? » Sans me démonter, je lui réponds : « Je ne te regarde pas », et d'un coup elle tire la tronche, et…

Un coup à la porte du hall d'entrée l'interrompit net. Dieu soit loué ! Parce que, avec Bernard, les anecdotes semblaient n'avoir jamais de fin.

— Ce n'est pas ta petite amie ? lança son collègue. La vache, tu l'as trompée ou quoi ? Ou alors elle est enceinte, mon pauvre vieux.

C'était Colleen, en sweat-shirt, jeans, tongs, une casquette des Yankees vissée sur la tête. Que faisait-elle là, à 22 heures passées ?

Il s'élança vers la porte, composa le code d'ouverture. Elle se jeta dans ses bras, le visage blême, baigné de larmes, les yeux gonflés à force d'avoir pleuré.

— *Mía*, qu'est-ce qu'il y a ? demanda-t-il en la serrant fort contre lui.

— Je ne savais pas quoi faire, lâcha-t-elle, le corps secoué de sanglots. Je ne pouvais pas dire ça au téléphone… Alors je suis venue ici, j'ai roulé toute la journée… il… mon…

— C'est Connor ? Est-ce qu'il va bien ?

Si quelque chose était arrivé à son jumeau, ça la tuerait. Littéralement, peut-être.

— Non, balbutia-t-elle d'une voix étranglée. C'est mon père. Il… il…

— Il est blessé ?

L'image du fier Pete allongé sur un lit d'hôpital glissa devant ses yeux.

— Il… il…

Il l'entendit reprendre son souffle déchiré d'un sanglot, puis d'un second. Elle se recula, essuya ses yeux avec les paumes de ses mains.

— Il a demandé le divorce ! Il a une maîtresse, et elle est enceinte !

— Gail ?

Enorme. Putain. D'erreur.

Il cligna des yeux, son visage se figea.

— Quoi ? Tu connais son nom ?

Il inspira. Le mal était fait — le temps de sortir la tête du sable.

— Je les ai vus à l'aéroport il y a deux mois. Il… euh… Il me l'a présentée.

Bernard grimaça, puis s'éloigna pour trouver refuge près des ascenseurs, à une distance de sécurité raisonnable, qui lui permettait néanmoins de garder un œil et une oreille sur la scène.

— Tu étais au courant ? balbutia-t-elle en s'écartant d'un pas, le visage soudain vidé de toute expression.

Merde.

— Oui.

Elle ferma la bouche. La rouvrit. La referma à nouveau.

— Tu as vu mon père avec cette femme, et tu n'as jugé bon à aucun moment de m'en parler ?

Sa voix blanche et tendue résonna à travers le vestibule immense et désert.

— Je n'ai pas su comment te le dire.

— Alors tu as choisi de ne rien dire ? Tu m'as laissée vanter les mérites de mon père encore et encore, dire que c'était le meilleur des hommes, et toi tu savais pendant tout ce temps qu'il s'envoyait en l'air avec une autre femme ? Tu as bien dû te foutre de moi.

— Colleen…

— C'était quoi ? De la solidarité entre mecs ? « Un clin d'œil, une tape dans le dos, on se comprend » ? Tu ne t'es pas dit que je voudrais savoir ? Que j'avais besoin de savoir ?

— D'accord, écoute. J'aurais dû dire quelque chose… Je ne l'ai pas fait. Je suis désolé.

— Oh ! Tu es désolé. Ça me fait une belle jambe. Tu me mens depuis…

Elle s'interrompit, le dévisagea.

— Depuis combien de temps, au fait ? Depuis combien de temps est-ce que tu sais ? Précisément, Lucas.

Il grimaça.

— Depuis février.

— *Février* ? cria-t-elle, sa voix montant dans les aigus.

Toujours positionné près des ascenseurs, Bernard ne perdait pas une miette de la scène. Il haussa les épaules, semblant dire : « Mon vieux, je ne demande pas mieux que de t'aider, mais tu es vraiment dans la merde jusqu'au cou. Bon courage ! »

— Colleen, il faut que tu te calmes.

La chose à ne pas dire…

— Que je me… Waouh. Waouh, Lucas. Deux mois ! Tu es au courant de la liaison de mon père depuis deux mois ! Et à aucun moment tu ne t'es dit que c'était une information capitale pour moi ? Si je l'avais su assez tôt, j'aurais pu parler à mon père et peut-être réussir à le convaincre de mettre fin à cette liaison. Il se serait rendu compte de son erreur, et sa maîtresse n'attendrait pas, en ce moment même, de bébé… Non ? Ça ne t'a pas traversé l'esprit ?

— Colleen, écoute-moi…

— J'aurais *adoré* t'écouter, il y a quelques mois, le coupa-t-elle. Maintenant, je n'en dirais pas autant.

Il inspira.

— Comprends-moi… Je sais combien tu l'adores. Je savais le mal que cela te ferait et comment tu réagirais. Et c'est exactement ce qui arrive. Tu perds toute mesure. Tu deviens hystérique.

Oh, bon sang, venait-il vraiment de dire « hystérique » ? Le dernier truc à dire. Il ravala une grimace, essaya de lui prendre la main, mais elle le repoussa et s'écarta. Elle croisa les bras, tourna la tête vers la vitre, la mâchoire serrée.

— Je rentre chez moi. Ne m'appelle pas.

— Colleen, je ne voulais pas…

C'était le moment où il devait la retenir, s'excuser, la supplier de lui pardonner.

— Au cas où ce ne serait pas assez clair, nous deux, c'est fini.

Ces mots l'atteignirent comme un uppercut dans l'estomac.

— Quoi ?

— Tu vas faire ton droit, ma famille est en train d'imploser, et peut-être que nous ne sommes pas ceux que nous pensions être.

— Je ne comprends rien à ce que tu dis.

— Cela signifie que tu n'es pas celui que je croyais, hurla-t-elle, les larmes ruisselant sur ses joues. Je te faisais confiance ! Et qu'est-ce que tu fais, Lucas ? Tu as gardé cet énorme secret pour toi. Il s'agit de *ma* famille et de *mon* père, j'avais le droit de savoir, mais toi, tout seul dans ton coin, tu as décidé qui devait savoir quoi !

— Colleen, c'est juste…

— J'ai cru que nous étions proches, j'ai cru que tu m'aimais, même si tu te mures dans le silence la moitié du temps ! Mais peut-être que je me suis bercée d'illusions ! Il n'est pire aveugle que celui qui ne veut pas voir, c'est bien connu. Peut-être que je ne suis pour toi qu'une habitude confortable, une paire de vieilles pantoufles que tu gardes en attendant de trouver mieux. Comme mon père vient de le faire avec ma stupide et naïve de mère ?

— Non, Colleen, ce n'est pas du tout ça.

— Ah oui ? OK. Est-ce que tu veux m'épouser, alors ?

Il chercha son souffle.

C'est ton droit de rester silencieux.

— On se mariera, un jour, oui.

— Eh bien, tu vois, moi, je veux me marier plus vite.

Elle plaqua les mains sur ses hanches, et pour la première fois il sentit monter une bouffée de colère.

— C'est un ultimatum ? D'accord, j'ai merdé, je pensais te protéger…

— Ne noie pas le poisson. Est-ce que tu veux m'épouser, oui ou non ? Tu veux peut-être aller voir si l'herbe est plus verte ailleurs ? C'est ça ?

— Colleen, s'il te plaît…

Il essaya de lui prendre les mains, mais elle recula.

— Il n'y a que toi, d'accord ? Mais, si tu veux savoir si j'ai envie de me marier à vingt-deux ans, alors la réponse est non. Je ne veux pas vivre au-dessus d'un garage, m'engueuler sur les préparatifs d'un mariage, m'engueuler une fois marié. Pas maintenant. Je ne peux pas, Colleen. Je suis désolé pour ton père, mais… non.

Elle resta silencieuse quelques secondes.

— Prends soin de toi, Lucas, lança-t-elle en tournant les talons.

Il resta planté là, comme un idiot, avec les mots de Colleen suspendus dans l'air, juste au-dessus de sa tête comme un nœud coulant.

— Bon sang, mon pote, s'exclama Bernard. Elle a un tempérament de feu, ta copine.

S'arrachant à son état de sidération, il se précipita derrière elle.

— Colleen, c'est stupide. On ne peut pas rompre.

— Oh que si, lâcha-t-elle, en ouvrant la portière de sa Honda. Si tu vois le mariage avec moi comme une sorte de prison où l'on passerait son temps à s'engueuler, alors si. Maintenant, excuse-moi, mais j'ai dix heures de route qui m'attendent.

— Colleen, tu es irrationnelle.

Elle ne pouvait pas agir sur un coup de tête. Franchement, elle ne pouvait pas lui lancer cet ultimatum juste parce qu'elle était bouleversée. Ça ne fonctionnait pas comme ça.

— Tu avais un choix à faire. Tu l'as fait. Salut.

Super. Elle voulait quoi ? Qu'il se mette à genoux et la supplie : « Oui, bébé, tout ce que tu veux, mais ne me quitte pas. »

Quoi qu'il dise, il ne faisait qu'empirer les choses. A cet instant, elle avait le regard de quelqu'un qui s'apprêtait à plonger sa main dans son torse pour lui arracher le cœur à vif et le manger encore chaud et palpitant comme une pomme.

— Tu es ridicule. Tu te fais une montagne d'un rien.

— De mieux en mieux. Qui pourrait résister à une telle déclaration ? Vraiment… J'en suis toute remuée. Va te faire voir !

Elle monta dans sa voiture, claqua la portière. Elle démarra en faisant rugir le moteur, fit craquer la marche arrière et partit en trombe. Il entendit un crissement de pneus au coin de la rue.

Il sortit son téléphone portable et lui envoya un texto.

Ralentis et appelle-moi plus tard. On n'en a pas fini.

Elle avait peut-être ralenti. Mais elle ne rappela pas.

Quand il l'appela le lendemain et qu'il bascula directement sur son répondeur, il composa le numéro de chez elle. Ce fut Connor qui lui répondit.

— Est-ce que Colleen est là ?
— On est en plein drame, ici, répondit le frère, laconique.
— Ouais. Elle m'a dit. Euh… Est-ce que tu peux lui dire de m'appeler ?
— Je lui dirai que tu as téléphoné.

Le silence au bout du fil. C'était tout.

OK, elle était en colère, il comprenait. Elle l'appellerait quand elle le sentirait. Mais il n'allait pas l'épouser juste parce qu'elle l'exigeait. Le mariage n'était pas non plus un pansement ; il l'épouserait quand toutes les conditions seraient réunies pour qu'ils aient une belle vie ensemble. Il avait un plan bien établi et il n'en avait pas fait mystère.

Colleen n'avait jamais connu le manque. Lui, si. Il se souvenait de sa sœur, qui, à seize ans, prenait trois bus pour se rendre à l'autre bout de la ville dans l'épicerie où les coupons comptaient double une fois par mois. Il savait ce que c'était de ne pas se resservir parce que les restes seraient le dîner du lendemain. Il avait été pauvre et il avait vu ce que le manque d'argent avait poussé son père à faire. Plutôt mourir que d'entraîner Colleen dans ce genre de vie.

Il savait qu'elle devait être très malheureuse… il était navré et il voulait la soutenir, l'aider. Mais comment pouvait-il le faire si elle s'entêtait dans ce silence et refusait de répondre à ses appels ?

Une semaine plus tard, Colleen ne l'avait toujours pas rappelé.

Très bien. Elle voulait un break ? Soit. Qu'elle le prenne. Si cela lui faisait du bien, mais ce n'était vraiment pas malin. Il avait ses soucis, lui aussi. Il devait gérer en parallèle ses cours, ses examens de fin de premier cycle, son entrée à l'université de Loyola pour le droit, le déménagement de Stephanie, qui avait trouvé un appartement plus grand et qui comptait sur lui. Peut-être que Colleen allait comprendre que rien n'était tout blanc ou tout noir. Peut-être qu'il allait lui manquer.

Au bout d'un mois sans nouvelles, n'en pouvant plus, il prit un bus pour Manningsport.

Il arriva à 21 h 30. Il resta une minute sur la place, inspirant l'air pur, l'odeur du lac et de la terre mouillée. Le silence autour de lui vibrait encore du bruit de moteur du bus Greyhound. Un élancement lui vrillait le crâne. L'odeur d'essence et le parfum de rose entêtant de la vieille dame assise à côté de lui, qui n'avait pas cessé de parler depuis Terre Haute, n'y étaient sans doute pas étrangers.

Le Black Cat était ouvert.

Il avait eu le temps pendant les treize heures qu'avait duré le trajet en bus de penser à leurs retrouvailles et à ce qu'il allait lui dire... Pourtant, à cet instant, il n'était plus sûr de rien. Tout serait si simple si elle se jetait dans ses bras en le voyant. Elle lui dirait en souriant : « Cela t'a pris du temps, espèce d'idiot », et tout serait oublié. Pardonné. Elle lui avouerait qu'elle n'était pas prête pour le mariage non plus, qu'elle préférait attendre. Qu'elle l'aimait. Et, cette fois, il le lui dirait aussi.

Le bar semblait bondé. On était en mai, et la ville devait organiser une fête du vin, comme il y en avait presque tous les week-ends au printemps et en été (à l'automne aussi, et une partie de l'hiver, d'ailleurs). Il suffisait de jeter un coup d'œil aux plaques d'immatriculation. La plupart des voitures garées dans la rue n'étaient pas du coin.

Elle n'était peut-être même pas là.

Il allait juste jeter un coup d'œil à l'intérieur, pour s'en assurer. Sinon, il foncerait chez elle. Il jetterait des cailloux contre sa fenêtre pour attirer son attention, comme il le faisait au tout début de leur relation.

Les vitres sur le côté de l'établissement donnaient accès à l'ensemble des tables et sur l'espace ouvert où les clients pouvaient danser. Il repéra Colleen. Elle était là, tellement belle qu'il en eut le souffle coupé.

Elle parlait à un type qu'il ne connaissait pas et elle riait. Elle lui avait tellement manqué. Il avait passé vingt-neuf jours sans elle pour une brouille ridicule — que de temps perdu.

Ses lèvres furent soudain sur celles du type. Celui qui la faisait rire un instant plus tôt.

Ils s'embrassaient.

Vraiment.

Lucas recula, le regard fixé sur eux.

La main du type glissa sur sa chute de reins, descendit plus bas.

Elle ne bougeait pas. Le laissait faire.

Il voulait fermer les yeux, chasser cette image de son esprit, mais il ne pouvait pas. Il voulait entrer et tuer ce type ; le cogner… le cogner encore. Attraper Collen par la main et la tirer de là, lui rappeler à qui elle appartenait… La supplier de le reprendre.

Mais avait-elle besoin qu'on le lui rappelle ? Elle l'aimait. C'était ce qu'elle disait.

Leurs lèvres se séparèrent, enfin. Un autre sourire de Colleen. Elle lui parlait, maintenant, la main posée sur son torse — ce sourire qu'il avait vu d'innombrables fois, qui recélait tant de promesses, de complicité et…

Sans même l'avoir réalisé, il se retrouva à marcher sans but dans la rue, au hasard… Il passa devant la bibliothèque. Le restaurant. Devant la poste, le magasin de bonbons, la boutique d'antiquités, celle de décoration, la boulangerie, sans même les voir. Il ne parvenait pas à échapper à l'image de Colleen.

Il était désorienté comme si on lui avait ouvert le ventre avec une lame. Un geste chirurgical qui s'était passé si vite et par surprise, et il ne comprenait pas pourquoi ses organes pendaient à l'air libre et se déversaient dans la rue. *Mais d'où vient tout ce sang ? Ces boyaux sont à lui ? Ça va laisser une cicatrice, non ? Un simple pansement ne va pas suffire, mon vieux.*

Il passa la nuit sur un banc dans le petit cimetière, un endroit où Colleen ne le verrait pas au cas où elle passerait en voiture devant. Le ciel était sombre, un cours d'eau bruissait à proximité.

Le lendemain matin, alors qu'une lueur grise commençait à colorer l'horizon, il fit de l'auto-stop jusqu'à Corning et de là prit un bus pour Chicago.

Il n'assista pas à la cérémonie de remise des diplômes, la semaine suivante, et commença directement les deux jobs qu'il comptait mener de front pendant l'été. Il emmena ses nièces à la mer. Partit courir sur Magnificent Mile.

Et puis, un jour, il tomba par hasard sur Ellen Forbes, avec qui il était à la fac. Elle avait fait sciences politiques, habitait les quartiers nord de Chicago (évidemment). Une fan des Cubs...

Il la connaissait, bien sûr. Une fille sympa. Une fois, au cours de cette année, il s'était retrouvé avec d'autres étudiants pour réviser dans l'appartement de ses parents — un imposant penthouse de deux étages avec vue sur le lac. Ses parents n'étaient pas là, mais une domestique — ou une gouvernante — avait régulièrement apporté des plateaux-repas : macaronis aux huîtres et fromage, filets mignons, salades grecques, patates douces frites. Vin et bière. Ellen n'avait pas d'états d'âme par rapport à la fortune familiale et à son statut d'héritière — elle n'était ni snob ni gênée. Il lui avait dit qu'il avait travaillé pour l'entreprise Forbes Property l'été précédent, et elle lui avait répondu qu'elle espérait que les conditions de travail y étaient bonnes.

Joyeuse. Agréable. Jolie. Comme ils avaient des cours en commun et qu'ils fréquentaient les mêmes groupes d'étudiants, ils se voyaient souvent. Il leur arrivait de déjeuner ensemble, toujours entourés d'autres étudiants. Elle lui disait toujours bonjour, s'arrêtait pour lui parler. Sa conversation était plaisante et raffinée — comme si elle était tout droit sortie d'une école des bonnes manières. Elle rentrait à Northwestern, elle aussi pour se spécialiser en droit.

Un mois après la remise des diplômes, elle apparut sur le chantier de construction de Forbes Properties où il travaillait. C'était son troisième été pour la société, et voilà qu'il voyait Ellen en pleine discussion avec un homme aux cheveux gris et en costume — Frank Forbes en personne. Lucas lui fit un signe de la main.

— Salut, l'étranger ! l'interpella-t-elle.

Il se dirigea vers elle, en short de charpentier et vieux T-shirt, son casque de sécurité à la main.

— Papa, je te présente Lucas Campbell, un copain de fac, dit-elle avec légèreté. Lucas, mon père, Frank Forbes.

— Ravi de vous rencontrer, mon garçon, dit celui-ci en lui serrant fermement la main.

— Moi de même, monsieur.

— Vous travaillez donc pour moi ?

— Pour la troisième année consécutive. C'est Johnny Hall qui m'a engagé.

— Johnny est un type bien.

— Oui. Et le bâtiment va être magnifique.

— Je le pense aussi, déclara Frank Forbes avec un sourire.

Il se tourna vers sa fille.

— Mon cœur, je dois parler avec le contremaître. Accorde-moi dix minutes, et puis nous irons déjeuner.

— J'y compte bien, répondit Ellen, alors qu'il s'éloignait.

— Et moi, il faut que je me remette au boulot, s'excusa Lucas.

— Je comprends. Je ne veux pas te retenir.

Elle sourit.

— On devrait se retrouver pour prendre un verre, puisque nous sommes tous les deux coincés ici, cet été. On parlera de la rentrée en fac de droit.

— Ce serait sympa, oui.

— Tu es libre ce soir ?

Il marqua une hésitation.

— En ami, Lucas, dit-elle gentiment. Je sais que tu vois quelqu'un.

— Non, non, je ne...

Depuis qu'il avait surpris Colleen avec un type dans le bar, c'était comme si une masse était bloquée dans sa poitrine, étouffant la sensation ouatée et chaude qu'il éprouvait depuis sa rencontre avec Colleen.

Prendre une bière avec une fille agréable qui avait toujours été sympa ? Pourquoi pas ?

— Bien sûr, avec plaisir.

Il la retrouva dans un bar près de chez elle. Ils prirent un verre. Un second. De la bière pour lui, du vin blanc pour elle. Puis ils déambulèrent dans les rues, continuant à parler de tout et de rien. De connaissances qu'ils avaient en commun, des professeurs... L'odeur du chocolat Blommer embaumait l'air.

Devant chez elle, une maison de ville sur North Astor Street, elle lui proposa de monter, et il accepta. Elle lui offrit une autre bière et, quand elle lui dit de s'asseoir sur l'élégant canapé gris, il le fit. Il répondit à son baiser quand elle l'embrassa, se sentant étrangement détaché de la réalité — un état qu'il mit sur le compte de l'alcool.

Il n'avait embrassé personne d'autre que Colleen en quatre ans.

Colleen, qui avait déjà tourné la page et était passée à autre chose.

Ellen était agréable. Elle sentait bon. Ses lèvres étaient douces.

— Est-ce que tu veux rester ? chuchota-t-elle.

— Je n'avais pas prévu... Je n'ai rien sur moi.

— Je prends la pilule.

Elle sourit et posa ses lèvres dans son cou.

Il l'entraîna vers la chambre parce que c'était simple, et qu'il voulait échapper à cette sensation insupportable de solitude — même si cela ne durait que quelques heures.

Le poids qui lui encombrait la poitrine ne bougea cependant pas.

Au matin, il la remercia pour la soirée et lui dit qu'il la rappellerait si elle était d'accord. Elle sourit, affirmant que cela avait été très agréable pour elle aussi.

Agréable. Oui, c'était le mot qui convenait. Ellen était agréable. Ils avaient passé un moment agréable. Il avait été agréable, du moins, il le pensait.

Elle n'attendait rien de lui. Elle ne semblait pas en manque d'affection ni désespérée. Il n'avait pas de sentiments amoureux pour elle. Seulement deux adultes qui venaient de passer la soirée sans prise de tête. Il était peut-être vieux jeu, comparé à l'hétérosexuel américain de plus de vingt ans, mais coucher et faire l'amour était deux choses différentes pour lui.

Ne voulant pas passer pour un salaud, il appela Ellen le week-end suivant. Ils allèrent voir un film, et il lui prit la main. En sortant de la séance, il s'excusa. Il devait être sur le chantier de construction à 6 heures le lendemain, ce qui était vrai. Mais peut-être pourraient-ils remettre à une autre fois, puisque tout était si agréable. Il l'embrassa rapidement. Elle lui envoya un mail quelques jours plus tard, lui disant qu'elle partait quelque temps avec sa mère. Il lui répondit simplement :

Amuse-toi bien.

Trois semaines après, elle l'appela et lui dit qu'elle avait besoin de le voir. Elle ajouta que ce serait mieux si elle pouvait passer directement chez lui. Il comprit tout de suite.

Elle attendit néanmoins qu'il se fût assis face à elle à la table de sa minuscule cuisine pour prononcer les mots.

— Je suis enceinte. Je suis désolée, Lucas.

— Non. C'est… Ce n'est pas… C'est bien, s'entendit-il dire.

Il aurait probablement pu trouver mieux, comme réponse, mais son esprit n'était plus à cet instant qu'un espace blanc rugissant.

Elle pleura un peu — les hormones, dit-elle sans cesser de s'excuser. Expliqua qu'elle avait pris des antibiotiques et que cela ne faisait pas bon ménage avec la pilule — un problème d'interaction médicamenteuse, apparemment. Il voulut la rassurer, lui disant que ce n'était pas sa faute, que c'étaient des choses qui arrivaient. Elle lui avoua qu'elle était amoureuse de lui depuis la première année de fac. Elle savait qu'il avait une petite amie et elle ne lui demandait rien, mais elle avait pensé qu'il avait le droit de savoir qu'elle allait avoir un bébé. Elle ajouta qu'elle était heureuse même si les circonstances étaient loin d'être idéales.

Il regarda ses mains une longue minute. Releva la tête.

— Marions-nous, finit-il par dire en la regardant dans les yeux.

Elle avait protesté pour la forme, mais son regard s'était éclairé à cette perspective.

Que pouvait-il faire d'autre ? Etre un père célibataire de vingt-deux ans ? Se contenter au mieux d'un droit de visite ? Son père et sa mère s'en étaient bien sortis quand ils avaient eu Stephanie. Ils avaient été heureux ensemble.

Il était né six ans plus tard et, quoi que l'on ait pu penser, ses parents l'avaient bien élevé et lui avaient inculqué des valeurs. Il avait mis enceinte une fille et il assumerait ses responsabilités. Il resterait à ses côtés.

Comment avaient-ils pu laisser les choses entre Colleen et lui dégénérer à ce point... Il ne devait dorénavant plus penser à elle, à eux. Il allait devenir père.

10

— Maman, on devrait déjà être parties ! cria Colleen au pied des escaliers. On va être en retard !
— C'est un plan diabolique, chuchota Connor.
— Ah bon ? Tu as une meilleure idée, peut-être, mon cher frère ?
— Tu pourrais t'immoler. Ce serait probablement plus productif.

Elle le dévisagea, les yeux étrécis.

— Ecoute, c'est la première fois que maman exprime l'envie de faire des rencontres. Regarde autour de toi, Connor. Elle a tout laissé en l'état depuis le départ de papa. Rien n'a bougé.

Elle reporta son attention vers les escaliers.

— Maman ! Cette maison est un vrai mausolée dédié à papa. Pour l'amour du ciel, fais quelque chose ! Tu devrais faire le vide et redécorer !
— Tu as raison, Colleen. Peut-être même que je vais y mettre le feu.
— Elle est sérieuse, là ? marmonna Connor, l'air perplexe.
— Je ne sais pas. Demande-lui, c'est toi, son chouchou.
— Maman, ne brûle pas la maison ! cria-t-il alors que cette dernière émergeait (enfin) de la salle de bains. Tu es superbe !
— Tu es prête, Colleen ?
— Depuis quarante minutes.
— Amusez-vous bien. Vous allez être les plus jolies, là-bas, lâcha Connor, assurant sa position de préféré.

— Merci, mon petit bouchon, dit sa mère, rayonnante.

— Tu sais ce qui serait formidable, petit bouchon ? s'exclama Colleen. C'est que tu nous accompagnes.

— Dans tes rêves.

— Et pourquoi pas ? Tu es célibataire ! lui fit remarquer sa mère. Je veux des petits-enfants. Ça urge.

— Pas question que je vienne. Vous êtes sûres qu'il s'agit d'un cours de dessin ? Ce ne serait pas plutôt une foire aux célibataires ?

— N'imagine rien.

Un cours de dessin avec et pour des célibataires. Elle aurait bien aimé y entraîner son jumeau, quitte à recourir à la ruse. Elle adorait ces événements censés faciliter les rencontres. Elle ne résistait pas ! C'était pour elle ce que la Gaule était pour Jules César. *Veni, vidi, vici.* Elle y allait, elle voyait, elle triomphait… Bon, sa recherche d'un papa gâteau n'avait pas encore porté ses fruits jusqu'à maintenant. La vérité, c'était qu'elle avait une tendresse particulière pour les hommes plus âgés et qu'elle aimait badiner avec eux, flatter leur ego. Elle était sociable et appréciait le contact humain, mais pour ce qui était d'une relation amoureuse sérieuse… Elle n'était pas sûre de chercher.

Sa mère se regarda dans le miroir, puis remonta sa bretelle de soutien-gorge avec un soupir.

— Si seulement ton père n'avait pas fait *cette erreur de jugement*…

— *L'Egarement paternel*, répéta Connor. Nous en sommes à sa dixième année de représentation.

— Connor Michael O'Rourke, tais-toi, lui lança sa mère. Tu ne sais pas parce que tu n'as pas encore connu l'amour et tu ne peux pas savoir combien c'est unique et merveilleux.

— Merveilleux ? Tu parles des cornes et des mensonges, reprit Connor.

— Eh bien, oui, il y a de ça. Personne n'est parfait.

— Et papa, encore moins.

— Je suis au courant des nombreux défauts de ton père,

merci, Connor. Je l'aime toujours, c'est comme ça. S'il était revenu à la raison…

— Maman… ça fait dix ans que papa est avec Gail, intervint Colleen d'une voix atone. Ce qui représente un tiers de la vie de tes enfants. Tu ne crois pas qu'il est temps que tu penses à la tienne ? S'il te plaît…

— Si tu te figures que c'est facile, soupira-t-elle, au bord de l'agonie. Si tu préfères, je peux jouer à la première épouse stupide et vieillissante, jetée pour une garce. Je me mets à boire pour noyer mon chagrin et je deviens une alcoolique bouffie et amère. Ce serait mieux ?

Colleen échangea un regard avec son frère.

— Chiche ! lâcha-t-il.

Jeanette savait que son ex-mari ne quitterait pas la Grue. Et, s'il le faisait, ce serait pour une plus jeune, maintenant que Gail approchait de la quarantaine, et sûrement pas pour se remettre avec son ex-épouse… sauf que la midinette en elle refusait tout bonnement de l'admettre.

Colleen regarda sa montre.

— D'accord, papa est un type volage, et toi, maman, une martyre… Quant à nous, Connor et moi, on est des accidentés de la vie. Bon, on peut y aller, maintenant ? Allons te dégoter un nouvel homme à admirer, maman. Avec un peu de chance, ce sera un super beau-père, et il m'achètera le poney de mes rêves.

— Je veux des billets pour la saison des Yankees, ajouta Connor, entrant dans le jeu.

— Oh ! oui, moi aussi. *Et* mon poney. Un poney noir qui s'appellera Star Chaser. Et aussi le camping-car Rêverie de Barbie.

— Un baby-foot. Et des nouveaux crampons.

— Vous n'êtes que deux petits monstres matérialistes, renchérit Jeanette en pouffant. Comme si j'allais trouver quelqu'un. Personne, en tout cas, d'aussi séduisant que votre père — s'il y avait des hommes comme ça dans ces rencontres organisées, ils rechercheraient de toute façon des greluches comme la Gail.

Un nouveau regard dans le miroir. Un autre soupir d'agonie.

— Très bien. Allons-y. Je suppose que c'est toujours mieux que de rester à la maison et de frotter le sol de la salle de bains.

— Tu crois ? marmonna Connor.

Colleen lui donna un petit coup à l'arrière de la tête en passant à sa hauteur. Oui, elle en venait à penser que tout aurait été plus simple si elle avait grandi avec son jumeau dans un petit orphelinat. Son père était un sale con, et elle n'en avait qu'un. Les hommes comme John Holland étaient rares. Le moule avait été cassé après lui. Gentil, fidèle, attentionné, qui se souvenait non seulement de l'anniversaire de ses filles mais aussi de leurs poids de naissance et du cadeau que le Père Noël leur avait apporté quand elles avaient cinq ans.

Elle devait faire avec le sien : Pete O'Rourke.

Sa mère ne se laissait pas abattre, du moins, elle savait donner le change, même si ce n'était que pour ajouter un autre échec à sa liste — *Rencontres : Une énorme blague/ Votre père a gâché ma vie/Si seulement il était revenu.*

Et donc le cours de dessin pour célibataires…

Les locaux de l'association Art et Vin du Pays, à Manningsport, se situaient entre le cabinet de l'optométriste et la pizzéria du centre commercial, tout près du lotissement de mobil-homes. Chaque année se tenait une exposition d'art et, comme l'O'Rourke était l'un des sponsors (au même titre que les autres commerces de la ville, on ne pouvait y échapper), elle faisait acte de présence, feignant de s'extasier, assez fort pour être entendue, sur les tasses et les assiettes artisanales tordues aussi épaisses et lourdes que des disques à lancer, les peintures représentant soit des paysages de vignoble (forcément), soit des natures mortes… Des bouteilles de vin et des grappes de raisin (forcément).

Mais c'était plutôt charmant, finalement.

A cette occasion, des cours de dessin étaient donnés gratuitement. Ce n'était pas le seul événement pour célibataires qui était organisé. Il y avait aussi la Nuit du tir, où elle était allée une fois avec Faith. Elles s'étaient beaucoup amusées. Quelle meilleure association que les armes à feu et la romance ? Les manifestations organisées autour du thème du vin étaient nombreuses en basse saison, mais Jeanette, qui travaillait au Blue Heron, à la dégustation, ne voulait pas avoir l'impression d'être au travail pendant son temps libre. Il y avait les sorties en voile (« Une façon rapide d'en finir avec la vie », disait sa mère) ; « le soir du quadrille » (qui attirait tous les libertins du coin), et l'atelier de mixologie ou art appliqué des cocktails, qui avait lieu à l'O'Rourke et était animé par « la fabuleuse fille de Jeanette » (« Je suis ta mère, et tout le monde me plaindra »).

Donc le cours de dessin pour célibataires.

Elle avait convaincu Paulina de venir. Malgré le bilan en demi-teinte, difficile de dire autre chose des deux tentatives de rapprochement (Bryce avait failli être blessé au pub, et Paulina avait carrément hyperventilé dans le parking, en sortant du refuge), elle avait reconsidéré la situation et fait évoluer son plan d'attaque. Paulina avait besoin de se faire les griffes et de pratiquer un petit peu sur le sexe opposé.

Colleen trouva facilement à se garer dans le parking du centre commercial. Sa mère salua de la main Edith Warzitz (*whisky citron*, *deux cerises*). Elle n'était plus toute jeune. Qui disait que l'on ne cherchait plus l'amour passé un certain âge ? La jolie Lorelei (*riesling* — un vin blanc qui s'accordait à merveille avec son tempérament calme et doux) leur fit un signe en les voyant, légèrement rougissante… Hmmm. Elle pouvait peut-être l'aider à trouver sa moitié quand elle en aurait fini avec Paulina. Gerard Chartier, peut-être. Cet idiot était célibataire depuis assez longtemps. Il jouissait de l'aura du pompier auprès de la gent féminine. Les combattants du feu semblaient faire de merveilleux maris ou des cavaleurs à vie. Il était donc de son devoir de le brancher avec quelqu'un et de le sauver de la blennorragie.

Elle regarda autour d'elle les œuvres exposées au mur. On se serait davantage cru dans une école maternelle que dans un atelier d'artistes. Tout était très enfantin. Une dinde avec des empreintes de main ? Sérieux ?

— Waouh !

Elle se tourna vers l'homme qui venait de s'approcher d'elle. Il avait un pardessus, malgré la douceur de la soirée, les dents grisâtres, et une haleine à réveiller les morts.

— Waouh ! répéta-t-il, sans la quitter des yeux. Si on m'avait dit... Je ne m'attendais pas à voir quelqu'un comme vous dans ce genre d'événement ! Si on allait chez moi pour faire l'amour ?

— Il va falloir réviser votre approche, cher monsieur. Revoir votre hygiène buccale, lâcha-t-elle.

— S'il n'y a que ça pour vous plaire... Et ensuite vous et moi...

— Non, le coupa-t-elle.

— Un frotti-frotta, alors ?

— Oh ! Seigneur ! Colleen, fais quelque chose ! s'exclama Jeanette.

— Comme quoi, m'man ? Tu veux que je le castre ?

— C'est moi qui m'en chargerai si tu ne le fais pas.

L'homme continuait à la dévisager, pas le moins du monde décontenancé. Il haussa un sourcil broussailleux et reprit sans se démonter :

— Si on pouvait éviter d'en arriver à cette extrémité !

— Alors trois pas en arrière, mon cher monsieur. Ma mère est en pleine ménopause. Tout peut arriver.

— Il fallait que je tente le coup.

— Je comprends... mais c'est non.

Elle lui accorda un sourire.

— Alors c'est comme ça, les rencontres ? lâcha sa mère, horrifiée.

Bien souvent, oui, songea Colleen.

— Non, maman ! Je suis sûre que nous allons faire de belles rencontres.

Elle repéra Paulina qui venait d'entrer, enregistrant d'un coup d'œil le legging blanc (il fallait le trouver, celui-là), le débardeur noir qui serrait ses pectoraux musclés et un

Thneed, rose, celui-là. C'était presque mignon ; tout était dans le « presque ».

— Et qu'est-il arrivé à la robe d'été rouge que nous avions choisie pour l'occasion ? fit-elle.

Le dressing de Paulina était fourni. A quoi bon posséder de nombreuses pièces assez jolies si ce n'était pas pour les porter ?

— Elle me grattait. Je commençais à avoir des plaques rouges.

— C'est du coton.

— Je sais. Ça doit être le stress. J'ai préféré tout miser sur le confort et assurer le coup. Désolée… Je porte mon pull d'une autre façon. Tu aimes ?

Colleen réprima un soupir d'agonie que sa mère aurait pu lui envier.

— Oui, j'ai vu. Tu es parfaite.

On n'en était plus à la franchise, Paulina avait plus que tout besoin de confiance en elle.

Un autre homme, pantalon noir et pull à col roulé moutarde, s'approcha.

— Bonsoir.

Très grand, le teint blafard. Et cet accent… transylvanien peut-être… On aurait dit le comte Dracula sorti tout droit de son cercueil.

Sa mère resta silencieuse, accrochée à son bras comme un python.

— Bonjour, répondit-elle. Je suis Colleen. Voici Jeanette, ma mère, et Paulina, une amie.

— Jeanette, Colleen, Paulina… bonsoir. Je suis ravi de vous rencontrer.

Il ramena ses cheveux en arrière, laissant apparaître ses golfes temporaux dégarnis.

— Vous êtes mère et fille ? Comme vous êtes jôliies. Je suis Droog Dragul.

Elle aurait juré qu'elle avait déjà entendu ce curieux patronyme. Elle fouilla sa mémoire.

— Vous êtes déjà allé au pub O'Rourke, en ville ? demanda-t-elle.

— Non, pas eûû ce plaisir. Je travaille à université. Vous êtes étudiante, peut-être ? Est-ce que vous foulez sortir avec moi un soir ?

— Oh ! ça y est, je sais ! Ça me revient… Vous connaissez une de mes amies. Honor Holland ?

— Oui ! Honor, elle est si jôliie ! Et elle se marie avec mon ami Tom ! Vous allez au mariage ? Nous pouvons aller comme un couple, oui ?

— Non. Mais c'est très gentil de le proposer.

Il se tourna vers Paulina, qui semblait s'être figée en statue de sel. Colleen lui fit signe avec les mains de sourire et d'engager la conversation. Paulina finit par lever les yeux vers Droog (ou plutôt renversa la tête en arrière car il était vraiment grand !).

— Ça roule ? lança-t-elle, le visage cramoisi.

Bon. C'était bien tenté. Courageux.

Elle coula un regard vers sa mère, qui ressemblait à un chien battu attendant le coup de pied, et l'entraîna vers le fond de la salle de classe. Des chevalets avaient été disposés en cercle.

— C'est moi ou il fait chaud ici ? s'enquit-elle en commençant à tirer sur son chemisier.

— Tu as une bouffée de chaleur.

— Je ne crois pas. Il fait juste chaud. Ils ont dû monter le thermostat. Demande à ce qu'on le baisse, Colleen.

— Maman, c'est la ménopause.

— Tu crois toujours que mes problèmes viennent de là.

— Je vous salue, Marie, pleine de grâce, le Seigneur est avec vous et procurez à ma mère un peu d'œstrogènes… Amen.

— Et alors quoi ?

— J'espère que je serai récompensée de mes bonnes actions.

Debbie Meering (*margarita à la fraise*) pénétra dans la salle. Elle devait animer le cours de dessin. C'est à elle que l'on devait le tableau *Nature morte et grappes de raisin n° 15,* exposé dans la galerie.

— Bienvenue à tous! s'exclama-t-elle, en écartant les bras, heurtant par mégarde l'arrière de la tête de Droog. Commençons par quelques respirations qui vont nous aider à nous purifier… On inspire… Et on expire! On inspire…

— C'est une entrée en matière… au cas où l'on aurait oublié comment on respire, souffla-t-elle à sa mère, qui leva les yeux au ciel.

— Quelle joie de vous voir embrasser l'art avec un A majuscule! lança Debbie. Cela a changé ma vie! Non, vraiment, je suis sérieuse. Cela m'a permis de me découvrir, d'aller là où je ne m'étais jamais aventurée…

— C'est un mot que l'on n'entend pas assez, affirma sa mère.

Colleen ressentit un élan d'affection pour sa mère, vrai tyran. Elle avait ses moments.

— Vous ne devez pas avoir peur d'invoquer votre dieu ou votre déesse intérieure, poursuivit Debbie. Osez libérer la muse qui est en vous et ouvrez vos chakras! Il n'y a pas de bonnes ni de mauvaises façons. Il est juste question d'Art! Avec un A majuscule! Et à nos chers amis célibataires : laissez votre moi intérieur s'exprimer!

Les participants jetaient des coups d'œil nerveux autour d'eux. Elle était plutôt curieuse de voir à quoi ressemblait leur vrai moi. Hulk? Wolverine? Voldemort? Non, tout le monde ressemblait à son moi habituel.

A l'exception de Dents Grisâtres, Droog le Vampire et d'un homme si infiniment vieux qu'elle n'était pas sûre qu'il soit vivant, il n'y avait que des femmes. Comme c'était souvent le cas dans ce genre de manifestations. Toute femme normalement constituée, honnête, convenable, ayant une bonne hygiène voulait toujours aller à ce genre d'événements, alors que tout homme normalement constitué, honnête, convenable semblait être partout ailleurs. Mais pas là.

Toutes les femmes présentes avaient soigné leur apparence et étaient assez séduisantes. Paulina n'échappait pas à la règle, même si le Thneed court-circuitait le message.

— Je propose que nous commencions par faire un tour de table et que chacun dise pourquoi il est ici et ce qu'il recherche dans une relation. Bert, vous voulez commencer ? Bert ?

Bert-Mathusalem était profondément endormi dans son fauteuil roulant. Un ronflement régulier s'échappait de sa bouche ouverte. Colleen attrapa une serviette en papier, prête à lui tendre s'il se réveillait.

— Bien… Colleen ?

— OK, je commence. Donc moi, c'est Colleen. En papillonnage permanent. Je suis venue avec ma mère pour me trouver un beau-père.

— Et vous, est-ce que vous cherchez l'amour ? demanda Debbie.

— Je ne peux pas dire ça, Deb.

— Son amour de jeunesse vient de revenir en ville, intervint sa mère. Il a rompu, il y a des années, et elle n'a jamais réussi à l'oublier. Elle cherche quelqu'un. Plutôt une « couverture » pour sauver les apparences… Je ne sais pas si c'est comme ça qu'on dit…

Voilà ! Juste quand elle ressentait des pensées affectueuses sur sa mère, celle-ci lui faisait ça.

— Waouh, je m'inscris en faux, bien sûr ! Merci, maman, de balancer sur ma vie personnelle…

— Et vous, Jeanette ? demanda Debbie.

— C'est ma fille qui m'a poussée à venir.

Elle balaya du regard les participants et reprit :

— Mon mari m'a quittée pour une greluche.

— Bienvenue au club, lança une femme qui devait bien avoir quatre-vingts ans au bas mot et jetait des petits regards à la Belle au bois dormant qui ronflait dans son fauteuil roulant. Le mien est parti avec une catin. Il disait que, si le nain dans *Game of Thrones* le faisait, alors pourquoi pas lui ?

— Je vois. Paulina ? enchaîna Debbie, imperturbable.

— Je, euh… Eh bien, il y a une certaine personne qui est… Il… Je ne…

Son visage se marbra de plaques violettes. Par mimétisme, peut-être, ou par compassion, Jeanette se mit dans le même temps à tirer sur son T-shirt, victime d'une bouffée de chaleur.

— C'est un cas de... disons d'amour à sens unique.

— Pour le moment, intervint Colleen, encourageant Paulina d'un sourire.

— Un jeune amour ! dit Droog. Kôm c'est merveilleux ! Hé, hé, hé !

— Je... Je dois ajouter quelque chose ? demanda Paulina.

— C'est vous qui voyez.

— Alors, non, je ne vois rien d'autre.

Paulina essuya la sueur qui perlait à son front avec le pan de son Thneed.

Les autres participants prirent la parole chacun à leur tour, pour exprimer plus ou moins la même chose — ils souhaitaient rencontrer des gens, se faire des amis et plus si affinités. Donc Match.com.

— Je vous remercie tous. Nous allons pouvoir commencer le cours, lança Debbie.

Elle se tourna vers la porte.

— Stanley ? Vous pouvez entrer.

Un homme, pieds nus, dans un peignoir de bain en tissu-éponge rose, franchit la porte.

— Je vous présente Stanley. Stanley qui nous fait l'honneur de nous servir de modèle, ce soir. Mettez-vous à l'aise, Stan.

Ce dernier se positionna au centre du cercle formé par les chevalets, leur tournant le dos, et laissa tomber le peignoir par terre.

Colleen et sa mère eurent en même temps le même tressaillement.

Colleen ne savait pas qu'il était possible pour un homme d'être aussi... aussi... velu.

Et si nu.

Et si velu.

Aussi velu qu'une fausse fourrure ! Si velu qu'il aurait pu faire don de ses poils à l'association caritative Locks of Love.

— Je crois que j'ai trouvé mon beau-père, chuchota-t-elle.

— Tu n'es pas drôle du tout. Je répéterai tout à ton frère.

— S'il est pris à froid, ça pourrait le tuer, maman.

Colleen se sentit prise d'un fou rire et se recroquevilla derrière sa toile pour tenter de le réprimer.

— OK, maman, c'est le quart d'heure artistique ! Voyons de quoi on est capable !

— Je ne peux pas. Mes yeux ne voient plus. C'est tout noir. Je suis frappée de cécité soudaine.

— Dans mon pays, les poils dans le dôs sont signe de grande virilité, intervint Droog, sur le ton de la conversation.

— Alors, Stan doit être le père d'au moins vingt enfants, répondit Jeanette, laconique.

Colleen jeta un regard vers Paulina dont le visage rouge pivoine éclairait littéralement. Elle était face à Stan, ce qui signifiait qu'elle devait voir l'Homme poilu, nu comme un ver, dans toute sa splendeur. Assise à côté d'elle, Lorelei bavardait et dessinait avec un naturel confondant.

Stan prit la pause : Mercure pointant l'index vers les cieux. Colleen fit mine de vérifier son téléphone pour cacher son rire.

— Colleen ? demanda Debbie, se penchant par-dessus son chevalet. Vous n'avez pas encore commencé. Y a-t-il un problème ?

— Rien qu'une semaine d'épilation ne puisse résoudre, parvint-elle à dire.

— C'est très incorrect, reprit Debbie. Tous les corps sont magnifiques, ils sont tous une manifestation du miracle de la vie, tous représentatifs...

— Oui, oui, bon, je me lance.

Debbie lui décocha un regard désapprobateur — *pas de dieu intérieur pour vous !* — et poursuivit son tour des chevalets.

Colleen prit une inspiration et risqua un autre coup d'œil vers les fesses fripées et les jambes maigrichonnes de Bigfoot. Un souffle de vent passa par la fenêtre, faisant frissonner les poils sur les épaules de Stan, et elle dut réprimer un nouveau fou rire, derrière sa toile.

Durant la demi-heure qui suivit, elle ignora les soupirs

d'agonie de sa mère, qui entre deux coups de crayon agacés lui jetait des regards culpabilisants, et dessina plusieurs silhouettes bâtons, complétées de touffes de poils, dont elle était plutôt fière. Tout ça de mémoire parce qu'elle évitait de le regarder... Chaque fois qu'elle voyait ses aisselles poilues, elle pensait à des scalps humains et elle repartait dans un fou rire qui lui donnait mal au ventre à force de le retenir.

Au bout d'un temps qui lui parut infiniment long, Debbie finit par sonner la fin du cours.

— Stanley, merci infiniment. C'est difficile d'être modèle nu. Je suis sûre qu'il sera très sensible à un petit geste de votre part.

— C'est le monde à l'envers... C'est lui qui devrait me payer pour avoir regardé ça, marmonna sa mère, en cherchant un billet de un dollar.

Colleen, le regard fuyant, lui tendit vingt dollars, puis rejoignit Paulina et découvrit, agréablement surprise, un très joli croquis. Elle avait réussi à capturer ses yeux perçants, son crâne dégarni et sa posture légèrement voûtée.

— Je ne savais pas que tu dessinais... C'est vraiment très réussi, Paulina.

— Une fois passée la surprise, j'ai trouvé ça amusant.

— Ton premier homme nu ?

— Mon premier en chair et en os. J'ai regardé un peu de porno.

Colleen se mordilla la lèvre.

— Je vois... Ecoute, je suis désolée. Ce n'était pas une soirée faste niveau rencontres. Pas beaucoup d'hommes. C'est le problème avec ce genre d'événements pour célibataires. Il y a le meilleur et le pire.

— Non, non, ne sois pas désolée ! C'était bien, de faire quelque chose de différent.

Paulina lui sourit avec tellement de douceur qu'elle sentit son cœur se serrer.

— Je pense que Bryce devrait te voir dans ton environnement. Ça te dirait d'organiser une fête ?

La maison des Petrosinsky était magnifique — si l'on

faisait abstraction de la décoration très personnelle qui pouvait en surprendre plus d'un.

— Oui ! Tout à fait ! Mon père adorerait ça.

— Formidable, on va lancer les invitations ! s'exclama Colleen.

La main sur le biceps d'acier de Paulina, Colleen se promit aussitôt de faire plus d'exercice. Elle chercha sa mère des yeux. Cette dernière parlait à Dents Grisâtres, qui avait aux pieds une paire de Ugg. Elle avait les mêmes, qu'elle portait en hiver, comme les gens normaux.

La voix de sa mère lui parvenait, et saisissant le mot « égarement » elle se déporta vers Lorelei. Sa mère était en boucle… C'était l'occasion de tâter le terrain et de planter quelques graines ailleurs.

— Lorelei, qu'est-ce que tu penses de Gerard Chartier ? demanda-t-elle.

— Dragueur…

— Mmm. Il n'a pas encore trouvé celle qui fera battre son cœur et lui donnera envie de changer. Je sais de source sûre qu'il adore tes macarons à la noix de coco.

Soudain, il y eut du mouvement devant elle. Dents Grisâtres venait de s'effondrer par terre et gémissait en se tenant la poitrine.

— Appelez le 911. Je suis en train de faire une crise cardiaque. Il me faut de toute urgence soixante milligrammes d'Oxycodone et de la morphine en intraveineuse, parvint-il à prononcer en haletant.

— On aurait plutôt pensé à une prescription pour toxicomane, murmura-t-elle.

Secours et pompiers arrivèrent sur place en dix minutes et s'activèrent autour de Calvin (c'était son vrai prénom). Puis l'installèrent sur une civière pour le porter jusqu'à l'ambulance. Il parlait tout en cherchant son souffle et sans lâcher la main de Jeanette. Gerard et Jessica Dunn, également pompier volontaire à ses heures perdues, tentaient de le rassurer.

— Dragueur, peut-être, mais avec la fibre héroïque, fit

remarquer Colleen. Ça fait toujours son petit effet, l'uniforme, tu ne trouves pas ?

Lorelei acquiesça.

— Colleen !

Sa mère agitait sa main libre pour attirer son attention.

— Calvin veut que je l'accompagne, la prévint-elle en haussant la voix. Tu nous suis jusqu'à l'hôpital ?

Quinze minutes plus tard, elle verrouillait sa voiture et marchait d'un pas assuré vers les urgences, un endroit qu'elle connaissait bien pour y avoir passé de nombreuses heures joyeuses enfant, à regarder Connor se faire recoudre.

— Salut, Calvin, dit l'infirmière des admissions. On vous manquait ?

— Donnez-moi tout de suite de l'Oxy. Et pas cette cochonnerie de générique. Je veux la vraie dose, répondit-il alors qu'on le poussait en fauteuil roulant.

Il n'avait toujours pas lâché la main de Jeanette.

— Tu es privée de sorties pour un long moment, jeune fille, lui lança sa mère par-dessus son épaule, en trottinant à côté du fauteuil.

Cela aurait pu être mignon, mais il y avait un petit côté « tueur en série » dans l'histoire. Colleen lui fit un signe joyeux de la main. Comme Paulina l'avait dit, c'était bon, de faire quelque chose de différent, qui vous sortait de la routine.

Sa mère était vraiment gentille avec Calvin, mais comme elle l'aurait été avec n'importe qui d'autre, parce que c'était dans sa nature, juste un petit peu obtuse. Bon... du coup, elle aussi se retrouvait coincée aux urgences. Qu'allait-elle faire en attendant ?

Elle pourrait appeler Faith. Non. Il était 21 heures passées, et la jeune mariée devait probablement s'envoyer en l'air avec Levi à cet instant même.

Elle ressentit un pincement d'envie. Tout le monde semblait avoir trouvé sa moitié, ces derniers temps. Même Connor avait une petite amie. C'était monsieur Courant d'air. Mais jusqu'ici la petite caméra qu'elle avait dissimulée sur son étagère n'avait rien capturé d'intéressant.

Honor Holland et l'adorable Tom Barlow s'étaient très vite mis ensemble, aussi. Elle se souvenait du frémissement d'intérêt qui l'avait traversée, la première fois qu'elle avait vu Tom entrer dans le bar. Son sourire jovial et son accent cockney étaient très séduisants. Un frémissement qu'elle avait pris pour l'étincelle, le déclic, mais son intérêt s'était très vite dilué, sans vraie raison. Comme avec Jack. Ou avec Greg, un serveur rencontré l'été dernier.

Son intérêt s'atténuait et disparaissait toujours. Un seul avait fait exception.

Elle comprenait sa mère bien mieux qu'elle ne voulait le dire.

Elle n'était pas du genre mélancolique, ni à s'accrocher au passé. Elle était heureuse dans sa vie et elle était sortie avec de nombreux garçons, avait couché avec quelques-uns (beaucoup moins que ce qu'elle laissait supposer).

Mais elle avait aussi passé de nombreuses nuits au cours des deux dernières années sans pouvoir trouver le sommeil, les yeux grands ouverts sur l'obscurité, se demandant si elle rencontrerait à nouveau quelqu'un qui la ferait se sentir spéciale. Unique. Comme autrefois avec Lucas.

Il ne s'était écoulé que quatre minutes depuis son arrivée. Avec un peu de chance, Jeremy Lyon travaillait ce soir. C'était toujours agréable de discuter avec lui.

Elle longea les urgences pour se rendre à l'accueil du bâtiment central. La nièce de Faith, Abby Vanderbeek, qui faisait du bénévolat à l'hôpital, était à l'accueil, les écouteurs sur les oreilles, penchée sur son écran de téléphone.

— Salut, Abby. Tu peux me dire si Jeremy est là ?

— Oh ! salut, Colleen, répondit l'adolescente sans ôter ses écouteurs.

Elle pianota sur son ordinateur.

— Non, désolée. C'est le Dr Chu. Elle est nouvelle et schizo sur les bords, alors fais attention.

— Pouah. Des patients que je connais, peut-être ?

Qui savait combien de temps Calvin aurait besoin de sa mère pour monter la garde ?

— Je ne suis pas censée le dire, lâcha Abby. Confidentialité, secret médical, et patati et patata…

— Je travaille à mi-temps à la maison de retraite, j'ai un identifiant HIPAA.

— Ah ouais, c'est vrai. Alors, tu vois Goggy et Pops ?

La façon dont Abby appelait ses arrière-grands-parents l'amusait beaucoup.

— Non, ils ne sont pas dans mon service. J'ai entendu que ta grand-mère se plaignait de la nourriture. J'ai écouté derrière les portes.

Abby sourit et pianota encore sur son clavier.

— Voyons voir… Tu les veux comment ? Un peu, beaucoup, ou très malades ?

— Très malades. Je veux être un ange de la miséricorde, ce soir.

— C'est horrible. D'accord, je peux t'arranger le coup. Il y a Joe Campbell qui est en dialyse. Tu sais où c'est ?

— Oui, merci, ma grande.

Direction troisième étage de l'hôpital, qui abritait aussi les soins intensifs. L'année dernière, Gramp y avait passé une semaine à cause d'une pneumonie (il n'était pas passé loin de la mort, mais son organisme avait tenu le coup). Quand son grand-père était calme, ou qu'il s'était endormi, elle passait dire bonjour à Joe.

Elle ne l'avait pas très bien connu quand elle était avec Lucas, mais depuis, et jusqu'à il y a six mois, il venait souvent à l'O'Rourke, formant un duo père-fils avec Bryce au bout du comptoir.

Etre barmaid — *la* barmaid — lui donnait accès à un grand nombre de confidences et de potins. Elle avait entendu que Joe était souvent seul pendant ces longues périodes où son sang était filtré. Sa femme, la pincée et snobinarde Didi, ne mettait jamais les pieds à l'hôpital, et Bryce était dans le déni le plus complet sur l'état de santé de son père.

Quand on restait quatre à six heures par jour, trois ou quatre fois par semaine, relié à une machine, à attendre que le temps passe, toute visite était bonne à prendre. Joe semblait toujours heureux quand elle arrivait.

Elle s'approcha du rideau de séparation et risqua un œil. Il était réveillé.

— C'est le moment de votre toilette, monsieur Campbell, lança-t-elle de sa voix la plus chaude, lui tirant un sourire franc qui valait toutes les récompenses.

— A quel M. Campbell tu parles ?

Elle tressaillit et pivota sur elle-même.

Lucas.

Il haussa un sourcil et s'assit près de son oncle, un petit gobelet de café dans la main.

Il ne s'était pas rasé aujourd'hui. Ou depuis hier, peut-être. Y avait-il une école des hommes où on leur donnait des astuces ? *Ne vous rasez pas, les amis. Ça plaît aux filles ! Elles imaginent ce qu'un début de barbe peut provoquer comme sensations dans leur corps.*

— Oh ! Lucas, je ne savais pas que tu étais là, dit-elle, consciente d'avoir trop tardé à répondre. Je parlais au plus séduisant des Campbell. Bonjour, Joe ! Comment ça va ?

Elle se pencha vers lui et lui planta une bise sur la joue, et il lui tapota gentiment la main.

— C'est bon, de te voir, ma belle. Dis-moi que tu m'as apporté l'une de tes formidables margaritas.

— Ça ne vous tuerait pas ?

— Sûrement, mais mourir de ça ou d'autre chose... au moins, il y aurait du panache !

Il lui fit un clin d'œil.

— Tu te souviens de mon neveu, bien sûr.

— Etant donné que nous nous sommes fréquentés pendant quatre ans, oui... en effet.

Elle gratifia Joe d'un sourire. Evitant de regarder Lucas.

— Je t'en prie, assieds-toi, Colleen, fit-il en montrant la chaise à côté de lui.

Elle s'assit, consciente de sa proximité. Son odeur de nature et de grands espaces s'infiltrait dans ses narines, même ici, à l'hôpital.

Elle s'éclaircit la gorge.

— Le cavalier de ma mère pour la soirée a eu besoin d'un petit fix en urgence. Et nous voilà tous là ! Le sel des rencontres organisées…

Elle coula un regard vers Lucas, crut un bref instant se noyer dans ses yeux, perdre pied. Elle se lança dans un récit détaillé de la soirée avec l'épisode du modèle à poil. A la fin, Joe riait tellement qu'il pouvait à peine parler.

— Oh ! Colleen, tu es irrésistible, c'est si bon de te voir, ma belle…

Ses paupières se baissèrent, juste comme ça. Lucas se pencha vers lui.

— Il s'est endormi d'un coup, indiqua-t-elle.

Il la regarda, les sourcils froncés, puis observa la poitrine de son oncle, qui se soulevait et s'abaissait. Un souffle. Un autre. Encore un autre.

— Comment est-ce que tu sais ça ? s'enquit-il en se reculant, rassuré.

Elle haussa les épaules.

— J'avais une chance sur deux.

— Tu as passé ton diplôme d'infirmière ?

— Oui. Je travaille à Rushing Creek. Et nous avons quelques patients dialysés.

Elle marqua une pause.

— Je passe voir Joe, quelquefois.

— Je te remercie.

Elle se demanda s'il savait que Joe était seul la plupart du temps.

— Alors tu connais la procédure, tu sais comment cela se passe ! lança Lucas.

Elle acquiesça.

— Et toi ?

— J'ai regardé quelques vidéos sur YouTube.

Il paraissait fatigué. Et inquiet.

Il ne s'était jamais beaucoup confié sur sa vie avec son oncle et sa tante quand ils étaient ensemble, et il ne passait pas beaucoup de temps avec ses proches. Elle avait le souvenir d'un repas de famille embarrassant au tout début. La famille Campbell avait été égale à elle-même : Bryce, enjoué, Joe, aimable et amical, tandis que Didi ne s'était pas déridée pendant tout le repas.

Mais Lucas exprimait plus de choses avec les yeux que la plupart des gens n'en pouvaient dire en trois jours.

Elle devait arrêter de penser à ça. Ça ne la mènerait nulle part.

Il ajusta la couverture de Joe, et ce geste attentionné la bouleversa plus que de raison... Bon sang. Elle devait partir avant de verser dans un sentimentalisme dégoulinant.

— Alors où est-ce que tu t'es installé pendant ton séjour ici ?

— J'ai pris un appartement meublé en ville. A l'ancien Opéra.

— Oh. Faith y a habité quand elle est revenue vivre à Manningsport. D'abord seule, puis avec Levi. Enfin, non, je veux dire en face de chez lui, puis avec lui, et ensuite ils ont acheté une maison. Ils sont agréables... Les appartements... je parle des appartements. Mais Levi et Faith le sont aussi, bien sûr, ce n'est pas ce que je veux dire.

Elle ferma les yeux, déjà vaincue par le syndrome de Tourette du stress qui s'emparait d'elle... Les sentiments qui avaient causé sa perte une fois déjà revenaient la hanter.

Elle se représenta Lucas dans cet appartement meublé impersonnel, à distance de la grande maison des Campbell où vivaient les autres Campbell. Le silence du parc, la nuit. Pas même un chien pour lui tenir compagnie.

— Ça te dirait, de sortir dîner, un de ces soirs ? s'entendit-elle dire.

Il la dévisagea un bref instant, puis hocha la tête.

— Je demande parce que tu dois te sentir seul, loin de chez toi, l'Espagnol, se crut-elle obligée d'ajouter. C'est vrai, tu ne connais pas grand monde ici. Tout ça pour dire que ce n'est pas un rendez-vous galant. Rien de romantique. On mange juste ensemble.

— Oui, je pense savoir comment se passent les dîners.

Son bras frôlait le sien, et le désir de mettre ses bras autour de lui, d'attirer sa tête contre son épaule, d'embrasser ses cheveux, de lui murmurer que tout irait bien la submergea. Lui embrasser le front. Ou la bouche. Ou le cou. Ou…

Espèce de dévergondée! Très, très déplacé, d'avoir ce genre de pensées en unité de dialyse.

— Je peux te poser une question?

— Mmm…

— Pourquoi tiens-tu autant à rapprocher Bryce et Paulina?

Il parlait sur le ton léger de la conversation.

Elle risqua un autre coup d'œil dans sa direction, se surprit à fixer sottement ses cheveux. Noirs, souples, un peu en bataille. Ils étaient une tentation, un appel. Zut. Si les cheveux pouvaient parler, les siens diraient sûrement (sur la musique de *Aie confiance* chantée par Kaa du *Livre de la jungle*) : « Vas-y, glisse tes doigts. Fais-le. Tu ne le regretteras pas. Ce sera meilleur que tout ce que tu peux imaginer. »

— Colleen?

— Quoi? Oui. Euh… Tu disais?

Il sourit, et son utérus vibra sous une série de contractions.

— Bryce et Paulina. En quoi c'est une bonne idée?

Elle s'éclaircit la gorge, regarda Joe qui dormait d'un sommeil de mort — non, choix malheureux de mots malheureux, il dormait comme une souche.

— Tu ne diras rien à Bryce, n'est-ce pas?

— Non.

Elle savait qu'il ne le ferait pas. Elle pouvait lui faire confiance.

Jamais de sa vie elle n'avait rencontré quelqu'un qui ait un tel sens de l'honneur.

— Paulina l'aime depuis des années. C'est vraiment une chic fille, Lucas. Une belle personne, gentille, aimable.

— Je n'en doute pas.

— Tu te souviens d'elle au lycée?

Il secoua la tête.

— Pas vraiment. Je me rappelle surtout les publicités que son père faisait.

— Trente-huit façons de se boucher les artères et d'avoir une crise cardiaque, lâcha Colleen avec un sourire.

— On ne disait pas que son père avait des liens avec la mafia russe ?

— Ça n'a jamais été prouvé.

Il haussa un sourcil.

— Si Paulina est si géniale, Colleen, pourquoi est-ce que tu ne la branches pas avec Connor... ou Jack Holland ?

— C'est Bryce qu'elle veut.

Ils s'étaient mis à parler à voix basse pour ne pas réveiller Joe.

— Et pourquoi veut-elle Bryce ? Parce qu'il est séduisant ?

— Eh bien, en fait, Lucas...

— Si, et je dis bien si, tu parviens à tes fins et que Bryce l'invite à sortir, qu'est-ce qui se passera après ? la coupa-t-il. Tu sais avec combien de femmes Bryce a couché ?

A la louche, elle dirait... beaucoup, elle en était consciente.

— Beaucoup, reprit Lucas. Il les aime superficielles, très belles et pas farouches.

— Je sais exactement le genre de femmes qui plaît à Bryce, chuchota-t-elle, soudain furieuse. Elles sont tout le contraire de Paulina. Exactement. Mais c'est peut-être une jeune femme qui a une personnalité, de la profondeur qu'il lui faut justement maintenant.

— Tu ne sais pas dans quoi tu t'es engagée, et ta copine ressortira de tout ça blessée.

— Ça ne peut pas être pire que de voir celui dont elle est amoureuse en épouser une autre.

Il plissa les yeux sans cesser de la dévisager.

— On parle de Bryce, celui qui a traversé la vie sans jamais se soucier des conséquences de ses actes, Colleen. Et tu ne m'entraîneras pas sur le terrain du passé.

— Oh ! pardon. Je ne voulais pas te bousculer.

— C'est toi qui es venue ici, je te rappelle.

— Et c'est toi qui nous fais le coup du retour en ville... Tu sais quoi ? Laisse tomber. Pardon d'avoir pensé que Bryce *devrait* être avec une femme comme Paulina. Tu as raison, ce n'est pas une traînée taille mannequin. Elle a les pieds sur terre, c'est une chic fille, elle est loyale. Et pour ta gouverne, l'Espagnol, j'ai un bilan qui parle pour moi quand il est question de créer des couples.

— Bryce va lui briser le cœur.

— C'est drôle, cette soudaine inquiétude pour les sentiments des femmes.

— Bon sang, regarde mon oncle, dit-il à voix basse. Il est en train de mourir. Je lui ai promis d'aider son fils à trouver un sens à sa vie. Je ne veux pas avoir à lui dire que le père de Paulina s'est débarrassé du corps de Bryce dans le lac.

— On a basculé dans *Le Parrain III*. Je pense que le roi du poulet est davantage susceptible de le débiter en filets avant de le faire frire.

— Bryce doit devenir adulte. Il a besoin de trouver un travail, une maison, de se créer sa vie.

— Et Paulina pourrait…

— Colleen… il n'a jamais eu aucune relation suivie de toute sa vie.

— Tout comme Paulina, chuchota-t-elle, la voix montant dans les aigus. Et si on donnait une chance au premier amour, pour changer ?

— Laisse-le tranquille et arrête de le manipuler en le poussant dans une relation pour laquelle il n'est pas prêt.

Avait-il conscience d'avoir éludé sa question ?

— Les hommes sont des créatures simples, mon cher Lucas, ils ont besoin qu'on leur « montre » ce qui est le mieux pour eux.

— C'est ce que tu as fait avec moi ?

Ses yeux lançaient des éclairs.

— Non, lâcha-t-elle, les dents serrées. Toi, tu es mon échec. Ellen Forbes, par contre… Elle a su, elle a fait de toi ce qu'elle a voulu.

— Tu te trompes.

— Ben voyons. Toi et elle, vous êtes comme les personnages d'un téléfilm sur Lifetime. Le garçon né du mauvais côté de la ville qui épouse l'héritière. C'est tellement romantique.

— Ne parle pas d'elle.

Elle se raidit en l'entendant défendre son ex-femme.

— Très bien, marmonna-t-elle, accusant mal le coup. De toute façon, tu sous-estimes ton cousin. Et Paulina, aussi. Et moi.

— Oh ! je ne t'ai jamais sous-estimée, tête brûlée.

Il marqua une pause.

— Donc tu t'entêtes dans ce projet avec Bryce pour me faire payer mon mariage avec Ellen ?

— Absolument pas, l'Espagnol, même si je ne te cache pas que c'est plutôt amusant de te voir mécontent. J'ai de bonnes intuitions, c'est tout, et j'essaie d'en faire profiter les gens autour de moi.

— Alors utilise-les avec d'autres.

— En fait, pour être honnête, je compte deux échecs cuisants à mon tableau. Mon père et toi.

Un muscle tressauta à l'angle de sa mâchoire, mais il ne surenchérit pas. Il reporta son attention sur Joe.

— Je dois y aller, dit-elle en se levant.

Oui, il était temps de faire une sortie digne de ce nom.

Manque de chance, elle trébucha contre le pied de la chaise et tomba sur Joe, qui se réveilla dans un sursaut (et un cri). Lucas l'aida à se redresser et la remit sur ses pieds.

— Joe, je suis tellement désolée ! s'exclama-t-elle. Est-ce que ça va ? Je vous ai fait mal ? Oh, mon Dieu, j'ai peut-être abîmé vos reins ?

— Oh ! ils ne marchaient pas, de toute façon, répondit-il gentiment.

— Nulle part ailleurs ? La rate ? Le foie ?

— Ne t'inquiète pas. Tu ne peux pas me faire de mal, je suis en train de mourir.

Elle se mordilla un ongle.

— Je suis désolée. Je ne sais vraiment plus où me mettre.

— Ça va, ma belle. Je ne me suis pas autant amusé depuis longtemps et, entre nous, j'adore ton parfum.

Elle nota distraitement que Lucas ne fit rien pour la rassurer.

— Prenez soin de vous, ajouta-t-elle en se penchant pour lui planter une bise sur la joue.

— Je me sens bien mieux.

Elle lui sourit. C'était son intention en venant. Fort heureusement, le pauvre homme ne semblait pas blessé.

— Je t'appelle pour le dîner, lança Lucas alors qu'elle tournait les talons.

— Mon offre n'est plus valable, répliqua-t-elle par-dessus son épaule. A bientôt, Joe.

11

Si on était raisonnable et mesuré à vingt-deux ans, ça se saurait.

A l'instant même où elle avait rompu avec Lucas, Colleen le regrettait déjà.

Mais, quand on avait raison la plupart du temps, c'était dur de savoir comment réparer ses torts. Et puis Colleen était partagée.

Une chose était sûre, en tout cas. Sans Lucas, la vie était affreusement fade.

Elle avait été si furieuse quand elle avait compris qu'il était au courant. Sa vie telle qu'elle l'avait connue se désagrégeait, et elle n'avait rien vu venir. Elle ne s'était doutée de rien. Mise devant le fait accompli, elle ne pouvait rien y changer. Son père, sa mère, Gail, un bébé... et Lucas lui avait *menti*, se prenant pour Dieu tout-puissant en décidant de ce qu'elle devait ou ne devait pas savoir. Comment pouvait-elle encore lui faire confiance ? Lui cachait-il d'autres choses ? Avait-il récidivé ? Imaginons qu'ils se marient et qu'il ait une tumeur du cerveau, est-ce qu'il lui cacherait ça aussi ? Hein ?

— Arrête, Colleen... ça suffit, s'agaça Connor, un soir.

Elle s'était éclipsée du Black Cat pendant la pause repas du personnel (même sous la menace d'un pistolet braqué à l'arrière de la tête, elle n'aurait pas mangé leur nourriture) et était passée chez Hugo, où travaillait son frère depuis qu'il était sorti diplômé de l'Institut culinaire américain.

— Tu n'arrêtes pas de ressasser la même chose. C'est toi qui as rompu. Si tu veux te remettre avec lui, appelle-le.

Mais je n'en peux plus de vous entendre, toi et maman, vous plaindre toute la sainte journée !

— Vous êtes bien tous les mêmes... Je ne vous supporte plus.

— Vraiment ? Ce n'est pas l'impression que tu donnais l'autre nuit avec ce mec...

— Oh ! pitié. Ça ne voulait absolument rien dire.

Colleen ravala sa mauvaise conscience. Le mec en question était un type d'Ithaca qui ne lui avait pas laissé un souvenir impérissable. OK, elle avait flirté avec lui et elle l'avait même embrassé, mais elle s'était empressée de refroidir ses ardeurs en lui disant que cela n'irait pas plus loin (autrement dit, qu'elle ne coucherait pas avec lui). Elle l'avait fait en mettant des gants, lui disant qu'il était charmant et qu'elle savait déjà qu'elle allait le regretter, mais en vérité ce baiser ne lui avait fait ni chaud ni froid.

Rien à voir avec ce qu'elle ressentait quand Lucas l'embrassait et que tout s'arrêtait autour d'eux.

Mais Lucas ne s'était pas précipité à Manningsport. Il n'avait pas non plus tambouriné à sa porte pour la supplier de répondre à ses appels. Un message sur son répondeur. Un appel chez elle. C'était tout. Il semblait s'accommoder de cette pause. Très bien. Peut-être cela lui permettrait-il de reconsidérer ses priorités. Peut-être qu'elle lui manquerait.

Peut-être... Et cette dernière pensée la fit frissonner d'angoisse... Peut-être lui avait-elle finalement enlevé une épine du pied... Elle était son amour de lycée, après tout, et il lui avait toujours dit qu'il ne voulait pas se marier jeune. Peut-être... peut-être, comme tant d'autres hommes (son idiot de père en tête), voulait-il voir si l'herbe était plus verte ailleurs et retrouver sa liberté ?

De son côté, son père n'avait pas traîné pour emménager avec Gail-la-Grue et engager un avocat spécialisé dans le divorce, qui avait aussitôt lancé la procédure. Sa mère sanglotait depuis à longueur de journée, et elle pleura avec elle lorsque les déménageurs embarquèrent les affaires de son père, emportant avec eux les souvenirs de son enfance heureuse.

Même Connor s'était muré dans un silence obstiné. Il vivait aussi mal le chagrin et le désarroi de leur mère que le comportement de leur père. Il y avait quelque chose de si… pathétique à voir cet homme d'âge mûr prendre une femme si jeune et si sexy. Acheter une voiture décapotable. Fonder une famille.

Elle était tout aussi furieuse, embarrassée et triste… Mais quand elle entendait la voix de son père au téléphone, ou même quand elle le voyait, ou l'entrapercevait, elle oubliait qu'il avait trompé sa mère, qu'il était parti, et elle se souvenait juste qu'il était son père. Elle ne pouvait arrêter d'aimer l'homme qui lui avait appris à faire du vélo, à faire de la voile, qui lui brossait les cheveux ou qui lui lisait des histoires quand elle était petite, qui la laissait regarder des films d'horreur, tard le soir, puis qui s'asseyait au bord de son lit quand elle avait peur de s'endormir.

La Grue avait eu un diamant coussin aussi gros qu'un œil humain, et ses parents n'étaient même pas encore divorcés ! Son père lui avait montré la bague, la prenant à témoin de son bonheur tout neuf.

Et c'était une petite fille que Gail et lui attendaient.

Son père l'invita à dîner dans sa nouvelle maison pour rencontrer sa fiancée, comme pour normaliser définitivement la situation.

— Je sais que tu es bouleversée, Colleen, lui avait-il dit au téléphone. Mais je n'en tolérerai pas plus.

Son irritation à peine voilée au bout du fil l'avait refroidie.

— Si tu viens, et je le souhaite, je veux des rapports courtois et respectueux. Ta mère pleure de façon hystérique la moitié du temps et hurle l'autre moitié. Connor refuse de me parler. Ça a assez duré ! Je ne me laisserai pas culpabiliser chez moi.

Ça sonnait comme une menace. Une autre femme ; une autre maison ; une autre chance de paternité ; une autre fille.

En d'autres termes : « accepte ou dégage ».

Elle alla dîner chez son père.

Ce fut la Grue qui lui ouvrit la porte, ses longs cheveux auburn remontés en queue-de-cheval, vêtue d'un microshort et d'un T-shirt qui laissait voir son nombril. Un corps parfait, élancé, athlétique et délié. Elle était l'innocence personnifiée, fraîche comme la rosée. Et tellement... jeune. C'était le pire. Elle la regarda fixement, pensant à sa mère, le cœur serré.

— Colleen, enfin ! s'exclama-t-elle, jetant ses bras autour d'elle. J'étais impatiente de faire ta connaissance !

Elle parvint à s'extraire de cette étreinte tentaculaire.

— Quel âge avez-vous ? s'entendit-elle demander.

— Vingt-six ans.

Elle ravala un juron.

— Je sais. Nous pourrions être sœurs.

Gail sourit, mais ses yeux restèrent froids. Comme l'énorme caillou de sa bague de fiançailles qui scintillait à son doigt.

Le dîner ne fut qu'une longue descente aux enfers. Son père était aux petits soins pour sa jeune femme. Gail passait de l'Adorable Ingénue — œil rond et bouche en cœur, vivant en direct le Miracle de la Vie —, à la Catin Expérimentée qui se mordillait la lèvre inférieure, aguichant Pete par des regards provocateurs (et indécents). Il fallait la voir se cambrer quand elle se levait pour faire ressortir son ventre encore plat.

Elle était rentrée chez elle, épuisée, après avoir bu le calice jusqu'à la lie. Sa mère attendait près de la porte.

— Alors ? C'est une passade, c'est ça ? Ça ne va pas durer. Il va revenir à la raison. Se rendre compte de son erreur.

Et c'était peut-être le plus déchirant. Pire que les flambées de colère légitimes de sa mère, c'était cet espoir qu'elle nourrissait de récupérer son mari.

— Maman, pourquoi est-ce que tu le reprendrais ?

— Pourquoi ? Parce que je l'aime, tiens, voilà pourquoi. Parce qu'il est le père de mes deux magnifiques enfants.

— Et il sera bientôt le père d'une autre magnifique petite fille.

Elle se laissa tomber sur le canapé défraîchi.

— Gail a une bague de fiançailles.

Le visage de sa mère s'était décomposé.

— Ça va lui passer. Il nous fait sa crise de la quarantaine, c'est tout. Qui dit qu'elle est bien enceinte ? Ou que c'est Pete le père ?

Le lendemain, sa mère entra brune (méchée de gris) au salon de coiffure House of Hair... et en ressortit auburn. Dernièrement, ses yeux d'un bleu clair avaient viré au vert (un vert étrange), grâce à des lentilles teintées.

Elle avait tout d'une aspirante Gail.

Elle continuait d'appeler son « mari » six ou sept fois par jour avec des prétextes dont la futilité ne trompait personne... « Pete, chéri, je cherche le tournevis. » « Est-ce que tu peux passer quand tu auras une seconde, il faut que je te parle ? » « Pete, est-ce que tu te souviens où tu as mis les papiers d'assurance de la voiture ? » « Pete, nous devrions parler des enfants. Tu veux aller chez Hugo voir Connor ? »

Colleen en aurait pleuré d'impuissance.

Et puis l'absence de Lucas lui pesait. Tellement.

Mais il lui avait *menti*. Lui qui était si honnête et droit, qui avait un sens aigu de l'honneur, comment avait-il pu accepter de couvrir son père ? Si seulement il lui avait dit... Elle n'arrivait pas à se sortir de la tête qu'elle aurait pu ramener son père à la raison, « parce qu'ils étaient pareils tous les deux, trop futés pour ça ».

Gail ne serait pas enceinte à cet instant même. Sa mère ne serait pas plongée dans l'enfer d'un divorce schizophrénique. Connor ne serait pas fâché avec leur père, et leur famille ne serait pas l'objet des potins en ville.

Et peut-être que son père l'aimerait toujours autant, s'il n'avait pas déjà une fille de remplacement en route.

C'était comme si Lucas l'avait arbitrairement privée de la chance d'empêcher ce naufrage.

Elle lui en voulait, mais il lui manquait aussi terriblement. Ses yeux sombres, son calme, ses mains d'ouvrier, sa voix rauque quand il disait *Mía*. Le contact de ses lèvres, ce sourire qui illuminait sa journée, et cet air de petit garçon perdu qu'il avait parfois.

Elle n'avait pas changé d'avis. Elle voulait l'épouser, plus que jamais. Sa famille avait implosé, et ce ne serait plus jamais pareil, mais ils pouvaient fonder la leur. Ils se marieraient et auraient une relation plus réussie que celle de ses parents. Lucas aurait une maison à lui, où sa sœur et ses nièces viendraient pour les vacances. Connor serait là, et Lucas et lui seraient les meilleurs amis du monde. Ensemble, ils pouvaient surmonter tous les obstacles. Toutes les blessures.

Ils étaient plus forts ensemble. Meilleurs. Il avait besoin d'elle. Elle le faisait sourire, le rendait heureux, lui donnait le sentiment d'être entier et, auprès de lui, elle ressentait le même accomplissement.

Elle avait réagi sous le coup de la colère et de la peine, songeait-elle tard dans la nuit quand le sommeil se dérobait à elle. Elle avait été trop... expéditive.

Mais, par fierté, elle se refusait à appeler Lucas. C'était lui qui devait faire le premier pas. C'était lui qui avait menti, et bien sûr elle lui pardonnerait sur-le-champ.

Et puis, un jour, il apparut, sans prévenir. Enfin.

La fête « les Jours du vin et des roses », organisée par la ville chaque année en juillet, battait son plein. La place s'était couverte de stands et de roses coupées ou en pots. Tous les habitants semblaient être là. Le soleil brillait. Les chiens et les enfants couraient dans le parc et sur les trottoirs. Les gens se baladaient dans les travées, flânaient, et chaque stand offrait des sachets pleins de petits cadeaux et d'articles publicitaires. Colleen aidait au stand du Blue Heron — les Holland venaient juste d'engager sa mère pour la saison à la boutique de dégustation, lui procurant une distraction bienvenue. Faith était rentrée à Manningsport pour l'été et elle avait été d'un vrai réconfort.

Connor lui faisait des signes de la main du seuil de Chez Hugo — *ça va ?*

Elle lui répondit dans le même langage. *Bien sûr. Et toi ?*

Il releva le menton. *Très bien.*

Bien. Elle se tourna vers la table de dégustation et tendit la main vers la glacière pour sortir de son propre chef une autre bouteille de chardonnay, c'est ce qui venait toujours à manquer en premier.

— Colleen.

Elle tressaillit comme si elle venait de recevoir une petite décharge électrique.

Lucas se tenait devant sa table. Il était avec son cousin.

— Salut, Colleen ! fit Bryce comme s'ils ne s'étaient pas vus au Black Cat la veille. Comment ça va ?

— Bien, dit-elle simplement. Salut, Lucas.

— Salut.

Il était si beau. Non, ce n'était pas le bon mot. *Captivant*, c'était plus juste, et comme son visage lui avait manqué ! Et cette voix ! Il ne souriait pas, pas encore, mais ce n'était pas grave.

Elle souriait pour deux. Il était enfin venu.

Il baissa les yeux.

— Est-ce qu'on peut parler ?

— Bien sûr ! Euh, Faith, je dois…

— Allez, bouge, qu'est-ce que tu attends ? s'exclama son amie en souriant. Salut, Lucas.

— Salut, Faith, lança-t-il avec un petit hochement de tête.

— Tu veux que je lui dise quelque chose de vache ? lui souffla Faith à l'oreille.

— Ce n'est pas ton genre, lui répondit-elle en dénouant le tablier au logo du Blue Heron.

Elle contourna le stand pour le rejoindre. Il était là. Enfin.

— Où veux-tu qu'on aille ?

— On pourrait prendre un verre, suggéra Bryce.

— Bryce, j'ai besoin de parler à Colleen, seul.

Il sentait le savon et le soleil. La tête lui tournait, et elle avait le cœur qui se soulevait et tanguait comme sous l'effet de la houle. Elle ne touchait plus le sol mais dérivait…

Elle était impatiente de se retrouver seule avec lui. Elle

nouerait ses bras autour de lui, l'embrasserait, pleurerait juste un peu, d'émotion et de soulagement aussi.

Lorsqu'il la prit par la main et l'entraîna loin de la place, elle eut l'impression d'être une mariée rougissante quittant le mariage… que tout le monde savait où ils allaient et ce qu'ils allaient faire. Sa main était rugueuse du fait de son travail sur les chantiers et son teint était plus mat encore que d'habitude d'avoir passé tant de temps à l'extérieur.

Lucas se dirigea vers la bibliothèque, fermée pendant les festivités, et la guida derrière le bâtiment en pierre de calcaire, au frais et au calme.

— Je me demandais quand tu allais te décider à venir me voir, murmura-t-elle d'une voix tremblante. Tu m'as tellement manqué.

— Ecoute-moi avant de dire quoi que ce soit, lâcha-t-il, le regard fuyant.

Une angoisse sourde la saisit. Mais qu'allait-elle imaginer ? Tout allait bien. Il était venu et il voulait parler en premier. C'était bien. C'était mieux, vraiment.

— D'accord, vas-y, commence, dit-elle avec un sourire.

Il la regarda fixement. Ses yeux sombres insondables. Une seconde passa. Une autre. Une autre. Son cœur se décrocha.

— Je vais me marier.

Les mots restèrent en suspens dans les airs… insaisissables. Elle avait une conscience aiguë de tous les bruits qui l'enveloppaient. Le léger bruissement près du cornouiller, sans doute un écureuil, le bruit étouffé de la musique et des conversations lui parvenaient de façon dissociée, couverts par les propres battements de son cœur.

— Quoi ? Je ne comprends pas… Qu'est-ce que tu viens de dire ? parvint-elle à articuler.

— Je vais me marier, Colleen.

Il y avait quelque chose qui clochait dans ses poumons. Ils se remplissaient et se vidaient frénétiquement, mais elle ne parvenait pas à respirer.

— Ce n'est pas drôle…

— Avec Ellen Forbes. Tu l'as rencontrée une ou deux fois.

Il était vraiment sérieux.
Elle ferma la bouche.

— Je ne... Je ne comprends pas.

Il resta silencieux. Ne chercha pas à expliquer.
Ellen Forbes. Ellen Forbes. Oh! merde, Ellen Forbes.
Colleen recula d'un pas, les jambes mal assurées.

Oui, elle se souvenait d'elle. Elle marchait avec Lucas vers le campus quand une petite BMW s'était arrêtée à leur hauteur. C'était Ellen qui leur avait proposé de les ramener en voiture. Les O'Rourke étaient très à l'aise financièrement, mais il y avait autour d'Ellen cette aura de l'Argent avec un grand A qui ne venait pas seulement du patronyme (même si cela renforçait l'impression).

L'absence de préoccupations aussi terre à terre que les factures, les impôts, les budgets lui permettait de s'intéresser à d'autres choses. Ses vêtements étaient chics, sans originalité mais sans faute de goût non plus et scandaleusement chers — chemisier blanc, petits anneaux en or aux oreilles, sac d'une grande marque à l'épaule (Colleen pouvait reconnaître un sac de chez Macy's ou Nordstrom, mais pas de chez Saks ou Bergdorf). Elle n'avait pas besoin de ces artifices pour être la plus jolie fille dans une pièce, mais à cet instant elle s'était sentie tellement jeune et pauvrement attifée dans sa jupe souple et son débardeur, avec ses boucles d'oreilles pendantes (de chez Kohl's) et ses sandales à lanières.

Lucas allait se marier... avec Ellen Forbes ? Il *l'épousait* ?

— Tu es... est-ce que tu es sérieux ? demanda-t-elle dans un chuchotement.

— Je suis désolé.

A son crédit, il fallait bien reconnaître qu'il semblait défait.

— Pourquoi ?

Il fut sur le point de dire quelque chose, puis parut se raviser.

— Lucas... Tu ne peux pas l'épouser. Et nous ? Qu'est-ce que tu fais de nous ? D'accord, on s'est disputés, mais tu n'as pas à...

— Je ne voulais pas que tu l'apprennes par quelqu'un

d'autre, l'interrompit-il. C'est pour ça que je suis ici. Je suis désolé.

Seigneur.

— Tu ne peux pas l'épouser! répéta-t-elle, gagnée par la panique. Je t'aime, Lucas. Je t'ai toujours aimé. Je n'ai jamais aimé personne d'autre que toi.

La ferme, lui criait son double gémellaire dans sa tête. *Ne dis plus rien. Tout ce que tu diras sera retenu contre toi…*

Lucas gardait les yeux baissés.

— Je suis désolé, répétait-il.

— C'est son argent?

— Non.

— Alors quoi? Elle est enceinte?

Oh! non, non, faites que ce ne soit pas ça.

Il la regarda fixement de longues secondes, et elle sentit son estomac se contracter.

— Non.

Elle ferma brièvement les yeux sous le coup du soulagement. Evidemment, qu'elle n'était pas enceinte… Lucas n'avait jamais pris à la légère le sujet de la contraception.

— Alors… Je… Je ne… Lucas, s'il te plaît, balbutia-t-elle, suppliante.

— Je n'ai jamais voulu te blesser.

— Lucas…

Colleen inspira difficilement. Sa poitrine était tellement serrée qu'elle ne parvenait pas à mobiliser son diaphragme.

Attends. Tiens bon, ça vient, la chose qui expliquerait cela. Oui, c'est là.

Il ne t'aime pas.

Mais si… bien sûr que si.

C'est toi qui voulais te marier. Lui, il voulait attendre. Attendre quelque chose de mieux, apparemment. C'était gagné d'avance avec toi. Trop facile. Trop évident.

Elle s'éclaircit la gorge.

— Telle mère, telle fille, je suppose. J'entends ce que je veux entendre. Je vois ce que je veux voir.

— Je suis désolé.

— Arrête de dire ça.

Elle voulut le frapper au visage, lui faire mal comme elle avait mal, mais son corps refusait de lui obéir. *Va-t'en,* lui ordonna son Connor intérieur. Elle pivota sur ses talons et s'éloigna. Elle avançait, l'esprit déconnecté du corps, consciente seulement de la douceur de l'herbe sous ses pieds nus.

Ses paupières étaient douloureuses, mais les larmes ne vinrent pas, coincées dans sa gorge.

Elle accéléra le pas et sortit de la ville, sans croiser personne. Elle gravit la colline, passa devant l'allée des Luce, jusqu'au domaine viticole de Blue Heron, longea des champs, puis les bois. Elle s'engagea sur le sentier en contrebas, descendit jusqu'au petit ruisseau qui serpentait entre les rochers. C'était leur endroit magique à Connor et elle quand ils étaient petits. Ils adoraient les deux chutes d'eau. Elle glissa ses pieds échauffés et noircis dans l'eau fraîche et douce.

Il allait se marier.

Qu'est-ce que son père disait, déjà ? « La vie continue. » Lucas avait décidé de poursuivre sa route de son côté, sans elle.

Encore tout faux. Faux sur son père, faux sur Lucas.

Les larmes roulaient sur ses joues, silencieuses, puis un sanglot lui déchira la gorge, et elle pleura sans pouvoir s'arrêter, le corps secoué de spasmes douloureux. Elle avait la sensation qu'une main venait de lui arracher une partie d'elle. Ça devait être ça, avoir le cœur brisé.

12

Colleen savait déjà qu'elle voulait être infirmière quand elle commença l'université. Sa décision en avait peut-être surpris plus d'un, mais elle était pourtant mûrement réfléchie. Elle aimait prendre soin des gens et elle le faisait bien, avec respect, sans condescendance, impatience ni agacement. Elle était encore adolescente quand son grand-père avait dû être pris en charge dans une structure médicalisée. Elle avait souvent eu envie de hurler en voyant agir le personnel soignant. « Allez, on soulève ses fesses pour moi, mon chou », avait dit une infirmière une fois à Gramp, alors qu'elle était encore dans la chambre. Elle avait entendu pire : « Super. Un autre patient atteint de démence. Juste ce dont j'avais besoin aujourd'hui. » Comme si son grand-père, qui avait été professeur d'anglais, avait choisi cette fin de vie. Comme si perdre peu à peu sa conscience et son autonomie n'était pas déjà une assez grande punition.

Elle avait dix-sept ans quand elle avait commencé à faire du bénévolat dans la maison de retraite où vivait son grand-père. Elle s'adressait aux patients en disant « monsieur » ou « madame », suivi de leur nom de famille, Mme Carter ou M. Slate. Et avant de commencer, qu'ils soient en mesure de la comprendre ou pas, elle expliquait toujours ce qu'elle allait faire.

— Fais médecine, lui avait dit son père quand elle avait annoncé ses intentions à sa famille. Pourquoi commencer par le bas quand on peut directement viser le plus haut ?

Sauf qu'elle ne voulait pas être médecin.

L'obtention de sa licence de biologie coïncida avec l'implosion de sa famille et sa rupture avec Lucas. Deux semaines après qu'il lui eut annoncé qu'il allait en épouser une autre, Connor lui proposa de racheter ensemble le Black Cat, qui était à vendre, avec le petit pécule que leur arrière-grand-mère maternelle leur avait légué à sa mort. Elle n'avait pas hésité longtemps. Elle avait besoin d'être près de son jumeau, et encore plus dans cette période — et elle savait que c'était pareil pour lui.

Ils avaient passé tout l'été dans les travaux, et elle rentrait tous les soirs, épuisée, sombrant dans un sommeil lourd. Le bruit des scies électriques et des marteaux (et la musique du juke-box, l'un de leurs premiers achats) lui évitait de réfléchir. Ils s'étaient réparti les rôles : elle, le bar et le contact avec la clientèle ; Connor, la cuisine, son domaine.

Elle ne s'était jamais imaginée barmaid à temps plein, mais il lui fallait bien reconnaître que c'était une activité faite pour elle. Les gens se confiaient à elle ; Connor disait qu'elle avait quelque chose en elle qui poussait les gens à se livrer, et elle l'avait pris pour un vrai compliment. C'était même un honneur, une responsabilité qu'elle ne prenait pas à la légère. Et puis c'était agréable de faire des cocktails, de visiter les domaines viticoles de la région et les brasseries pour choisir les vins et les bières qui seraient sur leur carte… Six mois après avoir ouvert l'O'Rourke, ils étaient déjà bien établis. Et on venait de loin pour déguster les *nachos* de Connor…

Son père et Gail vivaient leur amour dans leur nouvelle maison chic. Sa mère n'était plus que l'ombre d'elle-même. Connor, furieux, s'était réfugié dans le travail, avec des journées de plus de seize heures. Son grand-père perdit totalement la voix, et elle pensa être la seule à pouvoir l'aider et lui donner de la joie. Alors elle resta à Manningsport et endossa le rôle de la fille drôle et sans soucis. Elle connaissait et appréciait (plus ou moins) tout le monde, se souvenait des prénoms des bébés et des petits copains, dispensait ses conseils en amour, fournissait des références pour le travail et donnait aux solitaires un endroit chaleureux.

Puis Savannah Joy O'Rourke vint au monde. Coup de foudre au premier regard.

— Pourquoi est-ce que tu t'obstines à faire la serveuse ? lui demanda son père, un soir où elle était passée voir le bébé.

Gail était allée coucher sa fille, et elle s'apprêtait à partir, ses clés de voiture dans la main.

— Parce que ça me plaît, voilà !
— Tu es plus futée que ça.

Ces mots qu'il lui avait répétés comme un mantra, et qui la rendaient si fière autrefois, sonnèrent creux, et une bouffée de colère bloqua sa poitrine.

Je ne l'étais sans doute pas autant que je le croyais, pas assez en tout cas pour voir qui tu étais vraiment, papa.

— Je possède la moitié d'un pub qui marche bien, dit-elle froidement. Et, oui, je suis barmaid. Une excellente barmaid, sans vouloir me lancer des fleurs.

— J'avais cru comprendre que tu voulais devenir médecin.

— Eh bien, tu as « mal cru ».

— Quel dommage, lança Gail, avec un sourire de belle-mère aux yeux de biche. Nous aurions su quoi faire d'une pédiatre dans la famille ! Savannah ne fait toujours pas ses nuits ! Je suis épuisée de l'avoir dans les bras. Elle est lourde, elle doit bien faire la moitié de mon poids ! Chéri, peut-être qu'il faut que je me remette à soulever des poids, qu'est-ce que tu en dis ?

Elle releva son bras, plia le coude et, battant des cils, montra son biceps joliment délié. Un petit vaccin de rappel pour Pete au cas où il aurait oublié qu'il avait épousé une petite chose jeune et sexy ou, plus sournoisement, pour détourner son attention de sa grande fille.

Elle continuait à travailler à la maison de retraite, mais seulement huit heures par semaine. Parce qu'elle aimait ce contact avec les personnes âgées et qu'elle était heureuse de veiller sur son grand-père. Rushing Creek comptait plusieurs unités de soins, et elle était sans doute l'une des rares qui demandaient à travailler auprès des patients les plus diminués.

Gramp ne semblait plus la reconnaître, mais quelquefois,

quand elle lui tenait la main, ses doigts s'entremêlaient aux siens comme s'il lui disait qu'il était encore là, et qu'il était heureux de l'avoir près de lui. C'était presque aussi déchirant que quand il restait les yeux fermés, certains jours.

L'O'Rourke lui apportait son équilibre.

Elle ne désespérait pas non plus de rencontrer l'homme qui lui ferait oublier Lucas Damien Campbell. Elle était ouverte et prête à réessayer. Enfin, peut-être pas autant qu'elle le disait.

Deux ou trois fois par an, elle sortait avec un type, pour se rendre compte qu'il était marié, bizarre ou juste bof. De temps à un autre, elle en laissait un l'embrasser, aller un peu plus loin. Et, très rarement, elle en ramenait un chez elle, espérant avoir une grande révélation amoureuse au lit.

Mais cela n'était jamais arrivé. Sa réputation de fille libre était grandement exagérée. Enfin, si les gens voulaient penser qu'elle était un don Juan en jupon, libre à eux... Ce n'était pas elle qui les contredirait. C'était mieux que de les laisser croire qu'elle ne s'était jamais remise de son premier amour et de passer pour une pauvre petite chose délaissée... comme sa mère.

— Qu'est-ce que tu dirais de sortir avec moi, un de ces jours ?

Elle leva les yeux vers Bobby McIntosh, qui sirotait une O'Doul's (il avait vraiment l'air d'un psychopathe qui poignardait ses victimes dans sa cave).

Deux semaines s'étaient écoulées depuis le retour de Lucas.

— Non, Bobby. Désolé, mon vieux.
— Tu me plais vraiment. Tu es sympa.
— Pas tant que ça.
— Tes seins sont superbes.

— C'est vrai. Mais t'avise pas de m'attendre dans le parking, OK ? Sinon je serai obligée de te donner un bon coup de genou là où tu sais...

Elle tira une spéciale Cooper's Cave pour Chris Eckbert, qui laissait toujours un gros pourboire (sa façon à lui d'exprimer sa culpabilité pour sa lâcheté lors de la nuit du bal de promotion), puis se tourna vers Levi, assis au comptoir, une pile de papiers devant lui. Des plans. Tom, le fiancé de Honor Holland, venait de le rejoindre.

— Salut, Colleen, lança-t-il avec un sourire.
— Salut à toi, l'étranger, répliqua-t-elle.

Qu'est-ce qu'elle *adorait* cet accent.

— Alors, comment avancent les préparatifs du mariage ?
— Je n'en ai aucune idée. Et ça m'échappe un peu, je dois dire. Les filles ont pris ça en main. Moi, du moment qu'on se marie...
— Si tu le dis... Levi, ici présent, s'est beaucoup investi dans son mariage... Il avait développé une véritable obsession pour la couleur des nappes, n'est-ce pas, mon cher ?

Levi la regarda, l'air placide, et elle lui ébouriffa les cheveux avec tendresse.

— Qu'est-ce que je vous sers ?
— Une bière pour moi, répondit Levi.
— On en a plus de dix-sept sortes, alors il va falloir que tu sois plus précis.
— Epate-moi. Je te laisse carte blanche.
— Rien de plus facile. Un whisky, Tom ? reprit-elle avec un clin d'œil.
— Je prendrai une bière, moi aussi, Colleen, et tu m'as déjà épaté.
— Oh ! s'exclama-t-elle, plaquant ses mains sur son cœur. Tu entends ça, Levi ? Prends-en de la graine.
— Tu me connais, moi, mon genre, c'est le mutisme et la force tranquille. Et puis ces plans vont me rendre fou...
— Ce sont les plans pour le grand machin ? demanda-t-elle, en se penchant un peu pour mieux voir.
— Le bâtiment qui regroupera tous les services de la ville, Colleen. Tes impôts à l'œuvre.
— J'ai voté contre, murmura-t-elle, pince-sans-rire. Je plaisante ! Faith m'aurait tuée si j'avais fait ça. Je suis votre plus grande fan à vous tous, les gars. N'est-ce pas, Gerard ?
— Je bois tes paroles, Colleen, dit-il en lui souriant.
— Tu devrais inviter Lorelei à sortir. C'est une incroyable

pâtissière, elle est belle et elle te mettrait sur le droit chemin. Et tu sais combien tu as besoin d'être remis sur le droit chemin, Gerard !

— Oui, maîtresse.

— Voilà ce que j'aime entendre.

Elle tira deux bières (une Empire Cream Ale pour Tom, une Blue Point Toasted Lager pour Levi) et fit glisser les verres sur le comptoir, qui s'arrêtèrent à quelques centimètres du coude de Levi. Adresse et précision, deux qualités essentielles pour ce job.

— Tu t'occupes bien de ma copine, chef ?

— Oui, très bien.

— Tu veux dire que tu la combles, dans le sens « multiplication des petits pains » ? Si tu vois où je veux en venir ?

— Je pense que nous avons tous compris où tu veux en venir, Colleen, dit-il, fronçant les sourcils.

— Et toi, Tom ? Est-ce que Honor est comblée de joie ? Hum ?

— Qu'est-ce que tu en penses, chérie ? répondit-il, avec un large sourire.

— C'est beau, toute cette confiance en soi. Mais point trop n'en faut. Tout est dans la mesure !

— Colleen, cria Connor de la cuisine. Arrête de harceler les clients.

— Est-ce que quelqu'un ici se sent harcelé ? lança-t-elle à la ronde.

Et, dans un élan bien huilé, une salve de non lui répondit.

Elle s'éclipsa du bar et disparut en cuisine pour voir ce que lui voulait son alter ego.

— Qu'est-ce qu'il y a, cette fois ? demanda-t-elle.

— Est-ce que tu savais que maman était à l'hôpital, l'autre nuit ?

Il ne la regardait pas, concentré sur ses tempuras de légumes, qu'il disposait sur un plat.

— Quoi ? Oh… Tu parles de la Nuit du modèle nu pour les célibataires ? Oui, je sais, j'étais là.

— Bon sang, Colleen. Un modèle nu ? Est-ce que maman…

— Ecoute. Elle a besoin de sortir, de rencontrer du monde, d'avoir des hobbies.

— Le type a fait une crise cardiaque !

— Ça arrive aux meilleurs d'entre nous.

Il lui décocha un regard blasé, qu'elle s'amusa à lui renvoyer, échange interrompu par l'entrée de Hannah dans la cuisine.

— Un cheeseburger, fromage à pâte persillée, bacon, mayo, à point pour la cuisson…

— Et après on s'étonne de l'augmentation des cas de crise cardiaque dans la population, murmura Colleen.

— Frites de patate douce, salade César avec du poulet, une grande *nachos*, pâté de saumon et pâtes spéciales, poursuivit Hannah, imperturbable, avant de sortir en coup de vent.

Son frère avait une mémoire d'éléphant. C'était impressionnant.

— Sors de ma cuisine.

— C'est comme tu veux, mon Connor, mais je vais te manquer, dit-elle, en poussant les portes battantes.

Elle reprit sa place derrière le comptoir, devança la demande de Lorena Iskin et lui prépara un second Manhattan. Elle sourit à Cathy et Louise, qui ne prenaient qu'un seul verre, resservit du chardonnay à Jessica Dunn (pour la maison, Jessica était sympa) et pivota pour jeter un coup d'œil à Levi et Tom.

Lucas était assis à deux tabourets d'eux.

Zut. Elle n'avait pas besoin de ça. Il avait encore réussi à la mettre dans tous ses états à l'hôpital, l'autre jour, en jouant les pères la morale. Il était tellement imbu de lui-même. Irritant au possible, si critique. Si… sexy… séduisant… Re-zut. On ne se méfiait pas assez du pouvoir des chemises blanches Oxford. Il avait roulé ses manches sur ses avant-bras, et sa peau mate lui donnait envie de mordre dedans. Ses mains… Oh ! elle se souvenait de ses mains. Ooohh oui. Des mains de manuel, grandes, fortes, et pourtant si douces… et si habiles aussi, qu'il savait toujours exactement…

Il la regardait. La commissure de sa bouche se releva

légèrement, comme s'il avait lu dans ses pensées et voyait parfaitement ce qui se passait en elle.

Il était temps de le faire redescendre sur terre. Le sourire aux lèvres, elle se pencha vers Tom, offrant à sa vue son décolleté plongeant.

— Alors, cette bière, Tommy ?

— Cache-moi ces seins que je ne saurais voir, lâcha-t-il en se couvrant les yeux. Je suis fiancé, mon cœur est pris.

Elle se redressa aussitôt. Bon sang ! A quoi est-ce qu'elle pensait ?

— Désolé. Sinon, comment ça va, mon séduisant Irlandais ?

Tom la regarda, indigné.

— Citoyen britannique, ma chère. S'il te plaît.

— Oui, je le sais, marmonna-t-elle, en risquant un œil vers Lucas. Et toi, Levi, le grand représentant de la loi, qu'est-ce que tu as fait de ton arme ?

Mince.

— Si tu pouvais éviter de le crier sur les toits, ça m'arrangerait...

— Chut ! J'essaie juste de flirter.

— Pourquoi ?

— Montrer mon savoir-faire.

— Ah oui ?

Il fronça les sourcils, l'air sceptique.

— Va te faire voir, Levi. Vous voulez manger un morceau ?

— Moi, j'ai surtout besoin d'un architecte pour remplacer celui qui nous a plantés, marmonna-t-il, en tapotant les plans.

— Je peux y jeter un coup d'œil ? demanda Lucas.

Levi tourna la tête vers lui.

— Oh ! salut. Tu n'étais pas au lycée avec nous ? Je suis Levi Cooper, le chef de la police de Manningsport.

— Lucas Campbell, dit-il en tendant la main. Le cousin de Bryce.

— Exact, exact. C'est sympa de te revoir. Lui, c'est Tom, mon beau-frère. Enfin, sur le point de le devenir. Il va épouser la sœur de ma femme dans quelques semaines.

— Salut, lâcha Tom en lui serrant la main à son tour.

Lucas se rapprocha pour regarder les plans.

Super. Trois hommes magnifiques en rang d'oignons. Deux pris, un troisième… libre.

— Tu es architecte ? demanda Levi.

Lucas secoua la tête.

— Directeur de projet dans le BTP, à Chicago.

— Ah, oui ? Quel genre de bâtiment ?

— Gratte-ciel, hôpitaux… ce genre-là.

Annie, l'une des jeunes filles qu'elle venait d'engager pour l'été, approcha du comptoir avec un menu dans une main, son carnet dans l'autre.

— Bonjour, qu'est-ce que je peux vous servir ? lâcha-t-elle dans un souffle à Lucas.

Il sourit.

Là, les ovaires de son employée étaient carrément sur le point d'exploser.

— Va voir si tout est en ordre dans les sanitaires, Annie, lui dit-elle doucement en la sentant défaillir. Je vais m'occuper de ce monsieur. Lui et moi sommes de vieux amis.

Elle croisa les bras sur sa poitrine.

— Lucas, que puis-je t'apporter ? Tu veux voir un menu ? Tu attends peut-être quelqu'un ?

Voilà. Faire comme s'il était un client comme un autre, aussi inoffensif que le révérend Fisk, quatre-vingt-neuf ans.

— J'attends Bryce. Mais je prendrais bien une bière.

— Bien sûr. Laquelle, mon chou ? Nous avons Sixpoint Harbinger, Southern Tier IPA, Sly Fox O'Reilly's Stout, Empire Cream Ale, Naked Dove Bare Bock, Blue Point Toasted Lager, Cooper's Cave IPA, Victory Donnybrook Irish Stout, Stone Vertical Epic, Captain Lawrence Brink Brown, Ithaca Flower Power IPA, Dogfish Head Immort Ale, Sly Fox Maibock, Bud, Bud Light, Miller, Miller Lite, Coors, Coors Light, Corona, Stella et, pour rendre hommage à notre héritage new-yorkais, de la Genesee.

Les clients réguliers applaudirent, comme ils le faisaient toujours, quand elle récitait d'une traite la liste des bières servies dans l'établissement.

— Je prendrai une Dogfish.
— Je t'apporte ça.

Elle se dirigea vers les pompes à bière et remplit le verre à moitié, puis ajouta du 7Up.

— Et voilà, lâcha-t-elle, en le posant devant lui.

Il prit une gorgée, s'étrangla presque.

— Alors ? demanda-t-elle en le regardant déglutir. C'est une offre limitée.

Il haussa un sourcil. Puis se pencha sur son portable, qui venait de vibrer.

— Bryce vient de te poser un lapin ? devina-t-elle en le sentant soupirer.

— On dirait bien que oui.

— Quel dommage... tu vas donc nous quitter. Fais un gros dodo, Lucas, dit-elle d'une voix suave en lui décochant un large sourire.

Il plissa les yeux.

— Puisque je suis là, je vais rester dîner.

— Joins-toi à nous ! proposa Tom,

Le traître. On ne pouvait décidément pas faire confiance à ces maudits Anglais. Est-ce que la guerre de 1812 n'avait rien appris à personne ?

Très bien. Tout allait *bien*. Colleen plaqua le menu sur le comptoir.

— Pas besoin, j'ai choisi !

Il fit un signe de la tête vers le tableau (sur lequel elle avait écrit le menu cet après-midi même, complété d'une adorable silhouette soulevant une pinte de bière). Je prendrai le burger spécial.

C'était un vrai délice — du bœuf irlandais Angus avec du fromage de chèvre persillé produit par la ferme mennonite sur la Colline, des tomates du coin et des oignons Vidalia, posés sur un muffin anglais, servi avec de la roquette et les fameuses frites de patate douce de son frère. En tant que goûteuse attitrée de Connor pour tout ce qui était spécialités de la maison, elle en avait mangé au déjeuner : c'était presque aussi bon que le sexe.

— Je prendrai la même chose, Colleen, lança Tom.
— Et ça fera trois, ajouta Levi.
Elle sourit gracieusement.
— Je vous apporte ça, les garçons.
Elle entra dans la cuisine.
— Trois burgers maison, Connor. A point pour deux…
Tom et Levi étaient des habitués, et elle connaissait parfaitement leurs préférences.
— Et de la semelle pour le troisième.
— T'es sûre ? s'étonna-t-il.
— Ouais.
Elle ressortit. Il était temps de s'occuper du relationnel.
— Ohé, les tourtereaux, joyeux anniversaire ! s'exclama-t-elle en s'approchant des Wheelers, qui célébraient leurs trente-deux ans de mariage.
Elle salua les Murray, qui étaient là avec leurs magnifiques filles aux cheveux roux, demanda à l'aînée comment se passaient ses cours de trompette, et à la plus jeune si leur nouveau chaton allait bien. Bill et Laura Clemson se prenaient le bec, comme tous les vendredis soir. Louis Hudson et Amy Bates, eux, roucoulaient sur une banquette dans un recoin sombre. Elle dit à Hannah de leur apporter une crème brûlée avec deux cuillères. « Offert par la maison ! » Ils étaient quand même fiancés, grâce à une certaine Colleen Margaret Mary O'Rourke.

Quand elle revint en cuisine, les trois burgers du jour étaient prêts ; les deux à point posés sur une assiette fiesta jaune ; le bien cuit sur une assiette bleue. Colleen souleva le chapeau et vérifia. Il était foncé, mais pas encore suffisamment. Elle reposa derechef la viande sur le gril.
— Qu'est-ce que tu fais ?
— Il n'est pas assez cuit.
— Tu as dit bien cuit. Il l'est.
— Pas assez. J'ai dit sec comme de la semelle. Tu as toujours de cette sauce chinoise ?
— Quelle sauce chinoise ?
— Celle qui est très épicée.

— Elle est au-dessus de l'évier. Vas-y mollo avec. C'est traître. Deux gouttes suffisent à mettre un homme à genoux.

Il reporta son attention sur son poulet marsala.

Colleen fourragea entre les différents pots et flacons de verre ; sel marin, sel gemme, gros sel, fleur de sel nature, à la truffe, sel gris, rose, noir... le sel se déclinait à l'infini. Connor en faisait-il la collection ? Honnêtement, avait-on besoin d'autant de variétés ?

Aha! La voilà, c'était ça, l'étrange petite bouteille avec le dragon sur l'étiquette et ses lettres chinoises mystérieuses. Elle l'attrapa, reposa le steak, aussi dur qu'un palet de hockey, sur le pain et l'arrosa de sauce piquante. Fit de même pour les frites.

Elle revint près du comptoir avec les assiettes, qu'elle posa devant eux.

— Bon appétit, messieurs.

Levi replia soigneusement les plans.

— Lucas vient de nous proposer son aide. Il va chapeauter le projet.

— C'est génial. Très heureuse que cela s'arrange.

Lucas la dévisagea longuement, attrapa son burger et mordit dedans.

Colleen sourit, jubilant intérieurement.

D'abord, ses yeux s'embuèrent. Puis des gouttes de sueur perlèrent sur son front. Il haussa un sourcil et mastiqua avant de déglutir. Avec difficulté. Il attrapa son verre et but quelques gorgées de sa bière 7Up. Plaqua le verre froid contre son front.

— Tout va bien, mon vieux ? s'inquiéta Tom.

— Ça va, lâcha-t-il, la respiration sifflante.

La sauce piquante avait paralysé ses cordes vocales.

— Alors, ce burger, mon cher ? demanda Colleen.

— Parfait.

Il se tamponna le visage avec une serviette. Elle se pencha vers l'avant, les coudes posés sur le comptoir, et apprécia simplement la vue... Lucas, transpirant, le visage écarlate, peut-être un peu plus proche de la mort qu'il ne l'était quelques instants plus tôt.

— Je l'ai fait « spécialement » pour toi.

Elle le gratifia d'un sourire mielleux.

— C'est ce que je crois comprendre...

Il se leva, glissa sa main autour de sa nuque et l'attira contre lui pour l'embrasser.

Ça, elle ne l'avait pas vu venir.

Elle ne pensa même pas à s'écarter.

C'était un baiser fougueux, plein d'autorité, qui la traversa comme une immense flamme. Mince ! Il n'y avait pas à dire, l'Espagnol savait embrasser. Sa barbe naissante la râpait juste ce qu'il fallait, et cette bouche, oui, sa bouche d'ange déchu... Il se redressa tout aussi rapidement et se tint devant elle, sombre, sûr de lui et imperturbable quand elle ne savait pas par quel miracle elle tenait encore debout. Ses jambes soudain chaudes et merveilleusement faibles, ses zones érogènes se mettant à chanter. Ses lèvres la brûlaient à cause de la sauce piquante, mais franchement ça valait la peine.

Lucas esquissa un sourire, ce sourire de pirate, mystérieux, amusé, insolent, et son cœur se mit à frétiller comme un chiot hyperactif.

Oh ! non. Elle était dans le pétrin.

Le bar était silencieux. Personne n'en avait perdu une miette.

— Nous devrions prévoir ce dîner un de ces jours, proposa-t-il tranquillement, d'une voix redevenue normale.

— Je pensais que celui-ci comptait.

— Non.

— Bon. D'accord, alors, dit-elle, en toussotant.

— Merci pour ce délicieux repas.

— De rien. Tout le plaisir était pour moi.

La porte battante de la cuisine s'ouvrit et se referma dans un claquement. Connor tapa sur l'épaule de Lucas, avant de lui mettre son poing dans la figure.

*
**

— Il ne se passe rien entre lui et moi, dit Colleen. Rufus, dis à tonton Connor qu'il raconte n'importe quoi !

Rufus ne broncha pas, absorbé par les images de loups qui défilaient sur l'écran de télévision. Un documentaire animalier tourné dans le parc national de Yellowstone. Il était minuit passé, mais ça n'avait pas retenu Connor, qui voulait à tout prix avoir une discussion sur sa vie amoureuse. Quelle blague, puisqu'elle n'avait pas de vie amoureuse !

Pas encore.

Elle devait reconnaître que Lucas avait extrêmement bien réagi au coup de poing de Connor. En même temps, il en fallait plus pour traumatiser un type des quartiers sud de Chicago, même si ledit frère furieux n'y était pas allé de main morte. Levi s'était précipité sur les deux hommes, pensant sans doute devoir les séparer, suivi de près par Tom, mais Lucas avait simplement dit : « Ça va. Je l'ai mérité. » Et, pour couper court, il avait glissé un billet de vingt dollars sous son assiette et lui avait fait un petit signe de la tête avant de sortir du pub. Connor l'avait fusillé du regard — les avait tous fusillés du regard, elle, Levi, les clients, avant de repartir d'un pas lourd vers sa cuisine où il avait maltraité ses casseroles le reste de la soirée. Avant la Leçon du Grand Frère. Il avait toujours pris très au sérieux ses trois minutes d'avance.

— Colleen, ne me mens pas, j'ai vu comment tu le regardais.

— Ouais, d'accord, il m'a embrassée. Ecoute. Il est en ville pour Joe Campbell. Je vais forcément continuer à le croiser.

— Tu sais ce que tu es ? Tu ressembles de plus en plus à maman.

— Je ne suis pas du tout comme maman, dit-elle calmement. Tu n'as pas le droit de me dire ça. Tu veux de la glace pour ta main ?

Connor croisa les bras et pencha la tête en arrière pour regarder le plafond (et prier le ciel pour avoir de la patience, songea-t-elle).

— Si tu ne sors pas avec lui, pourquoi est-ce que tu flirtes avec lui ?

— Je ne flirte pas.

Rufus posa sa tête sur son pied, puis se mit à lécher sa cheville de son énorme langue.

— Ah oui ? Et c'était quoi, ce numéro avec la sauce piquante, alors ?

— Oh ! juste un petit… Signal. Une frappe de l'autre côté du bar.

— C'était du flirt. Et tu l'as laissé t'embrasser.

Elle lui fit une grimace de contrition.

— Ouais. Ce n'était pas malin.

— Il est divorcé.

— Je sais.

— Est-ce que tu veux te remettre avec lui ? Tu veux partir à Chicago ? Est-ce que tu sais s'il fréquente quelqu'un là-bas ?

— Non, aucune idée. Ecoute, c'était juste un baiser. Ça ne va pas plus loin.

Bon, deux… si l'on comptait celui près du lac.

— Un baiser ? Quelque chose me dit que, ce soir, ce n'était pas la première fois, si ?

— Ecoute-moi, toi, le Médium de Long Island, il m'a prise par surprise, d'accord ?

— Tu as déjà oublié ce qu'il t'a fait ? Je ne pense pas qu'il mérite une seconde chance, si tu veux mon avis. Mais je ne suis que ton frère. Je t'ai juste ramassée à la petite cuillère et regardée fuir tout engagement sentimental au cours de ces dix dernières années.

— Où est ta femme, hein ? Et tes trois adorables enfants ? Ils sont cachés quelque part ? Non ? Alors ne me jette pas la pierre. On ne te voit même pas en public avec cette femme mystérieuse que tu fréquentes.

— Ne change pas de sujet.

Il s'assit par terre. Rufus roula aussitôt sur le dos, lui présentant son ventre (sans aucune pudeur).

— Tu devrais faire castrer ce chien.

— Il l'est.

Le silence s'étira entre eux. Ils ne se disputaient pas souvent ; enfin, ils se chamaillaient constamment, au grand dam de leur mère, mais ils étaient rarement en désaccord.

— Tu n'aurais pas dû le frapper.

— Ah ouais ? Il t'a brisé le cœur, marmonna Connor.

Elle ne pouvait pas tromper son frère.

Elle avait fait de son mieux pour lui cacher ses sentiments, la dernière fois.

Elle ne voulait certainement pas ressembler à sa mère. Elle ne voulait pas que les gens apprennent qu'elle avait été larguée. Ce n'était pas censé arriver à une fille futée.

Si elle donnait le change plutôt facilement à la plupart des gens — « tu sais combien le premier amour est inconstant, il dure rarement » —, Connor savait et n'était pas dupe de ses pirouettes.

— Je ne veux pas que tu sois blessée, Colleen, lui dit son frère.

— Moi non plus.

— Prends soin de toi.

Sa gorge se noua.

— Oui.

Connor gratta le ventre de Rufus encore un moment, sans rien dire, puis il se leva et fit une petite pression tendre sur l'épaule de sa jumelle.

— A plus.

— Attends... Dis-moi, qui est la mystérieuse jeune femme que tu vois ? Est-ce que je la connais ? Elle vend ses charmes ? Allez, je ne vous jugerai pas, ni l'un ni l'autre. S'il te plaît, dis-le-moi.

— Bonne nuit, lança-t-il en arrivant à la porte.

Il lui décocha un sourire et sortit. Elle entendit le bruit de ses pas décroître dans les escaliers.

13

Le roi du poulet vivait dans une magnifique bâtisse de style victorien qui aurait autrefois appartenu à la tante de la femme de Marc Twain — c'était la petite histoire dans la grande. Colleen était passée voir Paulina pour parler et pour la briefer sur sa prochaine rencontre avec Bryce. Et puis, pour être honnête, c'était un prétexte parce qu'elle aimait bien passer du temps avec Paulina, qu'elle appréciait beaucoup.

La maison bleue et crème se dressait sur une colline, dans un environnement très boisé, avec une vue sur le lac Keuka. L'allée était longue et ombragée, et la maison comptait pas moins de vingt chambres.

Le jardin — les terres, plutôt — était habité d'étranges locataires… Des poulets géants en métal aux couleurs vives, tout droit sortis du cauchemar terrifiant d'un enfant fiévreux. Le souffle du vent s'infiltrait entre les plaques de métal et les faisait vibrer, provoquant un étrange sifflement à travers les œuvres d'art et donnant l'impression que les poulets gémissaient. Quant aux becs, ils semblaient particulièrement aiguisés.

— Mon père collectionne les sculptures de coqs. Elles viennent du monde entier, lâcha Paulina. Ils sont beaux, n'est-ce pas ?

— Oui, répondit Colleen, essayant de ne pas les regarder.

Les poulets la mettaient mal à l'aise. Elle n'en avait pas peur, mais elle n'était pas rassurée et elle préférait maintenir une distance de sécurité. Et les gros pois qui les recouvraient ne les rendaient pas moins hostiles.

A l'intérieur, la maison était juste magnifique, restaurée avec soin, extrêmement élégante — différente de l'idée que l'on pouvait avoir de la maison du roi du poulet. Enfin, si on faisait abstraction des nombreuses peintures de poulets accrochées aux murs et des clichés de M. Petrosinsky dans son costume de poulet, photographié au côté de différentes célébrités locales... Et nationales, aussi.

— J'hallucine ou c'est Meryl Streep, là, avec ton père ?
— Oh ! oui, c'est elle. Elle est charmante. Elle adore le Sweet Home Alabama triple Batter Honey Dijon, dit Paulina.
— Vladimir Poutine ? Non...

Les rumeurs sur la mafia russe étaient peut-être fondées, après tout.

— Lui, il prend toujours le Make-Mine-Miami Cuban Spice.

La chambre de Paulina était d'un bleu Parrish, profond et poignant. Son dressing, plus grand que sa chambre, était rempli de vêtements.

— Si tu vois quelque chose qui te plaît, n'hésite pas à le prendre. Tu me connais. Je porte principalement des vêtements de sport.

Elle était en fait vêtue à l'instant même d'un short en lycra qui montrait ses muscles dessinés et d'un T-shirt à manches courtes Cabrera.

— C'est dommage. Tiens, enfile ça. Seigneur, c'est du Armani ! C'est superbe !

Son œil tomba sur l'un des chiens recueillis par Paulina, celui qui ressemblait à une serpillière sale, en train de mâchouiller une botte. Un si beau cuir...

— Le chien, lâche cette chaussure.

Quelques minutes plus tard, Paulina se tenait devant le miroir et observait son reflet, sourcils froncés.

— C'est très seyant. C'est une coupe qui te met en valeur. Ça t'allonge, s'enthousiasma Colleen.
— Mais ces chaussures sont une torture.
— Il faut souffrir pour être belle. Et cette ceinture... Qu'est-ce qu'elle est stylée. Tu es incroyable !

— Tu es sûre ? Je ne me sens pas très à l'aise.

— Parce que tu n'as pas encore l'habitude. Ça va venir avec un peu de pratique, crois-moi. Pourquoi est-ce que tu achètes tous ces vêtements si c'est pour les laisser dans ton dressing ?

— C'est mon père. Il achète beaucoup en ligne.

— Il est toujours célibataire ?

Hé. Autant joindre l'utile à l'agréable. Le Sugar Daddy et les vêtements Armani.

— Ouais. Depuis que maman l'a quitté, il n'a pas refait sa vie.

Colleen pressa sa main sur la sienne.

— Très bien, revenons à notre opération pneu crevé. Voilà comment cela va se passer.

— Oh ! mon Dieu. Tu crois que ça peut marcher ?

— Et comment !

Son plan était des plus simples. Bryce était chez lui, elle s'en était assurée en faisant un petit repérage avant de venir. Joe était à sa dialyse, la méchante Didi, au travail. Lucas — à qui elle ne pensait pas du tout, mais alors pas du tout (rires) — était à l'extérieur, sur le chantier de construction du bâtiment de la ville. C'était Levi, qui était au bar pour le déjeuner, tout juste une demi-heure plus tôt, qui avait glissé cette information.

— Je te dresse le tableau, lâcha Colleen. Tu es au volant de ta voiture, et soudain : « Oh ! Mais qu'est-ce que c'est ? Zut ! Un pneu crevé. » Et là tu te rends compte que tu es pile devant la maison de Bryce... Coïncidence, vraiment, et coup de bol Bryce est chez lui ! Qu'est-ce que tu fais ?

— Je change le pneu.

— Non, Paulina. Tu ne changes pas le pneu.

Le carlin aboya comme pour abonder dans son sens.

— Pourquoi ?

— Parce que c'est Bryce qui va changer le pneu. C'est ce qu'on veut.

Paulina fronça les sourcils.

— Oh.

— Toi, tu es la demoiselle en détresse.

— Mais je sais changer un pneu.

Colleen étouffa un soupir.

— Et c'est génial, Paulina. Mais aujourd'hui c'est Bryce qui va s'occuper de ça et t'aider. Il va se sentir viril et intelligent en t'aidant. Laisse-le prendre les choses en main, parce que les hommes aiment penser qu'ils ont le contrôle.

— Oh. Pigé.

Son visage se colora, donnant cette impression incroyable d'un lever de soleil du plus bel effet.

— Pas de stress. Une petite conversation sympa avec Bryce.

— Qu'est-ce que je vais lui dire ? Je ne me sens pas bien. Il faut vraiment que je lui parle ? Bon sang, et ce stupide déodorant à la noix censé durer vingt-quatre heures. Tu parles. Oh ! Je déteste être amoureuse !

— Comme nous toutes, à certains moments, Paulina.

Cette dernière se jeta sur le lit XXL et plaqua ses mains sur ses yeux. L'un de ses chats sauta à côté d'elle et se mit à lui pétrir la cuisse.

— Je ne m'imagine pas en train de discuter avec lui, alors en vrai... Et si je le blesse une nouvelle fois ?

Colleen marqua une pause.

— Tu sais quoi ? Il faudrait que je puisse te souffler les répliques. Comme Cyrano avec Christian. Tu as bien un Bluetooth ?

Une dizaine de minutes plus tard, Colleen arrêta sa voiture à l'angle de la maison de Bryce, Paulina derrière elle, dans sa petite Porsche ronronnante. Elle se gara et sortit de la voiture, s'approchant de celle de Paulina, se sentant soudain l'âme d'une James Bond Girl.

— D'accord, ma chère, c'est là que tu crèves.

Elle sortit son couteau suisse et le planta dans le pneu de Paulina.

— Hé !

— Détends-toi. Maintenant, roule tout doucement jusqu'à la maison de Bryce, puis gare-toi, sors et regarde la voiture, n'oublie pas : demoiselle en détresse. C'est ton rôle — demoiselle et détresse, détresse et demoiselle. Il faut que tu parviennes à glisser au cours de la conversation l'information que tu organises une fête et que tu aimerais beaucoup qu'il vienne. C'est parti. En voiture… Vole, petit moineau !

Paulina lui décocha un regard dubitatif, mais obtempéra et remonta en voiture.

— Tu m'entends ? lui demanda Colleen dans son téléphone quand Paulina fut presque en place.

— Oui. mais je ne me sens pas très bien.

Un bruit suspect comme un haut-le-cœur sec lui parvint au bout de la ligne.

— Tu te débrouilles comme une chef, dit Colleen d'une voix qui se voulait rassurante. D'accord, stop. C'est sa maison.

— Je sais. Je suis passée devant pas moins d'une centaine de fois.

Colleen sentit son cœur se serrer.

— Ça va marcher, Paulina. Essaie juste de te détendre et amuse-toi.

De là où elle était, elle avait une vue directe sur sa cible. Ce petit stratagème était simple, mais il avait déjà fait ses preuves. Avec sa cousine Monica, l'année dernière. Celle-ci avait eu un malencontreux petit « accident de bicyclette » juste devant le domaine viticole Fox Den et était maintenant mariée à l'héritier de Fox Den. Merci qui ?

Paulina sortit de la voiture.

— Tourne autour de ton véhicule, sans te presser, fais mine de regarder les pneus, lui souffla Colleen dans le téléphone. Il va sortir.

Elle jeta un coup d'œil dans la maison. C'était une belle journée de juin, très lumineuse. Un parfum de fleurs flottait dans l'air.

— Bon, baisse-toi et regarde le pneu. « Oh ! Seigneur, qu'est-ce que c'est ? Mon pneu est à plat ! »

— Bien sûr, qu'il est à plat, souffla Paulina entre ses dents. Tu l'as crevé.

— Je sais, mais joue la surprise et « la détresse ».

Paulina hésita, puis se pencha vers la roue.

— Oh! merde! beugla-t-elle. Mon pneu est à plat! Mais que vais-je faire?

Colleen gloussa dans son téléphone.

— Tout doux sur le mélodrame, et sur le volume aussi. Tu ne veux pas rameuter tout le quartier. Il n'y en a qu'un qui nous intéresse. Et essaie de ne pas jurer.

— Merde, j'ai oublié ça. D'accord.

De longues minutes s'écoulèrent. Bryce ne sortit pas de la maison.

— Il n'est peut-être pas chez lui, chuchota Paulina.

— Sa voiture est dans l'allée. Il regarde probablement la télévision. Il n'a pas dû entendre. Attends, je vais attirer son attention.

Elle ramassa une poignée de gravillons et se dirigea vers la maison, sans s'éloigner de l'ombre de l'imposant érable du voisin. Elle repéra l'épais buisson de lilas contre la façade est et s'y faufila. L'odeur entêtante des fleurs lui fit tourner la tête.

Bryce vivait dans le sous-sol. Didi avait aménagé tout un appartement pour son grand garçon quand il avait laissé tomber l'université.

Elle jeta quelques gravillons vers la fenêtre et toucha la vitre. Elle atteignit la fenêtre au premier essai — des années de pratique de lancer de fléchettes.

— Tiens-toi prête, chuchota-t-elle dans le téléphone. Il va sortir d'un instant à l'autre.

Elle écarta une branche qui égratignait sa joue. Paulina semblait s'être pétrifiée.

— Baisse-toi et fais mine de regarder le pneu comme si tu essayais de savoir ce qui ne va pas, chuchota Colleen. Et prépare-toi à répéter ce que je vais te souffler, d'accord?

Celle-ci s'accroupit docilement, le mouvement facilité par sa jupe-short.

Pas de Bryce en vue.

Colleen jeta un autre gravillon. Attendit. *Nada*. Encore un autre. Rien.

— Mes jambes me brûlent, lâcha Paulina. Il faut que je me relève.

— Oui, oui, bien sûr.

Paulina se redressa en poussant un grognement, attrapa sa cheville, qu'elle ramena vers ses fesses pour étirer son quadriceps.

— Baisse ta jambe. M. Bancroft va penser que tu lui fais du rentre-dedans et, crois-moi, il ne lui en faudra pas plus pour se rapprocher !

Quand on parlait du loup…

— Hé, Paulina ! l'appela ce dernier. Vous avez un problème ?

— Réponds-lui non, dit Colleen.

— Non ! Partez ! aboya Paulina.

— Henry ! Entre dans la voiture, ordonna Mme Bancroft. Nous sommes déjà en retard ! Paulina, tu as un problème ?

— Non ! Tout va bien, répondit cette dernière. Je, euh… Je… j'ai une inflammation de la vessie et j'ai dû m'arrêter. Rien de grave. Pas de souci !

Mme Bancroft marqua une pause, secoua la tête et entra dans leur véhicule sans dire un mot.

— On va y aller mollo avec l'improvisation, d'accord ? souffla Colleen en suivant des yeux le véhicule des Bancroft qui s'éloignait. Tu te contentes de répéter ce que je te soufflerai. Attends un peu. Cette fois, on y va à fond.

Elle regarda les graviers dans sa main, choisit le plus gros et le jeta franchement.

Elle tressaillit en entendant le bruit de verre et regarda, horrifiée, la fenêtre brisée.

— Oh, merde ! siffla-t-elle entre ses dents.

— Oh, merde ! entendit-elle en écho sur la ligne.

Elle ne l'avait pas voulu, mais la vitre brisée fonctionna du tonnerre. Une seconde après, la porte d'entrée s'ouvrit, et Bryce surgit à l'extérieur, clignant des yeux dans la lumière du soleil.

— Oh ! Seigneur, je le vois. Oh ! bon sang, il est ici, gémit Paulina d'une voix étranglée.

221

— Du calme, du calme. Respire, fit Colleen. C'est le moment. Vous êtes beaux, jeunes, et la vie vous appartient.

— Salut, Paulina, s'exclama Bryce en s'avançant à grandes enjambées vers la voiture. Est-ce que tout va bien ? Une des fenêtres de la maison vient de se briser.

Colleen entendit Paulina prendre une inspiration, s'étrangler presque.

— Oh ! Waouh. Salut. Tes yeux sont… Ils sont si… si… bleus.

Colleen grimaça.

— Arrête.

— Arrête, reprit en écho Paulina.

Bryce s'arrêta et pencha la tête.

— Paulina, relax. Dis-lui… Dis-lui juste salut. Sois naturelle.

Un autre souffle étranglé sur la ligne.

— Salut, Bryce ! lança-t-elle d'une voix trop forte. Qu'est-ce que tu fais ici ?

Bryce éclata de rire.

— Je vis ici. Et toi ?

— C'est peut-être moi, les graviers. Je crois que j'ai un pneu qui a éclaté, chuchota Colleen au téléphone.

— J'ai jeté un gravier, répéta Paulina. Je crois que j'ai une pipe qui a éclaté.

Elle plaqua une main sur sa bouche.

— Pneu, pneu ! Je ne voulais pas dire pipe. Je n'ai même pas de pipe. Pneu. J'ai un pneu éclaté.

— Paulina, calme-toi…

— Seigneur, Paulina, calme-toi, redit-elle, en mode perroquet.

Colleen la vit s'essuyer le front avec son bras.

— Euh… Je… J'ai crevé.

— Mince, alors, lâcha Bryce.

Il était d'un naturel désarçonnant devant Paulina, pas le moins du monde effrayé par son comportement irrationnel.

— Est-ce que tu peux m'aider à le changer, Bryce ? énonça clairement Colleen dans le téléphone.

— Est-ce que tu peux m'aider à le changer ? Bryce ? S'il te plaît ? S'il te plaît, tu peux m'aider ?

Doux Jésus. L'après-midi s'annonçait long.

Le chantier du nouveau bâtiment de la ville qui devait regrouper la police, les urgences médicales et les pompiers était en retard, et l'entrepreneur n'avait eu aucun scrupule à les laisser en rade. Le plus difficile était de gérer les susceptibilités de chacun des trois pôles cherchant à tirer la couverture à lui. Lucas avait d'ailleurs déjà modifié les plans pour que la police soit entre les pompiers et les urgences, parce que ces deux-là se chamaillaient aussi férocement que les jumelles de Stephanie.

De plus, il fallait revoir les systèmes de ventilation et d'alarme. Concevoir un bâtiment qui soit fonctionnel et esthétique, à l'intérieur comme à l'extérieur, était un vrai défi, un défi que l'entrepreneur précédent n'avait apparemment pas cherché à relever. Lucas déplaça l'entrée à l'arrière du bâtiment pour qu'elle ne tombe pas directement dans la cuisine des pompiers, repositionna le répartiteur, renforça les murs et ajouta des fenêtres sur la façade est pour que l'endroit ne ressemble pas à un crématorium. Le conseil municipal était plein de gratitude.

Il aimait être utile.

C'était drôle, à quel point il adorait travailler dans le bâtiment, alors qu'il n'y avait jamais vraiment réfléchi quand il y consacrait ses étés pour des jobs temporaires.

Quand Frank Forbes l'avait convoqué après avoir appris la grossesse de sa fille, il s'était attendu à être balancé du cinquante-cinquième étage.

L'homme était effectivement furieux. Et c'était somme toute assez compréhensible. On l'aurait été à moins.

— Vous avez donc l'intention d'épouser ma fille ?
— Oui, monsieur.
— Pourquoi ?
— C'est la bonne chose à faire.

— La bonne chose…

Frank secoua la tête.

— Et comment comptez-vous subvenir aux besoins de ma fille et de mon petit-enfant ? Vous êtes encore étudiant et vous étiez prêt à vous lancer dans le droit.

— Plus maintenant, monsieur. J'ai postulé à Windy City Construction. Je commence lundi. Je pourrai rejoindre leur syndicat dans un an.

M. Forbes le dévisagea un long moment, la mâchoire contractée. Le silence était de plomb. On aurait pu entendre une mouche voler.

M. Forbes avait pris une profonde inspiration.

— Vous allez laisser tomber Windy City et travailler pour moi à la construction, parce que Johnny Hall dit que vous êtes un bon élément. Vous gagnerez comme vos collègues, pas plus, mais au moins vous aurez une couverture maladie, comme tous mes employés. La sécurité sociale à Windy City est déplorable.

Lucas hésita.

— Je préférerais me débrouiller par moi-même, monsieur Forbes.

— Oui, eh bien, vous auriez dû y réfléchir avant de mettre ma fille enceinte ! avait-il sèchement répondu.

Il avait pris une autre inspiration.

— Vous et Ellen habiterez dans un des appartements de mes gratte-ciel, poursuivit-il. Je veux que ma fille et mon petit-enfant vivent dans un quartier agréable, et l'appartement d'étudiante d'Ellen n'est de toute façon plus assez grand. Mais ne vous y trompez pas, c'est vous qui devrez subvenir aux besoins de votre famille. Honorez vos factures à temps et ne comptez pas sur moi pour vous renflouer financièrement. Vous signerez un contrat prénuptial. Je prendrai en charge les études de droit de ma fille ; vous subviendrez aux dépenses quotidiennes de votre famille. Vous ferez tout ce qu'il faut pour que ce mariage fonctionne. Si vous maltraitez ou trompez ma fille, que vous la blessez de quelque façon que ce soit, je vous promets qu'on ne retrouvera pas votre corps.

J'aime ma fille. Elle est pour moi la chose la plus précieuse au monde. Est-ce que vous me comprenez, jeune homme ?

— Oui, monsieur. J'imagine que je ressentirai la même chose pour mes enfants.

Et il le pensait, vraiment. Il n'avait aucun mal à se mettre à la place de Frank Forbes, maintenant qu'il allait devenir père. Dans la même situation, avec un gamin sortant de nulle part, il ne serait peut-être pas aussi magnanime… aussi civilisé.

Frank le dévisagea une longue minute.

Il poussa un soupir, toute la colère s'échappant de lui comme l'air d'un ballon. Il contourna son bureau et enveloppa Lucas dans ses bras, le prenant totalement au dépourvu.

— Bienvenue dans la famille, mon garçon. Je n'aime pas la façon dont cela est arrivé, mais j'apprécie le fait que vous assumiez vos responsabilités. Ma fille dit que vous êtes quelqu'un de bien, d'honnête, qui a le sens de l'honneur, et j'ai confiance en son jugement. Elle vous aime et, que cela me plaise ou non, vous faites partie de la famille, maintenant.

On lui aurait soufflé dessus qu'il serait tombé. Lucas s'était attendu à ce que Frank Forbes essaie de le payer ou le menace pour le faire disparaître. Eventuellement, lui foute une raclée — méritée, sans nul doute.

Au lieu de ça, M. et Mme Forbes les invitèrent, Ellen et lui, à dîner le soir même. Ils lui posèrent des questions sur sa famille, lui exprimèrent leur tristesse pour la perte de ses parents, murmurèrent leur sollicitude quand il leur avoua ce que son père avait fait. En réalité, Frank avait déjà mené une petite enquête et connaissait tout de son histoire familiale. Lucas aurait fait exactement pareil pour sa propre fille.

Sa fille (ou son fils) qui grandissait dans le ventre d'Ellen à cet instant même.

Il avait un comportement irréprochable. Il lui tenait la main, lui tirait la chaise quand elle voulait s'asseoir, lui demandait comment elle se sentait, l'accompagnait chez l'obstétricien. Il cuisinait pour elle, ce qu'elle trouvait charmant, et il l'écoutait quand elle parlait.

Il avait toujours voulu avoir des enfants.

Il ne pouvait pas penser à Colleen. Il n'en avait plus le droit, maintenant. Il était avec Ellen, et ils allaient fonder une famille.

Le mariage avait eu lieu dans un palace du centre-ville avec pas moins de trois cent cinquante invités, cinq témoins et un orchestre de onze musiciens pour la réception — bien que tout ait été organisé dans la précipitation. Lors de son discours, Frank l'avait présenté comme un jeune homme très bien, sorti diplômé de l'université, et qui connaissait la valeur du travail. Il lui avait fait une accolade, lui rappelant de traiter Ellen comme la princesse qu'elle était. Il semblait sincère et paraissait ne pas lui en vouloir de quoi que ce soit.

Lucas avait débuté au sein de Forbes Properties et avait travaillé dur, ne ménageant ni son temps ni son énergie, faisant profil bas. Le soir, il retrouvait Ellen, toujours aussi gentille, dans leur magnifique appartement. Il discutait avec elle, posait la main sur son ventre pour sentir le bébé bouger, lui souriait et l'embrassait. Et couchait avec elle, s'efforçant chaque fois d'étouffer cette sensation de tromper Colleen. Si Ellen avait senti que quelque chose clochait, elle n'en dit rien.

Six semaines après leur mariage, il reçut un appel de l'hôpital. Ellen avait été admise aux urgences. Elle en était à douze semaines, et, à la seconde où il vit son visage, il sut qu'elle avait perdu le bébé. Il l'avait serrée dans ses bras, avait embrassé sa tête tandis qu'elle sanglotait.

— Cela arrive, plus souvent qu'on ne pense… Je suis désolé, leur avait dit le médecin.

Il avait ramené Ellen à la maison, était resté près d'elle, l'avait tenue serrée contre lui, la consolant.

— Tu n'es pas obligé de rester avec moi, lui avait-elle dit dans un chuchotement. Je sais que tu t'es marié seulement parce qu'il y avait le bébé.

Il l'avait regardée une longue minute, avant de lui répondre :
— Je n'ai pas l'intention de te quitter.

Il avait voulu rester près d'elle quand elle attendait son enfant, il n'allait pas l'abandonner maintenant dans cette épreuve.

Il l'aimait, beaucoup, même si ce n'était pas de la façon dont il aimait Colleen. Ellen était adorable, posée, intelligente. Il aimait ses parents aussi — Grace était généreuse, amusante, grivoise quand elle avait un verre dans le nez. Quant à son beau-père... Frank était charismatique, incroyablement confiant et ouvert pour un homme qui devait gérer un empire. Un journal l'avait décrit comme le « Donald Trump de Chicago », ce à quoi Frank avait réagi en criant : « Qu'on m'abatte sur-le-champ ! » avant de partir dans un éclat de rire.

La famille Forbes incarnait à ses yeux toutes les qualités des gens du Midwest — la générosité, la gentillesse, l'optimisme et une certaine forme d'innocence qui le touchait.

— J'ai appris très tôt que, si l'on s'attend au meilleur d'une personne, on l'obtient, lui avait dit Frank une fois.

— Et que se passe-t-il dans le cas contraire ?

— Vis et apprends. Apprends chaque jour.

Un discours qui faisait résonance en lui, lui qui avait toujours travaillé, dès l'âge de six ans en récupérant les bouteilles de verre pour les rapporter à la consigne (cette histoire avait fait pleurer Ellen). Il travaillait plus longtemps que ses collègues, espérant faire taire les mauvaises langues et prouver qu'il n'était pas juste le gendre du grand patron. Il avait gravi les échelons, passant de manœuvre à contremaître et à chef de projet.

C'était... c'était bien. Difficile aussi de se défaire de la conscience qu'il devait à la famille Forbes beaucoup plus qu'il ne pourrait jamais rendre. Qu'il avait, à cause d'une seule nuit, changé le cours de la vie d'Ellen... De la sienne aussi, évidemment. Mais c'était elle qui avait enduré douze semaines de nausées matinales et qui avait vécu dans sa chair la perte d'un bébé.

Elle reprit la pilule et commença ses études de droit. A sa sortie, elle intégra un grand cabinet. Elle travaillait de longues heures, comme lui, et semblait y trouver un épanouissement personnel. Ils ne parlaient jamais directement d'enfants.

Ellen n'y semblait pas prête. Ça lui allait. Ils étaient jeunes. Ils avaient le temps.

Il lui arrivait néanmoins de se dire que cela aurait été formidable d'avoir des enfants, surtout quand il voyait ses nièces. Il pensait souvent au bébé qu'ils avaient perdu… à l'âge qu'aurait maintenant son fils ou sa fille. Il s'imaginait bordant un enfant, tirer sur les couvertures tout en embrassant sa petite tête, un bout de chou à qui il dirait « je t'aime » en le prenant dans ses bras.

Et puis, un soir, Ellen rentra de son bureau huppé, enleva ses chaussures et se versa un verre de vin. Ils étaient mariés depuis six ans.

— J'y ai beaucoup pensé, Lucas, dit-elle, très doucement. Et je crois que le moment est venu pour chacun de nous de reprendre notre liberté. Qu'est-ce que tu en dis ?

Sa décision ne lui avait pas brisé le cœur, mais il avait eu de la peine de ne pas avoir été capable de faire fonctionner son mariage, d'avoir échoué.

Elle l'avait beaucoup aimé, et il avait fait de son mieux, mais ce n'était pas assez. La procédure de divorce s'était si simplement faite que cela en était presque gênant. Il se demandait s'il n'aurait pas préféré des disputes, des larmes et des cris à la calme dissolution de leur union. Il n'emporta qu'une photo d'eux ; ils avaient emmené ses quatre nièces à la mer, et Mercedes s'amusait avec l'appareil. Ellen et lui se tenaient la main, et il lui avait dit quelque chose qui l'avait fait rire. C'était une preuve, peut-être, qu'il n'avait pas été un si mauvais mari que ça. Il l'espérait, en tout cas. Vraiment.

C'était juste que son cœur avait toujours appartenu à quelqu'un d'autre, et ils le savaient tous les deux, même s'ils ne l'avaient jamais évoqué.

Ils sortirent dîner ensemble, la veille du jour où le divorce devait être prononcé, dans leur restaurant préféré, l'Alinea, où ils avaient leurs habitudes. Elle commanda un martini, et lui, une bière, et ils parlèrent de leur travail, de ses parents à elle, de Mercedes qui avait obtenu le premier rôle dans la pièce de théâtre de l'école. Ellen avait assuré les filles que le divorce ne changeait rien et qu'elle resterait toujours leur tante. Elles étaient encore allées très récemment passer la nuit chez Frank et Grace, qui les avaient aussi rassurées. Le divorce ne changeait rien à leurs sentiments, et ils restaient leur grand-père Frank et leur nana Grace.

Finalement, Ellen prit une profonde inspiration

— La dernière chose que je veux, Lucas, c'est te blesser, dit-elle, hochant la tête comme elle le faisait toujours quand elle avait quelque chose de capital à dire. J'ai rencontré quelqu'un.

— Vraiment?

Il reposa son verre de bière, conscient qu'il devait en dire plus.

— C'est bien. Je suis content pour toi.

Elle baissa les yeux, parut sur le point d'ajouter quelque chose. Ses yeux s'embuèrent.

Il se pencha vers elle, posa sa main sur la sienne.

— Qu'est-ce qu'il y a?

Elle était encore sa femme, même si ce n'était plus que pour quelques heures.

Elle sourit et secoua légèrement la tête, battit des paupières pour refouler les larmes.

— Je ne sais pas si tu te souviens…

Elle prit une inspiration, se recomposa.

— On était en première année de fac, je crois… Non, plutôt en troisième année, parce qu'on avait cours avec le Pr Hayden.

Elle sourit à une personne qu'elle connaissait, puis poursuivit d'une voix posée.

— On était à la cafétéria, et ta petite amie est entrée. Tu ne t'y attendais pas du tout et tu t'es levé si vite que tu en as presque renversé la table, et tu ne t'en es même pas aperçu. Elle s'est jetée dans tes bras et elle t'a serré contre elle, et vous vous êtes embrassés comme si plus rien autour de vous n'existait.

Le souvenir qu'elle venait de réveiller à sa mémoire lui

bloqua le souffle un instant… L'exubérance de Colleen, sa joie de vivre éhontée et son affection.

— C'est ce que je ressens avec cet homme, dit doucement Ellen.

Il lui souleva la main et l'observa un instant. Elle avait déjà retiré son alliance. Il avait toujours la sienne.

— Alors je suis heureux pour toi, ma chérie, dit-il. Je le pense.

Douze heures plus tard, ils étaient divorcés.

C'est Frank qui le vécut finalement le plus mal. Il était le fils qu'il n'avait jamais eu. Lucas resta pour finir le gratte-ciel Cambria, mais ils savaient tous les deux que c'était son dernier projet au sein de la compagnie.

Il voulait rester dans la construction — mais il en avait fini avec les gratte-ciel. Il n'avait pas le diplôme d'architecte, mais il avait eu la chance d'apprendre sur le tas, ces dernières années, et son œil était sûr. Il voulait être maître d'œuvre, concevoir des maisons et suivre les différentes étapes de la construction. Il allait perdre un quart de ce qu'il gagnait en tant que directeur de projet chez Forbes, mais il avait les relations, l'expérience, la réputation.

C'était ce qui l'attendait quand il serait de retour chez lui, dans la Ville aux larges épaules.

Mais, pour l'instant, c'était très agréable de ne pas être près de Joe ou en train de convaincre Bryce de trouver du travail.

Au lieu de ça, il se tenait au milieu d'un champ, imaginant la maison qu'il pourrait y construire. Déformation professionnelle. Celui-ci ne se situait pas très loin du nouveau bâtiment de la ville, sur une colline, avec le lac qui se devinait au loin et les vignes. La maison qu'il verrait bien ici aurait de nombreuses fenêtres, une terrasse en planches de bois de cèdre, une cheminée en pierre de rivière.

Peut-être qu'il pourrait apprendre à Bryce ce qu'il avait lui-même appris sur les chantiers. Ça, ou gigolo, parce que le garçon savait y faire avec les femmes.

Joe était en dialyse, Didi, au boulot, en train de chercher un vice de forme dans un dossier client, et Bryce, probablement chez lui. Lucas monta en voiture et se dirigea vers la maison de son oncle.

Tant que Didi continuerait à donner à son fils de l'argent de poche et une carte de crédit, malgré ses trente et un ans, il n'aurait pas de velléités d'indépendance.

Lucas gara sa voiture de location quelques maisons au-dessous de chez sa tante — les vieilles habitudes avaient la peau dure. Didi détestait que les voitures se garent dans l'allée ou dans la rue devant sa maison ; elle disait que cela faisait penser aux pauvres Blancs (avec le regard lourd de sens à son intention, même si elle ne se rendait pas compte que, techniquement, il était hispanique et donc un non-Blanc).

La voiture de Bryce était dans l'allée (les règles de Didi ne s'appliquaient pas à lui). Lucas frappa à la porte, attendit quelques instants, puis entra. Des bruits de coups de feu et d'explosion montaient du sous-sol. Lucas s'avança dans la maison jusqu'à l'escalier qui y descendait. L'appartement était étonnamment rangé, clair et spacieux. Il n'aurait pas été surpris que Didi fasse venir une femme de ménage ici toutes les semaines. Il y avait un grand canapé en cuir, un billard, un bar, un lit et une minuscule cuisine qui ne devait pas souvent servir, supposa Lucas.

Lucas patienta jusqu'à ce que son cousin ait tué un autre innocent sur l'écran, puis dit :

— Salut, Bryce.

— Lucas ! Je suis content de te voir !

— Comment ça va ?

— En pleine forme. Tu veux jouer ?

— Non, pas maintenant. Une autre fois, peut-être.

— OK. Tu venais pour quelque chose en particulier ? demanda-t-il en éteignant son jeu.

— Tu en es où, côté travail ?

Bryce hocha la tête.

— Ouais, en fait, je travaille un peu au refuge et à la salle de gym…

— Tu n'as jamais pensé à faire une formation pour devenir entraîneur ?

— Pourquoi pas. Enfin, j'imagine que… Je ne sais pas trop, en fait. Ça ne serait peut-être plus aussi amusant si ça devenait un vrai boulot.

— Il faut bien que tu gagnes ta vie, Bryce ! Tu as trente et un ans. Tu n'en as pas marre de vivre encore chez tes parents ?

— Tu plaisantes ? C'est génial.

— Je suppose que j'ai envie de te voir avancer, mon vieux, dit Lucas. Tu sais, avoir une carrière, un endroit à toi… Tu m'as dit que tu avais envie d'avoir des enfants.

— Ça, c'est sûr ! J'adore les enfants.

— Alors, tu dois prendre des décisions, faire évoluer ta vie, Bryce. Ces choses n'arriveront pas toutes seules.

— D'accord, d'accord.

Il hocha la tête sagement.

— Peut-être que nous pourrions travailler sur ça pendant que je suis dans le coin.

Il marqua une pause.

— Je pense que c'est important pour ton père de savoir que ça va pour toi, que tu as un but dans la vie.

— Euh… Qu'est-ce que tu veux dire ?

Lucas marqua une autre pause. Il y avait une innocence touchante, et d'une certaine façon pathétique, dans les yeux de son cousin.

— Ton père ne va pas bien. Il arrive au bout…

Bryce se raidit, sur la défensive.

— Il va bien. La dialyse, c'est tout aussi bien qu'un foie en bonne santé.

— Un rein…

— C'est ce que je voulais dire. Et il sera bientôt greffé.

— Il n'est pas sur la liste des transplantations. Il a un cancer.

— Je lui donnerai mon rein.

Les yeux de Bryce s'embuèrent.

— Je lui donnerais le mien aussi, si cela pouvait l'aider.

Lucas posa une main sur l'épaule de Bryce.

— Il s'inquiète pour toi. Il veut que tu aies une super vie…

— Mais c'est le cas. Et mon père… Je lui parlerai. Mais

il ne va nulle part. Je ferai tout pour l'en empêcher. De toute façon, pourquoi est-ce que tu me parles de travail ?

— En fait, j'ai un chantier ici, à Manningsport. Je me disais que tu pourrais m'aider.

Son cousin le dévisagea, perplexe.

— On serait ensemble, insista-t-il. Tu apprendrais quelques trucs, et qui sait ? Si ça se trouve, ça te plairait.

Bryce parut y réfléchir.

— D'accord, dit-il, en souriant. Ça marche ! On fait tourner les marteaux, et après on passe prendre quelques bières à l'O'Rourke, on descend jusqu'au lac et on ramasse quelques filles.

Lucas ferma brièvement les yeux.

— Tout un programme. OK. Je viens te chercher demain matin, d'accord ?

Un bruit de verre les interrompit. Ils tournèrent la tête en même temps vers la vitre qui venait d'exploser.

— Bon sang ! Qu'est-ce que c'est ? s'exclama Bryce en s'élançant vers les escaliers.

Il sortit par la porte de devant, la faisant claquer derrière lui assez fort pour faire trembler les murs.

La fenêtre était sur le côté de la maison. Lucas se dirigea vers elle, ses pas crissant sur le verre brisé, et hasarda un œil à l'extérieur.

Colleen O'Rourke était dissimulée dans les lilas de Didi, elle regardait vers la rue, le téléphone vissé à l'oreille.

Il ouvrit la porte qui donnait dans le jardin et s'avança vers elle, l'herbe étouffant le bruit de ses pas.

Ah. Paulina Petrosinsky se tenait devant sa petite Porsche, s'essuyant les mains sur ses cuisses. Bryce était à côté d'elle, lui parlant aimablement.

— D'accord, Paulina, murmura Colleen, je veux que tu...

— Colleen ? Qu'est-ce que tu fais ?

Elle tressaillit et se cogna la tête à une branche.

— Bon sang ! Tu m'as fait une de ces peurs ! siffla-t-elle entre ses dents.

— Bon sang ! tu m'as fait une de ces peurs ! dit Paulina, sa voix se faisant clairement entendre sur la ligne.

— Quoi ? entendit-il Bryce demander d'une voix audible.

— Rien, lança Colleen.

— Rien ! répéta Paulina.

La barbe !

— Donne-moi ça, dit Lucas.

— Non.

— Non, fit l'écho.

Colleen appuya sur la touche *mute* de son iPhone.

— Toujours aussi bon, je vois, pour te faufiler en douce, marmonna-t-elle.

Il eut envie de sourire. Ouais. Une ou deux fois (quatre fois, en fait), il s'était glissé dans le jardin des O'Rourke, avait escaladé la treille jusqu'à sa chambre et passé une très joyeuse nuit collé à elle.

Des moments heureux.

Colleen semblait penser aux mêmes choses, car son visage vira au rose.

— Qu'est-ce que tu fais ici ? demanda-t-il doucement.

— J'aide Paulina à faire que Bryce se sente viril.

— Comment ?

— En créant une situation où elle apparaîtra « féminine et impuissante ».

— Ah. Donc elle a un problème mécanique ?

— J'ai crevé son pneu de devant. Tu penses que Bryce peut changer un pneu ?

— Non.

Elle sourit, et Lucas se sentit traversé par un arc électrique.

Autrefois, Colleen était la plus jolie fille du coin.

Aujourd'hui, elle était magnifique.

Et elle n'était plus une fille.

— Ce n'est pas le moment de me distraire, lâcha-t-elle en reportant son attention vers la route. Paulina compte sur moi.

Elle désactiva la touche *mute* de son téléphone, et la voix des amants maudits leur parvint à nouveau de la rue. Celle de Paulina d'abord.

— Donc, euh… qu'est-ce que je peux faire, d'après toi ?
— Appeler un dépanneur ? suggéra Bryce.
— Oh. Tu ne sais pas changer un pneu, c'est ça ?

Elle coula un regard plutôt désespéré en direction du lilas et de Colleen.

— C'est le cric, je n'ai jamais su m'en servir.
— Rassure-le, lui chuchota Colleen dans son téléphone. Dis-lui que tu es sûre qu'il va très bien s'en sortir. Rappelle-toi : demoiselle. En détresse. Montre-lui qu'il est fort et viril.

Lucas leva les yeux au ciel.

— Parce que tu t'y connais en « femmes en détresse » ?

Elle lui jeta un regard troublé. La commissure de ses lèvres trembla.

— Lucas, s'il te plaît, dit-elle d'une voix presque inaudible, les larmes aux yeux. J'essaie juste d'aider mon amie. Tu as raison, c'est stupide. Je le sais, mais qu'est-ce que je peux faire d'autre ?
— J'ai failli y croire. Bien essayé.

Elle haussa les épaules.

— Ça marche pourtant à tous les coups.

Il lui prit le téléphone des mains, raccrocha et le glissa dans la poche frontale de son jean.

— Viens le chercher, si tu le veux.
— Tu crois que ça va m'arrêter ? Je vais sortir mon couteau suisse et tailler dans le vif sans m'inquiéter de l'environnement.

Elle attendit. Il ne bougea pas.

— Lucas, rends-moi ce foutu téléphone.

Elle s'avança et tendit le bras vers sa poche. Il lui saisit sa main.

— Puisqu'ils sont là, réunis tous les deux, grâce à toi, Colleen, laisse-les se débrouiller.

Sa main à elle était douce et fraîche, épousait la sienne. La même chose, comme toujours. Sans pouvoir s'en empêcher, il caressa de son pouce la paume de sa main.

— Oh ! waouh, soupira-t-elle. Tu m'émoustilles.

Elle battit des cils et retira sa main. Avant de la plonger dans sa poche.

Holà !

Elle fouilla, gardant ses yeux accrochés aux siens. Il la soupçonna de s'attarder. Elle le gratifia de ce sourire malicieux dont elle avait le secret.

C'était toujours la même Colleen.

Il en était heureux.

Il pencha la tête de telle sorte que sa joue mal rasée effleura la sienne.

— Attention à ce que tu veux, chuchota-t-il.

Seigneur ! Son parfum s'infiltrait dans ses narines. Elle sentait bon. Plus entêtant que le lilas.

— Ce n'est pas la modestie qui t'étouffe, dit-elle en retirant sa main (avec le téléphone).

Ses joues avaient pris une teinte rouge encourageante. Elle pianota sur son téléphone. Une seconde plus tard, Paulina avait enclenché le Bluetooth, rétablissant le contact des ondes.

Bryce avait sorti la roue de secours du coffre et commencé à desserrer sans trop de difficultés un écrou avec la clé.

— J'ai vu faire ça dans un film, lança-t-il joyeusement.

La clé ripa, et il se cogna le bras.

— Aïe. Attends, je vais encore essayer.

— Dis-lui combien tu es heureuse que ça te soit arrivé juste devant chez lui. Qu'il est un vrai chevalier servant, marmonna Colleen dans le téléphone.

— Quelle chance que mon pneu ait éclaté devant chez toi, répéta Paulina. Tu es un prince, Bryce.

— Pas de problème, ma vieille !

Il parut réussir à desserrer les écrous, mais il semblait plus perplexe avec le cric. Paulina attendait nerveusement, à côté, faisant craquer ses articulations. Bryce le tournait entre ses mains, hésitant sur la façon de le placer et de s'en servir. Il le posa sur le côté pour voir si cela marchait mieux de cette façon.

— Tu sais quoi ? Mon cousin est là, finit-il par dire. Je parie qu'il te le change en dix secondes.

— Peut-être moins, murmura Lucas.

— Non, ne le laisse pas partir, ordonna Colleen dans le téléphone. Improvise. Trouve quelque chose pour le retenir.

— Attends, attends, lâcha Paulina. Euh… Hmm… J'ai une idée. Je vais soulever le pare-chocs avant, et tu changeras le pneu, d'accord ? A trois…

Et elle le fit.

Elle décompta, puis souleva le devant de sa voiture.

— Elle est incroyable, lança Lucas.

— Chut, marmonna Colleen. Et, oui, elle l'est.

— Mais je le pense.

— Waouh ! s'exclama Bryce. Tu es super forte. C'est quoi, ta routine d'entraînement ?

— Marine Boot Camp 360, grogna Paulina.

— Sans blague ! Moi aussi ! Combien de développés couché tu fais ?

— Retire ce pneu, pour l'amour du ciel, lâcha-t-elle. Je vais finir par me faire une hernie.

— C'est comme regarder un porno, murmura Lucas.

Colleen eut un petit bruit de gorge et coupa à nouveau le micro. Lucas ravala un sourire. Sa protégée ne pouvait apparemment pas suivre ses consignes tout en soulevant un petit véhicule.

— Alors, pourquoi as-tu divorcé ? demanda-t-elle après une minute.

— Peut-être que je n'ai jamais pu t'oublier.

— Ooh. Que c'est beau ! Non, sérieux, Lucas. Pourquoi as-tu quitté ta douce Ellen ?

— Je ne tiens pas forcément à discuter de mon mariage dans les buissons. Nous ne devions pas dîner un de ces soirs ?

Cela étant dit, la situation n'était pas pour lui déplaire. Il devinait par transparence son soutien-gorge push-up, sous son T-shirt. Elle avait toujours su se mettre en valeur. Et il n'allait pas se plaindre alors qu'il était avec elle dans les buissons.

Elle tourna la tête vers lui comme si elle avait lu dans ses pensées. Grillé. Il lui sourit.

Elle sourit aussi, totalement confiante.

Il était célibataire, Colleen aussi... il était en ville pour...

Non. Il n'était pas ici pour vivre une relation sentimentale — et certainement pas une qui serait aussi passionnée et compliquée que celle qui avait été la leur dix années plus tôt. Colleen n'était pas une aventure d'un soir.

Du moins elle ne l'avait pas été. Elle s'était investie dans leur histoire avec tout son cœur. Colleen O'Rourke l'avait aimé, et le souvenir de cet amour lui revint comme une vague chaude.

— Arrête de me regarder comme ça, chuchota-t-elle. Je suis immunisée contre tous tes trucs à la Heathcliff.

— Tu vois quelqu'un ? demanda-t-il.

— Oh ! La ferme !

Bryce laissa tomber le pneu, en riant. Les bras de Paulina semblaient pris de tremblements irrépressibles qui ne laissaient rien augurer de bon.

— Ça va mal tourner, commenta placidement Lucas. Il va finir par prendre la voiture sur le nez.

Collen soupira.

— OK... va l'aider. Sois viril et héroïque, Lucas. Tu fais ça si bien.

— Tu as raison. Ravi de t'avoir vue, tête brûlée. Et arrête de jeter des graviers contre les fenêtres, d'accord ?

Il s'avança vers le jardin de devant.

— Oh ! Mon vieux, merci ! s'exclama Bryce.

— Salut, Paulina, dit-il. Tu peux reposer la voiture, maintenant. Je m'en occupe.

Quelques instants plus tard, le bruit d'un moteur emplit l'air. Lucas regarda en bas de la rue et vit Colleen s'éloigner au volant d'une Mini Cooper cabriolet.

Une fille sexy dans une voiture rouge.

Imparable.

14

— C'est bon de te voir, Lucas — bien que tu aies brisé le cœur de mon bébé, il y a quelques années. Je n'ai pas oublié.

— Et vlan, mon vieux, prends ça dans les dents ! s'exclama Bryce en souriant.

— Cela me fait plaisir aussi, madame O'Rourke, répondit Lucas en hochant la tête.

C'était surtout très étrange de la revoir et de se retrouver dans la maison où il venait en tant que petit ami de Colleen. Rien ne semblait avoir beaucoup changé.

— Appelle-moi Jeanette. Je pense de plus en plus à reprendre mon nom de jeune fille, ces derniers temps. Bon, je vais te montrer la pièce et t'expliquer ce à quoi je pensais.

Elle les conduisit à l'arrière de la maison et les fit entrer dans une pièce tout en longueur, très datée années soixante-dix avec ses petites fenêtres sur un côté et ses placards encastrés.

— C'était son bureau, là où il appelait la Greluche pour faire leurs cochonneries au téléphone, sans aucun doute. Tiens, si je m'écoutais, j'y mettrais le feu.

— De l'eau a coulé sous les ponts ! lança Bryce.

— Exactement, mon cœur. Cela fait dix ans. Ah, les hommes… Tous des menteurs et des tricheurs.

— Sauf moi, bien sûr, répliqua Bryce.

— Eh bien, pas encore, murmura Jeanette. Mais bon, tu as le gène en toi. Est-ce que tu vois quelqu'un, mon chou ?

— C'est une proposition ? Ça vous dirait de sortir, un de ces jours ?

Elle éclata de rire, lui tapota le bras.

Jeanette O'Rourke était venue trouver Lucas en lui disant qu'elle avait un projet pour lui. Il avait accepté de venir jeter un coup d'œil. Le chantier de la ville n'avait pas repris, et c'était l'occasion de traîner Bryce avec lui et de voir ce qu'il avait dans le ventre.

Lucas évaluait l'espace, écoutant l'échange d'une oreille distraite. Elle n'avait rien touché depuis le départ de Pete O'Rourke. Tout était dans le jus — une photo de lui avec un politicien du coin sur un parcours de golf, un trophée de lycée, des livres de Robert Ludlum. Une photo de Colleen à l'époque de la fac. Son sourire insolent, ses yeux gris et doux, ses cheveux brillant dans le soleil.

Mince, il était en train de la fixer.

— Peut-être que vous pourriez réaménager, plutôt que de le brûler ? dit-il en se tournant vers la mère de Colleen. Ce serait dommage de vous priver de tout cet espace.

— Tu marques un point. Ce serait très agréable d'y installer mon atelier de dessin. Oui, parce que je prends des cours.

— Vous dessinez quoi ? l'interrogea Bryce.

— Je peins des nus.

Elle le détailla, des pieds à la tête, la mine songeuse.

— Tu sais que les modèles sont payés, et on est toujours à la recherche de nouveaux sujets.

— Ah ouais ? Combien ?

— Pas assez, intervint Lucas. Puisque vous avez besoin d'un nouveau toit et de plus grandes fenêtres, on pourrait envisager une surface vitrée au plafond. Vous auriez comme ça une belle lumière. Une porte-fenêtre sur ce mur, peut-être une petite terrasse.

— Merveilleux ! Quand peux-tu commencer ?

Il pivota vers elle.

— Vous êtes sûre que c'est une bonne idée de vous adresser à moi, madame O'Rourke ?

— Jeanette.

— Etant donné mon passé avec votre fille, Jeanette ?

— J'en suis sûre, oui.

La douceur de sa voix le mit instinctivement sur ses gardes.

— Vous vous en chargeriez tous les deux ? Toi et Bryce ?
— Oui.
Elle sourit.
— Je pourrais probablement vendre des tickets pour un tel spectacle. Est-ce que tu peux me mettre ça sur papier pour que je puisse me faire une idée ? Je me fiche du prix. Mon cavaleur de mari a dû me verser un tas d'argent au moment du divorce. L'argent de la trahison. L'argent de la culpabilité. L'argent pour avoir choisi la Greluche.

Une heure plus tard, il avait esquissé un croquis et avait préparé un devis. Quand il rejoignit son pick-up de location, avec Bryce, il était plutôt satisfait de la tournure que prenaient les événements.

Joe serait content. C'était un début, et avec un peu de chance Bryce allait se découvrir un talent pour le bâtiment et la construction.

Il s'engagea sur un chemin de terre. Colleen et lui s'étaient garés là, une nuit, à la fin de l'été, avant qu'ils ne partent tous les deux pour l'université. Il se souvenait encore de la douceur incroyable de sa peau, de ses pupilles qui se dilataient quand elle…

— Est-ce que tu as vu mon père hier ? Je l'ai trouvé bien.

Lucas coula un regard vers son cousin. Il l'avait effectivement vu, et ce n'était pas le mot qui lui venait en premier à l'esprit. Joe avait sombré dans le sommeil, ce qui lui arrivait de plus en plus souvent, plus fragile que jamais.

— Content de l'entendre, répondit-il, bottant en touche.

C'était comme avec le chat qu'il avait recueilli. Il l'avait trouvé errant près de l'école, l'avait ramené chez lui et installé au-dessus du garage, dans une pièce encombrée de cartons de vieux jouets. Didi détestait les chats, mais Bryce l'avait travaillée au corps, et elle avait fini par céder. Elle ne lui refusait rien, alors pourquoi le chat aurait-il fait exception ?

Bryce le baptisa Harley. L'animal dormait sur son lit la nuit, le suivait comme son ombre le jour (même s'il donnait des coups de tête à Didi pour chercher ses caresses quand Bryce n'était pas là, il avait clairement choisi son maître).

Harley était, hélas, un vieux chat, au pelage miteux, au squelette perclus d'arthrite. Son ronronnement crépitait dans sa gorge comme de l'électricité statique.

Il cumulait les problèmes de santé — la raison sans doute pour laquelle il avait été abandonné. Malgré les nombreuses pilules que Bryce lui fourrait dans la gorge chaque jour, malgré les avertissements du vétérinaire, qui lui disait que le chat ne passerait pas Noël, malgré le comportement de l'animal, qui dormait de plus en plus et mangeait de moins en moins, Bryce refusait de voir la réalité en face. « Il ne ronronnerait pas comme ça, s'il était très malade », disait-il, tout en flattant la tête de l'animal.

Et puis ce qui devait arriver arriva. Il trouva le corps sans vie de Harley, recroquevillé en boule sur son lit, un soir en rentrant de l'école.

Il accusa le coup, malheureux comme les pierres. Lucas l'avait souvent entendu pleurer, le soir dans sa chambre. Il avait pourtant seize ans, à cette époque-là.

Cela semblait se reproduire. Le même déni, mais le contrecoup risquait d'être terrible.

— Tu devrais passer autant de temps que possible avec lui, Bryce, lui dit Lucas.

— C'est ce que je fais déjà. Je veux dire, je vis à la maison avec lui.

— Assure-toi que c'est du temps bien utilisé, c'est tout ce que je dis.

Du temps pour se parler. C'est ce qu'il aurait aimé avoir avec son propre père.

Cette fois, il pouvait être là pour Joe. Et pour Bryce aussi.

Le mercredi, Colleen s'arrêta chez sa mère. Cette dernière l'avait appelée la nuit précédente pour lui dire qu'elle faisait refaire le bureau de Pete. Alléluia ! Le dixième anniversaire du départ de son mari semblait avoir agi sur elle comme un électrochoc. D'abord les cours de dessin de nus, et maintenant la rénovation de la maison. On ne l'arrêtait plus…

Colleen se gara dans la rue. Un pick-up était déjà dans l'allée, par ailleurs encombrée de planches de bois posées le long de la maison, ainsi que d'une benne à ordures. La Prius blanche de Carol Robinson était garée dans la rue, tout comme la Buick de Mme Johnson (amatrice de *piña colada*), un tank, en réalité, qu'elle avait tendance à conduire au milieu de la chaussée, provoquant la terreur chez tous les êtres vivants croisant sa route.

— Maman ! appela Colleen en entrant dans la maison.

Le bruit d'une scie électrique saturait l'air par intermittence.

— On est dehors !

Colleen poussa la porte et sortit dans le jardin. Sa mère, Carol et Mme Johnson — devenue officiellement Mme Holland, même si personne ne l'appelait comme ça — étaient confortablement installées dans un transat et sirotaient une boisson rosée.

— Bonjour, mesdames ! lança-t-elle en se penchant pour les embrasser l'une après l'autre. Qu'est-ce qui se passe ici ?

— Nous profitons de la vue, Colleen chérie, répondit Mme J. Après tout, si nous avons des yeux, c'est pour nous en servir. Et puis nous ne sommes pas encore mortes !

— Joins-toi à nous ! dit Carol.

Elle obtempéra et s'installa dans un transat. Leva les yeux vers le toit.

— C'est Bryce ?

— Avec son cousin, Lucas, précisa Carol. Tu sais que Joe est en fin de vie. On ne lui donne pas plus de six semaines. Tu l'as fréquenté, je crois ?

— Joe Campbell ? Non, je ne l'ai jamais fréquenté ! murmura-t-elle.

— Salut, Colleen, cria Bryce en l'apercevant.

— Salut, toi !

Lucas apparut à cet instant.

Oh. Waouh. Waouh. Il portait un short de menuisier et des bottes de travail, ainsi qu'un T-shirt blanc qui faisait ressortir sa peau mate. Un manuel, un vrai… et son gros… puissant… euh… marteau. Il n'y avait pas un film porno sur ça ? Si ce n'était pas encore fait, il fallait que quelqu'un creuse l'idée !

En la voyant, il lui fit un petit signe de tête. Peut-être un sourire.

— C'est vrai… J'oubliais que tu avais fréquenté Lucas. Il s'est marié, non ? Lucas ! l'interpella-t-elle. Est-ce que tu es toujours marié ?

— Plus maintenant, madame Robinson.

— Un mot de toi et je suis célibataire dans l'heure, rétorqua-t-elle. Tu n'as rien contre les femmes plus âgées ?

— Je les adore !

Des petits rires et des gloussements s'élevèrent du clan des ménopausées.

Colleen déglutit, la gorge sèche.

— Tu vas te le taper, Colleen ? s'enquit Carol. Rien ne pourrait m'arrêter si j'avais ton âge… ou même encore soixante ans.

— Il sera content de le savoir. Mais moi, je passe mon tour. Et « se le taper », Carol ! Jamais je n'aurais cru possible d'entendre une telle expression dans votre bouche. Je suis choquée !

— Il est le seul garçon pour lequel Colleen a éprouvé des sentiments, crut bon d'ajouter sa mère.

Colleen ferma les yeux, vaincue.

— Il y a de l'alcool dans ces verres ?

— Pas dans le mien, ma chère, lança Mme Johnson. Jamais avant 17 heures ! Mais ces deux-là ont pris de l'avance.

— Juste du vin blanc, un petit zin, avec une pointe de 7Up, dit Jeanette.

— Pourquoi ne pas me planter tout de suite un couteau dans le cœur ? Mesdames, un peu de dignité ! Laissez-moi au moins vous préparer un mojito !

— D'accord, fit Carol. Mais oh ! Attends, Bryce est en train d'enlever son T-shirt. Vas-y, Bryce ! Bryce ! Bryce !

Elle laissa échapper un petit roucoulement de contentement.

— Voilà, à cause de vous toutes, il faut que j'aille prendre une douche, murmura Colleen.

— Moi aussi, s'exclama sa mère. Bryce, à cause de toi, il faut qu'on aille prendre une douche !

Colleen laissa échapper un couinement d'horreur.

— Allons, mesdames ! Un peu de retenue !

Elle lorgna néanmoins Bryce, comme les autres. Si elle avait des yeux, c'était pour s'en servir, après tout. Bryce était un beau mec, même si elle connaissait déjà ses tablettes de chocolat.

— Je te donne un huit et demi, lança Mme Johnson.

— Neuf, surenchérit Carol.

— Neuf, répéta en écho sa mère. Colleen, je pense que Lucas et toi devriez vous remettre ensemble. Tu ne crois pas ?

— Je vous salue, Marie, pleine de grâce, le Seigneur est avec vous et, s'il vous plaît, faites que ma mère cesse de dire n'importe quoi, récita-t-elle.

— J'ai entendu dire qu'il t'avait embrassée au bar, l'autre soir.

— Je me bouche les oreilles... Je n'écoute plus... Vous êtes bénie entre toutes les femmes, bénie de pouvoir changer de sujet de conversation, et bénie...

— Oh ! allez, reprit Jeanette, terminant d'un trait sa boisson. Ne fais pas ta froussarde. Avant même que tu t'en rendes compte, tu auras vieilli, et tes ovaires se seront fossilisés. Et moi, je n'aurai pas eu de petits-enfants.

Elle se mit à s'éventer.

— Pffff ! Vous ne trouvez pas qu'il fait plus chaud ici ? Seigneur. Je suis en nage. Colleen, est-ce que tu t'es déjà fait une épilation intégrale du maillot ? J'y réfléchis sérieusement.

— « Sainte Marie, mère de Dieu, priez pour nous, pauvres pêcheurs, maintenant et alors que nous considérons le matricide. Amen. »

— Silence, vous deux, ordonna Carol. Lucas ! A toi, c'est ton tour ! Débarrasse-toi de ce T-shirt qui t'encombre ! Fais comme ton cousin !

Carol marquait un point, après tout, il faisait très chaud.

Lucas les regarda du toit. Ses dents blanches contrastaient avec cette barbe de quelques jours qui ombrait sa mâchoire, et il était incroyablement sexy. Elle voulut lui faire un geste désinvolte de la main, mais ne réussit qu'à soulever mollement le bras.

Il retira son T-shirt d'un seul geste, et Colleen ne sentit plus ses jambes.

— Dix, lança Mme Johnson.

— Dix, s'exclamèrent en chœur Carol et sa mère.

Peut-être était-ce sa peau brune… Ses épaules larges, son torse musclé, moite de sueur. Pas sculpté par des heures de musculation en salle comme le corps de Bryce, non, juste la perfection masculine au naturel.

— Colleen ? demanda sa mère.

Elle ferma la bouche.

— Neuf, dit-elle faiblement. Qui veut un mojito ?

Elles levèrent toutes le doigt. Ma foi, elle n'aurait pas été contre un petit remontant aussi. Ou contre l'idée de plonger sa tête dans le congélateur pendant quelques minutes.

Lucas allait donc traîner dans le coin. Elle ne devait pas en être surprise. Sa mère et la subtilité, ça faisait deux. Bryce était un pilier de bar, donc Lucas passerait aussi du temps à l'O'Rourke. OK. Elle pouvait gérer.

Les jambes en coton, elle eut l'impression de se traîner jusqu'à la cuisine. Elle jeta un coup d'œil dans le réfrigérateur, rempli de légumes verts. Comme toujours, sa mère finirait par les jeter, non sans l'avoir appelée pour se plaindre du prix exorbitant des fruits et légumes. Il y avait de la menthe, du citron vert, et bien sûr l'alcool de qualité supérieure dont elle l'approvisionnait.

Elle versa du sucre et de l'eau dans une casserole et fit chauffer le mélange pour faire un sirop, puis sortit le rhum blanc, pressa les citrons et rinça la menthe. Le rire des trois femmes lui parvenait de l'extérieur, couvert par instants par le hurlement de la scie électrique.

Elle ne fut pas surprise d'entendre un bruit de bottes dans l'escalier. Elle savait que Lucas descendrait pour la voir.

Il avait remis son T-shirt — une bonne chose, parce qu'il était une tentation ambulante. Un filet de sueur lui glissait le long de la tempe jusqu'à sa joue et dans son cou. Elle se souvint dans un flash de ce que cela faisait d'être dans ses bras, d'être allongée sur lui et de plonger dans ses yeux sombres, qui ne s'illuminaient que pour elle.

Oui, bon, elle s'avançait un peu. Ellen Forbes l'avait sans doute rendu heureux, aussi.

— Hello, dit-il.

Ses genoux fléchirent, et elle dut se retenir au plan de travail pour ne pas tomber.

Sa voix avait toujours été une arme diaboliquement efficace dans un arsenal de séduction déjà bien fourni. Oh! C'était trop injuste!

— Est-ce que tu as…

— D'abord, écoute, l'interrompit-elle brusquement tout en versant le sirop sur la glace pilée. Avant que tu ne sortes la réplique irrésistible, du genre « comment puis-je obtenir ce 10/10 ? », mettons les choses au clair.

— Colleen…

— Nous avons eu une histoire ensemble autrefois, c'était très joli, et puis cela s'est terminé quand tu t'es marié avec une autre, après m'avoir dit que tu ne voulais pas m'épouser. Peut-être que c'était son argent, peut-être que tu as découvert l'amour, le vrai, avec elle… bref, je m'en fiche, Lucas. De toute façon, c'était il y a longtemps. Dans une autre vie.

— Colleen!

Elle ne le regardait pas, le nez baissé, écrasant les feuilles de menthe avec plus de force que nécessaire, et poursuivit sur sa lancée :

— C'est vrai, je l'avoue, je te trouve très attirant. J'ai un cœur, après tout, et tu es sacrément séduisant. Oui, toi aussi, tu me trouves attirante, parce que je le suis. On se plaît, mais ce serait stupide de…

— Colleen! la coupa-t-il. Bryce s'est enfoncé un clou dans la main.

Elle releva la tête.

— Hein? Quoi?

— Est-ce que vous avez une trousse de premier secours?

— Quel maladroit je fais, s'exclama Bryce en entrant dans la cuisine. On dirait Jésus, hein ?

Il tenait sa main en l'air, un clou enfoncé entre le pouce et l'index. Du sang coulait le long de son poignet.

— Oh ! Oui, on doit bien avoir des pansements quelque part.

Puis elle tourna de l'œil.

Quand il vit les yeux de Colleen rouler en arrière, Lucas se précipita sur elle pour la rattraper, mais pas assez rapidement pour l'empêcher de se cogner la tête contre le plan de travail.

— Jeanette, appela-t-il. On a besoin de vous !

Il jeta un coup d'œil à son cousin.

— Bryce, tu mets du sang partout. Attrape du papier essuie-tout et patiente un tout petit peu, d'accord ?

Il était assis par terre avec Colleen appuyée contre son torse, ses cheveux lui effleurant le visage. Une odeur de menthe et de soleil s'infiltra dans ses narines. Il ne put s'empêcher d'avoir des pensées lubriques totalement hors de propos.

— *Mía*, réveille-toi, dit-il, lui relevant un peu la tête pour faire revenir le sang.

— Connor, pourquoi est-ce que tu m'as frappée ? marmonna-t-elle, portant la main à sa tête.

Il sourit contre son crâne.

— Colleen. Ça va, mon cœur ?

Elle se redressa et lui lança un regard confus.

— Tu t'es évanouie. Et tu t'es cogné la tête en tombant.

— Je ne m'évanouis jamais. Et tu es censé me rattraper ! Tu n'as donc jamais vu de films ?

— J'ai amorti ta chute.

— Pas assez, semble-t-il.

— Est-ce qu'elle a perdu connaissance ? s'informa Carol Robinson en pénétrant dans la cuisine, suivie de Jeanette et de Mme Johnson.

— Ma fille, Beth, s'est évanouie une fois. Elle n'avait pas pris de petit déjeuner, et il faisait chaud. Je lui disais toujours : « Ne reste pas le ventre vide. » Tu crois qu'elle m'aurait écoutée ? Penses-tu ! Autant pisser dans un violon. Personne ne m'écoute jamais, conclut Carol.

— Bryce Campbell, qu'est-ce que tu t'es fait à la main ? s'exclama Mme Johnson. Viens ici, mon lapin.

— Et vous deux, vous êtes adorables, assis là, lança Jeanette. Est-ce que j'ai tort d'espérer des petits-enfants ?

— Maman, je suis blessée. Tu ne veux pas compatir un peu à mon sort ?

Jeanette ouvrit le congélateur dans un soupir et fouilla à l'intérieur quelques secondes. Elle tendit à Colleen un sachet de choux de Bruxelles surgelés. Lucas le lui prit d'autorité des mains et le lui plaqua contre le crâne. Elle voulut protester, mais il fit un petit *tsss* qui fonctionnait toujours avec ses nièces. Elle se laissa aller contre lui.

Il écarta ses épais cheveux d'un côté. Ils sentaient tellement bon. Il se sentait complet, ses bras autour d'elle, le dos appuyé contre le placard, sa femme dans les bras.

Il s'aventurait sur une pente glissante… Surtout après ce qu'elle lui avait dit, juste avant de tomber dans les pommes.

— Qu'est-ce que je dois faire pour faire monter ma note et décrocher le dix ? chuchota-t-il contre son oreille.

Il la sentit frissonner.

— Tu dragues toujours les femmes blessées ?

— Tu es la première, dit-il avec un sourire.

— Qu'est-ce que vous êtes mignons, tous les deux, lança Carol. Tu as des origines espagnoles, Lucas ? Tu ressembles à un corsaire.

— Ma mère était portoricaine.

— Ah oui ? Comme c'est exotique.

Il lui sourit. Manningsport n'était pas exactement ce que l'on pouvait appeler un melting-pot.

Jeanette O'Rourke se tenait devant le congélateur et tirait sur son T-shirt pour se rafraîchir.

— Colleen, tu n'as pas monté le chauffage, au moins ?

— Non, maman. Je n'y ai pas touché.

Il perçut son soupir, une douce vibration qui se propagea à son torse.

— Maintenant, ne bouge plus, Bryce, dit Mme Johnson en prenant sa main blessée.

— Qu'est-ce que vous allez fai... Aïe ! Oh ! la vache !

Il la dévisagea, indigné, alors qu'elle tenait dans la main le clou qu'elle venait de retirer.

— Prévenez-moi, la prochaine fois !

— Ah, les enfants, aujourd'hui ! Vous ne faites pas attention à vous. Tiens-toi tranquille, ça va piquer un peu.

Elle versa de l'eau oxygénée sur la blessure de Bryce, qui ne broncha pas, la mâchoire serrée.

— Tu as été sacrément courageux, lança Colleen.

Il lui sourit.

— Il a une résistance élevée à la douleur, depuis qu'on l'a laissé tomber sur la tête quand il était bébé, murmura Lucas contre son oreille.

— Tu sais qui a aussi une haute résistance à la douleur ? reprit-elle. Paulina Pretrosinski. Elle assure grave.

— Ah oui ? dit Bryce. Et tu sais qu'elle est capable de soulever une voiture ?

— Oui, je sais. Je trouve ça super sexy.

— Arrête de jouer les entremetteuses, lui souffla Lucas.

Ses lèvres effleurèrent le lobe de son oreille, et il dut résister à l'envie de le mordiller.

Elle tourna un peu la tête.

— Est-ce que tu peux arrêter de me renifler ? chuchota-t-elle. Les occasions de te rapprocher à ce point-là de femmes sont peut-être rares en ce moment, mais ça commence à devenir cochon. Toi, moi, les choux de Bruxelles, le clan des ménopausées...

Il enfouit à nouveau son nez dans ses cheveux et sourit quand il sentit sa respiration haleter.

Mme Johnson mit une bande autour de la main de Bryce.

— Est-ce que tu es à jour, au moins, dans tes rappels contre le tétanos ? demanda-t-elle.

A cet instant, il se fichait comme d'une guigne que son

cousin soit ou non vacciné, mais il fallait quand même soigner cette main, et puis Bryce n'avait pas arrêté de toute la journée. Lucas s'écarta à regret de Colleen, se releva et lui tendit la main pour l'aider à se lever à son tour.

— Ça va mieux ?
— Oui, je te remercie.

Ses joues reprenaient des couleurs.

— Mange quelque chose, lui conseilla-t-il. Allez, Bryce, je t'emmène chez le médecin. Je reviens demain, madame O'Rourke.

— Jeanette, répéta-t-elle distraitement, occupée à passer un glaçon sur son décolleté. Au revoir, les garçons.

Colleen les raccompagna jusqu'à la porte, le sachet de choux de Bruxelles plaqué contre son crâne.

— A un de ces quatre, Colleen ! lança joyeusement Bryce, avançant à grandes enjambées jusqu'au pick-up.

— A bientôt, tête brûlée, dit Lucas en la fixant.
— Ne joue pas avec moi, rétorqua-t-elle, la voix tendue.

Il reprit son sérieux.

— Tu n'es pas revenu à Manningsport pour moi et tu retourneras à ta vie à Chicago dès que tu le pourras, poursuivit-elle. Et c'est très bien comme ça. Mais les baisers, le flirt et ton nez dans mon cou... Il faut que ça s'arrête. Je n'ai pas de problèmes avec toi, vraiment. Tu es quelqu'un de bien. Je le sais. Tu es le bienvenu au pub et chez ma mère. Mais tu m'as quittée.

— C'est toi qui m'as quitté, *Mía*.

— Oui, d'accord. Seulement, moi, je n'ai pas épousé quelqu'un deux mois après notre première dispute. Et ne m'appelle pas *Mía*.

Elle baissa soudain son bras, réalisant qu'elle tenait toujours les choux de Bruxelles contre son crâne.

— Tu m'as brisé le cœur, Lucas. C'était il y a longtemps, mais il faudrait vraiment être bête pour laisser l'histoire se répéter. Alors ne joue plus avec moi. Tu as compris ?

Il la dévisagea, silencieux. Les voix s'échappant de la cuisine et le pépiement des oiseaux qui voletaient au-dessus du buisson remplissaient l'air. Il voulait acquiescer, lui dire qu'il allait la laisser tranquille, mais il en était incapable.

Colleen l'attirait irrésistiblement. Ce qu'il avait ressenti la première fois où il avait posé les yeux sur elle dans cette salle de classe lui revenait avec la même intensité. Comme si toute sa vie il n'avait attendu qu'elle.

Elle le ressentait aussi. Elle s'humecta nerveusement les lèvres, et une rougeur envahit à nouveau ses joues. Il aurait juré entendre les battements de son cœur.

— Ce qui est sûr, c'est qu'il va se passer quelque chose entre nous. La question n'est pas de savoir si mais juste quand, murmura-t-il.

Il était si près d'elle qu'il la frôlait presque. Elle le regarda une longue minute. Puis elle pressa son index dans le creux de sa gorge, doucement, le forçant à reculer d'un pas.

Elle lui ferma la porte au nez. Sans la claquer ; la referma juste.

Lucas se surprit à sourire en se dirigeant vers le pick-up.

15

Cela faisait trois semaines que Lucas était à Manningsport, mais il n'en avait guère plus appris sur les espoirs et aspirations de Bryce, côté boulot. Rien. C'était un trou noir. De son côté, en revanche, il ne chômait pas. En plus du bâtiment que la ville faisait construire, il y avait la maison des O'Rourke, et on était venu le consulter au sujet de la construction d'une nouvelle annexe pour la maison de retraite. Un couple l'avait même approché pour qu'il conçoive un poulailler haut de gamme pour un élevage en plein air. Pas forcément son truc, mais il avait néanmoins rapidement dessiné des plans.

Cela avait toujours été comme ça. C'était le travail qui le trouvait.

Quand il semblait fuir Bryce. Ce dernier était, disons-le, un maître ès flemmardise. Et manifestement pas fait pour le secteur du bâtiment ni pour le travail manuel — il avait laissé tomber du toit une palette de bardeaux, perdu son marteau une dizaine de fois et lâché son téléphone dans le plâtre, avant de s'enfoncer un clou dans la main avec le pistolet. Il ne s'était pas raté et se promenait depuis avec un épais bandage (quand un simple pansement aurait suffi), qu'il arborait fièrement comme une décoration de guerre.

Lucas n'était néanmoins pas prêt à rendre les armes et il continuait à prospecter autour de lui et à décortiquer les annonces sur Craigslist. Il était passé de bonne heure ce matin chez Didi, avait sorti Bryce du lit pour un petit tour en ville.

Premier arrêt, la caserne des pompiers.

Il avait eu l'occasion de parler avec Gerard Chartier, qu'il croisait sur le chantier, et s'était acquis la reconnaissance de l'homme en lui affirmant que les services des pompiers primaient sur les deux autres (chose qu'il avait aussi dite à Levi pour les services de police et à Kelly Matthews pour les services de secours et les urgences). Un pieux arrangement, si cela contentait tout le monde. Gerard lui avait dit qu'il engageait cinq nouvelles personnes.

Cela pouvait peut-être coller. Bryce était sportif, en grande forme, il aimait les gens et… non, ce n'était pas idiot de penser qu'il avait les qualités qui feraient de lui un pompier efficace.

Lucas jeta un coup d'œil à Bryce, qui écoutait l'exposé de Gerard. Visiblement très impressionné, il posait un regard d'enfant sur chaque véhicule. Il le comprenait. Quel petit garçon n'avait pas rêvé à un moment ou un autre de devenir pompier ?

— Ce serait incroyable ! lança Bryce. Je ne veux pas me vanter, mais j'ai déjà sauvé quelqu'un. Lucas ? Tu te rappelles la fois où je t'ai sauvé ?

— Oui, je me souviens bien.

Croisant le regard interrogateur de Gerard, il expliqua :

— Je m'étais coincé le pied en voulant traverser les rails, et Bryce a réussi à me dégager, avant le passage du train.

— Ouais, on a sacrément eu chaud aux miches, s'exclama Bryce. Alors, quelles sont les épreuves de sélection ?

— Il faut passer douze semaines de préparation à l'académie de pompiers, commença Gerard. Firefighter I, Firefighter II…

— Il faut retourner à l'école ?

— Oui. Il y a tout un tas de procédures qu'il faut maîtriser, dans la lutte contre les incendies, dans le sauvetage, la gestion de crises et d'accidents impliquant des matières dangereuses, des agents pathogènes transmissibles par le sang, les interventions en cas de catastrophe. Oh ! et il y a un petit stage de six semaines pour être secouriste paramédical, mais c'est facile.

— La poisse. Ce n'est vraiment pas mon truc. Mais merci d'avoir pris sur ton temps pour m'expliquer tout ça, Gerard !

Lucas marqua sa stupéfaction alors que Bryce serrait vigoureusement la main du pompier.

— On se voit à l'O'Rourke !

— Bryce, dit Lucas en le rejoignant à l'extérieur, c'est quoi, le problème ? L'académie de pompiers ? Douze semaines, ce n'est pas si long. Ça passera vite.

— Je ne retourne pas à l'école.

— Ça pourrait te plaire.

— Ouais. Je veux dire, grimper à l'échelle, ou passer par les fenêtres, sauver des chiens ou des chats... Ça, ce serait amusant. Mais les matières dangereuses ? Sans moi.

— Tu réussirais, j'en suis sûr, Bryce.

Il lui suffirait de le coacher. Ses réactions ne manquaient jamais de le surprendre. Il se demandait quelquefois s'il n'avait pas pris un sérieux coup à la tête.

— Tu as probablement raison. C'est juste que ça ne m'intéresse pas. Et puis cela interférerait avec mon temps au refuge.

— Tu aurais une assurance santé, des vacances...

— Tu sais, plus j'y pense, moins ça me botte. Et si je me blessais au cours d'une intervention ? Je pourrais me retrouver paralysé à vie.

— Ou pas.

— Mais c'est une bonne chose de m'être confronté à la réalité. Je l'ai échappé belle.

Vaincu, Lucas ferma brièvement les yeux. Une fois que Bryce avait une idée en tête, on ne pouvait pas le faire changer d'avis.

Prochain arrêt, la boulangerie-pâtisserie qui approvisionnait aussi quelques-uns des restaurants de la région. Il avait entendu que Lorelei, la propriétaire, cherchait un apprenti boulanger.

— Bonjour, tous les deux ! s'exclama-t-elle avec un sourire lumineux en les voyant pénétrer dans la boutique. Bryce, qu'est-ce que tu t'es fait à la main ?

— Oh! ce n'est rien, dit-il en levant fièrement l'épais bandage.

Une amputation aurait sans doute nécessité moins de bandes et de pansements.

— On travaillait sur un chantier avec Lucas, et je me suis enfoncé un clou dans la main.

— Oh, mon pauvre, comme je te plains!

— Vous cherchez une aide, Lorelei? demanda Lucas.

— Oui! Vous pensez à quelqu'un?

— Ça pourrait intéresser Bryce. Pas vrai, mon vieux?

— Bien sûr, affirma-t-il aimablement.

— Réellement? insista Lorelei en rougissant. Ce serait… Ce serait super.

— Tant que je n'ai pas à me lever trop tôt, lui lança Bryce avec un clin d'œil.

Lucas leva les yeux au ciel.

— En fait, il faudrait que tu sois ici à 4 heures, expliqua-t-elle, en se touchant les mains, s'excusant presque.

— Ça peut aller, alors.

— Vraiment? s'étonna-t-elle.

— Oui. J'aurais une pause dîner, n'est-ce pas?

— Du matin, Bryce, intervint Lucas. On parle de 4 heures du matin.

L'incrédulité se peignit sur le visage de son cousin.

— Tu te lèves à 4 heures du matin?

— Disons plutôt 3 h 30, précisa Lorelei.

— Nom d'un chien! Et tu vas chez Paulina, ce week-end? On pourrait prendre un verre ensemble, si ça te dit.

Bryce venait de faire basculer un entretien d'embauche en *speed dating*.

Et voilà qu'il y avait autre chose : le plan démoniaque de Colleen.

Les Petrosinsky organisaient un barbecue, et la moitié de la ville — et ce n'était pas exagéré — avait été invitée.

La clochette au-dessus de la porte tinta. Quand on parlait du loup… Les yeux gris et le corps de rêve de Colleen entrèrent avec Faith dans la boulangerie.

— Salut, Lorelei ! lança cette dernière avec la même joie exprimée par ceux qui se retrouvaient après des décennies de guerre. Est-ce que tu as des pains au chocolat, aujourd'hui ?

— Bien sûr. Salut, Colleen !

— Bonjour, braves gens de Manningsport. Et Lucas…, dit-elle en croisant son regard. Toujours un plaisir de te voir. Alors, on est bec sucré ?

— Pour certaines choses, murmura-t-il.

— Mon Dieu, est-ce que tu me ferais du rentre-dedans ? Donne-moi une seconde, le temps d'enlever ma culotte, et je suis toute à toi. Lorelei, je prendrai un de ces biscuits noirs et blancs.

Elle fanfaronnait, mais la rougeur de son visage et son regard fuyant ne trompaient pas.

Faith avait déjà englouti la moitié de sa pâtisserie, ce qui confirmait le bruit qui courait qu'elle mangeait pour deux. Il lui sourit. Cette bonne vieille Faith.

— Vous faites quoi, les garçons ? demanda-t-elle.

— On se balade, répondit Bryce.

— Bryce cherche du travail, expliqua Lucas. Est-ce que vous embauchez en ce moment, sur le domaine ?

— En fait, ton cousin a déjà travaillé au Blue Heron. Apparemment, ça n'a pas bien fonctionné.

— J'ai peur que non, dit-il gentiment. J'étais dans la salle de dégustation. J'ai un peu trop bu, je crois. Honor m'a viré à la fin de mon premier jour. Elle n'est pas commode, hein ?

— Tu as quand même perdu connaissance derrière le comptoir ! le réprimanda Faith.

— Oui, c'est bien possible.

Il eut un mouvement d'épaules désinvolte.

— Vous autres, vous faites du super vin.

— Tu cherches quoi, comme boulot ? demanda Colleen.

— Plutôt quelque chose de créatif, avec des horaires aménageables, en équipe. Il me faut du contact !

Lucas leva les yeux au ciel.

— Je peux te trouver un job, déclara Colleen.

— Vraiment ? s'étonna Bryce, qui jeta un coup d'œil nerveux vers son cousin.

— Affirmatif.

Lucas attendit. Collen le fixait, un sourcil levé.

OK.

— Bryce, va te chercher un petit gâteau, dit-il.

Il regarda Bryce s'éloigner et, quand il fut sûr qu'il n'était plus à portée d'oreilles, il se tourna vers Colleen.

— Qu'est-ce que cela va me coûter ?

— Tu acceptes de ne pas mettre ton nez dans l'histoire « Bryce et Paulina ». Ne t'en mêle pas.

— Il faut vraiment qu'on ait encore cette discussion ?

— Non.

Il la regarda, les yeux en fente. Attendit.

Colleen haussa un sourcil, l'affrontant du regard.

— OK. Marché conclu, capitula-t-il.

L'important était de dire à Joe que son fils avait un boulot.

— Viens avec moi, Bryce, fit-elle. Faith, tu me laisses dix minutes, mon chou ?

Elle prit Bryce par le bras et l'entraîna à l'extérieur du magasin. Lucas leur emboîta le pas. Sur le pas de la porte, ils tombèrent sur un couple, avec un petit bébé maintenu contre la poitrine de la maman dans un harnais.

— Colleen ! s'exclama la jeune femme. Comment vas-tu ?

— Oh ! salut, vous deux ! Regardez-moi cette petite merveille !

Colleen se pencha sur le nourrisson. Lucas l'imita. Une adorable bouille, avec une touffe de cheveux noirs, une minuscule tête et de petites oreilles parfaites.

Colleen lâcha le bras de Bryce, qui s'éloigna un peu, occupé à manger son cookie. Elle se tourna vers Lucas.

— Je te présente Jordan et Tate Lawrence — et leur magnifique petite fille, Colleen.

— C'est Colleen, la grande, qui a provoqué notre rencontre, et nous avons voulu donner son prénom à notre fille, expliqua celui-ci en souriant. Notre façon de la remercier.

— Il n'y aurait pas de mini-Colleen sans elle, ajouta sa femme en prenant la main de son mari.

— Vous êtes trop mignons, tous les deux, s'exclama Colleen, en coulant un regard narquois vers Lucas. Je vous souhaite une belle journée !

Elle regarda la petite famille entrer dans la boulangerie.

— C'est grâce à moi. C'est vrai. Je devrais me mettre à mon compte. Est-ce que tu veux que je te trouve quelqu'un, Lucas, trésor ?

— Je passe mon tour.

— Tu veux savoir combien il y a de bébés qui s'appellent Colleen, à Manningsport ?

A son petit air satisfait, elle devait en avoir une idée précise.

— Sept ! Tu as bien entendu, Lucas... Sept. Ce qui fait un pour-cent de la population, à qui l'on a donné mon prénom, pour me remercier parce que j'ai fait se rencontrer papa et maman. Il y a même deux garçons.

— Des garçons qui s'appellent Colleen ? remarqua Bryce.

— Non. Colin pour un, Cole pour l'autre, mais la référence est plus qu'évidente, je pense. Allez. Bryce ! Viens par ici... c'est de l'autre côté de la rue.

Des fleurs bleues et orange dans des jardinières ornaient la devanture du magasin. Sur l'enseigne aux reflets dorés, on pouvait lire « Tout est bien qui finit bien ».

— C'est la boutique de robes de mariée ? s'étonna Bryce.

— Elémentaire, mon cher Watson !

Elle en poussa la porte et s'écarta pour les laisser entrer. Des robes blanches. Quelques canapés roses. Encore des robes blanches. Beaucoup d'accessoires brillants et à paillettes.

Une femme, la petite trentaine, apparut dans la pièce.

— Colleen ! s'écria-t-elle, le visage rayonnant. Comment vas-tu ?

— Bonjour, Gwen. Ça va bien, et toi ?

— Fantastique. Est-ce que tu veux un verre de vin ? Un café ? Un massage des pieds ? Une femme de ménage pour ta maison ?

Colleen éclata de rire. Elle se tourna vers Lucas, qu'elle gratifia d'un sourire ironique.

— J'ai fait venir chez Gwen une ou deux fiancées.

— Une ou deux ? Ne sois pas si modeste ! Une dizaine, oui, plutôt ! C'est bien simple, je t'offre ta robe quand le grand jour viendra.

— Et je sais déjà celle que je veux. Bref. Gwen, je me demandais si tu pouvais m'aider. Bryce, ici présent, cherche du travail.

— Ah bon ?

Gwen le détailla des pieds à la tête, l'évaluant, sourcils froncés.

Celui-ci sourit, n'ayant manifestement aucune objection.

— Je sais que tu es très occupée, poursuivit Colleen.

— C'est vrai. Mais je ne suis pas sûre… qu'un hétéro…

Le battant d'une cabine d'essayage s'ouvrit soudain, et une jeune femme apparut — quelle surprise — en robe de mariée. Elle portait une jupe vaporeuse et un bustier serré. Trop serré. Elle était si comprimée dedans qu'on se demandait comment elle allait pouvoir respirer. Mais Lucas avait déjà constaté que pour une femme le confort était le dernier des critères quand il s'agissait de s'habiller.

— Hé, comment ça va ? lança Bryce. Vous êtes splendide !

— Euh… Bonjour. Vraiment ? demanda nerveusement la jeune femme. Je ne suis pas sûre.

— Vous plaisantez ? C'est… Ça le fait !

Il hocha la tête et fit courir un regard connaisseur sur la silhouette.

— Je l'aime beaucoup, enchaîna la mariée, en faisant bouger les jupons devant le miroir. J'hésite… Il y avait cette robe que j'ai vue à Buffalo…

Bryce secoua la tête.

— Je ne sais pas à quoi ressemblait l'autre, mais celle-ci déchire. Il y en a un qui a vraiment beaucoup de chance. Waouh ! Vous êtes *magnifique* !

La future mariée regarda Bryce, lui sourit, visiblement

sous le charme, avant de reporter son attention sur son reflet dans le miroir.

Gwen et Colleen échangèrent un regard complice.

En dix minutes, Gwen avait vendu une robe à huit mille dollars, et Bryce avait trouvé un boulot.

Consultant en robes de mariée, songea Lucas... D'accord, il n'y aurait pas pensé tout seul et ce n'était peut-être pas le boulot qu'il aurait choisi, mais il n'allait pas faire la fine bouche.

— C'est génial ! s'exclama Bryce alors qu'ils sortaient dans la rue ensoleillée. Et en plus je vais voir de belles femmes toute la journée ! Qui dit mieux ?

Il tapa dans la main de Colleen.

— Il faut que j'y aille. On m'attend au refuge pour quelques toilettages.

Il tourna les talons et descendit la rue à grandes enjambées.

— Qu'est-ce qu'on dit ? lança Colleen.

— Merci, *Mía*.

Son regard s'attarda sur la ruelle qui longeait la boutique, et des images d'un été — une courte parenthèse entre le lycée et l'université — glissèrent devant ses yeux. Ils n'avaient pas encore fait l'amour à l'époque, et ce soir-là elle l'avait pris par la main et entraîné dans un recoin. Elle l'avait embrassé jusqu'à ce qu'il ne puisse plus formuler de pensée cohérente et que tout son être ne soit plus qu'un désir primal d'elle.

Colleen.

Il tendit la main et repoussa une boucle de cheveux derrière son oreille, laissa son doigt glisser sur son lobe.

— Bas les pattes, dit-elle sans conviction, la voix rauque.

Il se pencha plus près, gagné par un mélange de nostalgie et de désir.

Le téléphone de Colleen sonna, et elle fit un petit bond en arrière.

— Un signe, assura-t-elle. A bientôt, l'Espagnol.

Elle traversa la rue en courant jusqu'à la boulangerie, vers le réconfort des pâtisseries et de son amie d'enfance.

16

Parmi les nombreux plaisirs de Manningsport — comme sa place et son centre-ville, ses vignobles, les muffins canneberge-orange de Lorelei et bien évidemment l'O'Rourke —, il y avait la ligue de base-ball. Elle existait depuis cinquante-trois ans avec cette particularité d'être mixte et de mélanger les joueurs de tous âges. Cela n'empêchait pas la compétition... loin de là. On était quand même dans l'Etat de New York !

Néanmoins, pour jouer dans l'équipe, il fallait faire ses preuves. En d'autres mots, il fallait être *bon*. Colleen, Connor et Savannah jouaient dans l'équipe O'Rourke. Savannah était la plus jeune joueuse de l'histoire de la ville, elle était *très* douée.

Les occasions n'étaient pas si nombreuses de partager des moments et de resserrer les liens entre eux trois, sans Pete et Gail, à part leur vendredi soir. Aussi, les soirs de match, Connor et Colleen se rendaient disponibles pour démontrer avec leur sœur la suprématie des O'Rourke.

Aujourd'hui, pourtant, il manquait un joueur dans l'équipe des Stoakes Candy Store. En tant que capitaine de l'O'Rourke, Colleen leur avait proposé de se sacrifier et de jouer pour eux le temps de la compétition. Elle avait déjà revêtu le T-shirt du magasin de bonbons, sponsor officiel de l'équipe, orné de sa devise fade : *Stoakes Candy & base-ball : un deal sucré*. La leur était tellement plus cool : *O'Rourke : on vous en met plein la vue depuis 2009*. Parce que, oui, leur équipe remportait toujours la compétition. Elle se défendait plus que bien au base-ball, et Connor était meilleur encore.

Quant à Savannah, pour qui c'était la première année, elle était un choix de première ronde, c'était écrit sur son front.

Savannah jouait dans la petite ligue, mais elle avait supplié ses parents de la laisser jouer aussi avec les adultes. C'était une vraie passion. A ses débuts dans l'équipe, l'été dernier, les joueurs s'étaient montrés attentifs, lui lançant des balles douces... Jusqu'à ce qu'ils se retrouvent à mordre la poussière pour éviter ses flèches traîtres. A neuf ans, Savannah pouvait battre un coureur qui voulait la seconde base. Sa moyenne au bâton était de 378 cette année, et c'était face à des hommes. Moyenne de présence sur les buts : 479.

La soirée était douce et parfumée. Monica et Hannah s'occupaient du pub, Rafe était en cuisine — Connor ne manquerait pas d'y passer plus tard pour la fermeture. Son père et Gail aussi étaient là pour voir jouer Savannah. Celui-ci ne ratait aucun des matchs joués par sa petite dernière. Il n'avait pas montré la même assiduité quand Connor et elle étaient enfants.

Sa mère aussi était là, joyeuse comme l'ange de la mort à un mariage. Elle s'était installée dans les gradins, pile dans la ligne de mire de son ex-mari, illustrant une de ses expressions familières — « salut, je m'appelle Première Femme Bafouée et Rejetée ».

— Salut, maman, qu'est-ce que tu fais ici ? lui demanda-t-elle en la rejoignant, Rufus sur les talons.

— Quelle question ! Je suis là pour vous encourager, ton frère et toi, évidemment, se défendit-elle, le menton levé. Vous et cette jolie petite fille que je vois à l'église. Il se trouve qu'elle m'adore.

— Ah bon ? Et elle s'appelle comment ?

Sa mère lui décocha un regard agacé.

— Sherry.

— Il n'y a pas de Sherry ici, maman.

— Si, il y en a une.

— Non. Il n'y en a pas.

— Même qu'elle est irlandaise.

— Shannon ? Tu parles de Shannon Murphy ?

— Voilà, oui. Elle est adorable.

— Elle a dix-huit ans, maman !

— C'est ça, Colleen. Ironise. On verra dans quel état sera ta mémoire quand tu auras cinquante-quatre ans.

Sa mère marqua un silence.

— Et cette enfant, là-bas... Est-elle vraiment qualifiée pour jouer ?

— Savannah ? C'est de ma sœur que tu parles ? Oui. C'est une très bonne joueuse.

— Cela commence quand ? Combien dure chaque partie ?

— Des manches, maman, on dit des manches, au base-ball.

Elle pria silencieusement le grand Lou Gehrig, joueur quasi sanctifié, pour qu'il lui prête patience et mansuétude. Comment pouvait-on vivre dans l'Etat de New York et ne pas être fan de base-ball ? Ça lui échappait, elle qui avait une photo dans sa chambre du puissant Derek Jeter dans les tribunes (juillet 2004, le match du siècle entre les Red Sox et les Yankees, qu'elle regardait, sans bouder son plaisir, chaque fois qu'il repassait sur la chaîne YES).

Un homme approcha, et Colleen le regarda avec attention.

— Bonjour, Jeanette. Ravi de vous revoir.

— Moi de même, répondit sa mère alors qu'il l'embrassait sur la joue.

Colleen croisa le regard maternel, où brillait un éclat de satisfaction.

— Tu te souviens de Stan, n'est-ce pas, Colleen ?

— Euh... Oui. Je ne vous aurais pas reconnu toute de suite, avec les vêtements. Ça vous change un peu...

C'était Stan, Stan, l'Homme poilu. Alors ces rencontres portaient véritablement leurs fruits, par saint Shiitaké, sa mère avait un rendez-vous galant ! Elle comprenait mieux sa présence dans les gradins. Elle voulait le faire savoir à Pete.

Colleen ne put s'empêcher de ressentir un peu de fierté.

— Mon cœur, l'interpella bruyamment sa mère, Stan n'est pas seulement artiste, il est aussi *médecin*.

Elle appuya sa déclaration d'un regard conquérant et d'un haussement de sourcils.

— On s'est à nouveau rencontrés, la semaine dernière, quand il a fait ma coloscopie.

— C'est... magnifique.

Stan sourit.

— La préparation de votre mère a été parfaite. Nickel. Cela faisait des années que je n'avais pas vu un colon aussi magnifique.

— C'est ce qu'on lui dit tout le temps, murmura Colleen en se retenant de rire.

Stan portait une chemise blanche, et elle devinait (imaginait?) son torse poilu d'homme de Néandertal.

— Connor! Viens par ici!

C'était bien trop bon pour ne pas le partager avec sa chère moitié gémellaire.

Son frère lui jeta un regard méfiant. *Qu'est-ce que tu manigances?*

Elle lui sourit. *Tu ne veux quand même pas manquer ça!*

— Ravi de vous avoir revu, Stan. Il faut que j'aille me mettre en place. Je suis dans l'équipe des Stoakes, ce soir, maman. Encourage-moi!

Elle embrassa sa mère sur la joue et s'éloigna d'un pas vif, avec Rufus sur les talons.

— Demande-leur comment ils se sont rencontrés, souffla-t-elle à son frère en le croisant.

Savannah était là, avec leur père et la Grue. Colleen ne put retenir un soupir.

Elle se savait jolie et ne se plaignait pas de son capital génétique. Mais Gail... Gail en faisait trop! Ce soir, elle portait une robe tellement courte qu'elle couvrait à peine ses fesses, et son décolleté échancré laissait voir la dentelle de son soutien-gorge blanc, bien rempli. Il y a deux ans, elle s'était fait poser des implants, et ses nouveaux seins débordaient selon un angle qui défiait dame nature.

Peut-être que Gail, qui n'était plus aussi jeune, craignait de perdre Pete.

Il n'était lui-même pas un perdreau de l'année...

A cet instant, il s'amusait avec Savannah, lui tirant une

mèche de cheveux, puis faisant semblant que ce n'était pas lui quand elle se retournait pour le regarder. Tous les deux souriaient et riaient dans un moment de complicité père-fille sous le regard de Gail.

— Salut, Yogi ! lança Colleen, utilisant le petit nom que sa sœur aimait. Prête à les mettre tous à genoux ? Salut, papa. Gail…

— Pourquoi est-ce que tu portes un T-shirt du magasin de bonbons ? s'enquit Savannah.

— Il leur manque un joueur, donc je suis dans leur équipe aujourd'hui. Mais c'est nous que je soutiens.

Elle lui fit un clin d'œil pour appuyer ses mots.

— Comment ça va, Colleen ? demanda son père.

Il jeta un coup d'œil par-dessus son épaule.

— Marian ! C'est toujours un plaisir de vous voir !

Oui… c'est ça, fais de la lèche à la maire.

Gail ramena en arrière ses cheveux d'un auburn brillant.

— Ecoute, Colleen, dit-elle, la voix déjà tendue. Au sujet de Savvi et du base-ball…

Elle était la seule qui utilisait ce diminutif un peu cloche en insistant sur le *i*, probablement couronné par un point en forme de cœur à l'écrit.

— C'est son dernier match. Elle va intégrer l'équipe des pom-pom girls.

Savannah regardait le sol.

— Ah, bon ? s'étonna Colleen. Tu aimes les pom-pom girls, trésor ?

— Je suppose, marmonna Savannah.

Colleen décocha un regard acéré à son père.

Il lui rendit un regard vide.

— Ce sera un meilleur sport pour toi, ma puce ! dit Gail. Tu es tellement belle dans cette tenue aussi. Tiens-toi droite, Savvi. Cela te donne l'air heureux.

— Tu déchires aussi en receveur, Savannah, ajouta Colleen.

Gail plissa les yeux, puis détourna le regard, une mimique de dégoût sur le visage comme si Colleen était un porc-épic en décomposition au bord de la route. Elle plissa les yeux à son tour, prête à en découdre. Le moment serait mal choisi pour se disputer, pas devant Savannah, pas devant les gens, venus très nombreux ce soir, les touristes se mêlant aux locaux.

Savannah ne correspondait pas à la fille que Gail avait précommandée en tombant enceinte. Elle avait attendu une magnifique petite poupée, une fille aux cheveux longs qui aimerait les vêtements, le vernis... Ironiquement, le genre de petite fille qu'elle avait été. Pas un garçon manqué qui avait demandé un poster de Jorge Posada à son dernier anniversaire.

— Allez, en piste ! Papa... maman Gail, lança Colleen, s'attirant un autre regard noir. On se voit plus tard ! Tu viens, Savannah ?

— Va leur faire mordre la poussière, Œil-de-tigre, lança son père. Je te regarde !

Savannah lui fit un sourire par-dessus son épaule.

Colleen sentit un pincement au cœur familier. Elle aurait dû depuis longtemps renoncer à lui, l'effacer d'un coup de gomme de sa vie, comme l'avait fait Connor.

— Colleen... Je n'ai pas envie de devenir *cheerleader*, murmura Savannah lugubrement. Certaines des filles sont méchantes.

— Méchantes comment ?

Sa sœur déglutit.

— Je ne sais pas. Elles le sont, c'est tout. C'est la façon dont elles me regardent.

Elle chuchotait, et sa voix était presque inaudible.

— Quelqu'un a dit que j'étais grosse, et personne ne m'a parlé aux épreuves de sélection.

La mâchoire de Colleen se contracta.

— Tu n'es pas grosse, mon cœur. Tu es sportive et musclée. Ce n'est pas pareil.

— Je suis potelée.

— Tu imagines si on se ressemblait tous ? Quelle tristesse !

— Mais moi, j'aimerais te ressembler.

Colleen s'immobilisa en percevant la tristesse dans la voix de sa sœur et s'agenouilla devant elle.

267

— Savannah, tu es merveilleuse. Est-ce que tu le sais, ça ? Tu es tellement drôle, tellement futée ! J'adore passer du temps avec toi. Depuis toujours. Tu es la personne que je préfère au monde.

Elle sourit à la petite.

— Ne va pas le répéter à Connor, sinon il va en faire une maladie.

Savannah eut un sourire triste.

— Regarde papa. Il n'a d'yeux que pour toi. On t'aime telle que tu es.

Il n'y avait que Gail-la-Grue-Chianese-O'Rourke qui voulait la changer.

— J'aimerais continuer à jouer au base-ball, chuchota la petite.

— Je leur parlerai. On va voir ce qu'on peut faire, d'accord ?

Son œil accrocha Paulina qui entrait sur le terrain.

— On est ici, Paulina ! appela Colleen.

Elle était parfaite. Un exemple de force physique dans un emballage non conventionnel.

— Est-ce que tu connais ma sœur ? Savannah O'Rourke, je te présente Paulina Petrosinsky, une copine à moi.

— Quoi de neuf, gamine ? lança cette dernière en lui faisant un check. J'ai entendu dire que tu étais la meilleure joueuse de la ville.

Le visage de Savannah s'éclaira.

— Merci.

Eh bien, eh bien, eh bien... Elle lui devait une fière chandelle et un verre sur le compte de la maison quand elle viendrait au pub. Elle venait en quelques mots bien choisis de consoler Savannah et de chasser ses pensées chagrines.

Elles se dirigèrent toutes les trois vers le banc des joueurs, où l'équipe était rassemblée, en train d'enfiler gants et chaussures à crampons.

— Colleen, tu t'es trompée de maillot ! s'exclama Kelly Murphy.

Avec sa sœur, Shannon, elles étaient les éléments forts de la Rangée Assassine, les attaquantes de l'équipe O'Rourke.

— Je sais, je sais… Je joue avec les Stoakes, ce soir.

— Tu vas jouer au cheval de Troie ? demanda Bryce, en descendant les marches des tribunes qui menaient au banc des joueurs.

Paulina s'empourpra.

— Je n'en aurai pas besoin, parce qu'on est beaucoup plus forts. Justement, aujourd'hui, laissez-moi vous présenter une nouvelle recrue. Bienvenue parmi nous, Paulina !

— Salut, Paulina, dirent en chœur tous les joueurs.

Connor souleva un sourcil, bien conscient des progrès obtenus par l'entremise de sa sœur.

— Bryce, est-ce que tu peux aider Paulina pour son gant ? Elle n'a jamais joué au base-ball avant.

Un petit mensonge, pas bien méchant.

— C'est vrai ? Ça va être amusant, dit Bryce. Je suis sûr que tu as un talent inné.

L'objectif était clairement identifié : créer et multiplier les occasions de rapprochement physique. Paulina devait lui demander son aide autant que possible.

Bryce tira un petit coup sec sur le gant au niveau du poignet de Paulina.

— Ça me semble bien !

Il lui donna une petite tape sur l'épaule et partit en petite foulée vers la butte.

— Il m'a touchée, chuchota Paulina, le souffle court.

— OK, super… mais reste avec nous, ce n'est pas le moment de s'évanouir. Bon, il faut que je rejoigne mon équipe. Garde un œil sur Savannah, tu veux ? Elle est un peu triste.

Paulina avait manifestement la manière avec les enfants, et Bryce devait voir ce potentiel pour commencer à l'imaginer dans le rôle de mère de ses enfants.

C'était difficile d'être en charge du monde, songea-t-elle, en se dirigeant rapidement vers l'arrêt de courte durée. Elle avait tant de choses à gérer, Savannah était clairement abattue à l'idée de jouer son dernier match — si Gail avait le dernier mot, ce qui était généralement le cas. Cette dernière ne cessait de lui faire des gestes des gradins… Probablement un conseil du genre « rentre le ventre », qui ne faisait que la déstabiliser davantage en plein jeu.

Son père suivait des yeux sa plus jeune fille, sans rien rater de ses actions, l'encourageant et applaudissant à chaque fois qu'elle atteignait le marbre. La pauvre avait été retirée sur trois prises après deux *strike outs*.

— Bien essayé, bébé ! lui cria Pete à deux reprises. Tu les auras !

Colleen détourna le regard et chercha Paulina des yeux. Cette dernière avait pour consigne de faire un check avec Bryce chaque fois que ce dernier frappait un coup sûr (il était vraiment bon). Elle glissa un regard vers Connor et le fixa un long moment, cherchant à surprendre des coups d'œil qui l'auraient trahi vers quelqu'un, parce qu'il ne craquerait pas et ne lui dirait pas qui était sa mystérieuse petite amie. Voilà à quoi elle en était réduite. Quel rabat-joie, celui-là ! Elle avait même subtilisé son téléphone portable, ce matin, mais il avait effacé son historique. Foutu lien télépathique entre jumeaux. Il savait qu'elle le ferait !

Sa mère s'esclaffait à tout ce que disait Stan, l'Homme poilu, tout en guettant du côté de son père, qui ne la regardait pas, ce qui ne faisait que la pousser à rire plus fort. « Ahahaha ! Ahahaha ! » Entre chaque manche, elle lui envoyait un texto.

Baisse le volume, c'est trop évident.

La réponse fusait aussitôt.

Je ne vois pas de quoi tu parles.

Un message qu'elle ponctua d'un grand rire.

Dans la seconde manche, Colleen débuta avec un double, puis regarda alors que les trois *runners* suivaient. Dans la cinquième, elle marcha et une fois encore ne marqua pas, la défense des Stoakes ayant des problèmes pour frapper une *beach ball*.

Puis, dans la huitième manche, alors qu'elle revenait en arrière dans le terrain, elle aperçut Lucas avec Joe et Didi.

Pour changer, cette dernière semblait de mauvais poil, son agacement était perceptible, même à cette distance. Bryce s'avança vers eux à grandes enjambées pour leur dire bonjour, puis revint sur le banc des joueurs.

Lucas aidait Joe à s'asseoir sur la chaise pliante qu'il avait pensé à emporter, une gentille attention quand on savait combien les gradins étaient durs et inconfortables. Il lui glissa une petite couverture autour des épaules pour le protéger de la fraîcheur du soir.

Elle sentit son cœur fondre dangereusement. Joe semblait vraiment mal en point ; sa peau était sombre, et ses mouvements, très saccadés. Lucas dit quelque chose qui fit rire son oncle.

Elle s'empressa de détourner le regard.

C'était au tour de Savannah de frapper. Elle la vit qui s'essuyait les yeux avec son bras.

— Temps mort ! cria Colleen.

Elle courut vers sa sœur et s'agenouilla devant elle.

— Savannah, qu'est-ce qui ne va pas ?

La petite pinça les lèvres.

— C'est mon dernier match, c'est tout, chuchota-t-elle, une larme coulant sur sa joue rebondie.

Elle glissa un rapide regard vers les gradins et baissa le nez pour se cacher.

Colleen lui pressa doucement l'épaule.

— Oh ! mon cœur, ne pleure pas. Je vais leur parler, et ça va s'arranger. On trouvera une solution.

— Tu crois que tu peux faire changer d'avis maman ?

— A qui crois-tu parler ? Est-ce que quelqu'un m'a déjà dit non ?

Savannah esquissa un petit sourire.

— Je suppose que non.

— *Bien sûr* que non !

Colleen coula un regard vers son père ; il était debout et regardait dans leur direction, interrogatif, peut-être inquiet. Elle lui parlerait et le ferait changer d'avis. Elle n'avait rien contre les *cheerleaders*, elle-même en avait fait partie au

271

collège. Il fallait seulement en avoir envie, et ce n'était juste pas le cas de Savannah.

— Maintenant, viens. Je veux que tu la sortes du champ extérieur, d'accord ?

— D'accord.

Elle s'essuya les yeux une fois de plus.

— Ne dis pas que j'ai pleuré.

— Noté. Alors on va faire comme si tu avais quelque chose dans l'œil, histoire de donner le change.

Colleen se pencha vers elle, faisant mine avec gravité de vérifier l'œil de Savannah.

— Cela me semble clair, dit-elle d'une voix normale.

— Tout est OK ? les interpella l'arbitre.

— Elle avait quelque chose dans l'œil. Nous sommes tous prêts maintenant. Prête, Yogi ?

Savannah sourit.

— Ouais. Merci, Colleen.

Elle reprit sa place entre la seconde et la troisième base. Une sensation de chaleur et de picotement dans la nuque lui fit lever les yeux vers les gradins.

Lucas avait les yeux fixés sur elle, et pendant une seconde le décor alentour se brouilla, et il n'y eut plus qu'eux.

— Prise ! cria le vieux M. Holland, l'arbitre au marbre.

Colleen frappa son poing dans son gant et sourit à Savannah. Big Frankie, le lanceur des Stoakes, s'énerva et lança à nouveau.

Prise deux !

Elle sentait chaque fibre de son corps vibrer sous l'intensité du regard de Lucas, qui la fixait toujours.

Le bruit sourd de la batte qui frappe la balle la ramena dans le jeu. Elle fusa en trajectoire directe entre le champ gauche et le champ centre. Elle pouvait l'attraper à la volée, mais elle n'avait aucune intention de le faire. Elle fit deux enjambées et plongea dessus, une poussée vers l'avant trop courte pour lui permettre de la rattraper, et elle tomba lourdement par terre. La balle fila à côté d'elle, sortit du terrain, roulant sur une zone tampon.

Sous les acclamations et les encouragements du public, Savannah passa la première base et amorça immédiatement sa course vers la deuxième en haletant — *vite, vite* —, et Shannon Murphy marqua. Elle se releva et suivit des yeux Lefty Moore alors qu'elle traçait comme une flèche après la balle roulante. Les gens criaient et hurlaient alors que Savannah frappait troisième et continuait, et Colleen sentit ses orteils se recroqueviller — ce genre de choses n'arrivait jamais, et surtout pas à une petite fille de neuf ans.

Lefty lui lança la balle. Elle la rattrapa et la lança de telle sorte que la balle frappe le gant d'Evan Whitfield juste une seconde après que le pied de Savannah eut touché le marbre.

— *Safe* ! cria M. Holland.

Les spectateurs des deux côtés des gradins étaient debout, criaient, sifflaient, applaudissaient. Connor, qui était sur le banc des joueurs, s'élança vers Savannah, qu'il porta, tout en faisant un pouce levé à Colleen, un geste fugace qu'elle fut sans doute la seule à voir.

Savannah rayonnait alors que toute l'équipe de l'O'Rourke se ruait sur elle pour la féliciter. Connor la hissa sur ses épaules, et le reste de l'équipe — les fabuleuses filles Murphy, Bryce et Paulina, Ned Vanderbeek, tout le monde — vint lui taper dans la main. Connor dit quelque chose, et Savannah inclina son casque en direction des gradins, obtenant une autre salve d'applaudissements. C'était de loin le plus beau jour de sa vie pour sa petite sœur.

— Ça s'est joué à peu, Colleen, lança Emmaline, la troisième base, avec un sourire entendu.

— Quel plongeon, ajouta Robbie Mack, en lui donnant une tape sur les fesses.

Elle croisa le regard de Faith, dans les tribunes.

— Bel essai, Colleen, cria Jeremy de la première rangée.

Elle fit une petite grimace et tendit les mains dans un geste philosophe qui voulait dire : « Que veux-tu y faire ? »

Oui, bien sûr. Elle avait orienté le jeu. La frappe de Savannah était prenable, surtout par la meilleure arrêt-court de la ville. Mais ce petit arrangement en valait vraiment la peine, et ses coéquipiers le savaient. Presque tout le monde le savait à l'exception de Savannah, et Colleen ressentit un afflux d'amour pour la ville et ses habitants.

Puis son père courut vers le marbre, et Savannah gigota pour descendre des épaules de Connor et lui sauter dans les bras.

— Papa, papa, est-ce que tu as vu ça ?

— Si j'ai vu ? Tu plaisantes ? C'était incroyable ! Ma petite fille a fait un *home run* ! Je suis tellement fier, mon bébé !

Collen attendit que ce dernier la regarde avec ce même sourire attendri que les joueurs.

Il ne le fit pas. Il n'avait d'yeux que pour Savannah.

La bouffée de joie qui lui avait soulevé le cœur un instant plus tôt se dégonfla brutalement. Elle détourna le regard.

— C'est bon ! C'est bon, nouveau batteur en position ! lança M. Holland.

Paulina ramassa la batte et se positionna sur le marbre.

Colleen prit la position, plia les genoux, guettant malgré elle du coin de l'œil son père qui, lui, ne quittait pas des yeux Savannah. Il était rayonnant — « Qui est vraiment ma petite fille ? » semblait-il dire. Il recevait des claques dans le dos pour avoir élevé un tel petit prodige. Savannah, sur le banc des joueurs, recueillait encore les félicitations de l'équipe, discutant, étonnée, les yeux brillants, faisant de grands gestes, totalement à l'aise avec ses admirateurs.

Il ne la regardait toujours pas.

N'avait-il pas compris que Colleen avait délibérément offert à Savannah un souvenir à chérir, surtout parce que la femme trophée aux idées courtes de son père avait des idées bien arrêtées sur ce que devait être une petite fille ? Elle aurait pu faire sortir Savannah facilement. Son père n'avait vraiment pas réalisé ? Avait-il…

Et puis il y eut un craquement, et Colleen se retrouva soudain sur les genoux, et sa tête ! Elle plaqua une main à l'endroit de son crâne qui la faisait souffrir, les yeux fixés sur la batte de base-ball à ses pieds.

Elle s'était pris cette foutue balle en pleine tête.

— Aïe, dit-elle faiblement.

Que ferait le grand, l'immense, le mythique Derek Jeter dans pareil cas ? Le geste précédant la pensée, Colleen ramassa la balle et la jeta à Robbie, qui la lança de la première base. Le *runner* était dehors.

Elle aussi. Le terrain se précipita sur elle comme pour la féliciter... et il n'y eut plus que le silence.

Il y avait une certaine forme d'abnégation dans l'engagement à être sortie du terrain. Une abnégation horrible, embarrassante, un vrai remède contre le glamour !

Marian Field, la maire de Manningsport, insista pour qu'elle aille à l'hôpital, et Jeremy ne lui laissa pas le choix. Les ambulanciers et les secouristes bénévoles, en gros la moitié des effectifs de la ville, étaient déjà sur place, assistant au match. Sa mésaventure allait faire leurs choux gras quand ils se retrouveraient à l'O'Rourke.

On lui mit une minerve et on l'installa sur une civière — ce qui était bien plus ridicule et plus inconfortable qu'une balle de base-ball dans la tête. Elle avait l'impression d'être un porc-épic gisant mort sur le bas-côté de la route. Ned Vanderbeek, le neveu de Faith, lui maintenait une poche de glace contre la tête, et l'adolescent luttait visiblement pour ne pas s'esclaffer.

Lucas lui tenait la main.

C'était une sensation merveilleuse et troublante à la fois.

Chaque fois qu'elle tentait de la reprendre, il fronçait les sourcils et entremêlait plus fermement ses doigts aux siens.

— Est-ce qu'on peut y aller ? demanda-t-elle, tirant pour la énième fois sur sa main pour la libérer.

Un brancard à roulettes. Ah non. Elle se redressa, cherchant à se lever, mais Lucas la força à s'allonger, coupant court à ses protestations.

— La patiente est combative, fit Ned en souriant.

— Je vais t'en donner, du combatif, grand garçon. Penche-toi plus près.

275

— Arrête de geindre, lança Lucas.

— Je ne geins pas. J'exige. Et pourquoi agis-tu de façon si possessive et inquiète, tout à coup ? J'ai reçu un coup à la tête. Bon, et alors ? Tu parles d'une histoire.

— Tu as perdu connaissance. Pour la seconde fois cette semaine.

— Ouais, eh bien, j'ai aussi peut-être joué la comédie, hein ?

— Très bien, Derek Jeter, lâcha Lucas avec humeur. Mais tu vas quand même à l'hôpital. Fin de l'histoire.

— Oh ! Si viril… Un vrai mâle alpha. Je pense que je vais avoir un orgasme.

Ned eut un bruit de gorge qu'elle ne tenta pas d'analyser.

— C'est toi qui t'évanouis quand je suis dans le coin, répliqua Lucas. Tires-en les conclusions. Tu veux que je prenne soin de toi.

— Non, mais quel ego ! Et vous arrivez à tenir, lui et toi, tous les deux dans la même voiture ?

Il sourit, et l'orgasme qui était une pure vue de l'esprit devint une possibilité. Elle fronça les sourcils, puis regarda autour d'elle, cherchant un quelconque secours.

— Jeremy ! S'il te plaît, laisse-moi rentrer chez moi ! J'ai besoin de boire un verre et de voir mon chien. Il est où, d'ailleurs ?

Connor apparut dans son champ de vision. Il fusilla Lucas du regard, sans chercher à lui casser la figure. De toute évidence, un progrès tangible dans leur relation.

— Joli jeu, sœurette.

— Enfin quelqu'un qui m'apprécie. Est-ce que tu sais où est Rufus ?

— Il est là.

La tête hirsute de son chien surgit à ses côtés, et il se mit à la lécher frénétiquement. Elle lui gratta l'arrière des oreilles de sa main libre.

— C'est qui qui est un bon garçon ? C'est Rufus, c'est mon beau toutou ! Tu es un bon garçon ! Si, c'est toi !

— Tu es tombée comme une tranche de steak, s'exclama Connor. C'était plutôt drôle !

Et ça se disait adulte !

— Rigole bien, lui rétorqua-t-elle. Rien ne peut être plus drôle que la fois où tu t'es ouvert le scrotum, quand tu avais six ans.

Connor, Lucas et Ned eurent une grimace en simultané.

— Je reviens, lança Connor. J'ai entendu la clochette du vendeur de glaces.

— Rapporte-moi un Mr. Nutty.

Paulina se pencha au-dessus d'elle, le visage marqué par l'inquiétude.

— Oh ! Colleen, tu ne peux pas savoir combien je suis désolée ! Vraiment ! Est-ce que ça va ?

— Oh ! bien sûr. Très belle frappe, soit dit en passant. La prochaine fois, j'essaierai d'attraper la balle avec mon gant plutôt qu'avec ma tête.

Elle parvint à se libérer de la poigne de Lucas une fois de plus et tapota l'avant-bras de Paulina.

— Pas d'inquiétude.

— Hé, mon vieux, est-ce que tu peux me tenir ça ? demanda Ned en tendant la poche de glace à Lucas. Je vois une fille que j'aime bien. Sarah ! Hé ! Comment ça va ?

Celui-ci lui sourit, replaça la poche sur son front et repoussa une mèche de cheveux derrière son oreille.

— Tu es ravissante, dit-il.

Ses zones érogènes frétillèrent.

— Tu es un pervers.

— Ça se pourrait.

— Vous faites un si beau couple, tous les deux, s'enthousiasma Paulina. C'est tellement romantique.

— Non, ça ne l'est pas, Paulina.

Elle ferma les yeux.

Ça l'*était*. Elle n'avait pas dû perdre conscience plus de cinq minutes, mais c'est le visage inquiet de Lucas, penché sur elle, qu'elle avait vu en premier en reprenant connaissance. Elle aurait pu jurer qu'il l'avait appelée *Mía*.

Son cœur se gonflait quand il utilisait ce petit nom tendre.

Et puis ça changeait quoi, qu'il fût divorcé ? Il allait repartir, et elle serait bien avisée de s'en souvenir et de ne pas s'appesantir sur les sentiments agréables qu'il éveillait en elle.

— Où est mon enfant ?

Le parfum maternel Jean Naté, annonçant chaos et démesure, précéda l'apparition de sa mère, qui se fraya un chemin entre les gens.

— Mon bébé ! Mon pauvre bébé !

Colleen eut un haut-le-cœur, laissa échapper un soupir d'agonie.

— Salut, maman.

— Ma précieuse petite fille ! Oh ! Lucas, bonjour, mon chéri. Comme c'est gentil de ta part de veiller sur elle. Oh ! et, puisque je te vois, les nouvelles fenêtres que tu as posées sont fantastiques.

Elle reporta son attention sur sa fille.

— On part bientôt ? Je monte avec elle, annonça sa mère, des trémolos dans la voix. Je suis sa *mère*, quand même.

Son jumeau était revenu, en train de manger une glace Mr. Nutty.

— Où est la mienne ? demanda-t-elle.

— Je n'avais pas assez d'argent, dit-il en mordant dans son cornet. Salut, maman.

— Je vais à l'hôpital avec ta sœur. Est-ce que tu viens ?

— Connor, dis-lui que ce n'est pas la peine, siffla Colleen entre ses dents. Je te zigouille dans ton sommeil si tu ne parviens pas à la convaincre.

— Maman, dit patiemment Connor. Elle ne veut pas que tu y ailles. J'irai.

— Bien sûr que si, je vais y aller. Qu'on essaie de m'en empêcher ! Tu es ma *fille*. Ma priorité.

Sa mère balaya les environs du regard à la recherche de Pete, déterminée à remporter le prix du Parent inquiet (au cas où il y aurait compétition).

— Oh ! Stan a dû partir. Une recto-colite ulcéro-hémorragique, très difficile.

En voulant attraper sa main libre un peu trop vivement, sa mère lui effleura le crâne, et la douleur resurgit.

— Aïe !

Elle sentit la pression des doigts de Lucas sur les siens. Etait-il en train de retenir un fou rire ?

Elle tira sur ses deux mains pour se libérer de ces deux personnes irritantes.

— Gerard ! C'est moi qui choisis mon accompagnant, n'est-ce pas ? La blessée a tous les droits ?

— C'est habituellement le parent le plus proche, répondit-il en se penchant sur elle. Combien font neuf fois sept ?

— Je ne sais pas. Je n'ai jamais su.

— Son QI se situe quelque part aux environs de la température ambiante, lâcha Connor.

— Toi, tu ne monteras pas dans l'ambulance non plus, pesta-t-elle. Gerard ! Est-ce qu'on peut y aller, s'il te plaît ?

Comme toujours, on aurait dit que les ambulanciers devaient travailler sur leur roman ou quelque chose comme ça. Les services des urgences avaient été corrompus par les iPad... Combien on pariait que Jessica regardait les robes sur ModCloth.com ? Jeremy, qui avait été super les quelques premières minutes après qu'elle eut repris conscience, était en train de manipuler à l'instant le bras droit de Carol Robinson, lui tirant plein de gloussements et de petits cris de plaisir.

— Et douze fois neuf ? reprit Gerard.

— Est-ce qu'on peut arrêter avec les tables de multiplication ? aboya-t-elle. Je veux en finir avec ça et rentrer chez moi. Oh ! hé, Levi ! Où est Faith ?

— Je suis là ! répondit cette dernière. Est-ce que ça va ? Tu veux je vienne avec toi ?

— Oh ! oui ! Merci !

— Oh ! attends, il faut que je vomisse. Je reviens vite.

— Suivant, lança Colleen alors que Faith partait en courant, Levi sur les talons.

Gerard lui tapota le bras.

— Prête pour une balade ?

— Je vous attends tous depuis trente minutes, Gerard.

— Est-ce que tu te plains ? Parce que je peux demander au conducteur de se prendre tous les nids-de-poule jusqu'aux urgences.

Il vérifia quelque chose sur son iPad.

— Hé, ce sont les Yankees qui mènent. Alors, tu as décidé qui venait avec toi ?

— Moi, s'exclamèrent en chœur sa mère et Connor.

Lucas la regardait.

— Moi, dit-il.

— OK, lui, acquiesça Colleen.

17

Les chaises inconfortables de la salle d'attente et les regards noirs que lui lançait Connor O'Rourke rendaient le temps plus long encore.

A leur arrivée aux urgences, il n'avait pas voulu lâcher Colleen, mais elle lui avait demandé d'attendre et, sous le regard inflexible de l'infirmière, il n'avait eu d'autre choix que de rester en arrière. Il n'aimait pas être loin d'elle et, même si elle avait donné le change dans l'ambulance en plaisantant avec Gerard comme elle semblait en avoir l'habitude, il l'avait trouvée silencieuse. Il y avait quelque chose d'autre.

La situation se compliquait, aussi.

Il avait passé tant d'années à taire ses sentiments. A l'instant où Ellen lui avait annoncé sa grossesse, il s'était interdit de penser à Colleen et avait réprimé le manque qu'il ressentait, loin d'elle.

Il avait peut-être enfoui ses sentiments, mais ils étaient là, creusant leur lit au plus profond de lui, comme une rivière souterraine, se rappelant régulièrement à lui parce qu'il n'en maîtrisait pas le cours. Il rêvait d'elle, de son sourire complice et de son regard gris clair, se voyait la suivre jusque dans une pièce vide, pensant qu'ils étaient à nouveau réunis… Avant de se réveiller en sursaut, et d'entendre la respiration apaisée d'Ellen. La femme qu'il avait épousée, avec laquelle il avait pris des engagements qu'il ne voulait pas trahir, même en pensées.

Mais la rivière souterraine coulait toujours en lui.

— Donc tu t'es fait engager par ma mère et tu rôdes autour de ma sœur, finit par dire Connor.

Cela faisait plus d'une heure maintenant qu'ils étaient tous ensemble dans la salle d'attente.

— Il fait un magnifique travail dans la maison, Connor, intervint doucement Jeanette O'Rourke.

Elle était en train de lire *People magazine*.

— Ce dont tu aurais pu te rendre compte, si tu y passais de temps à autre. Oh ! chéri, tu as vu ? Justin Bieber a rompu avec sa petite amie ! Que c'est triste. Dis-moi plutôt ce que tu as pensé de Stan.

— Il est très poilu, répondit-il distraitement sans cesser de le fusiller du regard.

Il s'en fichait. Le jumeau se lasserait avant lui. Il n'avait pas l'intention de partir d'ici tant qu'il n'aurait pas vu Colleen, pas avant d'être certain qu'elle allait bien. Il l'avait vue chercher le contact visuel avec son père, oubliant le jeu, totalement déconcentrée. Et terriblement vulnérable. Un mauvais pressentiment l'avait envahi. Paulina n'avait pas encore frappé la balle qu'il s'était déjà levé, sachant intuitivement que quelque chose allait mal se passer, qu'elle allait être blessée. Sa tête avait arrêté cette balle, et elle était tombée sur les genoux. Elle avait encore trouvé l'énergie de la renvoyer dans un geste réflexe, avant de s'effondrer, comme morte.

Il s'était agenouillé près d'elle, entendant vaguement quelqu'un crier : « Ne la bougez pas ! » Il n'en avait pas l'intention ; il voulait juste poser la main sur son dos pour s'assurer qu'elle respirait, et grâce à Dieu c'était le cas.

— *Mía* ? Mon cœur ? avait-il dit, angoissé.

— Aïe… ma tête ! Pourquoi est-ce que tu m'as frappée, Connor ? avait-elle marmonné.

Jeremy Lyon l'avait auscultée pendant que Levi appelait les secours. Gail et Pete O'Rourke s'efforçaient d'éloigner Savannah, qui était en larmes.

Un coup à la tête n'était jamais anodin, et il était immédiatement pris en charge quand cela se passait à la vue de tous, dans l'espace public. Enfant, il était tombé de la chambre de Tommy O'Shea, au deuxième étage, et il avait perdu connaissance pendant dix minutes. Plus inquiet de la réaction de Mme O'Shea, qui leur avait demandé de ne pas faire de bruit le temps de son feuilleton, que des conséquences de la chute et de la perte de conscience, il n'avait rien dit.

— Tu en es quitte pour une belle frayeur et une grosse bosse. Va vite mettre de la glace dessus, lui avait simplement dit son père quand il était passé au garage en fin de journée pour lui raconter.

Maintenant, néanmoins… c'était le 911, les ambulances et le médecin. Le principe de précaution, toujours.

— On peut savoir pourquoi tu es ici ? aboya Connor.

— Parce qu'il se fait du *souci*, Connor. Arrête, dit Mme O'Rourke. Ils pourraient se remettre ensemble, n'est-ce pas, Lucas ?

— Il n'en est pas question, rétorqua Connor.

— Oh ! s'il te plaît, reprit celle-ci. Il est son premier amour. Et tu sais comme cela peut être puissant, Connor.

— Pitié, marmonna ce dernier.

Une jeune femme pas très grande, de type asiatique, entra dans la salle d'attente. On ne lui aurait pas donné plus de treize ans, mais elle portait une blouse blanche et le stéthoscope autour du cou.

— Bonjour ! Je suis le Dr Chu ! Comment allez-vous ?

N'obtenant pas de réponse, elle poursuivit :

— Vous êtes tous ici pour avoir des nouvelles de Colleen O'Rourke ?

— Oui, répondit Lucas.

— Je m'en doutais. C'est une nuit calme. Elle est la seule patiente ici. Je regardais un épisode de *Game of Thrones* sur mon Smartphone avant son admission et je me suis dit : « Chouette, enfin, un patient ! »

— Je suis son frère, et là c'est notre mère, indiqua Connor.

En l'ignorant ostensiblement, Connor venait clairement de le remettre à sa place en lui rappelant qu'il n'était plus rien dans la vie de sa sœur.

— Excellent ! Vous êtes jumeaux ? Vous vous ressemblez comme deux gouttes d'eau.

— C'est moi qui les ai faits, intervint Jeanette. Connor pesait trois kilos soixante et onze à la naissance, et Colleen, trois kilos cinquante-sept.

— Vous êtes une championne ! s'exclama le petit bout de femme.

Elle posa les yeux sur Lucas.

— Vous êtes le mari ?

— Non, ce n'est *pas* le mari, grogna Connor.

— Son premier amour, compléta Jeanette.

— Oh ! Que c'est romantique ! s'exclama la jeune médecin. Eh bien, elle a reçu un violent coup à la tête sans plaie ouverte, ce qui revient à dire de façon moins effrayante : « Oups, commotion cérébrale ! » Nous avons préféré garder la patiente en observation quelques heures. Mais elle va bien ! Commotion mineure sans réaction émétique — le terme médical pour parler des vomissements —, pas de perte de connaissance, de trouble de la mémoire ou de la parole ni de moment de confusion. Elle n'a pas voulu passer de scanner, et je suis bien d'accord avec elle. J'aurais fait pareil à sa place. Pourquoi s'exposer aux radiations pour une simple bosse sur la caboche, hein ?

Elle leur sourit et, n'obtenant aucune réponse, reporta son attention sur le dossier qu'elle avait à la main.

— Elle ne doit pas rester seule cette nuit. Il faudra la réveiller une ou deux fois pour voir comment elle se sent. Si elle a du mal à sortir du sommeil, ou qu'elle vous paraît confuse — ou qu'elle ne se réveille pas —, faites le 911… Pas d'ibuprofène ni d'aspirine pendant les prochaines quarante-huit heures. Seulement de la glace. Des questions ?

— Vous avez quel âge ? demanda Connor.

— Vingt-trois ans et demi. Enfant précoce et diplômée très tôt. Un genre de prodige, sans vouloir me vanter. D'autres questions sur Colleen ? Elle est vraiment très jolie, soit dit en passant.

— Les gens disent que c'est mon portrait, clama Jeanette.

— Vraiment ? OK ! Je vois ! Quelle belle entente familiale ! Eh bien, je pense qu'on s'est tout dit, je m'en retourne donc à mes décapitations.

Elle tourna les talons et s'éloigna, en sautillant presque.

Au même instant, une infirmière apparut dans la salle d'attente, poussant Colleen en fauteuil roulant.

— J'ai là quelqu'un qui est ravi de rentrer chez elle.

— Et il s'agit de ? Tadam, roulement de tambour... Moi ! lança-t-elle en faisant une grimace.

— Comment tu te sens ? s'inquiéta sa mère.

— Très bien.

— Je vais rester avec toi ce soir, annonça-t-elle.

Lucas essaya de ne pas sourire quand Colleen eut une sorte de tressaillement.

Elle le regarda.

— Lucas peut me ramener à la maison, dit-elle.

Il sentit une chaleur irradier dans son torse, comme si on versait en lui du miel chaud.

— C'est moi qui vais te ramener, s'exclama Connor.

— Lucas me ramènera. D'accord, Lucas ?

— D'accord.

— Le médecin dit que tu ne dois pas rester seule cette nuit, précisa Connor.

— Non.

— Connor, elle veut que ce soit lui, tempéra Jeanette. Ils ont sûrement des choses à se dire...

— Je reste avec toi, insista Connor.

— Je n'ai pas besoin de compagnie !

— C'est moi qui vais rester, intervint Lucas.

— Très bien ! Lucas reste avec moi, conclut-elle. Pour une heure. Et maintenant est-ce qu'on peut y aller, s'il vous plaît ? J'ai besoin de prendre une douche.

Il la reconduisit chez elle et la suivit dans l'escalier qui menait au premier étage. Un mot était accroché à la porte.

Nous avons sorti Rufus. Désolée de t'avoir lâchement abandonnée. Appelle-moi quand tu es rentrée. Bisou. Faith.

Dans une autre écriture était suggéré à la suite :

La prochaine fois, utilise ton gant. Levi.

Colleen sourit en le lisant.

— Tu as des amis sur qui tu peux compter.
— C'est vrai, et j'en suis bien consciente.

Elle déverrouilla sa porte et pénétra chez elle. Il lui emboîta le pas.

Il crut voir un cerf dans la cuisine. Rectification... Il s'agissait de son chien géant, qui se mit à vocaliser en l'apercevant, avant de se diriger droit sur son entrejambe. Il tendit le bras pour repousser son imposante tête. Il l'avait à peine effleuré que l'animal se laissa tomber au sol comme s'il venait d'être touché par une balle et roula sur le dos, les quatre pattes en l'air.

— Impressionnant, murmura Lucas. Tu ne devrais pas le faire castrer ?
— C'est fait ! Bon, je vais prendre une douche.
— Appelle si tu as besoin de moi.

Elle leva les yeux au ciel en grimaçant et sortit de la pièce.

Lucas regarda autour de lui, enregistrant les hauts plafonds, les hautes fenêtres étroites. Le compotier de pêches sur le plan de travail, quelques catalogues, la laisse du chien en tissu tartan, la cheminée dans le salon et les bûches de bouleau blanc, la vue sur la rue. Elle avait peint les murs de la cuisine dans un jaune lumineux, ses meubles étaient colorés : les chaises rouges et bleues, le fauteuil à pois et un canapé couleur cerise, une table basse avec des livres.

Un pêle-mêle de photos ornait la porte du frigo. Principalement d'elle, de Connor et de Savannah. Elle en avait essaimé un peu partout dans l'appartement. Elle sur un voilier lorsqu'elle avait une douzaine d'années. Ici, avec ses cousins. Là, Savannah, allongée par terre, en train de lire, sa tête posée sur Rufus faisant office de traversin. Une mariée — Faith — lui faisait une accolade, toutes les deux riaient aux éclats.

La sensation de chaleur dans sa poitrine s'amplifia.

Colleen était restée dans la petite ville qui l'avait vue grandir et y avait construit sa vie, entourée de ses amis d'enfance et de nouveaux. Elle travaillait avec son jumeau, adorait sa petite sœur.

Elle était pleinement intégrée à la vie de la communauté et avait créé des liens forts avec les habitants. C'étaient ses racines, son histoire — des notions qu'il avait du mal à appréhender. Il avait passé son enfance dans les quartiers sud de Chicago, mais il en était parti quand il avait quinze ans et il était devenu un étranger aux yeux de ceux qui étaient restés. Il n'y avait plus sa place, ce qui ne lui manquait pas. Après son divorce, il avait déménagé du quartier doré de Gold Coast (où il s'était toujours senti comme un imposteur) et s'était installé dans un appartement près d'Irving Park.

Il connaissait Chicago comme sa poche, mais il lui arrivait de se perdre en rentrant chez lui. Pas parce qu'il ne se souvenait pas du chemin, mais parce qu'il ne savait soudain plus où était sa place.

Rufus poussa un petit grognement et tendit ses pattes. Ce chien devait faire au moins un mètre quatre-vingts de long.

L'eau s'arrêta dans la salle de bains, et il entendit le bruit du rideau de douche coulisser sur la barre.

— Tu as faim, Colleen ? lança-t-il, haussant la voix.

— Non, merci, dit-elle en entrouvrant légèrement la porte. J'ai mangé avant le match. Mais je vais probablement me consoler avec Ben & Jerry, quand même.

Elle sortit quelques minutes plus tard, en pyjama de coton blanc. Elle avait la silhouette d'un top-modèle.

— Tu te sens bien ? demanda-t-il.

— Beaucoup mieux.

Elle vérifia son répondeur.

— Waouh! Seize messages, et dix sur mon téléphone portable. Je me sens comme la reine du bal de promo.

Sauf qu'elle n'y était pas allée.

Il sut à son expression qu'elle repensait à cette soirée. Sans lui laisser le temps de parler, elle enclencha le répondeur pour écouter tous ses admirateurs lui exprimer leur inquiétude.

Son visage s'allongeait à chaque message. Elle vérifia son portable, aussi. Puis elle avança vers son ordinateur et lut ses mails.

— Je pense que je pourrais répondre demain.

Il y avait une petite note de tristesse dans sa voix.

— Viens t'asseoir, dit-il, en s'installant sur le canapé.

Elle obéit et s'assit à côté de lui, sans le regarder, ramena ses genoux contre sa poitrine.

Il passa son bras autour d'elle, conscient de jouer avec le feu, et l'attira contre lui, même si elle résista un peu.

— C'est un sacré match que tu as joué aujourd'hui. Ou que tu n'as pas joué, devrais-je dire?

— Parce que j'ai arrêté la balle avec ma tête?

— Avant ça.

Il embrassa ses cheveux humides.

— Tu es une super grande sœur.

Il l'entendit déglutir.

— Est-ce que mon père s'est inquiété pendant que j'étais dans les pommes? demanda-t-elle d'une petite voix.

Lucas marqua une hésitation.

— Il savait que tu n'avais rien de grave, finit-il par dire.

— En d'autres mots, non.

Il eut de la peine pour elle.

— Et zut, chuchota-t-elle. Voilà que je jalouse une gamine de neuf ans. Je sais pourtant comment est mon père, mais j'attends encore une caresse sur la tête, qu'il me dise que je suis une bonne fille. C'est grotesque, non?

— Non, c'est humain.

— Qu'est-ce qui cloche avec moi? demanda-t-elle. Pourquoi est-ce que je m'accroche aux hommes qui me rejettent?

Son chien se rapprocha et posa son énorme tête sur ses genoux.

— Oh non, je ne parle pas de toi, mon Rufus.

Elle s'essuya les yeux avec sa manche, puis s'écarta de lui et du chien et se dirigea vers le téléphone. Composa rageusement un numéro.

— Salut, c'est ta fille. Celle qui était à l'hôpital. Oui. On s'en fiche. Passe-moi Savannah.

Il la vit inspirer et basculer en une fraction de seconde du mode fille à celui de mère.

— Salut, ma puce ! s'exclama-t-elle d'un ton léger et enjoué. Non, ne pleure pas, vraiment. Je vais très bien. Je ne pouvais pas appeler des urgences. Non, non. Je suis chez moi. Oui. Rufus prend bien soin de moi. Je vais manger de la crème glacée en regardant un film. D'accord, trésor. Au fait, tu as merveilleusement bien joué, ce soir. J'étais si fière de toi.

Elle sourit.

— Tu peux en être sûre. Fais de beaux rêves.

Elle raccrocha et resta immobile un instant, le regard perdu dans le vague.

— Lucas… Je ne peux pas tomber amoureuse de toi à nouveau.

Les mots l'atteignirent durement. Comme s'il l'avait senti, le chien posa son énorme tête sur sa jambe et se lécha les babines.

— Et pourtant je ne peux pas rester loin de toi. Tu es terriblement irrésistible. C'est très embarrassant.

Elle le gratifia d'un demi-sourire, mais ses yeux étaient sérieux.

Il souleva la tête de Rufus de son genou et se dirigea vers elle. Il cherchait ses mots, ne sachant pas ce qu'il allait dire.

— Colleen…

La sonnerie de son téléphone retentit, l'interrompant.

Bon sang.

Les sonneries s'enchaînaient, il le mit en mode silence.

— Vas-y, réponds.
— Non.
— C'est peut-être Joe.

Elle recula d'un pas, attrapa son propre téléphone et se mit à pianoter sur l'écran.

Il soupira, ressortit le téléphone de sa poche. *Ellen*. Il jeta un coup d'œil à Colleen, toujours penchée sur son écran de téléphone.

— Salut, fit-il en décrochant.
— Salut, Lucas. Comment ça va ? Et oncle Joe ?
— Il tient le coup, plus ou moins.
— Tant mieux.

Elle marqua une pause.

— Je viens en ville, la semaine prochaine. Tu m'avais demandé de me pencher sur la question du divorce. J'ai peut-être une piste.
— Super.
— Est-ce que tu sais où je pourrais séjourner ?
— Je vais te mailer des adresses, dit-il, le regard posé sur Colleen.

Il marqua une pause.

— Ça va aller, pour l'avion ?
— Oui, bien sûr. Donc d'accord, je te tiens au courant. Je suis contente de te voir, Lucas.
— Oui, moi aussi. Merci d'avoir appelé.

Il raccrocha et regarda Colleen. Elle affichait un visage impénétrable.

— L'épouse ? demanda-t-elle pour la forme.
— L'ex-épouse.

Elle hocha la tête.

— Donc… pour en revenir à ce que je disais. Je te suis reconnaissante de m'avoir raccompagnée jusqu'à chez moi. Mais nous ne devrions pas… nous impliquer sentimentalement. Même si tu es très séduisant, que je le suis, et qu'on se plaît…
— Je pense qu'on devrait parler, Colleen.

— Faith sera là, dans quelques minutes. Genre de pyjama party. Entre filles seulement...

— Colleen...

— Lucas, ta vie est à Chicago. Et la mienne est ici. C'est juste stupide de nous engager dans une voie sans issue. Je... Je ne peux pas faire ça. Depuis toi, je n'ai pas eu de vrai petit ami. Je collectionne les aventures sans lendemain, et ça me va très bien comme ça. Je suis un genre de fille facile, en fait.

Le souvenir, pourtant lointain, de Colleen dans les bras de cet autre type restait sensible, un peu comme un bleu qui se serait estompé, sans disparaître, toutefois.

— Ça m'étonnerait.

— Tu n'as qu'à aller dans les toilettes du pub et lire les inscriptions sur les murs pour être fixé.

Elle déglutit et tourna la tête vers la fenêtre.

— Mais je ne pense pas que je pourrais avoir une aventure avec toi.

— *Mía*, ne...

— Non, s'il te plaît... Aussi irrésistible que tu sois, je sais que je souffrirai, tu partiras, je te détesterai à nouveau et je ne veux pas te détester. D'accord ?

La porte d'entrée s'ouvrit, et un golden retriever pénétra dans l'appartement en bondissant.

— Quelqu'un a appelé un architecte paysagiste et son fidèle compagnon à quatre pattes ? lança Faith.

Elle pénétra dans le salon, les bras chargés de quatre pots de Ben & Jerry's.

— Oh. Salut, Lucas.

— Faith.

Son regard passa de l'un à l'autre.

— Euh... Tu veux que je reparte ?

— Non, répondit Colleen. Lucas était sur le point de partir.

Elle se tourna vers Lucas.

— Merci beaucoup d'être resté avec moi. A bientôt.

Elle avait raison. Il comptait repartir. Bientôt. Il devait

faire taire les pensées qui lui venaient à l'esprit quand il était près d'elle. Elle était la plus sensée des deux, et c'était une chance que l'un des deux le fût.

— Je suis content que tu ailles bien, dit-il.

Et, sur ces mots, il se dégagea des assauts du golden retriever, qui essayait de monter sa jambe, et sortit.

18

— Qui voudrait manger ça ? lâcha Joe en repoussant son assiette.

— Essaie. Ce n'est peut-être pas si mauvais que ça en a l'air.

Lucas ramena l'assiette devant son oncle, qui planta sa cuillère dans le gruau en faisant la grimace.

— Je tuerais pour un Big Mac.

— Oui, mais c'est le Big Mac qui aurait le dernier mot.

— Mais quelle sortie ! Mourir par overdose de sodium !

Il sourit, le regard perdu dans le vague, et pendant une fraction de seconde Lucas retrouva l'ancien Joe.

Il était dans l'appartement que Lucas louait à l'ancien Opéra — un changement de décor bénéfique, avait-il dit, mais grimper les deux étages l'avait vidé de toute énergie. La dialyse était censée pallier la défaillance rénale et l'aider à se sentir mieux, mais *mieux* était un terme tout relatif quand vous aviez un cancer en phase terminale.

Joe sortit sa montre gousset de sa poche. Comme il aimait, enfant, quand son oncle se mettait à raconter l'histoire de leur aïeul qui avait combattu avec bravoure lors de la bataille d'Antietam et sauvé la vie du général ! En remerciement, celui-ci lui avait donné sa montre. En tant que fils aîné, Joe l'avait héritée de son père. Bryce en hériterait à son tour, bien trop tôt, hélas, et la transmettrait un jour à son fils ou sa fille.

— J'ai besoin que tu t'occupes de certaines choses pour moi, lâcha Joe.

Il fronça les sourcils.

— J'ai appelé Ellen. Je ne sais plus si je t'en avais parlé. J'espère que tu ne m'en veux pas.

— Elle m'en a informé, oui.

— Bien. C'est le frère de Didi qui est notre avocat, et évidemment je ne lui fais pas confiance.

Joe caressa distraitement sa montre gousset.

— J'ai vendu une application, il y a deux mois, et je veux que ce soit Bryce qui en perçoive les droits.

— Félicitations, Joe ! s'exclama Lucas en souriant.

— Ouais, c'est amusant. Tu te souviens de « Rat-Whacker » ?

— Bien sûr !

— Eh bien, c'est légèrement plus sophistiqué.

Son sourire s'estompa.

— Ellen a dit qu'elle vérifierait ça pour moi. C'est au sujet des funérailles… Bryce va être dépassé, et Didi va agir à sa guise, ne pensant qu'à son image et au qu'en-dira-t-on. Jouer à la veuve.

— Qu'est-ce que tu voudrais ?

— J'aime cette vieille église en pierre, Trinity Lutheran. Et pour l'oraison funèbre je pense que ce serait bien si… Eh bien, je veux que ce soit Bryce qui la fasse.

Une fraction de seconde, il avait cru que Joe allait lui demander. Mais cela avait plus de sens que ce soit son fils.

— Bien sûr.

— Pour la musique, je ne veux rien de triste ni de larmoyant, d'accord ?

Il tendit à Lucas une liste de quelques chansons. U2, les Stones, Pearl Jam… Lucas sourit. Son oncle avait du goût.

Et maintenant les questions plus difficiles.

— Comment veux-tu que cela se passe pour la fin, Joe ?

Son oncle soupira.

— Pas d'acharnement inutile. Je veux partir en douceur, sans douleur ou le moins possible. J'aimerais que vous soyez là tous les deux. Seulement vous, les garçons.

— Et Stephanie ? Elle peut être là, si tu le souhaites.

— Non, ça va, ne la dérange pas. Elle a suffisamment à faire avec ses filles. Bryce et toi, c'est bien comme ça.

Que pouvait-il répondre ?

— Tu sais ce qui me manquera le plus ? La voile. Oui, la voile et les Big Mac.

— Est-ce que tu as toujours le bateau ? lança Lucas.

— Non. On l'a vendu il y a quelque temps. Didi disait… Oh, et puis zut… Il me reste quoi ? Un mois ? On ne va pas perdre ce temps précieux à parler d'elle.

Il resta silencieux un moment, son regard fixé sur lui.

— Tu ressembles à ton père, tu sais. A l'exception de tes yeux. Ce sont ceux de ta mère.

Lucas esquissa un pâle sourire.

— Tu te souviens d'elle ? demanda Joe.

— Pas beaucoup.

— C'était la plus jolie fille que j'aie jamais vue… C'est vrai.

Il marqua une pause.

— Je vais bientôt retrouver tes parents. Je ne pense pas qu'il y ait à attendre longtemps.

A ces mots, Lucas sentit son estomac se tordre.

Cela ne le consolait pas. Il était sur le point de perdre son unique oncle — qui avait toujours été gentil avec lui —, et le dernier lien avec son père.

— Et Stephanie, ça va pour elle ? s'enquit Joe, changeant de sujet. Elle va peut-être venir nous rendre une petite visite ?

— Oui, et prépare-toi à voir débouler aussi les quatre filles.

Joe se mit à rire.

— Fantastique. Je suis heureux de voir ces petites beautés ! Ce sera bien de vous avoir tous ensemble. Tu sais quoi ? Si on organisait un pique-nique, nous tous, les Campbell ? Qu'est-ce que tu en dis ?

— Je trouve que c'est une super idée.

— Ce serait bien de demander à tout le contingent Forbes de venir enfler les rangs ? J'ai le sentiment qu'ils ont été de la famille ces dix dernières années.

— Bien sûr.

Joe se saisit de son téléphone et composa un numéro.

— Salut, Didi. Oui, désolé… On s'en fiche, je suis en train de mourir, qu'est-ce que je peux contre ça ?

Il leva les yeux au ciel.

— Ecoute, j'ai envie d'un pique-nique. Stephanie et les filles viennent... Non, je n'ai pas oublié. Oui. Très bien. Non, je pensais que nous... Oh. Non, je... Oui. D'accord. Qu'importe. Bon, ben, je raccroche.

Il reposa le téléphone.

— Elle dit que c'est trop de travail, que nous devrions juste sortir pour dîner et qu'il faudrait, si nous faisons un pique-nique en famille, inviter son groupe de « hyènes ». Enfin, ce ne sont pas exactement les termes qu'elle a employés.

— Je vais m'en occuper. Je vois un autre avocat pour ton divorce, demain, l'informa Lucas.

Celui-ci avait l'habitude des affaires plus complexes.

— Didi ne t'a jamais mérité, oncle Joe.

— Paroles, paroles, paroles...

— Tu avais déjà demandé le divorce avant?

Joe acquiesça.

— Bryce avait huit ans. Elle m'a menacé de déménager si loin que je ne le reverrais jamais. Nous avions signé un contrat prénuptial, tu sais? A l'époque, j'étais celui qui était censé faire beaucoup d'argent. Mais ces contrats marchent dans les deux sens, et le sort en a décidé autrement, puisque c'est elle qui a fini par rapporter l'argent à la maison.

Il soupira.

— Et puis ton père est mort, alors les choses sont devenues un peu plus compliquées.

Par « complications », sans doute entendait-il deux garçons à élever. Son oncle était resté. Pour lui *et* pour Bryce.

— Je vais m'occuper de tout ça, Joe. Ne t'inquiète plus de rien.

— Je sais que tu le feras, fiston.

Le mot *fiston* lui fit pudiquement baisser les yeux.

— Ah, Lucas. Tu sais ce que l'on dit, lança Joe en posant sa main sur la sienne. C'est toujours les meilleurs qui partent en premier.

**
* **

— Je comprends la situation, lâcha l'avocate, mais la question du temps reste problématique. Je pourrais trouver un juge qui signe rapidement les papiers en faisant valoir l'état de santé du demandeur. Mais il y a les recours que la partie adverse ne manquerait pas d'engager pour contester la décision, et on en revient au problème du temps.

Il avait mis beaucoup d'espoir dans cette avocate, qui lui était recommandée par un ancien copain de fac, et était allé jusqu'à Ithaca pour la rencontrer. Mais c'était le même son de cloche… Dans l'Etat de New York, il fallait une année complète de séparation, et Joe n'avait hélas pas ce temps devant lui. La loi ne faisait pas d'exception pour un homme qui voulait juste mourir sans être enchaîné à sa femme, une peau de vache.

L'avocate fronça les sourcils.

— Pourrait-on invoquer « le traitement cruel et inhumain » ?
— Probablement, répondit Lucas.

Si la petite pièce sans ouverture sur l'extérieur près de la cuisine où Joe était installé n'entrait pas dans cette catégorie, alors c'était à n'y rien comprendre.

— Etre une peau de vache ne veut pas nécessairement dire « traitement cruel et inhumain », lui expliqua l'avocate comme si elle venait de lire dans ses pensées. Etes-vous au courant d'une liaison ?
— Non.
— Dommage ! fit l'avocate dans un soupir.
— J'aurais voulu pouvoir vous aider.

Alors c'était tout. Ça s'arrêtait comme ça. Quelle plaie ! Il n'aurait pas été mécontent de voir la tête de Didi quand Joe lui aurait tendu les papiers du divorce. Ni l'expression de son oncle, enfin libéré de sa femme coincée et aigrie.

Il en serait bientôt libéré, quoi qu'il arrive…

Lucas sortit de l'immeuble et s'avança dans le parking. Il devait passer par le nouveau bâtiment de la ville pour vérifier que tout se passait bien. Il lui fallait aussi commencer l'égrenage chez Jeanette O'Rourke, avant de passer aux peintures — Bryce pouvait s'en charger. Il ne faisait qu'un mi-temps à la boutique de robes de mariée et il devrait être capable de poncer et préparer des murs sans se blesser.

Son téléphone sonna. Il regarda l'écran et décrocha.

— Salut, Joe. Qu'est-ce que je peux faire pour toi ?

— Désolé de te déranger, mon garçon, mais je me demandais si tu pouvais venir me chercher. Je suis en dialyse, et Didi a une heure de retard. Elle ne répond pas sur son portable, ni au travail.

Il paraissait épuisé.

— Je suis à une heure de Manningsport. Bryce n'est pas dans le coin ?

Il y eut un silence.

— Je t'ai appelé en premier. Je suis désolé, j'aurais dû y penser.

— Non, pas de problème. Je vais le joindre et je te rappelle.

Un taxi ne ferait pas l'affaire, car il faudrait aider Joe à se mettre au lit.

Il appuya sur le numéro de Bryce et tomba directement sur sa boîte vocale. Il tenta chez lui. Après quelques sonneries dans le vide, le répondeur s'enclencha.

— Bryce, si tu es là, décroche. C'est Lucas.

Rien.

Il se frotta la mâchoire. Où pouvait-il être ? Il n'y avait pas trente-six options. Un instant plus tard, il passa un coup de fil au pub.

— O'Rourke, l'endroit où l'on trouve les meilleurs *nachos* de la terre, fit une voix joyeuse et légère.

— Colleen, c'est Lucas.

Sa propre voix lui parut tendue.

— Tout va bien ? demanda-t-elle instantanément.

— Mon oncle est coincé en dialyse, et je n'arrive pas à joindre Bryce. Est-ce qu'il est là ?

— Non, désolé, je ne le vois pas. Mais je peux aller le chercher, Joe, si tu veux.

Il marqua une brève pause.

— Ce serait génial.
— Pas de souci... Connor ! cria-t-elle dans le téléphone. Il faut que je m'absente. Fais venir Monica pour qu'elle me remplace, tu veux ?
— Merci, lâcha Lucas. Je suis à Ithaca, mais je rentre.
— Ne roule pas comme un fou. Je vais bien m'occuper de lui.
— Je sais.
Il y eut un autre silence.
— OK. A plus tard, dit-elle d'une voix adoucie.

— Allez, Yogi, en route, lança Colleen à sa sœur. On va jouer les anges de la miséricorde...
— D'accord, répondit instantanément Savannah en s'extirpant de la banquette où elle s'était installée pour dessiner. C'est quoi, un ange de la miséricorde ?
— C'est toi et moi aujourd'hui. Je connais quelqu'un qui est très malade et qui a besoin qu'on aille le chercher à l'hôpital pour le ramener chez lui. Et je pense que ça va lui faire très plaisir de te voir. Il adore les enfants. Surtout ceux qui sont malins et sympas.

Elles montèrent en voiture, et Colleen prit la direction de l'hôpital, s'arrêtant au passage chez elle pour prendre Rufus (tout le monde l'adorait, et Joe ne faisait pas exception à la règle). Le chien s'engouffra à l'arrière de la voiture et se coucha à moitié sur Savannah, lui tirant un éclat de rire ; l'enfant adorait le gros monstre.

Pendant les quinze minutes que dura le trajet jusqu'à l'hôpital, Colleen ne cessa de parler, mais elle avait le cœur lourd.

Pauvre Joe.

Elle avait aussi de la peine pour Lucas. Son inquiétude était palpable au bout du fil. Il semblait inquiet et tendu et... Reconnaissant.

— Tu nous attends dans la voiture, Rufus, mon beau. Allez, viens, Savannah, allons chercher notre ami.

Colleen entraîna sa sœur à travers les couloirs de l'hôpital jusqu'à l'unité de dialyse médicalisée. Joe était assis dans un des fauteuils inconfortables de la salle d'attente. Il s'était endormi, plus vulnérable et fragile que jamais. Il avait dû ressembler beaucoup à son frère, car il avait la même mâchoire forte, le même nez droit que Lucas, songea-t-elle en s'approchant. Bryce et Lucas eux-mêmes pouvaient passer pour des frères.

Elle s'accroupit devant lui.

— Hé, bonjour, le bel endormi, murmura-t-elle en faisant un clin d'œil à Savannah pour la rassurer.

Joe battit des paupières, désorienté.

— Quelqu'un a commandé une escort ?

— Colleen ! Ce doit être mon jour de chance ! Et qui est cette ravissante demoiselle que tu as emmenée ?

— C'est ma sœur, Savannah. Savannah, je te présente le souriant Joe Campbell, l'homme le plus charmant au monde.

— Bonjour, dit-elle timidement.

Une quinzaine de minutes plus tard, ils étaient arrivés à destination. Elles aidèrent Joe à passer la porte de la maison, tandis que Rufus inspectait les extérieurs, reniflant buissons et arbustes. Elle avait laissé un message à Bryce, mais ce dernier ne l'avait pas rappelée.

En approchant de l'escalier, Colleen évalua rapidement l'obstacle, doutant soudain que l'oncle de Lucas soit en état de gravir ces marches... il avait eu beaucoup de mal juste pour sortir de la voiture.

— Vous vous sentez de monter ?

— En fait, ma chambre est installée dans la petite pièce, près de la cuisine, expliqua-t-il.

L'ancienne chambre de Lucas.

Dans son souvenir, c'était une pièce sans fenêtre qui ressemblait grosso modo à un grand placard. Elle n'y était venue que très rarement quand ils étaient ensemble. Ils étaient toujours chez elle (sinon, il y avait l'arrière de sa voiture, ou le motel qui ne disait pas son nom, à Rutledge).

Colleen jeta un coup d'œil. Elle était toujours fourrée

avec Lucas et assez étrangement elle n'avait que peu de souvenirs ici.

Cette maison était sacrément imposante. Salon, salle à manger, bureau, solarium, cuisine, buanderie — et ça, ce n'était que pour le rez-de-chaussée. Et pourtant Joe était installé dans une pièce qui servait de débarras — là où son propre neveu avait autrefois été exilé.

— Cette pièce est un petit peu étouffante. Si on allait s'installer sur le canapé ? proposa-t-elle en prenant Joe par le bras. Il y a une agréable brise aujourd'hui.

— Je ne dis pas non.

Colleen l'aida à avancer jusqu'au salon, à la décoration pompeuse. Du chintz partout, une abondance de tissus aux imprimés Laura Ashley. Savannah lui apporta gentiment un oreiller et une couverture, et Rufus, archange déguisé, s'assit à côté du canapé comme s'il veillait sur lui.

— J'ai toujours pensé que ce serait bien d'avoir un chien, dit Joe, flattant la tête de l'animal.

Il battit des paupières et, en quelques secondes, il s'était endormi.

— Il dort dans un placard ? chuchota Savannah alors qu'elles allaient à la cuisine.

— Je sais. Sa femme n'est vraiment pas commode !

— Nous devrions lui arranger un endroit plus confortable. Je sais y faire avec ces choses-là.

Colleen marqua une pause.

— Alors, allons-y !

Une heure plus tard, le solarium était transformé. Savannah avait même confectionné un panneau avec cinq bouts de papier qu'elle avait accroché au-dessus de la porte. Avec des Magic Marker trouvés dans un tiroir de la cuisine, elle avait écrit : « Le petit nid de Joe ».

— Ça me semble parfait, lança Paulina, qui était venue prêter main-forte.

Allongée sur le lit médicalisé, elle ferma les yeux.

— Très confortable…

Rufus enfouit son museau dans son épaule pour essayer de la pousser et se faire une place à côté d'elle.

Colleen sourit. Elle n'avait pas pu faire autrement que d'appeler les renforts. Elle avait besoin de quelqu'un pour l'aider à bouger les meubles rapidement, quelqu'un qui soit disponible tout de suite. Elle craignait que Didi rentre chez elle et se mette en colère, ce qui serait légitime, après tout.

Mais c'était aussi la maison de Joe. L'homme était en train de mourir, et cela n'avait pas de sens de le reléguer dans cette petite pièce triste et sombre.

C'était aussi une occasion pour Paulina de se démarquer en faisant quelque chose de gentil pour le père de Bryce. Elle était arrivée cinq minutes après son appel. Et son aide avait été déterminante. Elles avaient fait passer la table basse et deux des trois fauteuils confortables dans le débarras, gardé le canapé et l'écran plat et installé le lit médicalisé. Joe aurait désormais vue sur le très joli jardin, les arbres, le ciel et les oiseaux.

Rien à voir avec les quatre murs gris du réduit qui lui faisait office de chambre.

Savannah s'était promenée dans la maison comme une petite pie, prenant tout ce qu'elle pensait pouvoir faire plaisir à Joe — une photo de lui et de Bryce prise des années plus tôt, un drapeau des Yankees subtilisé dans l'appartement de Bryce, des coussins de l'une des chambres inoccupées, un capteur solaire en verre bleu qu'elle avait trouvé dans la salle à manger.

— Qui est-ce ? demandait-elle maintenant en revenant avec un autre cadre photo. C'est Joe ?

Colleen regarda la photo. Son cœur se mit à battre plus vite.

— Oui. C'est Joe, avec son frère, on dirait bien. Et ce sont Bryce et Lucas.

La ressemblance entre les deux frères était indéniable. Visiblement, la vie avait été plus difficile pour le père de Lucas. Son physique était plus brut. Le genre d'homme qui avait dû se défendre, comme on disait.

Tel père, tel fils.

Les garçons devaient avoir dix ans environ sur cette photo, prise lors d'un match de base-ball. Même sourire malicieux, mêmes grands yeux — et de longs cils fournis pour les deux.

Cette ressemblance physique était presque troublante.

Elle n'avait pas vu de photos de Lucas enfant, maintenant qu'elle y pensait.

Il était mince… vraiment un beau gamin.

— Désolé.

Colleen tressaillit.

— Salut !

— Désolé d'avoir mis autant de temps. Il y avait des travaux sur la route.

Il évalua d'un coup d'œil les changements opérés.

— Salut, Paulina.

— Comme tu vois, je récupère, dit celle-ci en souriant depuis le lit. Et toi, ça va ?

— Pas trop mal.

Il baissa les yeux sur Savannah.

— Salut, petite fille qui joue super bien au base-ball.

— Je suis Savannah, répondit-elle en souriant. La sœur de Colleen.

— Oui, j'avais deviné. Tu lui ressembles beaucoup.

En voyant le visage de Savannah s'éclairer, Colleen sentit son cœur fondre.

— Nous avons réorganisé l'espace, indiqua Paulina en se levant. Ton oncle se repose dans l'autre pièce.

— C'est une très bonne chose, affirma Lucas.

Il la regardait avec une telle intensité, ses yeux étaient si expressifs !

— Comment va-t-il ?

— « Il » va très bien, fit Joe, émergeant du salon. Oh ! bon sang, mais que s'est-il passé ici ? « Le nid de Joe » ? Et vous avez fait tout ça pour moi ? Merci beaucoup, mesdemoiselles, merci ! C'est magnifique !

Il se dirigea vers le lit et s'y allongea.

— C'est vrai, qu'on est bien, un vrai nid, murmura-t-il.

— Est-ce que vous aimeriez un oreiller plus confortable ? demanda Savannah, en lui en tendant un en velours rouge.

— Oui, ce ne serait pas de refus… On a toujours besoin d'un oreiller confortable, déclara Joe. Merci, mon petit.

A cet instant, ils entendirent la porte d'entrée s'ouvrir.

— Salut, tout le monde ! lança joyeusement Bryce, quelques instants plus tard, en entrant dans la cuisine. Qu'est-ce qu'on fête ?

La bouche de Didi n'était qu'une fine ligne tant elle serrait les lèvres. Elle plissa les yeux, posa les mains sur les hanches.

— Qu'est-ce qu'il se passe ici ? s'exclama-t-elle.

Elle n'aurait pas fait une autre tête si elle avait reniflé une odeur d'égout.

— Nous nous sommes dit que Joe devait changer de décor, répliqua Lucas.

— Maman, je te présente Paulina Petrosinsky. Ça va, Paulina ?

— Salut, répondit celle-ci, le visage passant au rouge. Je suis ravie de vous voir, madame Campbell.

— Ce n'est pas vous, la princesse poulet ? Qui passiez à la télé ?

En voyant le visage de Paulina virer au cramoisi, Colleen se sentit désolée. La prochaine fois que Didi viendrait à l'O'Rourke, elle se ferait un plaisir de lui verser de l'eau de vaisselle dans son verre.

— Princesse, mais aussi éminence grise du pouvoir, n'est-ce pas, Paulina ? reprit-elle. Madame Campbell, Paulina est la directrice générale des franchises.

Didi les toisa, pas le moins du monde impressionnée.

— On peut savoir ce que vous faites tous ici ?

— Eh bien, tu as oublié de venir me chercher, Didi. J'ai donc dû me débrouiller et demander à quelqu'un d'autre, intervint Joe.

— Et qui vous a donné le droit de réaménager ma maison ?

— Moi, lâcha Lucas. Joe mérite mieux que le débarras.

Il regarda son oncle.

— Je suis désolé de ne pas y avoir pensé moi-même plus tôt.

— Je trouve que c'est une super idée, lança Bryce. Papa, on pourra regarder le base-ball ici, et tu pourras t'endormir sans avoir à te déplacer jusqu'à ta chambre.

— Quelqu'un écoute ce que je dis ? C'est quand même un peu fort, s'indigna Didi. C'est chez moi, aussi ! C'est moi qui fais vivre cette maison. Je travaille dur…

Elle recula soudain d'un pas et chancela, les yeux exorbités.

— Oh ! Seigneur ! Qu'est-ce que c'est que ça ? Au secours ! Bryce, fais quelque chose !

Tous regardèrent autour d'eux, dubitatifs ou interdits.

— C'est juste le chien. Cool, maman !

— Sortez *ça* de chez moi ! cria Didi.

Percevant sa peur, Rufus se mit à aboyer, effrayé lui aussi.

— Ça suffit ! Sortez cet animal d'ici !

— Ne lui hurlez pas dessus, la prévint Colleen. Vous lui faites peur, et il peut attaquer quand il se sent menacé.

En fait, la dernière chose que Rufus avait attaquée était la tranche de bacon dans son assiette, la semaine dernière — et ce morceau de lard l'avait bien cherché !

— Arrête, Rufus. Ne fais pas attention à la dame qui crie.

Sa queue fouettait l'air. La télécommande et plusieurs objets au bord de la table faillirent finir par terre.

— Arrêtez-le, il est en train de tout casser ! s'emporta Didi.

Rufus aboya de plus belle.

— Allez, dehors ! Ouste ! Du balai !

— Allez, viens, Rufus. Tu veux aller te promener ? Dans la voiture ? Tu veux aller faire un tour dans la voiture ?

Savannah venait de prononcer les mots magiques. Rufus entama sa danse de la joie, aboyant et bondissant. Il se cogna contre le lit de Joe (qui le prit avec le sourire), sauta sur une des chaises, et s'élança à travers la maison jusqu'à la porte, dernier obstacle avant de pouvoir se livrer à son passe-temps préféré.

— Collie, je vais sortir Rufus, dit Savannah. Je t'attends dehors.

— D'accord, ma puce. Merci.

— Je vous enverrai la note du nettoyage, hurla Didi. Joe a besoin de calme. Il ne peut pas rester ici. Lucas, va remettre immédiatement toutes ses affaires dans sa chambre.

— Ellen et ses parents doivent venir voir Joe, répondit-il. Je me demande bien ce qu'ils vont penser en le voyant dans cette petite pièce aveugle.

Didi marqua une pause. L'argument avait visiblement fait mouche. Cette femme était incroyable, tellement prévisible.

— Oh, et puis faites comme vous voulez ! J'ai la migraine. Je vais m'allonger.

Elle tourna les talons sans rien ajouter et monta les escaliers. Le cliquetis de ses chaussures résonna dans toute la maison.

— Je suis désolé, fit Bryce. Elle est très stressée ces derniers temps.

— Bien sûr, on comprend, la rassura Paulina.

Elle lui tapota le bras, cherchant du coin de l'œil l'approbation de Colleen.

Cette dernière acquiesçant, le tapotement se fit plus ferme.

— Merci, Paulina ! Alors, Ellen vient à Manningsport, Lucas ? C'est super.

Oh ouais, génial, super chouette. Il lui enlevait les mots de la bouche, songea Colleen, sans pouvoir s'empêcher de ressentir un pincement de jalousie.

— Je dois y aller, lança-t-elle. J'ai été contente de vous voir, Joe. A bientôt, Bryce.

— Colleen, Paulina, je ne sais comment vous remercier, déclara Joe. Mais je vais réfléchir à quelque chose. Dis à ta sœur que je suis heureux d'avoir fait sa connaissance, d'accord, Colleen ?

— Je n'y manquerai pas.

— On se voit à la salle de muscu, Paulina ! dit Bryce.

Cette dernière répondit par un grand (et adorable) sourire. Eh bien, voilà une affaire qui roulait... Ses talents d'entremetteuse se voyaient couronnés de succès. Encore une fois.

— Je vous raccompagne, dit Lucas.

Il leur tint la porte, et ils sortirent sur la terrasse. Savannah lançait une balle à Rufus, puis lui courait après pour la lui reprendre. Ils disparurent derrière la maison. Avec un peu de chance, les jappements de Rufus montaient jusqu'à la chambre de Didi et lui vrillaient le crâne.

— Bon, eh bien, je vais vous laisser vous faire les yeux doux, lança Paulina. A bientôt, « homme viril ».

Elle s'approcha de lui et lui donna une tape amicale dans l'épaule, sans retenir sa force, le faisant vaciller imperceptiblement.

— Tu es une chic fille, Paulina, dit-il, en lui plaquant une bise sur la joue. Mon cousin a de la chance de te connaître.

Eh bien, eh bien, eh bien...

— Mince ! Merci, Lucas, murmura-t-elle, gagnée par l'émotion. C'est très gentil et ça me touche beaucoup.

Sur une dernière bourrade du poing et un sourire, elle s'élança vers sa voiture.

Les aboiements de Rufus leur parvenaient de l'arrière de la maison.

Colleen s'éclaircit la gorge.

— On peut probablement passer la partie sur les yeux doux et...

Il la saisit par la taille et la serra contre lui.

— Merci, souffla-t-il.

Elle avait son visage dans la chaleur de son cou.

— Oh ! c'était trois fois rien, affirma-t-elle, la voix tremblante, électrisée par ce contact.

Elle tenta de s'écarter, mais il resserra son étreinte.

— Dîne avec moi demain, susurra-t-il, les lèvres près de son oreille.

Son cœur se mit à battre la chamade. Il sentait si bon. Il avait le goût de — *du calme, ma fille,* se sermonna-t-elle tout en résistant à l'envie de lui mordiller le cou.

— Je ne peux pas, demain. C'est la petite fête que donnent les Petrosinsky.

Il s'écarta, dardant ses yeux sombres de Latin sur elle.

— Alors très bientôt.

Rufus émergea comme un bolide dans le jardin, Savannah

à ses trousses, et leur rentra dedans, disloquant pratiquement la rotule de Colleen.

— Oh! Est-ce que vous vous embrassiez? s'exclama Savannah.

— Pas vraiment, dit Lucas en la lâchant. Pas encore.

Colleen recula d'un pas, chancelante.

— Tu m'épuises, l'Espagnol, lui chuchota-t-elle.

— Je fais de mon mieux.

Il sourit, scellant ainsi le marché.

Elle était dans un sacré pétrin.

19

Colleen avait la sensation que Bryce devait voir Paulina dans son environnement, là où elle était, en toute logique, elle-même, à l'aise, en confiance.

La maison des Petrosinsky était magnifique, on l'aurait dite sortie tout droit d'un tableau surréaliste, esprit cirque… des statues de poulet se dressaient, imposantes et un peu inquiétantes, sur la pelouse, autour d'un chapiteau rayé jaune et rouge. Des dizaines de poulets étaient en train de griller sur un énorme barbecue. Et un immense buffet avait été dressé avec des quantités de salades, de plats de saison et toutes sortes de boissons. Il y avait un bar. Un orchestre jouait devant Crooked Lake, qui scintillait au loin.

Elle avait aidé Paulina à choisir une robe d'un jaune lumineux vraiment adorable dont la jupe évasée bougeait à chaque mouvement dans un doux bruissement et qui mettait ses jambes en valeur — puis elle l'avait maquillée par petites touches discrètes (un peu de mascara et du gloss pour faire ressortir sa féminité) et s'était occupée de sa coiffure, ce qui était en soi un vrai challenge. Cela semblait marcher. Bryce vint tranquillement à sa rencontre, et, comme elle le lui avait demandé, Paulina lui fit faire le tour des nombreuses statues de poulet qui décoraient le jardin, suivie de ses chiens.

Soudain, un cocorico emplit l'air. OK !

OK, Ronnie Petrosinsky organisait un concours du plus beau coq.

Lucas ne semblait pas être arrivé. Devait-elle dîner avec

lui ? Est-ce que cela finirait au lit ? A cette simple pensée, elle sentit un frisson la parcourir.

Elle soupira, incapable de dire si c'était d'envie ou de frustration, de nostalgie ou de désir. Peut-être était-ce tout ça à la fois ? Ses zones érogènes trop longtemps négligées se rappelaient tout simplement à elle, réclamant de l'attention. C'était ça, son problème.

Chaque coin de la ville lui remémorait un moment chargé de sensualité, et cela n'aidait pas. *Sensualité* était le mot clé. La première fois qu'elle avait laissé Lucas glisser la main sous son T-shirt. La première fois où elle lui avait enlevé le sien. La première fois où elle lui avait dit qu'elle l'aimait et l'émotion de Lucas en entendant ses mots.

A cet instant précis, c'était un verre dont elle avait le plus besoin. Un verre de vin, ce serait bien.

— De la sangria ?

— Connor ! Juste quand je suis prête à te vendre aux enchères à une maison d'accueil pour mères célibataires, te voilà, adorable et repentant.

Elle prit le verre que lui tendait son frère tout en jetant un regard sur les autres invités.

— Tu cherches quelqu'un ? Ne me dis pas que c'est Lucas ! Tu n'es pas aussi stupide ni maso pour te remettre dans la même situation ?

— Beau temps, n'est-ce pas ?

— Coll…

— Je ne suis pas maso, Connor. Non.

— Tiens-toi loin de lui, alors.

— Et ta cavalière, elle est où, mon cher frère ?

— Elle n'est pas là. Je ne suis pas fou ! Avec toi *et* maman ici ? Sans parler de papa et Gail.

Bien sûr, il y avait Chère Mère, s'avalant un zinfandel blanc avec du 7Up, son infâme cocktail.

— Tu penses qu'elle boit ça juste pour nous faire honte ?

— Elle en est bien capable, en tout cas.

Colleen prit une gorgée de sangria.

— Cette femme mystérieuse, Connor, doit mourir d'envie de rencontrer ta jumelle bien-aimée.

— Pas du tout.

— C'est forcé. Admets-le.

— On n'est sortis que trois fois ensemble, Colleen.

— Vous avez couché ensemble ?

— *No comment*. Et tu ferais bien de t'abstenir avec Lucas.

— Vraiment ! Donc vous l'avez fait. Est-ce qu'elle est blonde ? Je parie qu'elle l'est. Elle l'est, n'est-ce pas ? Jolie. Tu sais, Connor, pendant un moment, j'ai pensé que tu étais gay. Je me suis même dit que toi et Jeremy feriez un super couple...

— Oh, bon sang, c'est parti ! Je la fermerai sur Lucas si tu la boucles tout court.

Elle plongea le nez dans son verre pour dissimuler un sourire.

— Marché conclu.

— Ne viens juste pas pleurer quand il...

— Tu sais quoi ? Je vais aller discuter un peu avec maman.

Elle tourna les talons et s'avança vers Jeanette.

— Salut, dit-elle en embrassant sa mère.

— Il y a ton père et la Greluche.

— Oui, je sais.

Elle n'avait pas encore aperçu Savannah, mais la petite devait être quelque part. Elle promena son regard alentour. Elle espérait qu'elle jouait avec d'autres enfants. Mais quelque chose lui disait qu'elle s'était réfugiée dans un coin tranquille pour manger en cachette.

Pas de trace non plus de Stan, l'homme poilu. Elle ne le voyait nulle part.

— Pas de cavalier, maman ?

— Non, répondit sa mère, sans quitter Pete et Gail des yeux. Ce Stan s'est révélé plutôt décevant, un peu trop fasciné par son travail, à mon goût. Il ne parlait que d'infection intestinale, d'inflammation du côlon et de vers intestinaux.

— Et cela t'a dégoûtée, c'est ça ?

Sa mère dévisageait toujours Pete, qui n'avait pas son

pareil pour battre froid à son ex-femme. Sa main était posée avec fermeté sur la chute de reins de Gail, juste au-dessus de sa croupe légendaire.

Pauvre maman.

— Regarde-le, dit lentement sa mère…

Colleen ferma les yeux. C'était reparti pour la longue litanie de griefs, de plaintes et de propos amers.

— Je n'ai pas réussi à passer à autre chose. J'aurais dû, je le voulais, mais je ne suis pas arrivée à l'oublier. Je sais qu'il a tourné la page depuis longtemps, mais je l'aime toujours. C'est plus fort que moi.

Il n'y avait aucune amertume dans ses mots. Aucune fausse naïveté, non plus. Aucune excuse avec ce fameux « Egarement paternel ». Elle parlait sans émotivité et énonçait des faits avec une lucidité touchante.

— Je suis désolée, maman, chuchota-t-elle, en lui serrant la main.

— Je suis la risée de la ville.

— Absolument pas ! Qu'est-ce que tu racontes, voyons ! Tout le monde t'apprécie au Blue Heron, tu as beaucoup d'amis et…

— Non. Je sais que je passe pour une pauvre idiote ménopausée qui ne s'est pas rendu compte que son mari la trompait et qui lui a toujours cherché des excuses.

Les yeux de sa mère s'embuèrent, ce qui lui fit aussitôt monter les larmes aux yeux. Elle ne supportait pas de voir sa mère pleurer.

— Tu mérites mieux que papa.

— Et où est-il, ce mieux ? Je suis prête pour le mieux ! Ce n'était pas ce médecin du côlon, trop poilu de surcroît, qui me demandait combien de fois par jour je…

— Bonjour, Jeanette, comment ça va ?

C'était Bryce. Il se pencha et l'embrassa.

— Vous êtes en beauté, comme toujours. Nous apportons les pastèques.

Nous semblait vouloir dire *avec Paulina*, qui portait sous chaque bras une pastèque géante. Et qui, pour une raison qui lui échappait à cet instant, avait enfilé un Thneed jaune.

— Vous allez bien ? s'enquit Paulina en avançant son menton vers Jeanette.

Alors que Bryce continuait à flirter avec sa mère, Colleen se pencha vers Paulina et lui murmura :

— Je croyais qu'on s'était mises d'accord sur ta tenue.

— Il faisait un peu frisquet.

— Ah… OK.

Ces pastèques devaient bien peser six kilos chacune.

— Laisse-le en porter une… qu'il se sente utile, viril et protecteur, lui suggéra-t-elle dans un chuchotement.

— Utile, d'accord. Compris. C'est juste que sa main lui fait vraiment mal.

Difficile de l'ignorer. La main de Bryce était toujours pansée, un bandage qui lui semblait plus épais chaque fois qu'elle le croisait. A bien y regarder, il prenait même maintenant les proportions d'un gant de boxe.

— Il peut en porter au moins une, Paulina. Laisse-lui une chance de jouer sa partition. Tu sais, ce rapport homme-femme ?

— Vous me réservez une danse, d'accord, Jeanette ? l'entendit-elle dire. J'ai toujours eu un faible pour vous.

— Quel vilain flatteur tu fais, Bryce ! minaudait sa mère, sa bonne humeur retrouvée. Oh ! il y a Mme Johnson. La grossesse de Faith la remplit de bonheur. C'est comme Carol, qui comptabilise à elle toute seule onze petits-enfants, Colleen. Onze.

Elle darda sur elle ce regard dont elle avait le secret, un mélange de « Tu me fends le cœur » et de « Je suis une incomprise ». Colleen se contenta de hausser un sourcil et reporta son attention sur Bryce.

— Tu veux bien aider Paulina, s'il te plaît ? Ces pastèques doivent commencer à être lourdes.

— Non, non, ça va, répondit cette dernière. Oh ! Oui… non, je veux dire, oui, elles sont très lourdes. Vraiment lourdes. Super lourdes. Est-ce que tu pourrais en porter une ?

— Il n'y a qu'à demander !

Eh bien, voilà… Colleen sourit alors que Bryce bataillait ferme pour se saisir d'une des deux pastèques de sa main valide, sans même se rendre compte qu'il avait le nez dans les seins de Paulina, ce qui n'avait en revanche pas échappé à Paulina, qui avait le visage littéralement en feu.

Elle les laissa à leur affaire et en profita pour s'éclipser. Elle se dirigea vers la maison. Le rire de son père émergea du brouhaha des conversations. Elle le chercha des yeux. Il la vit… ou plutôt il la regarda sans vraiment la voir. Pas de sourire, pas de petit mouvement de tête complice.

Elle ressentit un vide aspirant, hélas familier, dans la poitrine.

Quand elle était petite, elle était sujette aux « crises de foie » et, comme sa mère n'avait pas trouvé d'autre moyen de compatir que de vomir aussi, c'était son père qui s'asseyait au bord de son lit et qui lui faisait la lecture. C'était son odeur, celle de sa chemise et sa voix calme qui marquaient ses nuits, les rendant singulières, presque drôles — les vomissements mis à part.

Son père rit encore.

Elle ne se rappelait pas depuis quand ils n'avaient pas eu une vraie conversation.

Elle déglutit pour faire passer le nœud qui lui serrait la gorge et se dirigea vers la maison. Tout était silencieux ; rien d'étonnant, avec cette magnifique journée, tout le monde était à l'extérieur.

Elle finit par percevoir une voix familière. *La* voix, en fait. Profonde, un rien rauque, qui la faisait vibrer.

Elle le découvrit dans le salon, assis sur un canapé au dossier arrondi, avec Savannah. Il lui faisait la lecture… *Du Vent dans les saules*, un de ses livres préférés quand elle était enfant. Lucas portait une paire de lunettes. C'était nouveau. Et sexy. Comme un mélange entre un professeur et Lucifer. Colleen se faisait l'effet d'être une lycéenne allumeuse sur le point d'offrir n'importe quoi pour que son B devienne un A.

— « Mais M. Taupe se tint immobile un moment,

perdu dans ses pensées. Comme quelqu'un qui s'éveillerait d'un magnifique rêve, lutterait pour s'en souvenir, mais ne réussirait qu'à capturer la vague réminiscence de sa beauté, la beauté ! »

Il savait raconter une histoire. Savannah était appuyée contre son bras, concentrée sur les images. Si Lucas lui avait proposé de lui lire quelque chose… ce qu'il voulait… même le mode d'emploi de sa télécommande trois en un, par exemple… Colleen n'aurait pas dit non ! Surtout si elle pouvait se blottir contre lui, sur le canapé. Nue, de préférence.

Savannah leva la tête à cet instant.

— Salut, Colleen ! s'exclama-t-elle en l'apercevant.

Elle tressaillit comme si elle avait été prise en train de faire quelque chose de mal.

— Hé, salut, vous deux ! dit-elle, feignant la surprise.

— Tu veux voir la pièce secrète que j'ai découverte ?

— Euh, peut-être que nous devrions…

La petite s'était déjà levée et élancée dans les escaliers.

Lucas se leva à son tour et glissa ses lunettes dans la poche de sa chemise.

— Après toi, dit-il.

— Merci, lâcha-t-elle dans un souffle.

Elle monta les marches, consciente de la présence de Lucas derrière elle. Voyait-il sous sa robe ? Trouvait-il ses dessous à son goût ? Evidemment ! Elle avait soigné son apparence. Elle était Colleen Margaret Mary O'Rourke. C'était juste que…

— Par ici ! les appela Savannah.

Il y avait un autre escalier, celui-ci moins décoré que le premier, qui menait au troisième étage.

En haut des marches se trouvait un petit couloir.

— Mon petit cœur, nous ne devrions probablement pas être là, commença Colleen.

— Oh ! allez, lança Lucas. C'est amusant. Où est passé ton sens de l'aventure, *Mía* ?

— Je suppose que j'ai grandi, expliqua-t-elle en arquant un sourcil.

— Alors comme ça, quand on est adulte, on ne peut plus aimer l'aventure ? s'étonna Savannah en ouvrant une porte. Regarde ! On voit tout d'ici ! On est comme Harriet, la petite espionne.

La pièce était un grenier mansardé, avec deux petites lucarnes. Il y avait quelques cartons entreposés. Une légère odeur de renfermé flottait dans l'air.

Et de ce poste d'observation on avait un point de vue incroyable. Les invités semblaient passer un bon moment. L'orchestre n'était pas étranger à la bonne ambiance. De la fumée s'élevait en volutes du barbecue et, au loin, des voiles blanches aux angles parfaits se détachaient sur l'eau couleur cobalt du lac Keuka qui brillait au loin.

Colleen percevait Lucas derrière elle. Il aurait été si facile de s'appuyer contre lui, de sentir ses bras autour d'elle, de se presser contre…

Tu es vraiment irrécupérable, ma pauvre fille ! dit la voix de son frère dans sa tête.

Elle se concentra sur les invités pour le faire taire. Elle repéra Faith assez facilement avec ses cheveux auburn. Rufus et Blue, le chien de cette dernière, s'ébattaient joyeusement tout autour, faisant hurler les petits de rire (ou de crainte, peut-être, elle se trouvait un peu trop loin pour le dire). Bryce était près de la balançoire et poussait un petit — trop mignon. On aurait dit le petit Cole Richards, l'un de ses homonymes. On ne pouvait pas passer à côté de Paulina et de son Thneed jaune. Les accords de *Devil with a Blue Dress On* s'élevaient jusqu'à eux. M. Petrosinsky n'avait pas lésiné sur la dépense, mais avec un peu de chance cela serait payant pour Paulina.

— Qu'est-ce que ça sent bon, en bas, lança Savannah, l'air morose.

— Tu as faim, Yogi ? On redescend pour profiter du buffet ?

— Savvi ! Bébé, tu es où ?

Gail apparut dans l'encadrement de la porte.

— Ah ! Je t'ai cherchée partout. Je me demandais où tu étais passée ! Qu'est-ce que tu fais ? Tu espionnes ?

Elle s'avança, perchée sur des stilettos qui détonnaient avec l'esprit pique-nique et bucolique de la soirée.

— Salut, Gail.

— Colleen…

Elle décocha un sourire éclatant.

— Bonjour. Je ne crois pas que nous nous soyons déjà rencontrés.

— En fait, si, répliqua Lucas, laconique.

— Maman, j'ai faim, dit Savannah, tirant sa mère par la main. S'il te plaît, est-ce que je peux manger un hamburger ? Et une salade de pommes de terre ? J'adore les salades de pommes de terre.

— Bien sûr, bébé. Sans le pain, d'accord. Et peut-être qu'une salade verte serait mieux que les pommes de terre pour limiter les glucides, tu te souviens ?

Elle gratifia à nouveau Lucas d'un sourire éclatant.

— Nous faisons attention à notre silhouette, parce que nous allons intégrer l'équipe des *cheerleaders* !

— Je ne pense pas que *nous* allons être *cheerleaders*, Gail, intervint-elle. Je veux dire, je ne vois pas Lucas faire un flip arrière. Moi, j'ai trente ans passés, et ça te fait combien maintenant… quarante-deux ans ?

— Ne vas pas plus vite que la musique. J'ai trente-cinq ans, Colleen, répondit sèchement Gail.

— Vraiment ? On parle beaucoup du Botox, qui fait des merveilles, paraît-il.

— Maman, répéta Savannah, en geignant.

— Ne me bouscule pas, Savvi ! minauda Gail, tout en lançant des œillades à Lucas.

Ses extensions de cils trop longues ressemblaient à des tarentules mortes au bout de ses paupières.

— Les enfants… Vous savez comment c'est, Lucas.

Elle se tourna, lissa sa robe sur ses fesses et avança vers la porte d'une démarche chaloupée. En la regardant accentuer son déhanchement, Colleen fut surprise de ne pas la voir trébucher.

— Merci pour la lecture, lança Savannah par-dessus son épaule.

— Ça a été un plaisir, Savannah, répondit-il d'une voix chaude.

La porte se referma derrière la mère et la fille.

Et la sensation de chaleur s'accentua alors qu'elle se retrouvait seule avec le Prince des Ténèbres.

Peut-être était-ce le fait d'entendre sa mère si lucide sur la situation et sur ses sentiments, de la voir encore accrochée à l'homme qui l'avait fait souffrir en la quittant pour une autre. Telle mère, telle fille, après tout. Tomber à nouveau amoureuse de Lucas... Bon sang, elle l'était déjà. Raide dingue, même. Et à ce rythme, si elle n'y prenait pas garde, elle allait se retrouver à dessiner des hommes nus et poilus pour remplir ses journées.

Lucas lui faisait ses yeux d'ange déchu.

Elle inspira profondément, mais l'air sec collait à ses poumons.

— Merci d'avoir été gentil avec ma sœur.

— Elle se cachait sous le canapé, quand je suis entré.

Colleen sentit son cœur se serrer.

— C'est vrai?

— Oui. Elle mangeait des biscuits.

Bon sang.

— Didi a commencé à la mettre au régime depuis des années déjà, ce qui n'a rien arrangé à son problème avec la nourriture.

Lucas fit un bruit de gorge.

— Comment pouvait-elle ne pas en avoir un? Pour Gail, tout tourne autour de l'apparence. Savannah est un peu enrobée. La belle affaire! Tout finira par rentrer dans l'ordre. Moi aussi, j'étais rondelette quand j'étais enfant.

— J'ai du mal à y croire.

— Si, je l'étais. Un petit peu. Pas vraiment. D'accord, je ne l'étais pas. Et alors quoi? Qu'est-ce que ça peut faire?

Il eut un petit sourire en coin.

— Nerveuse?

Le pouvoir de cette voix… même à distance, quand il l'appelait de la fac. Bon sang ! Ce n'était pas tant les choses érotiques qu'il lui disait que ce que cette voix déclenchait en elle !

— Je ne suis pas nerveuse. Je suis juste… irritée. J'aime Savannah et je veux qu'elle se sente bien dans son corps. Je n'ai pas envie de la voir sombrer dans la boulimie ou dans l'anorexie à cause de Gail.

— Heureusement qu'elle t'a, alors.

Elle le regarda fixement.

— Tu es sarcastique en disant ça ?

— Non, pas du tout.

Il la dévisageait, sans rien dire. Un souffle d'air, faisant bruisser le feuillage de l'imposant érable, décoiffa légèrement ses cheveux. Elle lisait tellement plus dans ses yeux que ce qu'il verbalisait.

C'était ce qu'elle avait toujours pensé, ce dont elle s'était persuadée à l'époque. Quand on voyait où cela l'avait menée… L'incarnation même de l'éternelle célibataire qui flirtait, mais qui n'avait pas eu une seule vraie relation en dix ans parce qu'elle ne faisait plus confiance aux hommes, en tout cas pas assez pour s'abandonner… et toujours reliée par le cordon à son jumeau.

— Waouh, regarde l'heure ! J'ai une faim de loup, s'exclama-t-elle en posant la main sur la poignée de porte ronde.

Elle était coincée… Elle tira dessus. Le satané objet lui resta dans la main.

Elle essaya de la remettre, mais c'était une de ces vieilles choses en porcelaine, et la tige était encore coincée à l'intérieur. Elle tenta à nouveau, mais la poignée retomba aussitôt. Essaya encore. La fit bouger. Rien.

— Lucas, est-ce que tu peux arranger ça ?

Il la rejoignit — se tenait-il aussi près de tout le monde ?

— Tu l'as cassée, dit-il.

— Non, absolument pas. Elle est tombée toute seule. Remets-la, s'il te plaît.

— C'est cassé, Colleen.

— Est-ce que tu peux la réparer, s'il te plaît, Lucas ?
— Oui, *Mía*. Je vais essayer, rien que pour toi.

Il se pencha vers la serrure, posa un genou à terre pour se mettre à hauteur.

Soupir de pâmoison. Lucas était *agenouillé* à ses pieds. Il poussait la poignée ronde dans le... euh... trou pour essayer de l'emboîter sur la... tige et donnait un petit coup, essayait de la tourner. Très suggestif... *Arrête ça tout de suite*. Elle devait se ressaisir, rétablir une distance émotionnelle. La poignée tomba par terre dans un petit bruit.

— Tu vois ? fit-il.

Elle tapa contre la porte.

— Ohé ! Il y a quelqu'un ? Nous sommes coincés ici. Est-ce que vous pouvez nous ouvrir ?

Ils attendirent, à l'affût du moindre bruit. Rien. Lucas ne la quittait pas des yeux, un sourire en coin. Il semblait sûr de son fait.

Il se releva d'un mouvement souple.

— Vois le bon côté des choses. Cela nous donne une chance de parler.

— Parler de quoi ? Qui dit que j'ai besoin ou envie de parler ?

— Je pensais que nous avions tous les deux besoin de parler.

— Alors parle-toi tout seul ! Oh, et puis la barbe ! Il fait trop chaud, ici, de toute façon. On se croirait dans un de ces saunas suédois où les gens meurent d'asphyxie. Qui peut avoir envie de parler dans ces conditions ?

Arrête de babiller comme une idiote. Tu ruines ta réputation.

— Il y a quelqu'un ? Ohé, on est là ! On est coincés ! Allô !

Elle tendit l'oreille. Elle ne percevait que *Let's Spend the Night Together* qu'interprétait l'orchestre — était-ce ce que l'on appelait la synchronicité ? La musique qui leur parvenait était trop forte et couvrait leurs appels. Personne ne levait les yeux vers eux. *Connor, bouge-toi et ramène tes fesses ici...* Si ce n'était pas l'occasion idéale pour faire marcher leur lien psychique entre jumeaux...

— Assieds-toi, Colleen.

Il était déjà sur le sol, adossé au mur, ses longues jambes croisées. En jean, avec une chemise blanche qui mettait en valeur sa peau mate.

Elle inspira profondément, retint sa respiration, puis la relâcha d'un coup et s'assit de mauvaise grâce, les bras croisés.

Il esquissa un sourire. Sa bouche était parfaite. Des lèvres pleines et parfaitement ourlées, légèrement boudeuses.

Tu l'as vraiment dans la peau, la titilla son double gémellaire intérieur.

— Sans blague, marmonna-t-elle.
— Quoi ?
— Non, rien… Qui t'a offert ces bracelets d'amitié ? demanda-t-elle, en faisant un mouvement du menton vers les brins de coton colorés entrelacés à son poignet.
— Cadeau de mes nièces. Tiffany m'a fait celui-ci, et Cara, celui-là.

Elle se souvenait d'elles. Etrange, de se dire qu'elles devaient avoir maintenant… Quoi ? Treize ans ? Quatorze, peut-être ?

Lucas avait toujours été un oncle investi et attentif. Il ne les enlèverait jamais. Ils tomberaient d'usure avant.

Une bouffée de désir la traversa.

— Tu sembles plus heureux, se surprit-elle à dire.

Elle ne lui avait jamais rien souhaité de mal, et cette réalité la transperça.

Il haussa les épaules.

— Est-ce que tu travailles encore avec ton beau-père ?

Eh bien, quoi ? Oui, elle savait ! Google n'était pas fait pour les chiens ! Il fallait vivre avec son temps.

— Ex-beau-père. Oui, mais plus pour longtemps. J'ai décidé de quitter l'entreprise.
— Tu as l'intention de créer la tienne, peut-être ?
— Comment as-tu deviné ?

Elle tira sur l'ourlet de sa jupe pour couvrir ses genoux.

— Parce que ça te ressemblerait bien. Tu es un indépendant. Ou tu l'étais.

— Et toi, *Mía* ? Est-ce que tu es heureuse ?

— Arrête de m'appeler *Mía*, tu veux ? Ou je pourrais vraiment croire à tes paroles délicieusement romantiques et écrire ton nom dans mon carnet de bal.

Elle tourna la tête vers la fenêtre, observant le frémissement des feuilles de l'érable.

— Oui, je suis heureuse.

— Tu ne t'es jamais…

Il n'alla pas jusqu'au bout.

— Jamais quoi ? demanda-t-elle un peu trop vivement.

— Tu ne t'es jamais mariée ? Ou fiancée ?

— Lucas, tu ne m'as donc pas espionnée une seule fois sur Facebook, même par curiosité ? C'est vexant.

Et pourquoi l'aurait-il fait ? Il avait une vie, une femme, un fuseau horaire différent. Il vivait dans la Ville aux larges épaules, il était le gendre du grand Frank Forbes.

— Tu ne réponds pas à la question.

Elle pinça les lèvres.

— J'ai failli, une fois. Avec toi.

— Mais tu es heureuse ? insista-t-il.

— Qu'est-ce que tu cherches ? A apaiser ta mauvaise conscience ?

— J'ai toujours espéré que tu l'étais.

Et mince. Il avait le don, avec sa sincérité, de la retourner comme une crêpe et de la faire passer pour une cynique.

— Je suis heureuse, oui. Le pub marche bien.

— C'est le cœur de la ville, on dirait.

— Merci.

Elle l'espérait. C'était tout à fait le but avoué.

— Je travaille aussi un peu à la maison de retraite.

— Je t'y ai vue jeudi.

— Ah oui ?

— On m'a demandé de regarder les plans de la nouvelle aile. Tu étais avec ton grand-père. Je n'ai pas voulu déranger.

C'était une mauvaise journée pour Gramp, totalement ailleurs, acceptant seulement une gorgée d'eau si elle tenait le verre près de ses lèvres comme pour un oisillon.

Le brouhaha de la fête les enveloppait, traversé par les rires et la musique.

Elle s'éclaircit la gorge.

— Ton mariage ? C'était bien ?

Cet échange était emprunté, pesant.

— Pour la majeure partie, oui.

Oh, et puis zut. Il fallait qu'elle sache. Tant pis si sa question tombait comme un cheveu sur la soupe.

— Pourquoi elle et pas moi, Lucas ? dit-elle, d'une voix légèrement tremblante. Tu disais que tu étais trop jeune pour te marier. Est-ce que c'était parce que c'était elle ? Sa famille ? L'argent ? Je ne te jugerai pas. J'ai juste besoin de savoir.

Il ne répondit pas immédiatement.

— Elle était enceinte.

Les mots parurent aspirer l'air chaud du grenier, ne lui laissant rien dans les poumons.

Peut-être l'avait-elle toujours su, au fond d'elle. Elle lui avait demandé et elle se souvenait encore du silence qui avait précédé sa réponse négative. Pendant neuf mois, elle s'était préparée à entendre parler d'un bébé, essayant de se forger une carapace.

Elle n'avait trouvé aucun faire-part de naissance dans la presse. Et elle en avait ressenti du soulagement.

Mais maintenant...

— Je suis désolée, chuchota-t-elle.

Il hocha la tête et baissa les yeux.

— C'est gentil.

Pendant quelques minutes, ils se turent. Colleen s'essuya discrètement les yeux.

Lucas la dévisagea, la mine sombre.

— Je suis venu à Manningsport... Après la dispute où tu avais décidé de rompre avec moi. Je ne supportais pas d'être séparé de toi.

Elle savait déjà pourquoi il n'était jamais allé au bout.

— Je t'ai vue... Tu étais avec un type, dit-il d'une voix atone. Il semblait évident à ce moment-là que tu étais sérieuse quand tu avais parlé de rupture. Je suis rentré à Chicago.

J'ai croisé Ellen par hasard, quelques semaines plus tard, et j'ai couché avec elle. Une fois. Et c'est tout.

— Je te l'ai demandé, pourtant. Quand tu es venu m'annoncer que tu allais l'épouser, je t'ai demandé si elle était enceinte.

Il hocha à nouveau la tête.

— Elle ne voulait pas que cela se sache avant le mariage. J'ai respecté son souhait... Cette grossesse chamboulait déjà sa vie.

Il marqua une pause.

— Elle a fait une fausse couche, un mois après le mariage.

— Je suis désolée, répéta-t-elle.

— Oui, moi aussi.

Elle déglutit.

Ellen Forbes était tombée enceinte, et Lucas l'avait épousée. Cela ne la surprenait pas. C'était tout lui, avec son sens de l'honneur, des responsabilités... et de la famille aussi.

Et elle savait sans qu'il ait besoin de le dire ce que la perte du bébé avait dû signifier pour lui. Lucas aurait fait le meilleur des pères. Et bien sûr qu'il n'avait pas quitté Ellen, pas après ce genre d'épreuve.

— Est-ce que tu l'aimais ? demanda-t-elle.

— Oui. Bien sûr.

Il ne lui avait jamais dit, à elle — « je t'aime ». Cette pensée la traversa de façon inattendue, et elle sentit sa gorge se nouer, les larmes lui brûler les paupières. Lucas la regarda, ses iris sombres fusionnaient avec ses pupilles.

— Alors pourquoi as-tu divorcé ? chuchota-t-elle.

Il leva les yeux.

— Parce que je ne l'aimais pas assez.

Comment ne pas l'embrasser ? Ces mots lui avaient fendu le cœur... Elle l'embrassa doucement, tendrement, presque timidement, comme si c'était la première fois. Lui aussi avait eu le cœur brisé, elle le réalisait maintenant, par cette perte terrible et absurde. Et il avait déjà dû surmonter tant de deuils et de pertes dans sa vie.

Elle enfonça ses mains dans ses cheveux, ses magnifiques

cheveux, épais, souples, et sa bouche s'entrouvrit. Il l'attira sur lui, sur ses genoux, à califourchon, prit son visage entre ses mains. Ses bras étaient sécurisants et forts. Il la serrait contre son torse, et leur baiser se fit plus dur et plus merveilleux, comme toujours entre eux, cette chaleur brute qui la soulevait pratiquement de terre. La magie était toujours là. Tout ce qu'elle voulait, c'était ça. Comment avait-elle pu tenir si longtemps sans lui, sans sa force qui lui faisait battre le cœur? Le frottement de sa joue râpeuse, la chaleur de ses mains, la façon dont ils s'accordaient la firent trembler.

Ralentis, ralentis, ralentis, lui psalmodiait sa raison.

Elle s'écarta, le souffle court. Il avait les paupières mi-closes, le souffle rauque, et il la regardait comme jamais aucun homme ne l'avait regardée.

Son Lucas.

— Pas mal, l'Espagnol, lâcha-t-elle pour masquer son trouble.

Et il se mit à rire, un son bas, éraillé, venant du torse. Elle avait toujours su le faire sourire.

— Oh! *Mía*, qu'est-ce que je vais faire de toi? chuchota-t-il.

— Arrête avec ce *Mía*. Je ne suis pas à toi. Considère-moi plutôt comme une location.

— Ce n'est pas comme ça que je vois les choses.

— Fais attention, je vais vraiment finir par écrire ton nom dans mon carnet de bal.

Il sourit, mais elle pouvait lire l'inquiétude dans son regard.

— Je rentrerai bientôt à Chicago.

— Je sais.

— Mais il semblerait que je ne puisse pas rester loin de toi non plus.

Il y eut un silence; son cœur comptait les battements.

— Si tu veux que je te laisse tranquille, Colleen, tu n'as qu'un mot à dire.

Il lui donnait une chance de reculer ou, du moins, de gagner du temps. Elle se sentit aussi nue et vulnérable qu'un petit chaton qui venait de naître. Elle devrait lui poser des questions sur l'avenir. Elle devrait y aller lentement, assurer les choses, cette fois, ne pas sauter les étapes…

Ce qui ne voulait rien dire. La première fois avec Lucas, elle avait planifié tout leur futur. La maison, les enfants, un vrai plan de vie. Peut-être que, cette fois, elle pouvait juste… vivre le moment présent.

Ses yeux noirs mi-clos, il ressemblait plus que jamais à un pirate espagnol sur le point de réclamer son dû.

— Non. Ne me laisse pas tranquille, souffla-t-elle.

Et sa bouche fut à nouveau sur la sienne, ses mains s'insinuèrent sous sa robe, remontèrent jusqu'à ses hanches, l'attirèrent plus près de lui tandis que sa langue jouait sur la sienne. C'était l'évidence même : il était le seul, et elle le savait. Même si ce qu'elle ressentait était si grand, si profond qu'elle avait peur de se perdre, elle était indéniablement à lui.

La porte s'ouvrit en grand dans un craquement, et Connor se dressa devant eux.

— Colleen, où est-ce que tu — oh, non, mais c'est pas vrai !

Elle se dégagea vivement des bras de Lucas, baissa sa jupe.

— Super ! C'est juste super, lança-t-il, en leur tournant le dos. Paulina et Bryce sont introuvables, et vous êtes ici, en train de vous envoyer en l'air.

Il leur accorda une seconde, avant de pivoter vers eux, l'air désapprobateur.

— Le roi du poulet veut que tu l'aides à trouver sa petite princesse, Colleen. Si ça ne te gêne pas de bouger tes fesses…

Il y avait la raison et il y avait… ça, songea Lucas alors qu'il emboîtait le pas aux jumeaux O'Rourke dans les escaliers.

Ce n'était pas raisonnable de s'impliquer sentimentalement avec Colleen. Elle ne pouvait pas n'être qu'une romance d'été. C'était pour la vie. Il allait repartir et reprendre le cours de sa vie à Chicago, où il avait travaillé dur pour se construire un avenir. Il y avait une carrière où il était reconnu dans son travail et respecté. Ses amis. Sa famille avec Stephanie et les filles, les Forbes. Ellen, qui était, sans doute, sa meilleure amie.

Colleen ne partirait jamais de Manningsport, toute sa vie était là… et lui ne resterait pas.

Il ne voulait pas lui faire de mal ; il n'avait jamais voulu la blesser.

Mais ils étaient des adultes, à présent. Ils pouvaient se parler, discuter, trouver des compromis. Bref, se donner les moyens pour que cela fonctionne.

Jusqu'à sa rencontre avec Colleen, tout avait toujours été… gris, sombre, d'une certaine façon. Compliqué. Son père avait été un homme bien, et pourtant il dealait de la drogue. La mère d'un junkie aurait sans doute eu un tout autre avis sur lui. Il avait très peu de souvenirs de sa mère, et ils se résumaient à sa maladie, à sa fragilité, et au fait qu'il devait toujours être silencieux et calme à côté d'elle. Stephanie… Bien sûr, il aimait sa sœur, mais jusqu'à ces cinq ou six dernières années il fallait bien avouer que sa vie avait été une catastrophe. Bryce était un incorrigible naïf au grand cœur, et Joe, l'oncle qui ne tenait jamais tête à Didi. Il avait fait un bout de chemin avec eux à cause des circonstances, sans parvenir à faire fonctionner leur mariage.

Mais Colleen avait été parfaite. Pure dans le sens où… Eh bien, bon sang, il ne savait pas exactement, mais c'était ce qu'il ressentait.

Il ne pouvait tourner le dos à cette seconde chance.

— Où est ma fille ? tonna Ronnie Petrosinsky.

Il semblait furieux, comme le père d'une gamine de quinze ans qui viendrait de fuguer avec un garçon plus vieux.

— Est-ce qu'elle est avec cet idiot de Campbell ?

— Je ne suis pas sûre, monsieur Petrosinsky, rétorqua Colleen. Mais ce que je sais, c'est qu'ils sont adultes, tous les deux.

— Adultes ? s'emporta l'homme. Ce Bryce Campbell est un loser fini, et ma fille mène une vie protégée. Elle est trop gentille, elle ne voit le mal nulle part, Colleen ! Je suis hors de moi ! Si ce Bryce la compromet, il se prépare pour un monde de douleur et de souffrance. Vous croyez que je suis arrivé là sans faire couler le sang ?

Lucas jeta un regard vers Colleen, qui se mordillait la lèvre, essayant sans grand succès de paraître contrite (et de ne pas rire).

— Non, non. Je respecte ça, monsieur Petrosinsky. Mais les poussins doivent quitter le nid un jour ou l'autre, vous ne pensez pas ?

— Faux !

— Je ne crois pas qu'ils aient fait quoi que ce soit...

Le claquement d'une porte résonna au loin, et quelques instants plus tard apparurent Paulina, le pull à l'envers et le visage rose, et Bryce, en sueur, un sourire lui fendant le visage d'une oreille à l'autre.

— Tu es sur le point de te faire tuer, murmura Lucas.

— Salut, mon vieux ! Tu passes une bonne soirée ? lança Bryce.

— Paulina ! Où étais-tu ? Qu'est-ce que tu faisais ? aboya son père. Qu'est-ce qu'il t'a fait ?

— Salut, papa. Je montrais juste à Bryce la salle de gym.

— Elle peut soulever mon poids en développé couché, reprit Bryce. Je veux dire qu'elle peut *littéralement* me soulever.

— Et toi qui croyais que j'allais te lâcher, dit Paulina, rayonnante.

— Vous faisiez de la musculation ? maugréa Ronnie Petrosinsky.

— Oui, répondit Paulina. Enfin, plus précisément, je soulevais Bryce.

Colleen nota le sourire complice qu'ils échangèrent.

Eh bien, eh bien, eh bien...

Colleen croisa le regard de Lucas. Elle souleva un sourcil à son adresse, dans une expression qui signifiait sans ambiguïté : « Qu'est-ce que je t'avais dit ? » Il fallait bien reconnaître qu'elle marquait un point.

— Bryce, gronda M. Petrosinsky. Dehors !

— Papa ! s'exclama Paulina. C'est mon ami. Tu ne peux pas le virer comme ça.

— Merci, Paulina, dit Bryce avec un chaleureux sourire. Tu déchires.

— Campbell, dehors.

Ronnie se tourna vers sa fille.

— Et toi, je ne veux plus te voir batifoler avec ce toquard. Compris ?

— Papa, s'écria-t-elle, j'ai trente et un ans !

— J'ai dit : pas avec lui ! Pas question.

Lucas se passa la main sur le visage pour cacher un sourire. Bryce parut troublé.

— Mon vieux…

— Je ne suis pas votre « vieux ». J'ai l'air d'un cow-boy ou quoi ? Je vous interdis de voir ma fille.

Il pivota vers Paulina.

— Tu veux te marier ? Je te trouverai un mari. Dmitri travaille pour moi depuis des années.

Il jeta un coup d'œil à Bryce.

— Il est responsable de l'abattoir, si vous voyez où je veux en venir, vous ? Paulina, si tu veux te marier, Dmitri t'épousera.

— Waouh ! Qui a parlé mariage, monsieur Petrosinsky ? Vous n'y êtes pas, mais alors pas du tout.

Il regarda Paulina.

— J'ai une petite amie.

Lucas ferma les yeux devant l'ombre du désastre qui se profilait.

— Quoi ? bredouilla Colleen. Non, tu n'en as pas. Depuis quand ?

— Si, bien sûr, répondit Bryce. Tu sais, la nana du magasin de robes de mariée ? La future mariée ? Elle a même quitté son fiancé. Elle est sexy à mort.

— Bryce…, soupira Lucas.

Pauvre Paulina. Les mains sur la bouche, elle pivota sur elle-même et sortit de la pièce, la démarche raide. Au pied de l'escalier, elle se mit à courir, le visage tordu par les pleurs.

Bon sang, Bryce. Pour une fois, tu n'aurais pas pu faire les choses bien ?

— Oh ! s'exclama Bryce. Je me sens bête, maintenant.

— Dehors, tonna Ronnie Petrosinsky.

Lucas se tourna vers Colleen.

— Satisfaite ?

— Oh ! va te faire voir, dit-elle, se rongeant l'ongle du pouce. Je ne veux rien entendre !

Il la dévisagea une minute.

— Je t'appelle.

— T'as plutôt intérêt, lança-t-elle en le fusillant du regard. Si tu ne le fais pas, fais gaffe. Je cracherai encore dans ta bière.

Encore.

Du Colleen pur jus. Sa Colleen.

20

— Ce n'est pas ta faute, dit Paulina, les larmes ruisselant sur ses joues. Je n'ai jamais eu la moindre chance avec lui. On aura quand même passé un peu de temps ensemble.

Elle reprit son souffle, ravala un sanglot et tendit la main vers le seau en carton rempli d'une montagne d'ailes de poulet frit de chez Chicken King. Rufus n'aimait pas voir les gens pleurer. Couché par terre à côté de Mme Tuggles, le carlin de Paulina, et de deux de ses chats, il poussa un gémissement de sympathie (ça, ou il avait très envie de goûter aux ailes de poulet frit).

— Paulina, je suis tellement désolée, murmura Colleen en lui tapotant le mollet. Je ne savais pas. J'ai parlé à Gwen, et apparemment elle l'a renvoyé dès le deuxième jour.

— Je te jure que ça va aller.

Elle sourit à travers ses larmes, tout en avalant une bouchée de poulet.

Paulina se consolait en mangeant. Ce n'était pas Colleen qui lui jetterait la pierre.

Elle était restée debout, pendue au téléphone, jusqu'à 2 heures du matin après la fête pour tenter de réconforter Paulina, le roi du poulet lui ayant interdit l'accès de la chambre de sa fille. Ce n'est qu'avec beaucoup de réticence que M. Petrosinsky l'avait laissée passer, ce matin, et elle ne pouvait pas le lui reprocher.

— Tu veux une aile ? lui proposa Paulina en poussant le seau vers elle. Recette Haitian Joojoo Spice, frite deux fois pour plus de fondant.

— Non, merci.

Il n'était que 9 heures du matin. L'odeur était néanmoins appétissante. Rufus pourléchait ses babines miteuses, manifestement de son avis. Il posa la tête sur le tibia de Paulina et lui fit l'un de ses regards irrésistibles qui semblaient dire « ils vont me gazer dans une heure », avec succès. Paulina lui tendit un bout de poulet, qu'il avala tout rond.

— Paulina…

Colleen marqua une pause.

— Peut-être que Bryce ne te mérite pas. Est-ce que tu as pensé à ça ?

La jeune femme prit un mouchoir en papier et se moucha assez bruyamment pour que Rufus fasse un bond.

— Non. Parce que ce n'est pas le cas. Il est drôle et malin, gentil et généreux.

— Tu en es sûre ? Tu n'es pas juste en train de l'idéaliser ?

Elle s'en voulait de la faire douter et de lui ôter ses illusions sur Bryce, mais il avait été égal à lui-même — il draguait et couchait avec toute femme sexy, superficielle et consentante. Et Paulina n'entrait pas dans cette catégorie.

— Tu devrais le voir au refuge animal, Colleen. Il est si dévoué ! C'est un boulot difficile, vraiment ingrat, même, et pourtant il ne se décourage jamais ! Il parle aux chiens et, quand il le fait, il dit des choses du genre : « Tu mérites un endroit propre et confortable, n'est-ce pas, mon beau ? » Il a réussi à faire adopter de nombreux animaux depuis qu'il a commencé là-bas. Même des cas désespérés comme ce vieux boxer avec la dysplasie de la hanche, qui ne sent pas bon et qui mordait tout le monde. Lorena Iskin l'a pris avec elle, et le chien est méconnaissable.

— Je sais. C'est lui qui m'a « présenté » Rufus. Mais peut-être…

— Son problème, Colleen, c'est qu'il ne se sent pas à la hauteur. Quand il était enfant, il y avait Lucas, toujours parfait. Et puis il y a sa mère, qui ne l'aide pas à prendre son envol et qui lui fait croire qu'il n'est bon qu'à être le fils à sa maman. Son père a manqué d'autorité. Il ne l'a pas forcé à poursuivre l'université ou à trouver un boulot. Finalement, personne ne croit assez en lui. C'est pour ça qu'entre deux voies il prend toujours la plus facile.

Waouh.

— Excepté toi.

— Oui.

Ses yeux s'embuèrent à nouveau.

— Il n'a pas qu'une belle gueule aux yeux bleus, dit-elle en prenant une autre aile. Même si cela ne gâche rien, non plus.

Colleen inspira profondément.

— Tu sais quoi ? Ça ne va pas durer avec cette fille. Laisse faire les choses, et nous…

Paulina jeta l'os de poulet dans le seau.

— Non. J'arrête. Je me suis assez tournée en ridicule. Il me reste encore un minimum de fierté pour comprendre que ce n'est pas moi qu'il veut.

Ces mots l'atteignirent en plein cœur.

— Paulina, je t'en prie, n'abandonne pas.

— J'aurai essayé… Et je te remercie vraiment pour ton aide.

Son amie regarda le dessus-de-lit sans vraiment le voir (des petits poulets jaunes duveteux avec des fleurs roses dans leur bec, particulièrement adorables).

— On dirait qu'il se passe quelque chose entre Lucas et toi.

— Il n'y a rien entre nous, excepté un passé, lança Colleen.

— Ce n'est pas l'impression que ça donne.

— Eh bien, tu vois, si ça peut t'aider à te sentir mieux, je me prépare une nouvelle déconvenue sentimentale. Je le sais et j'y fonce pourtant tête baissée. C'est stupide.

— Oh ! pitié, dit Paulina en attrapant un autre morceau de poulet.

Le signal pour Rufus et Mme Tuggles, qui relevèrent le museau en même temps, lorgnant le morceau avec espoir.

— Ne sois pas bête, Colleen. Je donnerais cher pour qu'un homme s'anime en me voyant, comme Lucas quand il te voit ! Si c'était Bryce, alors ce serait le paradis ! Et toi tu as cet homme séduisant qui te plaît et qui te couve des yeux comme si tu étais nue et couverte de Krispy Kreme !

Les choses ne se sont pas passées comme tu l'aurais voulu la première fois ? Et alors quoi ?

Colleen en resta bouche bée.

— D'accord, chuchota-t-elle.

— Sors d'ici ! l'exhorta-t-elle, lui décochant la dernière flèche. Va mettre cet homme sens dessus dessous ! Si tu ne le fais pas pour toi, fais-le au moins pour toutes les filles qui comme moi vendraient leur corps en pièces détachées juste pour être embrassées par un type comme Lucas. Ou comme Bryce. Alors, vas-y et arrête de te cacher derrière des excuses bidon du style chagrin d'amour, parce que tu sais quoi ? Juste une fois, j'adorerais avoir le cœur brisé, plutôt que de pleurer sur une histoire sentimentale qui n'a pas existé.

Colleen avait fait tout le service du midi, l'esprit ailleurs. Le pub était plein. Des locaux, mais aussi beaucoup de touristes. Elle était en mode automatique et accomplissait les mêmes gestes sans y penser. Elle plaisantait avec les habitués, avec son équipe, et avec Rafe, qui lui faisait la sérénade à coup d'airs d'opéra à chacun de ses passages en cuisine. Elle ébouriffait les cheveux des enfants, écoutait les touristes lui parler de leurs balades à pied ou en voile sur le lac, des visites dans les vignobles de la région, et leur suggérait des activités, selon la météo.

Aux environs de 14 heures, le pub s'était vidé. Il ne restait plus qu'une famille suédoise, installée sur une des banquettes du fond, Victor Iskin, qui venait chaque après-midi pour échapper à sa femme, ainsi que Prudence et Carl Vanderbeek. Colleen leva les yeux vers eux, ravala un sourire et continua d'essuyer le comptoir. Ils faisaient semblant d'être de parfaits étrangers depuis un petit moment, tout en jouant au billard. Ils n'étaient jamais à court d'idées pour épicer leur vie de couple, après presque vingt-cinq ans de mariage. Le ronronnement du blender réduisant en bouillie de la chair de pastèque pour le cocktail du jour (le mojito pastèque était à tomber) l'apaisait.

La porte s'ouvrit sur son père.

C'était rare. D'ordinaire, il ne passait dans le coin que pour récupérer Savannah, et en général il se contentait d'envoyer un texto du parking où il attendait.

— Salut ! fit-elle.

— Salut ! Est-ce que Connor est là ?

— Non. Il est au marché fermier.

— Oh.

Son père resta là, sans bouger.

— Prends un siège. Tu veux boire quelque chose ? Voir le menu ?

— Non, Colleen, je ne suis pas venu manger. C'est déjà fait.

Evidemment ! Elle croyait quoi ? Il ne déjeunait jamais dans le pub, ce qui la soulageait et l'irritait tout à la fois.

— Eh bien, assieds-toi, au moins. Tu me rends nerveuse.

— Je vais divorcer de Gail.

Merde.

Le touriste suédois s'approcha.

— Merci beaucoup, dit-il en réglant l'addition.

— Au revoir ! lancèrent en chœur les enfants, deux magnifiques petites têtes blondes.

La mère, très belle aussi, se retourna arrivée à la porte et lui fit un geste de la main au moment de sortir.

— Au revoir, tout le monde ! A bientôt !

Elle attendit que la porte se referme sur eux, puis se tourna vers son père.

— Waouh.

— Les choses se sont refroidies entre nous…

— Papa, qui ça intéresse ? C'est pour Savannah que je m'inquiète… Tu as pensé à elle ?

Il lui décocha un regard glacial.

— Qu'est-ce que tu veux dire ?

— Est-ce qu'elle est au courant ? Comment le prend-elle ?

— Nous ne lui en avons pas encore parlé. Mais elle s'adaptera.

— Je l'espère pour elle. Il ne faudrait pas que son état

émotionnel t'encombre. Il y a une nouvelle maîtresse plus jeune dans l'air ?

— Colleen, ne ramène pas tout à toi, d'accord ? J'ai attendu que Connor et toi soyez grands pour divorcer de votre mère. Je pensais que tu aurais dépassé tout ça, maintenant.

Il marqua une pause.

— Je voulais juste t'avertir.

Sans un mot de plus, il tourna les talons.

Colleen desserra la mâchoire. Il n'avait pas répondu à sa question au sujet d'une nouvelle maîtresse.

Savannah allait être dévastée. Colleen sortit son téléphone et lui envoya un rapide texto :

Je pense à toi, Yogi ! Comment se passe ta journée ? Bisous

Une seconde plus tard arriva la réponse.

Tu me manques aussi ! La fête était drôle ! Devine quoi ? J'ai perdu un kilo et trois cents grammes !

Elle ferma les yeux. Une enfant de neuf ans ne devrait pas avoir à s'inquiéter de son poids.

Elle textota rapidement :

Vivement vendredi. Je t'aime !

Le téléphone du bar sonna, réveillant Victor.

— O'Rourke, où l'on sert le meilleur mojito à la pastèque de tout l'univers.

— C'est Lucas.

Une bouffée de chaleur la traversa.

— Salut !

— Dîner ce soir, c'est possible ?

Elle entendit le bruit des marteaux en arrière-fond ; il devait être chez sa mère ou sur le chantier de la ville.

— D'accord.

— Choisis l'endroit.

— Chez moi.

— OK. 19 heures ?
— Super.

Elle raccrocha. Cela avait été rondement mené. C'était sans doute l'invitation (convocation ?) téléphonique la plus expéditive du monde. Il n'avait jamais beaucoup aimé parler.

Elle coucherait avec lui, ce soir. Elle avait assez lutté contre l'inévitable.

Connor franchit la porte de service, les bras chargés de produits frais achetés au marché fermier. Il lui glissa un regard et s'arrêta. Se rembrunit.

— Je ne veux rien savoir, lâcha-t-il. Tu ne diras pas que je ne t'avais pas prévenue.

— Merci pour cette inquiétude toute fraternelle. Papa et Gail divorcent.

— Oh ! merde, grommela-t-il. Et Savannah, ça va ?

— Papa est en train de nous refaire le coup du sale égoïste.

— Pourquoi changerait-il ?

Il poussa les portes battantes de la cuisine. Rafe finissait de nettoyer le plan de travail.

— Pause clope pour les *beautiful people* ! s'exclama-t-il en lançant le torchon dans l'évier.

Il attrapa son sac à dos, avant de disparaître par la porte de derrière.

Colleen s'assit sur le plan de travail en acier trempé.

— Descends de là, s'agaça Connor. Ce n'est peut-être pas ton cas, mais il y a des gens pour qui l'hygiène compte.

— Une fois, j'ai mangé un biscuit Reese au beurre de cacahuète que j'avais ramassé par terre, sur le trottoir, dit-elle. Et je n'en suis pas morte.

— Cela ne te rend pas moins immonde. Allez, descends de là. Il la poussa vers le tabouret et pulvérisa le plan de travail de désinfectant, avec une ferveur zélée.

— Dieu sait que je n'aime pas Gail, lança Colleen, mais je ne suis pas sûre que Savannah soit plus heureuse après leur divorce.

— Je suppose que tu lui as demandé pourquoi ils se séparaient.

— Ouais, mais il n'a pas répondu ; je mise sur Nouvelle Maîtresse jeune et sexy 2.0.

Pauvre Gail. Toute son identité se définissait par la jeunesse et le sex-appeal... Et, même si elle n'était plus l'ingénue des débuts, elle restait encore sacrément plus jeune que Pete.

Pauvre Gail. Voilà des mots qu'elle n'aurait jamais cru possible de prononcer.

— Connor, dit-elle, papa ne te manque jamais ? Je veux dire le père qu'il était pendant notre enfance ?

Son frère releva le nez, arrêta de frotter le plan de travail.

— Quel papa ? Ça a toujours été un sale con, Colleen.

Il se dirigea vers l'évier, lui pressant l'épaule au passage, et se mit à rincer la coriandre.

— Pas toujours.

— Si. Il t'aimait juste plus, alors tu n'as pas remarqué ou ça ne te gênait pas.

— Ce n'est pas aussi simple que ça.

Elle regarda son frère, concentré sur les produits qu'il venait de rapporter, comme hypnotisé par les odeurs et les textures, imaginant dans sa tête des menus, le visage transfiguré. Il était dans sa zone de confort.

— Pourquoi est-ce que c'est toi qui as hérité du gène de la zénitude ? demanda-t-elle.

— N'oublie pas non plus celui de l'intelligence.

— C'est ce que ton amoureuse te dit ? Oh ! d'ailleurs, je crois avoir découvert qui c'est.

— Ah bon ?

— Julianne, de la bibliothèque.

— Raté. *Game over* ! plaisanta-t-il.

— La barbe ! Bon, je m'en vais. Monica et Hannah assurent l'intérim, ce soir. Il y a aussi Annie, même si elle compte un peu pour du beurre. Bonne soirée à toi.

Il leva les yeux vers elle, la dévisagea le temps de deux battements de cœur.

— Fais attention.

— Ouais. Pas d'alcool au volant, pas de sexe non protégé.

— Et pas de thon.

— Compris.
— C'est toi qui cuisines ou c'est lui ?
— C'est moi.
— Le pauvre !
— Hé, j'ai une idée... Est-ce que toi, tu ne cuisinerais pas pour nous ? Je pourrais passer prendre notre dîner vers 19 heures. Et hop, ni vu ni connu.

Il lui décocha un regard noir.

— Non, Colleen. Ne compte pas sur moi pour vous nourrir avant votre partie de jambes en l'air.
— On pourrait le prendre après, aussi !
— Tu me dégoûtes.
— Très bien. Je n'ai pas besoin de toi, de toute façon. Si on sait lire, on sait cuisiner. Pas besoin de sortir de l'Institut culinaire pour ça.

Elle fit clapper sa langue contre son palais et lui donna une petite tape à l'arrière du crâne, en partant.

— Au fait, je ne rentre pas à la maison ce soir. Je ne tiens pas à entendre quoi que ce soit.
— C'est OK pour moi. Va la voir, ton amoureuse.

Elle s'arrêta devant les portes battantes.

— C'est Lorelei ? Non, je demande parce que je pensais la brancher avec Gerard. Ils seraient parfaits ensemble.
— Sors de ma cuisine. Et fais attention à toi.
— Pas de thon ce soir ! lança-t-elle en tournant les talons.

Vers 18 heures, la pluie qui avait menacé toute la journée se mit finalement à tomber.

Elle était allée courir avec Rufus un peu plus tôt, et son chien, avachi devant le canapé, semblait avoir sombré dans le coma. L'appartement était silencieux. Elle avait besoin de se concentrer et n'avait pas mis la musique. Elle ne cuisinait pratiquement jamais — quel intérêt d'avoir un frère chef cuistot si on ne pouvait pas manger à l'œil ? Mais ce soir elle voulait préparer un repas à son homme.

— Si on sait lire, on sait cuisiner, s'encouragea-t-elle à voix haute.

Elle évalua d'un coup d'œil les produits qu'elle avait achetés. Le menu de ce soir devait l'impressionner. Pour commencer, salade de betteraves, amandes et fromages de chèvre, ensuite noix de Saint-Jacques braisées dans une réduction de vin blanc sur lit de céleri et purée de pommes de terre, saupoudrée d'aneth frais ; carottes grillées et panais en accompagnement avec du pecorino romano, râpé au dernier moment. Pour le dessert, un pudding à la gousse de vanille et à la crème fraîche, surmonté de framboises fraîches.

Elle se demanda soudain si elle n'avait pas vu un peu trop grand.

Elle jeta un coup d'œil sur les différentes recettes qu'elle avait trouvées en ligne, fronça les sourcils. Bon sang. Dans celle avec les carottes, il fallait les laisser cuire trois quarts d'heure. Rien que ça ! Le mieux n'était-il pas l'ennemi du bien ? Les carottes avaient la folie des grandeurs. Plutôt présomptueuses pour des racines. *Moi, la douce carotte, qui grossis dans la terre, demande et exige au moins trois quarts d'heure de cuisson.*

En parlant de légumes fiers… La racine de céleri était ridicule, avec sa forme vaguement érotique. Le maraîcher au marché avait dû la lui mettre dans la main. A trente et un ans, elle n'en avait jamais vu, malgré un jumeau pour qui la cuisine relevait de la même précision, de la même rigueur et de la même importance qu'une intervention chirurgicale à cœur ouvert sur un enfant, au milieu d'un champ, après le crash d'un avion.

Il était temps de se mettre au travail. Elle allait commencer par les noix de Saint-Jacques, parce que ces mollusques crus, ça lui soulevait le cœur. Elle fit fondre le beurre (elle aurait peut-être dû le sortir un peu avant !), ouvrit la boîte et les jeta dans la poêle. En parlant de nausées, cela faisait dix-huit heures qu'elle n'avait pas parlé à Faith.

Elle attrapa son téléphone et sortit sur le petit balcon tout en composant le numéro de son amie. Faith et Levi habitent en contrebas, à deux maisons de la sienne, et leurs jardins se rejoignaient presque.

— Allô ?

— Salut ! Je regarde ta maison. Si j'avais un télescope, je pourrais vous voir tous les deux.

— Tu nous aurais vus en action ! Il y a une heure, à la seconde où le mâle a franchi le seuil, raconta Faith avec un petit rire dans la voix.

— La chance ! Comment va mon futur filleul ?

— Ma grossesse est officielle. Nous l'avons dit à mon père. Il a été très ému.

— Oh ! Vous, les Holland ! S'il te plaît, demande à ton père s'il ne veut pas m'adopter, puisque c'est mort pour le rôle de l'épouse à cause de cette traînée de gouvernante qu'il m'a préférée.

— Je vais répéter à Mme J ce que tu viens de dire.

— T'as pas intérêt !

Elle pouvait entendre la voix de Levi en arrière-fond.

— Alors qu'est-ce qu'il se passe entre Lucas et toi ? Ne crois pas que je n'ai pas vu que vous aviez disparu une heure pendant le pique-nique, hier.

— Disons que… j'organise un petit dîner chez moi.

— Est-ce que c'est le mot code pour dire sexe ?

— Possible.

Possible ? Tu parles ! Petite pudeur verbale.

— Tu me trouves stupide, c'est ça ?

Il y eut une pause.

— Tu n'es pas stupide.

— C'était quoi, ce petit silence ? Je ne l'ai pas inventé.

Elle entraperçut M. Wong dans le jardin voisin en train de faire du tai-chi ou d'écraser un moustique (avec des mouvements aussi lents, il n'était pas près de l'avoir).

— Je suis sans doute stupide. Ce n'est pas du tout sérieux, lui et moi.

— Jeremy et moi, c'était du sérieux, et on a vu ce que ça a donné…

— Circonstances atténuantes, ma vieille.

— Au début, j'ai cru que Tom et Honor, ça n'allait pas le faire, et regarde-les aujourd'hui. Hé ! Est-ce que tu emmènes Lucas au mariage, le week-end prochain ?

— Je ne sais pas. Je devrais ?

— Oui ! C'est tellement romantique ! Levi, tu ne crois pas que Colleen devrait emmener Lucas au mariage de ma sœur ?

Il fit oui de la tête.

C'était quoi, cette drôle d'odeur ? On aurait dit que quelqu'un faisait brûler des feuilles ou des ordures.

— Il faut que je raccroche. J'ai encore du pain sur la planche côté menu. Je dois aussi me changer et enfiler des sous-vêtements de traînée.

— Amuse-toi, lança Faith. Et tu n'es pas stupide.

Colleen sourit.

— Merci, mon chou. Je t'appelle demain.

Elle pivota, se figea, puis fonça à l'intérieur.

Ce n'étaient pas des feuilles qui brûlaient. C'étaient les noix de Saint-Jacques.

Elle tira vivement la poêle hors du feu. L'odeur était épaisse, mais pas très âcre. Plus une odeur huileuse qui traînait dans l'air.

— La barbe ! marmonna-t-elle.

Créativité, innovation… c'était la marque de fabrique de tout grand chef. Elle déposa les noix de Saint-Jacques sur de l'essuie-tout, les laissa refroidir un peu… elle verrait après ce qu'elle en ferait. Maintenant, au tour des carottes et des panais… Elle remplit d'eau une casserole. C'était sans doute mieux de les faire bouillir un peu avant de les griller. Et puis il y avait cette stupide purée. Qu'est-ce qui lui était passé par la tête de se lancer dans cette aventure ? Elle n'aurait pas pu lui proposer d'aller au restaurant, en toute simplicité ?

Elle éplucha et coupa carottes et panais et les jeta dans la casserole. Ça cuirait plus vite comme ça. Elle revint vers ses noix de Saint-Jacques. Trancha les bords brûlés. Minute… Quelle couleur prenaient les noix de Saint-Jacques à la cuisson ?

Il était temps de faire appel à son joker téléphonique. Elle composa le numéro du bar.

— Salut, Connor, c'est moi.
— C'est le coup de feu ici. Qu'est-ce que tu veux ?
— Des Saint-Jacques qui ont un peu bruni à la cuisson… délicieux ?
— Le top. Salut.

Parfait ! Nécessité et innovation, les deux mamelles de la réussite.

Qui avait dit que cuisiner était difficile ?

Une heure plus tard, on frappa à la porte.

Pile à l'heure. La barbe, il était ponctuel.

— N'entre pas ! cria-t-elle. Pas encore, attends ! Et ne regarde pas par la fenêtre, non plus ! Je t'arrache les yeux si tu le fais. Pardon ! Ce n'est pas exactement ce que je voulais dire.

— Parce qu'il y a une autre façon de dire « je t'arrache les yeux » ? demanda Lucas, la voix moqueuse.

Cette voix était une invitation aux préliminaires. Il valait mieux que la sienne lui fasse le même effet, sinon la vie était vraiment injuste.

Mais d'abord elle devait nourrir le mâle. Elle n'était pas prête à lui tomber toute crue dans les bras (mais peut-être que dans une heure…). Et, avant de passer à table, elle devait se débarrasser des… euh… preuves accablantes du combat qui avait fait rage dans la cuisine. Elle ouvrit la fenêtre et agita un torchon pour chasser le léger voile de fumée qui stagnait au milieu de la pièce. Pourquoi ne lui avait-on pas dit que c'était si difficile de griller des betteraves ? Toutes ces racines étaient bien capricieuses. Elle voulait leur redonner leurs lettres de noblesse, et voilà comment elle était remerciée. Des ingrates !

Rufus se promenait dans la cuisine, museau en l'air, reniflant l'odeur tenace des noix de Saint-Jacques, puis baissa la tête et s'éloigna sans insister. Ce n'était pas très bon signe.

Elle devait camoufler toutes ces odeurs. Elle fit le tour de l'appartement à toute vitesse pour prendre toutes les bougies parfumées qu'elle avait.

Lucas frappa encore à la porte.

— Colleen ? Est-ce que tout va bien ?

— Ne me bouscule pas ! Je sais que tu es là ! C'est juste… Accorde-moi encore quelques secondes.

— Tu es sûre que tout va bien ?

— Oui ! Arrête de me poser cette question ! Tout va bien. Je me change, c'est tout.

Elle baissa les yeux sur son T-shirt au logo du pub, qui portait les traces de son incursion en cuisine, le pantalon de jogging qu'elle avait piqué à Connor, le mois dernier. Elle l'avait raccourci, et ce n'était pas très sexy. Il était effectivement temps de se changer.

La fumée finirait bien par se dissiper d'elle-même. Elle devait se préparer, se faire étourdissante. Elle retira vivement son T-shirt, trébucha sur Rufus.

— Désolée, mon gros bébé.

— Tu m'as dit quelque chose ? demanda Lucas derrière la porte.

Elle aurait parié qu'il était en train de rire.

— Tais-toi ! Attends-moi !

Le T-shirt s'accrocha à la barrette dans ses cheveux, elle tira dessus, grimaça sous la douleur, et dans la précipitation se cogna le genou, tituba et se prit la porte, qui claqua contre le mur.

— Colleen !

— J'ai dit que j'arrivais ! N'enlève pas tout de suite ton pantalon, l'Espagnol.

Sept minutes plus tard, elle était prête, très légèrement en sueur, mais sublime. Elle avait choisi une robe noire qui épousait ses formes, lâché ses cheveux (ils sentaient peut-être le mollusque carbonisé), qui tombaient souplement sur ses épaules, mis une touche de gloss sur ses lèvres, sans oublier ses longues boucles d'oreilles en argent. Elle était pieds nus. Elle s'était renversé de l'eau bouillante sur le pied et n'avait pu enfiler ses chaussures de traînée.

Oh, zut. Elle aurait eu besoin d'une sieste. Et probablement de la brigade des pompiers.

Non, non, Lucas était ici. Le seul et unique… l'amour de sa vie, etc., etc., et elle était très excitée. Cela aurait été parfait si elle avait eu le temps de prendre une douche. Elle ouvrit la porte.

— Salut, dit-elle, s'efforçant d'irradier la sensualité.

Sa voix avait pris des intonations plus rauques. Les effets de la fumée inhalée un peu plus tôt, sans doute. Cela faisait très femme fatale.

— Entre, je t'en prie.

Rufus se mit à vocaliser, entamant sa Sérénade du Visiteur. *Ah rah! Ah rah! Ah rooroo rah!*

Lucas huma l'air, le nez plissé.

— C'est quoi, cette odeur ? On dirait que tu as fait brûler des plumes.

— J'ai la situation bien en main, la cuisine est sous contrôle. J'ai eu un très léger problème de cuisson… un début d'incendie. Mais rien de grave. Du vin ?

— On dirait bien que je vais en avoir besoin.

Il lui tendit un bouquet de roses jaunes.

— Merci…

Il s'était souvenu que c'étaient ses préférées.

Elle se sentit fondre.

— Waouh. Tout ça, dit-il en laissant courir son regard sur la cuisine. Tu as fait un dîner pour toute la Chine ?

— Tu veux manger ou pas ? demanda-t-elle.

Elle promena son regard sur la montagne d'assiettes, de casseroles, de saladiers, de spatules, de poêles, de cocottes, de fouets et de plaques à gâteaux qui s'entassaient dans l'évier et sur le plan de travail. Evidemment, si l'on regardait la cuisine à travers ses yeux, on pouvait se poser des questions. Elle s'attarda sur la batte de base-ball qui traînait au milieu de ce capharnaüm. Impossible de mettre la main sur son rouleau à pâtisserie.

— Tu as cuisiné pour combien de personnes, au juste ?

— Tu es le seul invité.

Elle se versa un verre de vin et le but, le remplit à nouveau et lui en servit un.

— Donc. Quoi de neuf ? Oh ! non, j'ai oublié mes betteraves récalcitrantes ! Va dans le salon, ne reste pas dans mes pattes. Pardon ! Je ne voulais pas le dire comme ça. Allez, vas-y, je suis en train de perdre la guerre, ici.

— Est-ce que tu as besoin d'aide ?

— Non ! Sors de cette cuisine. Va gratter le ventre de mon chien.

Il ne chercha pas à discuter et sortit, Rufus sur les talons. Colleen enfila une manique et retira les betteraves du four. Elles ressemblaient à des briquettes de charbon (faire monter la température à 200 °C n'avait peut-être pas été judicieux, mais elle payait cher sa prise de liberté). Le plat en Pyrex lui glissa des mains et cogna contre la porte du four, renversant la moitié des légumes carbonisés.

— Plus de peur que de mal ! cria-t-elle. Ne viens surtout pas ici.

Quand elle le rejoignit à table avec les entrées, quarante-cinq minutes plus tard, elle avait la pénible impression d'avoir combattu une bande de gorilles enragés.

— Betteraves avec fromage de chèvre et amandes grillées sur un lit de roquette, murmura-t-elle.

Elle n'avait plus très faim, après avoir passé ce qui lui paraissait être une éternité en cuisine. Le nez saturé d'odeurs, elle avait l'impression d'avoir déjà mangé. Peut-être se sentirait-elle mieux quand elle aurait quelque chose dans l'estomac.

Elle voulut trancher la betterave. Elle était dure, bien trop dure pour que l'on puisse planter sa fourchette dedans. Ça aurait dû être tendre. Elle avait pourtant enlevé les parties brûlées, et la couleur était rouge, comme indiqué dans la recette. Elle essaya encore. Non, rien à faire. En appuyant plus fort, peut-être ? Le couteau dérapa dans un bruit sec, et sa main cogna la table.

Lucas — le Prince des Ténèbres, version sardonique — haussa un sourcil.

Pourquoi pas une amande ? Inoffensif, les amandes. Sauf que celle-ci semblait être fossilisée. Sur le fromage de chèvre. Délicieux, lui. Un petit bout s'échappa de la fourchette et tomba pile dans son décolleté. Elle choisit de faire comme si de rien n'était.

Lucas sourit.

— Et comment s'est passée ta journée ? demanda-t-elle.

— Magnifique.

Il essaya de couper une betterave, renonça très vite et se replia sur la salade, une valeur sûre. Il mâcha, grimaça et prit une gorgée d'eau. OK, ce n'était pas la saison de la roquette et, oui, elle était amère. Qu'elle soit pendue haut et court pour ça !

— Comment va Paulina aujourd'hui ?

— Triste. Affamée.

Elle essaya une autre amande. Mince, la chose était aussi dure qu'un caillou. Heureusement, sa molaire n'avait pas craqué.

— Et Bryce ?

— Au chômage une fois encore.

— Oui, c'est ce que j'ai cru comprendre.

Des petits bruits secs leur parvinrent de la cuisine.

Bon sang, elle avait oublié les noix de Saint Jacques, qu'elle avait remises sur le feu pour les réchauffer. Elle les avait préparées trop tôt (disons deux heures trop tôt).

— Je reviens tout de suite.

Comment les noix de Saint-Jacques pouvaient-elles être à la fois carbonisées, élastiques et presque crues au cœur ? se demanda-t-elle en regardant son assiette. Quant à la purée de céleri et de pommes de terre, elle avait grosso modo la consistance de l'eau. Elle n'aurait peut-être pas dû les faire bouillir aussi longtemps, mais elle avait pensé rattraper le coup en accélérant les choses. Les carottes et les panais, ça allait — enfin, si l'on aimait cette texture caoutchouteuse en bouche.

Ah ! Elle avait peut-être trouvé une noix de Saint-Jacques qui était cuite. Elle la mit dans sa bouche, grimaça en sentant le goût du charbon sur sa langue, le petit crissement caractéristique de grains de sable.

— C'est délicieux, dit Lucas. On peut toujours sortir manger des cheese-burgers plus tard.

Elle ferma les yeux en signe de défaite.

— D'accord, c'est un désastre.

— Je suis sensible à tous les efforts que tu as faits. Ça vaut bien un A. La prochaine fois, c'est moi qui cuisinerai pour toi.

Elle le regarda à travers ses cils.

Quand le Prince des Ténèbres souriait, les femmes succombaient — et devaient verrouiller leurs zones érogènes. Elle n'en avait pas l'intention... Une secousse électrique la traversa de part en part, et une chaleur intense et bienfaisante se répandit en elle.

Ce soir, c'était elle qui allait s'abandonner entre ses bras.

— Je pense avoir sauvé le dessert.

— Alors, passons au dessert.

Elle regarda les assiettes, contemplant le désastre.

— On pourrait peut-être quitter Ground Zero et le prendre au salon ?

— Ça me va.

Il attrapa la bouteille de vin et les verres, et elle prit quelques bougies — qui peinaient à masquer l'odeur de brûlé. Ils posèrent le tout sur la table basse. Ça sentait meilleur ici, et au moins l'espace était cosy et rangé, enfin, presque. Pendant qu'elle bataillait avec ses légumes, Rufus s'était occupé. Il avait mâchouillé et régurgité un magazine. Dans un soupir, elle retourna dans la cuisine chercher de l'essuie-tout.

— Laisse, je vais le faire, proposa Lucas.

— Assieds-toi. Tu es l'invité.

Le crépitement de la pluie sur le toit était régulier et inspirait Rufus, qui vocalisait à la seule intention de Lucas tout en se roulant devant lui de manière indécente. Une vraie allumeuse, ce chien !

Colleen ne fit aucun commentaire sur ce comportement déplacé (coup d'œil complaisant quand même) et retourna en cuisine, se lava les mains deux fois dans l'évier encombré, puis sortit les deux parts de pudding et disposa quelques framboises sur le dessus. Magnifique. Elle craignait en tant que chef, mais elle n'avait pas raté le dessert, et ils auraient au moins ça. Il fallait dissocier l'essentiel du futile !

Tout n'était peut-être pas perdu, songea-t-elle en apportant les assiettes dans le salon. Lucas était là, assis par terre, adossé au canapé, caressant négligemment le ventre de son chien.

— Tu as le droit de t'asseoir sur le canapé, tu sais.
— Je suis bien ici, répondit-il.

Sans doute. Et il serait encore mieux dans son lit.

Elle prit quelques bouchées de pudding, quand une framboise entière (qui n'aurait pas dû se trouver dans le gâteau) se coinça malencontreusement dans sa gorge, lui déclenchant une quinte de toux. Il n'y en avait probablement qu'une et c'était elle qui tombait dessus !

— Ça va ?
— Très bien, balbutia-t-elle dans un sifflement.

Elle attrapa un mouchoir en papier et s'essuya les yeux. *Bien, bien. Tout va bien. Si tu peux tousser, tu peux respirer.*

Elle toussa à nouveau, volontairement, cette fois.

— Tu vois ?

Il attendit qu'elle respire plus ou moins normalement, puis se remit à manger le pudding. Qu'il semblait apprécier, soit dit en passant.

Un éclair illumina le salon, et le grondement du tonnerre résonna au loin. Rufus détestait l'orage. Le déchaînement des éléments le terrorisait. Il se redressa d'un bond, fonça sur elle, bousculant Lucas au passage, qui renversa son gâteau, et se jeta sur le ventre de Colleen.

— Doucement, Rufus ! Calme-toi ! Ça va aller ! souffla-t-elle alors qu'il se serrait contre elle, comme s'il cherchait l'entrée d'une poche ventrale imaginaire pour y trouver refuge. Voilà qu'il se prenait pour un bébé kangourou, maintenant.

— Doucement, mon Rufus. Allez, prends sur toi. Descends.

Roooo, gémit-il tout tremblant.

— Il faut que je lui donne son tranquillisant, marmonna-t-elle.

Elle tenta de se lever, en vain. Essayez de bouger avec une

masse terrorisée de poils et de muscles de plus de soixante-dix kilos contre vous.

Ah rooo rooo rooo.

Son animal chéri continuait à gémir, perdant toute dignité.

— Viens par ici, le chien, dit Lucas en se levant. Laisse ta maîtresse.

Il parvint à écarter le chien suffisamment pour lui permettre de se lever. Elle fila vers la cuisine. Par la Saint-Patrick… Le désordre et la pile de vaisselle semblaient pire encore. Il lui faudrait des semaines pour en venir à bout et tout ranger.

Elle prit un comprimé, ainsi qu'une cuillère de beurre de cacahuète, et retourna dans le salon.

— Qui c'est qui va faire un gros dodo ? demanda-t-elle en s'agenouillant devant lui.

Il lécha avec application le beurre de cacahuète, tout en l'implorant du regard, et elle le serra dans ses bras.

— Bon chien. Bon garçon. Allez, viens.

Elle le guida vers la chambre. Il s'affala sur le tapis. Elle eut à peine le temps de caresser son énorme tête qu'il était déjà dans les choux !

Tout était réglé du côté du toutou. Le vétérinaire avait eu du pif de lui prescrire ce calmant. Il agissait aussitôt administré, et Rufus se réveillait quelques heures plus tard, l'orage passé, frais comme un gardon. Elle baissa les yeux sur sa robe noire couverte de poils gris. Les joies d'avoir un animal. Le pressing lui coûtait un max.

Lucas avait ramassé le gâteau et réparé les dégâts.

— Viens t'asseoir ici, fit-il, tapotant le sol à côté de lui.

— Attends, laisse-moi quelques secondes, dit-elle en reprenant sa place, devant la table basse.

Il lui restait encore un peu de pudding, et elle avait faim. Elle avala quelques cuillerées (de quoi tenir pour les efforts à venir).

Il la regarda, une lueur amusée glissa dans ses yeux. Il était assis, calme, ses grandes mains, magnifiques, posées sur ses cuisses. L'éclat doré des bougies l'auréolait d'une douce lumière et dansait sur le tissu de sa chemise. Il ne s'était pas rasé et il ressemblait plus que jamais à un corsaire.

C'était le moment. L'adrénaline et le désir pulsaient dans ses veines. Elle vibrait d'impatience.

Elle savait ce qui allait se passer dans ce boudoir (le salon, ne jouons pas sur les mots !). Tout ce qu'elle savait, elle l'avait appris avec l'homme qui était devant elle, mais peut-être pouvait-elle lui montrer un ou deux trucs.

Elle se mit à genoux et avança à quatre pattes vers lui, comme dans ce film très sexy dont le titre lui échappait soudain. Son genou craqua (mais il ne l'entendit probablement pas), et ses cheveux lui tombaient en épais rideaux sur le visage (sexy ? ou juste aveuglant ?). Elle les repoussa avec un sourire enjôleur, une invitation silencieuse (son genou lui faisait un peu mal, quand même). Sa rotule flancha, et elle versa sur le côté (juste un peu, il ne l'avait peut-être pas remarqué), se cognant franchement contre la table basse.

Deux bougies, parfum citron (dix-sept dollars pièce), se renversèrent, les flammes léchant le magazine posé à côté. Il s'embrasa (non, pas encore !).

Tout ce qu'elle faisait ce soir tournait au drame et virait au cauchemar. Les dieux s'étaient ligués contre elle ou quoi ?

— Pourquoi moi ? C'est trop injuste ! se lamenta-t-elle.

Lucas attrapa un coussin et étouffa les flammes avec. C'était le préféré de Rufus, le bleu, celui avec des volants. Elle vida son fond de vin dessus. Une fumée âcre s'échappa, réactivant l'odeur de brûlé qui traînait dans l'air.

— Le feu est éteint, annonça-t-il après avoir retiré le coussin.

— Oh ! eh bien. Au moins, on ne mourra pas ce soir. C'est une raison de faire la fête.

Il regarda les volants maintenant à moitié cramés, puis leva les yeux vers elle.

Il était temps de reconnaître la défaite et de capituler. Dans un soupir, elle s'assit sur ses talons.

— Je m'en sors habituellement mieux que ça.

— Je ne veux pas entendre ce que tu as l'habitude de faire.

Il prit son visage entre ses mains et l'embrassa. Une sensation grisante l'envahit. Le crépitement sonore des gouttes sur le toit, ses souvenirs d'eux ensemble, de la façon dont ils s'accordaient parfaitement, la douceur de sa bouche, le contact rugueux de sa mâchoire, sa bonne odeur de savon.

Lucas l'enlaça, enfonça ses doigts dans ses cheveux, effleura son cou de ses lèvres. Elle renversa la tête en arrière, se tendant vers lui, frissonnant en sentant ses lèvres la mordre juste au-dessus de la clavicule. Elle glissa ses mains sous son T-shirt, découvrant sa peau, chaude et douce. Elle avait oublié comment respirer et haletait. Elle l'embrassa en nouant ses bras autour de lui, s'accrocha à lui, l'attirant encore plus près jusqu'à ce qu'il l'allonge par terre après avoir écarté le coussin brûlé.

Il était enfin à nouveau sur elle, et un sentiment de plénitude l'envahit. Il était si fort, si solide, si incroyable que tout son corps à elle tremblait. Enfin ! enfin, ils étaient à nouveau ensemble.

Il se leva et la hissa sur ses pieds, puis l'entraîna jusqu'à la chambre. Le tonnerre grondait et secouait la maison. Rufus ronflait sur le tapis.

Tout à coup, elle devint nerveuse.

Même s'ils avaient été amants de nombreuses fois, même si elle avait eu quantité d'autres expériences, ce n'était pas n'importe quel homme. C'était Lucas, le seul qui avait vraiment compté pour elle.

Il s'assit sur le lit, et malgré la pénombre elle sentit l'intensité de son regard noir posé sur elle. Il lui prit la main et embrassa le creux tendre de son poignet, le caressa de son pouce sans la quitter des yeux. Elle eut l'impression de se liquéfier. Sa vue se brouilla, et elle réalisa soudain qu'elle pleurait.

— Tu m'as manqué, chuchota-t-elle.

Il se leva et l'embrassa tendrement. Il essuya ses larmes, l'embrassa encore.

— Oh ! *Mía*, murmura-t-il. Tu m'as manqué aussi.

Il fit glisser ses mains le long de son dos, jusqu'à la cambrure de ses reins, suivit la courbe de ses fesses et remonta lentement, ses doigts trouvant tout naturellement la fermeture Eclair de sa robe. Elle sentit l'air sur sa peau alors qu'il faisait descendre le haut de sa robe le long de son buste, de ses hanches. Elle tomba dans un doux bruissement sur ses pieds nus. Il dégrafa son soutien-gorge d'une main experte. Elle retint son souffle, électrisée par le contact de ses mains chaudes et râpeuses sur son corps. Ses lèvres suivirent la courbe de son cou, de ses épaules.

L'amour. C'était ce qui avait manqué à chaque fois qu'elle avait essayé de revivre avec d'autres ce qu'elle avait connu dans les bras de Lucas.

Pas étonnant qu'aucune de ces rencontres n'ait fonctionné. C'était lui qu'elle voulait. Personne d'autre que lui.

Elle ouvrit les yeux, réalisant qu'il l'attendait. Il lui sourit, et là, dans l'intimité et la douceur qui imprégnaient ce moment, elle sentit son cœur s'ouvrir comme un tournesol. Elle s'enfonça dans le matelas et l'attira contre elle, cherchant en même temps à défaire la boucle de sa ceinture.

— Tu gagnes, l'Espagnol, chuchota-t-elle, en lui mordillant le lobe de l'oreille.

Le son de son rire explosa en elle comme le grondement du tonnerre.

21

Il était minuit quand Lucas émergea du sommeil. La pluie s'était arrêtée. Il regarda Colleen endormie, à moitié couchée sur le ventre, la bouche légèrement entrouverte, possiblement en train de baver, les cils collés aux joues, les cheveux en bataille. Elle était incroyablement belle.

Il y a dix ans, il avait épousé une autre femme et il avait brisé le cœur de Colleen en disparaissant sans explication.

Et pourtant maintenant il était ici, près d'elle. Il ne résista pas à la tentation de la toucher et repoussa ses cheveux de son visage. Elle fit un petit bruit en écartant sa main et lui tourna le dos.

Elle sentait le citron, ce qui était un tour de force vu l'odeur de brûlé toujours présente dans la maison. Il appuya son front contre sa nuque et la respira. Il posa ses lèvres sur son épaule. L'embrassa. Puis une autre fois. Puis une troisième fois.

Il lui tira un petit soupir.

La queue de son chien se mit à taper le sol.

Il glissa un bras autour d'elle. Ses seins étaient doux et pleins sous sa main.

— Hé, pervers, ne profite pas de mon sommeil pour me tripoter.

— Je ne peux pas, *Mía*. Tu es faite pour être tripotée.

Elle se retourna et, sans même ouvrir les yeux, elle l'embrassa, nouant ses bras autour de lui, se pressant contre lui. Sa généreuse, magnifique, souriante Colleen. Traversé par une lame de désir, il la plaqua sur le dos, lui arrachant un éclat de rire qui se transforma en un souffle rauque, puis en soupir, et il cueillit son prénom sur ses lèvres.

Elle lui sourit, les joues rosies, la peau moite.

— Va t'habiller, tête brûlée, lança-t-il. Je suis affamé.

Avec Rufus étalé de tout son long sur la banquette arrière du pick-up, ils prirent la direction du Chicken King le plus proche, qui restait ouvert jusqu'à 2 heures du matin, où ils commandèrent un seau de morceaux de poulet frit Texas Cow-boy Big'n'Hearty, Extra Spicy (avec du vrai lard). Colleen le guida ensuite vers un champ au sommet de la colline.

Il attrapa un des vêtements qu'il laissait à l'arrière de sa voiture, ainsi que la couverture qu'il avait pensé à prendre chez Colleen.

Ils improvisèrent un pique-nique, tout juste éclairés par le croissant de lune et les nombreuses lucioles qui voletaient autour d'eux. Un concert de rainettes leur parvenait des bois environnants, auquel se mêlaient quelques ululements. L'air embaumait, et le poulet était fantastique, c'était peut-être un attentat pour le cœur et les artères, mais il lui semblait n'avoir jamais rien mangé de meilleur.

C'était l'un de ces moments parfaits dans la vie, auquel on ne changerait rien. Un état de grâce. Comme quand il était allé au lac avec sa famille, avant que sa mère ne tombe malade, et qu'il avait nagé sous l'eau pour la première fois, sous les encouragements et les applaudissements de Stephanie et de ses parents. Ou quand il avait réussi un grand chelem lors d'un match de base-ball, en seconde, face au meilleur lanceur de l'équipe adverse, l'un des rares matchs auxquels son père avait pu assister. Ou encore la première fois qu'il avait embrassé Colleen et su avec certitude ce qu'il avait pressenti à l'instant même où ses yeux s'étaient posés sur elle : qu'elle serait l'Unique

L'Unique lui souriait à cet instant en prenant une autre bouchée de poulet saturée de mauvais gras. Elle s'essuya les mains sur l'une des nombreuses serviettes en papier. Il s'allongea et posa la tête sur ses cuisses, et elle lui caressa paresseusement les cheveux. Tout était comme avant, quand elle était la seule chose qui comptait dans sa vie, et qu'elle était à lui, de façon inconditionnelle.

Il fallait qu'elle vienne avec lui à Chicago. Elle accepterait de le suivre. Il ferait tout pour qu'elle soit heureuse. Elle le serait.

— Tu y connais quelque chose en constellations, l'Espagnol ? demanda-t-elle, les yeux levés vers le ciel.

— Non.

— Moi non plus.

Elle sourit, puis s'allongea à ses côtés, son chien toujours collé à elle, sa grosse tête contre sa hanche.

— Donc à propos… de ce qui vient de se passer. De nous.

— Oui. A propos de ce qui vient de se passer…

Elle inspira, puis expira lentement.

— Ne réfléchissons pas trop, cette fois. Prenons les choses comme elles viennent, dit-elle d'une voix calme.

— Ce qui signifie ?

— Ce que cela veut dire, simplement.

— Colleen…

— Profitons du moment présent, simplement. De la perfection de ce que nous vivons. Je ne veux pas tout gâcher en voulant tout planifier, tout anticiper.

Il se redressa sur un coude pour la dévisager. Elle semblait sérieuse, mais pas triste.

Elle leva la main et effleura ses lèvres, en dessina le contour du doigt. Elle esquissa un sourire.

— Ce n'est pas que je ne t'aime pas, Spagnard, reprit-elle. C'est juste que je suis beaucoup plus avisée aujourd'hui.

— Tu peux développer ?

— Profite du moment présent. Profite de la femme. Vis au jour le jour. Regarde à gauche et à droite avant de traverser la route.

Elle glissa une main dans ses cheveux, tira sur une de ses mèches.

— Je ne veux pas gâcher ce que nous vivons en anticipant ou en regardant trop loin devant. Je sais pourquoi tu es ici, et que tu ne vas pas rester. Je ne veux pas y penser maintenant.

Elle détourna le regard et gratta la tête de son chien.

— Colleen, tu pourrais toujours…

— Chuutt… Est-ce que tu ne sais pas que je suis la reine des aventures sans lendemain ? Profite de moi.

Il redevint sérieux.

— Ce n'est pas une aventure sans lendemain.

Elle sentit les larmes lui monter aux yeux.

— Fais attention à ce que tu me dis, Lucas.

— Ce n'est pas une aventure sans lendemain, répéta-t-il.

— Tu n'as pas à…

— Colleen. Ce. N'est pas. Une aventure sans lendemain.

— OK, despote !

Il l'embrassa lentement, langoureusement, comme s'il la goûtait. Elle ouvrit la bouche, lui saisit les cheveux à pleines mains, l'obligeant à lever la tête.

— Si tu me brises le cœur une deuxième fois, je te jure que je lâche ce chien très violent et dangereux sur toi, dit-elle contre sa bouche. Ensuite, c'est Connor que je lâcherai, et j'apporterai ce qui restera de toi au roi du poulet frit, et il…

— Et si tu arrêtais de parler ?

Il fit en sorte d'occuper sa bouche les minutes qui suivirent, effleurant, agaçant, mordillant ses lèvres. Ils s'embrassèrent encore et encore, leurs langues s'entremêlant, entre chuchotements et fous rires. Il glissa sa main sous son sweat, se délecta de son soupir au moment où il frôla ses seins.

— Cela fait bien longtemps que je ne suis pas resté toute une nuit dehors avec une fille.

— Avec un garçon, peut-être ?

Il éclata de rire.

— Non ! non plus.

— Tu te souviens de la fois où nous sommes sortis sur le bateau de mon père et qu'on s'est réveillés à Urbana ?

— Je me souviens de ton soutien-gorge noir. Celui avec cette petite fleur rose sur le devant.

Il défit le bouton de son jean.

— Et de cette fois, à Chicago, où nous avons regardé le

feu d'artifice, poursuivit-elle. Là aussi, nous sommes restés dehors toute la nuit.

— Je ne me rappelle pas le feu d'artifice. Par contre, je me souviens de toi faisant quelque chose que tu n'avais jamais fait avant cette nuit-là.

Elle se sentit rougir.

— Vraiment ? Je ne vois absolument pas de quoi tu parles.

— Laisse-moi te rafraîchir la mémoire. Il y avait toi, moi, ta bouche…

— Oui, oui, je crois que ça me revient. Et je pourrais être tentée de revivre ce moment si tu es un gentil garçon.

— Je suis un gentil garçon et je pensais te l'avoir prouvé. Par deux fois.

— Waouh. Ton ego est… oh !

Il venait de glisser sa main dans son jean, lui volant son souffle.

Lucas tourna la tête vers le chien, qui les regardait sans bouger.

— Va voir ailleurs, Rufus, tu nous gênes…

Le chien le gratifia d'un regard surpris avant de se redresser et de s'éloigner.

— Tu viens de le vexer, chuchota-t-elle.

— Il s'en remettra. Moi pas, si je ne peux pas te déshabiller tout de suite.

— Alors arrête de parler et passe à l'action, l'Espagnol, dit-elle en tirant sur son T-shirt et en le faisant passer par-dessus sa tête. Et arrête de rire, sinon, on va finir par nous entendre. On est dans un lieu public. On pourrait nous embarquer pour attentat à la pudeur.

— Alors, il ne faut décevoir personne, déclara-t-il en faisant glisser le jean le long de ses cuisses.

Un bon moment plus tard, après qu'il l'eut suffisamment honorée, et alors que son corps était secoué de frissons, elle se blottit contre lui, les yeux fermés, la respiration apaisée. Il remonta la couverture sur elle.

Il resta les yeux grands ouverts sur les nombreuses étoiles. La nuit était douce et sombre et, à cet instant, il ne demandait rien d'autre. Il avait tout ce qu'il désirait au monde.

22

Quand Colleen monta dans sa voiture, quelques jours plus tard, elle avait le sentiment de ne plus toucher terre. La vie ne pouvait pas être plus belle. Elle était même parfaite. Rufus, la tête aussi lourde qu'un parpaing posée sur son épaule pour mieux voir la route, semblait être de cet avis, aussi.

Quel bonheur, quelle volupté ! Elle avait oublié ce que c'était d'être avec un homme qui la… connaissait vraiment. Au cours de ces dix dernières années, ses rapports avec les hommes avaient été superficiels. Ce n'était pas qu'elle n'avait pas voulu s'engager sentimentalement, elle aurait bien voulu. C'était juste qu'elle pouvait dire en un battement de paupières s'il y avait du potentiel.

Et ça ne « marchait » jamais. Elle faisait en sorte que, en ces rares occasions où le flirt débouchait sur un rapport physique, ce soit avec quelqu'un qui ne souffrirait pas. En d'autres termes, elle avait compartimenté sa vie et laissé les hommes de sa ville tranquilles. Que se passerait-il à présent si elle avait eu une histoire avec Levi ? Elle le voyait presque tous les jours, et il était marié à sa meilleure amie. Elle avait trouvé Tom Barlow extrêmement attirant, mais en quelques secondes elle avait pu voir que (a) il était plus en demande d'une confidente, et (b) il n'était pas vraiment émotionnellement disponible… à moins de s'appeler Honor Holland.

Il y avait eu Greg, le serveur de Chez Hugo, l'été dernier, et d'autres du même genre. Que des aventures sans lendemain — toujours décevantes, il fallait bien l'admettre. Parce qu'il y avait le sexe sans Lucas et le sexe avec Lucas.

Lucas, qui prenait son temps et dont le sourire seul pouvait l'embraser et faire ronronner ses zones érogènes. Dont les mains étaient fortes, habiles, dont le corps était tiède et robuste…

— Nom d'un chien ! cria-t-elle en tournant brutalement le volant, le pied sur le frein. Désolée, mon Rufus.

La rue était encombrée de voitures. C'était quoi, ce rassemblement ? Y avait-il une veillée funèbre ? Un mariage ? Une bar-mitsva ? Aucun événement n'échappait à sa connaissance. Elle était au courant de tout ce qui se passait à Manningsport.

L'allée de sa mère était pleine, et le pick-up de Lucas était là. Rufus laissa échapper un joyeux aboiement d'impatience — Jeanette lui cédait tout et elle lui mettait toujours du bacon de côté — et fila droit jusque dans le jardin, à l'arrière de la maison.

Elle vit sa mère, Mme Johnson, Carol Robinson. Le clan des ménopausées était au complet, mais leur nombre s'était considérablement multiplié. Laura Boothby, Cathy et Louise étaient venues gonfler les rangs. Etre lesbiennes ne voulait apparemment pas dire qu'elles n'appréciaient pas la vue d'hommes séduisants. Faith aussi était là.

— Tu ne devrais pas être en train de faire des galipettes avec ton mari ? lui demanda-t-elle.

— Il a été retenu sur un contrôle routier. Il doit passer. Je suis censée ramener Mme Johnson pour que nous puissions dîner tous ensemble, mais elle dit qu'elle ne veut aller nulle part.

— Pas avant d'y être obligée, renchérit cette dernière, tout en écartant son verre de l'énorme et gourmande langue de Rufus.

Bryce, un pichet en verre contenant une boisson au citron à la main, faisait le service. Torse nu. Louise glissa un billet dans la ceinture de son pantalon.

— Salut, Colleen ! l'interpella-t-il joyeusement en l'apercevant.

— Est-ce que la maison est devenue un tremplin pour chippendales ?

— Oh! ne soit pas si prude! On fête juste le dernier jour de Lucas! dit sa mère.

Elle pointa le toit avec la tasse en plastique qu'elle avait à la main.

Il était là, magnifique en tenue d'ouvrier. Et, même s'il l'avait rendue très heureuse — de nombreuses fois — la veille, tout son corps fut instantanément sur des charbons ardents.

— Salut, lança-t-il.

— Oh! Seigneur, cette voix, s'exclama Carol. Lucas, dites mon nom pour voir. Dites « Carol, vous êtes toujours une très belle femme. » Allez-y.

— Vous n'avez pas déjà Jeremy Lyon pour ce genre de choses? la taquina Colleen.

— Laisse-moi tranquille, Colleen. On s'amuse comme on peut… avec les moyens du bord!

— Carol, vous êtes toujours une très belle femme, répéta Lucas consciencieusement, ponctuant sa réplique d'un sourire de pirate.

Cette dernière émit un petit bruit de satisfaction proche du couinement, puis gloussa joyeusement, avant de tendre son verre à Bryce pour qu'il le remplisse. Il fit un clin d'œil à Colleen tout en s'exécutant.

— Au fait, Colleen, reprit Carol, j'ai une maison à te montrer. J'ai tout de suite pensé à toi quand j'ai obtenu le mandat. Elle n'est pas encore sur le marché.

Elle sentit son cœur se serrer sans vraiment savoir pourquoi.

— Dans quel coin? demanda-t-elle, coulant un regard vers Lucas.

Il était agenouillé sur la toiture, près de la cheminée.

— Sur Ivy Lane. C'est la maison des Lowenstein.

— Oh! elle est charmante! affirma Mme Johnson. Avec les roses, les hortensias, et son solarium à l'arrière!

La bâtisse en pierre, avec son magnifique jardin, ombragé sur le devant et traversé par un ruisseau à l'arrière, était effectivement charmante.

— Merci, Carol. Je serai ravie de la visiter.

— Je pense que c'est bon, Jeanette, l'appela Lucas. J'ai fini ici.

Une salve de huées et de protestations s'éleva du clan des ménopausées.

— Tu n'as même pas enlevé ton T-shirt, se plaignit Carol.

— C'est dur de n'être qu'un objet sexuel, lui répondit-il.

— Boo-hou-hou, hua Colleen, se mêlant aux groupies. Arrête de parler et fais-le, l'Espagnol.

Il sourit, avant d'obéir dans un soupir, tirant cette fois de ses admiratrices une salve nourrie d'applaudissements.

— Dix ! lança sa mère.

— Dix ! dirent en écho Carol et Mme J.

— Neuf et demi, reprit Colleen.

Il ne fallait pas qu'il prenne la grosse tête.

— Jeanette, est-ce que vous avez une autorisation pour ce genre de rassemblement ?

Levi Cooper approchait en secouant la tête, les sourcils froncés.

— Mesdames, vous me décevez beaucoup.

— Enlève plutôt ton T-shirt, Levi, suggéra Carol. On veut se faire une idée sur pièces.

— Inapproprié, Carol, répliqua-t-il, les yeux posés sur Faith. Salut, beauté.

— Ah ! L'amour, soupira Jeanette. Avec votre Faith qui attend un bébé pour août… Mme Johnson, vous ne connaissez pas votre chance.

Elle décocha à sa fille un regard appuyé, puis reporta son attention sur Lucas.

— Je ne verrais aucune objection si tu mettais ma fille enceinte, Lucas.

— D'accord, il est temps de conclure, décréta Colleen. Levi, fais un rapide contrôle d'alcoolémie sur ces dames, tu veux bien ?

Bryce s'approcha d'elle tout en remettant son T-shirt.

— Colleen, tu as une minute ?

— Bien sûr.

Ils s'éloignèrent (Laura Boothby eut quand même le temps de lui glisser un billet de dix dollars dans la poche).

— C'est... euh... au sujet de Paulina. Je me sens vraiment mal.

Colleen soupira.

— Oui. Elle t'aime beaucoup.

— Je suppose que c'est pour ça qu'elle a adopté tous ces animaux, dit-il en fronçant les sourcils.

— En partie, oui.

Il lui décocha un sourire triste.

— Il n'y a pas beaucoup de gens qui m'apprécient une fois qu'ils me connaissent.

— De quoi parles-tu ? Tout le monde t'apprécie.

Il haussa les épaules.

— Oui, sans doute. C'est juste que... Enfin, on ne cherche pas vraiment à me connaître non plus... Personne ne s'intéresse suffisamment à moi pour dépasser l'image du mec beau et con.

— Bryce ! Qu'est-ce que tu racontes ?

— Oh ! allez. Est-ce que tu t'es jamais vraiment intéressée à moi ?

Il marquait un point.

— J'ai été viré de la boutique de robes de mariée, poursuivit-il. Et la fiancée est retournée vers son mari. Enfin, le fiancé. Il se trouve qu'elle était finalement moins drôle qu'il m'avait semblé au premier abord.

— Prends-le pour ce que cela vaut, Bryce, mais Paulina t'aime vraiment beaucoup. Et cela n'a rien à voir avec le physique. Et, pour ta gouverne, elle ne te trouve pas stupide.

— Eh bien, elle le pense maintenant, je suppose. Enfin, ce n'est pas la question... je me demandais juste comment elle allait. Je l'ai appelée l'autre jour et je lui ai dit que j'espérais que nous étions toujours amis.

— Qu'a-t-elle répondu ?

Bryce triturait nerveusement un bouton de sa chemise.

— Elle a dit que je devais grandir un peu. Mais elle a été vraiment gentille. Pas de leçon de morale, non plus.

— Est-ce que tu penses qu'elle a raison ?
— Probablement.

Il soupira.

— Bon. Je vais y aller. A plus, Colleen.

Il s'éloigna, et elle ne put s'empêcher de se sentir désolée pour lui.

— Alors, tête brûlée…

Elle se retourna et vit Lucas, torse nu. Une vague chaude se déroula dans son ventre.

— L'Espagnol.
— Qu'est-ce que tu fais, plus tard ? demanda-t-il tout en remettant son T-shirt.

Dommage.

— Je suis très occupée, murmura-t-elle.
— Tu veux venir chez moi quand tu ne le seras plus ? Et mettre le feu à ma cuisine, cette fois ?
— C'est une métaphore ?
— Mmm…
— Alors oui, avec plaisir.

Il la saisit par la taille, la pelota vite fait tout en lui plaquant un baiser sur les lèvres, puis tourna les talons en lui lançant un sourire par-dessus son épaule.

Elle lâcha un soupir.

Le clan des ménopausées finit par quitter les lieux, une quinzaine de minutes plus tard, non sans mal et à force de beaucoup de persuasion (Levi avait dressé une contravention à Carol pour s'être garée devant une bouche d'incendie). Toutes avaient pris racine, semblait-il. Sa mère donnait à Rufus son troisième morceau de bacon, puis elle dit, les poings sur les hanches :

— Tu ne comptais pas rester… si ?
— Waouh ! C'est si gentiment proposé, maman. Si je ne te connaissais pas si bien, je dirais que tu cherches à te débarrasser de moi ! Pourquoi ? Tu as des projets ?
— En fait, oui.

Rufus chipa une quatrième tranche de bacon, puis lécha la main de Jeanette.

— Club de strip-tease avec Carol ?

— Non, j'ai un rendez-vous.

— Stan, l'homme poilu, aurait-il droit à une seconde chance ?

— Non, c'est fini avec lui. Il m'a envoyé une photo de ses bijoux de famille, et si tu pensais que son dos était poilu, alors…

— Sainte Marie, pleine de grâce…

— Oh ! arrête de faire ça.

— Non, toi, arrête. Je te supplie d'arrêter, maman.

— Très bien, dit-elle en regardant sa montre. J'ai rendez-vous, et de ton côté tu dois avoir des plans pour la soirée avec Lucas. Est-ce que vous allez vous marier, tous les deux ?

— A cet instant précis, nous avons une relation purement physique.

— Mais bien sûr ! répliqua sa mère en levant un sourcil.

Colleen haussa les épaules, détourna le regard.

— Je ne sais pas. Je ne me projette pas aussi loin.

— Ne me dis pas que tu crois au *Carpe diem* et à toutes ces fadaises !

— Eh bien, si. Et toi, ne mange pas de thon.

Sa mère esquissa un sourire.

— Allez, ouste, file. Du vent. Dehors. Salut, mon cœur. Et n'oublie pas ton chien, surtout.

Elle la raccompagna jusqu'à la porte.

— Et ne reviens plus.

— J'ai la désagréable impression d'être foutue à la porte…

La sonnette d'entrée retentit.

— Cela pourrait-il être le nouvel homme mystérieux ? s'exclama-t-elle.

Elle ouvrit la porte.

— Salut ! Je suis la fille…

Son sourire se figea, puis disparut.

— Mais ça, tu le sais déjà…

Dans la famille O'Rourke, elle demandait le père… qui se tenait sur le seuil, un bouquet de fleurs à la main.

— Je la sens mal, cette histoire, ça va mal se terminer... lança Colleen.

Ça leur était tombé dessus, lui dirent ses parents. Mais c'était encore trop tôt pour en parler. Et puis ils voulaient voir. Ils étaient les premiers surpris de ce qui leur arrivait. Et ils avaient un passé ensemble, ça comptait !

— Je suis bien placée pour savoir que vous avez un passé ! aboya Colleen. Je *suis* votre passé !

C'était tellement étrange de les voir tous les deux ensemble dans la salle de yoga/l'atelier d'artiste, ou autre pièce que Lucas venait de rénover. La dernière fois, c'était quand son père les avait froidement informés que Gail était enceinte. Sa mère sanglotait hystériquement, Connor était livide, la mâchoire serrée.

Connor qui ne connaissait pas son bonheur d'être au pub à cet instant et de ne pas avoir à assister à ça ! Elle aurait préféré ne pas le savoir.

— Je pensais que tu comprendrais, prétendit son père.

Colleen le dévisagea, prête à parler, avant de se raviser.

— Je ne sais pas quoi en penser. Tu ne peux pas juste tout défaire quand ça te chante, papa. Il s'est passé dix années depuis votre divorce. Tu as Savannah, maintenant. Et est-ce que toi et maman êtes de nouveau ensemble ? Ou est-ce que tu ne supportes pas que maman prenne sa vie sentimentale en main et qu'elle t'échappe ?

Pete regarda Jeanette, dont l'expression ne trahissait rien.

— J'ai toujours aimé ta mère.

Colleen fit un bruit de gorge.

— C'est vrai, insista-t-il.

— Non seulement tu l'as trompée, mais tu l'as humiliée en emménageant avec ta maîtresse de l'âge de ta fille dans la même ville, dans une maison plus grande, parce que tu n'as même pas eu la décence de t'éloigner, ne serait-ce que...

— D'accord, Colleen, tu as été claire, intervint sa mère. Je te remercie de ton inquiétude et je comprends que tu as besoin d'exprimer ce que tu as sur le cœur, mais peut-être que tu pourrais le faire d'une façon plus positive et constructive.

— Tu ferais bien d'arrêter avec les livres sur le développement personnel.

— J'ai découvert les bienfaits du *kick boxing*, figure-toi.

Colleen soupira.

— Je dois aller voir grand-père. Ton propre père, papa, au cas où tu l'aurais oublié. Allez, viens, Rufus !

Comme elle aurait aimé avoir une famille normale, songea-t-elle alors qu'elle roulait vers Rushing Creek. Comme celle de Faith — dans la famille parfaite, elle demandait les deux sœurs et le frère, le père, l'adorable belle-mère, la nièce et le neveu. Au lieu de ça, elle avait des parents barjos, une belle-mère mi-vamp mi-femme enfant, et un grand-père mutique dont le pauvre corps ne voulait pas renoncer. Au moins, elle avait Savannah et Connor.

Et peut-être qu'elle avait Lucas, aussi.

Mais là elle s'avançait sur des sables mouvants. Elle s'en était plutôt bien sortie pendant dix ans. Elle avait préservé son cœur, n'avait blessé personne. *Pas de gâchis...* c'était quand même beaucoup mieux que l'autre option.

23

Colleen releva ses cheveux et les enroula en chignon, laissant juste quelques mèches retomber souplement. Elle mit les boucles d'oreilles en cristal Swarovski, un cadeau d'anniversaire de Connor, qu'il avait choisi avec un goût sûr. Elle portait une longue robe rouge qui tombait sur ses pieds dans un bruissement soyeux, décolletée dans le dos, retenue simplement par un nœud autour du cou. Elle n'avait rien laissé au hasard : Lucas n'aurait qu'à tirer dessus, plus tard, quand ils seraient seuls pour enlever ladite robe rapidement. Ou pas... cela pouvait être très sensuel s'il prenait son temps. Sa bouche pourrait suivre le tissu... Et il n'y avait rien de plus électrisant que le contraste entre sa bouche douce et humide et le contact rêche de sa barbe de trois jours contre sa peau...

— Tu es bientôt prête ? cria Connor par la trappe à linge, qui leur servait d'interphone entre leurs appartements.

— Je suis prête depuis vingt minutes déjà, mentit-elle. Et toi, tu es prêt ? Est-ce qu'on passe prendre ta cavalière ?

— Elle ne vient pas.

— Connor ! Je te déteste.

— Et moi encore plus. En voiture !

Elle aurait parié qu'il était en train de rire. Elle laissa tomber sa serviette humide dans la trappe, espérant qu'elle atterrisse sur sa tête, puis la referma.

— A tout à l'heure, mon Rufus, dit-elle à son chien, qui mâchouillait sans conviction son os en plastique. Je t'aime plus que Connor. Beaucoup plus.

Sur ces mots, elle sortit de chez elle. Elle se sentait particulièrement sexy et conquérante en descendant l'escalier, ses talons cliquetant sur les marches.

Sous un ciel d'un bleu ardoise magnifique, la grange de Blue Heron était incroyable. Il y avait des lumières dans les arbres et des fleurs — des hortensias et des roses ivoire partout. Laura Boothby avait fait des merveilles. Les flammes des bougies des chandeliers et des bouteilles de vin détournées en photophores créaient une atmosphère délicate, dorée, tout en clair-obscur. Féerique et tellement romantique. Emouvante aussi.

Elle était heureuse pour Honor, elle le méritait... Toutes ces années où elle s'était consacrée aux autres, choisissant de rester auprès de son père pour l'aider à garder la famille unie, à gérer le domaine viticole. Entre le commercial et les ressources humaines, Honor traitait avec une bonne partie de la ville et elle ferait une super directrice générale si l'envie lui en prenait. Quant à Tom le Britannique exilé — très proche de Charlie, son beau-fils adolescent, qu'il avait d'ailleurs choisi comme témoin —, il était apprécié de tout le monde. Elle n'avait pas fait exception, elle qui l'avait rencontré lors de sa première soirée en ville, l'hiver dernier.

Aha ! Connor était en train de parler avec Jessica Dunn.

— Salut, Jessica ! lança Colleen. C'est toi, la mystérieuse amoureuse de mon frère ? Si c'est le cas, nous devrions parler.

— Je vous salue, Marie, pleine de grâce, le Seigneur est avec vous..., marmonna Connor.

— Ravie de te voir aussi, Colleen, répondit vivement Jessica.

— C'est un oui, n'est-ce pas ? Je le savais. Ecoute, je ferai une super belle-sœur, tu peux mettre ça dans la colonne des plus à porter au crédit de mon frère pour contrebalancer ses nombreux défauts. Et je veux que tu saches que je parle pour toi depuis des années.

— On n'est pas ensemble, dit Jessica.

— Zut ! Eh bien, sache que tu as ma pleine bénédiction si tu changes d'avis. Je dis ça, je ne dis rien…

Elle les suivit des yeux alors qu'ils s'avançaient vers les premiers rangs pour trouver une place, ne sachant trop quoi penser. Ensemble… Pas ensemble… On ne pouvait donner à la présence de Jessica un sens particulier. Elle avait été invitée comme tous ceux qui travaillaient pour les Holland, les saisonniers comme les permanents.

Sa mère avait décliné l'invitation, arguant « des plans de son côté ». Et, par *plans*, il fallait entendre Pete. Oh ! Seigneur, elle préférait ne rien imaginer du tout !

Elle ne s'était pas résolue à dire à Connor ce qu'elle savait sur leurs parents. Elle n'aimait pas lui faire des cachotteries, mais elle ne voyait pas l'intérêt de lui dire que Pete et Jeanette avaient remis le couvert. D'abord, il serait furieux. Ensuite… c'était vrai, elle espérait que l'égarement maternel serait temporaire. Sa mère allait bien finir par ouvrir les yeux sur son ex-mari, réaliser que Pete était toujours… toujours… Oh et puis zut.

Une partie d'elle la comprenait, s'identifiait peut-être même à elle.

Jeanette n'était sûrement pas la seule à rester dans le souvenir de son premier amour, à espérer voir renaître la flamme. En tout cas, ce n'était pas elle qui lui jetterait la première pierre.

En parlant de premier amour… Elle se hissa discrètement sur la pointe des pieds et balaya du regard la foule d'invités.

— Tu cherches quelqu'un ?

Cette voix…

— Oui, je cherche M. Holland, dit-elle sans se retourner. Je suis amoureuse de lui depuis mes huit ans.

Elle pivota sur elle-même, le souffle court.

— C'est indécent, comme tu es séduisant, l'Espagnol, s'exclama-t-elle, d'une voix qui tremblait un peu.

Il ne répondit pas, se contentant de la contempler. Son regard s'attarda sur les courbes de son corps, descendit puis remonta, les yeux sombres comme… comme… comme du café ou... Elle perdait ses moyens, son sens de la repartie. Elle se liquéfiait sous l'intensité de ce regard.

Il lui prit la main et posa ses lèvres dans la paume. S'il commençait comme ça, il allait la faire mourir de désir avant la fin de la soirée, songea-t-elle. En même temps, il y avait des façons plus tristes de tirer sa révérence. Et sans doute pas de meilleure !

Il prit un siège avec les autres invités. Tom et Charlie se tenaient près de l'autel à côté du révérend Fisk et du père de Tom, qui venait d'arriver d'Angleterre. La ressemblance était criante, on ne pouvait pas se tromper.

Les premières notes de la musique nuptiale s'élevèrent au-dessus des invités. Jack Holland et Mme Johnson remontèrent l'allée, suivis par les demoiselles d'honneur — Faith, Prudence et Abby, la fille de cette dernière, toutes les trois magnifiques dans des robes couleur lavande.

Et puis Honor apparut au bras de son père, et Colleen jeta un regard vers Tom. C'était le moment qu'elle préférait... observer le visage du futur marié quand il voyait pour la première fois sa fiancée. Tom ne la déçut pas. Sujet très expressif. Il parut ébahi, puis subjugué, définitivement amoureux et très ému. Charlie, le témoin, passa un bras autour des épaules de Tom et sourit.

Honor était splendide (elle s'autocongratula silencieusement. Elle était passée plus tôt dans l'après-midi pour la maquiller et elle était plutôt fière d'elle).

Rayonnante, elle souriait à Tom, dévoilant ses adorables fossettes. En la voyant si amoureuse, Colleen sentit les larmes lui monter aux yeux, aussi. Et sa longue robe déstructurée était fantastique — une robe de style Régence couleur ivoire, romantique à souhait. Elle portait les perles de sa mère, qui s'accordaient parfaitement avec ses boucles d'oreilles. Délicat et beau. Originalité suprême, elle était pieds nus, ses ongles vernis en rose se dévoilant à chacun de ses pas. Vraiment très joli, il fallait bien le dire.

M. Holland embrassa sa fille et serra la main de Tom,

essuya ses yeux et s'assit. Le prêtre prit la parole, et la cérémonie commença.

Lucas ne lui lâcha pas la main de toute la cérémonie, et, malgré elle, elle se surprit à penser au mariage qu'elle aimerait et à la vie de couple — la vie simple, merveilleuse que Lucas et elle pourraient avoir… Peut-être dans cette petite maison en pierre dont Carol lui avait parlé… les grasses matinées, le dimanche matin, les petits déjeuners tartines grillées et café dans le patio en ardoise. Un bébé aux cheveux noirs, ou trois. Ce serait si merveilleux.

Après leurs vœux, les jeunes mariés s'embrassèrent, et les applaudissements fusèrent.

Lucas fut un cavalier parfait. Il flirta avec elle, lui décochant des œillades de braise. Il dansa avec elle, se révélant très bon danseur (il ne se lança néanmoins pas dans un paso doble comme elle lui suggéra, lui tirant un éclat de rire). Ils évitèrent le sujet Bryce-Paulina, et il se garda bien de lui faire remarquer qu'il l'avait prévenue et qu'il avait eu raison depuis le début.

— Comment va Joe ? demanda-t-elle alors qu'ils dansaient sur *What a Wonderful World* de Louis Armstrong. Je ne suis pas passée le voir à l'hôpital depuis quelques jours.

Les yeux de Lucas s'assombrirent.

— Pas très bien. Le cancer avance très vite.

Elle sentit les larmes lui monter aux yeux.

— Je suis tellement désolée.

— On ne va pas réussir à lui obtenir le divorce qu'il demande.

Il lui avait raconté toutes les démarches qu'il avait entreprises. Les cinq avocats consultés qui lui avaient tous dit la même chose. Colleen posa sa tête contre son épaule. Pauvre Lucas, sur le point de perdre un autre membre de sa famille.

— Tu sais ce que tu devrais faire ? dit-elle, en s'écartant pour le regarder dans les yeux. Tu devrais jouer sur ce qui compte pour elle : son image et sa réputation. Elle détesterait que quelqu'un apprenne, surtout Bryce, que Joe voulait divorcer, même s'il n'a pas pu aller jusqu'au bout. Peut-être accepterait-elle de signer les papiers si tu t'engages à ce que cela ne se sache jamais et si elle peut inventer l'histoire qu'elle veut... après la mort de Joe.

Un éclat amusé passa dans ses yeux, puis il esquissa un sourire.

— Tu es un génie, Colleen O'Rourke.

— C'est ce qu'on dit...

— Je n'en doute pas.

— On entend aussi « jolie » et « bon coup ».

— Je peux en témoigner.

— Et...

— C'est bon, c'est bon... Je n'ai pas envie d'en entendre plus, marmonna-t-il. Tout ce que je veux savoir, c'est que tu ne m'as jamais oublié.

— Tu peux toujours le penser si ça te chante.

— C'est le cas.

Elle sourit.

— Je ne vais pas nourrir cet ego latin surdimensionné !

Elle posa la tête sur son épaule, rattrapée par une angoisse sourde. Son sourire s'évanouit.

Elle avait couché avec d'autres hommes. Pas tant que ça, mais si Lucas apprenait...

La voix du DJ l'arracha à ses pensées.

— Mesdames et messieurs, le témoin du marié voudrait dire un mot.

Elle assistait à un mariage avec Lucas, et il l'aimait — elle en était certaine. Tout le reste ne comptait pas, et rien ne viendrait parasiter ce moment.

Ils portèrent un toast aux jeunes mariés et mangèrent le gâteau. Elle investit la piste de danse pour exécuter un Electric Slide avec Connor. Elle venait de participer au lancer du bouquet, qu'Emmaline Neal (*Saint-Germain et vodka*) avait attrapé, quand Lucas se pencha vers elle et lui chuchota à l'oreille :

— Tu rentres avec moi.

Ce n'était pas une question... seulement une douce promesse de plaisirs.

Colleen attrapa son frère par le bras.

— Tu veux bien sortir Rufus pour moi ?

— Oh ! pitié ! grogna-t-il. Ecoute bien, Campbell. Blesse-la encore une fois et je te tue. Je suis sérieux. La dernière fois, tu...

— OK, OK, merci ! Je crois qu'on a compris le fond de ta pensée, le coupa-t-elle. Salut, Connor.

Ils saluèrent les jeunes mariés et la famille Holland, puis sortirent dans la nuit, douce et enveloppante. Le tonnerre grondait au loin, au-dessus du lac, et un éclair déchira les nuages gonflés et bas qui encombraient l'horizon. Il allait pleuvoir.

— C'est bien, que Connor et toi soyez restés aussi proches, lança Lucas alors qu'ils roulaient vers la ville.

— Oh ! oui. Je n'imagine pas le contraire.

— Chicago n'est qu'à une heure d'avion.

— Je me souviens.

Buffalo-Niagara jusqu'à O'Hare — elle ne comptait pas le nombre de fois où elle avait pris ce vol.

Une minute... De quoi parlait-il ?

Lucas se gara devant l'Opéra. Il sortit de la voiture et la contourna pour lui ouvrir la portière. Elle essaya de lui rendre son sourire.

Une heure de vol... Voulait-il dire qu'il envisageait une relation longue distance ou qu'il lui serait toujours facile de rentrer à Manningsport pour voir Connor ?

Bon. Ils pourraient en parler à l'intérieur. Ou pas. C'était peut-être même le sujet à éviter.

Ils montèrent jusqu'au second étage, et Lucas se tourna vers elle et l'embrassa, la main sur sa nuque.

— J'ai passé un très bon moment ce soir, murmura-t-il.

— Et ton bon moment est sur le point de devenir encore meilleur, dit-elle.

— Heureux de l'entendre.

Lucas ouvrit la porte et s'écarta pour la laisser passer.

Il avait toujours eu l'art et la manière. Ses parents avaient fait leur job !

Elle pénétra dans l'appartement et tressaillit, ravalant un petit cri sous le coup de la surprise. Il y avait quelqu'un.

Quelqu'un de blond. Une femme.

Et enceinte. Sans l'ombre d'un doute.

— Ellen, dit Lucas. C'est une surprise.

24

Oh! bon sang! L'air s'était mis à vibrer dans la pièce, à l'instant où les deux femmes s'étaient retrouvées ensemble. C'était bien la dernière chose qu'il voulait.

— Quelqu'un veut-il boire quelque chose? demanda-t-il.

Très mauvais scénario, le coup de l'ex-femme enceinte assise sur son canapé.

— Colleen?

Son visage était pâle.

— Ça va, merci.

— Je me suis déjà servie, dit Ellen en se levant.

Elle s'approcha de Colleen.

— Je suis Ellen Camp... Forbes, se reprit-elle. Nous nous sommes rencontrées quand vous rendiez visite à Lucas, à l'université.

— Oui, je... je me souviens. Vous attendez un bébé... Je ne le savais pas. Mes félicitations.

Ellen sourit.

— Merci. Mon fiancé et moi sommes vraiment très excités.

— Oh! vous êtes fiancée?

— Oui. Nous nous marions en septembre, avant la naissance des jumeaux, prévue pour fin novembre.

— Des jumeaux? s'exclama Colleen. *Mazel tov!*

— Merci.

Elle sourit et se tourna vers Lucas.

— Je suis vraiment désolée de m'imposer comme ça. Il y a eu un problème de réservation au bed & breakfast. Ils avaient déjà loué la chambre à un couple quand je suis arrivée. J'ai cherché à te joindre, mais tu n'as pas décroché. Le responsable du bed & breakfast connaît la propriétaire de cette résidence, alors elle m'a laissée entrer quand je lui ai dit qui j'étais.

Elle marqua une pause.

— Je me suis dit que tu m'hébergerais sûrement pour cette nuit.

Il ne manquait plus que ça. Il jeta un coup d'œil vers Colleen, qui ne bronchait pas, insondable.

Il réalisa soudain qu'il n'avait pas répondu.

— Oui, oui. Bien sûr, que tu peux rester ici.

— Je tombe visiblement mal. Je suis désolée.

Elle sourit à nouveau à Colleen.

Cette dernière émergea enfin du mutisme dans lequel elle avait glissé.

— Non, non, c'est… C'est bien. On se voit plus tard, Lucas. Euh… Ellen, c'était sympa de vous voir.

Sur ces mots, elle pivota sur elle-même et sortit de l'appartement. Très vite.

— Excuse-moi, Ellen, je reviens tout de suite. Je la raccompagne…

— Prends ton temps. Je suis vraiment désolée pour le dérangement.

— Non, non. C'est rien. Fais comme chez toi.

Quand il arriva dans la rue, Colleen avait déjà longé la moitié du parc. Il s'élança derrière elle pour la rattraper. Arrivé à sa hauteur, il la retint par le bras.

Elle fit un mouvement brusque pour se dégager.

— Ton ex-femme est chez toi. Merci de m'avoir prévenue.

— Colleen, attends. Ce n'est pas grave.

— Vraiment ? Ça l'est pour moi. Et elle est enceinte. Waouh.

Il la força à s'arrêter.

— *Mía*, ne…

Elle laissa échapper un sifflement.

— Ce n'est vraiment pas le moment pour les *Mía*, Lucas.

— Pourquoi ? Je ne comprends pas.

Elle s'arrêta net devant le monument aux morts et lâcha un soupir exaspéré qui voulait dire « Tous les mêmes ! » et « Les hommes ne sont que des idiots ».

— Lucas. La femme pour laquelle tu m'as quittée est ici.
— Je n'ai...
— Ensuite, elle est fiancée, le coupa-t-elle. Et enceinte.
— Oui. Et je ne vois pas en quoi c'est un problème.

Un autre regard consterné.

— Donc tu voulais... Seulement...

Merde. Elle pleurait.

— Colleen, souffla-t-il. Mon cœur.
— Oh ! tais-toi ! Ne me dis pas des choses gentilles ! Comment oses-tu me dire des choses gentilles ! Ton ex-femme a refait sa vie... elle a rencontré quelqu'un d'autre, elle attend des bébés ; et, tout ce temps, as-tu même pensé à moi ? Non ! Pas avant que je me retrouve dans ton champ de vision.
— C'est tellement loin de la vérité que c'en est presque risible.
— Vraiment ? Et depuis combien de temps es-tu divorcé ?
— Officiellement ?
— Oui ! Officiellement !
— Deux ans.

Il marqua une pause, avant d'ajouter :

— Et trois mois.
— Alors pourquoi ne m'as-tu pas appelée il y a deux ans et trois mois ? Ou il y a deux ans ? Ou il y a un an ? Ou il y a six mois ? Tu n'es pas venu pour moi, mais parce que Joe a eu besoin de toi. Tu n'as pas pensé à moi durant tout ce temps.

Les femmes. Il fallait réellement un décodeur pour les comprendre.

— Ce n'était pas parce que je ne pensais pas à toi. C'était parce que je pensais qu'aucune...
— Ne cherche pas à baratiner une baratineuse, Lucas. Tu sais combien de fois j'ai vu des hommes balancer ces mêmes répliques à la con ? Des milliers de fois et des brouettes, d'accord ?
— Colleen, tu te prends la tête pour rien. Regarde. Nous

sommes ensemble à nouveau, toi et moi. Il n'y a que ça qui compte. Non ?

— Oui, mais ce n'est pas mon ex-femme enceinte qui attend dans mon appartement, Lucas !

Elle s'interrompit au passage d'un couple de personnes d'âge mûr qui promenait son chien.

— Tout va bien, Colleen ? demanda l'homme en leur lançant un regard insistant.

— Pas vraiment, Bob, mais merci de vous en inquiéter ! répondit-elle. Bonsoir, Sue. Salut, Muffin.

Lucas attendit que l'homme et la femme fussent hors de portée d'oreille pour poursuivre.

— Oui, elle est dans mon appartement. Je n'allais quand même pas lui demander d'aller dormir dans l'allée !

— Tu… je… c'est… Tu sais quoi ? Fiche-moi la paix. Retourne voir ton ex, l'incarnation de la perfection. Je suis sûre qu'elle est posée, qu'elle ne te fait pas de scène. Moi, je ne suis qu'une stupide serveuse.

— Tu n'es pas une stupide serveuse. Colleen. Calme-toi.

— Tu sais ce que je crois, Lucas ? Que tu es avec moi parce que j'étais là, disponible, tu m'avais sous la main. L'occasion qui fait le larron, en somme. Tu viens voir ton oncle, tu es triste, tu ne sais pas quoi faire et, tiens, tu tombes sur moi, la fille avec qui tu es sorti au lycée. Coup de bol, elle est toujours célibataire ! Et facile, apparemment… C'est vrai, il t'a fallu combien de temps pour la mettre dans ton lit ? Quoi, trois semaines ?

— Plus de quatre.

— Plus de quatre. Waouh. Une vraie ceinture de chasteté, la fille ! Il a fallu t'accrocher, ironisa-t-elle. En fait, j'avais juste pour moi d'être là, Lucas. C'était commode, facile. Ta femme a divorcé, s'est recasée, et c'est seulement maintenant que tu t'intéresses à moi. Serais-tu venu à Manningsport si ton oncle ne t'avait pas appelé ? Le pire, c'est que je le savais. Je suis vraiment trop bête.

— Colleen, c'est ridicule.

Choix de mots malheureux… elle dut penser la même

chose parce qu'elle lui répondit par un doigt d'honneur, avant de tourner les talons.

— C'est loin d'être commode ou facile, lança-t-il en la regardant s'éloigner à grandes enjambées. C'est même tout le contraire, Colleen ! Je t'appelle demain quand tu seras plus calme.

Il savait lui parler, y avait pas à dire ! Elle le lui confirma, par un geste tout aussi significatif.

Avec un soupir, Lucas passa une main dans ses cheveux. La soirée ne pouvait pas être plus idyllique, pourtant — jusqu'à il y a quinze minutes.

Ellen était effectivement dans son appartement, Ellen l'avocate et pas son ex-femme. Son oncle mourant avait besoin d'un avocat, et elle était là pour ça. Colleen pouvait juste… juste…

Elle ne pouvait pas réellement croire et ressentir tout ce qu'elle venait de dire.

Il se mit à courir sur deux pâtés de maisons jusqu'à son appartement. Sa chambre était éclairée. Le premier étage en revanche était plongé dans le noir. Connor n'était pas là. Il n'allait donc pas sortir comme le diable pour lui casser la figure… C'était déjà ça

— Colleen ! cria-t-il sous sa fenêtre.

La tête de son chien apparut contre le carreau, se détachant sur le fond éclairé.

— Colleen !

— Chut ! s'exclama-t-elle en ouvrant vivement la fenêtre. Tu vas réveiller tout le quartier. Je te préviens, j'appelle la police !

Elle jeta un coup d'œil vers la porte voisine.

— Désolée, monsieur Wong. C'est mon idiot de petit ami. Avez-vous un pistolet ? C'est juste pour l'effrayer, peut-être l'estropier un peu, mais c'est tout.

— Je regrette, Colleen, répondit le voisin. Je suis contre les armes à feu.

— C'est dommage. Pardon pour le raffut.

Elle se tourna vers Lucas.

— Quoi ?
— Ne sois pas en colère contre moi. Et tu n'es pas une femme facile du tout.
— Je suis en colère. Fiche-moi la paix.
— Est-ce que je peux t'appeler ?
— Non. Je vais me consoler avec Ben & Jerry. Laisse-moi tranquille.
— Quel parfum ?

La question lui fit monter un sourire aux lèvres, qu'elle s'empressa de réprimer.

— Glace Peanut Butter Cup.
— Moi, j'aime Coffee Heath Bar.
— Alors, va t'en chercher et étrangle-toi avec.

Il sourit.

— Dors bien, *Mía*.
— Ne te crois pas tiré d'affaire juste parce que tu cites Romeo, l'Espagnol. Tu es sur le point de me briser une nouvelle fois le cœur. Je le sens.
— Tu te trompes.
— Va-t'en. Et appelle-moi demain.

Elle rentra la tête et ferma la fenêtre.

En rentrant chez lui, il trouva Ellen qui s'était préparé des œufs brouillés.

— Je mange pour deux. J'ai bien l'intention de profiter de tous les avantages de la grossesse, et jusqu'au bout.

Elle prit une bouchée et sourit.

— Désolée d'avoir gâché ta soirée. Est-ce qu'elle va bien ?
— Oui, mentit-il.
— Elle est toujours aussi jolie.

Il n'avait pas envie de discuter de Colleen avec Ellen.

Il l'avait fait une fois, une seule, parce qu'il avait eu le sentiment qu'en ne le faisant pas il aurait démontré qu'elle comptait encore beaucoup. Ce qui était le cas, mais qu'était-il censé faire ? Il avait vraiment voulu donner toutes les chances à son mariage. Il le devait à Ellen et il pensait alors que tout était fini avec Colleen. Il lui avait parlé d'elle et lui avait dit que c'était son premier amour, que cela avait été intense mais que les sentiments avaient fini par s'émousser.

Il lui mentait, ou plutôt se mentait à lui-même.

— Parle-moi de Joe, dit-elle, en sortant son ordinateur portable. Comment va-t-il ?

— Il continue la dialyse. Il… Il n'en a plus que pour quelques semaines.

— Je vois, murmura-t-elle, avec sollicitude. Voilà ce que j'ai sur la question du divorce.

Elle marqua une pause.

— Tu manques beaucoup à papa, tu sais !

Lucas acquiesça par un petit hochement de tête.

— Le Cambria est presque terminé. J'ai parlé au décorateur d'intérieur hier.

Elle ravala un sourire.

— Ce n'est pas ce que je voulais dire. Il t'aime comme un fils, et rien ni personne ne changera ça. Pas même Steve.

— Oui, je sais.

— Enfin…, soupira-t-elle. Tu seras bientôt de retour à Chicago.

Sans qu'il sache vraiment pourquoi, l'affirmation lui parut vaguement… présomptueuse.

25

Lucas était très occupé, ce qui n'était pas étonnant entre son ex-femme, Joe et Bryce, le bâtiment de la ville dont il supervisait les travaux, ses cheveux qui devaient demander de l'attention, et puis tout le reste…, songea Colleen tout en frottant le comptoir. C'était plus fort qu'elle, elle avait besoin de nettoyer, frotter, d'épousseter, de ranger quand elle était stressée. Elle faisait toujours ça.

— Oh ! merde, lâcha Connor en voyant le Clorox Clean-Up, parfum citron, trôner sur le comptoir. Qu'est-ce qu'il a encore fait ? Est-ce que je dois faire sa fête à Lucas Campbell ?

— C'est tentant… Comment va la jolie Jessica ? Tu es sûr que vous ne vous voyez pas, tous les deux ? Vous formez un si beau couple.

Son frère se pencha sur la partie du bar qu'elle avait déjà astiquée.

— D'accord, tu ne veux pas parler de lui, mais tu ne diras pas que je ne t'avais pas prévenue ! Que je ne t'avais pas dit que cela ne finirait pas bien et que…

— Ecoute bien, partenaire de placenta, le coupa-t-elle. Ce n'est pas parce que tu es né trois minutes plus tôt que tu en sais plus que moi.

— Tu crois ça ? Parce que moi, je dis que si. Surtout quand ça te concerne.

— Salut, tous les deux.

Savannah entra dans le bar, vêtue d'une jupe trop courte qui n'allait pas à sa morphologie et d'un top en dentelle. La patte de Gail. Elle avait les yeux gonflés et rougis.

— Maman m'a dit de l'attendre ici le temps qu'elle voie l'avocat.

Sur ces mots, leur petite sœur éclata en sanglots.

Ils firent de leur mieux pour la consoler et la rassurer, lui servirent une part de cheesecake nappage caramel de Rafe. Puis Colleen finit par ramener Savannah chez elle. Rufus saurait lui redonner le sourire. Il s'y emploierait, en tout cas.

Elle se souvenait encore du désarroi qu'elle avait ressenti quand sa famille avait explosé, et pourtant elle était plus âgée que Savannah. Tout allait changer pour sa sœur. La séparation de ses parents allait forcément bouleverser ses habitudes — les vacances, les week-ends —, peut-être même son lieu de vie. D'où Gail était-elle originaire ? Probablement pas de New York.

Elles commencèrent par une séance de manucure. Elle ne connaissait rien de mieux qu'un moment entre filles à se cocooner. Elle lui appliqua du vernis sur les ongles (teinte Zombie Skin Gray), puis laissa Savannah lui vernir les ongles de pied (en Flirtini Fuchsia). Elles regardèrent ensuite un épisode de *Bob l'éponge* et, après avoir versé toutes les larmes de son corps, Savannah finit par s'endormir, épuisée, sur le canapé, Rufus à ses côtés, montant la garde.

Le cœur serré, Colleen caressa les cheveux de sa sœur, embrassa Rufus sur la tête. Elle allait faire à Savannah des biscuits au beurre de cacahuète. C'étaient ses préférés.

Pendant qu'elle préparait les biscuits, suivant pas à pas la recette, des images de sa soirée avec Lucas, la semaine dernière, s'entremêlaient au présent. A son réveil, elle avait eu la surprise de découvrir sa cuisine propre et parfaitement rangée. Lucas avait nettoyé toutes les traces de son cuisant échec culinaire et tout remis en place pendant qu'elle dormait. Sans oublier les roses qu'il avait apportées — c'était tellement romantique.

Elle se demanda ce qu'il était en train de faire en ce moment.

Elle sortait la première fournée quand on frappa à la porte. C'était Gail.

— Bonjour, dit Colleen.

— Salut.

Perchée sur des hauts talons et vêtue d'un jean basique, taille basse (plus bas et on voyait sa cicatrice de césarienne), assorti d'un court T-shirt en soie, Gail n'avait pas fait d'effort vestimentaire et n'était pas à son avantage... le cœur n'y était visiblement pas. Des cernes bleus ombraient ses yeux.

— Connor m'a dit qu'elle était ici.

— Oui. Elle s'est endormie sur le canapé, épuisée à force d'avoir pleuré.

— C'est une accusation, Colleen ? Parce que ce n'est pas moi qui demande le divorce.

— Ce n'en était pas une. Entre. Tu veux un biscuit ? Ils sortent du four.

Gail lui décocha un regard soupçonneux, mais elle la suivit dans la cuisine et s'assit à la table. Colleen posa une assiette de biscuits et lui versa un verre de lait.

— Merci, marmonna Gail.

Colleen prit une profonde respiration.

— Ecoute, je ne me réjouis pas de ce qui arrive. Je m'inquiète pour Savannah.

— Mais pas pour moi, bien sûr.

Colleen haussa un sourcil.

— Non. Pas pour toi. Je te rappelle que tu es celle qui a brisé le cœur de ma mère, il y a dix ans.

— Pardon. J'ai oublié ma lettre écarlate à la maison.

Eh bien. Une référence littéraire dans la bouche de la Grue. Quelle surprise !

— Oui, il m'arrive de lire, Colleen, ajouta-t-elle comme si elle avait lu dans ses pensées.

Elle marqua une pause et prit un biscuit dans l'assiette, qu'elle coupa en deux.

— Je crois qu'il voit quelqu'un d'autre.

Bonne pioche ! Ça, pour voir quelqu'un, il voyait quelqu'un ! Et à cet instant ce qu'elle voyait, elle, c'était le mot « tragique » clignoter autour de Gail. On pouvait aussi discerner une certaine forme de justice poétique à l'œuvre. La vengeance (ou le retour) de la femme bafouée...

Gail fourra la moitié du biscuit dans sa bouche, prit le temps de mastiquer.

— Je sais que tu me détestes, Colleen. Je suis la maîtresse, l'autre femme. Mais j'aime ton père. J'étais très naïve, il y a dix ans.

— Naïve ? J'ai toujours pensé que tu étais sortie de la matrice maternelle avec une calculatrice dans une main et une paire de Manolo Blahnik dans l'autre.

Gail soupira et mangea l'autre moitié du biscuit.

— Je ne vais pas gaspiller ma salive à essayer de te prouver le contraire. Si tu veux penser ça, libre à toi. Mais ne crois pas que j'ai choisi de qui je tombais amoureuse, que c'est facile tous les jours d'être avec un homme plus âgé qui a déjà deux grands enfants et d'être la garce de service !

— Personne ne t'a braqué une arme contre la tempe, que je sache ?

— Il ne m'a pas dit qu'il était marié quand j'ai fait sa connaissance. Il me l'a avoué beaucoup plus tard.

Ça, elle voulait bien le croire. C'était son père tout craché.

— Et, à ce moment-là, c'était trop tard, j'étais très amoureuse de lui. Il m'a dit que c'était fini depuis longtemps avec ta mère et qu'il avait demandé le divorce. Oui, c'est vrai, j'ai eu la faiblesse de le croire. Et puis je suis tombée enceinte. Je sais que tu ne vois pas les choses comme ça, mais j'aime Savvi plus que tout. C'est ma fille, et je ne veux que son bonheur.

A sa surprise, elle vit les yeux de Gail s'embuer.

— Alors pourquoi cherches-tu à tout prix à en faire une poupée Barbie ? chuchota Colleen. Elle est au régime, Gail ! Elle n'a pas envie d'intégrer l'équipe des *cheerleaders* de son école et elle ne choisirait pas les vêtements que tu lui achètes.

— Je veux qu'elle soit...

Sa voix s'éteignit.

— Jolie ? ajouta Colleen.

— Mais elle est jolie ! Ce n'est pas ça. Je veux qu'elle... se sente intégrée. Qu'elle soit populaire, heureuse, et à l'aise. Elle a de l'embonpoint, et toi et Connor vous ne faites pas son bonheur en la gavant comme vous le faites de *nachos*, de tartes et de cheese-burgers. C'est tellement facile de me faire passer pour la méchante, mais est-ce que tu t'es renseignée sur l'obésité infantile ?

— N'exagère pas, Gail. Elle n'est quand même pas obèse. Elle est potelée.

— D'après son médecin, cinq kilos de plus et elle sera considérée comme médicalement obèse, dit Gail avec véhémence, sans hausser la voix. Tu te venges en me faisant passer pour la méchante belle-mère, et tu y arrives très bien, mais la vérité, c'est que j'essaie de garder ma fille en bonne santé. Je cuisine pour elle, je lui fais du poisson en papillotes, des légumes à la vapeur, je lui prépare des salades, et nous faisons de la marche et des randonnées. Nous n'avons pas toutes la chance d'avoir ton métabolisme.

— Mais tu ne peux pas la faire à ton image, Gail. Elle a sa propre personnalité.

— Qui a dit le contraire ! J'essaie juste de lui montrer qu'il n'y a pas que le base-ball dans la vie et de l'ouvrir à d'autres disciplines. Elle peut se découvrir d'autres passions. C'est pour ça que je l'emmène à la gymnastique, à ses cours de claquettes et de karaté. Le base-ball n'est pas un sport complet comme l'aérobic. Le *cheerleading* la ferait bouger, au moins.

Elle attrapa un autre biscuit.

— Et maintenant elle est tellement stressée qu'elle compense en mangeant. Comme moi. Tes biscuits sont délicieux.

Gail se mit à pleurer, s'étranglant sur un sanglot et son biscuit.

Colleen lui tendit une serviette en papier et se leva pour sortir la fournée suivante de biscuits, sans se presser. D'accord, oui. Savannah avait des kilos en trop, et peut-être… peut-être bien qu'elle était un petit peu plus que potelée. C'est vrai qu'elle aimait la gâter, et ça passait par la nourriture et les sucreries, qu'elle n'achetait pas pour elle en temps normal (c'était pareil pour Connor, d'ailleurs). Elle pouvait peut-être trouver d'autres activités à partager avec sa sœur que regarder des films en mangeant du pop-corn et des Milk Duds (même si manger un Milk Duds de temps en temps ne pouvait pas faire de mal. Il ne fallait pas tomber dans l'excès inverse). L'emmener nager, par exemple...

Colleen sentit la morsure de la culpabilité. Elle n'avait pas l'habitude de se sentir en tort, et c'était un sentiment très urticant.

— Qu'est-ce que tu attends de moi, Gail ? demanda-t-elle alors que sa belle-mère avalait le dernier biscuit.

Gail triturait nerveusement la serviette en papier, qu'elle pliait en minuscule petit carré.

— Peut-être que tu pourrais commencer par... parler en bien de moi une fois de temps à autre. Que Savannah ne se sente pas prise entre deux feux, obligée de passer d'une tranchée à l'autre — les O'Rourke d'un côté, et moi de l'autre.

Merde. C'était exactement ce qui s'était toujours passé, après tout. Mais honnêtement elle s'attendait à quoi ? Connor et elle ne l'avaient jamais acceptée. Elle, Colleen Margaret Mary O'Rourke, connue pour être amie avec toutes les créatures vivantes de Manningsport, l'avait totalement ignorée. Elle était la Grue, point !

Oui, il y avait des camps, et ils avaient choisi celui de leur mère.

Et si Gail s'était accrochée à Pete — avec ses armes de fille sexy — parce qu'elle n'avait personne d'autre ? Colleen s'éclaircit la gorge.

— Je le ferai. Tu sais combien j'aime Savannah. Je vais m'assurer qu'elle ne se sente pas tiraillée entre nous tous.

Elle marqua une pause.

— Et je vais veiller à ce qu'il y ait un peu plus de légumes dans nos menus quand elle mange avec nous.

— Merci, murmura-t-elle en s'essuyant les yeux.

— Mais s'il te plaît, Gail, laisse-la jouer au base-ball. Elle est vraiment douée. Elle pourrait obtenir une bourse. Laisse tomber le *cheerleading* — je l'emmènerai faire du *kick boxing* avec moi. Je vais parler à Tom Barlow et voir s'il peut la prendre dans son club de boxe, même si c'est pour les lycéens.

— Merci. Est-ce que je peux en avoir un peu plus ? demanda Gail en pointant du doigt l'assiette vide.

— Ils sont presque prêts.

Oui. La mère de Savannah avait besoin d'une amie, et, même si c'était contre nature de frayer avec l'ennemi, elle allait être cette amie.

L'O'Rourke était étrangement désert, ce soir, une accalmie qui n'était pas pour lui déplaire. Le pub n'avait pas désempli depuis deux mois, et le staff avait besoin d'une pause. Elle avait d'ailleurs donné sa soirée à Monica et laissé Annie derrière le bar. Elle passa en cuisine où son frère nettoyait un des pianos.

— Ferme la cuisine, frangin, et viens nous rejoindre, les filles et moi. Comme ça, on n'aura pas besoin de parler de toi dans ton dos.

Faith, sa sœur Prudence et Emmaline Neal étaient assises à leur table habituelle pour leur soirée « filles en goguette ». Levi et Jeremy Lyon buvaient une bière, installés dans un box. Un prétexte de Levi pour mater sa femme, l'air de rien.

— Levi, assez ! s'exclama Colleen. Un peu de testostérone, c'est bien, mais là on n'arrive plus à respirer. Pas étonnant que celle-ci soit en cloque ! Jeremy, tu ne veux pas le distraire un peu ?

— Je fais de mon mieux, Colleen, répliqua ce dernier.

— Et tu ne l'as pas vu au boulot ! Ce n'est pas une sinécure, de travailler avec lui, ajouta Emmaline. Il l'appelle constamment. « Comment tu te sens, bébé ? » « Tu as besoin de quelque chose, mon cœur ? » Toutes ces déclarations et ces attentions sirupeuses, ça pourrait donner des crises de foie !

Elle sourit à Faith, puis reporta son attention sur Levi.

— Tu es un boss horrible, ajouta-t-elle.

— Tu es libre de partir, répliqua-t-il nonchalamment.

Je ne te retiens pas, et je suis sûr que Jeremy t'engagerait sur-le-champ.

— C'est vrai, Emmaline. Je paye mieux, aussi, si ça t'intéresse.

— Est-ce qu'on peut porter une arme dans le bureau d'un médecin ? s'enquit-elle.

— Ce n'est pas conseillé ! Cela enverrait un mauvais message à la population, répondit Jeremy.

— En parlant d'amour, intervint Faith, je me demandais…

— Oh ! je ne vous ai pas raconté la dernière avec Carl, la coupa Prudence. Je dois dire que je ne me rappelais pas que c'était aussi inconfortable de faire l'amour dans une voiture. Un spasme a couru le long de mon dos, quand il…

Faith plaqua sa main sur la bouche de sa sœur.

— Quand il quoi ? fit Colleen.

— Toi, je t'interdis de répondre, dit Faith à sa sœur. Je voulais juste parler de Paulina. Que s'est-il passé entre elle et Bryce, Colleen ?

Elle soupira.

— Un échec cuisant pour moi.

— Tu parles de Bryce Campbell ? demanda Jessica.

— Oui.

— La version masculine de la fille facile, compléta Emmaline.

— Oui.

— Pauvre Paulina. Elle est tellement adorable, soupira Faith. Et entre Lucas et toi, on en est où, Colleen ?

— Et si on parlait plutôt de Connor, ça vous dit ? Est-ce que quelqu'un ici sait qui il voit ? Je ne parle pas de sa poupée gonflable.

— Je suis là, lança Connor. J'entends tout !

— Ah oui ? Quel choc !

La sonnerie de son téléphone l'interrompit. Elle jeta un coup d'œil à l'écran.

— C'est Lucas. Il va devoir patienter parce que je ne suis pas du genre à jeter mes amis pour un homme — Connor, où est-ce que tu vas ?

— Je pars. Je dois appeler ma femme mystérieuse.

— Je vais mettre un micro sur ton téléphone.

— Je vais y aller aussi, prévint Emmaline. Il y a *Ink Wars* à la télé, et ça va commencer. A la prochaine, tout le monde.

— Moi aussi, j'y vais, lâcha Prudence. C'est « nuit JDR » chez les Vanderbeek. On profite qu'Abby dorme chez Helena.

— JDR ? C'est quoi ? demanda Faith.

— Jeux de rôle, lui répondit sa sœur, avec une expression de béatitude. Professeur Snape et McGonagall.

Elle lui fit un clin d'œil suggestif.

— *Harry Potter* ? Voilà ! Je ne pourrais plus jamais regarder *Harry Potter* de la même façon ! s'indigna Faith. Il n'y a donc rien de sacré pour toi ?

— Je n'abîme rien, rétorqua Prudence. Je mets en valeur.

— Je crois que je vais vomir, dit Faith.

— Amuse-toi bien, Prue, lui lança Colleen alors que cette dernière s'éloignait nonchalemment. Tu es un exemple pour nous, après vingt et un ans de mariage.

Elle se tourna vers Faith.

— Admire l'énergie et la créativité, quand même !

— Je n'admire rien du tout, riposta celle-ci. Donc. Toi et Lucas. Allez, vas-y, crache le morceau. Pourquoi est-ce que tu n'as pas répondu à son appel ?

— Je suis en colère contre lui.

— Pourquoi ?

Elle marqua une pause.

— Je ne sais pas, admit-elle. C'est juste… Je me demande si nous couchons ensemble seulement parce que nous sommes dans la même ville et que c'est pratique. Son ex-femme est ici, et je comprends qu'elle a fait partie de sa famille toutes ces années, et lui de la sienne, et je suis dévorée par la jalousie. Oh ! et j'oubliais… elle est fiancée, enceinte, mais Lucas et elle sont restés les meilleurs amis du monde, apparemment. Elle s'est installée dans son appartement.

— Oh ! ma chérie, dit Faith.

— Exactement. Ça craint, hein ?

— Non... je me suis arrêtée au « dévorée de jalousie ». Qu'est-ce qu'elle fait chez lui ?

— Un problème de double réservation au Black Swan.

— Ah, ouais. La même mésaventure est arrivée à Liza et Mike, en janvier, quand ils sont venus pour le mariage, tu te souviens ? Enfin... Bon.

Elle prit une gorgée d'eau.

— Est-ce qu'il va rester ici après que Joe... Après la mort de son oncle ?

— Non.

Sa gorge se serra.

— Est-ce que tu vas emménager à...

— Non.

— Il ne me l'a pas demandé non plus. Enfin, pour être précise, nous n'avons pas abordé le sujet... Merde... Je suis perdue, Faith. J'ai peur. La vérité, c'est que je suis totalement inexpérimentée en relations sentimentales. Dis-moi ce que je dois faire !

— Tu me le demandes à moi ? Je n'ai eu que deux relations en tout et pour tout dans ma vie, et ils sont tous les deux assis sur la banquette, de l'autre côté !

— Je suis la reine du flirt, mais je n'ai pas de petit ami attitré depuis des années. J'ai arrangé bon nombre de rendez-vous et je me suis prise pour le Dr Phil en distribuant mes conseils, mais en vérité qu'est-ce que j'y connais ? J'ai trente et un ans, je n'ai été amoureuse qu'une seule fois dans ma vie et je suis totalement terrifiée à l'idée d'avoir encore le cœur brisé par le même homme.

A sa propre surprise, elle fondit en larmes.

26

— Oncle Joe, comme je suis heureuse de te voir !

Stephanie se pencha et le serra dans ses bras, puis elle l'embrassa sur la joue et rit en effaçant la marque de rouge à lèvres qu'elle venait de lui faire.

— Les filles, qu'est-ce qu'on dit à oncle Joe ?

Les aînées s'acquittèrent avec bonne humeur des embrassades et des accolades. Chloé, en revanche, resta sur la réserve, le dévisageant fixement.

— Je suis désolée que tu sois en train de mourir, finit-elle par dire avec gravité.

Didi fit la tête de quelqu'un qui venait de marcher dans une crotte de chien de la taille de Rufus. Joe, lui, éclata de rire.

— Merci, mon trésor. Pendant une minute, en vous voyant, toi et tes sœurs, aussi jolies que des anges, j'ai cru que j'étais déjà arrivé au paradis. Et je parle aussi de toi, Stephanie !

La sœur de Lucas et les filles étaient arrivées dans la matinée, avec Frank et Grace Forbes. Une limousine les avait conduits de l'aéroport jusqu'au parc, près du lac, où il était possible de réserver des espaces équipés d'un barbecue pour pique-niquer.

— J'aurais été très heureuse d'organiser un vrai repas à la maison, répéta Didi avec un sourire affecté.

Elle fusilla Lucas du regard.

— Si seulement j'avais su que vous veniez. Notre maison est modeste, bien sûr, mais je pense pouvoir dire qu'il y fait bon vivre et que nous y sommes bien, et j'aurais adoré vous recevoir.

Il n'avait jamais été question de repas quand elle pensait qu'il n'y aurait que les Campbell des quartiers sud de Chicago… et il n'avait pas résisté au plaisir de lui cacher la venue de ses ex-beaux-parents.

— C'est parfait comme ça, Didi, l'assura Grace. Ellen, ma chérie, assieds-toi et bois quelque chose.

Les filles profitaient de l'eau, s'amusant avec les petits bateaux en balsa que Lucas leur avait achetés. Elles s'en donnaient à cœur joie et elles semblaient avoir oublié téléphones portables et connexion Internet. Didi s'extasiait sur Ellen et tentait de jouer à la grande dame, mentionnant son sac Coach, affirmant que les objets de luxe méritaient leur prix. Elle était intarissable. Bien sûr, Grace savait tout ça… elle ne lui apprenait rien… non, ce n'était pas comme si Joe et elle jouaient dans la même cour, bien sûr que non, mais ils allaient bien… et ce n'était pas pour se vanter, mais, malgré la vie à New York, qui n'était pas bon marché, elle avait toujours su faire prospérer ses finances… Pas au niveau de Forbes, bien sûr que non, mais elle aimait la qualité… Ellen croisa son regard et lui fit un léger sourire ; la courtoisie coulait dans ses veines et celles de sa mère.

Lucas jeta un coup d'œil vers Joe, qui discutait avec Frank. Son oncle souriait et semblait heureux, mais il n'était pas dupe des efforts que ce dernier faisait pour faire bonne figure et tenir le coup. Il puisait dans ses réserves.

— Ne reste pas dans mes pattes, petit frère, lança Stephanie en le poussant sans ménagement. Je les ai toujours mieux réussis que toi.

Elle lui prit la pince des mains et vérifia les sandwichs enveloppés dans de l'alu qu'il faisait griller — poulet, jambon et cornichons, copie conforme des Cubanos que Joe allait chercher chez Diego, dans le vieux quartier, quand il venait les voir.

— Ce n'est pas mauvais pour lui ? demanda-t-elle doucement.

— Si.

Elle hocha la tête, et une larme tomba sur le gril dans un petit grésillement.

— Combien de temps lui reste-t-il ?

— Le cancer s'étend. Il veut décider du moment de sa mort. En tout cas, il refuse l'acharnement thérapeutique.

— C'est ce qu'on veut tous pour soi-même, je suppose.

Elle déglutit, dissimula son émotion en badigeonnant les petits pains de moutarde.

Les cris des filles attirèrent leur attention. Bryce était en train de les éclabousser et de les jeter à l'eau.

— Et lui ? Comment le vit-il ?

— C'est Bryce ! Il fait comme si Joe n'était pas malade et il change de sujet quand son père tente d'en parler.

La bouche de Stephanie trembla.

— Je ne suis pas aussi proche d'oncle Joe que toi, bien sûr, mais il était… Pardon… Je voulais dire qu'il a toujours été gentil. Je n'étais pas préparée à le voir si amaigri, vieilli. Marqué par la maladie.

Elle s'essuya discrètement les yeux, puis fit un signe de la main à Mercedes, qui les guettait du coin de l'œil, analysant chacune de leurs réactions. Rien ne lui échappait.

— Quand parlons-nous à Didi ?

— Après le déjeuner.

Joe pouvait encore se nourrir d'aliments solides. Il boirait de la bière, profiterait de ce moment avec sa famille. Il y avait de la salade, du chou et des côtelettes, de la pastèque, et des biscuits au chocolat qu'il avait pris à la boulangerie de Lorelei. La glacière était remplie de thé glacé, de soda et de bière. Il avait pensé à prendre une bouteille de vin pour Grace ; un riesling sec provenant de Blue Heron, que lui avait recommandé la mère de Colleen, ce matin.

Deux heures plus tard, alors qu'ils avaient fini de manger et que Joe se reposait sur une chaise longue à l'ombre, Lucas demanda à Bryce d'emmener les filles faire un tour en bateau. Il y en avait un qui partait toutes les deux heures.

— Est-ce que tu viens aussi, oncle Lucas ? demanda Chloé.

— Je vais rester ici. Je dois parler avec les adultes.

— Alors je veux rester, aussi.

— Nous allons parler de choses… de finances. C'est très ennuyeux.

— J'adore les finances.

— Bien, dit-il. Tu es prête pour travailler. Mais, pour l'instant, tu pars avec Bryce.

— Chloé, n'insiste pas, lança Mercedes, en prenant sa petite sœur par la main. Tu vois bien qu'on cherche à nous ostraciser.

— Joli mot, répliqua Lucas.

— Merci. Je suis des cours de lettres renforcées, je te signale.

— Comment j'aurais pu l'oublier… c'est bien la septième ou huitième fois que tu me le dis.

Il lui fit un clin d'œil, et elle sourit avant de s'éloigner.

— Allez, les filles, lança Bryce, attrapant une jumelle sous chaque bras. J'espère pour vous que vous n'allez pas basculer par-dessus bord. Vous savez qu'il y a un monstre dans ce lac et qu'il adore les petites filles.

Elles poussèrent des petits cris faussement apeurés. Si Bryce se demanda pourquoi il était le seul adulte à aller sur le lac, il ne le montra pas.

Quand ils furent partis, Lucas alla chercher une autre bouteille d'eau pour Ellen. Didi, toujours très subtile, posait des questions sur son prochain mariage, avec dans l'idée d'obtenir une invitation.

— Allez-vous convier beaucoup de monde ? Oh ! j'aime tellement Chicago en septembre ! Je n'y suis pas retournée depuis cette merveilleuse réception que tes parents avaient organisée en…

— Et si nous rentrions dans le vif du sujet et parlions de la raison pour laquelle nous sommes tous là ? l'interrompit-il, en s'asseyant entre sa sœur et son ex-femme.

Joe acquiesça d'un mouvement de tête et croisa les mains sur ses genoux.

— Didi, je vais aller droit au but. Joe veut divorcer.

Son sourire obséquieux se figea, et sa tête partit en arrière une fraction de seconde.

— C'est… C'est…

Elle jeta un regard nerveux vers Frank et Grace, qui la dévisageaient, impassibles.

— Très drôle, Lucas.

— Ce n'est pas une blague.

— Bien sûr que si ! Je ne divorcerai jamais de mon mari malade !

— C'est pourtant ce que je veux, déclara Joe.

En la voyant blanche comme un linge, Lucas se sentit presque mal pour elle pendant une minute… le temps de se rappeler qu'elle avait collé Joe dans cette petite pièce sombre, sans fenêtre, à l'autre bout de la maison.

— Didi, intervint Ellen, la main sur son ventre arrondi. D'après la loi dans l'Etat de New York, un couple doit être séparé depuis six mois avant d'obtenir un divorce.

— Il sera mort, dans six mois, rétorqua Didi. Et probablement bien avant !

Grace Forbes ferma brièvement les yeux, la seule marque de désapprobation qu'elle laissa paraître.

— Nous connaissons un juge qui peut accélérer la procédure. Mais vous devez renoncer à tous recours et contestations, poursuivit Ellen.

Le nom des Forbes était un puissant sésame.

— Je contesterai, évidemment ! J'ai des droits ! Et qu'est-ce que les gens vont penser si je divorce de Joe un mois avant sa mort ? Je vais passer pour qui ? C'est une manipulation de dernière minute pour m'écarter de ton testament, Joe ? Comme si j'avais besoin de ta pathétique assurance vie…

— Mon argent est placé, et tout est au nom de Bryce jusqu'à son mariage, répondit calmement ce dernier. Lucas le gérera en attendant.

— Alors, il n'en verra peut-être jamais la couleur ! Je doute beaucoup qu'il se marie un jour. Et tu parles de combien ? Pourquoi s'embêter pour vingt mille dollars ?

— J'ai vendu à Apple une nouvelle application pour un million et demi de dollars.

Le visage de Didi s'embrasa.

— Je ne me laisserai pas spolier, je me battrai, lâcha-t-elle entre ses dents.

— Le testament est inattaquable, intervint Ellen d'une voix posée.

Elle glissa une mèche blonde derrière son oreille.

— Vous avez signé un contrat prénuptial, vous vous rappelez ? Vous n'avez aucun droit sur la propriété intellectuelle de Joe.

En d'autres termes, ce même contrat prénuptial qui avait forcé Joe à rester avec Didi lui revenait maintenant en plein visage. Il y avait donc une justice karmique.

— Didi, Joe va signer les papiers, même s'il meurt avant qu'un divorce ne soit acté, la prévint Lucas. Tu peux t'y opposer, bien sûr, mais sans doute que tout le monde se demandera pourquoi ce gentil Joe Campbell voulait à ce point se dégager de toi pour les quelques semaines qui lui restaient…

— Mais…

— Mais si tu lui accordes le divorce sans contester, reprit Lucas, personne n'en saura rien, pas même Bryce. Ce seront vos affaires, un arrangement passé entre vous.

— Bryce devrait pourtant savoir que son père se comporte comme un idiot !

— Il y a de quoi être bouleversée, Didi, je comprends que vous le soyez, s'exclama Grace d'une voix douce. Et vous faites preuve d'une telle générosité, d'une telle abnégation en acceptant ne serait-ce que de l'envisager…

— Mais je n'envisage absolument rien du tout !

— C'est la plus belle chose que vous puissiez faire pour le père de votre fils. C'est difficile à comprendre, bien sûr… vous avez été une épouse si aimante et attentionnée toutes ces années.

Le sarcasme à peine voilé échappa à Didi.

— Mais mépriser le dernier vœu de Joe, cela semble si... *peu élégant.*

Les yeux de Didi papillonnèrent. Colleen avait raison, songea Lucas. L'image et la réputation comptaient plus que tout pour Didi.

C'était, bien sûr, la raison pour laquelle Grace et Frank s'étaient déplacés. En dehors de venir dire au revoir à Joe.

— Et dans les faits cela ne change rien. Vous faites partie de la famille, poursuivit Grace, coulant un regard ironique vers Lucas. D'ailleurs, nous espérons bien que vous viendrez encore nous rendre visite pour le nouvel an.

L'argument venait de faire mouche.

Elle avait toujours aimé le réveillon du jour de l'an. Elle jeta un coup d'œil à Joe, et Lucas aurait pu suivre le fil de sa réflexion. Avec plus d'un million de dollars à la banque, Bryce allait quitter le sous-sol et trouver un endroit à lui.

D'un autre côté, elle restait dans l'environnement des Forbes et, en étant invitée à leur réception du nouvel an, elle pouvait y rencontrer un homme riche. Les goûts et les couleurs ne se discutaient pas, après tout.

— C'est beaucoup de stress, j'en suis conscient, intervint Frank. Une fois que tous les papiers seront signés, vous devriez aller un peu dans notre maison du lac pour vous reposer, le temps de laisser retomber la pression et les émotions.

Cela scella définitivement la transaction. La maison du lac des Forbes était en fait une propriété de plusieurs hectares en bord de mer, dans le Wisconsin, avec gouvernante et plusieurs bateaux. Les yeux pâles de Didi s'éclairèrent.

— C'est si gentil et généreux de votre part, Frank, dit-elle. C'est une merveilleuse idée. Enfin, si Joe est d'accord.

Didi tourna les talons, les derniers détails à peine réglés. Stephanie ramena les filles à l'appartement de Lucas, où elles allaient passer la nuit. Frank et Grace reprirent la direction de l'aéroport, avec Ellen, pour rentrer à Chicago. Un peu plus tard, Lucas poussa Joe dans son fauteuil roulant jusqu'au quai, Bryce à ses côtés.

— Allez, pousse-moi dans l'eau, lança joyeusement Joe. Comme ça, on n'en parlera plus. Tout sera réglé.

— Papa, ne plaisante pas avec ça. Tu vas beaucoup mieux. Qu'est-ce qu'on fait ici ?

— Je pensais que nous pourrions faire un tour de voile, expliqua Lucas. Si ça ne te gêne pas de passer encore du temps sur l'eau, Bryce.

— Non. J'adore le bateau.

Carol Robinson possédait un voilier, un sloop, qu'elle n'utilisait que rarement et qui rouillait à quai, et il lui avait demandé s'il pouvait l'emprunter pour emmener son oncle faire un petit tour.

— Prends-le, bien sûr ! lui avait-elle dit en lui plaquant une bise sur la joue. D'autant plus si c'est pour faire plaisir à Joe.

Bryce et lui l'aidèrent à monter sur le bateau. Lucas n'était pas un navigateur chevronné, mais il avait quelques notions pour le sortir et faire le tour du lac. Colleen lui avait appris quelques trucs à l'époque, et ces dernières années, depuis son divorce, il avait aussi pris des cours.

A ce moment de la soirée, alors que la lumière du jour semblait réticente à disparaître, le soleil couchant nimbait le paysage d'une lumière dorée. Les voiles prenaient le vent, et le bateau glissait sur les eaux d'un bleu profond. Joe s'assit à la proue et ferma les yeux. Lucas, à l'arrière, la main sur le gouvernail, coula un regard vers Bryce, silencieux.

— Ça va ?

— Oui. C'est juste… En fait, je ne sais pas.

Venait-il de prendre conscience de l'état de santé de son père ? Il était difficile de croire que cela n'avait pas encore été le cas.

— Paulina me manque, en fait.

Lucas ne s'attendait pas à ça.

— C'est une belle personne.

— Oui. Elle ne juge pas.

Ils firent le tour de Meering Point. Des gamins s'amusaient

près d'une chute d'eau, leurs rires et leurs cris joyeux leur parvenaient, portés par le vent.

— Bryce, dit Lucas après une minute, tu ne trouves pas que tu te sous-estimes ?

Bryce l'interrogea du regard.

— Tu as bien plus à proposer que ce que tu penses, poursuivit Lucas. Tu es comme ton père. Vous avez un cœur d'or tous les deux. Il n'y a qu'à te voir avec les animaux, et eux le ressentent aussi. Et avec les enfants ? Regarde comme les filles de Stephanie t'aiment.

— Ouais, elles sont géniales.

Il triturait un trou dans son jean.

— Peut-être que tu as besoin de croire en toi un petit peu plus.

— Plus facile à dire qu'à faire, répondit Bryce.

Lucas marqua une pause.

— Pourquoi ?

Bryce haussa les épaules et regarda son père, qui s'était endormi.

— Je ne sais pas, Lucas. Peut-être parce que je ne serai jamais aussi bon que toi.

Lucas cligna des yeux.

— Je veux dire, tu es hors compétition. Tu as un super boulot…

— Que je suis en train de quitter.

— Tu es marié à une Forbes…

— Et divorcé d'une Forbes.

— Tu as toujours vécu à Chicago. Papa pense que tu marches sur l'eau.

Il s'interrompit.

— C'est pour ça qu'il t'a demandé de venir ? Pour veiller sur moi, c'est ça ?

— Pas seulement… Mais c'est vrai qu'il s'inquiète pour toi. Il voudrait que tu trouves ta voie.

Bryce déglutit.

— Une voie ? Tu veux dire marié avec des enfants ?

— Je pensais à un boulot, pour commencer, mon vieux.

— Pour faire quoi ?
— N'importe quoi. Il n'y a pas de sot métier.
Le bateau filait, maintenant, les vaguelettes claquant sur la coque.
— Maman prétend qu'il n'y a pas le feu... que je vais trouver et que je n'ai pas besoin de faire le manœuvre, en attendant.
— Tu peux commencer par ce genre de travail. Je l'ai fait. Beaucoup de gens brillants ont commencé au bas de l'échelle. Le père de Paulina a nettoyé les poulaillers, si l'on en croit les publicités.
Bryce se fit songeur.
— Tu ne crois pas que c'est mieux d'être cool, même sans emploi, que de faire le manœuvre ?
— Bryce. Etre sans emploi, à trente et un ans, ce n'est pas cool. Trouve du travail.
Il hocha la tête.
— Tu as peut-être raison.
Il marqua une pause.
— Et puis ça prouverait à Paulina que... eh bien, que je ne suis pas si immature que ça.
— Fais-le. Montre-lui que tu mérites une seconde chance, déclara Lucas.
— Je ne sais même pas si je l'aime de cette façon.
— Est-ce qu'il y a une fille avec qui tu as rompu qui t'a manqué ?
— Non.
Bryce le regarda et sourit.
— Mais Paulina n'est pas mon genre de filles, d'ordinaire.
— C'est quoi, ton genre ?
— Belle, sans prise de tête. L'aventure sans lendemain.
Lucas éclata de rire.
Colleen avait dit quelque chose de ce genre, aussi.
— Peut-être qu'il est temps d'essayer autre chose, alors. Crois un peu en toi, Bryce. Il n'y a pas que les jeux vidéo et le refuge pour animaux, tu sais. Tu peux faire d'autres choses.
Il pressa l'épaule de son cousin, et ce dernier sourit.

— Ouais. Tu as raison, mon vieux. Merci pour la discussion.
— C'est pour ça que je suis là. Maintenant, va t'asseoir avec ton père.

Joe se réveilla et, en voyant Bryce assis à côté de lui, passa spontanément son bras autour de ses épaules. Celui-ci embrassa son père sur le front, et ils restèrent ainsi, à regarder le soleil couchant se projetant sur la surface ridée du lac aux reflets irisés.

Lucas tourna la tête, pressentant que c'était l'adieu que Joe voulait faire à son fils.

Il était heureux d'avoir pu leur offrir ce moment. Père et fils pouvaient se parler, se toucher, se dire au revoir, tout ce dont on l'avait privé avec son père, qui était mort seul sur le béton froid du sous-sol d'une prison, loin de sa famille, dans un Etat qu'il n'avait jamais vu qu'à travers les barreaux de sa cellule.

Il aurait tout donné pour voir le visage de son père une dernière fois.

Bryce avait cette chance. Et, si lui n'avait pas pu être là pour son père, il l'était pour Joe.

27

Rien de tel qu'une petite séance de Clorox Clean-Up, parfum citron, dans les toilettes pour femmes du pub, pour se changer les idées et ne pas broyer du noir.

Depuis qu'Ellen la Parfaite était apparue en ville dans toute sa splendeur de femme enceinte, un malaise s'était installé entre Lucas et elle.

Ils ne se disputaient pas. C'était plutôt comme s'il y avait un trou d'air dans la Force…

Joe Campbell était maintenant officieusement divorcé. Un juge, qui avait été membre de la même confrérie que Frank Forbes, à Yale, avait signé les papiers. Lucas l'avait remerciée pour son idée… mais, dans les faits, rien de tout cela n'aurait pu arriver sans la parfaite Ellen et ses relations. Non qu'elle se sente en danger ni jalouse (toux nerveuse). Non, Ellen était absolument charmante, élégante, fiancée et en cloque, alors pourquoi donc la crispait-elle autant, quand même ? Ellen était retournée à Chicago, maintenant, comme la sœur et les nièces de Lucas. Ces dernières étaient venues au bar pour dire bonjour et elles étaient restées dîner. Les filles avaient tellement grandi ! Elle avait gardé Mercedes et les jumelles, qui n'étaient que des bébés quand elle était avec Lucas. Elle ne connaissait même pas la petite dernière. Elle avait lutté un moment contre les larmes, puis elle avait fini par se réfugier dans le bureau pour pleurer librement — sur le temps perdu à jamais, l'impression de gâchis et de perte.

Didi était partie rendre visite à de la famille à Boca et avait prévu d'y rester quelque temps. Cela ne lui avait coûté que quatre mille dollars, lui avait rapporté Lucas. De l'argent jamais aussi bien dépensé, selon lui. Joe pouvait maintenant mourir en paix.

Colleen jeta un dernier coup d'œil sur les toilettes. Elles étaient maintenant nickel de chez nickel. Avec un soupir, elle revint dans l'agitation et le brouhaha du pub.

Elle était tendue, inquiète, elle ne parvenait pas à échapper à la conscience diffuse que leur temps ensemble touchait à sa fin. Ils couchaient toujours ensemble, mais une telle intensité, une telle urgence accompagnait chacun de leurs gestes que c'était presque trop. Comme s'ils redoutaient que chaque fois ne soit la dernière. Ou pas. Peut-être essaieraient-ils un temps la relation à distance.

Mais elle savait, même s'il ne l'avait pas clairement exprimé, qu'il ne se sentait pas chez lui à Manningsport. A Chicago, si. Manningsport ne signifiait rien pour lui, représentait tout pour elle.

Elle ne partirait pas.

Il ne lui avait pas demandé, cela dit.

A la fin de son service, elle appela la maison de retraite pour vérifier que son grand-père allait bien.

— Salut, Colleen, lâcha Joanie, une des infirmières, en décrochant. Il est un peu agité ce soir.

— Je vais passer.

Une demi-heure plus tard, elle tenait la main de Gramp, assise près de son lit, et lui racontait sa journée. Elle lui parlait des spécialités que Connor avait cuisinées, du lac Keuka où elle avait emmené Savannah nager, de l'eau qui était fraîche.

— Je me souviens quand tu me parlais de toi et de Gran, pendant votre lune de miel. Vous étiez sur cette barque, au clair de lune. C'était tellement romantique. Tu disais qu'elle ressemblait à un ange, et que tu entendais le chant d'un engoulevent.

C'était un monologue plus qu'une conversation, mais elle pensait qu'il aimait entendre sa voix, que ça le rassurait. Il se représentait la scène, retrouvait les émotions qu'il avait ressenties naguère pour l'amour de sa vie.

Elle resta silencieuse, à court de sujets. Il n'y avait aucun bruit, hormis ceux que faisait Rufus avec sa bouche. Elle l'avait emmené pour la compagnie. Il était vautré par terre, endormi, son corps massif traversé par de petits mouvements convulsifs, ses paupières frissonnant (il devait faire un très beau rêve).

Gramp poussa un petit gémissement, et Colleen embrassa sa main. Rufus se mit à ce moment-là à bouger sa queue, la frappant doucement contre le sol comme pour rassurer le vieil homme.

— Je suis toujours là, Gramp. Ne t'inquiète pas.

Connor ne venait le voir qu'une fois par semaine, mais c'était toujours plus que n'importe quel autre membre de la famille. Les cousins O'Rourke avaient cessé de venir quand le personnel leur avait rapporté que Gramp était toujours très agité après leurs visites.

Son père avait tranché, sans états d'âme, semblait-il. Il ne venait jamais le voir. Il avait même piqué une crise quand elle avait emmené Savannah, une fois. Gail n'avait pas été plus heureuse... Exposer leur fleur innocente au naufrage de la vieillesse, aux ravages du temps, etc., etc. Donc il n'y avait qu'elle qui veillait sur Gramp. Elle avait toujours eu un lien privilégié avec son grand-père et, si elle avait pu, elle aurait emménagé à Rushing Creek.

Il tira sur sa main pour se libérer, se frotta le front, le geste qu'il faisait toujours quand il était agité.

— Je sens que je suis de nouveau amoureuse, grand-père.

Silence. C'était très libératoire de le dire à voix haute.

— Du même type que la première fois. C'est idiot de ne pas apprendre de ses erreurs. Il va bientôt repartir. On essaie de ne pas en parler. Il veut sans doute que je vienne vivre à Chicago, et moi, je veux qu'il reste ici... C'est insoluble.

Aucune réponse.

Elle remonta la couverture sur son grand-père.

— Tu as raison. Il n'y a que le moment présent qui compte. Et autant commencer par manger son pain blanc.

Au fait, je t'ai apporté des biscuits. Au beurre de cacahuète. Tes préférés.

— Salut.

Colleen tressaillit et se tourna vers la porte. Lucas se tenait dans l'encadrement. Il n'avait pas pu entendre.

— Salut, l'Espagnol. Qu'est-ce que tu fais ici, si tard ?

— Je rentrais, en fait.

Il marqua une pause.

— Joe vient d'être hospitalisé en soins palliatifs. Son état s'est aggravé, cet après-midi.

— Oh ! Lucas. Je suis vraiment désolée.

— Il dort, maintenant, shooté à la morphine. Il a eu une mauvaise toux et il a vomi du sang. Ils ont arrêté la dialyse et…

Il passa une main dans ses cheveux, ébouriffant ses boucles brunes.

— Il n'en a plus pour longtemps.

— Je passerai le voir.

— Il t'a toujours appréciée, dit-il en esquissant un sourire.

Il posa les yeux sur le vieil homme.

— Comment va ton grand-père ?

— Pareil.

Lucas s'approcha de la silhouette recroquevillée sur elle-même et lui prit la main.

— Bonsoir, monsieur O'Rourke. C'est Lucas Campbell. C'est bon, de vous revoir.

— Menteur, murmura-t-elle, émue.

Son grand-père se détourna et ferma les yeux, avant de rouler sur le côté.

— Il va dormir un moment, maintenant. C'est le signal pour partir.

Elle réveilla son chien, et ils sortirent dans le couloir silencieux.

— C'est ta bicyclette ? demanda-t-il.

Elle acquiesça.

— Je te ramène ?

— J'ai un phare et une veste réfléchissante. Tout l'équipement.

Elle était à moins de deux kilomètres de chez elle, et Rufus pourrait se dégourdir un peu les pattes (même s'il était à nouveau avachi par terre). Et, à cette heure-ci, elle irait presque aussi vite que si elle acceptait son offre.

— Ce n'est pas ce que je voulais dire… Rentre avec moi, à mon appartement. Tu veux bien rester avec moi, cette nuit, dormir dans mon lit ? Me laisseras-tu te faire l'amour ?

Il ne souriait pas, ce qui rendit l'instant plus intense, plus dévastateur encore.

Elle hocha la tête, incapable d'émettre le moindre son.

Il l'embrassa alors, prenant son temps, un baiser doux, tendre. Elle mit toute son énergie pour ne pas pleurer parce qu'elle sut à cet instant que le décompte avait commencé.

Quelques jours plus tard, Lucas entra à l'O'Rourke, espérant dîner rapidement, apercevoir un peu Colleen et attraper au vol un moment avec elle, avant de retourner à Rushing Creek pour veiller Joe, qui s'éteignait. Ses phases d'éveil étaient moins nombreuses et plus courtes, mais, dans ces moments rares, il semblait heureux de le voir… Bryce ne venait pas, refusant toujours d'affronter la réalité, une réaction qu'il ne s'expliquait pas.

Avec Colleen, il naviguait à vue. Il n'avait aucune idée de ce que le futur leur réservait.

Elle plaisantait et flirtait, légère, égale à elle-même, en apparence, mais il savait qu'elle donnait le change. Quelque chose n'allait pas, il le voyait dans ses yeux. Quand il lui avait demandé ce qui la tracassait, l'autre nuit, elle lui avait souri, l'avait embrassé, et rien de ce qu'il avait fait pour la convaincre de s'ouvrir à lui n'avait fonctionné.

C'était un problème parce qu'il devait retourner à Chicago, pour boucler les derniers détails du Cambria et larguer les amarres pour de bon avec l'entreprise. Il ne pouvait pas être aussi expéditif avec Frank, Grace et Ellen. Il ne voulait pas couper définitivement les ponts avec eux, mais cela se résumerait aux visites ponctuelles. Il avait fait partie de leur famille et il savait que Frank en particulier voulait continuer les dîners, les sorties en voilier sur le lac Michigan. Il l'inviterait pour les vacances, comme par le passé, mais les choses étaient en train de changer. Il n'appartenait plus à ce monde.

Ellen serait bientôt remariée. Et maman. Que viendrait faire un ex-mari, un ex-gendre sur la photo... c'était ridicule.

Et puis il ne voulait plus ressentir cette impression d'être étranger, d'être celui qui regarde de l'extérieur.

C'était différent pour Stephanie, qui était devenue très proche de Frank et de Grace — et très amie avec Ellen (un assemblage atypique entre la mère célibataire tatouée, piercée, et l'héritière sophistiquée).

Il était temps pour lui de suivre son propre chemin, avec la femme qu'il n'avait cessé d'aimer. Temps de remettre les choses en place.

Sa vision des choses différait quelque peu de la sienne, et ils allaient devoir régler ça, avant que cela devienne un vrai problème, avant que cela les sépare.

Il pénétra dans le pub, et elle leva les yeux immédiatement alors qu'elle préparait un martini, versant de façon experte la vodka, ajoutant le citron pressé. Elle esquissa un rapide sourire, sans chaleur, absent.

— Salut, l'Espagnol, dit-elle alors qu'il s'asseyait. Qu'est-ce que je te sers ?

Il la couvrit d'un regard chaud et il vit une légère rougeur colorer ses joues.

— Le menu du jour et une bière.

— Je suis le menu spécial, fit-elle en levant un sourcil.

— Alors je te choisis toi.

— Moi aussi, je veux ce menu, lâcha un homme accoudé au comptoir.

— Elle est prise, rétorqua Lucas, sans détourner le regard de Colleen.

— Cajun crab cake sandwich avec une salade de

concombres à la hongroise, je vous apporte ça, dit-elle. Hé, Greg, merci du compliment.

Elle prit deux verres suspendus au rail au-dessus de sa tête et tira les deux bières.

— Comme tu n'as pas spécifié, l'Espagnol, je t'ai mis la même chose qu'à Greg. Une IPA Ithaca Flower Power.

Elle repartit en cuisine, s'arrêta au passage pour parler à un jeune couple et s'extasier sur son bébé. Probablement une Colleen ou un Colin.

— Vous êtes ensemble, tous les deux ?

Lucas se tourna vers « le Greg », le toisa d'un coup d'œil.

— Oui.

L'homme pinça les lèvres.

— Eh bien, bonne chance à toi. J'espère que tu ne choperas rien.

Avant même de prendre conscience qu'il avait bougé de son tabouret, Lucas l'avait saisi par le col de sa chemise et traîné par terre. Le brouhaha ambiant ne faiblit pas. Il remarqua juste Tom Barlow, qui lui tenait la porte ouverte. Il était donc revenu de sa lune de miel ?

— Bon sang ! Ça ne va pas, la tête ! s'étrangla Greg. Qu'est-ce qui te prend, mec ?

Lucas le laissa tomber sur le trottoir, et Greg se releva non sans difficulté, les mains devant lui pour parer un éventuel coup.

— On se calme, OK ? Bon sang ! Moi, je disais ça pour toi. Si on ne s'épaule pas entre mecs... Elle a couché avec la moitié des types de la ville. Moi inclus.

— Ne remets pas les pieds ici.

— Et qui va m'en empêcher ?

Lucas avança d'un pas, et l'abruti hésita... fuir ou affronter. Il pivota sur lui-même et préféra battre en retraite.

Lucas rentra dans le pub, l'adrénaline fusant dans ses veines.

— Bien joué, mon pote, dit Tom. Quoi qu'il ait fait, je suis sûr qu'il l'avait mérité.

Lucas hocha la tête, puis reprit sa place au comptoir et but sa bière.

Colleen sortit de la cuisine au même moment.

— Où est passé Greg ? s'enquit-elle, les sourcils froncés.

— Il a dû partir, marmonna-t-il. Une urgence...

Il savait donc maintenant que Colleen n'avait pas été célibataire pendant les dix dernières années (et tant pis si cela lui aurait plu de l'imaginer). Il le savait, mais il n'avait pas envie de l'entendre.

— Lucas l'a viré par la peau des fesses, précisa Gerard.

— Pourquoi ? demanda-t-elle.

— Parce qu'il s'est montré grossier, c'est tout.

— Je vois. Il t'a dit que j'avais couché avec lui ?

— Je préfère ne pas discuter de ça dans un bar.

Elle soupira.

— Ce bar est à moi, l'Espagnol. Essaie de ne pas être trop vieux jeu, tu veux bien ? Désolée de ne pas être sagement restée chez moi à tricoter des pansements pour les soldats blessés en attendant ton retour.

Ils s'affrontèrent du regard, avant qu'elle ne rompe le contact visuel pour aller servir un client qui venait de s'asseoir à l'autre bout du comptoir.

— Salut, Lucas.

Faith s'installa sur le tabouret à côté de lui, Levi à ses côtés.

A cinq minutes près, il se faisait embarquer par Levi et il inaugurait la nouvelle cellule de détention provisoire du poste de police. Il inspira, desserra la mâchoire.

— Tu as été providentiel, sur ce coup-là. Tu nous as sauvé la mise avec le chantier ! s'exclama le chef de la police.

Lucas hocha la tête. Ça avait été une récréation plus qu'un boulot... Le boulot, c'étaient des gratte-ciel de cinquante-sept étages. Tout s'était passé sans problème majeur. Dès que les peintres auraient fini, policiers, pompiers et Samu pourraient prendre possession des lieux.

— Salut, beauté ! lança Colleen, se penchant par-dessus le comptoir pour embrasser Faith. Comment va mon filleul dans son incubateur ?

— Jusqu'ici, super bien, répondit-elle joyeusement.

Levi lui effleura la joue.

Une émotion douce-amère l'envahit. Il avait connu ce sentiment d'émerveillement quand Ellen attendait leur bébé et cet élan protecteur.

Avant la tristesse qui lui avait étreint la poitrine quand il avait vu Ellen, pâle, en pleurs, à l'hôpital.

Il leur souhaitait de ne jamais connaître ce chagrin. Personne ne le méritait. Il espérait aussi que les jumeaux d'Ellen et Steve seraient en bonne santé et robustes.

Colleen posa l'assiette devant lui, en la faisant claquer. Elle l'avait fait délibérément. Il la regarda, soupçonneux. Lui avait-elle encore mis une bonne rasade de sauce piquante dans son burger ?

Elle tendit la main vers ses cheveux et les ébouriffa.

— Faith, as-tu déjà vu des cheveux aussi magnifiques que les siens ? demanda-t-elle,

Sa colère était passée, et elle flirtait à nouveau.

— Je ne suis pas objective, j'ai moi-même un penchant clairement marqué pour les blonds, répondit son amie. Mais non, jamais. Ah, si, les tiens.

Colleen se pencha pour lui offrir une vue plongeante sous son chemisier.

— Je devrais te demander d'arrêter de faire la tête, l'Espagnol, mais je trouve ça mignon et très sexy.

Il mordit dans son sandwich, se préparant à cracher le feu, mais il était excellent. Pas de brûlure œsophagienne.

— Salut, cousin !

Bryce se tenait devant lui, rayonnant.

— Devine quoi ! J'ai un boulot !

Lucas et lui entrechoquèrent leurs poings.

— Que vas-tu faire ?

— Salut, Bryce, dit Colleen. Je te sers quelque chose ?

— Ouais ! J'ai quelque chose à fêter ! J'ai trouvé un boulot !

— C'est super !

Elle engloba d'un coup d'œil son établissement où se massaient les clients tout en tirant une India Pale Ale.

— Qu'est-ce que tu vas faire ?

— Un Ménopause Boot Camp, annonça-t-il fièrement en s'asseyant.

Lucas s'étrangla.

— Waouh. Et qu'est-ce que tu entends par là, exactement ?

— Ouais, t'as bien compris… un programme d'entraînement sportif, inspiré de l'armée. En fait, c'est ta mère qui m'a donné l'idée, Colleen, expliqua Bryce. Alors voilà, je vous plante le décor : je suis avec toutes ces poulettes vieillissantes, qui se plaignent de leur condition physique, de leurs genoux qui craquent, de leur dos qui se bloque et de bouffées de chaleur, et moi qui les écoute, je leur dis : « Les filles, il faut que vous sortiez un petit peu, que vous bougiez votre corps, histoire de faire circuler le sang », et là, ta mère qui lance : « Si le prof te ressemble, je suis partante. » Et moi qui réplique : « Bingo, Jeanette ! C'est une super idée ! » Et elle les a toutes convaincues de signer. C'est pas génial ?

— Je crois que ma belle-mère a décidé d'y participer, intervint Faith.

— Exact ! répondit Bryce. Qu'est-ce que tu en penses, Lucas ?

Comme toujours, son cousin recherchait son approbation.

— C'est intéressant, mon vieux. C'est dans tes cordes.

Il marqua une pause.

— Tu as besoin d'une assurance, des décharges de responsabilité, d'un espace.

— Je sais, dit-il. Carlos Mendes m'a dit que, si je m'investissais pour devenir coach sportif, il me laisserait utiliser la salle de sport, aussi longtemps qu'il y aurait des participantes.

Il s'arrêta.

— Toute cette partie, ce n'est pas trop mon fort, mais je sais m'entraîner et j'aime les femmes.

Il sourit et haussa les épaules.

— Tant mieux, Bryce, dit Lucas.

— Je pense que c'est idéal, affirma Colleen. Tu pourrais aussi appeler ce programme Les Femmes Qui Se Pâment Devant Bryce. La moitié de la ville vous rejoindrait.

— Tu pourrais en être la marraine, dit-il en lui faisant un clin d'œil.

Une fraction de seconde, Lucas crut voir la panique glisser sur ses traits.

Sans doute l'avait-il imaginé, car un instant plus tard elle riait à quelque chose que Faith venait de dire tout en flirtant comme si de rien n'était avec un vieil homme en chemise de flanelle.

Hannah O'Rourke sortit de la cuisine.

— Colleen, Connor t'appelle.

— OK.

Elle disparut en cuisine, attirant une bonne partie de l'attention masculine, la sienne incluse. La sonnerie de son téléphone résonna. C'était le numéro de Rushing Creek.

— Allô ?

— Vous devriez venir aussi vite que vous le pouvez, monsieur Campbell, prévint l'infirmière. C'est le moment.

— Il faudrait avertir ma mère, objecta Bryce en tentant de suivre le rythme de Lucas, qui marchait au pas de charge dans le couloir, vers l'aile des soins palliatifs. Je vais l'appeler maintenant.

— On n'a plus le temps.

Didi et Joe n'avaient pas parlé de leur divorce à Bryce, comme s'il était un gamin fragile de huit ans.

— Allez, viens, Bryce.

Au cours des onze derniers jours, il avait passé beaucoup de temps dans cette chambre. Il avait rapporté des albums photos, méticuleusement organisés et classés depuis la naissance de Bryce. Il les regardait avec Joe, qui lui racontait des anecdotes ou légendait certains clichés — « celle-là a été prise à la chaîne des Cascades... Là, c'était au parc national de Zion. Oh ! regarde, c'est le San Antonio River Walk ! Magnifique. Et ici c'était lors de notre séjour en France. »

La chambre était différente à cet instant, l'air, lourd. La

respiration de Joe résonnait entre les murs. Son visage était gonflé, il semblait dormir.

Bryce restait sur le pas de la porte, hésitant.

— Joe ? On est ici, chuchota Lucas.

Il se dirigea vers le lit de son oncle et lui prit la main, faisant signe à Bryce de se rapprocher. Celui-ci resta figé sur place.

— Salut, souffla Joe.

Il ouvrit les yeux avec difficulté et aperçut Bryce.

— Mon garçon.

Bryce prit une inspiration tremblante.

— Salut, papa.

— Approche.

Bryce avança dans la chambre, le visage mouillé de larmes.

— Oh ! papa. S'il te plaît, ne meurs pas.

La panique perçait dans sa voix. Il s'assit sur la chaise à côté du lit et prit la main de son père.

— Je suis désolé, fiston.

Il n'avait qu'un filet de voix, sa respiration était sifflante. Lucas passa de l'autre côté du lit et posa une main sur son épaule.

— Qu'est-ce que je peux faire pour toi, Joe ?

— Lucas...

Il ferma les yeux un instant.

— Est-ce que tu voudrais... nous laisser, Bryce et moi, un petit moment ?

Il cilla, glissa un regard à son cousin, qui sanglotait doucement, la tête posée sur le bras de son père.

— Euh... Bien sûr. Oui, bien sûr.

Après un petit silence, il se pencha et embrassa son oncle sur le front.

— Merci, Joe, de m'avoir accueilli, murmura-t-il.

Son oncle regardait Bryce. Il n'existait plus. Il referma la porte sur lui.

Le couloir était sombre et silencieux. Une infirmière passa devant lui, lui sourit avec bienveillance.

Il pourrait appeler Colleen. Elle attendrait avec lui.

Il n'avait personne d'autre, après tout.

Il resta simplement assis là, le regard fixé sur la porte fermée, et il était difficile de respirer à cause de la douleur dans sa poitrine, comme si un pieu froid, épais y avait été enfoncé.

Il appellerait Stephanie quand ce serait fini. Didi, aussi, et Ellen. Il ferait ce qu'il avait à faire, exécuterait les dernières volontés de Joe, puis il quitterait cette petite ville où il se sentait un étranger.

Sauf quand il était avec Colleen.

La porte s'ouvrit, et Lucas bondit.

— Il est parti, murmura Bryce. Il est vraiment parti.

Il éclata en sanglots déchirants, et Lucas le serra dans ses bras.

Il voyait la silhouette inerte étendue dans le lit.

— Je lui ai parlé de mon nouveau travail, rapportait Bryce, il a dit qu'il était fier de moi, et que j'étais un entrepreneur, maintenant, comme lui, et que ce serait super.

— Très bien. Je suis content.

— Tu sais ce qu'il a dit d'autre ? dit Bryce, en larmes, se reculant pour le regarder dans les yeux.

— Quoi ?

— Il a dit que j'étais tout ce qu'il avait espéré trouver dans un fils.

Le visage de Bryce se décomposa.

— Avez-vous besoin de plus de temps avec votre père, les garçons ? leur demanda l'infirmière aux yeux doux.

— C'est mon père, la corrigea Bryce. Pas le sien.

Tout était dit.

28

Colleen venait de sortir de la douche et contemplait devant son congélateur les pots de crème glacée Ben & Jerry's. Céderait ou céderait pas à la tentation... C'était ça ou appeler Lucas. Et il n'avait pas besoin d'être harcelé de petits textos niais du genre :

Je pense à toi !

Ou

Salut, tu veux passer ?

Il était 1 h 33. Il avait peut-être pu dormir un peu... il lui avait paru si fatigué, ce soir. Cela lui avait fait mal au cœur.
Bon. Elle optait pour Ben & Jerry, les seuls qui ne l'avaient jamais déçue. Quel parfum ? Vanilla Heath Bar ou Peanut Brittle ? Plouf-plouf... Peanut Brittle, totalement addictif. Sa métamphétamine à elle. Et, avec le stock qu'elle conservait, elle pouvait devenir recéleuse... Elle avait fait une razzia au supermarché, la semaine dernière, anticipant le passage de Faith.

Rufus se releva lourdement. *Ah rah ! Ah rah ! Ah rooroo rah !* vocalisa-t-il en prenant sa voix de baryton. Elle tressaillit en entendant frapper à la porte.

Elle replaça la crème glacée dans le congélateur et ouvrit la porte.

C'était Lucas, et il y avait tant de chagrin dans ses yeux.
— Oh ! bébé, fit-elle.

Elle noua ses bras autour de lui, comprenant aussitôt.

— Il est mort, dit-il.

Il se laissa envelopper, mais il paraissait... perdu.

A rah! Ah rah roo! continuait de vocaliser son animal chéri.

— Entre, murmura-t-elle. Tu as faim? Tu veux boire quelque chose?

— Non. Colleen...

Il s'interrompit. Elle attendit.

Il resta silencieux, indifférent à Rufus, qui avait commencé sa petite enquête préliminaire : « Est-ce que tu es un garçon ou bien une fille ? »

— Non, Rufus, pas maintenant. Va ailleurs, mon grand.

Elle se pencha pour le pousser. Lucas n'avait pas bougé d'un pouce, comme figé.

Merde. Une angoisse sourde mêlée à de la culpabilité lui vrilla le cœur. Il savait. Oh! la barbe, il savait. Peut-être aurait-elle dû lui en parler avant, mais...

— Il faut que je te dise quelque chose.

Elle déglutit, la gorge sèche. Elle regretta de ne pas porter autre chose que ce T-shirt Tweety Bird et ce caleçon.

— Euh... Tu veux t'asseoir?

— Non.

Il se contentait de la regarder, puis, la saisissant au dépourvu, il prit son visage entre ses mains.

— Colleen... La seule vraie et belle chose que j'aie jamais eue, c'est toi.

Waouh. Sa déclaration la toucha en plein cœur. C'était fort et merveilleux.

— Oh! l'Espagnol, bredouilla-t-elle.

— Je n'ai pas connu ma mère et je n'ai pas de souvenirs d'elle en dehors de la maladie. Mon père travaillait tout le temps, et Stephanie était toujours dehors avec un petit ami. Et puis je suis venu vivre avec Didi et Joe...

Il passa une main nerveuse dans ses cheveux.

— Je ne me suis jamais senti chez moi, ici, et Didi s'est assurée que cela reste ainsi.

— Lucas, chuchota-t-elle, au bord des larmes. Je sais que Joe t'aimait.

— Pour ses derniers instants, il a voulu rester seul avec Bryce.

Oh non. Non… ce n'était pas juste. *Joe, pourquoi lui avez-vous fait ça ?*

— J'ai toujours pensé que si je me fondais dans le moule, si je ne faisais pas de vagues… que j'étais assez gentil, aussi discret que possible, que j'aidais, on finirait par m'aimer, je gagnerais ma place… Tu comprends ? Mais ce que je faisais, ou ce que j'étais, ne semblait jamais assez bien. C'était douloureux… surtout quand je regardais Bryce, qui avait tout sans avoir à se battre. Ça lui tombait tout cuit dans le bec. Il avait un foyer, des parents qui l'aimaient et faisaient tout pour lui… mais, une fois que je t'ai rencontrée, tout ça n'a plus eu d'importance. Je m'en fichais, je t'avais dans ma vie, Colleen. Tu étais tout pour moi, et j'ai tout gâché.

— Euh… Je… J'ai aussi tout gâché, soupira-t-elle.

— Non. Tu étais bouleversée et tu avais des raisons de l'être. J'ai mal géré. J'aurais dû être près de toi, me battre pour toi. Il ne s'est pas passé un jour, ces dix dernières années, où je ne l'ai pas regretté. Tu es à moi, Colleen, et je ferai tout mieux, cette fois.

— Lucas…

Ce fut le seul mot qu'elle parvint à prononcer.

Il l'embrassa, et elle répondit à son baiser de toute son âme, se collant à lui. Il avait fini par dire tout ce qu'elle voulait entendre, ou presque. Pourtant, une angoisse glacée la saisit.

Rien ne viendrait assombrir ce moment. Elle s'empressa de la chasser, l'entraînant vers sa chambre. Elle voulait le réconforter, lui montrer combien elle l'aimait. Tout le reste s'effaçait. Tout le reste ne comptait pas. Lui était tout.

29

Des centaines de gens vinrent à la veillée funèbre de Joe Campbell. Il n'avait pas été une personne influente de cette ville, pas le genre à rejoindre le conseil d'administration de l'école ou à devenir sapeur-pompier bénévole, mais l'homme était parfaitement intégré à la communauté et très apprécié.

Colleen coula un regard vers Bryce. Il se débrouillait bien, il donnait même le change, malgré le chagrin. Il était avec sa mère à l'entrée de la salle pour recevoir les condoléances et les témoignages de sympathie, souriait, serrait des mains. Didi ne se départit pas de son sourire crispé, trompant sans doute la plupart des gens présents, qui l'interprétèrent comme de la tristesse et du recueillement.

Lucas et Stephanie et ses filles étaient à côté — c'était toute la famille. Les Forbes avaient fait le déplacement, Ellen, ses parents, son fiancé, tous assis au deuxième rang. Ce qui était gentil, bien sûr. Et tout à fait conforme à l'idée qu'ils se faisaient de l'étiquette et du savoir-vivre selon Emily Post.

Doit-on assister aux funérailles de l'oncle de son ex-mari ?

Mais bien sûr ! Surtout si vous êtes en bons termes.

Ce qu'Ellen et Lucas étaient. Indéniablement.

Comme s'il avait senti son regard, Lucas leva les yeux vers elle et lui sourit.

Il l'aimait. Et, bon sang, elle l'aimait aussi. Il n'avait pourtant pas encore dit les trois mots magiques, mais... c'était juste un détail technique.

— Salut, beauté ! lança Gerard, en lui faisant une accolade si puissante qu'il la souleva presque de terre. Est-ce que je t'ai remerciée de m'avoir arrangé le coup avec Lorelei ? Cette fille sait cuisiner, tu peux me croire.

— Norine Pletts aussi ! Donc, si les choses ne tournent pas comme tu veux avec Lorelei, tu pourras toujours tenter ta chance avec elle. Soixante et onze printemps et toujours bon pied bon œil !

— Je vais garder ça à l'esprit, répondit Gerard, amusé.

Les « quatre cavaliers » de la famille Holland étaient là avec leurs épouses respectives. Jack, toujours célibataire, était passé plus tôt (il fallait d'ailleurs qu'elle fasse quelque chose, on ne pouvait laisser perdre un tel patrimoine génétique).

Tout le monde connaissait Bryce, bien sûr, et Lucas avait pris sa place, grâce à son implication dans le bâtiment de la ville. Il y avait Marian Field, la maire de Manningsport, avec Everett, son fils. Victor et Lorena, des clients réguliers du bar qui avaient sympathisé avec Joe. Elle croisa le regard de Connor — *Tiens bon, tu assures grave,* l'encourageait-il de loin. Elle lui sourit, reconnaissante.

Connor la connaissait bien et lisait dans ses pensées. La situation était embarrassante. Elle était quoi ? A la fois l'ancienne petite amie et la nouvelle, mais pas encore la compagne reconnue. Elle n'était en tout cas pas sur le devant, avec la famille et les proches (Lucas ne le lui avait pas demandé). Elle avait néanmoins voulu être là et, chaque fois qu'elle doutait, elle repensait aux paroles de Lucas, qui s'était ouvert à elle.

La seule vraie et belle chose que j'aie jamais eue, c'est toi.

Ils y arriveraient. Ils devaient y arriver. Ils trouveraient leur équilibre.

Grant Jacobs, l'entrepreneur des pompes funèbres, venait d'apparaître au fond du salon et manifestait une légère impatience. Il était 20 h 15, et la soirée aurait dû se finir quinze minutes plus tôt. La file des gens s'était néanmoins considérablement réduite.

Peut-être que Lucas la rejoindrait ce soir chez elle. Tout ce qu'elle voulait, c'était le réconforter. L'avoir allongé sur son canapé avec sa tête sur ses cuisses, lui masser les épaules, ou juste le faire sourire. Mais avec sa sœur et ses nièces… et le contingent Forbes à Manningsport, rien n'était moins sûr.

— Salut, Colleen !

Elle se tourna.

— Paulina ! Comment ça va ? Je ne t'ai pas vue depuis longtemps, lâcha Colleen en la serrant dans ses bras.

Pour Colleen, longtemps équivalait à une semaine. Mais Paulina dut le ressentir comme ça aussi, car elle la serra très fort, lui coupant presque le souffle.

— Et Bryce, il va comment ? demanda-t-elle, pointant le menton dans sa direction.

— C'est dur. Il accuse le coup.

Elles le regardèrent. Le pauvre, il était en train de pleurer. Lucas posa la main sur l'épaule son cousin, lui dit quelque chose. Bryce hocha la tête.

— Je vais aller le voir, dit Paulina. Euh… tu viens avec moi ? Tout ça, c'est si flippant. Est-ce que je peux dire « flipper » dans une chapelle funéraire ? Je pensais à un mot encore pire. Sauvée à la dernière seconde, je suppose. Et merde, je suis un vrai moulin à paroles. Oh ! super, je viens juste de jurer.

— Cool, ma chérie.

Colleen lui pressa le bras. Elle était mignonne dans sa robe noire. Un peu guindée, mais…

— Oui, je viens.

Paulina soupira.

— C'est juste que ça me fend le cœur de le voir comme ça.

Ses yeux s'embuèrent alors qu'elle regardait Bryce.

— Il va être content de te voir. Allez, viens.

Elles se dirigèrent vers le cercueil de Joe. Colleen déglutit pour faire passer le nœud dans sa gorge. Elle ne verrait plus l'avenant Joe Campbell, une Empire Cream Ale à la main, assis à l'extrémité du comptoir. Paulina posa sa main sur l'épaule de Bryce et s'essuya les yeux.

— Paulina. Tu es là…

— Je suis désolée, toutes mes condoléances, déclara-t-elle en lui tendant la main.

Bryce ignora sa main et se baissa pour la serrer dans ses bras, puis se courba davantage pour enfouir son visage dans son épaule.

— Oh ! Mon pauvre, dit-elle. Mais tu as été un fils génial.

Les épaules de Bryce tremblèrent sur un sanglot.

L'émotion était contagieuse. Elle battit des paupières pour refouler les larmes qu'elle sentait affleurer.

Bryce se redressa.

— Désolé, s'excusa-t-il en s'essuyant les yeux. Je suis vraiment heureux que tu sois venue.

Il se tourna vers sa mère.

— Maman, tu te souviens de Paulina Petrosinsky ?

— Je vous présente toutes mes condoléances, madame Campbell.

— Merci, se contenta-t-elle de répondre.

Didi regarda Paulina sans la voir et gratifia Frank et Grace Forbes d'un large sourire.

— Bryce, voudrais-tu m'apporter un peu d'eau, s'il te plaît ?

— Je vais y aller, madame Campbell, intervint Colleen. Bryce, ces dernières heures ont été éprouvantes. Tu devrais t'asseoir. Discute un peu avec Paulina…

— C'est une bonne idée, oui, acquiesça-t-il. Si tu veux bien rester encore un peu, Paulina. On n'a qu'à se mettre là.

— Bien sûr, oui.

Elle n'avait pas rougi. Non, elle semblait absolument normale.

— Et ce verre, Kathleen ? lâcha Didi.

— C'est Colleen, madame Campbell… Je vais vous le chercher.

Loin d'elle l'idée d'être impolie lors d'une veillée. Avec la veuve, en plus.

Elle se dirigea vers la fontaine à eau, au fond de la salle, remplit un verre et pivota sur elle-même, tombant nez à nez avec Stephanie Campbell.

— Salut, Colleen.

— Salut, Stephanie.

— C'est bien, de vous voir, Lucas et toi, à nouveau ensemble, et je n'en dirai pas plus. A la prochaine.

Elle sourit, pressa l'épaule de Colleen, puis battit le rappel de ses filles, avant de se diriger vers la porte d'entrée.

La bénédiction de la sœur. Elle prenait.

Quand elle revint vers Didi, le verre d'eau à la main, elle était entourée de proches et des Forbes, et fit mine de ne pas la voir. Elle patienta, rattrapée par la pénible impression d'être la serveuse. Lucas parlait à Ellen et son fiancé, Steve.

— Excusez-moi, pardon, dit-elle aimablement.

M. Forbes tressaillit et fit un pas en arrière.

— Oh ! excusez-moi, ma chère.

— Ce n'est rien, assura-t-elle, forçant sur le sourire. Voilà votre verre, madame Campbell.

Elle fit quelques pas vers Lucas. Peut-être qu'elle n'aurait pas dû. Elle ferait mieux de partir. La barbe ! Comme tout ça était embarrassant.

— Alors, on se voit la semaine prochaine pour la soirée caritative ? entendit-elle Ellen dire.

— Je pense, répondit Lucas.

— Super. Je suis vraiment désolée qu'on ne puisse pas rester pour l'enterrement, poursuivait l'ex. Mais tu sais que je pense à toi.

— C'est gentil, j'apprécie, fit-il tout en serrant la main de Steve. Rentrez bien. Et pense à te reposer un peu, Ellen.

— Tu peux parler, lui répondit-elle. Tu crois que je ne t'ai pas vu boiter ? Fais-moi plaisir et mets un peu de glace sur ce genou.

Genou ? Quel genou ? Lucas s'était fait mal au genou ?

— Elle a un œil de lynx, intervint le fiancé, ramenant tendrement une mèche de cheveux derrière son oreille. Il a raison, bébé. Tu devrais surélever tes jambes.

Pas un, mais deux hommes, baignant dans la lumière de la grossesse d'Ellen !

Bryce et Paulina étaient toujours en tête à tête. Les Holland étaient partis ; comme la plupart des gens, d'ailleurs... et elle aurait sans doute dû suivre leur exemple au lieu de traîner comme une nigaude, regardant Lucas embrasser Ellen sur la joue (quelle poisse d'avoir capté ça dans son champ de vision. Elle aurait préféré se l'épargner). Elle se replia au fond de la salle et envoya un texto à Savannah.

> Comment est-ce que ça va? Je suis à une veillée funèbre. Qu'est-ce que tu fais?

La réponse lui parvint quelques secondes plus tard.

> Maman et moi faisons une pédicure. Trop drôle...!!!

C'était mignon. Un moment mère-fille. Super! Elle pianota rapidement.

> Amuse-toi bien, bébé! Dis bonjour à ta maman de ma part.

Assez étrangement, Gail et elle étaient en train de faire évoluer leur relation... elles ne deviendraient pas amies, il ne fallait pas exagérer non plus, mais peut-être pouvaient-elles agir en alliées. Gail avait pris un verre de vin l'autre nuit à l'O'Rourke. C'était la première fois qu'elle y venait seule, et elle lui avait demandé si elle devait laisser Savannah faire le voyage organisé par la ligue de base-ball, à l'automne (elle avait plaidé pour).

Gail n'avait pas parlé de Pete. Si elle le soupçonnait de voir son ex-femme, elle n'en parla pas, et Colleen lui en fut reconnaissante.

— *Mía*.

Elle tressaillit.

— L'Espagnol. Tu tiens le coup?

— Ça va. Les choses touchent à leur fin ici.

Il lui prit la main et l'embrassa. Deux fois.

Il était si étourdissant dans son costume gris sombre, avec sa chemise blanche et sa cravate bordeaux. Il avait une barbe de trois jours parfaite. Le lieu et le moment étaient mal choisis pour tomber en pâmoison, mais il ne lui facilitait pas la tâche non plus... Cette bouche magnifique, ces yeux sombres et pénétrants, presque tragiques… avec peut-être juste une touche de bonheur aussi. Peut-être n'y était-elle pas étrangère ?

— Hé, vous deux, lança Bryce en s'approchant avec Paulina.

— Paulina, dit Lucas. C'est gentil d'être venue.

— C'est normal, fit-elle en lui donnant une petite tape sur l'épaule.

Il lui rendit le geste, léger, puis prit la main de Colleen.

Bryce sourit.

— Donc, tous les deux, vous vous êtes vraiment remis ensemble, hein ? Je suis tellement heureux que cela ne te gêne pas que Colleen et moi soyons sortis ensemble.

Le cœur de Colleen se liquéfia. Littéralement. Elle sentit le sang refluer de ses extrémités, son pouls accélérer dangereusement.

Elle n'osait pas bouger et ne savait pas où poser son regard.

Seul Bryce, qui saluait quelqu'un, semblait ne pas s'être rendu compte du malaise.

— Pardon ? balbutia Lucas d'une voix sans timbre.

— Quoi ? Oh ! nous, Colleen et moi, répondit Bryce.

Oh ! par la barbe de tous les saints.

— Comment ça, toi et Colleen ? Qu'est-ce que tu veux dire ? demanda Paulina, interloquée.

La question le ramena à la réalité.

— Oh. Euh… Quoi ? Hein ?

Colleen regarda Lucas, et regretta immédiatement de l'avoir fait.

C'était irrattrapable. Irréparable.

— Tu veux dire que vous êtes sortis ensemble… tous les deux ? insista Paulina.

— Euh… sortir, c'est peut-être un bien grand mot, répliqua Bryce.

— Ce n'est pas vraiment le moment, bredouilla Colleen, d'une voix blanche, méconnaissable.

— Non, non, continue, Bryce. Ça m'intéresse. Comment tu définirais ça ? reprit Lucas.

— Euh, hmm, je veux dire que nous avons seulement couché ensemble, mais…

— Tu plaisantes, là ?

Un silence gêné pesa sur leur tête.

Lucas était immobile, le visage inexpressif et dur comme un bloc de granit.

— Ce n'est absolument pas le moment, chuchota-t-elle.

Paulina, la bouche ouverte, se tourna vers elle.

— Tu as couché avec Bryce, Colleen ?

Sa voix résonna clairement dans la pièce, faisant se retourner Didi, le prêtre et le couple Forbes. A l'agonie, elle se raccrocha à la musique qui s'échappait des haut-parleurs. C'était *Yellow Ledbetter* de Pearl Jam, mais qui savait de quoi parlait cette chanson ? On aurait dit que le chanteur balbutiait des paroles incohérentes.

Concentre-toi, Colleen.

— Euh, je…

Sa bouche refusait de fonctionner.

En même temps, que pouvait-elle dire ?

— C'est… vous savez quoi ? lança Paulina. Ce ne sont pas mes affaires. Bryce, désolée pour ton père. Lucas, à la prochaine.

Elle sortit du bâtiment, sans un regard en arrière.

Colleen déglutit.

— Euh…

Lucas fusillait Bryce du regard, lui ne la quittait pas des yeux, paniqué. Il reporta son attention sur son cousin.

— Lucas, mon frère, euh, souviens-toi de la fois où je t'ai sauvé la vie !

Lucas se tourna vers elle, et la fureur qu'elle lut dans ses yeux la fit se recroqueviller.

— Parlons de ça en privé, chuchota-t-elle encore.

— Inutile.

Il resta quelques secondes horriblement longues à la fixer, puis pivota et s'éloigna, traînant son cœur derrière lui.

— Je crois que j'ai fait une boulette, dit Bryce.

Elle se tourna vers lui.

— Bryce…
— Merde, Colleen, je suis désolé. Je… j'ai juste… la journée a été éprouvante, et je ne sais pas… j'ai sombré dans le sentimentalisme.
— Ça n'est arrivé qu'une seule fois, et nous nous étions mis tous les deux d'accord pour ne jamais en reparler ! Enfin, Bryce. Nous avons tout de suite regretté. Ça n'a pas compté.
— Aïe, dit-il en grimaçant.
Elle s'en voulut aussitôt. C'étaient les funérailles de son père. Elle posa la main sur son bras.
— Désolée, je ne voulais pas être blessante.
Il lui décocha un sourire penaud.
— Non, non, tu as raison. Ça n'était pas important. Je suis vraiment nul.
Elle inspira profondément, ce qui n'eut aucun effet sur les battements désordonnés et trop rapides de son cœur.
— Eh bien, c'est fait. Je vais y aller. Courage, Bryce. On se voit aux funérailles.
— Merci. Encore désolé, Colleen.
Il l'était, elle n'en doutait pas. Bryce était un gentil idiot.
Mais pas autant qu'elle.

Six ans plus tôt, sans véritable raison, Colleen avait tapé *Lucas Campbell, Chicago* sur la barre de recherche de Google.
Elle n'avait pas pu s'en empêcher. Une fois de temps à autre, elle le faisait. Il n'avait pas de page Facebook, ni de compte Tweeter, mais il était *marié* à la fille de l'un des citoyens les plus influents de Chicago, et son nom apparaissait quelquefois dans la presse.
Elle avait vu l'article sur leur mariage sur le site du *Chicago Tribune*. La mariée était entourée de sa meilleure amie ainsi que de la sœur et de la nièce aînée du marié. Deux autres nièces du marié, des jumelles, lançaient les pétales de roses dans l'allée centrale. Le témoin du marié était son cousin, Bryce Campbell. La réception s'était tenue au Drake, avec le Moonlight Jazz Orchestra. Le gâteau, impressionnant,

était signé Sylvia Weinstock. La robe de la mariée avait été dessinée par le couturier Isaac Mizrahi, un ami de la famille. Le couple s'était rencontré à l'université. Lucas Campbell venait des quartiers sud et travaillait maintenant pour Forbes Properties — il n'était pas fait mention de l'école de droit, s'était-elle dit à la lecture de l'article. Cela devenait sans doute anecdotique quand on entrait dans l'une des familles les plus riches de Chicago ?

Cela ne ressemblait pas au Lucas qu'elle connaissait.

Mais sans doute ne le connaissait-elle pas aussi bien qu'elle l'avait cru.

Après ça, elle s'était juré de ne plus regarder. Bryce ne vivait pas en ville, à cette époque, et Joe avait la délicatesse de ne pas mentionner son neveu quand il venait au pub. Après tout, elle avait le droit de ne pas vouloir entendre parler de Lucas.

Elle se tint à ses résolutions huit mois — jusqu'à son anniversaire où elle but à elle toute seule une bouteille de chardonnay de Blue Heron, et chercha un faire-part de naissance sur Google.

Elle n'avait rien trouvé.

Elle regarda à nouveau régulièrement après ça, parce qu'elle voulait savoir si Lucas était devenu père. Elle ne voulait pas être percutée par cette nouvelle quand elle travaillait au bar, parce qu'elle savait qu'elle ne serait pas capable de cacher ses sentiments.

Mais, pendant deux ans, elle ne trouva aucune annonce de naissance.

Cependant, elle ne pouvait s'empêcher de penser à lui. Combien de fois s'était-elle morfondue avec Faith sur leur premier amour ? Chaque homme avec qui elle sortait la décevait : il n'était pas Lucas. Et chaque nouvelle édition du Festival du vin et des roses marquait une autre année sans lui.

Et puis il y eut cette nuit neigeuse. Elle était pratiquement seule au bar. Sans véritable raison, elle tapa à nouveau son nom sur la barre de recherche, et boum. Elle tomba sur un article publié par le *Chicago Sun-Times*.

Il était avec sa femme, et ils riaient. Magnifiques tous les deux. Sa blondeur et ses cheveux noirs à lui. Ellen portait une robe jaune, des diamants aux oreilles, et Lucas, bon sang, ressemblait à un pirate, tellement chic dans son costume, ténébreux et séduisant.

Elle lut la légende :

Lucas Campbell et Ellen Forbes-Campbell, au gala annuel de l'hôpital des enfants Lurie, apprécient visiblement les commentaires du maître de cérémonie.

Elle ne parvenait pas à détourner le regard de cette photo, même si elle avait l'impression qu'une branche venait de lui transpercer la poitrine.

Elle l'aimait toujours.

Quelle idiote elle faisait. Elle aimait un homme marié, qui vivait loin, très loin d'elle et qui venait manifestement de passer un agréable moment avec son épouse.

Elle ferma le site, effaça l'historique pour que Connor ne sût pas combien elle était pathétique, et elle reprit sa place derrière le bar. Le pub était pratiquement désert. Bryce Campbell était là, tout seul.

— Salut, Bryce. Qu'est-ce que je te sers ?

Elle lui apporta une bière, et ils discutèrent. Bryce était doux. Facile. Sans prise de tête. C'était sympa, de parler avec un ami.

De gros flocons tourbillonnaient dans les airs et tenaient au sol en une fine couverture. Il la raccompagna chez elle, ce qu'elle trouva très attentionné. Alors qu'ils étaient arrivés devant chez elle, le nez levé vers le ciel, il avait demandé :

— Tu n'as pas envie parfois de quitter cette ville, Colleen ?

— Pas vraiment, avait-elle dit une fraction de seconde après. Mais oui. De temps en temps.

— Je n'avais jamais vraiment pensé que je finirais ici. Chez mes parents. Je m'imaginais que je serais... Je ne sais pas. Plus cool. Plus intelligent.

Elle n'était pas sûre de bien comprendre où il voulait en

venir, mais il semblait si triste, à cet instant. Elle leva la main et balaya quelques flocons de neige accrochés à ses cheveux.

— Je pense que tu es bien comme tu es, Bryce.

Puis il l'avait embrassée.

C'était de la folie, une bêtise, elle en avait conscience. Peut-être était-ce l'ambiance particulière, la nuit solitaire, ou Bryce qui ressemblait tant à Lucas et cette sensation trompeuse de le retrouver dans un geste, une expression. Ou bien le manque qui l'avait fauchée debout quand elle avait entraperçu le bonheur conjugal de Lucas sur l'écran de son ordinateur.

Deux personnes qui se sentaient seules. La neige. Quelques bières. C'était un cocktail explosif qui ne menait habituellement pas aux décisions les plus intelligentes de la terre. Quarante-deux minutes plus tard, Colleen se détestait.

A sa décharge, Bryce ne se sentait pas mieux.

— Tu crois qu'on a fait une erreur ? avait-il dit en se rhabillant.

— Oui. Ne le prends pas mal. Mais oui.

— Tu es vraiment sympa, Colleen.

— Toi aussi.

— C'est juste…

Sa voix s'éteignit.

— Je sais.

Sa peau la brûlait. Elle voulait juste prendre une douche, effacer toutes les traces de ce qui venait de se passer entre eux. Pas par rapport à Bryce… mais parce qu'elle se sentait tellement mal.

— Bryce, ce serait bien qu'on oublie ça. Je pense que ce serait mieux.

— D'accord. Oui. Tu as raison. Absolument.

— N'en parle pas à Lucas, chuchota-t-elle.

— Bon sang, non. Ecoute. C'est déjà oublié. On se voit plus tard.

— D'accord. Merci, Bryce.

Et ce fut tout. Insignifiant, sans importance. Bref, une erreur. Bryce n'était pas Lucas. De près ou de loin. Si au moins elle avait agi par vengeance, elle pourrait s'expliquer ce qui venait de se passer. Là, c'était juste pathétique. Elle s'était envoyée en l'air avec un garçon parce qu'il l'avait fait penser à son premier amour et parce qu'elle crevait de solitude.

Elle avait passé les deux mois suivants bien au-dessous du niveau de la mer. Bryce continuait à venir au bar et, grâce à Dieu, il fit comme si de rien n'était. Pas de regard énamouré, de soupir languissant ou de regret (pitié), ni de pression…

Elle finit par reprendre le dessus et laisser cet épisode derrière elle. C'était un accident de parcours, *un moment d'égarement*, qui ne se reproduirait pas. Elle devait oublier Lucas Campbell et penser elle aussi à construire sa vie. Elle n'avait fait de mal à personne, et personne n'avait à le savoir, jamais.

Jusqu'à aujourd'hui… Premier arrêt chez les Petrosinsky. C'est le père de Paulina qui lui ouvrit la porte.

— Qu'est-ce qu'il s'est encore passé ? Elle est en train de boulotter un seau entier de Double Deep-Fried Buttermilk Bossy.

— Je suis désolée, monsieur Petrosinsky.

— Entrez et allez lui parler, répliqua-t-il, la voix lasse.

Il s'écarta pour la laisser entrer. Elle se faufila à l'intérieur, passa devant la statue d'un poulet vêtu d'une livrée de majordome et monta jusqu'à la chambre de Paulina. La porte était ouverte, et son amie était allongée dans son lit, un saut en carton dans le creux du bras. Elle mangeait et pleurait en même temps tout en regardant *Terminator 2* sur son très grand écran plat.

— Paulina ?

Cette dernière tira un autre mouchoir en papier, se moucha bruyamment et visa la poubelle, où il rejoignit les autres.

— Entre, marmonna-t-elle.

Colleen s'approcha sur la pointe des pieds de l'immense lit et s'assit au bord.

— Je suis tellement navrée de n'avoir rien dit, chuchota-t-elle.

Paulina la regarda, les yeux mouillés, puis reporta son attention sur la télévision.

— Tu veux du poulet ?

Etait-ce le poulet de la paix, faute de calumet sous la main ? Il n'y avait probablement pas de meilleure personne sur terre que Paulina Petrosinsky. Les larmes lui brûlaient les paupières.

— Merci.

Le poulet était succulent. Elle mâcha et avala, regardant la moto d'Arnold dépasser un dix-huit tonnes.

— Je le suis moi aussi d'avoir fait une scène, finit par dire Paulina. C'est juste… embarrassant, de penser qu'il était avec moi alors qu'il pouvait t'avoir. C'est l'image, ça m'a fichu un sacré coup.

— Paulina, tu es dix fois mieux que moi.

— Oui, OK. Regarde le miroir, Colleen.

— On s'en fiche, du physique.

Paulina renifla.

— Que tu dis. Mais si je te ressemblais Bryce me grimperait dessus comme si j'étais un arbre.

— Et on voit où ça m'a menée… Je suis jolie et célibataire. Je n'ai eu qu'une relation qui a compté dans ma vie, et tout le monde pense que je suis la traînée de la ville. En fait, ça m'arrangeait qu'ils le pensent parce qu'il vaut mieux faire envie que pitié. Toi, quand on te regarde, on sait tout de suite que tu es une fille bien.

— Cool. Ça me fait une belle jambe, dit Paulina en plongeant sa main dans le seau. Sers-toi, n'hésite pas. Ils sont panés aux corn-flakes. Croustillants comme il faut.

— Pas étonnant que ce soit si bon, répondit Colleen, prenant un autre morceau de blanc. Paulina, je n'ai rien dit au sujet de Bryce parce que cela n'est arrivé qu'une seule fois, il y a très longtemps, et que cela ne voulait rien dire.

— Tu étais en colère contre Lucas, c'est ça ? Tu voulais te venger ? Parce que ça craint vraiment.

Colleen sentit sa gorge se serrer.

— Non. J'étais malheureuse comme les pierres, je me sentais seule. Je l'aimais, et il était marié... et il me manquait.

Elle marqua une pause.

— Je me sentais tellement seule.

— Je sais ce que ça fait.

— Paulina, je regrette tellement de t'avoir blessée. Ce n'était pas voulu.

La jeune femme soupira et se laissa retomber sur le lit. A l'écran, le Terminator, nouveau modèle, plongeait son bras dans la poitrine d'une infirmière, la tuant sur le coup.

— J'accepte tes excuses, Colleen. Tu m'as beaucoup aidée pour me rapprocher de lui. J'apprécie, vraiment, tout ce que tu as fait.

— Tu lui manques.

— Tu parles.

— Ne perds pas espoir.

— Trop tard. L'espoir, ça craint.

Paulina soupira encore.

— Tu penses que Lucas va te pardonner ?

— Rien n'est moins sûr... mais je n'arrive pas à réfléchir à ça.

Elle s'allongea sur le lit à côté de Paulina. Cette dernière lui prit la main et la serra, puis lui tendit la boîte de mouchoirs en papier.

Elle ne méritait pas une amie comme Paulina. Mais, bon sang, elle voulait vraiment rester son amie.

— Paulina ? chuchota-t-elle.

— Oui ?

— Pour ce qui est arrivé en cinquième, je suis désolée aussi. Je regrette de ne pas avoir fait mieux pour toi.

Paulina resta silencieuse de longues minutes.

— Personne d'autre n'avait eu le cran de me dire les choses en face. Je m'en suis remise depuis. Oui, je t'ai détestée pendant un moment. Mais je t'ai vue faire aussi. Tu ne m'as jamais fait de mauvais coups et tu as toujours été sympa.

Colleen déglutit et essuya ses larmes.

— Merci.

— Maintenant, sors de mon lit et laisse-moi me complaire dans mon désespoir. Tu ne crois pas que tu devrais aller parler à Lucas ?

— Probablement.

— Alors ouste, dehors.

Paulina se redressa et lui tendit un autre morceau de poulet.

— Tiens, pour la route.

Il lui fallut puiser tout au fond d'elle pour trouver le courage d'aller frapper à la porte de Lucas. Ses mains tremblaient. Ses jambes aussi. Et on pouvait ajouter le cœur à la liste parce qu'il battait aussi vite que les ailes d'un colibri. Elle n'était même pas sûre qu'elle n'allait pas s'évanouir.

La porte s'ouvrit. Ce n'était pas Lucas. C'était Mercedes.

— Salut, Colleen ! dit-elle. Comment ça va ?

— Salut. Est-ce que ton oncle est là ?

— Oui. Attends. Oncle Lucas ! cria-t-elle, la faisant sursauter. Ta petite amie est ici !

L'adolescente pivota à nouveau vers Colleen.

— Désolée, mais c'est trop évident ! Vous ne savez rien cacher.

— Oh.

Mercedes lui décocha un regard dubitatif — « Tu n'avais pas plus de repartie autrefois ? » semblait-elle dire — et puis elle disparut, et il était là, occupant tout l'espace, torride, viril.

— Tu as une minute ? chuchota-t-elle.

— Non.

— S'il te plaît, Lucas.

Son regard la brûlait. Il pivota sur lui-même et dit quelque chose à Stephanie, puis s'avança dans le couloir.

— On peut aller dans un endroit plus intime ? demanda-t-elle.

— Non.

Ça commençait mal. Il était furieux, mais, s'il ne faisait pas d'effort, ça allait être difficile.

Il la regardait, le visage défait, les bras croisés sur sa poitrine.

Elle inspira profondément.

— D'accord, bon, tout ceci est très embarrassant.

Elle se mit à mordiller l'ongle de son pouce, baissa le bras.

— Euh… Donc oui, j'ai couché avec Bryce, une fois. Cela ne voulait rien dire.

— Cela veut dire quelque chose pour moi.

— D'accord.

Son souffle se coinça dans sa gorge.

— C'était il y a longtemps, Lucas.

— Ça n'excuse rien.

— Non. Je suis désolée. Tellement désolée. Je regrette tellement que cela se soit passé, mais cela ne signifiait vraiment rien…

— Il y a plein d'hommes avec lesquels tu aurais pu coucher dans cette ville, Colleen. De ce que tu m'as dit, tu ne t'en es d'ailleurs pas privée.

Elle sentit sa tête partir légèrement en arrière comme si elle avait reçu un coup.

— Aïe.

— Je ne te juge pas.

— Vraiment ? Ce n'est pourtant pas l'impression que ça donne. Et c'est ce que je ressens.

— Avec mon *cousin*. Colleen !

Sa voix était comme de l'acide.

— Eh bien, ce n'était pas que ton cousin, je veux dire, ce n'était pas parce qu'il était ton cousin, mais si, peut-être. Le seul que je, euh…

Foutu syndrome de Tourette de la terreur qui emmêlait tout.

— Ce que je veux dire, c'est qu'il n'était pas…

— Je n'ai pas envie de t'entendre parler des hommes avec qui tu as couché, Colleen ! aboya-t-il.

Le bruit de la télévision s'échappant de l'appartement d'en face cessa. Le spectacle était à l'extérieur.

Elle se tordit les mains.

— Je regrette, chuchota-t-elle. Tellement. Mais n'oublie pas que tu étais marié à cette époque. Marié ! Ce n'est pas comme si je t'avais trompé.

— Tu aurais pu me le dire et tu as eu tout l'été pour ça. Mais tu ne l'as pas fait parce que tu savais que cela m'affecterait. Au lieu de ça, tu m'as fait passer pour un con.

Elle se figea et déglutit pour déloger le nœud qui lui obstruait la gorge.

— Pouquoi être avec moi te ferait passer pour un con ?

— On a eu la réponse, ce soir. Dans le salon funéraire. Devant le prêtre. Et mes ex-beaux-parents.

Elle allait se mordre à nouveau l'ongle, puis serra les poings.

— Navrée, Lucas. Je ne suis pas parfaite.

— Non, ce n'est pas le premier adjectif qui me vient à l'esprit sur ma liste te concernant, à cet instant.

— Tu n'es pas obligé d'être méchant ! C'était une erreur, je le sais, crois-moi. Tu t'étais marié, j'essayais de…

— Tu as rompu avec moi, Colleen. Tu te souviens ? C'était me marier ou me perdre, ça ou rien.

— *Road House* ! Je suis incollable sur les films de Patrick Swayze.

Il la fusilla du regard.

— C'est ça, ton problème, Colleen. C'est que tu ne prends rien au sérieux. Ni nous, ni Bryce, ni personne.

— Je suis nerveuse ! Je prends ça très au sérieux, au contraire !

— Tu as couché avec mon cousin alors que tu savais ce qu'il m'avait fait.

— Quoi, te sauver la vie ?

— Tout ce que j'ai eu, il l'a voulu. Même toi.

— Je ne suis pas un cône de crème glacée qu'on se dispute, Lucas. Ne mélange pas tout.

— Il m'a enlevé la dernière chance que j'avais d'entra-percevoir mon père, Colleen ! Et il a couché avec toi !

— D'accord, essayons juste… Essayons de ne pas en faire un drame. Et tout ce que tu m'as dit l'autre nuit ? Sur nous ? Ça compte, aussi, non ?

Lucas eut un sourire désabusé.

— Quand j'ai dit que tu étais la seule chose qui était vraiment à moi ?

— Je voulais dire…
— Je suppose que je me trompais…
— D'accord. Je suis une traînée.
— Je n'ai pas dit ça.
— Pas besoin…

Il ne répondit pas, mais ce n'étaient pas le pardon, la clémence ou l'indulgence qui brillaient dans ses yeux. Tout était fichu. Ils venaient à nouveau de tout gâcher. Paulina avait raison. L'espoir, ça craignait.

— C'est sûr, toi, tu ne fais pas d'erreurs. Tu es parfait. En route pour la canonisation. Bonne chance à toi.

Ses yeux étaient inexpressifs.

— C'était du sarcasme. Tu n'es pas parfait non plus, tu sais. Tu ne m'as jamais dit que tu m'aimais. Jamais.

— L'histoire me donne raison…

Son cœur, qui avait mis tant de temps pour cicatriser, se fendit en deux à nouveau. Une coupure franche. Elle tourna les talons et partit avant de se mettre à sangloter.

Elle avait su qu'il le referait. Et elle avait raison.

30

— Tu es en colère ? demanda Bryce.

Lucas serra les dents, à défaut de ses poings. C'était la trentième fois au moins que son cousin lui posait cette question, et pour la trentième fois il lui fit la même réponse.

— Je n'ai pas envie d'en parler.

Didi esquissa un sourire en coin.

Ils étaient dans la limousine, en route pour l'église.

— Parce que, tu sais… ça ne voulait rien dire. C'était juste du sexe.

— Ferme-la.

— Et tu connais Colleen. Elle est libre, pas farouche.

— Tu tiens vraiment à ce que je te casse la figure aujourd'hui, le jour des funérailles de ton père, Bryce ? Stop, plus un mot !

Il marqua une pause.

— Et ne parle pas d'elle comme ça.

— Désolé, dit-il piteusement en se laissant aller contre le dossier de la banquette arrière.

— C'est une traînée.

— On t'a sonnée, Didi ? Tais-toi ou tu vas te retrouver à faire le reste du trajet jusqu'à l'église à pied. C'est moi qui paie l'enterrement, après tout, et je fais ce que je veux.

A la mention de l'argent, les yeux de Didi s'étrécirent.

— Pas besoin d'être grossier, tu sais, Lucas.

Il ne prit pas la peine de relever.

— Pourquoi est-ce que tu ne restes pas après l'enterrement, maman ? Est-ce que tu dois vraiment aller dans le Wisconsin demain ?

— Bryce, mon chéri, tu sais comment je suis. Je préfère vivre mon deuil en privé. Et puis j'ai quelques jours de vacances à prendre.

Elle était surtout, déjà, en chasse d'un nouveau mari. Et comptait bien, sans perdre de temps, selon le fameux adage, jouer la carte de la veuve, songea Lucas. Elle ne serait pas là non plus pour la lecture du testament de Joe. Bryce ne connaissait pas le montant de la somme dont il devait hériter et ne savait pas que c'était son cousin qui en serait l'administrateur.

Il n'avait pas besoin de traîner dans le coin, non plus. Le testament était simple, avec seulement une lettre scellée que le père avait adressée à son fils.

Joe n'avait rien laissé pour lui.

Il s'arrêta devant l'église. Il devait porter le cercueil avec Bryce, et quatre amis de son oncle, dont deux qui étaient des copains de fac. Ils sortirent le cercueil du corbillard et le soulevèrent, le portant à l'épaule, puis entrèrent lentement dans l'église fraîche.

Il le faisait pour Joe parce qu'il avait le sentiment de le lui devoir. Il partait après les funérailles, plutôt soulagé.

L'église était bondée. En avançant le long de l'allée, il aperçut des visages connus. Faith et Levi, Honor et Tom. Gerard et la jolie fille de la boulangerie. Everett et Emmaline, les policiers de Manningsport et la maire. Il reconnut la voisine qui vivait à son étage, la fan de *Game of Thrones*. Jeremy Lyon, le médecin de Joe, accompagné de son petit ami. Il croisa aussi le regard de Paulina Petrosinsky, vêtue d'un sweat noir très long. Elle lui décocha un sourire triste, et il lui fit un petit mouvement de tête en retour.

Tout le monde avait aimé l'avenant et souriant Joe.

Et il y avait Colleen, assise avec sa famille — sa mère, Connor et sa petite sœur.

Il détourna le regard.

Le cercueil déposé dans la nef, le prêtre prit la parole.

Mercedes lut un passage de la Bible, Stephanie avait choisi un poème émouvant de Robert Frost.

Quand vint le moment de l'éloge funèbre, Bryce se leva, sortit de sa poche d'une main tremblante une feuille de papier pliée en quatre et alla vers l'autel.

Il s'éclaircit la gorge. Prit une profonde inspiration.

— Mon père… Mon père… Mon père était…

Il se pencha vers l'avant, submergé par l'émotion. Il essaya de se ressaisir, se redressa, les mains crispées sur le pupitre.

Toute la colère qu'il ressentait envers lui — à propos de Colleen, de la vie facile, artificielle de Bryce, de l'amour qui lui tombait dessus sans fin et qu'il semblait prendre pour argent comptant — s'évapora.

Bryce se comportait comme un grand enfant. Totalement immature.

Lucas se leva et se dirigea vers lui.

— Hé, mon vieux, dit-il doucement, passant un bras autour des épaules de son cousin et l'éloignant de quelques pas.

— Tu peux le faire.

— Non, je ne peux pas, sanglotait Bryce.

Lucas le serra dans ses bras.

— Bien sûr, que tu peux. Il faut que tu le fasses. Tu le regretteras, sinon. Pour ton père, et pour toi.

Bryce s'essuya les yeux.

— Tu pourrais le faire pour moi ? Lire ce que j'ai écrit ?

— Non. Ce sont tes mots. Et c'est à toi de le faire.

Il ressemblait tellement à son père, à cet instant. Ce même regard bleu. Bryce hocha la tête.

Puis Lucas lui fit une amicale pression sur l'épaule et retourna s'asseoir, sans un regard pour Didi en passant devant elle.

Bryce inspira, le souffle court.

— Bon sang, c'est dur…

Des rires bienveillants montèrent de l'assistance.

— Mon père était… il n'était sans doute pas parfait, commença Bryce. Il a fait des erreurs. Qui n'en fait pas ?

Mais je sais qu'il m'aimait. Il aimait sa famille et il aimait les White Sox.

Il déclencha à nouveau des rires.

— Il a toujours voulu ce qui était le mieux pour moi. Je ne me souviens pas d'une seule fois où il s'est mis en colère contre moi ou même l'avoir entendu élever la voix. Peut-être aurait-il dû... Je veux dire qu'il m'aurait couvert si j'avais tué quelqu'un. Et se serait rendu à ma place !

Il y eut encore des rires, et Lucas se surprit lui-même à esquisser un sourire.

— Mon père n'avait pas un brin de malice. Il prenait la vie du bon côté, jamais impatient, toujours de bonne humeur. Il était intelligent, aussi, mais il n'était pas ambitieux et était content de ce qu'il avait.

Stephanie se pencha vers l'avant.

— On dirait qu'il parle de papa, chuchota-t-elle.

Il s'était fait la même réflexion.

— La meilleure chose concernant mon père, néanmoins, poursuivit Bryce, c'était qu'il voyait toujours le meilleur dans l'être humain. Il ne se laissait pas abuser par les apparences. Il savait repérer le meilleur chez les gens.

Bryce se fit silencieux. Il ne pleurait plus... il semblait réfléchir, le regard tourné vers le fond de l'église.

Puis il reporta son attention sur ses notes.

— J'ai beaucoup à faire si je veux lui arriver à la cheville, dit-il. Mais je vais essayer. Ce sera le but de ma vie. Merci, papa, murmura-t-il, en levant les yeux.

Sa voix se brisa sur un sanglot.

— Tu vas beaucoup me manquer.

Bryce quitta le pupitre et s'avança dans l'allée, passa les premiers rangs, puis les suivants et traça ainsi jusqu'au fond de l'église. Jusqu'à Paulina. Il lui chuchota quelque chose à l'oreille, puis lui prit la main et l'embrassa.

— Prions, lança le prêtre.

**

Famille, amis, proches et simples connaissances se réunirent à l'O'Rourke après les funérailles, selon les dernières volontés de Joe. Un panneau « réunion privée » avait été posé sur la porte. Colleen était là, allant et venant entre la cuisine et la salle tandis que ses cousines étaient derrière le bar. Elle semblait différente, les cheveux relevés en un chignon banane lisse, dans sa robe noire sans manches, le col montant.

Elle ne souriait pas. C'était déjà ça.

Il essayait de ne pas la regarder. Chaque fois qu'il le faisait, des images de Colleen enlaçant Bryce, l'embrassant, lui retirant son T-shirt, son caleçon — non. Il ne pouvait pas aller la voir. Pas maintenant. La nuit dernière, il n'avait pas fermé l'œil, tourmenté par les mêmes images. Aujourd'hui, il ne voulait penser qu'à Joe.

Les boissons et la nourriture furent servies, les toasts, lancés. De la musique jaillit soudain du juke-box, et la tristesse qui pesait sur les convives s'allégea un peu alors que chacun y allait de son anecdote sur Joe.

Son oncle aurait aimé ça.

Bryce, un bras autour des épaules de Paulina, qui rosissait très légèrement comme une jeune première, semblait plus détendu aussi. C'était l'impression qu'il avait chaque fois qu'il jetait un regard dans sa direction. Il lui avait dit que son éloge funèbre était très émouvant.

— Ça me fait plaisir de te voir, Paulina, dit Lucas.

Bryce écoutait l'un des amis d'université de Joe qui lui racontait une blague qu'il avait faite.

— C'est agréable d'être vue, lui répondit-elle.

— Il a eu du bol que tu lui accordes une seconde chance.

— On est plus près de la quatorzième chance, mais je pense qu'il en vaut la peine.

Lucas sourit.

— J'espère que tu as raison. Tu mérites un homme bien.

— Est-ce que tu me dragues, Lucas Campbell ?

— Je ne sais pas faire.

— Ouais, dit-elle, faisant un geste vers Colleen, une

Genesee à la main, qui portait un plateau de verres. Tu sais ce que tu veux ?

— Je ne sais pas.

Il sentit sa pression sanguine augmenter.

— Je veux juste dire qu'elle s'est comportée comme une vraie amie, poursuivit Paulina. Son exubérance, son côté affranchi, c'est un peu de la frime, pour dissimuler son sentiment d'insécurité. Elle n'est pas aussi forte qu'elle veut le laisser croire. Un peu comme nous tous, non ?

— Oui, sans doute.

Leurs regards s'accrochèrent enfin. Colleen fit un hochement de tête à quelqu'un qui lui parlait, puis elle s'avança, se frayant un chemin entre les convives.

— Salut, Paulina, fit-elle, se mordillant l'ongle du pouce.

Ses yeux glissèrent sur lui.

— Salut.

— Salut, Lucas. Bryce. Euh… c'était un très joli service.

Elle parut sur le point de dire quelque chose, quand Didi surgit de nulle part.

— Il faut que je te parle, Bryce.

Elle joua des coudes, poussant Paulina au passage, pour arriver et prendre sa progéniture par le bras.

— Bien sûr, maman.

Elle lui chuchota quelque chose à l'oreille.

Il eut un mouvement de recul.

— Pas question, maman. Et retire tout de suite ce que tu viens de dire.

— J'en doute beaucoup, Bryce.

Il regarda Paulina.

— Non. Tu as tout faux.

— Bryce, gronda Didi, sa voix se faisant méchante. Est-ce que tu veux vraiment être avec quelqu'un qu'on appelle la princesse poulet ? Tu peux faire mieux.

Paulina piqua un fard.

— Excusez-moi, souffla-t-elle, pivotant sur elle-même, digne.

— Ah ! Non, tu restes là. Ne bouge pas d'un pas, lança Bryce, la rattrapant par le bras et la tirant plus près de lui.

Il se tourna vers sa mère.

— Non, maman, je ne peux pas te laisser parler comme ça de Paulina. Tu ne la connais même pas.

— Si, crois-moi.

— Non, répondit-il durement.

Les gens autour se turent.

— Tu ramènes tout à l'image ou à l'argent. Où est-ce que tu étais ces deux dernières semaines pendant que papa était en train de s'éteindre ? Quel genre de femme s'éclipse dans ces circonstances, hein ? Paulina a été une super amie pour moi, et, si j'ai envie de sortir avec elle, tu n'y pourras rien.

— Ne fais pas comme ton père, reprit-elle d'une voix méprisante. Tu n'es pas obligé de faire ami-ami avec tous les perdants qui croisent ta route.

Bryce se redressa.

— Tu ne pouvais pas me faire un plus grand compliment, maman. C'est toi qui es en train de perdre.

Il se tourna vers Paulina.

— Je suis désolé pour cette scène, dit-il en la prenant par les épaules.

Et, sans plus de manières, il l'embrassa. Fougueusement. Prise par surprise, Paulina battit un peu des mains (comme un poulet des ailes, ne put s'empêcher de penser Lucas), puis elle se détendit et les posa sur la taille de Bryce. Ce dernier s'écarta, puis l'embrassa à nouveau, plus doucement, cette fois.

Lucas coula un regard vers Colleen. Elle souriait, juste un peu, en regardant Bryce et Paulina, et, pour une raison qui lui échappa, cela le faucha debout.

Il était temps pour lui de partir.

31

Colleen nettoyait le comptoir le lendemain matin, invoquant les pouvoirs de cicatrisation du Clorox Clean-Up, quand on frappa à la porte. Il n'était que 10 heures, et le pub n'était pas encore ouvert.

C'était Bryce.

Elle ouvrit.

— Salut, dit-elle.

Il semblait… en pleine forme.

Et il portait, par-dessus son débardeur et son short de sport, un Thneed. Le noir.

Qui lui allait particulièrement bien. Ça lui donnait un style très urbain.

— Eh bien, eh bien, eh bien, fit-elle. Est-ce que ce pull signifie ce que je crois ?

Il sourit.

— Un gentleman reste discret.

— C'est plutôt ironique, de t'entendre dire ça.

Il grimaça.

— C'est pour ça que je suis ici, en fait. J'ai été trop nul et j'ai tout gâché entre Lucas et toi. Je voulais m'excuser.

Elle soupira.

— J'aurais dû le lui dire, mais je pensais que cela ne ferait que le blesser. Je voulais le protéger, et au final il est quand même blessé et en colère contre moi.

— Est-ce que je peux arranger ça ?

— Ce serait bien si tu pouvais…

— Il est parti hier.

La barbe. Ce n'était pas vraiment une surprise, et elle savait que c'était ce qu'il ferait, mais ces mots lui firent monter bêtement les larmes aux yeux.

— Je voulais aussi te remercier pour m'avoir aidé à remarquer Paulina. Elle m'a tout raconté la nuit dernière.

— Eh bien. Tu es un homme chanceux, Bryce. C'est vraiment une chouette fille.

— Je sais.

— Au fait, j'ai apprécié la façon dont tu as remis ta mère à sa place. Un grand moment.

— Oui. Je suis plutôt fier de moi. Et je déménage, au fait.

— Pas dans le palace du Poulet ?

— Non, non. Un peu tôt pour ça. Je reprends l'appartement que Lucas occupait à l'Opéra. J'ai parlé à la propriétaire, ce matin. Maintenant que j'ai un boulot.

Connor entra.

— Salut, Bryce. Encore désolé pour Joe. On est tous très tristes.

— Merci, vieux.

Il frappa le comptoir du plat de la main et se leva alors que les larmes lui montaient aux yeux.

— Bon, ce n'est pas tout ça, mais j'ai un Ménopause Boot Camp à animer dans quinze minutes.

— Maman y participe, dit Colleen en regardant son frère.

— Tu es un saint, Bryce, reprit Connor.

— Paroles, paroles, paroles !

Il sourit à nouveau et quitta l'établissement. Le Thneed tombait dans son dos comme une queue-de-pie.

— Ne reste pas plantée là, lança Connor. Au travail, espèce de traînée paresseuse.

— Tu as appris ce qui s'était passé entre Bryce et moi, je suppose ?

— Je le sais depuis des années, Colleen.

Sa bouche trembla.

— Pas ce que j'ai fait de mieux, j'en ai conscience.

— Comment l'a pris Lucas ?

— Il est rentré à Chicago.

— Quel enfoiré.
— Oui. Sauf que cet enfoiré, je l'aime.
— Va t'acheter une vie.
— Non, toi, va t'acheter une vie. Est-ce qu'on t'a déjà dit que tu étais trop dépendant de moi, cher frère de mon cœur ? Au fait, c'est quoi, le menu du jour, en passant ?
— Tout ce que ma sœurette qui a le cœur en miettes voudra. Je cuisine pour toi, aujourd'hui.

Elle marqua une pause.

— Juste quand je suis prête à me débarrasser de toi en te proposant à l'adoption, tu déboules et tu sors ce genre de truc gentil. Club sandwich à la dinde, bacon croustillant, et cette mayonnaise au raifort et basilic qui est à tomber. Tu vois que tu *sers* à quelque chose.

La semaine qui suivit lui parut sans fin. Colleen partit courir dans la réserve naturelle de la ville où son toutou pouvait s'ébattre, allonger ses longues pattes et galoper à travers les landes. Il revenait heureux et couvert de pollen. Elle emmena Savannah à un cours de boxe avec Tom Barlow, et sa sœur en ressortit emballée. Elles regardèrent ensuite *Harry Potter* et mangèrent des légumes et de l'houmous avec juste un petit brownie pour le dessert. Gail n'avait pas tort. Elle avait pris l'habitude de faire plaisir à Savannah avec la nourriture et elle essayait de rectifier en étant juste plus éclairée, sans tomber dans l'excès inverse et les frustrations…

Silence radio de Lucas. Il n'appela pas. N'envoya pas d'e-mail. Ni de texto. Il ne lui fit pas livrer de fleurs ni d'écureuil mort dans un carton.

Elle commença une dizaine de lettres qu'elle ne termina pas. Imaginait à voix haute, quand elle était sous la douche, quantité de discussions où elle finissait toujours par trouver les mots qui arrangeraient tout.

Paulina passa à l'O'Rourke pendant l'*happy hour*, le mardi. Egale à elle-même — l'amour n'avait rien changé en elle, à l'extérieur, ce qui était finalement rassurant.

— Alors, l'oie blanche de l'entreprise Chicken King…

— Il va falloir trouver un autre titre parce que celui-là est dépassé, répliqua Paulina, levant la main pour lui faire un check.

Colleen éclata de rire.

— Penses-tu que cela va fonctionner entre vous ? Maintenant que tu l'as vu de très près et dans l'intimité ?

Paulina fouilla dans son sac de gym et en sortit une boisson protéinée, ouvrit le capuchon et but une bonne moitié du contenu.

— Verse un peu de vodka dedans ! Tu veux bien ?

Avec un clin d'œil, Colleen s'exécuta. Elle pensait pourtant avoir vu le pire avec le cocktail vin et 7Up de sa mère.

Paulina prit une gorgée et soupira d'aise.

— Tout va divinement bien. Bryce est l'homme le plus doux du monde. Il m'a cuisiné un cheese-burger la nuit dernière, avec des frites. Oh, et je ne sais pas si tu sais, mais il a hérité d'une grosse somme d'argent. Il aurait pu s'acheter une Maserati ou une Porsche, mais non, il a préféré faire un don conséquent au refuge animal et a fait des placements intéressants. Et il prend des cours pour devenir préparateur physique.

Elle but encore quelques gorgées.

— Tout le monde l'a sous-estimé.

— Sauf toi.

— Sauf moi.

Elle sourit fièrement.

— On dirait bien que tu as réussi à le dompter.

Le sourire de Paulina était si lumineux qu'il aurait pu faire marcher un véhicule électrique de bonne taille.

— J'ai fait de mon mieux. Des conseils côté sexe pour moi ? Je suis preneuse.

— Oh ! j'en ai fini avec les conseils. Mais tu sais qui est une source intarissable sur ce sujet ? Prudence Vanderbeek. Elle est justement dans un box au fond avec Honor. Va lui parler. Tu ne seras pas déçue. Elle va embellir ta journée.

***

Sa mère avait été très silencieuse ces derniers temps. Pas de passage en coup de vent, l'air désemparé, au pub ou d'envoi de textos du genre :

> As-tu eu un accident ? Je n'ai pas eu de tes nouvelles depuis des semaines. Est-ce toujours ton numéro de téléphone ?

Elle n'avait eu recours à aucune de ses tactiques culpabilisantes habituelles. Ce silence ne lui disait rien qui vaille. Il était donc temps d'aller voir sur place.

Elle s'arrêta dans l'allée, maugréant intérieurement en apercevant la Porsche Cayenne m'as-tu-vu de son père, qui compensait sans doute la baisse de son taux de testostérone et un début de calvitie. Bien. Elle se sentait d'attaque pour affronter ses deux parents à la fois.

Elle pénétra dans la maison.

— Salut, maman !

— N'entre pas ! répliqua cette dernière. Ton père est nu.

— Oh ! pitié ! Est-ce que je n'ai pas eu assez de traumatismes psychologiques cet été ?

— Je suis en train de le *peindre*, répondit sa mère. Ne va pas te faire des idées. C'est bon, tu peux entrer, mon cœur.

Colleen s'approcha, se faisant l'effet d'un Sisyphe poussant son caillou.

— Salut, les parents.

— Salut, Colleen.

— Papa. Modèle nu, hein ? J'aurais cru que la voiture et un autre divorce t'auraient aidé à accepter ton âge.

Il haussa un sourcil.

— Elle m'a demandé de poser, et je veux la rendre heureuse.

— Mieux vaut tard que jamais.

— Qu'est-ce que je peux faire pour toi, Colleen ? demanda Jeanette.

Elle était pieds nus et portait un T-shirt trop grand, couvert de taches de peinture, sur un legging. Ses racines grises étaient visibles. Elle semblait détendue, ce qui n'était pas le cas quand Pete était dans le coin, d'habitude.

— Donc entrons dans le vif du sujet, lança-t-elle. Est-ce que vous allez vraiment vous remettre ensemble, tous les deux ? Avec ta Gail, c'est vraiment fini ?

Son père ne répondit pas.

— Est-ce que ce serait si mal que ça, mon cœur ? s'enquit sa mère, tâtant manifestement le terrain.

Elle regarda son père de longues minutes. Pas moyen de revenir à la vision du père rock star qu'elle avait tant idéalisé. Non. Elle ne voyait que l'homme superficiel et égoïste. Il l'avait toujours été. C'était juste elle qui ne voulait pas le voir. L'admettre lui enlevait finalement un poids et l'apaisait. Etrangement, elle posait même un regard indulgent sur Pete. Cela étant dit…

— Je pense que tu mérites mieux, maman.

— Merci, Colleen, lâcha son père, la voix lasse. Tu ne crois pas que, moi, je mérite un peu plus de respect et de gratitude ? Je vous ai élevés, conduits jusqu'à l'université, mais je suppose qu'il est plus amusant de me faire passer pour le méchant de service.

— « Le méchant de service » ! Tu es bien trop complaisant avec toi-même. Non, papa. Tu es quelqu'un qui n'apprécie pas ce qu'il a et pense qu'il a carte blanche pour aller et venir à sa guise dans la vie des gens.

— Merci pour ton diagnostic.

— Oh, et il y a plus, puisque nous en sommes au quart d'heure de vérité. Tu as été merdique comme père pour Connor et moi, et condescendant avec maman. Tu ne nous prêtais attention que quand ça te chantait, pas quand nous en avions besoin. Et, à la seconde où la Grue est tombée enceinte de Savannah, nous avons été une gêne pour toi. Des poids morts.

— Vous étiez des adultes.

— Cela ne veut pas dire que tu ne nous as pas manqué, papa. Même si tu étais un sale con et que tu le restes encore aujourd'hui. Ce qui te rachète à mes yeux, c'est que tu es un vrai père pour Savannah.

— Merci.

— De rien. En fait, je passais juste dire bonjour. Je vous aime tous les deux, même si tu me rends folle. Maman, on déjeune ensemble cette semaine, d'accord ? Sur ce, je vous laisse à votre hobby qui craint.

— Attends, lança sa mère. Attends une seconde.

Jeanette fronçait les sourcils, en regardant son ex-mari.

— Colleen marque un point.

— Qu'est-ce que tu veux dire ? demanda son père. Quel point ?

— Pendant dix ans, j'ai attendu que tu me reviennes, commença lentement sa mère. J'aurais donné mon bras droit pour te récupérer. Je t'aimais, tu me manquais, et je t'aurais tout pardonné.

Elle balaya la pièce du regard, visiblement satisfaite du rendu.

— Mais Colleen a raison. Je mérite mieux.

Elle parut elle-même surprise par ce qu'elle venait de dire.

— Je ne veux plus de toi, Pete. Ces deux dernières semaines ont été un petit peu… comment dire ? Ennuyeuses, en fait. Je suis désolée.

— Attends une seconde, lâcha-t-il. Tout ce truc de renaissance que tu as fait, la peinture, les nouveaux vêtements… Je pensais que c'était pour moi !

— Bien sûr, que tu as pensé ça, rétorqua Colleen. Le monde tourne autour de toi.

Son père l'ignora.

— J'ai cru que tu te débarrassais de mes affaires et faisais faire ces travaux ridicules pour attirer mon attention. Et ça a marché, Jeanette. Tu as réussi. Tu es devenue une femme intéressante, et je te trouve toujours attirante.

— Elle a toujours été une femme intéressante, papa. Une femme attirante. Tu as juste cessé de le remarquer. Bon. Tu veux qu'on y aille ensemble ?

— Je ne comprends pas, dit-il en regardant Jeanette.

— On continuera de se croiser, Pete. Nous serons toujours les parents de ces deux merveilleux jumeaux. Nous pouvons entretenir des rapports cordiaux, après tout. Peut-être même être amis.

— Je ne veux pas être ami. Je veux…

— Papa, on s'en fiche, répliqua Colleen en le prenant par le bras. Allez, viens, on y va.

Une semaine après s'être fait botter son postérieur d'Irlandais par son ex-femme, son père frappa à sa porte un soir où elle ne travaillait pas, juste au moment où elle s'apprêtait à planter, conquérante, sa cuillère dans un pot de crème glacée Ben & Jerry's.

— Entre, dit-elle en s'écartant pour le laisser passer.

— Tu es bien installée.

Elle avait emménagé ici avec Connor trois ans auparavant, et il n'était pas venu leur rendre visite une seule fois.

— Merci. Je t'en prie, assieds-toi.

Elle mit sur pause le film avec Bradley Cooper qu'elle était sur le point de regarder (pour la cinquième fois) et poussa Rufus, qui avait son museau sur la cuisse de Pete. Le chien s'écarta à contrecœur, puis trottina vers sa chambre pour une sieste éclair.

— Qu'est-ce qu'il y a, papa ? demanda-t-elle, prenant une cuillerée de glace.

— Je passais juste te dire bonjour.

— Vraiment. Pourquoi ?

— Parce que j'essaie d'être un meilleur père, Colleen, lança-t-il d'un ton irrité, sans la regarder. Ça te va ?

— Comme c'est gentil. J'accepte les cadeaux onéreux. Une voiture, par exemple. Ou bien une île.

— Tu ne veux pas être sérieuse, un moment ?

Il soupira et passa une main dans ses cheveux poivre et sel.

— Ecoute. Je n'ai pas été un si mauvais père jusqu'au divorce…

— Jusqu'au moment où tu as trompé maman, tu veux dire.

— Oui. Si tu veux.

— Tu n'as jamais entendu cette citation ? « Ce qu'un père peut faire de plus important pour ses enfants, c'est d'aimer leur mère ? ».

— Non. Mais laisse-moi finir, d'accord ?

Il la regarda droit dans les yeux.

— J'ai toujours été très fier de toi et de Connor. Vous étiez de bons gamins. Intelligents et drôles. Je suppose que je ne vous l'ai pas dit ni montré assez.

— Exact.

— C'était difficile de savoir comment faire avec vous après le divorce. J'ai eu peur que vous me viriez complètement de votre vie, alors peut-être ai-je pris les devants pour éviter de souffrir. Connor l'a fait immédiatement, et je me suis préparé au moment où tu allais forcément me rejeter.

A sa propre surprise, Colleen sentit le désarroi dans la voix de son père.

— Je sais que je t'ai déçue, Collie. Je ne savais pas comment gérer ça. Gail était enceinte, et je devais prendre mes responsabilités.

Il baissa la tête.

— Je t'ai été reconnaissant de veiller sur Savannah. Que tu t'en occupes, que tu t'intéresses à elle.

— Papa…

Elle s'éclaircit la gorge.

— Tu peux me voir d'autres façons, aussi. Nous pouvons déjeuner ensemble ou aller courir et ce genre de choses.

— Vraiment ?

— Oui. Bien sûr.

— Connor… Il me déteste et ne veut plus avoir affaire à moi.

Les yeux de son père s'embuèrent à nouveau.

Elle posa sa main sur la sienne.

— Ne renonce pas. Persévère.

— Je suis très fier de vous deux. Vraiment.

Elle hocha la tête.

Pauvre papa. Oui. Pauvre papa. Aux prises avec ses taux de testostérone.

Jeanette lui avait donné une bonne leçon d'humilité. Et elle n'aurait pas pu être plus fière d'elle à cet instant.

— Tu veux de la crème glacée ? Tu peux rester regarder le film, aussi.

Il la gratifia d'un regard reconnaissant.

— Si tu veux bien.

32

Trois semaines qu'il était de retour à Chicago, et il se sentait toujours aussi nerveux et irritable. S'asseoir devant son ordinateur dans l'appartement dans lequel il avait emménagé après son divorce n'était pas aussi attrayant qu'il l'avait imaginé. Un bureau imposant, son Mac onéreux, son fauteuil confortable. L'appartement était propre, rangé grâce à la femme de ménage qui venait une fois par semaine.

Mais, à part les photos de ses nièces et quelques-uns de leurs dessins plaqués sur le frigo, l'endroit était froid et impersonnel… sans âme. Comment cela avait-il pu lui manquer. Un mobilier sympa, des murs blancs, les plans de travail en granit de la cuisine. Tout était flambant neuf.

Mais il n'avait pas le charme de l'appartement de l'Opéra, avec son vieux parquet, et l'odeur du pain qui s'échappait de la boulangerie de Lorelei. Ni de la maison de style victorien de Colleen avec ses grandes fenêtres étroites et son chien renifleur d'entrejambe. Et le canapé rouge. Et le lit moelleux.

Oui. Non. Il valait mieux ne pas penser à ça.

Son départ de Forbes Properties était effectif ; il était fier de tout ce qu'il avait créé, surtout de sa dernière mission, et des conditions dans lesquelles elle s'était réalisée, mais il n'en était pas l'architecte ni le propriétaire. Il aurait toujours de l'amour pour la famille Forbes et il resterait toujours en contact, mais une page de sa vie était en train de se tourner.

Il montait sa propre boîte, et cela occupait son temps et sa tête. Et puis Stephanie le rejoindrait dès que possible. Il avait déjà été approché pour l'annexe d'une maison de retraite et d'un siège social en périphérie de la ville.

Ce n'était pas le genre de constructions qui l'intéressait prioritairement. Lui, c'étaient les maisons individuelles. Stephanie levait les yeux au ciel, exaspérée, quand il lui disait que c'étaient les gros chantiers comme les centres commerciaux XXL, les galeries marchandes qui étaient lucratifs. Mais ce n'était pas le type d'ouvrages dont il serait assez fier pour les montrer à son fils ou sa fille en leur disant : « Tu vois ce Dunkin'Donuts et ce Supercuts ? C'est papa qui les a faits. »

Non pas qu'il devienne père dans un proche avenir.

L'image de ce champ qu'il avait vu à Manningsport s'imposait souvent à lui, généralement la nuit, autour des 2 heures du matin. Il imaginait une maison. L'orientation de la terrasse, le patio en ardoise à l'arrière d'où l'on entendrait le clapotis de la rivière qui menait à Keuka. L'érable, idéal pour mettre une balançoire.

Il n'y avait pas de collines par ici ; il n'y avait que du plat. Et de la chaleur qui lui faisait regretter New York où il faisait assez frais pour dormir avec un plaid.

Ou une femme.

Ou une femme et son chien, plus précisément.

A ce stade de ses pensées, Bryce s'insinuait dans cette image idyllique.

Son interphone sonna, et Lucas se leva de devant son ordinateur. Merde, il faisait déjà sombre, et il n'avait même pas encore mangé.

— Oui, dit-il dans l'interphone.

— Hé ! C'est moi. Bryce.

En parlant du loup…

— Monte.

Lucas n'avait pas eu de nouvelles de lui depuis les funérailles, et la lecture du testament — qui avait été un choc pour son cousin. S'il était malin (et Lucas avait bien l'intention de s'assurer qu'il le soit), l'argent de son père lui permettrait d'être tranquille.

Il ouvrit la porte et découvrit son cousin sur le palier.

— Quoi de neuf ? demanda Bryce, en lui faisant l'accolade.

Il avait apporté un pack de bière, ce qui était une première.

— Désolé de débarquer à l'improviste, mais je voulais te voir. J'ai pris le premier vol pour Chicago et, à peine sur le tarmac, j'ai attrapé un taxi pour venir ici.

— Très bien, fit-il. Comment ça va ?

Ils commandèrent des pizzas (« c'est à Chicago que l'on trouve les meilleures », lança joyeusement Bryce), qu'ils mangèrent en buvant la bière. Lucas l'écouta parler de ses projets. L'obtention du diplôme de préparateur physique, l'ouverture d'une salle de gym dédiée aux femmes (une mine d'or). Il continuait de faire du bénévolat dans le refuge animal et il n'avait pas l'intention d'arrêter. Paulina et lui étaient toujours ensemble. Ils étaient très heureux et s'amusaient beaucoup. Didi était de retour à Manningsport, plus casse-pieds que jamais, passant sans s'annoncer, mais il ne lui avait pas donné de clé.

— Il semble que tout se passe bien, dit Lucas, en faisant la vaisselle.

— Oui, alors j'aurais besoin que tu débloques de l'argent. Pour la gym. Je suis en train de travailler sur un business plan. Paulina et son père m'aident, et tu t'y connais pour tout ça. Tu as l'habitude. Peut-être que tu pourrais y jeter un coup d'œil ?

— Bien sûr.

— Merci.

Son cousin fit une pause.

— Et donc au sujet de... qui tu sais. Colleen. Mec, tu es au-dessus de ça, non ?

Lucas fixait sa bière. Un silence glissa entre eux.

— Est-ce que cela ne t'est jamais venu à l'idée que...

Sa voix se brisa. *Que je l'aimais*, avait-il été sur le point de dire.

Bryce lui décocha un sourire triste.

— Si. Je l'ai pensé. Mais tu étais parti et tu t'étais marié. Tu menais grand train à Chicago, d'accord ? Colleen et moi étions toujours à Manningsport, et le fait est que je l'ai toujours beaucoup aimée. Je suis hétéro. Tous les hétéros aiment Colleen. C'est comme ça. Les gays aussi, d'ailleurs, probablement.

— Et ça excuse tout ? Elle te plaisait alors tu l'as mise dans ton lit, c'est ça ?

Bryce se redressa dans le fauteuil en cuir et le regarda droit dans les yeux.

— Et toi, tu ne t'es jamais demandé ce que c'était d'être ton cousin ? Tu étais le mec intelligent. Cool. Tu venais des quartiers sud de Chicago, qui représentaient pour mon père les plus belles années de sa vie, son paradis perdu, en quelque sorte. Je n'étais qu'un de ces gosses gâtés pourris de la banlieue. Donc inintéressant, forcément.

— Ma vie n'était pas aussi géniale, Bryce. Je te rappelle que ma mère était morte, mon père, en prison…

— Et tu étais pourtant meilleur en tout. Je ne sais pas si tu te souviens de ce premier jour au lycée à Manningsport, quand on est entrés dans cette salle de classe. Il y avait la plus jolie fille de la ville, et elle te dévisageait, toi, avec tellement de… je ne sais pas, comme si elle avait été aveugle jusqu'à cette seconde et qu'elle retrouvait miraculeusement la vue avec toi.

Il s'en souvenait très bien.

— C'est la seule erreur que tu as faite, n'est-ce pas ? L'avoir quittée pour épouser Ellen ?

Lucas ne répondit pas.

— Alors oui, j'ai couché avec elle et, pour être honnête, je n'ai aucune idée de la raison pour laquelle, elle, elle a couché avec moi. Parce qu'il était évident cette nuit-là qu'elle était toujours amoureuse de toi. Elle semblait juste si perdue, si seule.

A cette pensée, Lucas sentit son cœur se serrer. Colleen, lumineuse et souriante, si entourée et aimée par tous, avait été seule et malheureuse à cause de lui.

Ses yeux le brûlèrent soudain.

— Si je suis désolé, c'est de lui avoir fait ça à elle, dit

Bryce, d'une voix douce. J'ai profité de sa tristesse, de sa fragilité. Peut-être qu'au fond de moi j'ai voulu voir ce que cela faisait d'être toi, juste un petit moment. Bon, autant te dire qu'on a tout de suite su que ça avait été une erreur.

Lucas regarda ce cousin qui l'avait toujours admiré et qui avait toujours voulu ce qu'il avait.

Le cousin qui avait vraiment risqué sa vie pour le sauver, cette nuit-là, sur les rails.

— On a crevé l'abcès et mis les choses au clair, Lucas. Pas de rancœurs entre nous ?

Lucas se leva du canapé et lui fit l'accolade.

— Oui. Tout va bien.

— Bien. Passons à la seconde raison de ma venue chez toi.

Il tendit la main vers son sac à dos, en sortit une petite boîte, qu'il lui tendit.

— C'est pour toi.

Lucas l'ouvrit.

C'était la montre gousset en argent de Joe que l'on se transmettait de père en fils depuis cinq générations maintenant.

Chaude et lourde dans sa paume. Les arabesques s'étaient estompées par endroits, avec le temps, mais étaient toujours visibles. Il ouvrit le couvercle. Cadran rétro, chiffres romains.

On pouvait lire une inscription gravée à l'intérieur du couvercle.

A mon fils chéri, avec tout l'amour d'un père.

— C'est ta montre, Bryce, dit Lucas, se grattant la gorge.

Comment son cousin pouvait-il honnêtement penser s'en séparer ?

— Elle se transmet de père en fils depuis 1860.

Bryce tira un morceau de papier de son sac à dos et le lui tendit.

— Lis le dernier tiers.

Lucas prit le papier, la vue de l'écriture monolithique de Joe lui serra le cœur.

Lucas n'a besoin de rien, mais prends soin de lui.
Je veux qu'il ait la montre, Bryce. J'espère que tu

comprendras, il la mérite. Il a toujours été pour moi un très bon fils, et un merveilleux frère pour toi.

Reste proche de lui. Mon propre frère m'a toujours beaucoup manqué. Représente-moi avec ton oncle Dan, d'accord, fils ?

La lettre se poursuivait, mais il ne voyait plus rien. Les larmes lui brouillaient la vision.

Peut-être que Joe ne lui avait pas demandé de sortir de la pièce parce qu'il n'avait pas voulu qu'il soit là. Peut-être que Bryce avait juste besoin de ce tête-à-tête avec son père, quand Lucas l'avait eu tout à lui ces dernières semaines.

Lucas et Stephanie emmenèrent Bryce prendre le petit déjeuner le lendemain au Lula's, puis ils l'installèrent dans un taxi pour l'aéroport.

— Je l'aime bien, moi, celui-là, dit-elle. Bon, je ne pourrais pas passer plus d'une journée avec lui, mais c'est une pâte. Et puis il est vraiment très beau. Bon sang ! Nous avons un incroyable capital génétique, nous, les Campbell. Il faudrait le mettre en bouteille !

Il secoua la tête.

Sa sœur le dévisagea, gagnée par l'exaspération.

— C'est quoi, le problème ? On dirait que ton chien vient de mourir, et tu n'as même pas de chien. C'est Colleen, c'est ça ? Elle a couché avec Bryce, bon, et alors ? Laisse tomber.

— Ce n'est pas ça.

— Oh ! Seigneur. Vous, les hommes. Tu m'agaces. Je suis si heureuse d'être lesbienne.

— Tu l'es ?

— Je pourrais. En fait, je déteste dire ça, mais je reste chez Forbes. Frank a doublé mon salaire et m'a accordé une promotion. *Sayonara*, mon p'tit gars.

Il leva les mains en l'air.

— Waouh. Merci, Stephanie. Question loyauté familiale et tout ça, tu te poses là !

— Pitié. Je suis une mère célibataire.
— Oui, je m'en souviens vaguement.
Elle leva les yeux au ciel.
— Tu connais Frank. Il sait se montrer très persuasif. Il a des arguments : les frais d'inscription universitaire pour les filles et un mois de vacances. J'ai déjà la Rolls Royce des assurances maladie, cet incroyable abonnement de gym, et maintenant une enveloppe pour les frais de garde-robe au Bergdorf. Tu peux renchérir, petit frère.
— Maman et papa seraient extrêmement déçus par le monstre matérialiste que tu es devenue.
— Parle à ma main.
Elle croisa les bras.
— Et puis, il faut être lucide, si je travaille pour toi, je prendrais le pouvoir en une demi-heure.
— Ça, ce n'est pas faux.
— Te voilà libre de retourner à Manningsport.
Il hésita.
— Je ne peux pas.
— Pourquoi ?
— Parce que, (a) je déteste cet endroit, et (b) tu es ici. Toi et les filles.
— Eh bien (a) tu es fou parce que cet endroit est un petit paradis sur terre, sans parler du climat exceptionnel, et (b) le téléphone, FaceTime, Skype, l'avion, le train, la voiture, ce n'est pas fait pour les chiens.
— Je vois que tu as bien tout organisé dans ta tête et que je vais vraiment te manquer.
Elle le serra fort dans ses bras.
— Quitte cette ville, Lucas. Marie-toi et fais-moi tata, pour l'amour du ciel. Bon, il faut que je file. Chloe ne va pas à l'école, ce matin. Je t'aime, salut, désolée d'avoir accepté la meilleure offre, appelle-moi une fois que tu es arrivé là-bas.
Elle lui plaqua une bise sur la joue.

— Oh! au fait, j'ai pensé à ton nouveau slogan.
Elle fit une pause pour ménager le suspense.
— Campbell Construction, il est temps de rentrer à la maison.

33

C'était un vendredi soir comme un autre à l'O'Rourke, à l'heure de l'*happy hour*. Colleen ne chômait pas en salle, et Connor non plus en cuisine. Il n'y avait déjà plus de tacos au thon. Les Holland occupaient deux tables à eux seuls, et les sapeurs-pompiers tenaient une de leurs « réunions ». C'était à celui qui sortirait la blague la plus graveleuse. Une sorte de compétition sur le thème lance à incendie ou barre métallique de caserne, ou les deux. Elle s'attarda sur Jessica Dunn, à quelques mètres d'elle. Elle serait parfaite pour son frère. Elle n'en démordait pas.

Connor avait rompu avec sa mystérieuse amoureuse — ce qui n'avait pas l'air de l'affecter outre mesure —, elle fondait à présent de grands espoirs sur lui et Jessica. Elle n'avait pas été sans voir les regards qu'il lui lançait. Bientôt, il l'écouterait.

Sa Chère Mère était installée dans un des box, au fond du pub (avec son affreux cocktail vin blanc et 7Up), en compagnie de Ronnie Petrosinsky. Ils s'étaient découvert une passion commune pour l'art. Animalier pour Ronnie (avec une prédilection pour les gallinacés). Jeanette continuait le nu. Savannah venait juste de partir avec Gail — qui ne savait pas encore si elle allait donner une seconde chance à Pete ou pas.

Quant à Bryce et Paulina, c'était la marche nuptiale qui résonnait dans sa tête chaque fois qu'elle les voyait. Parce que ça roulait pour ces deux-là. Ils n'avaient encore rien annoncé, mais elle réfléchissait déjà à la couleur de sa robe de demoiselle d'honneur.

Lucas serait sans doute le témoin de Bryce.

Sa gorge se serra comme chaque fois qu'elle pensait à lui.

— Colleen, est-ce que tu pourrais me refaire un de ces trucs démentiels à l'ananas ? lui demanda Louise, l'arrachant à ses pensées.

Elle perdit la notion du temps, concentrée sur le service au comptoir, plaisantant avec les clients et s'assurant que Monica et Hannah s'en sortaient avec les commandes en salle. Elle prit néanmoins le temps d'appeler Rushing Creek pour vérifier que tout allait bien pour Gramp. Il dormait paisiblement, lui dit Joannie.

Elle jetait machinalement un coup d'œil vers Jessica et le groupe de sapeurs-pompiers pour s'assurer qu'ils n'avaient besoin de rien quand elle se crut victime d'une hallucination. Lucas.

Il semblait si réel... ses yeux sombres, ses cheveux bouclés et épais, la beauté d'un ange déchu. Elle battit des paupières.

Et Carol Robinson venait de passer derrière lui, de lui donner une petite tape sur les fesses, lançant un « salut, beau mec ». Il esquissa un sourire, sans la quitter des yeux, et, mon Dieu, elle eut l'impression d'être un papillon épinglé au mur.

Il ne dit rien.

Mais ce n'était pas nécessaire. Il était là.

— Je suis désolé.

Ses yeux s'embuèrent, et elle se mit à pleurer.

— Je suis vraiment, vraiment désolé, *Mía*.

Ce mot ne manquait jamais sa cible, et il le savait parfaitement.

— OK, chuchota-t-elle, la gorge serrée.

— Pardonne-moi.

Le silence vibrait dans le bar comme si les clients et les habitués retenaient leur souffle. Elle regardait les bières qu'elle avait dans les mains, incapable d'esquisser le moindre geste, son esprit déconnecté du corps ne parvenait pas à analyser la scène... Peut-être que les clients comprenaient, et puis comment était-elle habillée ? Bon sang ! On s'en fichait, de toute façon, de ce qu'elle portait, au moins, elle avait mis un soutien-gorge push-up, parce qu'elle mettait toujours un soutien-gorge push-up, et Lucas était *ici* et il était désolé.

Elle n'était pas sûre d'être la même après.

— Je t'aime, Colleen.

Non, elle ne serait plus jamais la même.

Elle sentit soudain Hannah qui lui prenait les verres des mains. Elle ne parvenait toujours pas à bouger, le souffle court, incapable de contenir ses larmes.

Soudain, le bras protecteur de Connor lui entoura les épaules, derrière le comptoir.

— Qu'est-ce que tu veux, encore ? fulmina-t-il.

— Je veux épouser ta sœur.

Il avait dit ces mots sans la quitter des yeux.

Connor se braqua.

— Il faudra d'abord me passer sur le corps !…

— La ferme, Connor, dit-elle.

Elle était déjà passée de l'autre côté du comptoir et elle était dans les bras de Lucas. Elle pleurait et elle riait, tout à la fois.

— Je t'aime, lui susurra-t-il à l'oreille. Laisse-moi revenir vers toi, *Mía*. Epouse-moi. Je te supplierai autant qu'il le faudra.

— C'est très tentant, mais tu me connais… Je suis une fille facile.

Elle l'embrassa, déclenchant les applaudissements et les sifflements des pompiers, qu'elle entendit à peine. Elle serrait son homme dans ses bras, celui qu'elle avait attendu, celui qu'elle avait toujours aimé.

Elle s'écarta pour le regarder. Il lui essuya les yeux, lui embrassa le front. Elle se tourna vers les clients. Faith pleurait, Tom Barlow ouvrait de grands yeux, sa mère se mouchait dans une serviette en papier.

Elle l'embrassa à nouveau et l'étreignit en le sentant sourire contre sa bouche.

Elle jeta un regard vers son frère, qui faisait bonne figure.
Je suppose que je m'en remettrai.
Merci, petit frère.
— Tournée générale, c'est la maison qui régale ! lança-t-il.

Épilogue

Dans la grande tradition des O'Rourke et des Campbell, Colleen tomba enceinte avant le mariage.

Les Holland lui avaient proposé la magnifique grange en pierre pour organiser la réception, mais elle avait tenu à ce que cela se passe sur le terrain que Lucas et elle venaient d'acheter — huit mille mètres carrés de champs sur une colline, surplombant le lac Keuka. A l'est, les vignes de Blue Heron. La construction devait commencer la semaine suivante, et ils espéraient que la maison serait finie pour l'arrivée du bébé.

C'était un bel après-midi d'octobre ensoleillé, l'automne avait posé son empreinte, offrant pour les yeux une explosion de feuillages rouge et or brillant sur les collines environnantes. Ils avaient voulu un mariage simple — une grande tente de réception blanche, un officier de justice, un somptueux buffet (avec aussi des *nachos*, bien sûr), des boissons et de la musique.

Rufus se dégourdissait les pattes en poursuivant Blue, le chien de Faith, et Mme Tuggles, le petit carlin de Paulina.

Faith et Paulina étaient ses demoiselles d'honneur, Savannah, son témoin. Lucas avait choisi Bryce. Sa mère avait un cavalier — Ronnie (qui avait donné à Colleen un passe à vie pour du poulet gratuit dans n'importe quelle franchise Chicken King, et elle semblait avoir un faible pour ça, maintenant qu'elle en était à six semaines de grossesse). Son père et Gail étaient là, assis au second rang, juste derrière Jeanette, pas vraiment ensemble, pas vraiment séparés.

Toutes les personnes qu'elle aimait étaient là, à l'exception d'une.

Gramp s'était éteint, deux semaines après la demande en mariage de Lucas. Elle était présente, avec Connor et leur père. La tête posée sur le torse de son grand-père, pleurant silencieusement parce que, même s'il avait fait son temps et qu'il y avait une forme de soulagement à penser qu'il avait cessé de souffrir, il allait terriblement lui manquer.

Il lui vint à l'esprit, plus tard cette triste nuit, alors que Lucas la tenait serrée contre lui et lui caressait les cheveux, que peut-être Gramp avait attendu de la savoir heureuse — comme un passage de relais. Que peut-être il savait que Lucas et elle finiraient par trouver le chemin qui les ramènerait l'un vers l'autre, et qu'il avait senti qu'il pouvait la quitter, l'esprit tranquille. Ils avaient toujours veillé l'un sur l'autre.

La grossesse l'avait transformée en petite chose sentimentale et larmoyante... Mais aujourd'hui c'était une journée heureuse qui s'annonçait.

— Tu es magnifique, bla-bla-bla et tout ce que l'on dit dans pareille situation, lâcha Connor.

Belle pirouette pour masquer son émotion. Parce que, oui, c'était lui qui la conduisait jusqu'à l'autel. Qui d'autre que lui pouvait le faire ? Elle ne voyait ni ne voulait personne d'autre.

— Tu es prête ?

— Je crois que j'ai attendu ce moment toute ma vie, chuchota-t-elle.

Il leva les yeux au ciel.

— Connor ?

— Oui, irritante sœur ?

— Je serai ravie d'être ton témoin pour ton mariage avec Jessica, et cela pourrait arriver plus vite que tu ne le penses si seulement tu voulais bien m'écouter.

— Tu es vraiment une casse-pieds.

— Je t'aime, dit-elle, au bord des larmes.

— Je t'aime aussi, petite idiote. Allez. J'entends la musique... Je crois qu'on nous attend.

Il était là, Lucas Damien Campbell, qui lui souriait. Le

garçon qu'elle avait aimé à la seconde où ses yeux s'étaient posés sur lui, l'homme qu'elle avait attendu, le seul fait pour elle. Le soleil brillait, et elle avait envie de rire. Tout allait pour le mieux dans le meilleur des mondes.

REMERCIEMENTS

J'ai la grande chance d'avoir auprès de moi des gens merveilleux qui m'accompagnent et me portent professionnellement. Un grand merci à Mmes Elisabeth Copps et Martha Guzman, de l'agence Maria Carvainis, Inc., pour leur aide et leur soutien. Je suis extrêmement reconnaissante à toutes les personnes de chez HarperCollins pour leur enthousiasme et leur confiance à chacun de mes livres : je pense en particulier à Susan Swinwood et Margaret Marbury et à la fabuleuse équipe commerciale. Merci, merci, merci !

A Kim Castillo de l'Author's Best Friend et Sarah Burningham du Little Bird Publicity : c'est un tel bonheur de travailler avec vous deux !

Un grand merci à Gerard Chartier, Lorelei Buzzetta, Gail Chianese (une délicieuse jeune femme), Dana Hoffman (idem), aux filles Murphy, à la famille Hedberg et aux nombreux lecteurs qui ont accepté de prêter leur nom.

Un grand merci à Annette Willis pour son aide et sa disponibilité pour répondre à mes questions sur le divorce. Mon ami de longue date, Stephen Wrinn, DC, a partagé ses expériences de la dialyse avec moi — merci, Steve ! Merci aussi à l'excellent Jeff Pinco, MD, toujours là pour m'éclairer et répondre à mes questions médicales bizarres et parfois carrément flippantes.

Merci à Robyn Carr et Jill Shalvis pour leur amour et leur amitié, et aux auteurs Simone Elkeles et Julie James, qui m'ont aidée en me précisant certains faits sur la Windy City. Pour le rire, le vin et l'inspiration, merci à Shaunee Cole, Huntley Fitzpatrick, Jennifer Iszkiewicz, et Karen Pinco, tous de merveilleux écrivains, et des amis encore plus délicieux.

J'ai la grande chance d'avoir une merveilleuse famille :

à mon frère Mike, propriétaire du Litchfield Hills Wine Market — je suis si heureuse que tu ne possèdes pas un magasin d'informatique, car alors je ne te verrais jamais. Merci pour toute ton aide, Mikey ! A ma sœur Hilary et ma belle-sœur, Jackie, je vous aime toutes les deux tellement. Et, bien sûr, un amour éternel et un remerciement à ma mère.

Aux lecteurs Lorelei Buzzetta, Diana Phung et Barbara Wright, votre bienveillance, votre amitié signifient beaucoup pour moi ! Merci pour toutes ces petites choses qui rendent la vie tellement plus jolie !

Dans la région de New York, les Finger Lakes, je suis immensément redevable aux gens aidants, chaleureux, merveilleux à Finger Lakes Wine Country et Steuben County Conference & Visitors Bureau, et surtout à Sayre Fulkerson et John Iszard au Fulkerson Winery.

A mon mari, ma fille et mon fils — je vous aime tous les trois plus que je ne saurais le dire.

Enfin, merci à vous, très chers lecteurs, d'être là. J'aimerais avoir les mots pour exprimer l'honneur que vous me faites en passant quelques heures à me lire.

Composé et édité par HarperCollins France.

Achevé d'imprimer en décembre 2017.

Barcelone

Dépôt légal : janvier 2018.

Pour limiter l'empreinte environnementale de ses livres, HarperCollins France s'engage à n'utiliser que du papier fabriqué à partir de bois provenant de forêts gérées durablement et de manière responsable.

Imprimé en Espagne.